Ein Rocker zu Weihnachten

1. Kapitel

Zane

Mit dem Zeigefinger immer wieder über den Abzug streichend, beobachte ich Xander, den Sergeant at Arms des *Night Riders Motorcycle Clubs* dabei, wie er mit der spitzen Klinge seines Dolches über Longs Arm gleitet. Das Aufklaffen der Haut wird von einem lauten Schmerzensschrei begleitet. Dem Vietnamesen, dem mehrere Drogenlabore in Chicago gehören, treten vor Schmerz beinahe die Augen aus den Höhlen. Er wirkt wie ein Frosch, der unter einen Autoreifen gekommen ist.

Ich widerstehe dem Drang, mir die Ohren zuzuhalten, und zünde mir stattdessen eine Kippe an. Keine Ahnung wie lange das hier noch dauern wird, allerdings hoffe ich auf ein schnelles Ende. Dieses Jahr hat der Winter die Stadt fest im Griff, seit gut zwei Wochen herrschen ununterbrochen Minusgrade, was bedeutet, dass es in der alten Lagerhalle, in der Long eine seiner Giftküchen betreibt, fucking kalt ist.

„Vielleicht sollten wir das Drecksloch einfach anzünden. Dann wäre mir zumindest nicht mehr so arschkalt!"

Xanders Vorschlag gefällt mir. Long hingegen schüttelt panisch den Kopf.

Für gewöhnlich hält sich unser MC aus Drogenangelegenheiten raus. Weder stellen wir welche her, noch dealen wir damit. Aber – und das ist ein großes *Aber!*, wir bestehen auf unseren Anteil an Longs Aktivitäten. Chicago gehört den Night Riders. Diese Stadt ist unser Revier und jeder Gangster, der in unserem Gebiet seinen Geschäften nachgehen will, muss uns ein paar Prozente seines Gewinns abdrücken.

Nur die wenigsten lehnen sich gegen uns auf. Es ist allgemein bekannt, was mit Arschlöchern passiert, die sich mit dem MC anlegen – sie verschwinden.

Bei Long hingegen wäre es kontraproduktiv, ihm vorschnell das Genick zu brechen und ihn samt der Halle in die Luft zu jagen, dafür macht das Schlitzauge einfach zu viel Umsatz. Dieser Vietnamese ist äußerst produktiv, was unserem Club wiederum gefällt. Denn je höher sein Gewinn ist, umso größer ist der Anteil, den er uns monatlich zukommen lassen muss.

An sich alles kein Thema. Doch in den letzten drei Monaten hat keine Zahlung stattgefunden. Der blöde Wichser ist gierig geworden. Nicht einen einzigen Dollar hat er rausgerückt. Es ist also an der Zeit, ihm klarzumachen, wie weit er in der Hierarchie unter uns steht.

„Ich denke, wir sollten ihm noch eine Chance geben – eine letzte. Aber damit er kapiert, wie knapp er mit dem Leben davongekommen ist, braucht er etwas, das ihn an uns erinnert, wenn er mal wieder mit dem Gedanken spielt, uns zu bescheißen."

Xander nickt. „Die Idee gefällt mir, Bro."

Den blutverschmierten Dolch immer wieder durch die Luft werfend, beobachtet er den mit Panzertape an den Stuhl befestigten Vietnamesen.

„Was meinst du, welches seiner Körperteile ist mit den 300 000 Dollar, die er uns schuldet, gleichzusetzen? Sein Schwanz? Sein Fuß oder vielleicht eine Hand?"

Bei jedem anderen würde dieses Gerede nur dazu dienen, das Opfer noch mehr einzuschüchtern, doch nicht so bei meinem Sergeant. Xander hat es nicht nötig, mit leeren Drohungen um sich zu werfen. In den letzten zehn Jahren hat er sich einen beeindruckenden Ruf aufgebaut. Niemand, der auch nur annähernd bei Verstand ist, macht Xander mit Absicht auf seine Existenz aufmerksam.

Unter anderen Umständen hätte ich ihn vielleicht gestoppt, so hingegen ...

Ich bin seit Wochen in schlechter Stimmung. Dieses ganze weihnachtliche Zeug, das die Straßen schmückt, das Gerede von Geschenken und dem anderen romantischen Mist geht mir tierisch auf die Nerven. Winter ist scheiße! Santa Claus ist scheiße und seine blöden Rentiere gehen mir gehörig auf den Sack. Letzte Woche beim Tanken hat mich dieser ganze weihnachtliche Kram so aufgeregt, dass ich die Kontrolle verloren und meine Waffe gezogen habe.

Seitdem hat der gute Santa, der samt seinem Schlitten auf dem Dach eines Fast Food Restaurants dekoriert wurde, ein paar Einschusslöcher.

Fuck war das geil!

Jedes Mal, wenn ich nun daran vorbeifahre, hebt sich meine Laune merklich.

Am meisten kotzt mich jedoch der Schneematsch an.

Jeder Tag, an dem ich nicht auf meinem Bike durch die Straßen fahren kann, ist ein verlorener Tag. Der Pick-up, den ich mir erst vor ein paar Monaten geleistet habe, ist echt schick. Aber einfach nicht mein Ding. In Autos komme ich mir so eingesperrt vor, wie ein Löwe in einem gottverdammten Käfig. Selbst die Bitches, die bei jeder Tages- und Nachtzeit im Club rumhängen, haben ihre knappen Röcke gegen unförmige Jeans eingetauscht. *Fuck off!*

Wie zur Hölle soll das Leben denn so Spaß machen? Fehlt nur noch, dass sie lange Unterhosen und Wollsocken tragen. Spätestens wenn es so weit ist, wandere ich in den Süden aus! Am besten nach Florida. Auf jeden Fall irgendwo hin, wo die Muschis nackt sind, wo es nie schneit und die Sonne immer hoch am Himmel steht!

Aber bis es so weit ist, muss ich mich um die Scheiße hier kümmern. Und dazu gehört, dass ich mich auf Xanders makabres Spiel einlasse.

„Das mit dem Schwanz ist zu heftig. Ich für meinen Teil würde lieber in die Hölle fahren, als nie mehr bumsen zu können. Aber ich denke, ein paar Finger wären angemessen. Pro 100 000 Dollar einen. Oder was meinst du, Sergeant?"

Er nickt zustimmend, zieht seine Marlboro Schachtel hervor und zündet sich eine an.

Noch bevor er sein Zippo zurück in die Tasche stecken konnte, beginnt Long uns um Gnade anzuflehen.

Was ein Weichei. Während ich genervt meine Waffe wegstecke und Richtung Ausgang gehe, höre ich Xander gut gelaunt vor sich hin pfeifen. Mit emotionslos klingender Stimme fragt er Long, ob er sich die drei Finger aussuchen will. Dessen einzige Antwort ist ein lautes Wimmern.

„Gut, dann entscheide ich!"

Keine drei Sekunden später hallt ein lauter Schrei von den Wänden wider.

Früher hat mir dieser ganze Verstümmelungsscheiß noch Spaß gemacht. Es hat mir gefallen, unsere Feinde in Angst und Schrecken zu versetzen, mittlerweile bin ich so abgestumpft, dass es mich einfach nur noch langweilt.

Während Xander sich daran macht, den zweiten Finger abzutrennen, starre ich auf unsere zwei eingeschneiten Harleys. *Was ein Bullshit!* In der Hoffnung, dass mich eine Runde auf meinem Bike aus meinem Stimmungstief holt, habe ich mich dazu entschieden, trotz der Witterung mit dem Motorrad zu fahren. Jetzt, wo zum Abend hin der Schneefall stärker und die Temperatur immer arktischer wird, bereue ich diese Entscheidung.

Auf vereisten Straßen ist es nicht gerade witzig, auf einem Bike zu sitzen.

Eine verräterische Stille breitet sich aus, das ist kein gutes Zeichen. Alarmiert drehe ich mich zu Long um und sehe einen Daumen und einen Zeigefinger auf dem dreckigen Betonboden liegen. Blut rinnt aus den Wunden, es stinkt nach Urin. Der Vietnamese hat sich nicht nur angepisst, sondern auch das Bewusstsein verloren.

„Das ist doch zum Kotzen. Wenn sie gar nichts mehr mitkriegen, macht die Arbeit nur halb so viel Spaß!"

Mein Sergeant wirkt wie ein dreijähriges Kind, dem man gerade sein Lieblingsspielzeug weggenommen hat.

„Bring es zu Ende und dann lass uns fahren, ehe die Straßen so zugeschneit sind, dass wir mit den Bikes nicht mehr durchkommen."

Mit den Schultern zuckend, sorgt er dafür, dass sich Finger Nummer drei zu den anderen beiden gesellt.

„War das schnell genug, Bro?"

Auf die Herausforderung gehe ich gar nicht erst ein.

„Sollen wir ihn losbinden oder einfach sitzen lassen?"

Gute Frage.

„Bei den Temperaturen kann es passieren, dass er erfriert, wenn ihn seine Männer nicht rechtzeitig finden. Schneid ihn los – lebend bringt er uns mehr."

An seinem Blick kann ich erkennen, dass ihm meine Entscheidung nicht sonderlich zusagt. Als er nicht sofort ans Werk geht, sondern mich nur missmutig anstarrt, schiebe ich ein „Jetzt!" hinterher.

Es mag sein, dass wir gute Freunde sind, doch als Vizepräsident der *Night Riders* bin ich ranghöher als er, was bedeutet, dass ich das Sagen habe.

Mit deutlichem Widerwillen schneidet er das Tape los und hebt den Daumen auf.

„Stopp Alter! Was hast du damit vor?"

Den Finger in die leere Zigarettenschachtel steckend, grinst er mich an.

„Willst du das wirklich wissen, Zane?"

Das psychopathische Funkeln in seinen Augen ist mir Antwort genug.

„Nein, Bro. Will ich nicht!"

Nach einem letzten Blick auf das bewusstlose Schlitzauge ziehe ich mir die Handschuhe an und beginne damit, meine Harley vom Schnee zu befreien.

Bei diesem Wetter die Bikes aus der Garage zu holen, war die dämlichste Idee, die ich jemals hatte!

„Fuck Alter, ist das kalt heute. Da frieren einem beim Fahren ja die Eier ab."

„Keine Sorge, VP. Im Club findest du bestimmt 'ne Bitch, die es kaum erwarten kann, sie dir wieder warm zu lecken."

Damit mag er recht haben. Dumm nur, dass mein Interesse an all den Schlampen rapide gesunken ist. In den vergangenen Jahren habe ich Hunderte von Muschis gefickt und dabei habe ich eine Sache gelernt – diese Clubhasen sind alle gleich. Es mag sein, dass sie optisch voneinander abweichen, aber sobald ich meinen Schwanz in sie gerammt habe, gibt es keinen Unterschied mehr: Sie alle tragen zu viel

Lippenstift, trinken zu viel Alkohol, benutzen billige Tönungen und haben ihr gesamtes Erspartes in viel zu pralle Silikontitten investiert. Beim Sex schreien sie zu laut und für die restlichen Bereiche des Alltags sind sie einfach untauglich. *Fuck!* Keine von ihnen hat es geschafft, mir namentlich im Gedächtnis zu bleiben. Die einzig bleibenden Erinnerungen sind ihre künstlichen Wimpern auf meinem Kopfkissen und die billigen Höschen, die sie, in der Hoffnung, dass ich sie mit einem Erinnerungsstück nicht so schnell vergesse, neben meinem Bett zurücklassen.

Aus einem vorbeifahrenden Auto schallt die Melodie von irgendeinem Xmas-Song, in dem es darum geht, dass sich der Sänger von Santa Claus wünscht, dass er ihm eine Frau unter den aufwendig geschmückten Christbaum legt.

Einfach lächerlich ... Oder?

Jetzt mal ehrlich, wenn ihre Pussy nach Zimtsternen schmecken und ihre Titten nach Lebkuchen riechen würden, dann wäre das etwas anderes. So aber?

Eine Frau? Scheiße, dafür braucht ein richtiger Kerl keinen uralten Bartträger, der einmal im Jahr mit seinem Schlitten angereist kommt und sich mit seinem fetten Bauch durch den Schornstein zwängt, sondern einfach nur zwei Hände und einen Schwanz.

Diese Welt ist voller Mädchen. Die Herausforderung liegt nicht darin, sich irgendeins unter den Baum zu legen, sondern das eine zu finden, dass es schafft, dir Frieden zu schenken und dass dich den ganzen Bullshit, mit dem du dich den ganzen Tag rumärgern musst, vergessen lässt.

Falls Santa so eins im Angebot hat, sage ich nicht nein, ansonsten kann er mich mal am Arsch lecken! Nachdem es uns gelungen ist, die weiße Pest von unseren Bikes wegzubekommen, steigen wir auf und fahren los. Die Harley kämpft gegen das Glatteis, die Reifen geraten ins Schlingern und meine Laune verschlechtert sich mit jeder Sekunde mehr. *What a Fuck!*

So langsam glaube ich, dass tatsächlich ein Weihnachtswunder nötig ist, um mich aus dem Stimmungstief, in dem ich feststecke, herauszuholen. Am besten ist es klein, kurvig, mit vollen Titten, langen brünetten Haaren und diesem gewissen Etwas, von dem alle Männer träumen, das aber bisher keiner in Worte fassen konnte.

Da ich aber weder ein vierjähriger Bub noch ein naiver Flachwichser bin, glaube ich längst nicht mehr an Wunder. Und darum werde ich wohl bis zum Frühling weiterhin alles scheiße finden!

2. Kapitel

Hope

In den gewundenen Ästen der Bäume, die sich neben Chicagos Straßen gen Nachthimmel strecken, funkeln Tausende von Lichtern. Zwischen all den Wolkenkratzern traben Pferde, die Kutschen ziehen, durch den Stadtverkehr. Die unzähligen Glöckchen, die an den Gespannen hängen, übertönen den Motorenlärm.

Eisige Kristalle tanzen durch die Luft, bedecken die Gesichter der Menschen, fallen zu Boden und bilden eine weiße Schneedecke.

Heute ist der 18. Dezember – in sechs Tagen ist Weihnachten.

Die Schaufenster der Geschäfte sind kunstvoll dekoriert, laden zum Verweilen ein und lassen Kinderaugen leuchten.

Der süße Geruch von gebrannten Mandeln steigt mir in die Nase und lässt meinen Magen hungrig knurren. Für mich ist der Winter die schönste Zeit des Jahres. Ich liebe die Kälte, die Dunkelheit und die Romantik, die sich wie eine Käseglocke über die Stadt gelegt hat.

Die Vorweihnachtszeit ist für mich etwas ganz Besonderes.

Plätzchen, Mistelzweige, Glühwein und Lebkuchen gehören für mich genauso dazu, wie das Aussuchen der Geschenke und das Schmücken des Weihnachtsbaums.

Mittlerweile bummle ich seit Stunden durch die Straßen, meine Kreditkarte ist im Dauereinsatz und die Tüten, die sich dank ihrem Gewicht schmerzhaft in meine Finger schneiden, werden immer voller.

Auf dem rechten Arm balanciere ich mehrere Päckchen. Eine kalte Windböe fährt unter meinen Mantel und lässt mich erzittern. Der Stapel Pakete, der mir die Sicht behindert, gerät ins Wanken. Einen kurzen Blick nach rechts riskierend, verlasse ich den Gehsteig und betrete die Fahrbahn. Mein Auto befindet sich drei Häuserblocks von hier. Immer dickere Schneeflocken fallen auf mich herab und durchnässen meine Bommelmütze. Die oberste Schachtel kommt ins Rutschen. Schnell versuche ich, mich neu auszubalancieren, doch das nützt auch nichts.

Die extrem teure Schüttelkugel, die sich darin befindet, ist ein antikes Sammlerstück, das einen Absturz garantiert nicht überleben würde.

Über einen auf dem Boden liegenden Eisklotz stolpernd, beobachte ich entsetzt, wie sie herunterfällt. Mit einem erschrockenen Schrei versuche ich, sie noch zu fangen ...

Ein lautes Hupen ertönt, ein silberner Kombi schießt viel zu nah an mir vorbei. Mit den Fingerspitzen nach der Schachtel greifend bücke ich mich nach vorne. Die Tüten schlagen mir gegen das Bein und ein fieser Schmerz zuckt durch mein Knie.

Wieder ertönt ein lautes Hupen. Erschrocken reiße ich den Kopf hoch und sehe einen LKW auf mich zukommen. So schnell ich kann, mache ich einen Satz nach hinten.

Verdammt war das knapp!

Gerade als ich mich wieder einigermaßen in Sicherheit wähne, höre ich ein dunkles Brummen, das irgendwie immer lauter zu werden scheint. Nicht sicher, aus welcher Richtung es kommt, schaue ich mich um. Ich sehe den Harleyfahrer und kapiere, dass ich direkt vor ihm stehe. Mit einem kraftvollen Ruck reißt er den Lenker rum, die Maschine verliert auf der mit Schnee bedeckten Fahrbahn den Halt und gerät ins Schleudern.

Die Zeit scheint zu stoppen, es kommt mir vor, als würde das Motorrad in Zeitlupe auf mich zu schlittern. Der Mann, der auf der Harley gesessen hat, wird von der Wucht über die Fahrbahn geschleudert. Das kratzende Geräusch von Blech, das über den Asphalt rutscht, hallt in meinem Kopf wieder.

Wie erstarrt sehe ich dabei zu, wie mir das Bike immer näher kommt. Mir ist klar, dass ich wegspringen und mich in Sicherheit bringen sollte, doch ich kann mich nicht bewegen. Rufe werden laut, jemand kreischt. Es gelingt mir immer noch nicht, die Augen von dem Motorrad abzuwenden. Stück für Stück kommt es näher auf mich zu. In dem Moment, in dem es mich eigentlich von den Füßen reißen müsste, werde ich plötzlich hochgerissen und wie eine Schneeflocke durch die Luft gewirbelt. All meine Päckchen fallen auf den Boden, vor lauter Schreck lasse ich die Tüten fallen.

Ein ziemlich wütend ausgestoßenes „Fuck Mädchen, willst du sterben?“, dringt in meine Ohren.

Starke Arme schließen sich um meine Taille, ich werde an eine warme, nach Mann riechende Mauer gepresst. Wie bin ich da denn so schnell hingekommen?

Mit der Situation *etwas* überfordert stemme ich meine Fäuste gegen die von Leder bedeckten Muskeln, es tut sich nichts – gar nichts. Genauso gut könnte ich versuchen eines der Hochhäuser zu verschieben. Seufzend gebe ich nach und lasse meinen Blick an einem virilen Hals nach oben gleiten. Als Erstes sehe ich ein markantes Kinn, das von dunklen Bartstoppeln bedeckt ist. Dann betrachte ich volle Lippen und eine gerade Nase. An den grauen Augen stoppe ich und versinke in dem eindringlichen Blick des Fremden.

„Scheiße, Puppe! Das war ja mal 'ne echt verrückte Nummer!"
Seine sonore Stimme lullt mich ein, ich spüre sie mehr, als dass ich sie höre.

Mein Unterbewusstsein erinnert mich daran, dass mich dieser Kerl gerade gerettet hat und dass ein ‚Danke' angebracht wäre.

Nervös lecke ich mir über die Lippen und sauge frischen Sauerstoff in meine Lungenflügel. Die kühle Winterluft hilft mir, mich wieder etwas zu beruhigen, der köstliche Duft nach Mann, Seife, Leder und noch etwas, das ich nicht bestimmen kann, hat jedoch eine alles andere als beruhigende Wirkung auf mich.

„Ähm ... Du ... Ich ... Das ..." Meine kognitiven Fähigkeiten haben sich in Luft aufgelöst. Bis auf ein sinnloses Gestammel bringe ich nichts zusammen. Wie soll ich einen anständigen Satz formulieren, wenn mich die Nähe dieses Mannes so verwirrt? Entschlossen zwinge ich mich zur Konzentration und kämpfe gegen das Chaos, das in meinem Kopf herrscht, an. Die ganze Zeit über ruhen seine Augen auf mir, beobachten mich und jede meiner Regungen ganz genau.

„Wenn du nicht gewesen wärst, wäre ich jetzt Matsch ..." Er nickt grimmig und brummt zustimmend. „... Danke, dass du mich gerettet hast!"

Anstatt etwas Nettes zu sagen, wie: ‚Klar gerne' oder ‚Das war doch selbstverständlich' runzelt er finster die Stirn. Ich finde, dass jetzt der perfekte Moment gekommen wäre, um mich loszulassen, er hingegen scheint das anders zu sehen. Anstatt mich freizugeben, halten mich seine Finger nur noch etwas stärker fest.

Was soll das werden?

Ja, meine Beine fühlen sich etwas zittrig an, aber ich bin mir sicher, dass ich auch ohne seine Hilfe auf den Füßen bleiben und nicht umkippen würde.

„Ich denke, du kannst mich jetzt loslassen!"
Mein Blick fällt auf den Aufnäher, der die schwarze Kutte ziert, die er über einer Lederjacke trägt. In geraden Lettern steht darauf *V. President* geschrieben.

Natürlich habe ich schon viel über den berüchtigten *Night Riders Motorcycle Club,* der hier in Chicago sein Chapter hat, gehört. Hin und wieder habe ich auch schon einen dieser Rocker durch die Gegend fahren sehen, aber bisher bin ich noch keinem dieser Kriminellen so nah gewesen. Auch wenn ich mich mit dieser düsteren Welt nicht auskenne, kann ich mir durchaus vorstellen, was dieses Patch bedeutet: Nichts Gutes!

Zum Teufel!

Ich stehe mitten auf der Straße und liege in den starken Armen des zweitgefährlichsten Mannes, den es im Umkreis von gut hundert Meilen gibt.

Echt jetzt, liebes Schicksal? Musste das sein?

In Chicago leben wie viele Menschen? Knapp drei Millionen? Doch ich bin natürlich genau dann über die Straße gestolpert, als sich zwei Rocker auf ihr befunden haben.

Oh verdammt!

Ich war so von meinem Gegenüber fasziniert, dass ich überhaupt nicht mehr an den Motorradfahrer gedacht habe, der wegen mir einen Unfall hatte. Da dieser auf einer dicken fetten Harley Davidson gesessen hat, gehe ich jetzt einfach mal davon aus, dass er ebenfalls ein Member des *Night Riders Motorcycle Clubs* ist.

„Du musst mich loslassen! Wir müssen nach ihm sehen ...“

Der Rocker, der mich noch immer bestimmend an sich presst, bleibt erschreckend ruhig und schüttelt den Kopf.

„Bleib cool, Püppchen. Xander ist nichts passiert.“

„Woher willst du das wissen?“

Mich einmal um die eigene Achse drehend, stellt er mich so hin, dass ich beobachten kann, wie ein extrem wütend aussehender Biker auf mich zukommt.

Oh Scheiße!

Obwohl ich natürlich sehr erleichtert bin, dass es ihm gut geht und er nicht tot im Straßengraben liegt, übermannt mich eine leichte Panik. Hätte er nicht zumindest so ein ganz kleines bisschen verletzt sein können? Nur so schlimm, dass er nicht mehr in der Lage ist, mir den Hals umzudrehen?

Sofort überkommt mich ein schlechtes Gewissen.

Wie kann ich nur so etwas Böses denken?!

Als er, sein Motorrad schiebend, bei uns ankommt, fällt mein Blick sofort auf die vielen Kratzer und Schäden, die seine Harley erlitten hat. Er selbst scheint ganz gut davongekommen zu sein. Seine Lederjacke ist Schrott und an seinem Kiefer blutet er etwas.

Ich bin geliefert, total erledigt!

Aus dieser Nummer komme ich nicht mehr raus ...

„Was sollte dieser Bullshit, Mädchen? Bist du bekloppt oder warum rennst du einfach so über die Straße?“

Pure Wut zeichnet sich auf seinen maskulinen Gesichtszügen ab. Instinktiv drücke ich mich an den warmen Körper hinter mir.

Keine Ahnung wie ich auf die Idee komme, dass mich der Vizepräsident vor seinem Clubbruder beschützt, aber ich hoffe es einfach. Arg viel mehr bleibt mir auch nicht übrig. „Es tut mir leid. Wirklich!“

Anstatt wie ein Gentleman zu reagieren und meine Entschuldigung anzunehmen, fängt er jetzt erst so richtig an, mich anzubrüllen. Auf seiner Stirn zeichnet sich eine dicke Ader ab, sie wird immer dicker und ich befürchte echt, dass sie platzt, wenn er sich nicht bald abregt.

„Bei allen Ridern! Es tut dir leid? Fuck, wegen dir bin ich abgestiegen. Du hast mein Bike geschrottet und alles, was du dazu sagst, ist, dass es dir leidtut!“

Den Ständer seiner Harley ausklappend, stellt er sie neben sich auf dem Gehweg ab, verschränkt die Arme vor der Brust und sieht mich zornig an.

Wir liefern uns ein heftiges Blickduell, aus dem er als Sieger hervorgeht. Dieses gegenseitige Anstarren war noch nie meine Stärke.

„Was jetzt, Bitch? Hä? Wie willst du das wiedergutmachen?“

Boah ... hat er mich gerade echt als Hure bezeichnet?

Ärger wallt in mir auf, vertreibt meine Angst und weckt meinen Kampfgeist.

Jetzt reicht es mir aber! Mich von dem Rocker hinter mir losreißend stoße ich ein aufgebrachtes Schnauben aus, gehe auf den Typen, der wegen mir von seinem Motorrad gefallen ist, zu und ramme ihn mit aller Kraft meinen Fingernagel gegen die Brust.

„Was glaubst du eigentlich, wer du bist? Du spielst dich hier auf, als wärst du King Louie und wagst es mich zu beleidigen! Du hast wohl nicht mehr alle Tassen im Schrank! Erstens warst du nicht der Einzige, der hier in Gefahr war, mich hätte dein blödes Motorrad beinahe zermalmt. Zweitens war das bestimmt keine Absicht von mir, ich bin über einen Eisbrocken gestolpert und habe das Gleichgewicht verloren. Das kann einem in dieser Jahreszeit schon mal passieren. Scheiße! Mich hätte beinahe ein LKW überrollt, glaube mir, das war keine allzu schöne Erfahrung.“ Nach Luft schnappend mache ich eine kurze Pause ehe ich weiter auf ihn einschimpfe. „Ganz davon abgesehen bist du verdammt noch mal selber schuld, dass es dich geschmissen hat. Immerhin bist du im Winter auf einem Motorrad unterwegs. Hast du schon mal was von Autos gehört? Das sind diese Fahrzeuge mit vier Reifen, einem Anschnallgurt und Airbags. Wärest du in so einem gesessen, wäre dir überhaupt nichts passiert. Aber nein, du musst ja einen auf harten Rocker machen und ohne Helm bei Eis und Schnee mit der Harley durch die Stadt fahren. Weißt du was, Arschloch? Fick Dich! Ich habe mich entschuldigt und mehr kann ich jetzt auch nicht mehr machen! Das Leben ist kein Märchen, das mit dem Zeitzurückdrehen funktioniert nur

bei Hermine Granger und in Fantasygeschichten."
Dank des Adrenalins, das durch meine Adern strömt, zittere ich am ganzen Leib und mein Puls ist in verräterische Höhen geschnellt.

Erst als ich wieder zu Atem gekommen bin und den fassungslosen Gesichtsausdruck des Bikers sehe, wird mir klar, was ich gerade gemacht habe! Ich habe einem der gefürchtetsten Männer dieses Landes meine Meinung gesagt ...

Seine prankenartigen Hände haben sich zu Fäusten geballt, die Ader auf seiner Stirn ist so dick wie nie zuvor. Wahrscheinlich zermalmt er mich jetzt, als ob ich eine kleine Ameise wäre.

Wenn man den Gerüchten, die über diesen Motorcycle Club im Umlauf sind, Glauben schenkt, dann gehört Mord für sie zum Alltag. Angeblich verdient dieser Rockerclub sein Geld mit Waffenhandel, Prostitution, Glücksspiel und allerhand anderen illegalen Aktivitäten. Einer Frau wie mir einfach mal so ein paar Knochen zu brechen, wäre für ihn garantiert keine große Sache.
Verflixt! Warum konnte ich nicht einfach meine Klappe halten und so schnell wie möglich davonrennen?

Eine Limousine rauscht an uns vorbei und fährt über meine auf der Straße liegenden Tüten, in denen sich all meine Einkäufe befinden. All meine Päckchen liegen auf der Fahrbahn verstreut, manche sind total zerfetzt, andere sehen noch einigermaßen heil aus. Sollte ich die nächsten Minuten wie durch ein Wunder überleben, werde ich meine Sachen einsammeln und prüfen, was ich noch retten kann.

Gerade als ich denke, dass mir der extrem wütende Rocker nun ein paar auf die Fresse haut, schüttelt er nicht nur lachend den Kopf, sondern auch seine Fäuste aus.

„Respekt Kleines, du hast ja mal Feuer im Arsch."

Waaasss?

Sich mit den Fingern durch die etwas zu langen blonden Haare streifend, stößt er einen derben Fluch aus und zündet sich eine Kippe an.

Ich glaub, ich bin im falschen Film. Was passiert hier gerade?

Der Vizepräsident hinter mir setzt sich in Bewegung und marschiert, ohne sich die Mühe zu machen, nach links und rechts zu sehen, auf die stark befahrene Straße. Natürlich rutscht er nicht auf dem Eis aus und natürlich wird er nicht angehupt. Wie durch ein Wunder bleiben alle Autos brav stehen und lassen den Biker, ohne sich aufzuregen, meine Sachen aufsammeln.
Ja, ja, ja ... So ist das auf der Welt. Kaum ist man knapp zwei Meter groß, breit wie ein Schrank, muskelbepackt und trägt eine Lederkutte, die einen als Mitglied eines Rockerclubs ausweist, gelten für einen ganz

andere Regeln. Niemand kommt auch nur annähernd auf die Idee, an ihm vorbeizurasen oder seinen Unmut darüber, dass er den Verkehr aufhält, kundzutun. Echt interessant ...

Im nächsten Leben werde ich auch ein Mann.

Als Frau mit 166 Zentimetern Körpergröße und knapp sechzig Kilo Gewicht ist man einfach nicht furchteinflößend genug. Als der Night Rider alle Einkäufe aufgehoben hat, kommt er zu mir zurück. Mir frech zuzwinkernd, stellt er sie mir vor die Füße. Er entdeckt die rosa gestreifte Victoria Secret Tüte und zieht amüsiert grinsend eine Augenbraue in die Höhe. Noch bevor ich ihn davon abhalten kann, schnappt er sie sich und inspiziert, einen lauten Pfiff ausstoßend, den Inhalt.

Eine meiner Schwächen war schon immer schöne Unterwäsche. Bei spitzenbesetzten Dessous setzt mein Hirn aus und ich gerate in eine Art Kaufrausch. Genauso war es auch heute wieder. Die 400 Dollar, die ich in der Filiale in der Michigan Ave ausgegeben habe, sind eine gute Investition. Noch bin ich zwar Single, aber bald, da läuft mir mein Mister Perfect über den Weg und dann zahlen sich die Tausende von Dollar, die ich in den letzten Jahren dort ausgegeben habe, endlich aus.

Als er endlich seine Hand aus der Tüte nimmt, baumelt ein schwarzer String über seinem langen Zeigefinger.

Dunkel knurrend inspiziert er ihn etwas genauer.

„Yeah, das nenne ich mal einen heißen Fetzen!“

Der Rocker, der vorhin vom Vize Xander genannt wurde, bläst den Rauch seiner Zigarette in die kühle Luft und nickt zustimmend.

„Geschmack hat das Mädel ja. Jetzt müssen wir nur noch checken, was für ein Body sich unter dem dicken Wintermantel verbirgt.“

Oh Gott ist das peinlich ...

Blitzschnell schnappe ich mir das Höschen, stopfe es in meine Jackentasche und nehme dem breit grinsenden Vize die rosa Tüte ab.

„Echt unglaublich. Ihr macht einen auf böse Buben, aber kaum seht ihr Frauenunterwäsche, verwandelt ihr euch in unreife Teenager. Man sollte doch meinen, dass Typen wie ihr schon mal mit so etwas Trivialem wie einem String-Tanga in Kontakt gekommen seid.“

Die beiden Rocker sehen mich ungläubig an.

Tja! Anscheinend sind nicht nur sexy Höschen für sie etwas ganz Neues, sondern auch schlagfertige Frauen.

Ich nutze ihre Sprachlosigkeit zu meinem Vorteil. Erlaube mir einen letzten Blick auf den heißen Vizepräsidenten und drehe mich dann zu diesem Xander um.

„Hör zu. Da ich nun mal für den Schaden an deiner Maschine verantwortlich bin, komme ich natürlich auch dafür auf. Wenn du mir deine Visitenkarte gibst, melde ich alles meiner Versicherung und die setzt sich dann mit dir in Verbindung."

Den glühenden Zigarettenstummel auf den mit Schnee bedeckten Boden schnippend, stößt er ein amüsiertes Grunzen aus.

„Visitenkarte? Sehe ich aus wie jemand, der sich über einen Fetzen Papier definiert?"

Jetzt wo er es erwähnt ...

„Dann deine Telefonnummer?"

Sich die weißen Flocken von der Kutte streichend, wirft er seinem Vize einen genervten Blick zu.

„Lass uns von hier verschwinden, Bro. Nicht das uns die Tussi noch mit ihren Schlüpfern bewirft. Ganz schön zickig die Kleine."

Auf seine völlig zerkratzte Harley steigend, startet er mit einem kraftvollen Tritt den Motor. Das kraftvolle Röhren hallt in meinem Inneren wider. Der Vize dreht sich zu mir um, packt sich mein Handgelenk und sieht mir tief in die Augen. Sofort beginnt es wie verrückt in meinem Bauch zu kribbeln, so als würden Tausende von Schmetterlingen zum Leben erwachen.

„Und dir ist ganz sicher nichts passiert? Du bist nicht verletzt oder so?"

Von dem faszinierenden Farbenspiel seiner Iriden wie hypnotisiert, bringe ich kein Wort zustande. Heilige Scheiße ist dieser Rocker sexy. Warum hat er nur so eine unheimliche Wirkung auf mich?

Obwohl ich mich instinktiv vor ihm fürchte, verspüre ich auch den Drang, meine Finger nach ihm auszustrecken und über die dunklen Stoppeln an seinem Kiefer zu streichen. Ich betrachte seine vollen Lippen. Wie es sich wohl anfühlt, in diesen starken Armen zu liegen und von ihm geküsst zu werden?

Es ist kein Geheimnis, dass Bad Boys das Talent haben, Frauen um den Verstand zu küssen. So ziemlich jedes Mädchen auf diesem Planeten wünscht sich einen wirklich bösen Kerl in ihr Bett, der sie so lange und so hart vögelt, bis ihrem Verstand die Lichter ausgehen. Ich bin da keine Ausnahme. Wer träumt schon von dem Bäcker von nebenan oder von dem Postboten, wenn es Männer wie ihn gibt?

„Hat es dir jetzt die Sprache verschlagen, Püppchen?"

Ja irgendwie schon ...

Die Wärme seiner Finger verbrennt mich regelrecht. Ohne es verhindern zu können beuge ich mich noch ein Stückchen zu ihm vor und inhaliere seinen herben Duft.

Sag was Hope ... Sag was oder der Typ denkt noch, dass du eine Verrückte bist!

Die warnende Stimme meines Unterbewusstseins reißt mich aus meinen ziemlich versauten Tagträumen, in denen dieser Rocker die Hauptrolle spielt.
„Mir geht es gut. Wirklich. Du hast mich gerettet. Wenn du nicht so schnell reagiert hättest, wäre ich unter der Harley gelandet. Danke noch mal.“
Nickend nimmt er meinen erneuten Dank entgegen.
„Unter einem Bike sollte so ein süßes Ding wie du nicht landen, sondern unter einem Biker.“
Bevor ich kapiere, was er vorhat, tackert er seine Lippen auf die meinen, wühlt sich mit seiner rauen Zunge durch meinen Mund und stiehlt mir den Atem. Lustvoll seufzend lasse ich ihn gewähren. Doch dann, viel zu plötzlich, löst er sich von mir, lässt mich stehen und geht zu dem Motorrad, das wenige Meter von uns entfernt am Straßenrand steht.
Perplex, mit kribbelnden Lippen und wummernden Herzen, sehe ich dem Rocker dabei zu, wie er den Motor startet. Ohne einen weiteren Blick in meine Richtung fädelt er sich in den Verkehr ein und verschwindet aus meinem Sichtfeld.
Ach du heilige Scheiße! Was war das?
Ist das gerade wirklich alles passiert oder ist meine Fantasie mit mir durchgegangen? Wie um das Gefühl, das sein Mund auf dem meinen hinterlassen hat, festzuhalten, lege ich mir zwei Finger auf die Lippen und stoße ein zittriges Seufzen aus.
Ein heftiger Schauer lässt mich erbeben und ich schüttle verwirrt den Kopf. Um mich herum ist alles wie immer. Die Autos rollen über die Straßen und unzählige Menschen tummeln sich auf dem Gehweg neben mir. Niemand interessiert sich für mich oder schenkt mir besondere Beachtung.
Bis auf die Tatsache, dass ich gerade von dem Vizepräsidenten des gefürchteten *Night Riders Motorcycle Clubs* geküsst worden bin, ist alles so wie immer.
Für eine Weile bleibe ich noch stehen, dann sammle ich all meine Sachen auf und mache mich auf den Weg zu meinem Wagen.
Sicherheitshalber sehe ich mehrmals nach links und rechts, ehe ich mich daran mache, die Straße zu überqueren. Und tatsächlich gelingt es mir dieses Mal, auf die andere Seite zu kommen, ohne einen Unfall zu verursachen.
Mir bleibt noch genau eine Stunde bis ich in der Arbeit sein muss. Wie jedes Jahr helfe ich meiner Freundin Kate mit ihrem Stand auf dem Christkindlesmarkt.

Was bedeutet, dass ich seit dem 16. November jeden Abend drei bis vier Stunden in einer kleinen, schön dekorierten Holzhütte stehe und Glühwein und Naschwerk verkaufe. Wobei ich das eigentlich gar nicht Arbeit nennen kann. Ich mache das wirklich gerne. Die weihnachtliche Stimmung, die gut gelaunten Menschen und der köstliche Geruch von Zimt und Vanille, der in der Luft hängt.

Irgendwie hoffe ich ja auch, dass ich vielleicht auf diesem Weg einen netten Mann kennenlerne, der mir dabei hilft, mein Singledasein zu beenden. Kaum das meine Gedanken in diese Richtung huschen, habe ich das Bild eines sexy Rocker-Vizepräsidenten vor Augen. Mein Gedächtnis erinnert mich nur allzu gerne daran, wie sich seine kratzigen Bartstoppeln auf meiner Haut angefühlt haben. Oder wie er gerochen und geschmeckt hat. Dieser Bad Boy Biker ist definitiv der Inbegriff eines echten Kerls. Allerdings ist er nicht nur ein Garant für wilden Sex, Bissspuren, multiple Orgasmen und Abenteuer, sondern auch für Herzschmerz und verheulte Nächte. Wie sagt meine Mutter immer, je stärker am Anfang das Bauchkribbeln ist, umso schlimmer ist zum Schluss der Liebeskummer. Und verdammt, ich kann aus eigener Erfahrung sagen, dass sie mit dieser Gleichung völlig recht hat.

Das Dumme ist nur, dass mich all diese netten, braven und akkurat angezogenen Männer, die stets mit ihren Aktenkoffern unterwegs sind, so überhaupt nicht reizen. Ich will keinen langweiligen Schlipsträger, sondern einen wilden Chaoten.

Seit meiner Schulzeit stehe ich auf Rebellen, das hat sich bis jetzt leider nicht geändert ...

Die Wahrscheinlichkeit, dass ich heute auf dem Weihnachtsmarkt so einen treffe, ist vernichtend gering.

Bis jetzt ist mir dort noch nie ein Night Rider aufgefallen, und die sind dank ihren Kutten und ihrem nicht gerade dezenten Auftreten kaum zu übersehen.

Meine matschigen Tüten und die demolierten Kartons in den Kofferraum stellend, steige ich ein und drehe, als *Wham* mit *Last Christmas* im Radio gespielt wird, die Lautstärke voll auf.

Laut und falsch mitsingend, mache ich mich auf den Heimweg. Es hat keinen Sinn, mir den Kopf über einen Rocker zu zerbrechen, den ich aller Wahrscheinlichkeit nach nie wiedersehen werde.

Meiner Meinung nach ist Santa Claus der einzige Mann auf diesem Planeten, dem Frau wirklich vertrauen kann, echt Schade das er nur einmal im Jahr vorbeikommt und äußerlich so gar nicht meinem Geschmack entspricht.

Sexy ist definitiv etwas anderes ...

Vielleicht sollte ich es wie all die kleinen Mädchen auf dieser Welt machen und mir einfach etwas von ihm wünschen? Spontan beschließe ich, dass es nicht schaden kann, und schicke leise flüsternd meinen Wunsch ins Universum: Einen Rocker zu Weihnachten!

3. Kapitel

Zane

Fuck! Fuck! Fuck! Was war das denn?

Wenn ich nicht so blitzschnell reagiert hätte, dann wäre dieses Mädchen unter Xanders Harley geraten. Das Bike wiegt fast 800 Pfund und hätte die Kleine einfach zerquetscht!

Für gewöhnlich gehört es nicht zu meinen Angewohnheiten, Frauen zu retten, schon gar nicht, wenn sie Unfälle verursachen, bei denen meine Brüder verletzt werden können. Doch bei diesem Mädchen konnte ich nicht anders. Während ich sie rechtzeitig auf der Fahrbahn stehen gesehen und abgebremst habe, hat mein Sergeant nicht mitbekommen, was vor mir los war. Einzig der Umstand, dass er ein gutes Stück hinter mir gewesen ist und ich so genug Zeit hatte zu reagieren, hat dafür gesorgt, dass sie unverletzt und noch am Leben ist ...

In dem Moment, in dem ich meine Arme um ihre Taille geschlungen habe, ist irgendetwas passiert. Keine Ahnung was den Drang, sie festhalten zu wollen, ausgelöst hat, aber ich wollte diese Frau einfach nicht mehr loslassen. Der süße Duft von Vanille, der sie umgeben, und das Gefühl ihres kleinen Körpers, der sich panisch an den meinen gedrückt hat ...

Dieses Mädchen hat bei mir Schutz gesucht – bei mir – bei einem Kriminellen – einem kaltblütigen Killer. Das ist echt unglaublich!

Die meisten Tussis wollen entweder von mir gefickt werden oder sie wollen Geld. Sie sehen die Patches, die meine Kutte zieren, und beschließen, dass sie meine Old Lady werden wollen. All die Bitches sind geil auf die Macht und den Status, den meine Frau haben wird. Ich bin es gewohnt, dass all die Pussys mit Hintergedanken zu mir ins Bett steigen, aber das stört mich nicht. Spätestens am nächsten Morgen, wenn ich sie mit wenigen Worten rauswerfe, zerplatzen ihre Träume wie Seifenblasen und sie kommen wieder auf den harten Boden der Realität.

Dieses Mädchen gerade wusste nicht, wer ich bin, es hat sich einfach an mich gepresst und darauf gehofft, dass ich es vor Xander beschütze.

Und Fuck! Ich hätte es getan. Ich hätte mich vor sie gestellt und dafür gesorgt, dass er sie nicht anrührt. Warum ich so gehandelt hätte? Keine Ahnung! Instinkt? Intuition?

Es spielt keine Rolle, denn schlussendlich war es gar nicht nötig, dass ich Xander für sie zu Boden schicke. Mit ihrer vorlauten Klappe und ihrer unerschrockenen Ehrlichkeit hat sie meinen Sergeant beeindruckt.

Xander ist kein übermäßiger Menschenfreund. Er legt Wert auf Geradlinigkeit und Loyalität und genau diese zwei Eigenschaften hat diese kleine, nach Vanille duftende Frau an sich.

Obwohl ihr Körper unter dem dicken Mantel verborgen war, habe ich in dem Moment, in dem ich ihren String aus der Tüte gezogen habe, eine Erektion bekommen. Alleine die Vorstellung, wie sie nur mit diesem Fetzen am Leib ausgesehen hätte, hat ausgereicht, um mich in den Wahnsinn zu treiben! Mein Schwanz hat so heftig auf ihre Nähe reagiert, dass es wehgetan hat. So hart war ich seit einer Ewigkeit nicht mehr.

Dass ich sie mir nicht einfach über die Schulter geworfen und verschleppt habe, ist ein Wunder. Es hat mich sämtliche Kraft gekostet, dass ich meine Lippen nur kurz auf die ihren gepinnt und sie nicht an Ort und Stelle an eine Hauswand gedrückt und gefickt habe.

Ich würde mein Bike darauf verwetten, dass der Sex mit ihr phänomenal gewesen wäre. Mit zusammengebissenen Zähnen schlinge ich die Finger fester um den Lenker und zwinge mich dazu, Xander weiter zu folgen, anstatt zu ihr umzudrehen.

Ein Mädchen wie sie passt nicht in meinen Plan ... Zumindest versuche ich mir das seit geschätzten zehn Meilen einzureden. *Zur Hölle!* Ich habe vor wenigen Minuten den Auftrag gegeben einem Mann die Finger abzuschneiden.

Mich durch den dichten Berufsverkehr schlängelnd, verdränge ich jeden Gedanken an ihre weichen Lippen und konzentriere mich wieder voll und ganz auf das Drogen-Vietnamesen-Problem und die ausstehenden 300 000 Dollar. Long hat 24 Stunden Zeit, um zu bezahlen, andernfalls werden sich die Night Riders nicht damit begnügen, ihm nur ein paar Gliedmaßen abzutrennen.

Als Vizepräsident des Clubs ist es meine Aufgabe, Mason, unserem Präsidenten, den Rücken frei zu halten und mich darum zu kümmern, dass unsere Geschäfte reibungslos laufen und der Geldfluss nicht ins Stocken gerät.

In den letzten Monaten gab es einige Unruhen, es würde mich nicht wundern, wenn es bald so richtig krachen wird. Ich kann es mir also absolut nicht leisten, mich von Lebkuchenküssen ablenken zu lassen. Die Welt, in der ich lebe, ist gnadenlos und tödlich. Wer hier nicht zu einhundert Prozent konzentriert und wachsam ist, stirbt. Fliegende Kugeln, Blut und Leichen gehören zu meinem Alltag, daran wird sich auch nie etwas ändern. Und das will ich auch gar nicht!

Seit dem Augenblick, in dem ich mich dazu entschieden habe, dem *Night Riders Motorcycle Club* beizutreten, wusste ich, dass dieser eines Tages meinen Tod bedeuten wird. Doch bis dahin werde ich leben und das besser, wilder und freier, als es sich die meisten Menschen nicht einmal ansatzweise vorstellen können!

Die Howard Street stellt nicht nur die Stadtgrenze dar, sondern in ihr befindet sich auch unser Clubhaus. Dieser Standort ist strategisch besonders günstig. Die Nähe zu Evanston, einer Stadt im Cook County, sorgt dafür, dass wir in alle Richtungen schnell agieren können. Evanston gehört noch zu unserem Gebiet, es ist also wichtig, dass wir dort regelmäßig Präsenz zeigen.

Das Grundstück, auf dem wir unsere Basis errichtet haben, umfasst gut 4000 Quadratmeter und ist rundum von Mauern und Zäunen umringt. Dank Caden sind wir mit unserem Sicherheitssystem auf dem neuesten Stand. Caden ist nicht nur unser Sprengstoff- und Sicherheitsexperte, sondern er sorgt zugleich auch dafür, dass die Bullen keine Chance haben, unseren Geldfluss nachzuverfolgen. In Sachen doppelter Buchhaltung, Geldwäsche und Scheinfirmen ist er unschlagbar.

Fuck! Selbst wenn ein Richter anordnen würde, dass all unsere Konten eingefroren oder sogar beschlagnahmt werden sollen, würde das die GANG IDENTIFICATION TASK FORCE, die uns seit Jahren am Arsch klebt, kein Stück weiterbringen.

Unsere wirklich wichtigen Konten liegen gut getarnt und außerhalb ihrer Reichweite auf den Seychellen.

Der ehemalige Nachtclub, in dem sich seit über zehn Jahren unser Clubhaus befindet, wirkt von außen unscheinbar, ist jedoch die reinste Festung. Die Fenster wurden mit Panzerglas gesichert, jeder Winkel ist kameraüberwacht und dank den Bewegungsmeldern, die überall auf dem Gelände verteilt sind, schafft es niemand, das Grundstück unbemerkt zu betreten oder es zu verlassen.

Das alles mag auf eine ausgeprägte Paranoia hindeuten, aber verdammt, in der Vergangenheit haben uns all diese Vorkehrungen schon unzählige Male den Arsch gerettet. Auch der Umstand, dass ein großer Teil des Clubs unterirdisch liegt, spielt uns in die Hände.

Stan und Butcher, zwei unserer Anwärter, schieben am Tor, das die einzige Zufahrt darstellt, Wache. Als sie uns trotz des Schneefalls auf unseren Bikes kommen sehen, tauschen sie einen irritierten Blick, ehe sie es schnell öffnen und uns passieren lassen.

Direkt in die Garage fahrend, steigen wir ab und schütteln uns das weiße Zeug vom Kopf.

„Was für ein Wetter. Wenn das so weitergeht, versinken wir noch im Schnee.“

Es ist Xander deutlich anzuhören, dass er darüber nicht begeistert ist.

Ein mürrisches Grunzen ausstoßend, ziehe ich mir die Handschuhe aus und zünde mir nach einem prüfenden Blick auf mein Handy eine Kippe an.

Amüsiert beobachte ich, wie er aus zusammengekniffenen Augen und laut fluchend die Schäden an seinem Bike begutachtet.

„Fuck, Bro! Schau dir mal diese Scheiße an! Das wird nicht nur unzählige Arbeitsstunden, sondern auch einige Dollars kosten.“

Aye, die Seite, mit der die Harley über die Straße geschlittert ist, sieht echt heftig aus.

„Zumindest wird dir in den nächsten Monaten nicht langweilig. Sieh es als Herausforderung.“

Mir seinen Mittelfinger entgegenreckend, spuckt er auf den Boden.

„Ich hätte mir diese Schlampe krallen sollen. Sie hatte etwas Niedliches an sich. Hätte mich nicht gestört, wenn sie sich auf allen vieren bei mir entschuldigt hätte. So richtig schön tief in den Arsch ...“ Er fasst sich in den Schritt. „... das wäre jetzt genau das Richtige, um meinen vereisten Schwanz aufzutauen.“

Sofort muss ich wieder an den Stofffetzen von dieser Designer-Marke denken.

Die Vorstellung, dass sie einen Macker hat, dem sie diesen String noch heute Nacht vorführt, gefällt mir nicht.

Bullshit! Es sollte mir egal sein, wen das Mädchen fickt, doch das ist es nicht. Allein Xanders Worte reichen aus, um mich rotsehen zu lassen.

Soll mich doch der Schlag treffen, aber bevor er sich an ihrem Arsch austobt, werde ich sie mir packen und so lange ficken, bis sie das Bewusstsein verliert.

Wieder muss ich an den Geschmack ihrer Lippen denken, wieder werde ich hart.

Vielleicht sollte ich mir doch eine der Bitches nehmen und mich so lange an ihr austoben, bis ich die Frau mit dem Vanilleduft endlich aus dem Kopf bekommen habe.

Xander zieht zwei Zigarettenschachteln aus der Jacke, die leere, in der sich der Daumen befindet und eine volle.

Während er sich eine Marlboro anzündet, holt er den abgetrennten Finger raus und betrachtet ihn eingehend.

„Erinnerst du an diesen bescheuerten Piraten, der immer dieser Black Pearl nachgejagt ist. Weißt schon, der mit den Perlen im Haar?“

Da ich weiß, von wem er spricht, nicke ich.

„Ich glaube, der hieß Jack Sparrow oder so. Und der ist doch in einem der Filme auf dieser Insel gelandet, auf dem ein Stamm wilder Kannibalen gelebt hat. Die hatten sich aus Fingern, Zehen und anderen

Körperteilen Ketten gebaste...“ Weiter lasse ich ihn nicht kommen, sondern unterbreche ihn mit einer abrupten Handbewegung.

„Verdammt, Bro! Du bist krank, echt krank. Was hat dir deine Mama als Kind nur angetan?“

Er grinst breit und zuckt mit den Schultern.

„Tu nicht so, als ob du noch nie abartigen Scheiß getan hast, VP.“

Das Gespräch für beendet erklärend, verlasse ich die Garage und mache mich auf die Suche nach einer schön nassen, engen und heißen Pussy.

Xander hat recht. Ich habe in der Vergangenheit unendlich viel Blut vergossen und unzählige Gräber ausgehoben, doch mit dem Gedanken, mir Schmuck aus den Körperteilen meiner Opfer zu machen, habe ich, verdammt noch mal, nie gespielt.

Anstatt mir, wie geplant, was zum Ficken zu suchen, gehe ich als Erstes in die clubeigene Küche, lasse mir einen Kaffee aus der Maschine und setzte mich in meinem Büro hinter den Schreibtisch. Das mit der Bitch kann auch noch ein paar Stunden warten. Bevor ich mich dem Vergnügen widme, wartet einiges an Arbeit auf mich. Dreißig Minuten lang habe ich Dutzende Telefonate geführt, die anstehende Waffenlieferungen koordiniert und die Käufer darüber informiert, wann sie mit ihren Bestellungen rechnen können. Mit dem kalten Kaffee in der Hand stehe ich auf und sehe aus dem Fenster. Ein heftiger Schneesturm tobt und lässt die Stadt unter einer weißen Schicht verschwinden. *Scheiß Kälte!*

Erneut muss ich an das Mädchen mit den Lebkuchenlippen denken ...

Ich war so in meine Gedanken versunken, dass ich erst bemerke, dass ich nicht mehr alleine bin, als sich zwei zierliche Hände über meinen Rücken vor zu dem Verschluss meines Gürtels schieben. Einen Blick nach hinten werfend, umfasse ich die Handgelenke der Bitch und stoppe so Mayas Versuch, ihre Finger in meine Hose zu schieben.

„Was willst du?“

Ohne sich über meinen unfreundlichen Ton aufzuregen und den Rückzug anzutreten, lässt sie ihre Zunge vorschnellen und leckt mir über den Hals.

Dieses Miststück weiß ganz genau, wie sehr mich das erregt.

„Dreimal darfst du raten, Rider.“

Auch wenn Maya nicht das Mädchen ist, das ich eigentlich will, werde ich sie nicht wegschicken. Sie ist eine der wenigen Schlampen, die einfach nur auf heißen Sex aus ist, ganz ohne Hintergedanken und den anderen, anstrengenden Mist. Einfach nur ficken und fertig!

Zwar lasse ich ihr Gelenk nicht los, doch ich halte sie auch nicht davon ab, meinen Schwanz durch den Stoff der Jeans hindurch zu massieren.

Ihr Geruch steigt mir in die Nase, nicht ein winziger Hauch von Vanille umgibt sie. Vielleicht sollte ich Maya einfach ein Parfum mit dieser Duftnote besorgen und beim Sex die Augen schließen ...

„Ich werde heute nicht nett oder sanft zu dir sein."

Sie kichert leise.

„Das bist du eh nie, Zane."

Damit könnte sie recht haben.

„Hat der große böse Rocker etwa schon wieder schlechte Laune? Lass uns doch ein bisschen Spaß haben. Ich werde mich gut um dich kümmern. Du wirst sehen, danach fühlst du dich besser."

„Fuck! Was soll's?"

Obwohl ich jetzt schon weiß, dass die Bitch den Hunger, den dieses Mädchen in mir geweckt hat, nicht stillen kann, stelle ich die Tasse auf die Fensterbank, festige den Griff um Mayas Handgelenk und dirigiere sie vor mich.

Ohne sie loszulassen, setze ich mich in meinen Bürostuhl und ziehe sie zwischen meine gespreizten Beine. Trotz der eisigen Temperaturen trägt sie einen kurzen Rock. Der verzierte Rand ihrer halterlosen Strümpfe zieht meine Aufmerksamkeit auf sich.

Warum kann sie mich nicht faszinieren? Mit Maya wäre alles so herrlich unkompliziert! Meine Hand zwischen ihre Beine gleiten lassend, sehe ich ihr in die viel zu stark geschminkten Augen.

„Ich werde dir meinen Schwanz so tief in den Hals rammen, dass du nicht mal schlucken musst, wenn ich abspritze."

Ein gieriges Lächeln umspielt ihre roten Lippen.

Geschickt öffnet sie meine Hose und holt meinen halb erigierten Schwanz hervor.

„Mach ihn hart, Bitch."

Sofort nimmt sie ihn in die Hand, pumpt ihn gekonnt und knetet mir die Eier.

Kaum, dass er strammsteht, befehle ich ihr, vor mir auf die Knie zu gehen. Ungeduldig packe ich ihre Haare und dirigiere sie nach unten. Ihr warmer Atem streift über meine Schenkel, entlockt mir ein Stöhnen.

„Wenn du es gut machst, ficke ich dich danach vielleicht noch."

Ergeben öffnet sie den Mund, sofort schiebe ich meine Eichel zwischen ihre Lippen.

Maya verschluckt sich, versucht aufzustehen, doch das lasse ich nicht zu.

Sie hat gewusst, in welcher Stimmung ich bin, und ich habe sie gewarnt, jetzt muss sie damit klarkommen, dass ich keine Rücksicht nehme. Alles worum es mir geht, ist, etwas Druck abzubauen und die Kleine von vorhin aus dem Kopf zu bekommen, damit ich endlich wieder etwas klarer denken kann.

Maya seufzt und füllt ihre Lungenflügel mit Sauerstoff, dann schließt sie endlich ihre Lippen um meinen Schaft und beginnt loszulegen.

Weich, heiß und feucht umschließt ihr Mund meine Härte. Das kraftvolle Saugen und ihre raue Zunge sorgen dafür, dass es mir besser geht.

Es gibt einfach nichts Besseres im Leben als einen Blowjob.

Mit zusammengebissenen Zähnen beobachte ich, wie ihr Kopf auf und ab wippt. Da mir das alles noch nicht reicht, presse ich sie noch tiefer auf meinen Schwanz, ihre Kehle zieht sich zusammen, sie würgt, doch bleibt bei der Sache. Mit dem Becken nach oben stoßend, bringe ich sie an ihre Grenzen. Speichel läuft ihr aus dem Mundwinkel, Tränen rinnen ihr über die Wangen. Dank der Wimperntusche färben sich die salzigen Tropfen schwarz, sodass sich dunkle Spuren auf ihrer Haut abzeichnen.

Nennt mich einen herzlosen Bastard! Aber zum Teufel! Es erregt mich, wenn ich die Nutten, mit denen ich es treibe, aus ihrer Komfortzone katapultiere und sie so zu echten Emotionen zwinge. Dieses ganze vorgespielte Stöhnen und Keuchen langweilt mich. Das Wimmern, das Maya jetzt von sich gibt, ist echt und geil und es löst ein heftiges Pochen in meinen Hoden aus.

Es mag sein, dass sie es jetzt bereut, sich auf mich eingelassen zu haben, aber Fuck! Es war ihre eigene Entscheidung, sich an mich ranzumachen. Sie wollte meinen Schwanz, jetzt hat sie ihn – so einfach ist das.

Wieder und wieder ramme ich mich in die heiße Enge ihres Rachens.

Zitternd stützt sich Maya mit den Händen an meinen Oberschenkeln ab, sie versucht die Tiefe, mit der ich in sie eindringe, zu kontrollieren, doch das lasse ich nicht zu.

Das Wissen, dass sie diese Sache hier am liebsten abbrechen würde, gefällt mir.

Ob das Mädchen von vorhin gerne an Schwänzen lutscht?

Bloody Hell das würde ich nur zu gerne herausfinden.

Die Augen schließend stelle ich mir vor, dass es ihre Lippen sind, die meine Härte umschließen, dass sie diejenige ist, deren Fingernägel sich in meine Haut bohren.

Vielleicht macht sie das ja gerade, nur eben mit einem anderen Kerl?

Etwas, das sich verdächtig nach Wut anfühlt, zerplatzt in meinem Brustkorb.

Entschlossen, sie endlich zu vergessen, vergrabe ich meine Hände in Mayas Haaren, stoße grob nach oben und drücke ihren Kopf zeitgleich nach unten. Meine Hoden ziehen sich schmerzhaft zusammen – es wird nicht lange dauern, bis ich mit der Bitch fertig bin.

Die letzten Jahre hat es mit den Bitches immer super funktioniert, jetzt hingegen? Natürlich könnte ich ewig so weitermachen, aber das ist eine echt beschissene Zukunftsaussicht.

Knurrend spanne ich die Muskeln an, stelle mir vor, dass es die Lippen dieses Mädchens sind, die mich umschließen, dass es ihr heißer Atem ist, der über meine Haut streicht.

Dieses Gedankenspiel reicht aus, um mich kommen zu lassen ...

Mit stockendem Atem pumpe ich Schwall für Schwall meinen Saft in den Hals der Tussi und löse meine Hände aus ihren Haaren.

Das war gut, aber noch lange nicht genug!

Maya hebt den Kopf und sieht mich an. Aus ihrem Mundwinkel tropft mein Sperma, sie sieht ziemlich fertig aus.

Auf wackeligen Beinen steht sie auf, noch bevor sie flüchten kann, packe ich sie am Genick und beuge sie über meinen Schreibtisch. Ich greife ihr zwischen die Beine, schiebe den bereits durchnässten Stoff ihres Slips beiseite und tauche mit zwei Fingern tief in ihre zuckende Pussy. Als ich mit dem Daumen über ihren Kitzler kreise, schreit sie laut auf und drückt sich fester gegen meine Hand.

Allein das Gefühl ihrer zuckenden Spalte reicht aus, um mich erneut hart werden zu lassen. Zupfend foltere ich ihre geschwollenen Nippel, zwirbele sie erst sanft und dann immer fester, so lange, bis sie keuchend um Gnade bettelt.

Der moschusartige Geruch ihrer Lust verteilt sich im Raum, benebelt mir das Hirn.

Aye, das ist es, das lässt alle Anspannung von mir weichen.

„Ich werde dich jetzt so lang ficken, bis du unter mir zusammenbrichst!“

Kreisend streiche ich immer schneller über ihre Klit, erhöhe den Druck, spüre, wie sich ihr Unterleib immer mehr anspannt.

„Sag es Maya, sag mir, was du willst.“

Ich wühle mich durch ihre Möse, stoße mit dem Daumen tief in sie und treffe zielsicher auf den schwammigen Punkt, an dem sich all ihre Nervenenden bündeln. Die Bitch schreit, bockt und zittert.

Immer und immer wieder dringe ich in sie ein, reibe mit dem Handballen über ihre weichen Falten und spreize ihre Beine noch etwas mehr.

Der Anblick, den sie mir bietet, ist geil, dennoch schafft er es nicht, das Vanillemädchen aus meinem Hirn zu verbannen.

Mayas Pussy läuft vor lauter Nässe regelrecht über. Es dauert nicht mehr lange, bis sie auf meinen Fingern kommt.

„Zane!“

Sie schreit meinen Namen, während sie hart kommt.

Zufrieden pinne ich sie mit meinem Gewicht auf die Tischplatte, es wird Zeit, meinen Frust an ihrer Muschi abzuarbeiten. Ein Kondom aus der oberen Schublade holend, reiße ich die Verpackung auf und rolle mir die schützende Latexmembran über.

„Halt dich fest!“

Knurrend ramme ich mich mit einem gnadenlosen Stoß so tief es geht in die zuckende Bitch. *Yeah das ist es ...*

Mit einer Hand ihr Genick umfassend, halte ich sie in Position, während ich mich wieder und wieder tief in ihren Körper ramme.

Mayas innere Muskeln spannen sich an und ziehen mich noch etwas tiefer in ihre Pussy. Mein Unterleib klatscht gegen ihren Po, sie schreit laut auf. Meinen Frust an ihr abreagierend, ignoriere ich Xander, der in der Türe auftaucht und blöd grinst.

„Wie ich sehe, hast du jemanden gefunden, der deine Eier wieder aufgetaut hat.“

Prüfend sehe ich zu ihm rüber und stelle erleichtert fest, dass keine Vietnamesenfingerkette an seinem Hals baumelt – noch nicht zumindest!

Entschlossen zum Ende zu kommen, nutze ich all meine Kraft, um es der Nutte so richtig zu besorgen ...

Maya kreischt, Xander lacht und ich? Tja! Ich denke an Lippen, die nach Lebkuchen schmecken! *What a Fuck!*

4. Kapitel

Hope

Verträumt schiebe ich mir ein Stückchen Stollen in den Mund und betrachte den gigantischen, meterhohen Weihnachtsbaum, der das Zentrum des Marktes darstellt. Die tausend kleinen Lichter, die in den grünen Tannenzweigen hängen, tauchen die Buden in einen magischen Glanz. Noch immer rieseln dicke, weiße Flocken auf uns herab, alles ist genau wie in einem Märchen.

Nur die wenigsten wissen, dass dieser Markt nur dank einem Deutschen existiert. 1995 fand er hier in Chicago das erste Mal statt. Seitdem findet man hier die typischen Dinge, die es eigentlich nur in Germany gibt. Der Großteil der Aussteller reist extra aus Deutschland, etwa aus dem Erzgebirge und dem Bayrischen Wald, in die Millionenmetropole am Michigansee an und bringt dabei weihnachtliche Schnitzereien, Nussknacker, Krippen, Christbaumkugeln, Holzspielzeug und alle Arten von Festtagsdekoration mit.

Der Duft von Glühwein und Lebkuchen wird von dem Schneesturm durch Chicagos Straßenschluchten getrieben.

Dieser Christkindlesmarkt ist der älteste authentische deutsche Weihnachtsmarkt in den USA. Sein Standort könnte nicht besser gewählt sein: Inmitten des Loops, der quirligen Innenstadt, werden die fast fünfzig Holzbuden auf dem Daley Plaza zu Füßen der berühmten Picasso Statue aufgebaut. Einmal im Jahr haben wir also die Möglichkeit, Bratwurst, Glühwein, Stollen, Apfelstrudel, Kartoffelpuffer und natürlich das beliebte deutsche Bier zu genießen. Der Christkindlesmarkt wird traditionell an Thanksgiving eröffnet.

Der ganze Zauber endet am 25. Dezember. Doch bis dahin vergehen noch einige Tage, an denen ich durch die wunderschön geschmückten Stände bummeln und das Feeling genießen kann.

Zwei Geschäftsmänner bestellen sich bei mir einen Glühwein, was Kate natürlich dazu veranlasst, mich wenig dezent darauf hinzuweisen, dass einer von beiden keinen Ehering am Finger trägt.

Im Gegensatz zu mir hat Kate Glück in der Liebe. Erst vor sechs Monaten wurde mir die Ehre zuteil, ihre Brautjungfer zu sein. Seitdem schwebt sie auf Wolke sieben und will mich, zur Freude meiner Mutter, ununterbrochen verkuppeln. Was echt anstrengend ist, denn ich glaube nicht, dass sich Amor von ihr ins Handwerk pfuschen lässt. Außerdem

bin ich gerade mal dreiundzwanzig Jahre alt, was bedeutet, dass ich noch genug Zeit für die Familiengründung habe.
Erst letzte Woche hat sie mich doch tatsächlich mit Bridget Jones verglichen, dieser leicht molligen, ziemlich chaotischen Frau aus dem Fernsehen.
Im ersten Moment habe ich natürlich jede Ähnlichkeit abgestritten. Doch je länger ich darüber nachdenke, umso mehr muss ich mir eingestehen, dass es da schon so gewisse Parallelen gibt.
Meine Hüften sind etwas zu rund und ich bin, wie der Vorfall mit den zwei Rockern von heute beweist, ziemlich tollpatschig. Wenn es jemandem gelingt, sich in eine Katastrophe zu manövrieren, dann bin ich das.
In einer Sache sind sich meine Mutter und Kate absolut einig, der Mann an meiner Seite muss gute Nerven und einen ausgeprägten Beschützerinstinkt haben.
Ersteres finde ich gemein, Letzteres hingegen klingt ganz gut. Welche Frau träumt nicht von einem Kerl, der sie vor allen Gefahren dieser Welt beschützt?!
Ohne den Typen besondere Aufmerksamkeit zu widmen, stelle ich ihnen zwei Tassen dampfenden Glühwein vor die Nasen und denke dabei mal wieder an die faszinierend grauen Augen des Vizepräsidenten des *Night Riders Motorcycle Clubs.*
Keine Ahnung warum mir dieser Rocker und sein Kuss einfach nicht mehr aus dem Kopf gehen wollen, aber so ist es. In der Vergangenheit hatte ich mit so einigen heißen Typen One-Night-Stands, doch die haben mich nicht so umgehauen wie dieser Biker, dessen Lippen gerade mal für zehn Sekunden die meinen berührt haben.
Vielleicht liegt das ja nur daran, dass ich zu dem Zeitpunkt noch immer wegen des Unfalls und der Beinahe-Kollision mit der Harley unter Schock gestanden habe?
Ja, genau das muss es sein! Es liegt gar nicht an dem höllisch attraktiven Rocker, seinen starken Muskeln oder seinen markanten Gesichtszügen, sondern nur an dem Schock!
„Erde an Hope ... Erde an Hope ... kannst du mich hören?"
Die Hand, die plötzlich vor meinem Gesicht herumwedelt, reißt mich aus meinen Überlegungen.
„Wie? Was? Ja klar höre ich dich."
Kate grinst.
„Okay, dann wiederhole, was ich dir gerade erzählt habe."
Mist, erwischt ...
„Na gut, vielleicht war ich für eine Sekunde unaufmerksam. Sorry!"

Skeptisch mustert sie mich und zieht dabei eine Augenbraue nach oben.

Oh, oh, diesen Blick kenne ich.

Bevor sie mit ihrer Ich-bin-deine-beste-Freundin-und-du-musst-mir-alles-erzählen-Masche anfangen kann, hauche ich ihr ein Küsschen auf die Wange und öffne die Budentüre.

„Da gerade eh so wenig los ist, drehe ich eine Runde über den Markt und besorge mir was Leckeres. Soll ich dir was mitbringen?"

Sie schüttelt den Kopf und sieht mich misstrauisch an.

„Ich weiß, dass du mir was verheimlichst. Früher oder später verrätst du es mir ja doch. Ich kenne dich, Süße. Du kannst keine Geheimnisse für dich behalten."

Damit hat sie leider recht. Trotzdem behalte ich das verstörende Aufeinandertreffen mit den Rockern noch eine Weile für mich. Und das werde ich so lange tun, bis die Erinnerung an den Vizepräsidenten keine Schmetterlinge mehr in meinem Bauch auslöst. Das Letzte, was ich gebrauchen kann, ist, dass Kate meiner Mutter erzählt, dass ich mit einem Kriminellen geknutscht habe.

Durch die schmalen Gassen zwischen den Ständen bummelnd, sauge ich die mit weihnachtlichen Aromen geschwängerte Luft in mich auf. Links neben mir werden gestrickte Wollsocken, Bommelmützen und aus Wolle hergestellte Babyklamotten verkauft. An der darauffolgenden Bude gibt es unterschiedliche Stollen und in der nächsten handgeschnitzte Nussknacker, Kuckucksuhren und Räuchermännchen.

Gerade als ich links abbiegen will, fällt mein Blick auf einen breiten Männerrücken, der von dem unverkennbaren Death Skull des *Night Riders Motorcycle Clubs* geziert wird.

Der in schwarz-grau gehaltene Totenkopf wird von Flammen und Trivals eingerahmt und starrt mich aus seinen unheimlichen Augenhöhlen an. Die zwei Knochen, die links und rechts von ihm das große Patch zieren, sind eine deutliche Warnung. Diese Rocker machen keine halben Sachen! Ein Würfel, auf dem sechs Punkte zu erkennen sind, befindet sich rechts unter dem Totenkopf. Er steht für das Glücksspiel und die Prostitution. Eine Billardkugel, auf der eine 8. abgebildet ist, rundet das Gesamtbild ab. Wer denkt, dass diese Kugel auf eine Leidenschaft fürs Billard zurückzuführen ist, täuscht sich gewaltig. Den Regeln nach darf der 8. Ball erst versenkt werden, wenn schon alle anderen Kugeln weg sind. Diese Tatsache lässt für die 8. als Motiv einige Interpretationsmöglichkeiten offen. In einem Zeitungsartikel über die Night Riders habe ich gelesen, dass diese 8. Kugel ein Symbol für den letzten Mann ist, der nach einer Schlacht noch steht: *Last man standing.* Was so viel bedeutet wie: Gegen die Rider hat niemand eine Chance. Andererseits hingegen ist diese 8. auch ein Unglücksmotiv, denn fällt sie zu früh, ist das Spiel unweigerlich verloren. Die Phrase ‚Behind the eight ball' bedeutet so viel, wie in einer schwierigen Situation zu stecken.

Auch wenn all das Wissen, das ich über diese Biker habe, aus irgendwelchen Berichten und Artikeln stammt, kann ich mir nur zu leicht vorstellen, dass diese Männer regelmäßig in schwierigen Situationen stecken.

Neugierig was ein Member des MCs auf einem Weihnachtsmarkt zu suchen hat, ich bezweifle, dass er hier ist, um sich eine warme Bommelmütze zu kaufen, gehe ich ihm mit ausreichend Sicherheitsabstand hinterher. Ich erkenne sofort, dass es sich bei diesem Rocker weder um den gut küssenden Vize noch um diesen Xander handelt, der wegen mir von seinem Bike gefallen ist.

Im Gegensatz zu mir hat dieser Rider ein leichtes Durchkommen durch die Menschenmengen. Alle die ihn sehen, weichen ihm respektvoll aus. Ich hingegen muss mich regelrecht durch die Körper quetschen, damit ich mein Zielobjekt nicht aus den Augen verliere. Warum ich ihm überhaupt folge, weiß ich selber nicht. Wahrscheinlich verdanke ich diese Aktion meiner viel zu stark ausgeprägten Neugierde. Er wendet sich dem äußeren Rand des Marktes zu, bleibt kurz stehen und zündet sich eine Zigarette an. Der Geruch des Tabaks erfüllt die Luft. Eine besonders eisige Windböe streift über meinen Nacken und lässt mich erzittern. Schaudernd schlinge ich mir die Arme um die Taille. Ein dunkler Schatten stürmt an mir vorbei, rempelt mich an und befördert mich so auf den verschneiten Boden. Ein stechender Schmerz zuckt durch meinen Arm, ich keuche erschrocken auf. Gerade als ich dem Typen ein aufgebrachtes ‚Arschloch' hinterherrufen will, sehe ich, dass drei weitere Männer mit schwarzen Skimasken auf den Rocker zustürmen.

Was passiert hier?

Noch bevor ich wieder aufstehen konnte, blitzen in den Händen der Vermummten silberne Klingen auf ... oh mein Gott ... das ist ein Überfall!

Gerade als ich den Biker mit einem lauten Schrei warnen will, passiert es auch schon. Zwei der Typen packen den Rider an den Armen, halten ihn fest und sorgen so dafür, dass er sich nicht wehren kann, ein Dritter holt aus und rammt ihm das Messer in den Rücken. In dem Moment, in dem er ein zweites Mal zustechen will, finde ich meine Stimme wieder und schreie so laut ich kann nach Hilfe.

Der Messerstecher wirbelt zu mir herum, schimpft in einer fremden Sprache auf mich ein und nähert sich mir bedrohlich. Wieder schreie ich, mehrere Menschen werden auf uns aufmerksam, was die Angreifer dazu veranlasst, das Weite zu suchen.

Das war knapp!

Mit rasendem Puls, und vor Furcht wie gelähmt sehe ich zu dem am Boden knienden Biker. Entschlossen ihm zu helfen, schüttle ich die lähmende Todesangst ab und stehe auf. Reines Adrenalin pumpt durch meinen Kreislauf, lässt meine Hände zittern.

Als ich direkt neben dem Verletzten ankomme, schnellt dieser trotz seiner Verletzung hoch, packt mich an der Kehle und schnürt mir mit seinen Fingern die Sauerstoffzufuhr ab. Mit meinem letzten Atem hauche ich ihm zu, dass ich ihm nichts tun will, dass ich es nicht war und dass ich ihm nur helfen will. Anstatt seinen Griff zu lockern, sieht er sich prüfend um. Am Rand meines Sichtfeldes flirren schwarze Punkte, mein Brustkorb brennt und meine Lunge zieht sich gepeinigt zusammen. Ich versuche seine Hand zu lösen, doch alles, was ich erreiche, ist, dass mir die Fingernägel abbrechen.

„Lass mich los. Bitte!"

Sein Blick schnellt zu mir, endlich kapiert er, dass ich keine Gefahr für ihn darstelle und lässt mich los.

Hustend falle ich zu Boden und fasse mir an den Hals.

Die ersten Atemzüge brennen schmerzhaft, dann füllen sich meine Lungenflügel mit frischem Sauerstoff. Mein erster Instinkt ist es, abzuhauen und mich in Sicherheit zu bringen, doch das bringe ich nicht über's Herz. Vor wenigen Stunden habe ich einen Unfall verursacht, bei dem einer dieser Rider über die ganze Straße geschleudert wurde. Dass er sich dabei keine schlimmen Verletzungen zugezogen hat, war ein Wunder. Außerdem verdanke ich es ebenfalls einem Rider, dass ich nicht mit einem Beatmungsschlauch auf der Intensivstation liege. Wenn mich der Vize des MCs nicht in letzter Sekunde von der Straße gehoben hätte, wäre ich jetzt nicht hier. So wie ich das sehe, will das Schicksal, dass ich diesem Rocker helfe.

Meine Angst überwindend, sehe ich dem Biker dabei zu, wie er ein Handy aus seiner Jackentasche zieht und eine Nummer wählt. Aus der Stichwunde läuft unaufhörlich Blut, es färbt den Schnee zu seinen Füßen verdächtig rot.

Dank der spärlichen Beleuchtung scheinen die Passanten nichts davon mitzubekommen, denn sie werfen uns zwar neugierige Blicke zu, wenden sich dann aber desinteressiert von uns ab, um sich an der weihnachtlichen Stimmung der Marktstände zu erfreuen.

Panisch sehe ich mich um. Ich entdecke eine Bank nicht weit von uns und ziehe den Verletzten zu ihr rüber. Zwar wehrt er sich anfangs etwas, doch dann gibt er nach.

„Wir müssen die Blutung irgendwie stoppen."

Kaum das er sich gesetzt hat, ziehe ich mir den Schal vom Hals und presse diesen mit aller Kraft auf die Wunde.

Ich war so abgelenkt, dass ich nicht darauf geachtet habe, mit wem er telefoniert oder was er gesagt hat.

„Hast du einen Notarzt angerufen?"

Zum ersten Mal seit dem Überfall sieht er mir direkt in die Augen. Er scheint mich überhaupt erst jetzt erst richtig wahrzunehmen.

„Ja, ich habe Hilfe gerufen!"

Sehr gut. Dann muss ich jetzt nur dafür sorgen, dass er nicht verblutet, bis die Sanitäter eintreffen. Noch etwas fester zudrückend, spüre ich, wie die warme Flüssigkeit den Stoff des Schals durchdrängt und mir über die Finger rinnt.

Scheiße!

Er keucht schmerzerfüllt auf. Ich sehe, wie er die Zähne fest zusammenbeißt.

Das Läuten eines Handys vermischt sich mit den weihnachtlichen Klängen, die über den Christkindlesmarkt hallen.

Der Rocker zieht sein Handy hervor und hält es sich ans Ohr.

„Ja?" Eine Pause entsteht, dann hebt er den Kopf und sieht sich aus zusammengekniffenen Augen um. „Wir befinden uns hundert Meter östlich vom Baum."

Nach diesen Worten legt er auf.

Irgendwie kommt mir das alles langsam etwas komisch vor. Ich bezweifle, dass ihn die Rettungsleitstelle zurückruft, um seinen genauen Standort zu erfragen.

„Wer war das?"

Unsere Blicke treffen sich. Trotz der Kälte haben sich Schweißperlen auf seiner Stirn gebildet. Er braucht wirklich dringend einen Arzt!

„Meine Brüder, sie sind gleich da und kümmern sich um alles. Du solltest gehen, Mädchen!"

Er hat keinen Krankenwagen, sondern seine Kumpels angerufen?

Echt jetzt? Ich glaub ich spinne!

„Gehen? Glaubst du allen Ernstes, dass ich dich einfach so mit einer Stichwunde alleine sitzen lasse? Was ist, wenn die Angreifer zurückkommen? Wie willst du dich verteidigen?"

Trotz der Schmerzen, unter denen er ganz offensichtlich leidet, zupft ein Lächeln an seinen Mundwinkeln.

„Eben genau darum solltest du verschwinden. Was willst du schon gegen diese Typen ausrichten? Ich kann auf mich selbst aufpassen."

Mit einer Hand unter seine Kutte greifend, zieht er eine gefährlich aussehende schwarze Waffe hervor.

Ach du heilige Scheiße! Das wird ja immer besser ...

Wo bin ich da nur reingeraten?!

So langsam komme ich mir vor wie in einem Actionfilm und nicht wie auf einem Weihnachtsmarkt.

Festentschlossen diesen Rocker nicht alleine seinem Schicksal zu überlassen, versuche ich weiterhin, die Blutung zu stillen, und bleibe bei ihm.

Als er erkennt, dass es ihm nicht gelungen ist, mich wegzuschicken, blitzt etwas, das verdächtig nach Anerkennung aussieht, in seinen Augen auf.

Sein Blick gleitet zu meiner noch immer leicht schmerzenden Kehle.

„Das von vorhin tut mir leid. Das war Reflex!"

Unsicher was ich darauf erwidern soll, gebe ich ihm mit einem kurzen Nicken zu verstehen, dass ich seine Entschuldigung annehme.

Und während wir auf seine Brüder warten, spiele ich ununterbrochen mit dem Gedanken, ihm das Telefon abzunehmen und die Rettung zu rufen. Er ist verletzt, er muss in ein Krankenhaus und das schnell.

Verflixt! Da lasse ich einmal mein Handy in der Handtasche, anstatt es mitzunehmen, und schon würde ich es dringend brauchen. Aber woher hätte ich auch wissen sollen, dass ich in so eine Katastrophe hineingerate?

5. Kapitel

Zane

Müde lungere ich auf der Couch rum und zappe mich durch das beschissene TV-Programm. Es läuft nur Mist. Im Club findet eine wilde Party statt, auf die ich jedoch nicht die geringste Lust habe. Ich dachte wirklich, dass es eine gute Idee ist, einfach mal eine Nacht in meiner Wohnung zu verbringen, anstatt immer nur im Clubhaus in einem der Gästezimmer zu pennen, aber fuck! Ich war schon so lange nicht mehr zu Hause, dass es sich anfühlt, als wäre ich fremd hier. Wobei das auch daran liegen könnte, dass das Wohnzimmer bis auf die Ledercouch, den Flat-Screen und den alten Couchtisch komplett leer ist.

Bis jetzt hatte ich nicht das Bedürfnis verspürt, mich richtig einzurichten. Für wen auch? Eine Old Lady habe ich nicht und ich bin die meiste Zeit unterwegs.

Unruhig stehe ich auf, gehe in die Küche und hole mir ein Bier aus dem Kühlschrank.

Was zur Hölle ist nur los mit mir?

Liegt es nur am Winter oder hat mein Stimmungstief vielleicht noch andere Auslöser?

Es fällt mir schwer, mir einzugestehen, dass mich all die Partys und die Nutten langweilen ...

Was das Vanillemädchen wohl gerade treibt? Ob es den schwarzen String anhat?

Wie die Abende mit einer Frau wie ihr an meiner Seite wohl wären?

Vielleicht ist es wirklich an der Zeit, mich nach einer Lady umzusehen. In vier Monaten werde ich vierzig und ich führe dasselbe Leben wie mit zwanzig.

Das Vibrieren meines Handys zieht meine Aufmerksamkeit auf sich. Anhand des Klingeltons erkenne ich, dass es sich bei dem Anrufer um Caden handelt. Ohne zu zögern, gehe ich ran. Noch bevor ich etwas sagen kann, höre ich auch schon seine schmerzverzerrte Stimme.

„Ich wurde angegriffen, Zane. Auf dem Weihnachtsmarkt hat mir jemand ein Messer zwischen die Rippen gejagt.“

Seine Worte haben auf mich dieselbe Wirkung wie ein Kübel Eiswasser.

„Wie schlimm ist es?“

Ohne den Fernseher auszuschalten, eile ich in den Flur, steige in meine Stiefel und schnappe mir die Schlüssel.

„Keine Ahnung, Bro. Es blutet ziemlich heftig.“

Fuck! Fuck! Fuck!

„Beweg dich nicht ich bin schon auf dem Weg zu dir.“

Die Leitung wird unterbrochen, ich laufe die Treppen nach unten und sprinte so schnell wie möglich in die Tiefgarage.

Noch bevor ich den Motor starte, suche ich in meinen Kontakten nach Banks Nummer. Er ist nicht einfach nur irgendein Hangaround, sondern unser Clubarzt. Er hat mich nach so mancher Schießerei wieder zusammengeflickt.

Der Grund aus dem Caden nicht den Notarzt, sondern mich angerufen hat, ist nicht nur, dass wir versuchen, unsere Angelegenheiten unter uns zu klären, sondern auch, dass mehrere Haftbefehle auf ihn warten. Sollten ihn die Cops in die Finger kriegen, fährt er wegen mehrerer Delikte für etliche Jahre in den Knast ein.

Nachdem ich Banks darüber informiert habe, dass er so schnell wie möglich zum Club kommen soll, gebe ich Gas. Ohne mich für Geschwindigkeitsbegrenzungen zu interessieren, schlängle ich mich durch den dichten Verkehr. Knapp zehn Minuten später komme ich in der Innenstadt und somit beim Christkindlesmarkt an.

Da mir nicht die Zeit bleibt, das große Gelände nach ihm abzusuchen, rufe ich Caden kurzerhand an, um mich nach seinem genauen Standort zu erkundigen.

Er verrät mir, dass sie sich hundert Meter östlich des großen Weihnachtsbaums befinden.

Bevor ich ihn fragen kann, wer bei ihm ist, legt er auch schon wieder auf.

Bereit alles und jeden, der sich mit dem Club anlegen will, plattzumachen, ziehe ich meine Waffe und löse die Sicherung. Sie unter meiner Kutte verbergend, renne ich in die Richtung, in der ich meinen Bruder vermute.

Was eine verfluchte Scheiße!

Ich würde mein Bike darauf verwetten, dass das ein Vergeltungsschlag der Vietnamesen war. Und wenn ich mit dieser Vermutung richtig liege, wird Long bei unserem nächsten Besuch definitiv mehr als drei lächerliche Finger verlieren!

Das Erste was ich sehe, ist ein großer Blutfleck – der war zu erwarten, aber das Zweite, was mir ins Auge sticht, kommt überraschend.

Was zum Teufel hat das Mädchen mit den Lebkuchenlippen bei Caden zu suchen?

Je näher ich den beiden komme, umso klarer wird mir, dass es meinem Bruder überhaupt nicht gut geht. Er ist blass und seine Mimik ist schmerzverzerrt. Die Frau, die ich seit Stunden zu vergessen versuche, steht hinter ihm und versucht verzweifelt, die Blutung zu stoppen.

Als sie mich kommen sieht, zuckt sie im ersten Moment erschrocken zusammen, dann fängt sie sich wieder und bemüht sich um eine neutrale Miene. Sie ignorierend, widme ich meine volle Aufmerksamkeit Caden.

„Hey Bro, wie sieht's aus? Kannst du laufen? Du musst dringend zu Banks."

Meine Frage entlockt dem Mädchen ein aufgebrachtes Schnauben, ehe sie mir wütend mitteilt, dass wir ihn gefälligst in ein Krankenhaus bringen müssen.

Da sie nicht weiß, wie wir solche Angelegenheiten klären, ignoriere ich ihr Gezicke einfach. Sich auf meiner Schulter aufstützend, versucht Caden aufzustehen. Es gelingt ihm zwar kurz, doch dann fällt er mit einem gezischten „Fuck!" zurück auf die Bank.

Bis zu meinem Wagen ist es nicht weit. Doch in seinem Zustand wird uns der Weg ewig vorkommen.

Fluchend lege ich ihm einen Arm um den Brustkorb und helfe ihm hoch.

„Los Püppchen, stütz du ihn an der anderen Seite."

Statt meinem Befehl Folge zu leisten, erdolcht sie mich mit einem wütenden Blick.

„Das ist unverantwortlich! Er muss in eine Klinik!"

Da uns die Zeit davonrennt, beschließe ich, ehrlich zu ihr zu sein.

„Du kannst mir helfen ihn schnellstmöglich zu meinem Wagen zu bringen, oder du kannst zicken. In ein Krankenhaus kann und werde ich ihn, egal wie deine Entscheidung ausfällt, nicht bringen. Noch bevor ihn sich ein Arzt auch nur angesehen hätte, wäre er mit Handschellen an das verdammte Krankenbett fixiert und der Staatsanwalt, der Wichser, würde sich vor Freude in die Hosen scheißen! Also, wie sieht es aus? Packst du mit an oder willst du ihn hier verbluten lassen?"

Sie zögert kurz, ehe sie Caden dabei hilft auf den Füßen zu bleiben.

Zusammen schaffen wir ihn so schnell wie möglich zu meinem Wagen.

„Der letzte Satz war unfair. Was glaubst du wohl, was ich die ganze Zeit gemacht habe, bis du aufgetaucht bist? Ich habe versucht ihm zu helfen!"

Aye, das weiß ich.

„Dafür danke ich dir, Kleines. Du hast bei mir was gut."

Sie gerät unter Cadens Körpergewicht ins Stolpern, fängt sich jedoch gleich wieder.

„Du hast mich gerettet und jetzt helfe ich dir dabei, deinen Freund zu retten. Ich würde sagen, wir sind quitt!"

Wenn sie das so sehen will, auch gut.

Am Pick-up angekommen reiße ich die Hintertür auf und wir legen ihn auf die Rückbank.

„Steig ein und drück während der Fahrt auf die Wunde. Unser Doc ist gut. Aber eine Bluttransfusion wird er im Clubhaus nicht durchführen können!“

Reglos bleibt sie stehen und sieht mich verwirrt an.

„Du willst, dass ich mitkomme?“

Sie klingt entsetzt.

„Ja, während der Fahrt kann ich mich schlecht selbst um ihn kümmern.“

Zögerlich sieht sie von mir zu Caden, zum Christkindlesmarkt und wieder zurück zu mir.

„Verdammt Mädchen, auf was wartest du? Eine schriftliche Einladung, oder was?“

Mit sichtlicher Überwindung klettert sie neben Cadens Füße auf die Rückbank, packt sich den Pullover von mir, der hinten liegt, und presst ihn mit aller Kraft auf die Wunde.

Erleichtert werfe ich die Türe zu und steige ein.

Dank meines aggressiven und rücksichtslosen Fahrstils kommen wir keine zehn Minuten später am Gelände der Night Riders an. Das ist ein neuer Rekord!

Banks erwartet uns bereits. Neben seinen Füßen steht seine abgewetzte Arzttasche, die er so gut wie immer bei sich hat.

Mason und Xander kommen auf uns zugeeilt. Nachdem ich ihnen in Kurzfassung erzählt habe, was passiert ist, tragen wir Caden zusammen ins Innere.

„Legt ihn auf den Billardtisch.“

Sein Leder ziehen wir ihm vorsichtig aus, mit dem Rest seiner Klamotten gehen wir nicht so vorsichtig um. Ich sehe das Vanillemädchen unsicher neben dem Eingang stehen und befehle Maya, dass sie sich um unseren Gast kümmern soll.

Welch eine Ironie! Die Bitch, die ich vorhin dazu benutzt habe, um das Mädchen mit den Lebkuchenlippen zu vergessen, führt dieses nun auf die Toiletten, damit es sich die Hände waschen kann. Wenige Minuten später tauchen die zwei wieder auf und setzen sich an die Bar. Ich beobachte, wie Maya der schönen Fremden einen Schnaps vor die Nase stellt. *Was für ein völlig verrückter Tag ...*

Den Blick von den beiden Frauen losreißend, frage ich Banks, wie ich ihm helfen kann.

Die nächsten dreißig Minuten versuchen meine Brüder und ich einfach alles, um Cadens Leben zu retten.

6. Kapitel

Hope

Ich zittere, mir ist schrecklich kalt und ich bilde mir noch immer ein, das Blut des Rockers an den Händen zu spüren. Natürlich ist das Quatsch, denn ich habe sie eine gefühlte Ewigkeit unter heißem Wasser und mit jeder Menge Seife geschrubbt. Dennoch sehe ich immer wieder auf meine Finger, um mich zu versichern, dass sie wirklich sauber sind. Kate habe ich auch schon angerufen, sie war zwar etwas verwirrt, als ich ihr gesagt habe, dass ich einen Bekannten getroffen und spontan mit diesem mitgegangen bin. Aber die Wahrheit hätte ich ihr wohl schlecht sagen können. Ich kenne meine Freundin, sie hätte sofort die Polizei gerufen und wäre wie eine kampfbereite Amazone hier aufgetaucht, um mich aus den Fängen der Kriminellen zu befreien.

Eine nette, ziemlich spärlich bekleidete Frau stellt mir einen Shot nach dem anderen vor die Nase, und was soll ich sagen? Der Alkohol hilft mir tatsächlich dabei, mich wieder etwas zu beruhigen. Während ich die Augen kaum von dem Verletzten abwenden kann, scheint die Frau die Ruhe selbst zu sein. Es wirkt fast so, als wäre ein abgestochener Mann, der auf einem verdammten Billardtisch liegt und notdürftig wieder zusammengeflickt wird, kein Grund für sie, um in Panik zu geraten.

Nach und nach wird mir immer deutlicher bewusst, in welcher Gefahr auch ich geschwebt habe. Es hätte nicht mehr viel gefehlt und ich hätte ebenfalls ein Messer in den Rücken gerammt bekommen.

Ohne darüber nachzudenken kippe ich mir einen weiteren Schnaps in die Kehle und genieße das heftige Brennen, das sich meine Speiseröhre hinab in meinen Magen vorarbeitet. Besorgt lausche ich den Männern und atme erleichtert auf, als ich höre, dass wohl keine Organe in Mitleidenschaft gezogen wurden. Wenn sich dieser Arzt nicht irrt, dann hat Caden noch mal Glück im Unglück gehabt. Zwar hat er viel Blut verloren, aber er sollte es, wenn sich keine Infektion bildet, überleben.

Die Anspannung, die uns alle fest im Griff hatte, löst sich merklich auf und ich kämpfe gegen die Tränen an.

So eine verfluchte Scheiße!

Man hört in den Nachrichten immer wieder von Überfällen, Messerstechereien und anderen schlimmen Sachen. Aber dass ich mal live bei so etwas dabei sein werde, hätte ich nicht gedacht. So wie ich die Situation einschätze, ist es ein echtes Wunder, dass dieser Rocker noch lebt. Die Angreifer waren zu viert und er alleine!

Erneut erschauere ich, die Frau, deren Namen ich nicht kenne, sieht mich nachsichtig an und schenkt mir noch etwas von der klaren Flüssigkeit ein.

Dieses Mal nippe ich nur an dem Schnapsglas und lasse meinen Blick, um mich etwas abzulenken, durch den gigantischen Raum schweifen, in dem ich mich gerade befinde.

Wer hätte gedacht, dass ich jemals im Clubhaus des *Night Riders Motorcycle Club* sitze? Neben den zwei Billardtischen entdecke ich noch zwei Flipperautomaten, eine uralte Jukebox, mehrere Dartscheiben und unzählige Sitzgelegenheiten wie Sofas, Sessel und Stühle. Es riecht nach Rauch, Leder und Desinfektionsmittel. Der Boden besteht aus schwarzen Fliesen, die Wände sind zum Großteil mit gigantischen Spiegeln versehen worden. Es gibt nur zwei kleine Fenster. Die Bar, an der ich sitze, wirkt extrem professionell und erinnert eher an einen modernen Nacht- und nicht an einen Rockerclub. Direkt neben mir befinden sich drei Türen. Eine davon steht offen und so kann ich in den langen, nur spärlich beleuchteten Gang sehen, der sich geheimnisvoll wie der Beginn eines Labyrinths um die Ecke schlängelt.

Auf der anderen Seite der Halle, direkt neben einem großen Harley Davidson Poster, entdecke ich eine Treppe, die nach unten führt.

Zu meinem Erstaunen wirkt alles ziemlich sauber. Weibliche Stimmen werden laut, ich drehe den Kopf und sehe eine Handvoll Frauen auf mich zukommen. Ohne gemein sein zu wollen, aber jede von ihnen sieht aus, als wäre sie direkt aus einem Porno gefallen. Zwar sehen sie, dass einer der Biker verletzt wurde, doch sie interessieren sich nicht wirklich dafür ... Eine Welle der Abneigung schlägt über mir zusammen, es kostet mich einiges an Selbstbeherrschung, dass ich ihnen nicht ihre, mit Glitzer zugebombten Augen auskratze.

Unruhig rutsche ich von dem Barhocker, leere das Glas und lasse den Kopf kreisen, um etwas von der Anspannung, die mich fest im Griff hat, zu lösen.

Kaum das ich mich zu dem Billardtisch umdrehe, begegne ich auch schon dem Blick des Vizepräsidenten. Groß und kraftvoll steht er neben dem Arzt. Die Muskeln in seinen Armen zucken und auf seiner Stirn haben sich zwei tiefe Falten gebildet. Er sah noch nie attraktiver aus!

Seine sturmgrauen Iriden wirken wie zwei Asteroiden, seine vollen Lippen ziehen meine Aufmerksamkeit magnetisch auf sich. Am liebsten würde ich jetzt auf ihn zugehen, mich an seinen harten Körper lehnen und seine Kraft spüren. Ich will diesem Biker meine Arme um den Nacken schlingen, mich auf die Zehenspitzen stellen und ihn tief und langsam küssen ...

Verdammt! Was zur Hölle ist nur mit mir los?

Nach dem was ich heute auf dem Weihnachtsmarkt erlebt habe, sollte mir eigentlich mehr als klar sein, dass die Welt dieser Rocker gefährlich und tödlich ist, und dennoch sehne ich mich nach diesem bösen Biker, als wäre er mein Rettungsanker.

Wie ein Reh, das von den tödlichen Scheinwerfern eines sich nähernden Autos paralysiert ist, stehe ich reglos da und starre den Rider an.

Ich bin so auf ihn konzentriert, dass ich nichts von dem, was um mich herum geschieht, mitbekomme.

Warum übt dieser Mann nur eine so starke Anziehungskraft auf mich aus?

Die Frau hinter der Bar stupst mich an, reißt mich so aus dem tranceartigen Zustand.

Erschrocken zucke ich zusammen und drehe mich wieder zu ihr um.

So nett ihre Frage auch gemeint sein mag, ich habe keine Antwort für sie.

Ein schmerzerfülltes Keuchen hallt durch die große Halle.

Neugierig riskiere ich einen prüfenden Blick zu dem Billardtisch und sehe, dass der Doc jetzt damit anfängt die Wunde zu nähen. *Ich glaube, mir wird schlecht ...*

Über meine eigenen Füße stolpernd, eile ich zur Türe, renne raus auf den Hof und presse so viel frische Luft wie möglich in meine Lunge.

Heilige Scheiße!

Es fühlt sich falsch an nach so einem Vorfall keine Polizei zu rufen. Und es fühlt sich noch viel falscherer an, dass Caden auf einem Billardtisch zusammengeflickt wird und nicht in einem Krankenhaus!

Was mache ich hier eigentlich?

Die Zufahrt anvisierend, laufe ich einfach los.

Hier draußen, in der Kälte, entfaltet der viele Alkohol schlagartig seine Wirkung und ich beginne zu wanken. Es fühlt sich so an, als würde sich der Boden unter meinen Füßen bewegen. *Na ganz toll, das habe ich gerade noch gebraucht.* Der positive Effekt des vielen Schnapses ist jedoch, dass ich so langsam beginne, alles etwas lockerer zu sehen.

Erst steigt ein Glucksen in mir auf, dann verziehen sich meine Lippen zu einem ungläubigen Grinsen. *Das Schicksal nimmt manchmal schon seltsame Wege ...*

Über die Ironie und Absurdität dieser ganzen Geschichte lachend, halte ich mir den Bauch und schlinge mir die Arme um die Rippen, als ein fieses Seitenstechen einsetzt.

Was auch immer das für eine klare Flüssigkeit war, sie hat eine ordentliche Wirkung. Vielleicht sollte ich noch mal zurückgehen und mir eine Flasche davon mitnehmen – nur so für alle Fälle?!
Kurz zögernd, setze ich meinen Weg in Richtung normale Welt fort.
„Was soll das werden, Mädchen? So schnell entkommst du mir nicht!"
Kurz bevor ich bei dem verschlossenen Tor, das von zwei Rockern bewacht wird, ankomme, ertönt eine vertraute Stimme, und ein muskulöser Arm schlingt sich von hinten um meine Taille.
Ich quietsche erschrocken auf, mein Schrei verstummt in der Sekunde, in der ich herumgewirbelt werde und sich feste Lippen auf die meinen pinnen.
Meine Hände unter die Kutte des Vizepräsidenten der Night Riders schiebend, sauge ich seine Wärme in mich auf. Bestimmend dringt er in mich ein. Seine Zunge wühlt sich durch meinen Mund, stiehlt mir nicht nur den Atem, sondern raubt mir zugleich den Verstand.
Obwohl ich bis in die Zehenspitzen spüre, dass dieser Biker Gefahr bedeutet, will ich ihn nicht von mir stoßen, sondern mich an ihn kuscheln und bei ihm sein.
Bin ich bei dem Sturz vorhin mit dem Kopf aufgeschlagen?
Habe ich eine Gehirnerschütterung und kann deshalb nicht mehr klar denken oder was ist hier los?
Stöhnend erwidere ich seine Eroberung, knabbere an seiner Unterlippe und taste mich mit den Fingern an seinem Oberkörper hinab zu seinem Hosenbund.
Ich will Sex, mit ihm, jetzt!
Die Erkenntnis trifft mich wie ein Schlag. Nicht darüber nachdenkend, ob es richtig oder falsch ist, schiebe ich meine Hand in seine Jeans und umfasse sein bereits anschwellendes Glied.
Wow! Wenn mich mein Tastsinn nicht täuscht, dann ist dieser Biker verdammt gut ausgestattet. Ein raues Knurren ausstoßend, lässt er mich für die Dauer ein paar Herzschläge gewähren, ehe er meine Hand aus seiner Hose zieht.
„Fuck, Püppchen! Bist du irre? Seit du mir vors Bike gestolpert bist, kann ich an nichts anderes denken, als daran, dich tief und hart zu ficken. Dein Geschmack hat mir das Hirn vernebelt, ich kriege dich einfach nicht mehr aus dem Kopf."
Aber das klingt doch gut. Irgendwie verstehe ich seine Aufregung nicht.
„Das heißt, du willst mich?"
„Aye Baby, mehr als du dir vorstellen kannst. Und das sollte dir Angst

machen. Du solltest flüchten, rennen und um Gnade betteln und nicht deine gierigen kleinen Finger um meinen Schwanz schließen."

Mir ist klar, dass er durchaus die Wahrheit spricht, doch ich will gar nicht um Gnade betteln, sondern ihn anflehen, mich in sein Bett zu tragen.

Vielleicht liegt es am Alkohol, vielleicht auch einfach daran, dass dieser Rockervize der interessanteste und zugleich faszinierendste Mann ist, dem ich jemals begegnet bin. In den Tiefen seiner Augen ertrinkend, stelle ich mich auf die Zehenspitzen und verführe ihn zu einem langsamen jedoch leidenschaftlichen Zungenspiel. Dieser Kuss ist so heiß und verlockend, dass ich erst merke, dass es wieder zu schneien angefangen hat, als unzählige kleine Eiskristalle unsere Gesichter bedecken.

Als er sich eine kleine Ewigkeit später von mir löst, bin ich nicht nur atemlos, sondern auch schrecklich erregt.

Ist das der Beginn meines persönlichen Weihnachtswunders oder der Anfang einer Katastrophe? Ich weiß es nicht, aber ich bin durchaus gewillt, es herauszufinden.

Mühelos hebt er mich hoch und trägt mich mit großen Schritten zurück zum Clubhaus und direkt in den labyrinthähnlichen Gang von dem Dutzende Abzweigungen und Türen abgehen. Plötzlich bleibt er stehen und sieht mich an.

„Ich bin gefährlich für dich. Das solltest du wissen, bevor du dich auf das hier einlässt, Mädchen!"

Soll das eine Warnung sein?

„Und ich bin schon groß und kann gut auf mich aufpassen, das solltest du wissen, bevor du dich auf das hier einlässt, Rocker!"

Schmunzelnd öffnet er die Türe und trägt mich in das dahinter liegende Zimmer.

Bevor ich mich genauer umsehen kann, tackert er seine Lippen auch schon wieder auf die meinen. Seufzend schiebe ich ihm meine Zunge in den Mund, koste sein herbes Aroma und spüre, wie es zwischen meinen Schenkeln immer feuchter wird.

Er setzt sich. Platziert mich auf seinen Beinen und schiebt mir den Mantel von den Schultern. Als Nächstes löst er den Haargummi, der meine Locken zusammenhält, und verteilt sie über meinen Schultern.

Nach Luft schnappend, beende ich unser wildes Zungenspiel und fülle meine Lungenflügel mit frischem Atem.

Mit den Fingern durch meine Haare streichend, beugt er sich vor und streift mit seiner Nase an meinem Hals entlang. Ich höre, wie er meinen

Duft einsaugt und spüre, wie sich sein Glied gierig durch den Stoff unserer Kleidung gegen meinen Po presst.

Die Aufnäher, die sein Leder zieren, genauer betrachtend, bleibe ich an dem Vizepräsidenten-Patch hängen.

„Ich kenne noch nicht mal deinen Namen."

Ein Lächeln umspielt seine Mundwinkel.

„Zane, freut mich dich, gleich ficken zu dürfen."

Aha! Stellt man sich etwa so in einem Motorcycle Club vor? Interessant!

Beschwipst wie ich bin, beschließe ich, mich auf das Spiel einzulassen.

„Hope, freut mich, gleich von dir multiple Orgasmen geschenkt zu bekommen."

Seine rechte Augenbraue nach oben ziehend, grinst er mich frech an. Wenn er mich so ansieht, wirkt er wie ein netter Kerl und nicht wie ein gnadenloser Rider.

„Multiple? Davon war nie die Rede."

Am Klang seiner Stimme erkenne ich, dass er mich aufziehen will.

„Tja, das ist aber der Preis, wenn du in mein Höschen willst. Ich bin eine verdammt anspruchsvolle Frau ..."

Zane legt den Kopf leicht schief, und beginnt, die Knöpfe meiner Bluse zu öffnen.

Einen nach dem anderen, bis er den Stoff auseinanderziehen und so meine Brüste entblößen kann. Die Victoria Secret Kreation, für die ich mich heute Morgen entschieden habe, ist Pink und besteht so gut wie nur aus transparenter Spitze, die mit kleinen Perlen besetzt ist.

„Zum Teufel! Ich glaube, ich bin gestorben und im Himmel gelandet."

Zufrieden, dass ihm gefällt, was er sieht, knabbere ich an seinem Ohrläppchen, schnuppere an ihm und stöhne wohlig auf, als er damit beginnt, meine Nippel durch den BH hindurch zu necken.

Halleluja! Mein letzter Sex ist definitiv schon zu lange her ...

Da ich in der Vergangenheit schon so einige böse Überraschungen nach One-Night-Stands erlebt habe, beschließe ich, dass es besser ist, gleich von vornherein Klartext zu reden. Die Stirn gegen seine Schulter pressend, drücke ich mich seinen geschickten Fingern entgegen. Ein Stöhnen unterdrückend, konzentriere ich mich darauf, einen anständigen Satz zu formulieren, was dank dem Mix aus Alkohol und Erregung, der durch meine Adern rauscht, nicht so leicht ist.

„Wir müssen erst darüber reden, was das hier ist, Zane."

Ein Lachen rumpelt in seinem Brustkorb.

„Oh, ich weiß genau, was es ist, Püppchen."

Das bezweifle ich.

„Diese Nacht ist eine einmalige Sache! Nur Sex, keine Versprechen, keine Verpflichtungen und auch sonst nichts, was die Sache zwischen uns verkomplizieren könnte. Klar?“

Ich spüre, wie er nickt.

„Klingt gut. Wenn du auf Liebesschwüre aus bist, dann bist du bei mir eh an der falschen Adresse, Mädchen.“

Obwohl das genau das ist, was ich hören wollte, zuckt dank seinen Worten ein unangenehmer Stich durch meinen Brustkorb.

Verflixt was ist nur los mit mir?

„Morgen bei Sonnenaufgang rufe ich mir ein Taxi und dann sehen wir uns nie wieder. Du wirst einfach nur eine abenteuerliche Erinnerung für mich sein, Zane.“

Die Häkchen meines BHs öffnend, streift er mir die Träger über die Arme, vergräbt anschließend seine Finger in meinen Haaren und reißt meinen Kopf bestimmend nach hinten, sodass sich unsere Blicke treffen.

„Perfekt. Genau das wollte ich dir auch vorschlagen.“

Seine Lippen um meine linke Brustwarze schließend, zieht er sie saugend in seine heiße Mundhöhle, züngelt darüber und lässt mich seine Zähne spüren. Süße Pein erfüllt mein Denken, bringt meinen Schoß zum Pochen.

Er wiederholt diesen Vorgang so lange, bis ich am ganzen Leib zittere und ihn leise nach mehr anbettele.

7. Kapitel

Zane

Sie will eine einmalige Nummer – einfach nur Sex und fertig.

Im Grunde genommen entspricht das zu hundert Prozent meinen Gewohnheiten. Dennoch stört es mich, dass Hope mich, noch bevor es überhaupt zur Sache gegangen ist, als Erinnerung abstempeln will. Die meisten Frauen tun einfach alles, um meine Aufmerksamkeit auf sich zu ziehen, und versuchen mich mit allen Mitteln an sich zu binden. Diese hier hingegen verkündet rundheraus, dass sie einfach nur gefickt werden will und dass sie viele Orgasmen erwartet.

Immer mal was Neues ...

Als sie vorhin nach draußen gegangen ist, habe ich mir nichts dabei gedacht. Ich bin ihr nur gefolgt, weil ich sehen wollte, wie es ihr geht. Immerhin war das doch ein ziemlich heftiger Tag für Hope. Doch dann musste ich feststellen, dass sie sich still und heimlich davonschleichen wollte – das konnte ich nicht zulassen.

Seit ich sie vor Xanders Harley gerettet habe, spukt mir dieses Mädchen im Kopf herum. Ich hatte mich längst damit abgefunden, dass ich sie nie wiedersehen werde.

Aber jetzt, wo ich sie durch Zufall wiedergefunden habe, werde ich sie nicht einfach so davonkommen lassen. Nicht bevor ich mich an ihr austoben konnte und mein Hunger nach ihr gestillt ist. Die Lippen dieses Mädchens schmecken genauso, wie ich es in Erinnerung hatte, und ich weiß jetzt schon, dass mir eine Nacht mit dieser Frau nicht reichen wird.

Holy Fuck!

Der heutige Anschlag auf Caden ist der beste Beweis dafür, wie gefährlich die Welt, in der ich lebe, ist. Der Tod lauert hinter jeder Ecke, allzeit bereit, sich einen Rider zu schnappen und in die nie endenden Höllenfeuer zu verschleppen.

Morgen, wenn es Caden besser geht, werden Mason und ich herausfinden, was genau passiert ist und unsere Konsequenzen daraus ziehen. Doch bis dahin werde ich mich an dem faszinierenden Geschöpf austoben, das sich stöhnend und halb nackt auf mir rekelt.

In den vergangenen Jahren wurde unser Club oft angegriffen. Zum Teil waren es gezielte Anschläge auf einzelne Member. Meistens hingegen ging es jedoch darum, den MC im Gesamten zu schaden. Das was Hope mir während der Fahrt vom Christkindlesmarkt hierher erzählt hat, lässt mich darauf schließen, dass dieser Überfall ein Racheakt der Vietnamesen war. Zwar hat Hope immer wieder betont, dass die Täter

Masken getragen haben, aber sie hat auch gesagt, dass sich die Angreifer in einer merkwürdig klingenden Sprache unterhalten haben.

Wenn sich herausstellen sollte, dass ich mit meiner Vermutung recht habe, werden meine Brüder und ich diese Wichser plattmachen. Wir werden sie die geballte Macht des *Night Riders Motorcycle Clubs* spüren lassen und dafür sorgen, dass uns aus dieser Ecke keine Gefahr mehr droht. Zwar werden wir diese Aktion finanziell zu spüren bekommen, aber das ist irrelevant.

Es geht darum, Macht und Stärke zu demonstrieren. Wenn sich herumspricht, dass uns die Vietnams angegriffen und wir nicht darauf reagiert haben, lässt uns das schwach aussehen und das müssen wir verhindern.

Auge um Auge – Zahn um Zahn – Blut für Blut!

Mit den Fingerspitzen durch das Tal ihrer Titten streichend, beobachte ich, wie sich ihre Lippen für ein leises Keuchen teilen.

Hope ... Hoffnung ...

Dieser Name muss ein Zeichen sein. Intuitiv spüre ich, dass Caden wieder gesund wird.

Ein seltsamer Gedanke schießt mir durch den Kopf. Was, wenn das Mädchen mit den Lebkuchenlippen die Lösung für meine innere Unruhe ist, die mich seit Wochen quält? Was, wenn sie die Macht hat, mir endlich das zu geben wonach ich unterbewusst schon seit Jahren suche?

Mich vorbeugend sauge ich die zarte Haut ihres Halses ein, beiße mich an ihr fest und verpasse ihr ein sichtbares Zeichen. Sie wollte eine Erinnerung, jetzt hat sie eine.

Mein Schwanz ist mittlerweile so hart, dass es schmerzt. Wenn ich sie nicht bald ficke, drehe ich durch. Ungeduldig stehe ich auf, werfe Hope in die Mitte des Bettes und beginne damit, ihr die Hose auszuziehen. Erst als sie nackt und schutzlos vor mir liegt, bin ich zufrieden. Gierig lasse ich meine Augen über ihre Rundungen gleiten, brenne mir ihren Anblick tief in mein Gedächtnis ein.

Der unverkennbare Geruch von feuchter Muschi steigt mir in die Nase, sorgt dafür, dass sich meine Hoden puckernd zusammenziehen. Keine Ahnung wie es mir gelingen soll, sie nach dieser Nacht einfach gehen zu lassen? Vielleicht sollte ich sie einfach so hart rannehmen, dass sie morgen keinen Schritt mehr laufen kann, dann muss sie zwangsweise bei mir bleiben und ist mir zugleich wehrlos ausgeliefert.

Dieses Mädchen als meine Sexsklavin zu behalten würde mir gut gefallen ...

„Ich zeig dir meins, wenn du mir deins zeigst."

Während sie spricht, lässt sie langsam ihre Schenkel auseinanderfallen und präsentiert mir so die geschwollenen Falten ihrer Pussy. Feuchtigkeit rinnt aus ihrem Spalt, benetzt das Bettlaken. *Bloody Hell! Was für ein Anblick!*

Ob dieses Paar Lippen ebenfalls nach Lebkuchen schmecken?

Nicht mehr lange und ich werde es herausfinden!

Als ob sie meine Gedanken hören konnte, grinst sie mich keck an und reibt kreisend über ihren Kitzler.

„Und noch ein kleiner Tipp, du musst lecken, wo es rosa ist ..."

Nun öffnet sie mit den Fingern ihre Pussy für mich, sodass mein Blick auf ihre zuckende Öffnung fällt.

Der Anblick, den Hope mir bietet, ist so geil, dass ich die Zähne zusammenbeißen und mich echt anstrengen muss, um nicht wie ein Teenager in meiner Hose abzuspritzen.

Ohne mir die Zeit zu nehmen, mich auszuziehen, knie ich mich auf die Matratze, umfasse ihre Knöchel und ziehe sie zu mir heran.

An dem Funkeln, das sich in ihren Augen ausbreitet, erkenne ich, dass sie genau weiß, dass ich kurz vor dem Durchdrehen bin.

„Also lecken, wo es rosa ist?"

Den Kopf senkend, reibe ich mit der Nase über ihren Venushügel, inhaliere ihr köstliches Aroma und knurre anerkennend, als mir der intensive Geruch von Vanille entgegenschlägt.

Hungrig ziehe ich mit den Händen ihre Schamlippen auseinander, lecke mich quer durch ihren Spalt. Zuckend bäumt sie sich auf, krallt sich in meinen Haaren fest und biegt den Rücken durch. Festentschlossen sie zum Schreien zu bringen, dringe ich mit meiner Zunge so weit wie möglich in sie ein, reibe mit dem Daumen über ihren Anus und übe leichten Druck aus.

Diesen Vorgang ein paar Mal wiederholend, werde ich mit einem heiseren Keuchen belohnt. Die Innenwände ihres Fötzchens zucken erregt, während mich ihr Geschmack süchtig macht. Dieses Mädchen hat dieselbe Wirkung wie Heroin auf mich.

Einmal angefixt, für immer abhängig ...

Mit zwei Fingern in ihre triefende Pussy stoßend, genieße ich ihren verzweifelten Schrei.

Hope hält sich nicht zurück, zieht mich an den Haaren, zerkratzt mir die Schultern und schlingt mir ihre Beine um den Nacken.

Entschlossen, an meinem Mund zu spüren, wie sie kommt, beginne ich mit der Zunge das Alphabet über ihrer Klit nachzuspuren. Ich komme bis zum F, dann spüre ich, wie sich Hopes Unterleib zuckend zusammenzieht. Immer mehr ihres Geschmacks flutet meinen Mund

und tropft mir übers Kinn. Ich trinke ihren Orgasmus, schiebe ihr einen Finger in den Arsch und grinse zufrieden, als sie sich in eine wahre Wildkatze verwandelt.

Kreischend reibt sie sich an meinen Lippen, drückt ihren Po fester auf meinen Finger und verrät mir so, dass sie darauf abfährt es anal besorgt zu bekommen.

Verdammt! Diese Frau passt einfach perfekt zu mir!

Was gibt es Besseres, als in den engen Muskel eines schreienden Mädchens zu stoßen und ihren Körper auf diese Weise mit meinem Saft vollzupumpen?

Erst als ihre Zuckungen nachlassen, sie ihre Krallen aus meinen Armen löst und ein leises „Halleluja!“ von sich gibt, ziehe ich meine Zunge aus ihrer Pussy und wische mir mit dem Handrücken über den Mund.

Von mir aus könnte die Welt untergehen oder das Clubhaus in Brand gesetzt werden. Das wäre mir jetzt alles egal!

Alles was in dieser Sekunde für mich zählt, ist, mich in dieses Mädchen zu stoßen – mich bis zum Anschlag in ihr zu vergraben und ihr in die Augen zu sehen, während ich abspritze.

„Respekt, Rider. Das mit dem Rosa hast du echt drauf!“

Ach, was sie nicht sagt.

„Wollen wir doch mal sehen, wie du abgehst, wenn ich meinen Schwanz in dich stoße.“

Aus halb gesenkten Lidern sieht sie zu mir hoch, zupft sich an den Nippeln und bietet mir eine Show, die ich so schnell nicht wieder vergessen werde ...

Bei allen Ridern! Sie weiß es vielleicht noch nicht, aber sie gehört mir! Nur mir!

Dieses Mädchen ist alles, was ich mir jemals gewünscht habe – das und noch viel mehr.

Mit Hope an meiner Seite habe ich eine echte Chance, glücklich zu werden. Sie ist meine Hoffnung auf ein erfülltes Leben.

8. Kapitel

Hope

Zanes Stimme ist ein dunkles Grollen, in dem pure Verheißung mitschwingt ...

Der Ausdruck, den seine quecksilbernen Iriden angenommen haben, kann nur als wild und hungrig beschrieben werden.

Dieser Rocker hat mich gerade nach Walhalla geleckt. Ohne übertreiben zu wollen, aber das war mit das Geilste, was ein Mann je mit mir gemacht hat.

Wenn dieser Night Rider in der Lage ist, mich nur mit seiner Zunge und seinen Fingern so heftig kommen zu lassen, wie wird es dann erst mit seinem Schwanz sein?

Noch immer nicht ganz bei mir, sehe ich Zane dabei zu, wie er sich auszieht.

Seine Kutte hängt er vorsichtig über den Stuhl, der neben der Türe steht, mit dem Rest seiner Sachen geht er nicht so vorsichtig um. Die schmeißt er einfach auf den Boden.

Nach wenigen Herzschlägen steht er groß, nackt und beeindruckend vor mir.

Sein Körper ist der eines Kriegers. Wohl definierte Muskeln so weit das Auge reicht. Neben unzähligen Narben zieren Dutzende von Tattoos seine Haut.

Manche sehen älter aus und wurden nicht so präzise gestochen, andere hingegen sind wahre Kunstwerke. Auf seiner rechten Schulter windet sich eine gefährliche aussehende Schlange. Bis auf ihre giftgrünen Augen ist sie komplett in Schwarz gehalten. Ihr Schwanz windet sich an Zanes Arm hinab und wickelt sich mehrmals um seinen beeindruckenden Bizeps. Mittig auf seiner Brust thront der Death Skull, der auch auf seiner Kutte abgebildet ist. Meine visuelle Reise fortsetzend, stoppe ich erst an seiner Hüfte, auf der sich zwei überkreuzte Revolver befinden, deren Mündungen auf seinen absolut göttlich aussehenden Penis gerichtet sind.

Oh wow! Nein! Da ist schon ein Doppel-Wow fällig ...

Zane hat den längsten, dicksten und zugleich am geilsten aussehenden Schwanz, den ich jemals gesehen habe. Er ist leicht nach oben gebogen. Dicke Adern winden sich über die beeindruckende Länge und münden in der violett schimmernden Eichel. An dem kleinen Spitz ganz vorne perlt ein einzelner cremiger Tropfen, den ich nur allzu gerne ablecken würde. Wie er wohl schmeckt? Bestimmt nach Gefahr und Abenteuer ...

Nur weil ich seit Jahren Single bin, bedeutet das noch lange nicht, dass ich sexuell unerfahren bin. Trotzdem bezweifle ich ernsthaft, dass ich Zanes Gerät in mir aufnehmen kann.

„Gefällt dir, was du siehst, Püppchen?“

„Allerdings! Aber eines wüsste ich ja schon gerne, braucht Mann ab einer gewissen Länge nicht einen Waffenschein?“

Über meinen Witz lachend, kommt er zu mir ins Bett, kniet sich zwischen meine Beine und lässt die Spitze seines Gliedes durch meine Falten gleiten. Alleine durch diese unschuldige Berührung beginnt mein Herz wie verrückt zu rasen. Teils aus Erregung, teils aus Angst. So scharf ich auch darauf bin, endlich von ihm gefickt zu werden, bin ich mir echt nicht sicher, wie sein Monsterding in mich reinpassen soll.

Sein Glied gegen mich pressend, drücken sich seine Eier gegen meinen Eingang, während seine Eichel auf meinem Bauchnabel ruht.

Heilige Mutter Gottes steh mir bei ...

„Yeah Baby, jetzt bist du nicht mehr so vorlaut. Was?“

Zane bemerkt meine Unsicherheit und grinst mich selbstsicher an.

„Lass dir eines gesagt sein Mädchen. Ich lasse dir keine andere Wahl als ihn komplett in dir aufzunehmen. Erst wenn ich bis zum Anschlag in dir stecke, werde ich zufrieden sein.“

Meint er das ernst?

Seine Drohung bringt mein Blut zum Kochen. Verrückterweise kann ich es kaum erwarten, dass er seine Worte wahr macht.

In dem Moment, in dem er an meinen empfindlichen Brustwarzen zupft, fokussiert sich meine Welt auf den Rocker über mir. Die Angst, die sich seit dem Überfall in mir festgesetzt hat, löst sich in Luft auf. Alles was jetzt noch zählt, sind er und ich und das, was wir im Begriff sind zu tun.

Seine Lippen streifen über die meinen. Stöhnend öffne ich mich ihm, heiße ihn willkommen. Unsere Zungen treffen sich, verschmelzen miteinander und beginnen ein sinnliches Duell.

Herr im Himmel, kann dieser Night Rider küssen ...

Meine Beine zittern vor Ungeduld. Obwohl ich mich vor seinem Eindringen fürchte, kann ich es irgendwie auch kaum erwarten.

Eine bittersüße Ewigkeit später beendet Zane langsam unseren Kuss und stöhnt dabei leise. Nach Halt suchend, kralle ich mich an seinen breiten Schultern fest, genieße die Kraft, die dieser Mann ausstrahlt.

Kratzend lasse ich meine Nägel über die straffen Wölbungen seines Sixpacks gleiten.

Feste Muskeln, weiche Haut und ein dünner Streifen dunkler Haare, der mich auf geraden Weg zu seinem Glied führt ...

Zane stößt ein ungeduldiges Knurren aus. Langsam umfasse ich seine Härte, lasse meine Augen an seinem Body nach unten gleiten und stelle fest, wie klein meine Hand neben seinem Schwanz aussieht.

Unglaublich ...

Seine Oberschenkel spannen sich an, zucken ungeduldig, so als könnten sie es kaum erwarten, mit aller Kraft in mich zu stoßen.

Sachte streiche ich über die seidige Haut an seiner Eichel, verreibe den Tropfen und schlucke gierig. Ungeduldig umfasse ich seinen harten Schaft und pumpe mit der Hand über seinen Phallus.

„Jetzt bist du mir hilflos ausgeliefert. Ich kann mit dir machen, was ich will und du hast mir nichts entgegenzusetzen."

Zu meiner Überraschung fürchte ich mich nicht davor, dass er seine körperliche Überlegenheit ausnutzt und mich verletzt.

Wie kann es sein, dass ich mich in den Armen dieses Bikers so sicher fühle?

Unsere Lippen treffen sich erneut wie von selbst.

Leise wimmernd lasse ich mich fallen. Zane umfasst meine Taille und hebt meinen Unterleib an, sodass sich sein harter Schwanz verführerisch gegen mich presst.

Ein animalisches Knurren ausstoßend, richtet er sich auf, verschlingt mich mit seinen Blicken. Das Spiel seiner Brustmuskulatur fasziniert mich, ich streiche mit den Fingern über seinen tintenverzierten Oberkörper.

„Deine Pussy läuft regelrecht aus, du kleines Luder kannst es kaum erwarten von mir gebumst zu werden."

Das dunkle Timbre seiner Stimme hallt in meinem Unterleib nach. Er beugt sich zu mir herab und lässt mich sein Gewicht spüren.

Haut an Haut. Wir sind uns so nah wie nur irgend möglich.

Instinktiv schlinge ich meine Arme um seinen Nacken. Einen bedeutungsvollen Moment sehen wir uns an, ehe wir uns wild und stürmisch küssen.

Unsere Zähne schlagen krachend aufeinander, seine raue Zunge stiehlt mir gekonnt den Atem. *Ich bin verloren ...*

Fieberhaft lasse ich meine Hände über seinen Rücken gleiten, sein Atem kommt laut und stoßweise.

Mein Spalt pocht sehnsüchtig. Mein Kitzler ist geschwollen und meine Brustwarzen sind empfindlich. Jede Zelle meines Körpers sehnt sich danach, von diesem Rocker berührt und in Besitz genommen zu werden.

Viel zu schnell beendet er unseren Kuss, seine Nasenflügel blähen sich.

Ich will ihn anfassen, erkunden und berühren. Aber kaum, dass ich ihn berühre, fängt er meine Hände ein und presst sie über meinem Kopf in das Kissen.

„Mach langsam Frau, oder ich verliere die Kontrolle!"

Meine Brustwarzen in seinen Mund saugend, beißt er sachte zu.

Keuchend schnappe ich nach Luft, die süße Pein breitet sich wie ein Waldbrand in meinen Nervenbahnen aus.

„Ich will dich ficken!"

Winzige Schweißperlen bilden sich in meinem Nacken.

Zane löst seine rechte Hand von meinen Gelenken und umfasst sie nun nur noch mit der linken. Das ist meine Chance ... Ich versuche mich zu befreien – vergebens.

Dieser Mann hat einfach viel mehr Kraft als ich.

Träge streicht er mit seinen Fingern durch meine Möse, dringt leicht in mich ein, treibt mich gezielt weiter Richtung Höhepunkt.

Das Kribbeln in meinem Bauch wird immer stärker, meine Pussy zieht sich sehnsüchtig zusammen. Ich will, dass er mich endlich nimmt und mir beweist, dass ich seiner Größe gewachsen bin.

Von Leidenschaft getrieben, presse ich meine Lippen wieder auf die seinen.

Zanes Zunge wühlt sich durch meinen Mund.

Seine Augen verweilen auf meinen Brüsten, seine Wangenmuskulatur beginnt zu zucken.

„Fuck, bist du schön. Die schönste Frau, die ich jemals gesehen habe!"

Ich kann hören, dass er sich nicht mehr lange beherrschen kann.

Plötzlich verdunkelt sich seine Mimik. Innerhalb des Bruchteils einer Sekunde verwandelt Zane sich in den bedrohlichen Rocker-Vizepräsidenten, der er ist.

Unsicher suche ich seinen Blick.

Ein dunkles Grollen löst sich aus seiner Kehle.

„Diese eine Nacht wird mir nicht reichen! Ich brauche dich wieder und wieder."

In seiner Stimme schwingt eine solche Entschlossenheit mit, dass ich erschaudere.

Dieser Rider durchstößt meine mühsam um mein Herz errichteten Schutzmauern mit so einer Leichtigkeit, dass es mir Angst machen sollte, doch das tut es nicht.

Auch ich spüre tief in meinem Inneren, dass ich ihn beim ersten Sonnenstrahl nicht einfach abservieren will. Woran das liegt?

Vielleicht daran, dass mich dieser Rocker von der ersten Sekunde an fasziniert hat.

Zanes raue Zunge gleitet über meinen Hals, an meinem Schlüsselbein hinab, durch das Tal zwischen meinen Brüsten hinab zu meinem Bauchnabel.

Ich spüre seine Zähne, die an meinem Beckenknochen knabbern, ehe er mit seinen Fingern meine Falten teilt und über meine Klitoris züngelt.

„Ich will wieder und wieder lecken, wo es rosa ist ..."

Er klingt amüsiert. Bei Gott! Warum sollte ich ihn, bei der Zungenfertigkeit, die er an den Tag legt, davon abhalten? In meinen Kitzler beißend, entlockt er mir einen lauten Schrei.

Instinktiv will ich seinem Mund ausweichen, die Empfindungen sind einfach zu intensiv, doch dann saugt er versöhnend an meinem Knubbel und ich verzeihe ihm.

Das zwischen Zane und mir ist verrückt, zum Scheitern verurteilt und ohne die geringste Chance auf ein Happy End. Trotzdem unternehme ich nichts, um ihn zu stoppen.

Ich will das hier – ich will ihn – und ich will ihn ganz.

Mit zweien seiner Finger gleitet er tief in mich, krümmt sie und trifft auf diesen einen Punkt tief in meinem Inneren, der all meine Gedanken zerplatzen lässt.

„Schrei für mich, Püppchen. Ich will, dass der ganze Club mitbekommt, dass du mir gehörst!"

Gnadenlos vergräbt er seine Zähne so fest in der Innenseite meines Oberschenkels, dass ich mich aufbäume und nach Luft schnappe. Der heftige Schmerz vermischt sich mit der Lust, die durch meinen Kreislauf pulsiert. Der immer stärker werdende Druck, der sich in meinem Unterleib ausbreitet, raubt mir den Atem.

Heute Morgen bin ich aufgestanden und habe mit einem ganz normalen Tag gerechnet. Jetzt hingegen liege ich stöhnend unter einem gefährlichen Night Rider und muss höllisch aufpassen, dass er sich nicht in mein einsames Herz schleicht.

Meine Scheidenwände zurren sich um seine Finger zusammen, ich stehe erneut vor einem allumfassenden Höhepunkt.

Mein Stöhnen wird immer lauter, es fühlt sich so an, als wäre ich kurz davor zu explodieren. Dieser Biker leckt mich nicht einfach nur, er frisst mich regelrecht auf.

Ich versuche wirklich, einigermaßen leise zu sein, und kämpfe gegen das Zittern, das sich in mir ausbreitet, an, doch diesen Kampf kann ich nicht gewinnen.

Nachdem er mir seine Finger entzogen hat, rammt er sie ein letztes Mal tief in mich, während er unermüdlich durch meinen Spalt leckt.

Der laute, fast schon verzweifelte Schrei, der sich aus meiner Kehle löst, erfüllt den mir unbekannten Raum.

Ohhhhh meiiiiiinnnnn Gooootttt!

Seine breite Brust vibriert dank des animalischen Knurrens, das er von sich gibt. Keuchend und kraftlos beobachte ich, wie er sich vor mir aufrichtet, ein dämonischer Ausdruck legt sich auf seine markanten Gesichtszüge.

Plötzlich lässt er sich auf mich fallen und umfasst mit einem unnachgiebigen Griff meinen Kiefer.

„Du hättest mich stoppen sollen, Süße. Jetzt ist es zu spät und ich bin süchtig nach dir. Zum Teufel! Ich kann es kaum erwarten, dich wieder und wieder zu ficken."

Mit einem ungläubigen Lachen schüttelt er den Kopf.

„In den vergangenen Jahren habe ich so viele Bitches gebumst, dass ich mich nicht mal mehr an ihre Gesichter erinnere, geschweige denn an ihre Namen. Jede von ihnen war nichts weiter als ein Ventil, um Druck abzubauen. Doch bei dir ist es anders – du bist anders. So lange ich dich will, werde ich dich behalten, danach sehen wir weiter."

Zanes Dominanz ist auf eine düstere Art höllisch sexy, doch auch irgendwie einschüchternd. Unsicher was ich sagen soll, erwidere ich einfach nur seinen Blick.

Zwischen meinen Schenkeln pocht es, mein Puls rast und mich beschleicht das Gefühl, dass diese Nacht mein ganzes Leben auf den Kopf stellen wird.

Sein hartes Glied stupst gegen meinen Eingang. Lang, extrem dick und leicht nach oben gebogen, wartet es nur darauf, endlich zum Einsatz zu kommen.

Ich schlucke hart und presse mich ihm entgegen.

Zane packt mich an den Knien, reißt sie weit auseinander und legt sich auf mich. Das kratzende Geräusch, als seine Barthaare über meine Schulter streichen, lässt mich erschaudern. Meinen Hals mit unzähligen Küssen übersäend, entlockt er mir ein lustvolles Keuchen. Mit belegter Stimme raunt er mir ins Ohr, dass ich nach Lebkuchen schmecke und dass er mich am liebsten auffressen würde. Um seinen Worten mehr Nachdruck zu verleihen, lässt er seinen Schwanz durch meine Spalte gleiten und beginnt, an meinem Ohrläppchen zu knabbern. Zane verführt mich, er bringt mich dazu, mich ihm völlig zu öffnen.

„Ich will dich, Rocker."

„Dann sollst du mich bekommen."

Der dicke Wulst seines Schwanzes drückt sich in mich, ich keuche gequält auf. Er ist einfach verdammt groß! Allein die wenigen

Zentimeter seines Glieds dehnen mich so sehr, dass ich kaum noch atmen kann.

„Oh verflixt, du wirst mich zerreißen."

Wimmernd versuche ich ihm auszuweichen, doch er hält mich bestimmend fest.

„Sei ein tapferes Mädchen und bleib still liegen."

Zanes Muskeln spannen sich an, seine Härte gleitet noch ein Stückchen tiefer in mich.

„Bereit?"

Er wartet nicht auf meine Antwort, pinnt mir einen Kuss auf die Stirn und stößt mit aller Kraft zu. Die Wucht, mit der er sich in mich rammt, lässt das Bettgestell laut knacken und bringt mich zum Schreien.

Es fühlt sich unglaublich an, ihn komplett in mir zu haben. Sein Schwanz ist so lang, dass ich nicht spüren kann, wo ich anfange und wo er endet.

Für ein paar Sekunden gelingt es ihm, stillzuhalten, damit ich mich an seine Invasion gewöhnen kann. Ich spüre deutlich, wie viel Kraft es ihn kostet, nicht sofort in einen tiefen, harten Rhythmus zu verfallen.

„Atme meine Süße, atme ..."

Zane bedeckt mit seiner großen Hand meinen Bauch, so als würde er spüren wollen, wie weit er in mir steckt. Meine Pussy zuckt, sein raues Stöhnen übertönt mein lustvolles Keuchen.

„Du fühlst dich unglaublich an, Baby ..."

Mein Herz schlägt wummernd gegen meine Rippen, der Schmerz wandelt sich in pure Lust, die wie Feuer in meinem Inneren wütet.

„Fick mich endlich! Zeig mir, wie es ist, wenn man es von einem Rider besorgt bekommt."

Seine Augen blitzen auf. Ich spanne meinen Unterleib an und fordere ihn so noch mehr heraus.

„Du willst es hart?"

Ich nicke.

„Sicher?"

Wieder nicke ich.

Mehr Aufforderung scheint Zane nicht zu benötigen.

Langsam zieht er sich aus mir zurück, nur um einen Atemzug später mit aller Kraft erneut in mich zu stoßen. Der Rhythmus, in den er verfällt, ist tief und gnadenlos. Bei jedem Vorstoß werde ich auf der Matratze nach oben katapultiert.

Ich schnappe japsend nach Luft, halte mich an ihm fest und kneife die Augen zusammen.

Mein Inneres ist so gedehnt, dass ich jede Ader und jede Erhebung seines Gliedes spüren kann. Stöhnend komme ich ihm entgegen, werde immer aktiver und fordere ihn so heraus, mich noch härter ranzunehmen.

Wir verschmelzen miteinander, verbinden uns, verlieren uns ganz in dem Gefühl, eins zu sein. In meinem Bauch beginnt ein Sternenregen, es fühlt sich an, als würde ich fliegen. Meine Zehenspitzen krümmen sich, meine Beine zittern.

Der Druck, der sich in meinem Inneren aufgebaut hat, explodiert schlagartig. Der Orgasmus, der mich gleich einer Feuerwalze überrollt, lässt meine Synapsen durchbrennen. Ich schreie, presse mich Zane entgegen und fordere alles.

Das ist unglaublich!

Völlig enthemmt rammt er sich immer fester in mich, verliert die Kontrolle und knurrt bei jedem Atemzug. Er stößt sich ein letztes Mal bis zum Anschlag in mich und verharrt dann reglos in dieser Position. Zane zuckt, brüllt und lässt seinen Kopf in den Nacken fallen. Etwas Heißes flutet mein Inneres und ich weiß, dass es sein Sperma ist, das er tief in mich pumpt und dass wir die Verhütung vergessen haben.

Unsere Blicke treffen sich, ich versuche das gerade Geschehene zu begreifen.

Keiner von uns findet die richtigen Worte, um zu beschreiben, was wir eben erlebt haben. Ich traue mich kaum zu atmen. Zane beugt sich zu mir, streichelt mir zärtlich eine Strähne aus dem Gesicht und küsst mich unsagbar zärtlich, während er langsam aus mir gleitet. Ein Stöhnen entweicht mir, am liebsten hätte ich ihn noch für eine Weile in mir behalten. „Alles okay bei dir, Püppchen?"

Wenn ich das nur wüsste.

Gibt es überhaupt Worte um den Zustand, in dem ich mich gerade befinde, zu beschreiben? Ich glaube nicht. Zumindest wollen mir keine einfallen.

Meine Nerven vibrieren noch immer vor Anspannung, mein Kopf fühlt sich an, als wäre er mit Popcorn gefüllt und in meinem Unterleib pulsiert und pocht es.

„Sag was, Süße? War ich zu grob mit dir?"

Sorge spiegelt sich in Zanes Augen, mein Herz zieht sich zusammen und in meinem Brustkorb breitet sich ein warmes Prickeln aus.

Die warnende Stimme meines Unterbewusstseins ignoriere ich einfach. Ich habe jetzt wirklich keine Lust die tausend Empfindungen, die meinen Verstand bombardieren, zu analysieren.

Ich schiebe meine Gedanken beiseite, drücke Zane einen feuchten Kuss auf den Brustkorb und kuschle mich an ihn.

„Das war genial. Das mit den multiplen hast du echt drauf."
Ein Lächeln zupft an seinen Lippen.
„Ich bin noch nicht mit dir fertig, das war nur Runde eins."
„Das ist ein Scherz, oder?"
Die Entschlossenheit, die ihm ins Gesicht geschrieben steht, ist mir Antwort genug.
Mit den Fingerspitzen streiche ich erst über den Würfel mit den sechs Punkten und anschließend über den bedrohlich wirkenden Totenkopf.
Ein Knurren ausstoßend, beißt er die Zähne zusammen.
„Du hast mich verhext, Mädchen."
Blitzschnell schlingt er seine starken Arme um mich, ich fühle mich so sicher und geborgen wie noch nie zuvor in meinem Leben.
Ein zufriedenes Lächeln breitet sich auf meinem Gesicht aus.
Das eben war sicherlich kein Kuschelsex, doch es scheint ihm nichts auszumachen, dass ich mich jetzt an ihn schmiege.
Seufzend drehe ich mich auf die Seite und lege mich zur Hälfte auf ihn, sodass wir uns nun ansehen können.
Mit seiner Hand durch meine verwuschelten Locken gleitend, streift er mir seinen warmen Lippen über meine Schulter. Zanes Finger gleiten über meinen Rücken hinab zu meinem Po bis zwischen meine Schenkel. Als er die Feuchtigkeit spürt, die aus mir herausläuft, wird das Grau seiner Augen eine Nuance dunkler.
„Fuck! Wir haben das Kondom vergessen. Das ist mir ja noch nie passiert."
„Ich nehme die Pille. Wenn du sauber bist, sollte also alles gut sein."
Auf seiner Stirn bilden sich zwei tiefe Falten.
„In meinem ganzen Leben habe ich noch nie mit einer Frau gefickt und keinen Schutz benutzt. Außerdem war ich erst letzten Monat Blut spenden, da wurde ich auf alles Mögliche getestet. Mach dir also keine Sorgen, Süße."
Beruhigt und zugleich verwundert spure ich mit einem Finger die Konturen seiner Tattoos nach.
„Du warst Blut spenden?"
Zane nickt.
„Aye, so oft wie meine Brüder und ich welches brauchen, kann es nicht schaden, wenn wir dafür sorgen, dass die Blutbanken regelmäßig Nachschub bekommen."
Das klingt nicht nur verständlich, es macht mir auch erneut klar, wie gefährlich sein Leben zu sein scheint.
Nicht sicher, was ich darauf erwidern soll, wende ich den Blick ab und sehe mich genauer um. Wobei es nicht viel zu sehen gibt. Meine Augen

bleiben an dem Holster hängen, in dem seine Waffe steckt. Vorhin war ich so lusttrunken, dass ich die gar nicht bemerkt habe.

Eine Gänsehaut überzieht meine Arme, ich schlucke schwer. Zane folgt meinem Blick und flucht leise.

„Hör mal, Püppchen. Es gibt für dich keinen Grund, mich zu fürchten."

Ein schiefes Lächeln legt sich auf sein Gesicht.

„Na gut, vielleicht doch. Immerhin bin ich regelrecht besessen von dir und deiner süßen Pussy und ich werde dich wahrscheinlich nicht mehr so schnell aus den Augen lassen. Aber glaube mir, wenn ich dir sage, dass ich meine Waffe, wenn ich sie in deiner Nähe jemals verwenden werde, nur dazu benutze, um dich zu beschützen. Das schwöre ich dir!"

Zu meinem Erstaunen zweifle ich keine Sekunde lang an seiner Aufrichtigkeit. Es mag sein, dass Zane zu den Bösen gehört, doch das bedeutet nicht, dass ich ihm nicht vertrauen kann, denn das tue ich erstaunlicherweise seit der ersten Sekunde, seit er mich von der Straße gehoben und so davor bewahrt hat, von dem Bike zerquetscht zu werden.

Ohne lange darüber nachzudenken, spreche ich die Frage aus, die mir auf der Zunge liegt.

„Was ist das zwischen uns beiden?"

Geräuschvoll einatmend, zuckt er mit den Schultern.

„Ich weiß es nicht. Die Dinge, die du mich fühlen lässt, sind völlig neu für mich. Was ich dir aber unter Garantie sagen kann, ist, dass ich noch lange nicht mit dir fertig bin. Ich will dich wiedersehen, dich besser kennenlernen und mir noch eintausend Küsse von deinen Lebkuchenlippen stibitzen."

„Lebkuchenlippen? Das klingt witzig."

Mir seinen Daumen auf den Mund legend stützt er sich auf den Ellenbogen.

„Du schmeckst nun mal so. Einfach köstlich und süchtig machend."

Das ist das süßeste und zugleich außergewöhnlichste Kompliment, das ich jemals bekommen habe.

Um ihm nicht zu zeigen, wie emotional ich gerade bin, versuche ich mich an einem Witz.

„Und was kommt als Nächstes? Zuckerstangensex?"

Wie ein Bär brummend packt er mich an den Schultern und rollt sich auf mich, sodass ich unter ihm begraben bin.

„Das klingt nach einer grandiosen Idee. Dumm nur, dass ich gerade keine da habe. Aber das werde ich schnellstmöglich ändern und dann werden wir ja sehen wie deine süße Pussy schmeckt, nachdem ich es dir mit einer Zuckerstange besorgt habe."

Unsicher, ob er das tatsächlich ernst meint, presse ich bei den Bildern, die in meiner Fantasie entstehen, seufzend die Beine zusammen, was Zane zum Lachen bringt.

„Wie ich sehe, kannst du es kaum erwarten.“

Anstatt ihm zu wiedersprechen laufe ich rot an.

„Am liebsten würde ich dich jetzt auf den Rücken drehen und mich erneut bis zum Anschlag in dir vergraben.“

Sein schon wieder anschwellendes Glied presst sich fordernd gegen meinen Schenkel.

Wir küssen uns stürmisch. Und während er langsam in mich gleitet und mein Herz vor Glück zu zerspringen droht, frage ich mich, ob es tatsächlich sein kann, dass Santa Claus meinen Wunsch erhört und mir einen Rocker zu Weihnachten geschenkt hat ...

Epilog – 23. Dezember

Die letzten Tage vor Heiligabend sind immer die anstrengendsten. Nachdem die meisten meiner bereits gekauften Geschenke von Autoreifen zermalmt wurden, musste ich mich erneut ins weihnachtliche Getümmel stürzen und die kaputtgegangenen Dinge ersetzen. Auch auf dem Christkindlesmarkt ging es zu wie verrückt.

Davon abgesehen war einiges an Überzeugungsarbeit nötig, um Kate zu versichern, dass ich von dem Vizepräsidenten des *Night Riders Motorcycle Clubs* nicht entführt wurde, sondern dass ich freiwillig mit ihm mitgegangen bin.

Seit wir uns vor fünf Tagen das erste Mal begegnet sind, schwebe ich auf Wolke sieben. Eigentlich sollte es mich erschrecken, dass ich für diesen Rocker gegen all meine Regeln, die eigentlich dazu gedacht waren, mein Herz zu schützen, verstoßen habe, aber das tut es nicht. Ganz im Gegenteil. Zu meinem Erstaunen verbringe ich wirklich gerne meine Zeit im Clubhaus. Und weil ich Caden geholfen habe, scheint Xander mir auch verziehen zu haben, dass er wegen mir vom Bike gestürzt ist.

Jedes Mal, wenn ich davon rede, dass ich selbstverständlich für den Schaden an seiner Harley aufkomme, verwuschelt er mir in einer brüderlichen Geste die Haare, drückt mir zu Zanes Leidwesen einen Kuss auf die Stirn und sagt mit brummiger Stimme, dass ich die Klappe halten soll.

Um den ach so harten Bikern eine Freude zu bereiten, habe ich gestern einen Tannenbaum zum Club gebracht und diesen mit Miniaturmotorrädern, schwarzen Christbaumkugeln und, wie sollte es auch anders sein, Zuckerstangen dekoriert. Selbst mit den Frauen, die dort ihre komplette Zeit verbringen, komme ich einigermaßen gut klar. Was mich echt stört, ist, dass sie von allen als Bitches betitelt werden, aber das scheint in einem Motorcycle Club gang und gäbe zu sein. Zane hat mir erklärt, dass es in einem Rockerclub genau zwei Arten von Frauen gibt. Die Schlampen, an denen sich jeder vergreifen darf, und die Old Ladys, die mit großem Respekt behandelt werden. Dumm nur, dass es bei den Night Riders noch keine Ladys gibt. Als ich Zane vergangene Nacht gefragt habe, in welche der beiden Kategorien ich falle, hat er mich gepackt, über seine Schulter geworfen und in das Zimmer verschleppt, in dem wir schon unsere erste Nacht verbracht haben. Nachdem er an alle Stellen geleckt hat, die rosa sind, hat er mich gefragt, wie ich mich fühle: wie eine Lady oder wie eine Bitch.

Geantwortet habe ich nicht – *aber verdammt* – ich habe mich wie eine Prinzessin gefühlt.

Auch jetzt gerade sitze ich an der Bar des Clubs und lese mir die heutige Schlagzeile, in der es darum geht, dass mehr als vier Dutzend tote Vietnamesen in drei abgebrannten Lagerhallen aufgefunden wurden, durch.

Zum großen Ärger der Polizei gibt es keine Hinweise auf die Täter ...

An dem Tee nippend, den ich mir vorhin aufgegossen habe, hebe ich, als ich Zanes Stimme höre, den Kopf.

Die Sitzung, an der nur die neun wichtigsten Member des Clubs teilgenommen haben, scheint vorbei zu sein. Die Jungs wirken zufrieden, fast wie eine Horde Löwen, die gerade eine Gazelle verschlungen haben. Mason, der Präsident der Night Riders, boxt mir sanft gegen die Schulter und setzt sich neben mich. Er ist ein wirklich attraktiver Mann, ich schätze ihn auf Mitte vierzig. Seine eigentlich braunen Haare sind grau meliert und seine Gesichtszüge würden aristokratisch wirken, wenn da nicht diese schiefe Nase wäre, der deutlich anzusehen ist, dass sie schon mehrfach gebrochen gewesen sein muss.

„Na alles klar, kleine Elfe?"

Diesen Spitznamen hat er mir verpasst, als er bemerkt hat, dass ich total weihnachtsfanatisch bin.

„Ja, alles bestens. Ich habe alle Geschenke verpackt, mein Baum ist geschmückt und die Plätzchen sind fertig gebacken. Ich würde sagen, Santa Claus kann kommen."

Kaum, dass das Wort Plätzchen gefallen ist, taucht auch schon Xander hinter mir auf und will wissen, wo sein Anteil geblieben ist. Dieser Kerl hat einfach immer Hunger auf Naschkram.

„Wenn du lieb ‚bitte, bitte' sagst, verrate ich dir, das zwei Dosen voll in der Küche auf dem Kühlschrank stehen."

So schnell er hinter mir aufgetaucht ist, so schnell ist er auch wieder verschwunden.

Zane stellt sich hinter mich, schlingt mir seine Arme um die Taille, vergräbt seine Nase in meinem Nacken und inhaliert meinen Duft.

„Bist du bereit, Püppchen?"

Neugierig sehe ich ihn über meine Schulter hinweg an.

„Wofür?"

Das Funkeln in seinen Augen verrät mir, dass er Blödsinn im Kopf hat.

Anstatt etwas zu sagen, hält er mir seine Hand vors Gesicht, zwischen seinen langen Fingern baumelt eine rot-weiße Zuckerstange.

Mein gehauchtes „... Oh ..." quittiert er mir einem frechen Zwinkern.

Noch bevor ich weiß, was los ist, hebt er mich hoch, verpasst meinem Po einen Klaps und trägt mich Richtung Bett. Ich quietsche laut, als ich auf die Matratze geworfen werde. Die Türe mit einem Tritt schließend, entfernt Zane die Klarsichtverpackung und legt die süße Stange neben mir auf die Decke. Dann beginnt er sich auszuziehen, was dafür sorgt, dass mein Puls unkontrolliert in die Höhe schnellt.

Will er das wirklich durchziehen?

Kaum dass sein letztes Kleidungsstück auf den Boden fällt, widmet er sich mir. Als er sich an meiner super eng anliegenden Skinny Jeans abmüht und damit droht sie mir vom Leib zu schneiden, muss ich kichern. Erst als er sich nach dem Messer bückt, das er so gut wie immer in einer ledernen Scheide an seinem Gürtel trägt, kapiere ich, dass er es absolut ernst meint, und helfe ihm dabei, meine störenden Klamotten loszuwerden.

Seine Lippen finden meinen Bauch, seine Zähne verwöhnen meine Nippel und seine Zunge bahnt sich einen Weg an meinem Hals nach oben ...

Mehr braucht es nicht, um mich vor Lust zergehen zu lassen.

Wir küssen uns stürmisch. Zane schluckt mein Seufzen, raubt mir den Atem und lässt seine rechte Hand zwischen meine Beine gleiten.

Mit dem Daumen um meinen Kitzler zirkelnd, entlockt er mir einen heiseren Schrei.

Es ist immer wieder unglaublich, wie schnell Zane es schafft, mich an den Rand des Erträglichen zu bringen. Dieser Rocker weiß ganz genau, wie und wo er mich berühren muss, um mich innerhalb von wenigen Minuten kommen zu lassen.

Dieses Mal hingegen scheint er andere Pläne zu haben. Denn anstatt mich über die Klippe zu schicken, stoppt er das Spiel seiner Finger, haucht mir einen Kuss auf die Lippen und taucht dann zwischen meine Schenkel ab.

Rau und heiß leckt seine Zunge durch meinen Spalt, massiert meine Klit und dringt in mich ein. Keuchend kralle ich mich an seinen Haaren fest und presse meinen Unterleib noch etwas fester gegen sein Gesicht.

Zane versteht sofort, was ich will, und lässt zwei Finger in mich gleiten.

Wieder stehe ich kurz davor abzuheben, wieder spürt er es und stoppt.

Frustriert und ungeduldig flüstere ich ihm zu, dass er ein fieser Arsch ist, was ihn dazu verleitet, mir in genau diesen zu kneifen.

„Ich denke, du bist jetzt feucht genug."

Was?

„Feucht genug wofür?"

Er sagt nichts, sondern knabbert an der empfindlichen Haut meines Innenschenkels und greift nach der Zuckerstange.

Oh ... Oh ... Er meint das tatsächlich ernst!

Gespannt stütze ich mich auf die Ellenbogen auf und beobachte, wie er das abgerundete Ende durch meine Schamlippen gleiten lässt. Instinktiv spreize ich meine Knie noch etwas weiter, sodass er besseren Zugang zu meiner Pussy hat.

„Braves Mädchen."

Mit dem Daumen über meine zuckende Öffnung streichend, führt er die Stange ebenfalls dorthin, dreht sie um und lässt das schmale Ende in mich gleiten. Erst als sie bis zur Hälfte in mir steckt, zieht er sie wieder raus und schiebt sie sich anschließend in den Mund. Ein zufriedenes Brummen ausstoßend, lutscht er sie ab und schließt dabei genüsslich die Augen.

Fasziniert beobachte ich ihn dabei, wie er sie wieder in mich gleiten lässt. Dieses Mal jedoch führt er sie mir bis zum Anschlag ein. Die weihnachtliche Süßigkeit in mir zu haben ist ein seltsames, jedoch nicht unangenehmes Gefühl. Der sich auflösende Zucker löst ein leichtes Prickeln aus, das mir ein Stöhnen entlockt.

„Wusste ich doch, dass das meinem Mädchen gefällt."

Mit den Händen meine Schamlippen auseinanderziehend, drückt er die Zuckerstange mithilfe seiner Zunge noch etwas tiefer in mich, ehe er das Zuckerlust-Gemisch aus meiner Spalte leckt.

Das Gefühl etwas Verbotenes, Anstößiges zu tun, verpasst mir einen Kick. Zitternd, keuchend und zutiefst erregt beobachte ich meinen Rocker dabei, wie er es mir mit seiner Zunge und der eigentlich unschuldigen Süßigkeit besorgt.

Wieder und wieder saugt er die Stange aus mir heraus, nimmt diese in den Mund und schiebt sie wieder in mich hinein. Sein Rhythmus wird immer schneller, die Welle der Lust, die über mir hereinbricht, immer stärker.

Als er sie das nächste Mal in mich stößt, seine Zunge hinterherschiebt und mich regelrecht auffrisst, passiert es – ich explodiere.

Stöhnend lasse ich mich von einem unglaublich heftigen Höhepunkt hinfort reißen. Zurück auf das Kissen sinkend, drücke ich mich Zanes geschickten Lippen entgegen, klemme seinen Kopf zwischen meinen Beinen ein und hoffe, dass er niemals wieder damit aufhört. Ein Beben nach dem anderen erschüttert meinen Unterleib. Jetzt, in genau diesem Augenblick bin ich mir absolut sicher, dass Santa Claus meinen Wunsch erhört und mir diesen Night Rider geschenkt hat. Wohlig seufzend schließe ich die Augen und lasse zu, dass ich mich immer mehr in diesen Rocker verliebe.

Und bei allen Rentieren, Schneeflocken und Nussknackern!

Ich werde nie wieder an einer Zuckerstange vorbeigehen können, ohne dabei an Sex denken zu müssen – an Zuckerstangensex, um genau zu sein ...

Ein Rocker zu Sylvester

Prolog

Xander

Der Himmel ist wolkenverhangen, der Boden schneebedeckt und die Flammen des Lagerfeuers, in das ich starre, zischen, wann immer eine dicke weiße Flocke hineinfällt, wütend auf.

Rauch steigt aus dem abgeschnittenen Ölfass, vermischt sich mit dem unverkennbaren Geruch von Motoröl und Benzin. Aus den Boxen dröhnt irgendein Song, doch ich schenke ihm kaum Beachtung. Meine Aufmerksamkeit gilt Zane, dem Vizepräsidenten unseres MCs und seinem Mädchen.

Für gewöhnlich ist es mir einerlei, was meine Clubbrüder mit ihren Tussis treiben, doch bei Hope ist es anders.

Seit sie mir vor ein paar Wochen direkt vors Bike gestolpert ist und so dafür gesorgt hat, dass ich ziemlich unsanft abgestiegen bin, beobachte ich, wie sie sich nach und nach immer mehr in unseren VP verliebt.

Hope ist anders als die meisten Frauen, die mir bisher begegnet sind – sie ist unschuldiger und fröhlicher. So als ob es die Welt noch nicht geschafft hat, ihren Lebensmut zu zerstören. Sie strahlt eine Wärme und eine Herzlichkeit aus, die mich an verrückte Dinge denken lässt. So wie ich das sehe, kann Zane sich verdammt glücklich schätzen, dass er sich dieses Mädel geschnappt hat. Hätte er es nicht getan, wäre ich jetzt wohl der Glückspilz, der ihr die Zunge in den Hals schieben würde.

Aber der bin ich nicht! Mit einem Bier in der einen und einer Zigarette in der anderen Hand sitze ich da und starre so lange in die Flammen, bis es sich anfühlt, als würden meine Augäpfel verkohlen.

Heute ist der 30. Dezember, morgen ist Silvester und zum ersten Mal seit Langem spiele ich mit dem Gedanken, mir ein paar Vorsätze für das neue Jahr vorzunehmen.

Eigentlich halte ich nichts von diesem ganzen Neujahrstheater.

Ich meine, jetzt mal ehrlich! Was soll das? Zu 99 Prozent hält man das, was man sich vorgenommen hat, eh nicht ein. Ich glaube, mein letzter Vorsatz war, dass ich weniger Leute umbringen will – völlig lächerlich und von vornherein zum Scheitern verurteilt.

Wie hätte das auch funktionieren sollen?

Ich bin der Sergeant at Arms des *Night Riders Motorcycle Clubs*. Zu meinem Aufgabengebiet gehört es, mich um die Sicherheit und die Bewaffnung unseres MCs zu kümmern. Es ist mein gottverdammter Job, jeden, der eine Gefahr für unsere Gemeinschaft darstellt, zu eliminieren und allen Wichsern dieser Welt klarzumachen, was mit ihnen passiert, wenn sie sich mit uns anlegen.

Bullshit!

Ich weiß, dass manche meiner Brüder eine Art Strichliste führen, auf der sie festhalten, wie viele Menschen sie bereits gekillt haben. Ich mache das nicht. Warum sollte ich auch? Was bringt es mir, zu wissen, wie vielen Bastarden ich das Genick gebrochen oder die Kehlen aufgeschlitzt habe? Soll ich etwa Gott um Vergebung bitten. Um ehrlich zu sein bin ich nicht besonders gläubig. Dieses ganze ‚Buße tun' ist doch völlig für den Arsch. Falls es allerdings doch so etwas wie den Himmel geben sollte, dann bleibt mir der Eintritt garantiert verwehrt. Auf das Leben nach dem Tod kann ich schon mal nicht hoffen. Meine schwarze Seele wird in der Hölle schmoren. Mir bleibt also nur das Jetzt und Hier, und das werde ich mir nicht damit versauen, indem ich meine Zeit mit Selbstvorwürfen verschwende.

Damals, als ich mich dazu entschieden habe, ein Night Rider zu werden, wusste ich, was auf mich zukommt. Die Gesetze der normalen Welt zählen für mich nicht mehr. In der Welt der Rockerclubs zählt das Recht des Stärkeren.

Entweder du schießt oder du wirst erschossen!

Keine Ahnung was es über mich aussagt, aber es stört mich nicht, ein Killer zu sein.

Im Gegenteil! Wenn ein paar ruhige, friedliche Wochen hinter mir liegen, kann ich spüren, wie sich die Dunkelheit in mir danach verzehrt, Blut zu vergießen und Knochen zu brechen. Ein letztes Mal an der Kippe ziehend, schnippe ich den glühenden Stummel in die Flammen und stehe auf.

Hopes leises Gekicher dringt zu mir durch. Ich beobachte, wie Zane seine Hände unter ihre Jacke schiebt und damit beginnt, ihre Titten zu massieren.

Ein fieser Stich zuckt durch meinen Brustkorb. Es ist nicht so, dass ich Hope für mich will. Klar würde kein Kerl diese Frau wegschicken, aber das ist es nicht ... Es geht eher darum, dass ich Zane um das beneide, was er gefunden hat – seinen inneren Frieden. Hope macht unseren Vize glücklich, sie sorgt dafür, dass es ihm gut geht und dass er den ganzen Tag an nichts anderes denken kann, als möglichst schnell zu ihr zurückzukehren. Verrückterweise beginne ich zu wollen, was die beiden miteinander haben.

Die ganzen Nutten, die sich im Clubhaus herumtreiben, sind innerlich genauso abgefuckt wie ich. Sie sind gebrochene Geschöpfe, die zu viel Alkohol in sich reinschütten, harte Drogen nehmen und sich von jedem dahergelaufenen Schwanz ficken lassen, um den Schmerz, den sie mit sich herumtragen, zu betäuben.

Alle Clubhuren zusammengenommen haben nicht den Bruchteil der Lebensfreude in sich, die Hope ausstrahlt.

Bis sie vor mein Bike gestolpert ist, ist mir nie aufgefallen, wie fertig all die Bitches eigentlich sind. Erst im direkten Vergleich ist mir klar geworden, warum mich der Sex mit diesen Pussys längst nicht mehr so richtig befriedigt.

Nach und nach wird mir immer bewusster, dass ich mein Suchgebiet erweitern muss, wenn ich finden will, was ich brauche ...

Ich selbst bin längst nicht mehr in der Lage, so etwas wie Freude zu empfinden, aber das ist okay – ich muss diese Emotion ja nicht selbst produzieren, um sie genießen zu können. Ich muss mir nur ein Mädchen wie Hope suchen, sie mir packen und ihre Lebensfreude in mich aufsaugen. Theoretisch ganz einfach, praktisch hingegen …? Geschöpfe wie Hope suchen das Licht, ich hingegen bevorzuge die Dunkelheit.

Chicago gehört zu den größten Städten Amerikas, hier leben zigtausende Frauen, doch bisher ist mir keine über den Weg gelaufen, die mich wirklich interessiert hätte, keine außer Peggy, doch sie kann ich mir aus einem ganz einfachen Grund nicht nehmen: Dieses Mädchen würde an mir zerbrechen!

Das Bier leerend, lasse ich in der Hoffnung, die Anspannung, die mich seit Wochen fest im Griff hat, vertreiben zu können, die Schultern kreisen und mache mich auf den Weg ins Innere des Clubs.

Hier drinnen ist die Musik noch lauter als draußen. Unzählige Tussis buhlen um die Aufmerksamkeit der anwesenden Rider. Sie lachen zu laut, stöhnen beim Sex vom ersten Reinstecken bis zum Abspritzen in derselben Tonart und riechen nach billigem Parfüm.

Selbst die Tatsache, dass die meisten trotz der eisigen Temperaturen halb nackt sind und Heels tragen, lässt meinen Schwanz völlig gleichgültig.

Holy Fuck! Irgendetwas stimmt doch nicht mit mir!

Vielleicht werde ich krank?

Prüfend lege ich mir eine Hand auf die Stirn und komme mir dabei ziemlich blöd vor.

Bin ich jetzt wieder vier Jahre alt, oder was?

Von mir selbst genervt, lasse ich den großen Hauptraum, in dem sich nicht nur Billardtische, Dartscheiben, die Bar und Flipperautomaten befinden, hinter mir und mache mich auf den Weg in mein Büro.

Ich hätte nie gedacht, dass mich wilde Partys mal langweilen würden – aber so ist es.

Vielleicht sollte ich einfach arbeiten. Mir die Namen von ein paar

Schuldnern raussuchen, diesen einen unangemeldeten Besuch abstatten und ihnen ein paar Knochen brechen? Bis jetzt hat es mir noch immer dabei geholfen, meine Stimmung zu heben, ein paar Wichsern klarzumachen, wer in dieser Stadt das Sagen hat.

Mein Handy beginnt zu vibrieren, gerade als ich es aus der Hosentasche ziehen will, höre ich das panische Wimmern einer Frau.

Verwundert bleibe ich stehen, schalte das iPhone auf stumm und versuche auszumachen, von wo genau das Geräusch gekommen ist.

Lustschreie sind nichts Seltenes, es ist nichts Ungewöhnliches, dass wir Rider uns die Nutten wo und wann immer wir wollen vorknöpfen. Privatsphäre wird beim Ficken definitiv überbewertet. Aber dieser Laut gerade hatte nichts mit Lust zu tun, eher mit Angst und Schmerz. Noch bevor das zweite Wehklagen ertönt, verraten mir meine Instinkte, dass etwas nicht stimmt. Die Türe zu dem Raum links neben mir, den Caden unser Sprengstoffexperte und Tätowierer, als Lager und Arbeitszimmer verwendet, aufstoßend, erwische ich Tom, einen unserer Hangarounds, dabei, wie er Peggy, eines der Clubgirls, mit voller Wucht ins Gesicht schlägt, ehe er sie an den Haaren packt und bäuchlings über die Liege drückt, auf der ich schon so oft gelegen habe, während Caden mir ein neues Tattoo gestochen hat. Sie weint, bettelt und wehrt sich, doch Tom interessiert sich nicht dafür, sondern öffnet seine Hose und holt seinen Schwanz raus.

Sofort beginnt mein Blut zu kochen, meine Hände ballen sich zu Fäusten, bereit diesen Bastard kaltzumachen. Ich beobachte, wie er ihren Rock zerfetzt und ihr den Slip vom Leib reißt. Wieder schreit Peggy nach Hilfe, was Tom laut auflachen lässt.

Fuck! Fuck! Fuck! Dafür werde ich ihn umbringen!

Ich bin bestimmt kein Heiliger, und ja, auch ich ficke bevorzugt hart und gnadenlos, aber eine Vergewaltigung ist noch mal ’ne ganz andere Nummer.

Mit einem Fluch betrete ich den Raum, packe Tom am Genick und schleudere ihn quer durch das Zimmer. Er schreit erschrocken auf, kracht auf den Boden und versucht sich so abzustützen, dass sein steifer Schwanz nicht gegen die Tischecke knallt. Ich hätte nichts dagegen, das Arschloch an Ort und Stelle zu kastrieren. Der vertraute Geruch von Desinfektionsmittel steigt mir in die Nase, als ich mich dem Mädchen nähere, dem ich seit Wochen mit aller Kraft widerstehe und ihr in die verheulten Augen sehe. Sie zittert am ganzen Leib und auf ihren Armen bilden sich bereits violette Hämatome. Ihre Unterlippe ist aufgeplatzt, ein Blutstropfen perlt über ihr bebendes Kinn. Peggy hängt noch nicht lange bei uns Ridern ab, doch die kurze Zeit, in der sie da ist, hat sie mich schon einiges meiner Selbstbeherrschung gekostet. Dass ich sie bis jetzt noch nicht gepackt und mich an ihr ausgetobt habe, ist ein Wunder.

Peggy ist verdammt jung, ich schätze, dass sie gerade so volljährig ist. Ihre langen blonden Haare reichen ihr bis fast an den Po, ihre Lippen sind voll und rosa und ihre Wimpern sind so lang, dass sie ihre faszinierend blauen Augen wie Federn einrahmen. Ihr Körper ist grazil mit genau den richtigen Rundungen. Wie geschaffen, um einen Mann all seine Probleme vergessen zu lassen. Es wundert mich nicht, dass Tom bei ihr die Kontrolle verloren hat. Doch so attraktiv und faszinierend sie auch sein mag, sie strahlt eine unglaubliche Melancholie aus, eine Traurigkeit, die noch intensiver zu sein scheint wie die meine. Keine Ahnung, was sie in ihren jungen Jahren schon erlebt hat, doch es muss heftig gewesen sein. Und aus genau dem Grund habe ich mich bis jetzt von ihr ferngehalten. Peggy braucht einen Retter, jemanden der ihr zeigt, wie schön das Leben sein kann – und dafür bin ich garantiert nicht der Richtige.

Außerdem brauche ich eine Frau wie Hope, die so viel Glück und Lebensfreude ausstrahlt, dass es für zwei Leben reicht.

Vor Angst am ganzen Körper zitternd, sinkt Peggy vor mir zu Boden – meine Wut erreicht ein neues Level. Hier in unserem Club gibt es nicht viele Regeln, doch die paar, die wir aufgestellt haben, sind bindend. Jeder der meint, sich nicht an diese halten zu müssen, bereut das recht schnell. Frauen zu vergewaltigen ist ein absolutes No-Go.

Ein Nein ist ein Nein – daran haben sich alle zu halten!

„Ist alles okay bei dir, Mädchen?“

Peggy sieht mich aus weit aufgerissenen Augen an, dann nickt sie zögernd.

Erst als ich mich davon überzeugt habe, dass es ihr so weit gut geht und sie keine schlimmeren Verletzungen davongetragen hat, wende ich mich von ihr ab und drehe mich zu Tom um.

Es ist immer wieder unglaublich, wie dumm manche Menschen sind.

Dieser Club ist voller Nutten. Es hätte gewiss eine gegeben, die für Tom freiwillig die Beine gespreizt hätte, aber nein, dieser Bastard musste sich einem Mädchen aufdrängen. Ich weiß, dass es Männer gibt, die Frauen nicht wegen des Akts an sich vergewaltigen, sondern wegen des Machtgefühls, das sich währenddessen in ihnen ausbreitet. In meinen Augen sind diese Typen einfach nur krank und erbärmlich.

Es mag sein, dass ich, ein Killer, nicht das Recht habe, mich als Moralapostel aufzuspielen, aber verflucht! Egal wie schwarz meine Seele auch sein mag, ich habe nie, absolut nie einer Frau Leid angetan.

Weder habe ich jemals einem Mädchen gegenüber die Hand erhoben, noch habe ich sie zum Ficken gezwungen. Aufträge, in denen es darum geht, Frauen zu töten, habe ich, ohne zu zögern, abgelehnt. Mir ist klar, dass das meine Seele nicht retten wird, aber das spielt keine Rolle. Auch ich habe meine Prinzipien.

Für mich wird bei Gewalt Frauen gegenüber eine Grenze überschritten, die ich nicht tolerieren kann.

Es ist allgemein bekannt, dass wir Night Rider auf harten Sex stehen, und die Bitches, die sich hier herumtreiben, haben kein Problem damit, fest angepackt zu werden. Doch eine Vergewaltigung ist etwas, das ich nicht dulden kann. Als Sergeant liegt es an mir, dafür zu sorgen, dass sich alle Member und Hangarounds an unsere Regeln halten, und es gehört ebenfalls zu meinem Aufgabengebiet, Strafen zu verhängen, wenn sie es nicht tun.

Als Hangaround ist Tom nichts weiter als ein Freund des MCs. Weder trägt er eine Kutte noch hat er irgendeinen Anspruch darauf, hier zu sein. Seine Anwesenheit wird nur toleriert, weil er sich ab und an mal als nützlich erwiesen und dem Club einen Gefallen getan hat. Doch nach diesem Vorfall gerade hat sich das erledigt.

Tom kapiert, dass er jetzt ein Problem mit mir hat, und versucht sich zu rechtfertigen.

„Hey komm schon Bro, du weißt, wie diese Tussis ticken. Erst machen sie einen scharf und dann weigern sie sich ... War doch alles halb so schlimm. Wenn du willst, teilen wir uns die Puppe, Xander. Ich lasse dir auch den Vortritt!“

Bullshit! So ein Idiot. Kapiert er nicht, dass sich die imaginäre Schlinge um seinen Hals bei jedem seiner Wörter nur noch fester zuzieht? Offensichtlich nicht. Anstatt auf sein widerliches Angebot einzugehen, verpasse ich ihm einen harten Tritt in die Rippen und genieße das raue Pfeifen, als ihm dabei sämtliche Luft aus der Lunge gequetscht wird.

„Ich bin nicht dein Bro, Tom. Du bist nur ein feiges Arschloch, das sich an Frauen vergreift und ich bin der Rider, der dir dafür ein paar Knochen brechen wird.“

Gepeinigt japst er nach frischem Sauerstoff, ich lasse zu, dass er welchen bekommt, und befehle ihm, seinen Schwanz einzupacken, wenn er nicht will, dass ich ihn ihm abschneide. Entsetzen blitzt in seinen Iriden auf, das ist dann wohl der Moment, in dem er kapiert, dass sein Status als Clubfreund erloschen ist. Hektisch schiebt er seine bereits erschlaffte Erektion zurück in die Jeans und macht sich daran, die Hose zu schließen.

Jetzt, wo er nicht mehr der Stärkere ist, wirkt Tom plötzlich nicht mehr so arrogant und siegessicher. Gott wie sehr ich Kerle wie ihn verabscheue ...

Frauen gegenüber auf groß und stark machen, und bei einem fairen Gegner sich fast anpissen – ich könnte kotzen.

Nett wie ich bin, lasse ich ihm noch genug Zeit, den Gürtel zu schließen, ehe ich ihn an der Schulter packe und auf die Füße ziehe. Ohne einen letzten Blick auf das noch immer weinende Mädchen zu riskieren, zerre ich Tom den Gang entlang hinter mir her, bis zum großen Hauptraum des MCs. Dort schleudere ich ihn zwischen die Feiernden und sichere mir so die Aufmerksamkeit aller Anwesenden.

Die Musik wird aus- und das Licht angemacht. Alle verstehen sofort, dass etwas vorgefallen sein muss, schlagartig herrscht absolute Ruhe.

Mason, der Präsident der Night Riders, bahnt sich einen Weg durch die Menge zu mir durch, sieht kurz zu Tom und dann zu mir.

Neugierde blitzt in seinen Augen auf, doch er wartet, bis ich von alleine erzähle, was passiert ist. Erst als sich auch der letzte der anwesenden Hangarounds zu mir umgedreht hat, ergreife ich das Wort.

„Dieser Bastard hier war der Meinung, eines unserer Clubgirls vergewaltigen zu können. Er hat das Mädchen geschlagen und verletzt. Nur durch mein zufälliges Auftauchen konnte ich das Schlimmste verhindern!“

Ich mache eine kurze Pause, zünde mir eine Kippe an und ziehe den warmen Rauch tief in meine Lungen. Erst dann rede ich weiter.

„Jeder hier kennt die Regeln, die bei uns gelten, jeder von euch weiß, was passiert, wenn man sie missachtet ...“ Um meiner Ansprache die nötige Schärfe zu verleihen, ziehe ich den Dolch, den ich immer an meinem Oberschenkel trage, aus der ledernen Scheide und streife mit dem Daumen über die frisch geschliffene Klinge.

„All die Bitches, die sich auf unserem Gelände aufhalten, sind hier, um Party zu machen, gefickt zu werden und um Spaß zu haben! Sie suchen die Nähe des Clubs, weil sie wissen, dass sie bei uns in Sicherheit sind und dass hier gewisse Regeln gelten. Viele von Ihnen helfen an der Bar aus, gehen für den Club einkaufen und erledigen verschiedene Aufgaben. Sie gehören zu unserer Gemeinschaft. Als Sergeant liegt es an mir, für ihre Sicherheit zu sorgen und zum Teufel, diese Verpflichtung nehme ich sehr ernst! Jeder, der diese Frauen zu irgendetwas zwingt, sie misshandelt oder verletzt, muss sich vor mir für diese Tat rechtfertigen. Tom hier war der Meinung, dass er Peggy schlagen und zum Sex zwingen muss. Er wollte sich stark fühlen. Wollen wir doch mal sehen wie *stark* er ist, wenn er einem ebenbürtigen Gegner gegenübersteht und keiner hilflosen Frau.“

Es ist so still geworden, dass ich meine eigenen Atemzüge hören kann. Mit einer entspannten Handbewegung fordere ich Tom dazu auf, aufzustehen. Unsicher schüttelt er den Kopf und robbt auf dem Boden etwas weiter nach hinten.

Feiges Arschloch!

„Komm schon, was ist los? Warum liegst du wie ein Wurm im Dreck? Peggy gegenüber konntest du dich doch auch aufspielen wie ein König."

Zane und Hope kommen von draußen rein; als sie sehen, was los ist, wirken sie überrascht. Ich bitte Hope darum, nach Peggy zu sehen, und konzentriere mich wieder auf den Kerl vor mir. Als Tom sich auch weiterhin weigert, sich mir zu stellen, stecke ich genervt den Dolch zurück in die Scheide, und beuge mich über ihn. Eine Sekunde später landet meine Faust in seinem Gesicht. Wieder und wieder schlage ich zu, ich bin wie in Trance. Ich spüre die brechenden Knochen unter meinen Knöcheln, und die warme Feuchtigkeit des Blutes, das meine Finger benetzt – doch ich kann einfach nicht aufhören. Die Dunkelheit, die wie zäher kalter Nebel in mir lauert, hat die Kontrolle übernommen. Aus Erfahrung weiß ich, dass sie sich erst zurückziehen wird, wenn ich in Toms starre, leblose Augen blicke.

Der Hangaround, dessen Gesicht längst nicht mehr als solches zu erkennen ist, gibt ein lautes Gurgeln von sich. Ein klares Anzeichen dafür, dass er gerade an seinem eigenen Blut erstickt. Gerade als ich den Arm hochziehe, um erneut mit aller Kraft zuzuschlagen, werde ich von hinten gepackt und von Tom weggezogen. Ich kämpfe gegen die Unterbrechung an, fluche lautstark und versuche mich loszureißen. Doch Mason und Zane sind fest entschlossen mich zu stoppen.

„Reg dich ab, Bro. Der Typ ist erledigt."

Ich schüttle entschieden den Kopf.

„Lass mich sofort los, Präs! Ich bin noch nicht mit ihm fertig!"

Anstatt ihre Hände von mir zu lösen, führen mich die beiden raus auf den Hof.

Die eiskalte Luft ist das Erste, was ich wahrnehme. Sie hilft mir dabei, wieder zu mir zu kommen. Mit jedem weiteren Atemzug werde ich ruhiger, sehe klarer und höre auf gegen meine Brüder anzukämpfen.

„Shit! Ich hätte diesen Drecksack beinahe kaltgemacht."

Zane lacht, lässt mich los und zündet sich eine Zigarette an.

„Aye! Du hast deinen Standpunkt klargemacht!"

So kann man das nennen ...

Die Zähne fest aufeinanderbeißend, lege ich den Kopf in den Nacken und starre in den schwarzen Nachthimmel. Vereinzelte Schneeflocken fallen auf uns herab, die Wut in meinem Inneren köchelt noch immer vor sich hin.

Obwohl ich weiß, dass es richtig war, dass mich meine Brüder gestoppt haben, wünschte ich mir, sie hätten es nicht getan. Dieser beschissene Hangaround hat den Tod verdient.

„Bist du wieder klar im Kopf, Alter?"

Mit einem Nicken antworte ich Zane. Auch wenn es mir schwerfällt, nicht da weiterzumachen, wo ich unterbrochen wurde – Tom zu töten – habe ich mich wieder im Griff. Der schwarze Nebel hat sich zurückgezogen und eine schmerzliche Kälte in meiner Brust hinterlassen.

„Gut. Dann schau nach dem Mädchen. Ich sorge dafür, dass die Prospects den Wichser vorm *Weiss Memorial* aus dem Van werfen."

Bloody Hell! Es wäre so leicht, da reinzugehen und dem Arschloch das komplette Magazin meiner Glock in die Brust zu ballern. Doch ich widerstehe dem Drang, betrachte meine aufgeplatzten Knöchel und zwinge mich dazu, das Richtige zu tun.

Wer entscheidet eigentlich, was das Richtige ist?

Für mich fühlt es sich falsch an, den Wichser am Leben zu lassen!

Mason mustert mich aus zusammengekniffenen Augen. Dann schnalzt er mit der Zunge und winkt die zwei Prospects, die im Häuschen neben dem Zufahrtstor Wache gehalten haben, zu sich. Zweifellos wird er sie dazu abkommandieren, den menschlichen Haufen Scheiße aus dem Clubhaus zu schaffen.

Zane stellt sich neben mich und reicht mir eine Kippe.

„Geh zu Peggy und schau, wie es ihr geht. Sie muss höllische Angst haben."

Auch wenn ich wirklich wissen will, wie es dem Mädchen geht, werde ich das nicht tun.

Diese Frau ist nicht mein Aufgabengebiet, sie geht mich nichts an und ich werde keine emotionale Bindung zu ihr aufbauen. Wenn sie klug ist, wird ihr diese Nacht eine Lehre sein und sie wird endlich kapieren, dass die Welt der Night Riders nicht die richtige für sie ist. Vor was auch immer sie flüchtet – vor wem auch immer sie sich versteckt, hier ist nicht der richtige Ort für sie.

Einen Moment zögere ich, dann drehe ich mich zu Mason um.

„Sorg dafür, dass Peggy von hier weggebracht wird und mach ihr klar, dass sie nicht wieder herkommen soll."

Im ersten Moment wirkt er überrascht, dann blitzt Erkenntnis in seinen Augen auf.

„Betrachte es als erledigt."

„Danke, Präs."

Ich zünde mir die Zigarette an, fische meine Autoschlüssel aus der Hosentasche und mache mich auf den Weg zu meinem Wagen. Für heute habe ich wirklich die Schnauze voll ...

1. Kapitel – Ganz genau ein Jahr später

Peggy

Zufrieden vor mich hin summend, sperre ich nach Ladenschluss die Geschäftstüre ab und betätige den Lichtschalter, die große Hauptbeleuchtung erlischt, sodass nur noch die Spots im Schaufenster an sind.

Heute ist der 30. Dezember, morgen ist Silvester und ich habe es das erste Mal in meinem Leben geschafft, einen Vorsatz ein komplettes Jahr einzuhalten.

Nach der Beinahe-Vergewaltigung damals im Clubhaus der Night Riders hat sich mein Leben von Grund auf geändert. Seit dieser verhängnisvollen Nacht habe ich weder Alkohol getrunken noch meine Zeit mit irgendwelchen Männern verschwendet.

Ich habe die vergangenen 364 Tage dazu genutzt, mein Leben auf die Reihe zu bekommen. Und was soll ich sagen? Es fühlt sich gut an, eine schöne Wohnung, ein festes Einkommen und einen geregelten Alltag zu haben.

Der kleine Feinkostladen, in dem ich seit sechs Monaten arbeite, ist etwas Besonderes. Nicht viele dieser kleinen Geschäfte haben es geschafft, sich gegen die großen Kaufhausketten durchzusetzen. Jetzt, wo Weihnachten vorbei ist, ist es auch endlich wieder etwas ruhiger geworden, sodass mich Ben, mein Chef, gebeten hat, heute alleine Schluss zu machen. Für mich ist das überhaupt kein Problem. Im Gegenteil ich finde es toll, dass er mir vertraut.

Nachdem ich die Alarmanlage aktiviert habe, zähle ich die Tageseinnahmen, lasse den Kassenbericht raus und sperre beides in den Safe.

Vor den Fenstern ist es bereits dunkel, weiße Bällchen fallen vom Himmel und ich genieße den märchenhaften Anblick, den mir die verschneiten Straßen bieten. Vergangenen Winter hatten wir ja schon viel Schnee, doch dieses Jahr hat sich Frau Holle besonders viel Mühe gegeben.

Ich für meinen Teil liebe die kalten Monate, ich mag es, wie die vielen Lichter die Stadt in ihren romantischen Schimmer tauchen.

Ein lautes Klopfen an der Hintertüre reißt mich aus meinen Überlegungen.

Auch ohne nachzusehen weiß ich, wer gekommen ist, um mich abzuholen. Nachdem ich das Sicherheitsschloss geöffnet habe, ziehe ich Lara in eine kurze, freundschaftliche Umarmung. Wir haben uns an meinem ersten Arbeitstag beim Bäcker nebenan kennengelernt und sind ins Ratschen gekommen, wobei wir festgestellt haben, dass wir nicht nur im selben Haus wohnen, sondern dass sie auch nur ein paar Meter von mir entfernt in dem Friseursalon arbeitet. Seitdem holen wir uns gegenseitig ab und gehen zusammen nach Hause. Zwischen uns hat sich eine feste Freundschaft entwickelt, die ich nicht mehr missen möchte ...

Im Gegensatz zu mir ist Lara ein Mensch, der keine Party auslässt. Sie liebt es, sich nach der neuesten Mode zu kleiden, stellt mit ihren Haaren die verrücktesten Dinge an und ist One-Night-Stands gegenüber nicht abgeneigt.

Ganz anders als ich hat sie ein reges Sexleben, und sie scheut sich nicht, mir jedes noch so kleine, versaute Detail zu erzählen.

An sich stört mich das nicht, ich bin wirklich nicht verklemmt, trotzdem ist es nur ein weiterer Beweis dafür, wie unterschiedlich wir beide sind. Aber das ist okay. Dank ihrer lebhaften Erzählungen komme ich mir nicht so vor, als würde ich etwas verpassen.

„Komm rein, ich brauche noch ein paar Minuten."

Sie zuckt mit den Schultern, folgt mir ins Büro und setzt sich mitten auf den Schreibtisch von meinem Chef. Schnell erledige ich, was getan werden muss, und höre ihr nur mit einem Ohr zu, während sie von der Silvesterparty spricht, für die sie uns Karten besorgt hat.

Obwohl ich ihr einhundert Mal gesagt habe, dass ich nicht hinwill, ist sie fest entschlossen mich dort hinzuzerren. Und so wie ich Lara kenne, wird ihr das auch gelingen. Als sie mir zum x-ten Mal aufzählt, wie viel Champagner wir trinken müssen, damit sich der Eintritt gelohnt hat, werfe ich ihr über die Schulter einen amüsierten Blick zu.

„Du weißt, dass ich nie zugestimmt habe, mit dir auf diese Feier zu gehen? Und eine Champagner-Flatrate ist auch das Letzte, was ich gebrauchen kann. Ich habe so lange nichts mehr getrunken, dass ich das prickelnde Zeug nur anschauen muss, um betrunken zu sein."

Die Lippen zu einem dreckigen Grinsen verziehend, wirft sie mir einen Luftkuss zu.

„Na und, Süße. Ich habe dir von Anfang an gesagt, dass ich dir keine andere Wahl lasse."

Oh ja, das hat sie ...

Vom Tisch hüpfend geht sie in den Verkaufsraum, stibitzt sich eine Praline aus der Kühlung und schiebt sie sich in den Mund. Langsam kauend, genießt sie die Schokoladenkreation und stößt ein genussvolles Seufzen aus.

„Boah ... ist die lecker. Ich könne hier nie arbeiten, ich würde in so kurzer Zeit so fett werden, dass ich nicht mehr durch die Türe passen

würde.“
Ich weiß, was sie meint, mir geht es da nicht anders. In den vergangenen Wochen habe ich bestimmt drei Kilo zugenommen, aber das stört mich nicht. Solange mir meine Lieblingsjeans noch passt, ist alles in Ordnung.
„Also, nur damit du es nicht vergisst. Ich werde morgen um 20.00 Uhr vor deiner Türe stehen und dich abholen. Mach dich so richtig schick. Du weißt schon: Heels, Netzstrümpfe und den ganzen Kram. Ich will, dass du so richtig sexy aussiehst und dann werden wir dir einen Kerl suchen. Einen guten, mit dickem Bankkonto und noch dickerem Auto.“
Im Gegensatz zu mir ist Lara fest entschlossen, sich einen reichen Macker zu suchen, der ihr das Leben finanziert.
„Du weißt, dass ich keinen Mann will, und schon gar keinen, der glaubt, dass man Liebe und Glück kaufen kann.“
Theatralisch die Augen verdrehend, stellt sie sich direkt neben mich.
„Komm schon, Peggy. Willst du eine Nonne werden? Du musst doch schon Spinnennetze zwischen den Beinen haben. Erzähl mir nicht, dass du dir keinen heißen Typen in dein Bett wünschst.“
Über den Teil mit den Spinnweben lachend, lege ich eine Kühldecke über die Käsetheke und bin somit bereit für den Feierabend.
„Ich will keinen heißen Typen, sondern meine Ruhe.“
Zumindest rede ich mir das immer wieder ein. Seit meiner Zeit im *Night Riders Motorcycle Club* bin ich Männern komplett aus dem Weg gegangen.
Es ist nicht so, dass ich mich nicht manchmal einsam fühle, das tue ich, aber ich will nicht irgendeinen Kerl, sondern einen ganz bestimmten Rocker ... Während der ganzen Zeit, die ich bei den Bikern verbracht habe, wollte ich schon immer Xander. Die meisten Frauen sind dem Sergeant aus dem Weg gegangen, sie fanden ihn unheimlich und düster, was er auch definitiv ist. Doch ich habe mehr in ihm gesehen als nur die Gefahr, die er ausstrahlt. Ich mache mir nichts vor – Xander ist ein Killer!
Doch trotz der Kaltblütigkeit und dem Aggressionspotenzial ist er der faszinierendste Mann, der mir jemals begegnet ist.
Bis zu dem Tag, an dem er mich davor bewahrt hat, über eine Liege gebeugt vergewaltigt zu werden, ist es mir nicht gelungen, seine Aufmerksamkeit auf mich zu ziehen. Zwar habe ich alles Mögliche getan, um von ihm bemerkt zu werden, doch es hat nicht funktioniert. Es kam mir eher so vor, als wäre er mir aus dem Weg gegangen. Natürlich kann es sein, dass ich mir das nur eingebildet habe, aber dennoch hat es sich so angefühlt. Im Club gab es Dutzende von Frauen, wahrscheinlich bin ich in der Menge einfach untergegangen. Damals,

als mir niemand geringerer als der Präsident höchstpersönlich nahegelegt hat, dass ich mich von den Riders fernhalten soll, ist für mich eine Welt zusammengebrochen. Im Nachhinein war es jedoch das Beste, was mir passiert ist. Ich bin jetzt dreiundzwanzig Jahre alt und Xander müsste Mitte dreißig sein.

Erst neulich habe ich sein Gesicht in den Abendnachrichten gesehen. Eine etwas übereifrige Journalistin ist ihm gefolgt und hat ihn über die Vorwürfe, die seit Längerem gegen den Club erhoben werden, befragt. Angeblich sollen die Night Riders letztes Jahr einen vietnamesischen Drogenhändlerring in die Luft gejagt haben. Bei dieser Aktion hat es unzählige Tote gegeben, für die die Staatsanwaltschaft nun den gefürchtetsten Rockerclub des Landes zur Verantwortung ziehen will.

Dieser Fall sorgt seit Monaten für Wirbel, doch bisher ist es der Polizei nicht gelungen, Mason und den anderen Bikern etwas nachzuweisen.

All diese Schlagzeilen sollten mir eigentlich dabei helfen, Xander endlich vergessen zu können, doch eher das Gegenteil ist der Fall ... Es gibt einhundert Gründe, warum ich mich vor ihm fürchten sollte, doch stattdessen schließe ich Nacht für Nacht meine Augen und erinnere mich an den tödlichen, unerbittlichen Glanz, den seine Augen angenommen haben, als er mich vor Tom gerettet hat.

Meine Kindheit war scheiße und meine Jugend von Alkohol und Fehlentscheidungen geprägt. Es war nie jemand da, der mir geholfen oder sich schützend vor mich gestellt hat – niemand außer der Sergeant at Arms des *Night Riders Motorcycle Clubs.*

Vielleicht ist das auch der Grund, aus dem ich ihn nicht so einfach vergessen kann?!

Mein dummes Herz hat beschlossen, in ihm den strahlenden Helden zu sehen und nicht den tödlichen Outlaw, der er eigentlich ist.

In Märchen kommen die Prinzen immer auf weißen Pferden, um ihre Prinzessinnen vor bösen Ungeheuern zu retten, in Chicago kommen sie auf schwarzen Harleys.

Vielleicht hat Lara recht? Vielleicht sollte ich mir, jetzt wo es mir gelungen ist, mein Leben in den Griff zu kriegen, endlich mal wieder etwas Spaß gönnen.

Und was könnte ein besserer Grund sein als der Abschluss des alten und der Beginn eines neuen Jahres?

Leise seufzend gebe ich mir einen Ruck und sehe Lara an.

„Wo hast du noch mal gesagt, findet die Silvesterparty statt?"

„Im Hafenviertel, in einer der leer stehenden Fabrikhallen. Du kennst doch die Location da unten. Oder? Also wenn nicht, hast du echt was verpasst! Aber keine Sorge, Süße. Ich kümmere mich darum, dass wir

aus dir die Königin der Nacht machen."
Oh ja und wie ich dieses Viertel kenne ... Dort befindet sich das Clubhaus der Riders!
Zusammen verlassen wir den Laden, ich sperre die Türe hinter mir ab und lasse das zusätzliche Bolzenschloss einrasten. Geschafft!
„Sag mal, wusstest du, dass da unten am Hafen diese fürchterlichen Biker ihren Treffpunkt haben?"
Ihre Frage bringt mich aus dem Gleichgewicht, ich gerate ins Stolpern.
„Das ist kein Treffpunkt, sondern ihr Clubhaus."
Von der Schärfe, die in meiner Stimme mitschwingt, selbst überrascht, zwinge ich mich zu einem freundlichen Lächeln und sehe Lara an.
Ihr „Ah okay!" überhörend, will ich unser Gespräch auf ein anderes Thema lenken, doch bevor ich das kann, redet sie auch schon weiter.
„Hast du schon mal so einen Rider gesehen? Ich hab gehört, dass das ganz üble Typen sind, die mit Waffen handeln und Frauen schlagen."
Tief einatmend zwinge ich mich dazu, ruhig zu bleiben und meiner Freundin für diese Bemerkung nicht die Augen auszukratzen.
Der Drang, Xander verteidigen zu wollen, nimmt beinahe überhand.
„Wenn du die Rocker nicht kennst, dann solltest du auch kein Urteil über sie fällen!" Mir ist klar, dass ich jetzt lieber den Mund halten und ihre Aussage auf sich beruhen lassen sollte, doch ich kann es nicht.
„Die meisten wissen nicht, dass der MC zweimal im Jahr zum Blutspenden geht, und dass sie regelmäßig Geld an das Kinderhospiz spenden. Und soll ich dir auch sagen, woran das liegt? Die Presse ist so damit beschäftigt, diese Männer als Monster darzustellen, dass es natürlich nicht dazu passen würde, auch mal die positiven Taten der Rider zu erwähnen. Wann warst du das letzte Mal Blutspenden? Falls du es überhaupt jemals getan hast! Es ist falsch über Leute herzuziehen, die man nicht kennt und von deren Lebensstil man keine Ahnung hat. Also lass das gefälligst!"
Mein Herz trommelt wie wild gegen meine Rippen, ich bemerke erst, wie laut ich geworden bin, als uns die Passanten um uns herum komische Blicke zuwerfen.
Lara sieht mich irritiert an, dann hebt sie in einer abwehrenden Geste die Hände und verdreht die Augen.
„Oh wow! Schon gut ... Ich sage kein schlechtes Wort mehr über diese Typen. Scheint fast so, als ob du eine Schwäche für Kutten tragende Kriminelle hast."
Erleichtert darüber, dass sie mir meinen kleinen Ausbruch nicht übel nimmt, zwinge ich mich zur Ruhe. „Vielleicht ist das ja auch die Erklärung dafür, dass du alle Kerle, mit denen ich dich verkuppeln

wollte, abblitzen lassen hast. Du hast eine Vorliebe für die richtig bösen Jungs.“

Dazu sage ich jetzt mal lieber nichts, was sie natürlich prompt als Zustimmung auswertet. Ihr lang gezogenes „Ahhhhaaaaa!“ bringt mich zum Lachen. „So ist das also! Wie heißt es so schön: Stille Wasser sind tief. Ich glaube, ich habe gerade das große Rätsel der mysteriösen Peggy Brown gelöst.“

Wenn Lara über meine wilde Vergangenheit Bescheid wüsste, wäre sie garantiert entsetzt. Lachend, quatschend und über Männer diskutierend, bringen wir unseren Heimweg hinter uns. An dem Wohnhaus, in dem sich unsere beiden Apartments befinden, angekommen, beschließen wir, uns noch zusammen einen Film anzusehen. Zwei Tiefkühlpizzen in den Ofen schiebend, hole ich eine Flasche Cola aus dem Kühlschrank. Gerade als ich das Besteck aus der Schublade holen will, kommt Lara in die Küche und winkt mir mit einer DVD zu.

„Jetzt wo ich endlich weiß, auf was für Kerle du stehst, war die Filmauswahl ganz leicht.“

Mein Blick fällt auf das Bild vorne auf der Hülle: Ghost Rider.

Na klasse ...

„Echt jetzt? Du willst dir fast zwei Stunden einen brennenden, Feuerketten schwingenden, Harley fahrenden Nicolas Cage anschauen? Mir wäre ja eine romantische Komödie lieber.“

Mit einer lässigen Handbewegung winkt sie meinen Einwand einfach ab.

„Ich glaube zwar nicht, dass auf dieser Silvesterparty ein paar Rocker sind, aber es könnte doch trotzdem sein, dass wir welchen begegnen. Ich meine, dieses Clubhaus, wie du es nennst, ist da echt nicht weit entfernt. Vielleicht hast du ja Glück und du kannst auf einem dieser Biker ins neue Jahr reiten.“

Bei dem letzten Satz wackelt sie anzüglich mit den Augenbrauen – sie ist einfach unverbesserlich.

Obwohl mir diese Idee wirklich gut gefallen würde, weiß ich, dass es nicht passieren wird. Der einzige Rider, der mich interessiert, ist Xander, und dieser hat mich damals nicht angerührt, also wird er es jetzt erst recht nicht tun.

Meine Zeit als Bikergroupie ist längst vorbei, vielleicht sollte mein Vorsatz für das nächste Jahr darin bestehen, dass ich mir den Sergeant mit den tief-grünen Iriden aus dem Kopf schlage und mich männertechnisch umorientiere.

Xander war damals unerreichbar für mich und heute ist er das immer noch!

Dummerweise scheint das meinem Verstand völlig egal zu sein, denn als ich drei Stunden später völlig erschöpft ins Bett falle und die Augen schließe, ist dieser Outlaw nicht nur das Letzte, woran ich denken kann, sondern er verfolgt mich auch bis in meine Träume ...

2. Kapitel

Xander

Wieder ist ein Jahr vergangen, wieder hat sich an meinem Leben nichts verändert und wieder sitze ich auf einer Bank und starre in die Flammen, während um mich herum eine ausgelassene Stimmung herrscht.

Stan und Butcher, unsere zwei ehemaligen Prospects, die vor einer Stunde ihre Back Patches erhalten haben und somit zu richtigen Members geworden sind, jagen eine Rakete nach der anderen in die Luft, lassen den Himmel regelrecht explodieren und kippen sich in besorgniserregender Geschwindigkeit einen Schnaps nach dem anderen in die Kehle. Wenn die zwei so weitermachen, hat sich der Abend für sie in weniger als einer Stunde erledigt. Mir soll es recht sein. *Holy Fuck!* An die Nacht, in der ich zum Vollmitglied ernannt wurde, kann ich mich nur noch schemenhaft erinnern. So muss das sein – da haben wir alle durchmüssen.

Es kommt mir so vor, als wären seit dem Ende meiner Anwärterzeit zehn Leben vergangen und nicht nur zehn Jahre. Bis auf die vielen Aufnäher, die mittlerweile mein Leder zieren, und meinen Rang als Sergeant hat sich nicht viel verändert. Ich bin immer noch der kaltherzige Bastard, der seine Tage damit verbringt, Harley zu fahren, zu viel Alkohol zu trinken und Unmengen von Knochen zu brechen. Versteht mich nicht falsch, ich zweifle nicht an der Richtigkeit meiner Existenz – ich bin genau da, wo ich hingehöre – aber ich bin mittlerweile an einem Punkt in meinem Leben angekommen, an dem ich mehr will. Das Problem ist nur, dass ich keine Ahnung habe, wie genau sich dieses *mehr* definiert. Die vergangenen zwölf Monate habe ich damit verbracht, mir genau darüber Gedanken zu machen, doch gebracht hat es nichts. Genauso wenig ist es mir gelungen, das Mädchen mit den blauen Augen und den Federwimpern zu vergessen.

Immer wieder habe ich mich gefragt, wie es Peggy wohl geht, was sie macht und ob sie über den Vorfall mit Tom gut hinweggekommen ist. Ich bezweifle, dass sie jemanden hatte, der ihr in dieser schweren Zeit beigestanden hat. Sie war allein!

Und genau diese Einsamkeit war wohl auch der Grund, aus dem sie im Club abgehangen und sich für schlechten Sex mit brutalen Rockern hergegeben hat.

Nicht zum ersten Mal verfluche ich mich dafür, dass ich von Mason verlangt habe, dass er sie fortschickt. Doch damals war das die einzige Lösung – die einzige, die dafür gesorgt hat, dass ich ihr auch weiterhin fernbleibe und die Peggy davor bewahrt hat, an mir zu zerbrechen. *Was ein Bullshit!*

Erst im Nachhinein ist mir bewusst geworden, wie egoistisch diese Aktion war. Aber da war es schon zu spät. Peggy war weg und ich habe angefangen, mich auf die Suche nach einer Frau zu machen, die genug Lebenslust und Frohsinn in sich trägt, dass es für uns beide reicht. Was mit Abstand die beschissenste Idee war, die ich jemals hatte!

Es hat einige Wochen gedauert bis ich realisiert habe, warum mich all diese Tussis einfach nur genervt haben. Unterbewusst habe ich all die Frauen mit Hopes überschäumender Art und Peggys Melancholie verglichen. Diese ganzen Frauen hatten nie eine Chance, weil ich nie genug Interesse aufgebracht habe, um sie als einzigartiges Individuum zu sehen. Stattdessen waren sie immer nur eine Notlösung.

Verdammt! Für eine Weile habe ich sogar mit dem Gedanken gespielt, mich bei einer dieser Singlebörsen anzumelden. Nachdem ich dann aber ein paar dieser Profilfragen beantwortet und festgestellt habe, dass mein Account dem eines psychopathischen Serienkillers ähnelt, habe ich diese Idee sofort wieder verworfen und bin stattdessen in ein Bordell gegangen ...

Einen Fluch ausstoßend, hebe ich den Kopf und sehe, wie Mason auf mich zukommt. Schweigend setzt er sich neben mich und reicht mir ein Bier.

Mit einem leisen Zischen öffne ich die Dose und gönne mir einen großen Schluck der herben Flüssigkeit.

„Hey Bro. Alles klar bei dir?“

Wenn ich das mal wüsste ...

Als Antwort nicke ich nur.

Eine weitere Silvesterrakete wird abgefeuert, steigt kreischend zum Himmel auf und explodiert in tausend rote Sprenkel. Gleich einem Kopf der dank einer großkalibrigen Waffe zerplatzt. Mason grunzt und verschränkt die Arme vor der Brust und beobachtet unsere zwei neuen Full Member.

„Diese zwei Idioten werden uns garantiert noch jede Menge Ärger bereiten.“

Mit dieser Einschätzung könnte er recht behalten.

„Wir waren alle mal jung und dumm. Gib ihnen ein paar Jahre. Die werden schon noch.“

Sein gemurmeltes „Na hoffentlich!“ wird von einem langen, einvernehmlichen Schweigen abgelöst. Erst einige Feuerwerkskörper später ergreift er wieder das Wort.

„Hast du vor deine finstere Stimmung mit ins nächste Jahr zu

nehmen?“
Wieder nicke ich.
„Ach Scheiße, Xander. In deiner Nähe werde ich noch mal depressiv.“
Seine zuckenden Mundwinkel strafen seinen Vorwurf Lügen.
„Du irrst dich. Du warst noch nie gut gelaunt, Präs.“
Über meine Worte nachdenkend, zündet er sich eine Zigarette an, ehe er mir auch eine anbietet.
„Fuck off! Damit könntest du recht haben.“
Lachend nehme ich mir eine Marlboro aus der Schachtel und ziehe mein Zippo aus der Innentasche meiner Kutte. Ohne den Blick vom Lagerfeuer zu nehmen, lasse ich den Deckel aufschnappen und zünde mir die Kippe an.
Wieder zerplatzen bunte Funken am Himmel.
„Shit! Ist den beiden nicht bewusst, dass heute erst der 30.12. ist?“
Einen Zug von der Kippe nehmend, fülle ich meine Lungenflügel mit dem warmen Rauch.
„Tja Boss. Es war deine Idee, den Prospects noch heute die Aufnäher zu überreichen. Was nicht so schlau war, denn jetzt haben wir niemanden mehr, dem wir die Drecksarbeit anschaffen können.“
Mason grummelt irgendetwas, dann streckt er seine langen Füße aus und überkreuzt die Knöchel.
„Wenigstens haben die beiden eine Bomben-Stimmung. Was man von dir nicht gerade behaupten kann, Sergeant.“
Arschloch!
„Ich hab dich nicht gebeten, mir Gesellschaft zu leisten.“
Geschickt wechselt er das Thema.
„Es war ein gutes Jahr für den Club. Die Kassen sind voll, die Casinos laufen wie geschmiert und der Waffendeal mit den Russen ist geregelt. Schaut so aus, als würde das nächste Jahr ruhig starten.“
Mason sagt das, als ob das was Gutes wäre, mich hingegen lässt es erschaudern.
„In den Laufhäusern gab es in den letzten Wochen vermehrt Ärger. Wir sollten unseren Focus mehr auf die *Red Light Crew* legen.“
Sich mir zuwendend, grinst er mich blöd an. Er wirkt fast so, als hätte er damit gerechnet, dass ich auf dieses Thema zu sprechen komme. Sich die Zigarette in den Mundwinkel klemmend, lehnt er sich zurück und fasst sich in die Hosentasche. Als er seine rechte Hand wieder hervorzieht, befindet sich ein schwarz-rotes Patch zwischen seinen Fingerspitzen. Ich erkenne auf den ersten Blick, was für ein Aufnäher das ist. Vehement den Kopf schüttelnd stehe ich auf und ziehe die Mundwinkel nach unten. „Nope Präs, vergiss es!“

Sich ebenfalls erhebend hält Mason mir, meine Antwort auf seine unausgesprochene Frage einfach überhörend, das Patch vor die Nase.

„Nimm es, Xander. Du bist der Einzige, dem ich zutraue, dass er diese Scheiße, die da läuft, geregelt kriegt."

Na klasse ...

„Was ist mit Zane? Soll er sich doch um die Nutten kümmern."

Die Stirn runzelnd lehnt Mason sich weiter zu mir rüber, sodass außer mir niemand hören kann, was er als Nächstes sagt.

„Eigentlich will Zane es erst in zwei Wochen bekannt geben, wenn die kritischen ersten drei Monate vorbei sind. Aber ich sage es dir jetzt schon. Dann verstehst du, warum ich meinen VP nicht mit dieser Aufgabe betrauen werde. Hope ist schwanger. Zane dreht völlig am Rad, will sie in Watte packen und mit Tausenden von Vitamintabletten in einen Safe sperren. Er hat jetzt weder den Kopf noch die Ruhe, um sich um einen Haufen verängstigter Nutten zu kümmern."

Bloody Hell!

Diese Info treibt mir sämtliche Luft aus den Lungen, genauso gut hätte Mason mir mit aller Kraft gegen den Solarplexus schlagen können – das Ergebnis wäre das Gleiche. Ein bitterer Schmerz, entsprungen aus meiner eigenen Unzufriedenheit und garniert von einem Schuss Eifersucht.

Während ich seit einem verdammten Jahr auf der Stelle trete, scheint bei unserem Vize alles bestens zu laufen. Zane ist geradezu besessen von Hope. Dieses Mädchen hat ihn so fest an den Eiern wie überhaupt möglich. Wenn es um seine Frau geht, versteht Zane überhaupt keinen Spaß. Wenn er könnte, würde er sie vierundzwanzig Stunden am Tag in seinem Bett gefangen halten. Mason hat also mit seiner Einschätzung, dass unser Vize die nächsten Monate keinen klaren Kopf für das Laufhausproblem hat, absolut recht. Was heißt, dass diese Scheiße an mir hängen bleibt – *what a fuck!*

Die Prostitution ist neben dem Waffenhandel unsere Haupteinnahmequelle, was bedeutet, dass die Führung von einem der drei mächtigsten Night Riders erfolgen muss. So besagen es zumindest die Clubregeln.

„Was ist mit dir? Warum nähst du das Patch nicht an dein Leder?"

Seine Hand nach einer der Schneeflocken ausstreckend, spuckt Mason in das Feuer. Ein lautes Zischen ertönt, vermischt sich mit dem schrillen Lachen einer der Bitches.

„Ganz einfach! Weil ich der Präsident bin und ich echt keinen Bock auf all diese theatralischen Muschis habe."

Da macht er es sich aber einfach ...

„Aha! Und da soll noch mal einer sagen, dass unser Präsident seine Position nicht ausnutzt.“

Einen Schritt Richtung Clubhaus machend, wirft er mir das Patch zu und zeigt mir, als ich den Aufnäher missmutig aus der Luft greife, den Mittelfinger.

„Fick dich, Mason! Fick dich!“

Lachend verschwindet er im Inneren des Clubs und lässt mich stehen. Wieder ertönt das nervenaufreibende Pfeifen einer aufsteigenden Rakete – jetzt reicht's! Ohne zu zögern gehe ich zu den zwei Pyromanen, verpasse Stan einen Tritt in die Kniekehle und befördre ihn so auf den mit Schnee bedeckten Boden.

„Falls ihr Trottel es nicht wisst, heute ist der 30. und morgen ist erst Silvester. Also solltet ihr noch eine verfickte Rakete anzünden, breche ich euch jeden Finger einzeln. Verstanden?“

Butcher nickt und lässt die Rakete, die er in der Hand hält, sofort fallen.

„Schon gut. Reg dich ab, Sergeant.“

Bis eben wollte ich ihm wirklich nichts tun. Doch jetzt? Fuck! Die Finger anwinkelnd, hole ich aus und lasse meine geballte Faust mit voller Wucht in die Mitte seines Gesichts krachen. Das laute Knacken seines brechenden Nasenbeins ist Musik in meinen Ohren. Mit einem Schrei sinkt er auf den Boden und bedeckt sein Gesicht. Innerhalb weniger Sekunden ist nicht nur alles blutverschmiert, sondern auch meine Laune merklich besser.

„Der Tag, an dem ich mir von einem Frischling sagen lasse, was ich zu tun habe, wird der meines Todes sein! Kapiert?“

Beide nicken. Ich spüre ein ungewohntes Ziehen an meinen Mundwinkeln. Verdammt! Ich habe schon ganz vergessen, wie es sich anfühlt zu lächeln. Der Vorfall hat für Aufmerksamkeit gesorgt, nicht nur einige meiner Brüder stehen da und beobachten uns, sondern auch mehrere Bikergroupies. Eine von den Tussis sticht mir sofort ins Auge. Sie ist mittelgroß, schlank mit ordentlichen Titten und einem runden Arsch. Auf den ersten Blick könnte man sie fast mit Peggy verwechseln, erst bei genauerem Hinsehen bemerkt man die unterschiedlichen Gesichtszüge und das die langen Haare einen anderen Blondton haben. Den praktischen Teil meines Ichs stören diese kleinen Details nicht. Ich werde einfach einen dunklen Ort suchen und sie von hinten ficken, dann dürfte meine Fantasie keine Probleme dabei haben, sich vorzustellen, dass es Peggy ist, die sich unter meinen harten Stößen windet und meinen Namen schreit und dass es Peggys traurige Augen sind, die sich vor Lust verdunkeln.

Diesen Trick nutze ich nun schon seit zwölf langen Monaten und was soll ich sagen, er funktioniert einwandfrei. All die vielen Pussys, die ich mir im vergangenen Jahr gegönnt habe, waren nichts weiter als ein netter Zeitvertreib. So langsam komme ich zu der unschönen Schlussfolgerung, dass es einfach kein passendes Mädchen für mich gibt. Vielleicht ist Masons Idee, dass ich mich um unsere Nutten kümmern soll, gar nicht so schlecht, so habe ich zumindest immer einen Nachschub an frischen, professionellen Muschis, die mir all meine Wünsche von den Augen ablesen.

Ohne den noch immer jammernden Butcher eines weiteren Blickes zu würdigen, mache ich mich daran, das Groupie einzukassieren. Ich mache mir nicht die Mühe etwas zu sagen, sondern bücke mich und fahre mit meinem Arm an ihrer Kniekehle entlang. Keine Sekunde später werfe ich mir das Mädchen über die Schulter und trage meine überrascht quietschende Beute ins Clubhaus. Jeder verdammte Schritt fühlt sich an, als würde ich barfuß über ein Nagelbrett gehen. Das Wissen, dass Zane gerade dabei ist, eine eigene Familie zu gründen, führt mir erneut vor Augen, dass mein einziger Lebensinhalt dieser Club ist. Im Grunde genommen ist das nichts Schlechtes, im Gegenteil, ich bin durch und durch ein Night Rider – dennoch brauche ich eine Veränderung, eine Art Gegengewicht zu der aus der Balance geratenen Waagschale meines Lebens.

„Hey, Xander. Was soll das werden?“

Was für eine blöde Frage! Die Tussi, die kopfüber an meinem Rücken baumelt, scheint nicht gerade der hellste Stern zu sein.

„Na was wohl? Ich will dich zu einem Strickkurs einladen.“

„Echt jetzt? Das wollte ich schon immer mal lernen.“

Ihre Stimme klingt interessiert und nicht amüsiert, was mir verrät, dass sie das absolut ernst meint. *Heilige Scheiße!* Ihr IQ scheint nicht wirklich höher zu sein als die Absätze ihrer Schuhe. Genervt schüttle ich den Kopf. Wie heißt es so schön? Dumm fickt gut! In dem Fall muss diese Frau also eine absolute Granate und ihre Pussy so eng wie ein Schraubstock sein. Ich kann nur hoffen, dass sie beim Sex nicht die mitteilsamste ist. Gott wie ich es hasse, wenn einen diese Blödchen beim Bumsen totlabern ...

An meinem Büro vorbeimarschierend, trage ich sie zielsicher zu einem der im hinteren Bereich liegenden Gästezimmer.

Einer ihrer silbern glitzernden Schuhe rutscht ihr vom Fuß und fällt klackernd auf den Boden. Ich mache mir nicht die Mühe, mich nach ihm zu bücken. Warum auch? Wenn ich ihn liegen lasse, verstärkt das nur ihren Cinderella-Effekt, wenn ich sie um Mitternacht, also in circa einer Stunde, rauswerfe und sie wundgefickt ihren High Heel einsammeln darf, ehe sie sich aus dem Staub macht. Vielleicht kommt sie sich dann nicht ganz so abgefuckt vor, wie sie in Wirklichkeit ist ... Sondern mehr wie eine vom Schicksal missgünstig behandelte Disney Prinzessin.

Das erste Gästezimmer öffnend, erwische ich Caden dabei, wie er seinen Schwanz in den Rachen der vor ihm knienden Bitch rammt. Als er die Störung bemerkt, schickt er mich mit einem „Verpiss dich, Alter!" weiter. Der nächste Raum ist leer, meine Beute auf das unbezogene Bett werfend, kicke ich die Türe hinter uns zu.

Die abgestandene Luft riecht nach Muschi und kaltem Rauch, aber das stört mich nicht. Hier geht es nicht darum, es mir gemütlich zu machen, sondern darum, Druck abbauen.

Den Blick über das Mädchen gleiten lassend, gehe ich ins angrenzende Badezimmer und wasche mir Butchers Blut von den Händen. Gott hat es gutgetan diesen Deppen zu schlagen! Als ich zurück in's Zimmer komme, liegt das Mädchen noch immer genauso da, wie ich sie fallen gelassen habe.

„Zieh dich aus!"

Irritiert zieht sie eine Augenbraue nach oben.

„Zum Stricken?"

Echt jetzt? So blöd kann sie doch gar nicht sein!

Irgendwie warte ich darauf, dass sie gleich zum Lachen anfängt und mir mitteilt, dass das nur ein Scherz war – ich warte vergebens.

„Zum Ficken!"

Umständlich stützt sie sich auf die Ellenbogen auf.

„Aber du hast doch gesagt ..."

Meine wachsende Frustration muss mir ins Gesicht geschrieben stehen, denn sie verstummt abrupt und streift sich den verbleibenden Schuh vom Fuß.

Zumindest zickt sie nicht rum, das hätte mir jetzt gerade noch gefehlt.

Mit ruckartigen Bewegungen ziehe ich mir die Kutte aus und hänge diese zusammen mit der Lederscheide, in der mein Messer steckt, und dem Waffenholster über die Türklinke. Mit dem Rest meiner Kleidung gehe ich nicht so umsichtig um, sondern werfe sie einfach auf den Boden. Mit zusammengebissenen Zähnen beobachte ich, wie sie den Rock nach unten schiebt und ihn sich über die Beine streift, anschließend folgen die schwarze Nylonstrumpfhose und der ziemlich billig aussehende String Tanga. Ihre Pussy ist glatt und rosa und mein Schwanz reagiert sofort, indem er immer härter wird.

Die Tussi meint wohl, dass es reicht, wenn sie sich so weit nackt macht, dass ich sie ficken kann, aber da hat sie sich getäuscht, ich will das ganze Programm.

„Und jetzt oben. Ich will deine Titten sehen."

Nervös leckt sie sich über die Unterlippe, was dafür sorgt, dass sich meine Hoden zuckend zusammenziehen. Aye, diesen Mund werde ich auch noch ficken!

„Aber es ist kalt."

Echt jetzt?

„Dann mach dir heiße Gedanken!"

Einen Schmollmund ziehend, reckt sie den Kopf in einer arroganten Geste nach oben.

„Du bist nicht gerade nett."

Die Art, wie sie das sagt, und der Vorwurf, der in ihrer Stimme mitschwingt, bringen mich zum Lachen. *Heilige Scheiße!* Was hat sie denn erwartet? Dass ich ihr Rosen und eine verdammte Heizdecke schenke?

„Jetzt mal ehrlich, Bitch. Du bist doch nicht in den Club gekommen, weil du gehört hast, dass wir Rider so verdammt *nett* sind, oder? Also entweder hörst du jetzt auf zu zicken und lässt dich ficken, oder aber du sammelst deine Sachen auf und machst 'nen Abgang!"

Sie wirkt entrüstet, was mich nur noch mehr erheitert.

So was habe ich ja auch noch nie erlebt. Eine Tussi, die sich darüber beschwert, dass sie in einem Motorcycle Club keine netten Männer trifft. Immer mal was Neues ...

Die meisten Groupies, die hier abhängen, wissen, dass so einige Synonyme auf uns zutreffen, und das *nett* garantiert nicht dazu gehört.

Tödlich, eiskalt, gnadenlos, herzlos, böse, gefährlich, arrogant, brutal – all das und noch mehr! Aber Fuck! *Nett* bin ich definitiv nicht!

Eigentlich rechne ich damit, dass sie aufstehen und gehen wird, doch sie überrascht mich indem sie bleibt und sich entschlossen das Top über den Kopf zieht.

Da haben wir es! Sie ist also nicht hier, weil wir Night Rider dafür bekannt sind, nett zu sein, sondern weil sie es hart und heftig besorgt kriegen will, damit sie dann ab morgen vor ihren Freundinnen damit angeben kann.

Mir ihren schwarzen BH ins Gesicht werfend, geht sie auf die Knie, krabbelt quer durch das Bett auf mich zu und umfasst meinen harten Schwanz.

„Wenn du schon nicht nett bist, dann sei zumindest ausdauernd!"

„Bis jetzt gab es keine Beschwerden!"

So gefällt sie mir schon besser: Nackt und auf alle Vieren sind mir Frauen sowieso am liebsten. Ihre vollen Titten wackeln hin und her, ihre dunklen Nippel haben sich zusammengezogen und recken sich mir, als sie sich auf die Knie aufrichtet, aufreizend entgegen. Ich packe sie an den Haaren, ziehe sie vom Bett und drücke sie vor mir auf den Boden.

„Mund auf!“

Im ersten Moment zögert sie, was mich dazu bringt ihr meinen Schwanz ein paar Mal gegen die Wange klatschen zu lassen.

„Mein Club – meine Regeln! Mund auf!“

Ihre Augen funkeln kämpferisch. So dumm wie die Tussi ist, traue ich ihr durchaus zu, dass sie gedacht hat, dass sie sich auf den Rücken legen und mir die ganze Arbeit überlassen kann – falsch gedacht. Als sie endlich meinem Befehl nachkommt und zögerlich die Lippen öffnet, gebe ich ein zufriedenes Knurren von mir und schiebe ihr meine Eichel in den Mund. Heiß, feucht und eng – genau das was ich in dieser beschissenen Nacht brauche.

Die Fingernägel in meine Oberschenkel bohrend, gibt sie ein ersticktes Keuchen von sich, als ich mich mit einem kraftvollen Stoß bis zur Wurzel in ihre Kehle stoße.

Das Zucken ihres Gaumens, die Nässe ihres Speichels und die zögerlichen Bewegungen ihrer Zunge sorgen dafür, dass der Ärger der vergangenen Stunden langsam von mir ab abfällt. Die Augen auf ihr Gesicht pinnend, beobachte ich jede ihrer Regungen. Als sie zu saugen beginnt und sich ihre Backen nach innen wölben, entfährt mir ein raues Stöhnen.

Zufrieden fülle ich meine Lungenflügel mit frischem Sauerstoff und falle in einen langsamen, jedoch tiefen Rhythmus. Wann immer ich bis zum Anschlag in ihre Kehle gleite, spüre ich, wie sie zu würgen anfängt. Die Augen der Bitch füllen sich mit Tränen, während ihr etwas Spucke aus dem Mundwinkel tropft. Fauchend ziehe ich mich zurück und widerstehe dem Drang, ihren Mund gnadenlos zu ficken. Sie scheint zu ahnen, dass sie sich in Gefahr befindet. Unsicher sieht sie mich an, packt sich meinen Schwanz und massiert die komplette Länge mit ihren kleinen Fingern. Wieder und wieder reibt sie ihn vom Schaft bis zur Wurzel, erhöht gekonnt den Druck und lässt ihre Daumenkuppe über den kleinen Schlitz an der Spitze gleiten. Unter halb geschlossenen Lidern beobachte ich das Mädchen dabei, wie sie ihren Kopf senkt. Ihr heißer Atem streift über meine Eichel, ehe sie die Wulst dieses Mal freiwillig in den Mund nimmt.

Yes! Das ist gut!

Züngelnd, saugend, lutschend und knabbernd sorgt sie dafür, dass es mir nicht mehr gelingt, auch nur einen klaren Gedanken zu fassen.

Ihre kleinen Zähne knabbern an meinem empfindlichen Fleisch, ehe sie mein Glied langsam, jedoch stetig tiefer in ihren Rachen saugt.

Nach und nach erhöht sie den Druck ihrer Lippen, umspielt mit ihrer Zungenspitze die Unterseite meines Gliedes und beginnt zu saugen. Fluchend packe ich mir eine Handvoll ihrer Haare, wickle sie mir um die Faust und drücke ihr meinen Schwanz noch fester in den Mund.

In der Vergangenheit hatten viele Tussis ein Problem damit, meinen Penis komplett aufzunehmen, diese hier hingegen schluckt ihn ohne Probleme.

Mit den Fingern massiert sie mir die Eier, fährt mit ihren scharfen Fingernägeln über die empfindliche Haut meines Damms und reibt mir über die Rosette.

Obwohl sie sich am Anfang eher widerspenstig gegeben hat, lässt sie sich jetzt Zeit, ist verspielt und gibt mir das Gefühl, das sie sich nichts Schöneres vorstellen kann, als jetzt genau hier vor mir zu knien und mir den Schwanz zu lutschen.

Vor Erregung zitternd sauge ich ihren Anblick in mich auf, beobachte, wie meine Härte immer wieder in ihrem Mund versinkt.

Ihr heißer Atem, der über meine Haut streift, und das schmatzende Geräusch, das sie von sich gibt, ist beinahe zu viel für mich.

Welche eine Überraschung!

Wer hätte gedacht, dass diese Bitch so blasen kann?

Ein heißer Blitz zuckt an meiner Wirbelsäule entlang direkt in meine Hoden.

Das Pochen in meinem Unterleib wird immer stärker. Es wird nicht mehr lange dauern, bis ich sie meinen Saft schlucken lasse.

Nicht in der Lage, mich noch länger zu beherrschen, beginne ich damit, ihren Kopf tiefer auf meinen Schwanz zu drücken, während ich mein Becken nach vorne drücke.

Ihre Nase streift meinen Bauch, ihre Atmung stockt, während sich ihre Finger tief in meine Arschbacken graben.

Anstatt sich gegen diese neue Härte zu sträuben, bleibt sie ganz locker.

Die Lust, die meinen Verstand lahmlegt, ist so intensiv, dass sich schwarze Punkte vor meinem Sichtfeld ausbreiten.

Knurrend ramme ich mich in ihren Mund, wühle mich durch ihre Haare und ziehe mich ein letztes Mal zurück.

„Schau mir in die Augen."

Brav tut sie, was ich will.

Mein Schwanz ruht auf ihrer geschwollenen Unterlippe.

Sofort schnellt ihre Zunge vor und umspielt meine Eichel.

Die Muskeln in meinen Beinen zucken.

Ohne ihren Blick freizugeben, schiebe ich mich langsam und unendlich tief in ihren Hals. Das Letzte, was ich wahrnehme, ist, wie sie mich siegessicher ansieht, ehe ich mich in meiner Lust verliere. Ein Brüllen ausstoßend, pumpe ich Schub für Schub mein Sperma auf ihre Zunge. Ihre Schluckbewegungen quetschen bis auf den letzten Tropfen alles aus mir heraus. Dieser Orgasmus war mehr, als ich erwartet hatte.

Nachdem sie mich mit ihrer rauen Zunge sauber geleckt hat, zieht sie sich zurück und wischt sich mit dem Handrücken über die geschwollenen Lippen.

„Also ich finde, das war wirklich nett!“

„Da muss dir recht geben, Mädchen.“

Langsam erhebt sie sich, legt mir ihre Hände auf die Schultern und knabbert an meinem Ohrläppchen. Die harten Spitzen ihrer Titten reiben über meinen Brustkorb, sorgen dafür, dass sich mein Schwanz erneut mit Blut vollpumpt.

„Wie heißt du?“

Sie grinst. „Ich dachte schon, du fragst nie.“ Für gewöhnlich tue ich das auch nicht. Aber eine Tussi, die so blasen kann, sollte man im Gedächtnis behalten.

„Ich bin Margox.“ Das nenne ich ja mal einen seltsamen Namen. „Du bist dir sicher, dass du so genannt werden willst?“ Die Augen zusammenkneifend reckt sie ihr Kinn in die Höhe. „Ja. Das ist mein Künstlername. Ich bin Sängerin.“

Desinteressiert zucke ich mit den Schultern. *Wenn sie meint ...*

Entschlossen sie noch zu ficken, ehe ich sie rausschmeiße, verpasse ich ihr einen Schubser, der sie zurück aufs Bett katapultiert. Mit einem Quietschen landet sie auf dem Rücken, blitzschnell lege ich mich auf sie und drücke sie mit meinem Gewicht tief in die Matratze. Mit der rechten Hand unter das Bett greifend, taste ich nach dem Kondomvorrat, den ich da wohlweislich platziert habe. Eines der viereckigen Päckchen ergreifend, reiße ich die Aluverpackung auf und rolle mir das schwarze Latex über die Erektion. „Hey mach langsam ...“ Ihren Einwand überhörend, bringe ich mich vor ihrer Pussy in Position und lasse meine Eichel durch ihre feuchten Falten gleiten.

„Scheiße, Xander. Was ist mit dem Vorspiel?“ Über die irrwitzige Idee, dass ich meine Zeit damit verschwende, einer Bitch Lust zu verschaffen, lachend, stoße ich mich in ihren engen Kanal und genieße den lauten, gepeinigten Schrei, den sie von sich gibt.

Margox oder wie auch immer sie heißen mag, jagt ihre scharfen Fingernägel in meinen Rücken, der Schmerz lässt mich nur noch geiler werden.

Verdammt ist diese Muschi eng ...

Unter halb gesenkten Lidern beobachte ich, wie sie gegen den

Schmerz, den mein abruptes Eindringen ausgelöst hat, ankämpft.

Mein Schwanz ist dick und lang, es wird ein paar Minuten dauern, bis sich ihr Körper an mich gewöhnt hat. Aber das ist ihr Problem, alles was mich interessiert, ist, sie so lange zu ficken, bis ich high genug bin und meine Fantasie anspringt.

Ich will mir vorstellen, dass es Peggys weicher Körper ist, der sich an meiner Härte reibt, ich will mir einbilden, dass sie, das Mädchen mit den traurigen Augen, unter mir liegt und sich vor Lust schreiend meinen Stößen entgegen presst.

Erst wenn mir das gelungen ist, wird der Druck in meinem Inneren nachlassen und ich kann mit Glück ein paar Stunden lang gut schlafen.

Das Mädchen mit den Federwimpern wegzuschicken war die beschissenste Idee, die ich je hatte. Aber wer hätte auch gedacht, dass mich eine Frau, die ich noch nicht mal geküsst habe, trotz ihrer Abwesenheit beinahe in den Wahnsinn treibt?

Fuck! Fuck! Fuck!

In der Hoffnung, dass es besser funktioniert mich selbst zu verarschen, wenn ich nicht in das Gesicht der Bitch, sondern auf ihren blonden Hinterkopf schaue, ziehe ich mich kurz aus ihr heraus, drehe sie auf den Bauch und ramme mich wieder in sie.

Oh ja, das ist besser! Viel besser!

Stoß für Stoß vertreibe ich alle Gedanken aus meinem Hirn. Mir Margox blonde Haare um die Finger wickelnd, reiße ich ihren Kopf nach hinten, fahre mit der Nase an der weichen Haut ihres Halses entlang und inhaliere den süßen, unverkennbaren Geruch, den Frauen beim Sex verströmen. Sofort werde ich noch härter.

All meine Kraft dazu verwendend, mich immer wieder in dem zitternden Körper des falschen Mädchens zu vergraben, verliere ich mich in der Vorstellung, dass sie doch die richtige ist. Da ihre Stimme mein Fantasiebild zu zerstören droht, halte ich ihr den Mund zu und ficke sie noch härter. Margox bockt und keucht, das Blut in meinen Adern beginnt zu kochen. Ich bin so in meinem Wahn gefangen, dass ich erst bemerke, dass sie aufgrund des Sauerstoffmangels bewusstlos geworden ist, als ich abgespritzt habe, mich neben ihr in das Bett fallen lasse und das Kondom abziehe.

Besorgt taste ich an ihrem Handgelenk nach ihrem Puls. Als ich das Klopfen spüre, das mir verrät, dass ich sie *Gott sei Dank* nicht getötet habe, bricht mir vor Erleichterung der Schweiß aus. *What a fuck! So was ist mir ja auch noch nie passiert ...*

Über die Ausmaße, die meine Besessenheit langsam, aber sicher annimmt besorgt, steige ich aus dem Bett, bedecke den reglosen Körper des Mädchens mit der Decke und beginne mich anzuziehen.

In meinem Kopf herrscht das reinste Durcheinander. Ich bin wütend auf mich, weil ich nicht besser aufgepasst und die Kontrolle verloren habe, auf Margox, weil sie das falsche Mädchen ist und auf die gottverdammte Welt, weil einfach nichts so läuft, wie ich es eigentlich gerne hätte.

Diese Scheiße, die da gerade passiert ist, ist heftig – echt verdammt heftig.

Es wird Zeit, endlich eine Lösung für mein Problem zu finden!

Um meine Schuldgefühle zu minimieren, hole ich mein Portemonnaie aus der Hosentasche, ziehe drei Hundertdollarscheine raus und werfe sie neben Margox erschreckend blasses Gesicht. Eine Welle Selbsthass schlägt über mir zusammen, ätzt sich wie Säure durch meinen Magen. Ich muss etwas ändern – sofort!

Mit großen Schritten marschiere ich durch den Club, ignoriere Mason, der mir etwas zuruft und verlasse das Gelände der Night Riders. Ich brauche Ruhe. Ich muss nachdenken und endlich wieder zu Verstand kommen!

Wenn so eine Scheiße einem meiner Brüder passiert wäre, hätte ich ihm dafür die Fresse poliert – so viel ist sicher. Aber es war keiner von ihnen – ich war es, der eine Frau gefickt und nicht gemerkt hat, dass er sie dabei beinahe erstickt hat! Entweder beginne ich, Nachforschungen über Peggy anzustellen, oder aber ich verbanne sie aus meinem Hirn. In Anbetracht der Tatsache, dass mir vor wenigen Stunden ein neues Patch und somit auch ein weiteres Aufgabengebiet überreicht worden ist, beschließe ich, dass es besser ist, das Mädchen mit den Federwimpern endgültig zu vergessen. Ich habe keine Zeit für eine Frau wie sie, außerdem hatte es seinen Grund, aus dem ich sie damals weggeschickt habe und dieser besteht immer noch.

Vielleicht bin ich mittlerweile tatsächlich an einem Punkt angekommen, an dem es Zeit für einen Neujahrsvorsatz wird.

Formuliert ist dieser Vorsatz schnell. Ihn umzusetzen hingegen wird aus offensichtlichen Gründen, ziemlich schwer werden ...

3. Kapitel

Peggy

Ich bin so schrecklich nervös und aufgeregt, dass ich Bauchschmerzen bekomme.

Ein Jahr und einen Tag ist es jetzt her, dass ich das letzte Mal auf einer Party gewesen bin und genauso lange ist es her, dass ich beinahe vergewaltigt wurde.

Wenn es so etwas wie Gerechtigkeit auf dieser Welt gibt, dann hat sich das Karma längst um dieses Arschloch gekümmert! Doch an diesen schlimmen Vorfall will ich heute Nacht gar nicht erst denken. Es ist sicherlich besser, wenn ich mich auf all die positiven Entwicklungen des vergangenen Jahres konzentriere.

Es geht mir gut. Ich habe einen tollen Job, eine schöne Wohnung – ein neues Leben.

Heute ist Silvester, es ist kurz vor acht und es wird nicht mehr lange dauern, bis Lara vor der Türe steht, Sturm läutet und wie ein verrückter Wirbelwind die Kontrolle über den restlichen Abend übernimmt. Auch wenn ich es nicht gedacht hätte, aber ich freue mich tatsächlich so richtig auf die anstehende Feier.

Ich will so lange tanzen, bis meine Füße schmerzen, Sekt trinken und um Mitternacht in den Himmel sehen und mich über die farbenfrohen Explosionen der Raketen freuen.

Doch bis es so weit ist, muss ich mich endlich für ein Outfit entscheiden. Der komplette Inhalt meines Kleiderschranks liegt vor mir auf dem Bett verteilt. In der engeren Auswahl sind ein kurzer, schwarzer Lederrock, halterlose Strümpfe und ein eng anliegendes schwarzes Top. Im Grunde genommen passt diese Kombination perfekt zu meiner Feierlaune, dennoch zweifle ich. Als ich das letzte Mal so einen kurzen Rock getragen habe, wurde ich beinahe zum Sex gezwungen. Wenn Xander nicht wie durch ein Wunder aufgetaucht wäre, dann wäre es echt schlimm geworden.

Auf noch so eine Erfahrung kann ich sehr gut verzichten.

Xander ... Allein an diesen Rocker zu denken, löst ein heftiges Prickeln in meiner Brust aus. Selbst jetzt, nach all der Zeit, sehne ich mich nach diesem gefährlichen Outlawbiker.

Keine Ahnung warum das so ist!? Diese Sehnsucht ist völlig verrückt und entbehrt jeglicher Logik, dennoch ist es so ...

Ach verdammt!

Entschlossen diesen letzten Abend zu genießen, kämpfe ich gegen die melancholischen Erinnerungen an und entscheide mich, einem inneren Impuls folgend, für den Minirock.

Tom, dieses Arschloch, hat es nicht verdient, dass ich wegen ihm hier stehe und mich davor fürchte, sexy auszusehen. So viel Macht werde ich diesem Idioten nicht zusprechen.

Kaum das ich mich angezogen und fertig geschminkt habe, klingelt es auch schon Sturm.

Zu meinem Lieblingssong, der aus den Radioboxen dröhnt, mitsummend öffne ich Lara die Türe und staune nicht schlecht, als ich ihr Erscheinungsbild mustere.

„Ach du heilige ... Du siehst fantastisch aus, Süße. “

Und das ist nicht übertrieben. In dem eng anliegenden goldenen Kleid, das von einem Reißverschluss, der mittig zwischen ihren Brüsten beginnt und am Saum endet, zusammengehalten wird, könnte sie sogar den Papst höchstpersönlich verführen. Ihre Füße stecken in feuerroten Peeptoes dessen Absätze im gleichen Goldton funkeln wie ihr Lidschatten.

In ihren Ohren baumeln dieselben Creolen, für die auch ich mich entschieden habe, und die wir letzten Monat zusammen gekauft haben.

„Aber du siehst auch megascharf aus. In diesen Strümpfen kommen deine Beine perfekt zur Geltung.“

Sie hat recht, und das macht mich ein bisschen nervös.

In der heutigen Zeit ist es nicht ungefährlich, als Frau ohne männliche Begleitung ins Hafenviertel zu gehen. So als ob sie meine Unsicherheit spüren würde, zieht Lara zwei eisgekühlte Champagnerdosen aus ihrer Handtasche und reicht mir eine.

All die versnobten Tussis der Oberklasse würden bei Champagner aus der Dose sicherlich die Nase rümpfen, aber ich liebe dieses Zeug. Kichernd und ratschend leeren wir die prickelnde Flüssigkeit in Windeseile. Nach der langen Zeit, die ich komplett auf Alkohol verzichtet habe, spüre ich schnell einen leichten Schwips. Er hilft mir nicht nur dabei, meine Sorgen und Zweifel in den Hintergrund zu schieben, sondern auch mich zu entspannen. Das vergangene Jahr war toll und es hat es verdammt noch mal verdient, gefeiert zu werden!

Keine fünf Minuten nach Laras Auftauchen klingelt es wieder – unser Taxi ist da. Schnell stopfe ich alles, was ich als wichtig empfinde, in meine Handtasche, allem voran mein Pfefferspray, das ich eigentlich immer bei mir trage und folge Lara raus in den Flur.

Der Spaß kann losgehen.

Auf den Lift wartend, drehe ich mich zu ihr um.

„Hast du die Karten eingesteckt?“

Lara sieht mich ungläubig an.
„Natürlich, was denkst du denn?“
„Ach nichts, ich wollte nur sichergehen ...“
Plötzlich kichert sie leise vor sich hin, fasst in das Seitenfach ihrer Tasche und zieht zwei goldene Vierecke hervor.
Fragend sehe ich sie an.
„Was ist das?“
Von meiner Begriffsstutzigkeit verärgert, gibt sie ein Schnauben von sich.
„Na was wohl? So lange die Chance besteht, dass wir auf einen dieser bösen Biker treffen, müssen wir vorbereitet sein.“
Jetzt verstehe ich erst recht nichts mehr. Laras Geduldsfaden, der von Haus aus nicht gerade der stabilste ist, reißt.
„Das sind Kondome, du Dummchen! Aber nicht nur irgendwelche, sondern gerippte, mit Noppen und so einem Extra-Zusatz, der uns Frauen angeblich Mega-Orgasmen beschert. Stelle dir mal vor, da hat eins zehn Dollar gekostet. Völlig irre! Aber wenn die halten, was sie versprechen, wird das der beste Silvesterfick unseres Lebens.“
Perplex starre ich sie an. Ich bin von dem Preis echt geschockt.
„Zehn Dollar für einen Gummi?“
Lara nickt ernst.
„Und wie kommst du jetzt bitte auf die Rocker zu sprechen?“
Sie wirkt ertappt.
„Na ja, nach unserem Gespräch gestern habe ich den Rockerclub gegoogelt und ich muss zugeben, dass diese Typen auf ihre ganz eigene düstere und gefährliche Art echt heiß sind.“
Ohaaa ...
Um gegen die Nervosität, die mich zu überrollen droht, anzukämpfen, konzentriere ich mich auf das Wissen, das die Night Riders kein besonders großes Interesse an clubexternen Partys haben.
„Mach dir mal keine zu großen Hoffnungen. Die Rocker bleiben meist unter sich.“
Der Aufzug kommt im Erdgeschoss an und öffnet uns surrend die Türen.
Wir gehen auf das wartende Taxi zu.
„Schade, aber wenn ich keinen Rocker abkriege, dann halt irgendeinen anderen Mann. Ich meine, komm schon Peggy. Wie kann man das Jahr besser einläuten, als leicht von Wodka angetütert einen dicken Schwanz zu reiten?“
Lara hat so laut gesprochen, dass uns der Fahrer, der uns, nett wie er ist, die Autotür aufhält, hören kann. Amüsiert zieht er eine Augenbraue

in die Höhe und sieht mich herausfordernd an, so als ob er mir damit klarmachen will, dass er ebenfalls einen Schwanz hat und sich nur allzu gerne für unsere Zwecke benutzen lassen würde.

Gott wie peinlich ...

Vor Verlegenheit steigt mir die Röte ins Gesicht und ich vergesse völlig, ihr zu antworten. Lara hingegen schämt sich für nichts und nimmt mein Schweigen als Zustimmung für ihre gewagte These.

„Du wirst sehen, morgen wirst du mir für diesen Zaubergummi danken!“

Dem Taxifahrer frech zuzwinkernd, steckt sie mir eines der zehn Dollar Kondome ins Dekolleté und steigt ein. Ich setze mich neben sie und vermeide es tunlichst, während der Fahrt woanders hinzusehen als aus der Seitenscheibe.

Wenn dieser Abend schon *so* anfängt, bin ich gespannt, wie er erst enden wird ...

Ohne es zu wissen, hat Lara mit ihrem Gerede über den MC dafür gesorgt, dass ein winziger Teil meines Ichs tatsächlich hofft, dass ich Xander über den Weg laufe. Und falls das passiert, werde ich nicht zögern und ihn ansprechen. In den vergangenen Monaten bin ich selbstbewusster geworden, ich bin kein Mädchen mehr, das darauf wartet, dass der Mann seiner Träume auf es aufmerksam wird, sondern ich bin tough genug, die Initiative zu ergreifen. Zumindest hoffe ich das, ausprobiert habe ich es noch nicht. Nach der Sache mit Tom habe ich nicht nur das Hafenviertel gemieden, sondern bin auch allen Kerlen aus dem Weg gegangen. Ganz davon abgesehen hat es bisher kein Typ geschafft, mein Interesse zu wecken. Ohne es zu wollen vergleiche ich alle Kerle, die mir begegnen, mit dem Sergeant at Arms des *Night Riders Motorcycle Clubs* und was soll ich sagen? Neben ihm sehen einfach alle Männer aus wie kleine schwache, verängstigte Jungs.

Obwohl wir ziemlich früh da sind, ist bereits die Hölle los.

Bunte Laserspots strahlen unfassbar weit in den dunklen Nachthimmel hoch, fast so als würden sie den Sternen Konkurrenz machen wollen. Kraftvolle Beats wummern durch die Wände der alten Fabrikhalle bis zu uns raus, bringen den Boden unter meinen Füßen zum Beben. Die unterschiedlichen Gerüche des Hafens schwängern die Luft, lassen mich erschaudern. Ohne es zu wollen muss ich an schwarze Lederkutten, kraftvolle Finger und den unverkennbaren Geruch von Schießpulver und Waffenöl denken. Unsicher lasse ich meinen Blick über die nähere Umgebung schweifen, doch es ist kein Rider in Sicht.

Obwohl ich es eigentlich besser wissen sollte, breitet sich ein Hauch von Enttäuschung in meinem Inneren aus.

Verdammt! Ich bin hier, um das letzte Jahr zu feiern und nicht, um mich wie ein liebeskranker Teenie an einen Rocker zu erinnern, der mich nie wollte. Entschlossen diese Nacht zu genießen, hake ich mich bei Lara unter und lasse mich von ihr zu den zwei breitschultrigen Securitys führen, die den Eingang zur Party sichern.

Seltsamerweise sind diese zwei Muskelpakete die einzigen Typen, die mich von ihrem Äußeren her anziehen. All die Männer, die sich hier aufhalten, weil sie genau wie ich auf die Silvesterfeier wollen, sprechen mich überhaupt nicht an. Sie wirken zu brav, zu geleckt und zu anständig. Auch wenn ich es mir bisher nie eingestehen wollte, aber Lara hat recht, ich stehe auf die bösen Jungs.

Brav wie wir sind, stellen wir uns in die Schlange. Wir warten keine zwei Minuten bis uns einer der Türsteher mit einem Handwinken zu verstehen gibt, dass wir nach vorne kommen sollen. Zögerlich kommen wir seiner Anweisung nach. Erst als wir direkt vor ihm stehen, realisiere ich, dass ich diesen Mann irgendwoher kenne. Als ich dann das Skorpiontattoo an seinem virilen Hals entdecke, das sich über dem Kragen der schwarzen Lederjacke befindet, trifft mich die Erkenntnis wie ein Schlag. Ich kenne ihn aus meiner Zeit bei den Riders, er ist einer der Hangarounds, mit denen ich des Öfteren gevögelt habe.

„Na sieht mal einer an, welches hübsche Vögelchen haben wir denn da?“

Genau wie in alten Zeiten zögert er nicht lange, sondern legt mir seine prankenartige Hand auf den Rücken und hebt mich mühelos hoch, um mir einen harten Kuss auf die Lippen zu pinnen. Der vertraute Geruch von Mann, Leder und Rauch benebelt mir die Sinne und ich kann nichts gegen das leise Seufzen, das mir entweicht, tun.

„Hey Skorpion. Lange nicht gesehen.“

Sein Blick gleitet langsam und hungrig über mein Outfit. Auf seiner Stirn bilden sich zwei tiefe Falten.

„Scheiße siehst du gut aus, Baby. Du hast an genau den richtigen Stellen zugelegt. Das gefällt mir. Wenn ich später mal ein paar Minuten Pause habe, find ich dich.“

Er zwinkert mir frech zu. „Du weißt schon, wie in alten Zeiten: Hart und schnell!“

Lieber nicht ...

Mit einem kurzen Seitenblick auf Lara, stelle ich fest, dass mich meine Freundin fassungslos anstarrt. *Na klasse ...* sie wird mich garantiert mit tausend Fragen löchern und alles, was ich bisher so erfolgreich vor ihr verheimlicht habe, wissen wollen.

Als Skorpion mich endlich wieder auf die Füße stellt, verpasst er meinem Hintern noch einen Klaps, ehe er sich eine Zigarette anzündet. Er benimmt sich so, als hätte er alle Zeit der Welt, so als würden nicht Dutzende Leute anstehen, weil sie dem Schnee entkommen und in die Halle, in der die Party steigt, wollen.

„Ähm meine Freundin hat die Eintrittskarten."

Lara kapiert, dass das ihr Stichwort ist und zieht die zwei Karten aus der Tasche.

Doch Skorpion winkt nur gelangweilt ab.

„Vergiss den Scheiß, Süße. Völlig egal an welcher Türe ich auch stehe, bei mir wirst du nie Eintritt zahlen müssen. Du gehörst doch zu uns, das habe ich nicht vergessen, auch wenn du dich schon lange nicht mehr blicken lassen hast!"

Und genau dieses ‚zu uns' dieser Zusammenhalt, der in der Welt des MCs herrscht, ist das, was ich damals so toll gefunden habe.Ich war so alleine, ich hatte niemanden, sodass mich diese in Leder gekleidete, waffentragende und brutale Gemeinschaft des Rockerclubs wie magisch angezogen hat.

„Ähm danke, das ist wirklich nett von dir."

Er zwinkert mir zu, beugt sich vor und vergräbt sein Gesicht in meinem Dekolleté.

„Du riechst noch genau wie früher. Deinen Duft habe ich nie vergessen! Scheiße, keine Muschi hat so süß geschmeckt wie die deine."

Ach du heilige ... Was ein Kompliment ...

Schweigend bettle ich das Universum an, mich einfach zu verschlucken, doch es tut sich nichts. Weder löse ich mich in Luft auf, noch öffnet sich vor mir ein schwarzes Loch, in das ich mich stürzen kann. Entschlossen so schnell wie möglich aus Skorpions Reichweite zu kommen, packe ich Lara an der Hand und ziehe sie rasch in das beheizte Innere der alten Fabrik.

Trotz meines rasenden Herzschlags kann ich nicht umhin, über die Deko zu staunen.

Ich komme mir vor wie in einer anderen Welt. Auf der Bühne wurde ein großer DJ-Pult aufgestellt, unzählige schwarze und goldene Heliumluftballons, Topfpflanzen und Lichterketten wurden kunstvoll arrangiert. Blinkende Lichterketten, leuchtende Tische und gemütlich aussehende Sofas runden das Gesamtbild ab.

Wow! „Das ist der Hammer!" Lara beendet meine visuelle Entdeckungsreise indem sie sich mit vor der Brust verschränkten Armen direkt vor mich stellt und mich wütend anfunkelt.

„Glaub bloß nicht, dass du so einfach vom Thema ablenken kannst, meine Süße."

Oh Mist! Irgendwie bezweifle ich, dass ich sie mit einer 0815-Ausrede abspeisen kann.

„Das tue ich nicht. Aber lass uns doch was zum Trinken holen, ehe ich dir alles erzähle."

Sie nickt zustimmend, wir setzen uns an die toll dekorierte Bar und wieder fällt es mir schwer zu glauben, dass die Veranstalter so einen Aufwand wegen dieser einen Nacht betrieben haben.

Nachdem wir uns beim Barkeeper zwei interessant klingende Cocktails bestellt haben, atme ich tief durch und sehe zu meiner vor Neugierde vibrierenden Freundin.

Mir ist klar, dass ich sie mit Informationen füttern muss, aber ich werde ihr nicht alles erzählen. Es reicht, wenn sie weiß, dass ich in der Vergangenheit hin und wieder etwas eskaliert bin, das ganze Ausmaß behalte ich jedoch weiterhin für mich.

„Wärest du bitte so lieb mir endlich zu erklären, was das mit diesem King Kong vom Sicherheitsteam gerade eben zu bedeuten hat? Er erinnert sich daran, wie du schmeckst. Wie abgefahren ist das denn bitte?"

Tief durchatmend murmle ich dem Barmann ein „Danke" zu und schiebe zwanzig Dollar über die Theke, ehe ich den blau-weißen Cocktail mit zwei großen Schlucken bis zur Hälfte leere. Die exotischen Aromen der Ananas umschmeicheln meinen Gaumen, während sich der Wodka in meinem Magen ausbreitet und für ein angenehmes Brennen sorgt.

„Verflucht Peggy! Dein Schweigen und die Tatsache, dass du diesen *Blue Ocean* beinahe auf ex leerst, beunruhigt mich ein bisschen."

Mit zitternden Fingern stelle ich das Glas ab und drehe mich zu ihr um. Es wird Zeit für eine leicht beschönigte Version meiner Vergangenheit.

„Der Typ da draußen, den du gerade so nett King Kong genannt hast, ist ein Hangaround der Night Riders ..." Mit ihrem Finger vor meiner Nase herumwedelnd unterbricht sie mich. „Stopp! Was ist ein Hangaround?" Ach ja stimmt, ich habe ganz vergessen, dass sie sich nicht mit den Clubbegriffen auskennt.

„Als Hangarounds werden Männer bezeichnet, die Freunde des Motorcycle Clubs sind. Sie erledigen kleinere Aufgaben, geben falsche Alibis und helfen wo immer sie können. Dafür werden sie auf dem Gelände der Biker geduldet und genießen einen gewissen Status."

Mit einem Nicken gibt sie mir zu verstehen, dass sie mir so weit folgen konnte.

„Okay. Und jetzt komm zu dem Teil, an dem du mir erklärst, warum

du dich so gut mit Rockerclubs auskennst."
Arghhhhh ... Liebes Universum ich warte immer noch auf ein Wunder!
Widerwillig beginne ich ihr eine leicht abgeschwächte Version meiner Vergangenheit zu erzählen. Ich rede über Xander, Mason und das Leben, das diese Rocker führen. Ich erzähle ihr auch, dass ich ein Bikergroupie war und dass ich in dieser Zeit Sex mit wechselnden Partnern hatte. Ich verschweige ihr jedoch, dass ich es zum Teil mit mehreren Männern pro Nacht getrieben habe, dass ich Drogen genommen und viel zu viel Alkohol in mich reingekippt habe. Und das ist auch gut so, Lara wirkt auch so schon ziemlich entsetzt.
„Du hast es also so richtig krachen lassen?"
Ich nicke und leere meinen Cocktail nun endgültig, während sie ihren noch nicht mal angerührt hat.
„Das ist heftig. Und warum bist du jetzt zu so einer Spießerin geworden? Versteh mich nicht falsch, Süße. Aber ich musste dich regelrecht anflehen, dass du mich auf diese Party begleitest. Also was ist passiert, dass du dein Leben so abrupt geändert hast?"
Jetzt kommen wir zu dem unschönen Teil ...
„Mit gedämpfter Stimme erzähle ich ihr von meiner letzten Nacht bei den Riders, von Tom und meinem Retter Xander."
Lara wirkt entsetzt, wütend und alarmiert. Irgendetwas muss mich verraten haben, denn sie kommt sofort auf Xander zu sprechen.
„Er hat dich gerettet und seitdem kannst du ihn nicht mehr vergessen?"
„Nein. Ich wollt ihn schon vor diesem Vorfall. Aber ja, dass er mich gerettet hat, hat mein Interesse an ihm in ungesunde Höhen schnellen lassen. Dieser verdammte Outlaw verfolgt mich bis in meine Träume ..."
Ein „Wow!" von sich gebend, gönnt sie sich nun endlich auch einen Schluck ihres Cocktails. „Das nenne ich mal eine echt heftige Geschichte. Und du sagst, dass dieser Xander der Sergeant at Arms des Clubs ist?"
Ich nicke und erkläre ihr, was es mit dieser Sergeant-Sache auf sich hat.
Plötzlich setzte sie sich aufrechter hin und durchsucht hektisch ihre Handtasche nach ihrem Handy.
„Ich glaube, ich habe bei meiner Recherche letzte Nacht ein Bild von diesem Biker im Internet gesehen. Wenn ich mich nicht täusche, wurde sein Name mit einigen Leichen in Verbindung gebracht. Kann das sein?"
Meine Antwort ist ein knappes Nicken. Wieder sieht sie mich ungläubig an.
„Holy Shit, Peggy! Du stehst also auf die *wirklich* bösen Kerle!"
Dem kann ich nicht wiedersprechen. Mittlerweile ist es ihr gelungen, ihr Telefon rauszuholen, sie tippt irgendetwas darauf herum, eine

Minute später zeigt sie mir den Bericht, in dem geschrieben steht, dass die Polizei davon ausgeht, dass der Sicherheitsbeauftragte des *Night Riders Motorcycle Clubs* mehrere Häuser in die Luft gejagt hat. Und dass bei diesen Anschlägen Dutzende von Vietnamesen getötet wurden.

„Nur damit wir uns richtig verstehen, wir reden von genau diesem Typen?"

Sie tippt mit ihrem rot lackierten Fingernagel auf das Foto von Xander, das am Ende des Zeitungsartikels angehängt wurde.

„Ja. Von genau dem!"

Ihr gezischtes „Ach du heilige Scheiße!" bringt mich zum Lachen. Der Barmann stellt zwei weitere Drinks vor uns ab und erklärt uns kurz und knapp, dass wir die komplette Nacht keinen Penny mehr zahlen müssen, weil uns Skorpion eingeladen hat.

Auch wenn ich jetzt ein Jahr weg war, überrascht mich das nicht im Geringsten. Skorpion ist ein sehr bestimmender, gefährlicher, aber auch großzügiger Mann.

„Dieser Xander sieht nicht so aus, als ob er ein geripptes Noppen-Kondom nötig hätte, um es einer Frau so richtig zu besorgen."

Jetzt liegt es an mir, sie überrascht anzusehen.

„Mehr sagst du dazu nicht?"

Für eine Weile sehen wir uns tief in die Augen. Dann schüttelt Lara verneinend den Kopf.

„Nein Süße. Wir haben alle eine Vergangenheit, es liegt nicht an mir, deine zu beurteilen. Ich will nur, dass du weißt, dass ich immer für dich da bin. Und wenn es jemals wieder ein Arschloch wagen sollte, dich vergewaltigen zu wollen, bekommt er es mit mir zu tun."

Vor Erleichterung hüpfe ich von meinem Barhocker und nehme sie in eine feste Umarmung.

„Danke. Du bist ein Schatz. Ich bin so froh, dass ich dich habe."

In beidseitigem Einverständnis lassen wir das Thema meiner Vergangenheit fallen und machen uns über die frischen Cocktails her. Jetzt, wo Lara über meine Zeit bei den Riders Bescheid weiß, fühle ich mich erleichtert. Es tut gut, keine wirklichen Geheimnisse mehr vor meiner besten Freundin zu haben.

„Lass uns tanzen!"

Der Typ hinter der Bar hört meinen Vorschlag und bietet uns an, auf unsere Sachen achtzugeben, während wir es krachen lassen.

Da er in der heutigen Nacht ein Kollege von Skorpion ist, zögere ich nicht lange und überlasse ihm unsere Jacken und Handtaschen. Sollte er so doof sein und uns bestehlen, wird Skorpion garantiert Hackfleisch aus ihm machen.

Verrückterweise fühlt es sich echt gut an, mal wieder rauszukommen, bekannte Gesichter zu sehen und mich auszutoben ...

Die nächsten Stunden verbringen wir damit, zu viel Alkohol zu trinken, zu lachen, zu flirten und zu tanzen.

Meine Füße brennen wie die Hölle, ich bin verschwitzt und glücklich. In regelmäßigen Abständen spüre ich die wachsamen Blicke des Türstehers in meinem Rücken und weiß, dass es nur noch eine Frage der Zeit ist, bis Skorpion seine Androhung wahr macht und mich suchen kommt. Wenn es so weit ist, werde ich ihn nicht wegschicken. Warum auch? Wir hatten viel Spaß damals und ich erinnere mich noch zu gut daran, wie fantastisch es sich angefühlt hat, von seinen Muskeln umgeben zu sein, während er all seine Kraft dazu aufwendet hat, mich zu ficken.

Mein letzter Sex ist so lang her, dass ich mir diese Gelegenheit sicherlich nicht entgehen lassen werde. Zwar ist er nur ein Hangaround und kein richtiger Biker, aber was soll`s? Den Rider, den ich wirklich will, werde ich aller Wahrscheinlichkeit nach eh nie wiedersehen. Mich zu den rhythmischen Beats des Songs windend, schließe ich die Augen und genieße den leichten Schwindel, der mich fest im Griff hat. Heißt es nicht, dass man sich in der letzten Nacht des Jahres etwas wünschen darf? Also wenn ich einen Wunsch frei habe, dann will ich einen Rocker zu Silvester.

4. Kapitel

Xander

Es ist 22.43 Uhr, in 77 Minuten beginnt das neue Jahr und ich sitze im hintersten Eck des Clubs und nähe das neue Patch an meiner Kutte fest. Um mich herum herrscht eine ausgelassene Stimmung – alle sind glücklich. Stan und Butcher können es nicht lassen und sind schon wieder dabei, eine Rakete nach der anderen in die Luft zu jagen, heute halte ich sie nicht davon ab.

Mason und Zane sitzen an der Bar, trinken ein Bier und unterhalten sich. Hope steht mit ein paar Mädels bei den Billardtischen und bewegt zum Takt der Musik ihren Hintern im Kreis. Es ist amüsant zu beobachten, wie sich Zanes Mimik mit jeder Sekunde mehr verdunkelt. Es ist nur noch eine Frage der Zeit, bis er zu ihr gehen, sie packen und in eines der Schlafzimmer verschleppen wird. Nach meinem Glas greifend, trinke ich einen großen Schluck der durchsichtigen Flüssigkeit und grunze zufrieden, als es sich so anfühlt, als würde der Wodka meine Speiseröhre verbrennen. Gerade als ich es wieder abstellen will, beginnt mein Handy zu vibrieren. Ich ziehe es raus, werfe einen Blick aufs Display und ahne, dass es Ärger geben wird.

Nach kurzem Zögern nehme ich das Telefonat an und spare mir sinnlose Begrüßungsworte. „Was gibt's Alter?"

Skorpion, einer unserer Hangarounds, ist am anderen Ende der Leitung und klärt mich mit kurzen, knappen Worten darüber auf, dass er heute für die Sicherheit einer Silvesterparty zuständig ist und dass er mir ein verspätetes Weihnachtsgeschenk machen will. Ich habe keine Ahnung, wovon er redet.

„Komm auf den Punkt, Alter."

Eine Art Schnauben dringt zu mir durch.

„Du bist doch noch immer auf der Suche nach dem Wichser, der Peggy damals verletzt hat. Oder irre ich mich da?"

Seine Frage weckt mein Interesse.

„Du irrst dich nicht."

Nur weil mich meine Brüder damals davon abgehalten haben diesen Drecksack kaltzumachen, bedeutet das noch lange nicht, dass ich mit diesem Arschloch fertig bin. Diese Rechnung ist noch nicht beglichen. Zu meinem Leidwesen ist Tom seit damals untergetaucht, sodass ich ihn mir nicht vorknöpfen konnte. Zumindest bis jetzt ...

„Na dann beweg deinen Arsch Sergeant und komm her, der Wichser ist gerade hier aufgetaucht und wollte sich unter die Party mischen. Zum

Glück habe ich ihn sofort erkannt, es wäre nicht gut gewesen, wenn er es rein geschafft hätte. Peggy hätte der Schlag getroffen, wenn ihr Peiniger plötzlich vor ihr gestanden wäre."

Stopp! Fuck! Stopp! Kann es sein, dass ich mich gerade verhört habe?

„Wiederhole das, Skorpion."

„Scheiße Rider, was hast du gerade nicht verstanden? Der Typ, den du kaltmachen willst, steht hier vor mir. Wenn du willst, wickle ich ihm noch eine Schleife um den Kopf, wenn dir das eine Freude macht."

Diesen Teil unserer Unterhaltung habe ich sehr wohl kapiert.

„Was hast du gerade über Peggy gesagt?"

Es fühlt sich eigenartig an, ihren Namen laut auszusprechen.

„Dass sie zu Tode erschrocken wäre, wenn sie dem Bastard gegenübergestanden hätte."

„Das heißt, du weißt, wo sie ist?"

Mein Puls schnellt in die Höhe, meine Handflächen werden schwitzig.

„Aye, sie ist mit einer Freundin hier. Sie tanzt sich seit Stunden die Seele aus dem Leib."

Jackpot! Noch bevor ich weiß was ich tue, springe ich auf die Füße, reiße den Faden ab und ziehe mir die Kutte an. Scheiß auf das erst bis zur Hälfte angenähte Patch, jetzt gilt es keine Zeit zu verlieren.

„Lass sie nicht aus den Augen! Verstanden?"

Der Hangaround lacht.

„Das hatte ich nicht vor. Ich warte nur auf einen geeigneten Moment und dann packe ich mir die Kleine. Das letzte Jahr hat ihr gutgetan, sie ist heißer denn je."

Das will ich ihm nicht geraten haben.

„Wenn du sie anrührst, werde ich morgen ein Grab für zwei Leichen ausheben müssen. Kapiert?"

Skorpions plötzliche Schweigsamkeit verrät mir, dass meine Warnung angekommen ist. Ohne zu zögern beende ich das Gespräch. Ich weiß von welcher Party er gesprochen hat und in welcher Location sie stattfindet. Im Vorbeigehen informiere ich meinen Präsidenten, dass ich für heute weg bin und eile zu meinem Auto.

Soll mich doch der Teufel holen! Wenn das, was Skorpion gerade gesagt hat, wahr ist, dann wird das der beste Jahresabschluss, den ich mir nur wünschen konnte.

Dass Tom sterben muss, stand für mich in der Sekunde fest, in der ich ihn dabei beobachtet habe, wie er das Mädchen, das ich für mich will, geschlagen hat.

Wahrscheinlich denkt dieser Idiot, dass genug Zeit vergangen ist und dass er sich ohne Probleme zurück ins Hafenviertel und somit in das nahe Umfeld des MCs wagen kann, ohne Probleme fürchten zu müssen. Aber da irrt er sich.

Ich bin ein Jäger – ein Killer – ich vergesse nichts und ich verzeihe nichts! Das Wort Gnade existiert in meinem Wortschatz nicht.

Die Fahrt dauert fünf Minuten. Bevor ich aus dem Wagen steige, prüfe ich das Magazin meiner Waffe und nehme mir zehn Sekunden Zeit um das Chaos, das Skorpions Anruf in mir ausgelöst hat, zu sortieren.

Als Erstes werde ich mich um Tom kümmern, seine Leiche im Kofferraum verstauen und dann das Mädchen einfangen.

Es mag sein, dass ich vor all den Monaten genug Selbstbeherrschung hatte, um sie nicht anzurühren, mittlerweile ist das anders. Scheiße auf alle Konsequenzen! Ich will diese Frau und ich nehme sie mir – so einfach ist das! Wenn ich damals gewusst hätte, dass sich meine Sehnsucht nach ihr in eine regelrechte Besessenheit verwandelt, hätte ich sie nie gehen lassen. Doch fuck! Ich wusste es nicht und darum habe ich das letzte Jahr gelitten wie ein geprügelter Hund. Meine Finger schließen sich so fest um das Lenkrad, dass meine Fingerknöchel weiß werden und ich schon befürchte, es aus der Verankerung zu reißen.

Nach einem letzten tiefen Atemzug steige ich aus. Endlich ist der Augenblick der Gerechtigkeit gekommen, ich kann es kaum erwarten, diesem Drecksack die Eier abzuschneiden ...

Das Erste, was ich wahrnehme, ist die laute Musik, die die komplette Umgebung beschallt. Das Wissen, dass sich Peggy in genau diesem Moment nur wenige Meter von mir entfernt befindet, stellt verrückte Dinge mit mir an. Es kostet mich einiges an Kraft, dass ich nicht sofort zu ihr gehe und Skorpion befehle, Tom für mich bis morgen irgendwo einzusperren. Aber wie heißt es so schön? Erst die Arbeit und dann das Vergnügen! Wobei man es nicht als Arbeit bezeichnen kann, diesen Bastard kaltzumachen, es ist eher etwas, das ich tun muss, um meinen inneren Frieden wiederherzustellen.

Ohne den vielen Personen um mich herum auch nur die geringste Beachtung zu schenken, gehe auf Skorpion zu und achte dabei darauf, dass meine Waffe unter dem Leder meiner Kutte verborgen ist. Solange mir die Staatsanwaltschaft wegen der Vietnamesenscheiße am Arsch klebt, achte ich darauf, nicht mehr Aufmerksamkeit als unbedingt nötig auf meine Aktionen zu ziehen. Der Tod dieses Frauen misshandelnden Subjekts wird noch früh genug die Runde machen, und es wird für die meisten nicht schwer zu erraten sein, wer diesem Bastard das Licht ausgeknipst hat.

Skorpion sieht mich und nickt mir grüßend zu. Ich wiederhole die

Geste und komme gleich zum Punkt.
„Wo ist er?"
Es gefällt mir nicht, dass ich Tom nicht auf Anhieb entdecke. Wenn er ihm wieder entwischt ist, wird er das bereuen.
„Einer meiner Männer passt gerade auf ihn auf. Ich bringe dich zu ihm."
Mit einem Handzeichen gebe ich ihm zu verstehen, dass er vorangehen soll. Skorpion setzt sich in Bewegung und ich folge ihm in die Fabrikhalle. Vor einer Ewigkeit wurden hier Autoreifen hergestellt, mittlerweile erinnert nichts mehr an diese Produktion. Ungeduldig, Peggy endlich wiederzusehen, lasse ich meine Augen suchend über die vielen Partywütigen gleiten. Gerade als ich denke, dass es unmöglich ist, sie in dieser Menschenmenge zu finden, fällt mein Blick auf eine Frau, die sich mitten auf der Tanzfläche befindet, sie dreht sich, reckt die Hände über ihren Kopf und lässt den Arsch kreisen. Schlussendlich drückt sie sich an einen Typen, der zögert nicht lange und packt sie an der Hüfte, während er ihr gefährlich nah kommt.
Zu nah – tödlich nah – unerträglich nah!
Die Zähne fest aufeinanderpressend, bleibe ich stehen und kämpfe gegen den Drang an, alles und jeden zu töten, der mein Mädchen auch nur ansieht.
Irgendwo im hintersten Winkel meines Hirns ist mit durchaus klar, wie unangemessen dieser Drang ist. Fuck! Peggy ahnt nicht, was hier los ist – sie weiß nicht, dass ich hier bin um sie einzukassieren und daher hat sie auch keine Ahnung, in welche Schwierigkeiten sie sich mit dieser Aktion gerade bringt. Nach der heutigen Nacht wird sie es wissen! So viel steht fest! Skorpion merkt, dass ich stehen geblieben bin, und folgt meinem Blick. Als er sieht, was mich so aus der Fassung gebracht hat, umspielt ein wissendes Lächeln seine ansonsten so freudlos wirkenden Gesichtszüge. Mit letzter Willenskraft gelingt es mir, den Blick von Peggy loszureißen und dem Hangaround zu befehlen, dass er sich gefälligst um diese Scheiße kümmern und klarstellen soll, dass ihr niemand mehr so nahe kommen darf, wenn er nicht will, dass ich auf dieser Party mitten auf der Tanzfläche ein Blutbad anrichte. Er ist intelligent genug, um zu kapieren, dass ich es absolut ernst meine.
Ohne Zeit zu verlieren, zieht er ein Walkie Talkie aus der Jackentasche und gibt einen entsprechenden Befehl durch. Ich bleibe noch so lange stehen, bis ich beobachtet habe, wie ein breitschultriger Security auftaucht und Peggys Tanzpartner mit routinierter Effizienz aus der Halle katapultiert. Ein weiterer von Skorpions Team positioniert sich keine drei Meter von meinem Mädchen entfernt und behält sie Blick.

„Schon besser.“

Mir ist durchaus bewusst, dass ich mich irrational verhalte, schließlich hat sie in den letzten zwölf Monaten was weiß ich wie viele Kerle in ihre Nähe und in ihren Körper lassen können. Doch das ist nicht von Belang. Alles was zählt, ist, dass ich sie jetzt wiederhabe und dass ich ab *jetzt* dafür sorge, dass der einzige Mann, der sie berührt, ich sein werde.

„Ich wusste nicht, dass du Anspruch auf Peggy erhoben hast.“

Es ist Skorpion deutlich anzuhören, dass ihm das nicht gefällt.

„Jetzt weißt du es. Rührst du sie an, bringe ich dich um.“

Den Kopf leicht schief legend, murmelt er mir ein „Danke für die Warnung mein Freund!“ zu, ehe er seinen Weg fortsetzt und mich zu Tom bringt.

Skorpion kennt mich gut genug, um zu wissen, dass ich nicht bluffe. Wir entfernen uns von der Party, verschwinden hinter einer schweren Feuerschutztüre und gehen einen nur schwach ausgeleuchteten Flur entlang. Ich zähle vier weitere Türen, ehe er stehen bleibt, einen Schlüssel aus der Tasche zieht und sie aufsperrt.

„Er gehört ganz dir. Schleife habe ich keine gefunden.“

„Die ist auch nicht zwingend nötig. Ich bin dir auch so zu Dank verpflichtet. Du hast einen gut bei mir, Bro.“

Die Info nimmt er mit einem Grunzen entgegen.

„Das merke ich mir. Ich werde garantiert darauf zurückkommen.“ Bevor er mich mit meinem Opfer allein lässt, dreht er sich noch mal zu mir um.

„Tu mir nur einen Gefallen, und richte hier drinnen keine allzu große Schweinerei an. Ich habe keinen Bock, dass das Putzteam morgen blöde Fragen stellt oder gar die Bullen ruft.“

Ich hatte nicht vor Skorpion Probleme zu bereiten.

„Verlass dich auf mich. Niemand wird dich mit dem hier in Verbindung bringen.“

Er wirkt zufrieden.

„Lass dir bei diesem Arschloch schön Zeit, Xander. Wenn ich nicht gewusst hätte, dass du ihn suchst, hätte ich mich um Tom gekümmert. Für das, was er Peggy angetan hat, hat er den Tod verdient.“

„Aye, das sehe ich auch so.“

Skorpion geht zurück an seine Arbeit und lässt mich mit dem Vergnügen, unserem ehemaligen Hangaround sämtliche Knochen zu brechen, alleine.

Ich schwöre bei allem, was mir heilig ist. Wenn ich mit Tom fertig bin, wird er mich anflehen, endlich sterben zu dürfen.

5. Kapitel

Peggy

Ich bin erschöpft, verschwitzt und durstig. Mit einem Tippen auf die Schulter gebe ich Lara zu verstehen, dass ich eine Pause brauche.

Aus meinen Schuhen schlüpfend humple ich zurück an die Bar und stelle fest, dass unsere Barhocker trotz des Andrangs noch frei sind. Lara klatscht begeistert in die Hände und redet von Glück. Ich weiß es besser. Dass unsere Plätze noch frei sind, habe ich Skorpion zu verdanken, ich bin gespannt, wann er kommt und seinen Dank dafür einfordert ... Die erste Zeit hatte ich Tanzpartner ohne Ende, die letzte halbe Stunde hingegen kam es mir so vor, als ob mich eine durchsichtige Bannmeile eingekreist hätte. Nachdem der nette Kerl, mit dem ich getanzt habe, plötzlich von einem der Türsteher rauskatapultiert wurde, hat sich niemand mehr an mich ran getraut.

Was lächerlich ist, ich bezweifle, dass sein Rauswurf etwas mit mir zu tun hatte.

Es ist viel wahrscheinlicher, dass er, bevor ich ihn getroffen habe, irgendetwas gemacht hat, was die Securitys verärgert hat. So oder so, ich brauche keine männliche Begleitung, um Spaß zu haben. Alles was zählt, ist, dass Lara bei mir und dass der Champagner schön kalt ist, alles andere ist unwichtig.

Gegen das breite Grinsen ankämpfend, zu dem sich meine Lippen verziehen, lehne ich mich zu meiner Freundin rüber und rufe ihr über den Geräuschpegel zu, dass ich echt froh bin, dass sie mich überredet hat, auf diese Party zu gehen.

Ihre einzige Reaktion ist, dass sie das Champagnerglas hochhebt und mich so dazu auffordert, mit ihr anzustoßen. An der prickelnden Köstlichkeit nippend, lasse ich die Augen durch die Halle gleiten und bemerke dabei nicht zum ersten Mal den großen Mann, der nur wenige Meter von mir entfernt steht, und in meine Richtung starrt.

Es ist auf den ersten Blick zu erkennen, dass er nicht zu den Feiernden gehört, sondern zum Sicherheitsteam. Aber warum steht er dann wie zu Stein erstarrt da und bewegt sich nicht von der Stelle? Der Kerl ist groß, mit finster zusammengezogenen Augen und markanten Gesichtszügen. Jeder der ihn sieht, erkennt sofort, dass es nicht ratsam ist, seinen Unmut auf sich zu ziehen.

Kann es sein, dass Skorpion diesen King Kong als meinen Aufpasser abkommandiert hat. Soll diese Wache sichergehen, dass ich mit keinem anderen Mann abhaue?

Nein, oder? Ich meine, das wäre doch total crazy ...

Für einen Moment überlege ich, meine These zu testen, vergesse es dann aber wieder, als uns der Barkeeper zwei lecker aussehende Cocktails vor die Nase stellt. Neben dem glitzernden Strohhalm hat er die fruchtig schmeckende Kreation mit einem Stück Ananas verziert und einen Spieß mit Marshmallows und Gummibären hineingesteckt.

„Was ist das? Der schmeckt ja gar nicht nach Alkohol."

Lara klingt aufgebracht, ich hingegen bin ganz froh über den Vitaminkick. Der Barmann grinst ihr frech zu und sieht dann zu mir.

„Ihr braucht eine kleine Alkoholpause, damit ihr bis Mitternacht durchhaltet."

Er sagt das mit so einer Selbstverständlichkeit, als hätte er alles Recht der Welt, darüber zu entscheiden, was und wie viel wir trinken.

Ich ahne, dass diese Anweisung von Skorpion kommt, und nehme sie einfach so hin.

Im Gegensatz zu Lara bin ich diese leicht übertriebene Fürsorge des Hangarounds noch von damals gewohnt. Bevor sie sich in diese Sache hineinsteigern kann, schnappe ich mir ihre Hand und ziehe sie zurück auf die Tanzfläche.

„Komm schon Süße. Wir sind nicht hier, um uns zu betrinken, sondern um zu feiern. Also lass uns tanzen."

Sie zögert kurz, dann legt der DJ wie durch ein Wunder ihren Lieblingssong auf und sie gibt nach. Mir fällt auf, dass der Wachmann seine Blickrichtung geändert hat, und somit wieder genau zu uns sieht. Rein zufällig? *Natürlich ...*

6. Kapitel

Xander

Wieder und wieder schlage ich zu. Mal ein perfekt platzierter Treffer auf den Kopf, dann gegen die Rippen und mal in die Nieren. Toms Arroganz hat sich in dem Moment in Luft aufgelöst, in dem er kapiert hat, dass es hier nicht darum geht, Schwanzlängen zu vergleichen oder ihm klarzumachen, dass er sich auch nach diesem einen Jahr noch nicht wieder im Hafenviertel blicken lassen sollte, sondern darum, das, was ich damals nicht zu Ende bringen konnte, endlich abzuschließen.

Heute sind meine Brüder nicht da, um ihm den Arsch zu retten, heute bringen wir das zu Ende. Als er dann noch mit dem Satz: *‚Komm schon Rider, diese Bitch ist es doch gar nicht wert!'* gekommen ist, sind mir irgendwie die Sicherungen durchgebrannt. Keine Ahnung wie lange ich außer Kontrolle war, aber als sich der rote Nebel wieder etwas gelichtet hat, saß Tom mit gebrochenen Händen und mit meinem Messer im Oberschenkel da. Das Bösartige in mir bricht immer mehr an die Oberfläche und es kostet mich einiges an Kraft, dass ich mein Versprechen Skorpion gegenüber einhalte. Bis jetzt sieht der Raum noch ganz gut aus. Die Wände haben keine Spritzer abbekommen. Einzig die Blutpfütze, die sich unter Tom bildet, wird immer größer.

Aber Fuck! Das bringt so eine Aktion nun mal mit sich. Mittlerweile ist das Arschloch nicht mehr in der Lage ganze Sätze zu formulieren. Das könnte an den Schmerzen oder aber an dem gebrochenen Kiefer liegen, so genau kann ich das nicht einschätzen. Ich denke, es ist eine Kombination aus beidem. Auch wenn es mir schwerfällt, aber wenn ich will, dass er noch einigermaßen bei Bewusstsein ist, während ich ihm die Eier abschneide, muss ich damit aufhören, meine Faust wieder und wieder gegen seine Schläfe knallen zu lassen. Dumm nur, dass es mir echt schwerfällt aufzuhören. Ich habe so lange auf meine Rache warten müssen, dass sie jetzt fast schon zu schnell vorbei ist. Nicht zum ersten Mal verfluche ich die Natur dafür, dass der menschliche Körper so extrem schnell zu zerstören ist ...

Mit einem Fluch auf den Lippen trete ich einen Schritt zurück und betrachte mein Werk.

Tom ist nicht mehr als der Mann zu erkennen, den Skorpion mir netterweise überlassen hat. Obwohl er kurz davor ist, einfach umzukippen, erkenne ich an dem panischen Glanz seiner Iriden, dass er noch klar bei Verstand ist – sehr schön.

„Kommen wir zum Finale!"

Ein panisches Wimmern von sich gebend, starrt er mich aus zugeschwollenen Augen an.

So mancher würde spätestens jetzt Gnade walten lassen, ich hingegen komme gerade erst so richtig in Stimmung.

Die erneute Welle ungefilterte Brutalität willkommen heißend, gehe ich vor Tom in die Hocke und öffne seinen Gürtel. Er versucht wegzurutschen, schafft es aber nicht mehr.

Als Nächstes ziehe ich das Messer aus seinem Bein und öffne seine Hose komplett. Mit einem Ruck reiße ich sie nach unten, sodass sein Gemächt vor mir auf dem blutigen Boden liegt. Allein das Wissen, dass er diesen Schwanz als Waffe gegen Peggy eingesetzt hat, bringt meine Nervenenden zum Vibrieren. Im Gegensatz zu den meisten Menschen werde ich in solchen Situationen immer ganz ruhig.

Nichts wirkt entspannender auf mich, wie die Anwesenheit des Todes. Es hat etwas Befreiendes, wenn ich nicht länger gegen die Schwärze, die in mir schlummert, ankämpfen muss, sondern wenn ich sie aus mir herausströmen lassen kann.

Das Gewicht des Dolches in der Hand wiegend, schließe ich für die Dauer von ein paar Herzschlägen die Augen und genieße die Gewissheit, dass ich endlich für Gerechtigkeit gesorgt und das Leid, das Peggy zugefügt wurde, gerächt und tausendfach zurückgegeben habe. Die Finger fest um den Griff schließend, überlege ich, ob es noch etwas gibt, dass ich diesem Bastard sagen will, doch da ist nichts. Keine hundert Meter von hier befindet sich das Mädchen meiner Träume. Ich werde derjenige sein, der sich heute Nacht in ihrem perfekten kleinen Körper vergraben wird – ich habe gewonnen, so einfach ist das!

Ohne zu zögern schiebe ich Toms Knie weiter auseinander, verschaffe mir so etwas mehr Handlungsspielraum und tue, worauf ich seit einem Jahr gewartet habe.

Zu meinem Missmut geht es viel zu schnell. Der Schwanz ist ab!

„Fahr zur Hölle Arschloch!“

Noch bevor ich fertig gesprochen habe, verliert er das Bewusstsein.

Innerlich völlig ruhig stehe ich auf, wische meine Klinge an seinem Pullover ab und stecke sie zurück in die Lederscheide an meinem Oberschenkel.

Hier bin ich fertig. Während ich den Raum verlasse und die Türe hinter mir zuziehe, hole ich mein Telefon heraus und tippe Butcher eine Textnachricht, in der ich ihm mitteile, dass er sich Stan schnappen, schnellstens hierherkommen und aufräumen soll.

Erst als ich auf senden gedrückt habe, fällt mein Blick auf die Uhr und ich grinse zufrieden. Wie es aussieht, war es doch ganz gut, dass die beiden schon gestern damit angefangen haben, all ihre Raketen zu verballern, denn jetzt werden sie um Mitternacht damit beschäftigt sein, eine kastrierte Leiche verschwinden zu lassen anstatt Neujahr zu feiern. Etwas, das sich verdächtig nach Schadenfreude anfühlt, steigt in mir hoch, lässt mich wie ein Idiot grinsen.

Meine Finger betrachtend, beschließe ich, dass es besser ist, mir noch das Blut von den Händen zu waschen, ehe ich mein Mädchen einfange ...

Ich will sie ja schließlich nicht zu Tode erschrecken, sondern auf ewig in mein Bett sperren, sie stundenlang lecken und sie auf alle erdenklichen Arten ficken und zum Schreien bringen.

Eineinhalb Jahre lang habe ich mir dieses Vergnügen verwehrt, jetzt wird es endlich Zeit, meine Bedenken zu vergessen und mich wie ein Night Rider zu verhalten.

Immerhin sind wir Outlaws dafür bekannt, dass wir nicht lange um Erlaubnis fragen, sondern uns einfach nehmen was wir wollen!

7. Kapitel

Peggy

Bläuliche Lichtreflexe zucken über die Köpfe der vielen Menschen. Die Luft ist stickig geworden und mir ist heiß, dennoch kann ich einfach nicht aufhören zu tanzen. Es ist wie ein innerer Drang, so als ob mich das neue Jahr wie magisch anziehen würde.

Mich einmal um die eigene Achse drehend, sehe ich zu Lara und stelle fest, dass sie im Gegensatz zu mir einen heißen Kerl aufgerissen hat. Aufgrund der bunten Scheinwerfer kann ich seine Haarfarbe nicht erkennen, aber wenn ich raten müsste, würde ich auf ein dunkles Braun tippen. Er hat attraktive Gesichtszüge, ist mittelgroß und hat ein nettes Lächeln und passt so überhaupt nicht in mein Jagdschema.

In Sachen Männer werden Lara und ich uns nie in die Quere kommen, unsere Geschmäcker sind einfach viel zu verschieden.

Während ich auf düster, gefährlich und möglichst muskulös stehe, bevorzugt sie harmlose Justin-Bieber-Bübchen, die bunt gemusterte Hemden und Dinosaurierboxershorts tragen.

Lachend sehe ich dabei zu, wie sie sich an ihm reibt und ihm so unmissverständlich klarmacht, dass sie Sex will. Es stört mich nicht, wenn sie für ein paar Minuten für einen Quickie verschwindet. Warum auch? Es wäre eine Schande, wenn sie die überteuerten Zauberkondome völlig umsonst gekauft hätte. Ihr Kerl springt sofort auf ihre Annäherungsversuche an und sie küssen sich stürmisch.

Um den beiden etwas mehr Privatsphäre zu geben, falls so etwas mitten auf einer Tanzfläche überhaupt möglich ist, drehe ich mich wieder um und schließe die Augen, während die wummernden Beats des Songs in meinem Bauch widerhallen.

Ein seltsames Prickeln breitet sich zwischen meinen Schulterblättern aus. Das Gefühl beobachtet zu werden verstärkt sich.

Unsicher öffne ich die Augen und beschließe, zurück an die Bar zu gehen.

Ich komme genau zwei Schritte, ehe ich so abrupt stehen bleibe, als wäre ich gegen eine unsichtbare Mauer gelaufen. Vor Schock und Überraschung vergesse ich zu atmen, meine Lunge zieht sich krampfend zusammen. Ungläubig starre ich den beeindruckenden Rocker an, der völlig reglos zwischen all den Partywütigen steht und mich aus seinen eisig-grünen Augen ansieht. Xander!

Habe ich zu viel getrunken?

Ist er nur eine Fata Morgana meiner sehnlichsten Wünsche oder ist er wirklich da?

Mein Herz beginnt wie wild zu pochen, meine Finger zittern. Der Sergeant at Arms des *Night Riders Motorcycle Clubs* sieht mich direkt an und ich erkenne den unbändigen Hunger, der wie ein außer Kontrolle geratenes Feuer in seinen Iriden flackert.

Oh Gott! Er sieht so verdammt gut aus! Viel besser als ich es in Erinnerung hatte. So als ob die Menschen, die uns umgeben, wüssten, wie gefährlich dieser Biker ist, weichen sie ihm instinktiv aus. Obwohl hier so viel los ist, dass man sich kaum bewegen kann, halten sie einen Abstand von mindestens einem Meter zu ihm ein. Die Aura von Gefahr, die ihn umgibt, wird von dem harten Zug um seinen Mund verstärkt. An seiner Schläfe pocht eine Ader, seine Hände sind zu Fäusten geballt. Ein greller Lichtkegel saust über ihn hinweg, beleuchtet für den Bruchteil einer Sekunde die vielen Patches, die sein Leder zieren. Ich sollte es besser wissen, sollte mich nicht so von ihm angezogen fühlen, doch ich komme gegen den instinktiven Drang, ihm nahe sein zu wollen, einfach nicht an.

Zögerlich mache ich einen Schritt in seine Richtung, bleibe erst kurz vor ihm stehen. Xander ist größer als die meisten Männer, seine etwas zu langen, blonden Haare sind verstrubbelt, wirken so, als wäre er gerade erst mit seinen Fingern durch sie hindurch gefahren. Von früher weiß ich noch, dass das etwas ist, was er häufig tut.

Seine ausgewaschene Jeans sitzt tief auf seiner schmalen Hüfte, das Messer an seinem Oberschenkel ist garantiert nicht die einzige Waffe, die er bei sich trägt.

Xander strahlt eine tödliche Gefahr aus, die meinen Puls in die Höhe schnellen und meinen Slip feucht werden lässt.

Was macht er hier? Silvester feiern? Wohl eher nicht. Er verströmt nicht gerade Partystimmung. Im Gegenteil. Er wirkt eher so, als hätte er gerade dem Teufel höchstpersönlich die Hand geschüttelt.

Ich will etwas sagen, selbst wenn es nur so etwas Unbedeutendes wie ein *Hallo* ist, aber meine Kehle ist wie zugeschnürt ich bringe nicht mal ein Flüstern hervor.

Seit über einem Jahr denke ich an diesen Rocker, verzehre mich regelrecht nach ihm. In meinen Träumen hat er mich nicht nur ein Mal vor der drohenden Vergewaltigung gerettet, tausend Mal trifft es eher.

Der Rest der Welt wird es wahrscheinlich nie verstehen, ich tue es ja selbst nicht. Dennoch schreckt mich die Brutalität, die er ausstrahlt, nicht ab, im Gegenteil sie wirkt auf mich wie ein trügerisches Versprechen auf Sicherheit.

Von mir aus kann sich der Rest der Welt vor Xander fürchten, ich hingegen will mich an seinen vor Muskeln harten Körper lehnen und mich dort vor dem Rest der Welt verstecken. Nur daraus wird wohl nichts werden, denn ich bin ganz offensichtlich nicht annähernd so tough, wie ich dachte. Anstatt mit ihm zu flirten und ihn mit einem kecken Spruch anzubaggern, stehe ich einfach nur da und ertrinke in den metallisch wirkenden Tiefen seiner Augen.

Jetzt weiß ich, wie sich ein Kaninchen fühlen muss, das einer hoch aufgerichteten Königskobra gegenübersteht. In meinem Kopf herrscht das totale Chaos. Unzählige Sprechblasen ploppen wie in einem Chat auf, nur um eine Sekunde später wie Seifenblasen zu zerplatzen.

Xanders Mundwinkel verziehen sich zu einem Killerlächeln, er wirkt fast so, als ob er ganz genau wüsste, wie es in meinem Inneren aussieht.

Da meine Füße am Boden wie festgeklebt sind und mir die Knie weich werden, ist schlussendlich er derjenige, der die Distanz zwischen uns überwindet.

Was soll ich sagen?

Wie soll ich mich verhalten?

Letztendlich schaffe ich es, unter Aufbringung all meiner Willenskraft ein leises „Hey, Xander“, von mir zu geben. Seine Augen funkeln, er sagt nichts, sondern streckt seine Hand nach mir aus und reibt mir seiner rauen Fingerkuppe über meinen Wangenknochen. Ein Schauer rieselt an meinen Armen hinab, ich bekomme eine Gänsehaut.

„Fuck Mädchen, ich habe ganz vergessen, wie wunderschön du bist.“

Seine Reibeisen-Stimme geht mir durch Mark und Bein.

Da ist sie wieder, diese unwiderstehliche Anziehungskraft ...

Instinktiv schmiege ich mein Gesicht in seine große Handfläche.

Vergessen sind all meine guten Vorsätze – vergessen ist die Tatsache, dass wir uns ein ganzes Jahr lang nicht gesehen haben.

Nervös lecke ich mir über die Unterlippe, zwinge mein Hirn zur Räson und spreche die Frage aus, die meine Zunge zu verbrennen droht.

„Was machst du hier, Rider?“

Mir seine Arme um die Taille legend, zieht er mich mit einem Ruck an seinen breiten Körper.

„Zur Vernunft kommen.“

Diese Antwort wirft nur noch mehr Fragen auf.

„Wovon redest du?“

An seinen Augenwinkeln bilden sich kleine Fältchen, sie erinnern mich an den Altersunterschied, der zwischen uns liegt. Ich bin dreiundzwanzig und Xander dürfte Mitte dreißig sein. Das sind zwölf Jahre, doch die stören mich nicht.

„Davon, dass wir zwei nun schon genug Zeit verschwendet haben.“

Okay. Das alles kann einfach nicht wahr sein ... Der letzte Champagner muss schlecht gewesen sein. Anders kann ich mir diese geile Halluzination nicht erklären. Um zu testen, ob das gerade wirklich passiert, beschließe ich nachzuhaken. Wenn dieses Treffen tatsächlich nur ein Gespinst meiner Fantasie ist, dann wird er auf meine nächste Frage mit irgendetwas besitzergreifendem, was zugleich extrem kitschig klingt, antworten.

„Ich weiß nicht, wovon du redest."

Den Kopf leicht schräg legend, kneift er die Augen zusammen.

„Nein? Dann will ich dich mal aufklären, Baby ..." Alleine, dass er mich gerade *Baby* genannt hat, reicht aus, um meinen Hormonhaushalt explodieren zu lassen. „... Ich rede davon, dass ich dich, seit ich dich das erste Mal gesehen habe, will. Damals, zu deiner Zeit als Bikergroupie, war es für mich eine Qual, dir zu widerstehen, doch es ist mir mit letzter Kraft gelungen. Ich habe mir immer eingeredet, dass du zu schwach für mich bist, und dass du an mir zerbrechen würdest. Aber fuck! Dieses Risiko muss ich jetzt in Kauf nehmen. Denn wenn ich dich nicht bald habe, wenn ich nicht bald meinen Schwanz in deine Pussy ramme und deinen Geschmack koste, laufe ich Amok. Du bist zu meiner Besessenheit geworden. Um richtig oder falsch geht es längst nicht mehr, sondern nur noch darum, nicht durchzudrehen."

Xanders brutale Ehrlichkeit hat auf mich dieselbe Wirkung wie eine Line Koks.

Mein Herz setzt aus, dann rast es. Meine Körpertemperatur gerät außer Kontrolle und ich beginne zu zittern.

Bis auf ein atemlos klingendes „Oh", bringe ich nichts über die Lippen. Ich fühle mich wie ein kleines Mädchen, das von Santa Claus all seine Wünsche auf ein Mal erfüllt bekommt.

Dieser furchteinflößende, absolut tödliche und höllisch heiße Night Rider will mich, und dass, wenn ich seinen Worten glauben kann, schon seit über einem Jahr.

Kann es sein, dass das Universum meinen Wunsch erhört und mir tatsächlich einen Rocker zu Silvester schenkt?

„Was passiert jetzt?"

Seine Finger fest in meiner Taille vergrabend, streicht er mit seinen Lippen über meine Stirn, ehe er sein Gesicht ganz nah neben das meine bringt, sodass ich seinen heißen Atem an meinem Ohr spüren kann. Dann flüstert er mir mit rauer Stimme zu, dass er mich in genau zehn Sekunden packen und verschleppen wird, und dass ich, wenn ich das nicht will, in der Hoffnung, dass jemand so lebensmüde ist und sich gegen ihn stellt, so laut ich kann um Hilfe schreien soll.

Tief einatmend fülle ich meine Lunge mit seinem herben Geruch. Gott wie sehr ich diese unverkennbare Mischung aus Leder, Mann, Waffenöl und kaltem Rauch vermisst habe.

Genau so leise, wie er gesprochen hat, wispere ich zurück, dass ich mich nicht vor ihm fürchte, und dass ich es kaum erwarten kann, ihn endlich tief in mir zu spüren. Xanders Reaktion auf mein Eingeständnis kommt prompt. Bestimmend umfasst er meinen Kopf, pinnt seinen Mund auf den meinen und teilt mit seiner Zunge meine Lippen. Grob, hungrig und wild wühlt er sich durch meinen Mund, stiehlt mir den Atem und lässt mich spüren, wie es sich anfühlt, wenn ein Rocker die Kontrolle verliert. Noch bevor ich den Kuss erwidern kann, löst er sich auch schon wieder von mir, packt sich meine Hand und zerrt mich hinter sich her, raus aus dem Club. *Unser erster Kuss ...*

Noch bevor wir den Ausgang passiert haben, beginnt mein Hirn wieder zu funktionieren.

„Stopp, Xander!"

„Zu spät Baby. Es gibt kein Zurück mehr."

Was, nein?

„Ich will ja gar nicht zurück. Aber ich muss Lara Bescheid geben, dass ich gehe, sonst macht sie sich Sorgen."

Er sieht mich irritiert an. „Lara?"

Ich nicke. „Ja meine Freundin, die mich auf diese Party geschleppt hat. Der, der du zu verdanken hast, dass ich heute Nacht ins Hafenviertel gekommen bin."

„Skorpion wird ihr Bescheid geben."

Die Endgültigkeit, mit der er spricht, verdeutlicht mir, dass er es eilig hat – eilig mich zu küssen und zu ficken ...

An der Türe angekommen stoppt er kurz und wendet sich zu Skorpion um.

„Kümmere dich um ihre Freundin. Behalte sie im Auge und sorg dafür, dass sie heil nach Hause kommt."

Der Hangaround nickt.

Gerade als ich denke, dass wir weitergehen, stößt Xander ein Schnauben aus und setzt noch mal zum Reden an.

„Butcher und Stan kommen gleich. Sie werde sich um alles kümmern und aufräumen. Es ist *etwas* eskaliert. Aber keine Sorge, wenn die beiden fertig sind, wird kein Beweis zurückbleiben."

Während ich absolut nichts verstehe, nickt Skorpion grimmig.

„War mir klar, dass du die Beherrschung verlierst, Rider. Einen Versuch war es dennoch wert."

Der Rocker, der mein Handgelenk noch immer schraubstockartig umfasst, zuckt mit den Schultern. „Wie gesagt. Du hast einen gut bei mir, Alter.“

Das war wohl der Schlusssatz, denn jetzt zieht er mich mit großen Schritten über den Parkplatz bis zu dem großen SUV, der direkt unter einer Straßenlaterne steht. Ich spüre Skorpions Blicke in meinem Rücken und weiß, dass ihm diese Entwicklung ganz und gar nicht gefällt. Der eisige Untergrund bringt mich aus dem Gleichgewicht. Meine Peeptoes sind definitiv nicht für Schnee und Matsch erfunden worden.

„Warte, mach langsamer ...“

Xander dreht sich zu mir um, erfasst die Lage mit einem Blick auf meine Füße und hebt mich kurzerhand hoch. Die letzten Meter trägt er mich wie ein Bräutigam seine Braut zu dem Wagen. Auch wenn ich finde, dass der Sergeant auf seinem Bike verflucht sexy aussieht, bin ich froh, dass er heute seine Harley stehen lassen hat. Mein Gewicht verlagernd, öffnet er die Türe, setzt mich auf den Beifahrersitz und drückt seinen Mund erneut auf den meinen. Wieder ist es weniger ein Kuss als eine Eroberung, seine Zunge gleitet über die meine, seine Hand schiebt sich zwischen meine Beine, an meinem Schenkel nach oben bis zum spitzenbesetzten Rand meiner halterlosen Strümpfe. Ein Knurren ausstoßend, reibt er über den bereits feuchten Stoff meines Slips, ehe er sich von mir löst und mich mit ruckartigen Bewegungen anschnallt.

Dann knallt er die Türe zu und umrundet den Jeep.

Ach du heilige ... Geschieht das gerade tatsächlich?

Ich widerstehe dem Drang, mich in dem Arm zu zwicken, um zu testen, ob ich wirklich wach bin, und nutze diese paar Sekunden, die ich alleine in dem Auto sitze dazu, mich wieder zu sammeln.

Ich kann nicht leugnen, dass ich gerade so richtig nervös werde. Ich meine, im Gegensatz zu Xander gehe ich ein gewaltiges Risiko ein.

Er ist groß, besteht nur aus Kraft, Entschlossenheit und Gewaltbereitschaft. Und ich? Tja ich bin um einiges kleiner als er, bringe wahrscheinlich nur das halbe Gewicht auf die Waage und habe ihm absolut nichts entgegenzusetzen. Wir Frauen bringen so viel mehr in dieses Spiel ein, als Männer auch nur erahnen können.

Natürlich gehe ich nicht davon aus, dass Xander mich vorsätzlich verletzt, dennoch könnte er es unabsichtlich tun. Ich habe die Gier in seinen Augen gesehen, ich kenne das Ausmaß der Dunkelheit, die in ihm wütet.

„Lieber Gott steh mir bei!“

Kaum das mein gewispertes Stoßgebet verhallt ist, öffnet sich die Fahrertüre und Xander steigt ein. Routiniert steckt er den Schlüssel ins

Zündschloss. Startet den Motor und stellt, nach einem Seitenblick auf meinen hochgerutschten Rock, die Heizung an. Da ist sie wieder, diese entwaffnende Fürsorglichkeit, die mich so in ihren Bann zieht und nach der ich mich verzehre.

Es steht außer Frage, dass Xander ein brutaler Killer ist, der von seinen Feinden zurecht gefürchtet wird. Aber er ist eben auch ein sehr aufmerksamer, fürsorglicher und beschützender Mann. Die Tatsache, dass er mich angeschnallt hat, ist nur ein weiterer Beweis dafür, dass sein Herz nicht so kalt ist, wie er es der Welt glauben machen will. Das Radio ist stumm, genau wie er und so nutze ich die kurze Fahrt, um sein markantes Profil zu studieren, und um festzustellen, dass die letzten Monate nicht spurlos an ihm vorbei gegangen sind.

Falls überhaupt möglich, sieht der Sergeant der Night Riders noch härter und zugleich noch attraktiver aus wie vor einem Jahr. Er scheint zu spüren, dass ich ihn betrachte, denn er zwinkert mir kurz zu und platziert seine warme Hand auf meinem Knie. In Anbetracht der Tatsache, was wir im Begriff sind zu tun, eine noch sehr unschuldige Berührung, dennoch lässt sie einen Schwarm Schmetterlinge in meinem Bauch zum Leben erwachen. Entweder ist diese Nacht die beste Entscheidung meines Lebens oder aber ein gigantischer Fehler. Was nun zutrifft, wird erst das nächste Jahr offenbaren ...

8. Kapitel

Xander

Mit aller Willenskraft zwinge ich mich dazu, geradeaus zu sehen und mich auf die Straße zu konzentrieren.

Auch wenn meine Reflexe die eines geübten Killers sind und somit um ein Zehntausendfaches schneller und besser wie die des normalen Durchschnittsbürgers, will ich kein Risiko eingehen. Und einen Blick auf Peggy zu werfen, wäre ein Risiko. Denn es wäre durchaus möglich, dass ich urplötzlich die kurze Strecke zu meiner Wohnung als zu lang einstufe, rechts ranfahre und mir das Mädchen mit den Federaugen noch hier im Wagen nehme. Und Fuck! Irgendwann wird der Tag kommen, an dem ich sie auf genau diesem Sitz hier ficken werde, doch nicht heute Nacht. Nicht bei unserem ersten Mal. Das hat sie nicht verdient, das ist sogar mir, dem herzlosen Outlaw klar. Tief in meinem Inneren spüre ich, dass es nicht leicht wird, mein Leben so umzuorganisieren, dass Peggy darin ihren Platz findet, doch es muss mir gelingen. Sie wieder gehen zu lassen steht nicht zur Debatte.

Natürlich ist mir bewusst, dass ich diese wunderschöne Frau kaum kenne, dennoch weiß ich auch, wie stark die Besessenheit ist, die mich seit Monaten quält.

In meinem Leben verläuft nichts normal oder geregelt. Die Regeln und die Abläufe der normalen Welt zählen für mich nicht.

Wir Night Rider machen unsere eigenen Gesetze, so war es schon immer und so wird es auch immer sein ... Eines unserer Mottos lautet ‚LIVE FAST, DIE BLOODY' und das gilt für alle Bereiche unseres Lebens.

Es ist natürlich möglich, dass diese Nacht meinen drängenden Hunger nach diesem Mädchen stillt, doch das ist eher unwahrscheinlich – sehr unwahrscheinlich!

Das, was ich für Peggy empfinde, entbehrt nicht nur jeglicher Logik, sondern ist auch erschreckend intensiv. Die Sorgen, die ich mir im letzten Jahr um sie gemacht habe, scheinen unbegründet gewesen zu sein. Sie ist an der Beinahe-Vergewaltigung nicht zerbrochen, oh nein, sie scheint gestärkt aus ihr hervorgegangen zu sein. Peggy strahlt eine neue Kraft und eine Lebensfreude aus, die sie für mich nur noch unwiderstehlicher macht, als wie ich sie eh schon gefunden habe. Die Melancholie, die früher immer in ihrem Blick gelegen hat, ist einem Funkeln gewichen.

Ich spüre ihre Augen auf meinem Gesicht, werde schwach und sehe zu ihr rüber.

Zur Hölle ist sie schön!

Mein Lächeln ähnelt wahrscheinlich mehr einem Zähnefletschen, aber daran kann ich nichts ändern. Diese Wirkung hat Peggy nun mal auf mich. Sie verstärkt die Dunkelheit in mir und führt mich dennoch zum Licht. Der Drang, mich zwischen sie und jegliche Bedrohungen zu stellen, ist überwältigend. Ich will dieses Mädchen vor allen Vergewaltigern, vor der Kälte des Winters und vor sämtlichen anderen Gefahren dieser Welt beschützen. Die Ampel, die mich zum Anhalten gezwungen hat, schaltet auf Grün, ich schaue wieder geradeaus und zwinge mich, ruhig zu bleiben. Die Tatsache, dass ihr süßer Körpergeruch das Wageninnere flutet, hilft mir nicht gerade dabei, ruhig zu bleiben.

Bloody Hell!

Wenn Peggy wüsste, dass ich vor weniger als einer halben Stunde einen Mann halb zu Tode geprügelt, ihm anschließend bei lebendigem Leib den Schwanz abgeschnitten und dann ausbluten lasse habe, würde sie wahrscheinlich panisch aus dem Auto flüchten. Aber sie weiß es nicht, und das ist auch gut so. Alles was zählt, ist, dass Tom ihr nichts mehr antun kann, der Rest ist unwichtig. Um diese Zeit, es ist 23.32 Uhr, ist nicht viel los auf Chicagos Straßen. Die meisten Menschen bereiten sich sicherlich gerade darauf vor, Punkt 00.00 Uhr unzählige Feuerwerkskörper abzufeuern.

Wenn alles so läuft wie geplant, dann stecke ich um Mitternacht bis zu den Eiern in dem faszinierendsten Mädchen dieses Planeten.

Als wir zehn Minuten später endlich vor dem Häuserkomplex, in dem sich meine Wohnung befindet, ankommen, bin ich kurz davor durchzudrehen.

Meine Erektion ist so hart, dass es sich anfühlt, als würde sie gleich platzen. Mit mehr Schwung als nötig, fahre ich in eine freie Parklücke und ziehe den Schlüssel aus der Zündung.

Ganz ruhig, immer schön cool bleiben, niemand nimmt sie dir weg ...

Ich versuche mich selbst davon zu überzeugen, dass es nicht nötig ist, Peggy mit den Handschellen, die sich in meinem Handschuhfach befinden, an mich zu ketten. Es gibt auch ohne diese Fesseln kein Entkommen mehr für sie!

9. Kapitel

Peggy

Noch bevor ich es schaffe, die Türe zu öffnen und auszusteigen, ist auch schon Xander da, um sie mir aufzuhalten. Anstatt mir geduldig zu helfen, packt er mich an den Schultern und hebt mich kurzerhand aus dem SUV.

„Verdammt Baby. Verdammt ...“ Mehr sagt er nicht, ehe er mir seine Zunge in den Hals schiebt und mich atemlos küsst. Von einer Wildheit getrieben, die mich in Flammen aufgehen lässt, verschlingt er mich geradezu. Als er mich wieder loslässt, ist mir schwindelig und mein Gleichgewichtssinn hat sich in Luft aufgelöst.

Mittlerweile macht sich auch der viele Alkohol bemerkbar, sodass ich nicht sagen kann, was der Hauptgrund für mein Wanken ist.

Mich zur Haustüre führend, achtet Xander darauf, dass ich nicht stürze.

Irgendetwas passiert gerade mit ihm. Obwohl er versucht, seine wechselnde Stimmung vor mir zu verbergen, spüre ich instinktiv, dass er kurz davor ist, die Kontrolle zu verlieren. Die Veränderung, die in ihm vorgeht, ist so stark, dass sie sich auch in seinem Blick bemerkbar macht. Seine Pupillen wirken riesig und das Grün seiner Iriden ist beinahe Schwarz geworden. Kaum das er die Türe geöffnet hat, hebt er mich hoch.

Erst beißt er mir in den Hals, küsst mich so heftig, dass unsere Zähne aufeinander krachen, und trägt mich dann mit so großen Schritten in seine Wohnung, dass man meinen könnte, der Teufel persönlich wäre hinter uns her. Ich hab damit gerechnet das er mich auf sein Bett werfen, sich auf mich stürzen und hart ficken wird. Doch stattdessen hat er mich einfach nur in sein Schlafzimmer gebracht und mich langsam abgestellt.

Jetzt sieht er mich schweigend an, hebt langsam seine Hand, streicht mit seiner rauen Daumenkuppe über meine geschwollene Unterlippe und flucht dabei leise.

Diese unschuldige Berührung lässt meinen Puls in die Höhe schnellen.

Das dunkle Versprechen in seinen Augen, die Art wie er mich bestimmend immer näher zu sich heranzieht und das Wissen, dass er mich will, stellt komische Dinge mit mir an ...

Meine Welt fokussiert sich auf den Night Rider vor mir. Nichts zählt mehr, alles was jetzt noch wichtig ist, sind er und ich und das immer stärker werdende Verlangen, ihn tief in mir zu spüren.

Erneut pinnt er seinen Mund auf den meinen. Verspielt knabbert er an meiner Lippe und fordert zugleich meine Hingabe.

Unsere Zungen duellieren sich, ich presse meine Lippen fest auf die seinen und genieße den herben Geschmack dieses Rockers.

In meinem Unterleib pocht es gierig, mein Slip wird immer feuchter.

Eine kleine Ewigkeit später beendet er bittersüß unseren Kuss und gibt mich wieder frei. Nach Halt suchend, schlinge ich meine Arme um seinen Nacken, öffne langsam die Augen und suche seinen Blick.

Xanders große Hände halten mich fest, während ich damit beginne, ihn mit zittrigen Fingern auszuziehen. Dieser Rocker ist so dominant und bestimmend, dass es nicht schaden kann, wenn ich zumindest versuche, selbstbewusst zu wirken.

Als Erstes streife ich ihm seine Kutte von den breiten Schultern, dann fordere ich ihn auf, sich den Pullover über den Kopf zu ziehen. Als sein Oberkörper endlich nackt ist, lasse ich meine Nägel über die straffen Konturen seines Sixpacks gleiten.

Bei allen Göttern! Was für ein unglaublicher Anblick ...

Feste Muskeln, weiche Haut und ein dünner Streifen heller Haare, der mich auf geraden Weg zu seinem Hosenbund leitet.

Sichtlich nervös, hantiere ich an seiner Gürtelschnalle herum. Als es mir endlich gelingt, seine Hose zu öffnen, pocht mein Unterleib sehnsüchtig.

Dieser Outlaw ist auf seine düstere Art wunderschön. Unzählige Narben und Tattoos zieren seinen Körper, der Death Skull, der das Zeichen seines MCs ist, thront auf seiner linken Schulter. Ich kann mich kaum sattsehen.

„Jetzt bin ich dran, Baby."

Seine Worte bringen das Blut in meinen Adern zum Kochen.

Im Gegensatz zu mir ist er selbstsicher und kein bisschen nervös. Stück für Stück entkleidet er mich. Als ich schlussendlich nackt und schutzlos vor ihm stehe, wirkt er mehr wie ein wildes Tier als ein Mann.

Anstatt mit gefletschten Zähnen über mich herzufallen, lässt er sich zu meiner Überraschung Zeit. Trotz seiner Erektion – ich traue mich kaum sie mir genauer anzusehen, so groß ist sie – streift er scheinbar ruhig über meine Haut, liebkost meine Nippel und bedeckt besitzergreifend mit seiner großen Hand meine Scham. Schwer atmend und zutiefst erregt stehen wir uns gegenüber. Xanders Blick streicht über meine Rundungen und seine Finger liebkosen mein Schlüsselbein. Ein Knurren ausstoßend zieht er mich in seine Arme und vergräbt seine Finger in meinem Po.

„Fuck Baby! Ich will dich so dringend, dass es schmerzt. Du kannst dir nicht vorstellen, wie lange ich schon auf diesen Augenblick gewartet habe!"

Oh, und wie ich das kann ...

Wie ist es möglich, dass ich mich in den Armen dieses Rockers, so sicher und geborgen fühle? „Küss mich noch mal, Rider. Ich will dich schmecken."

Brummend kommt er meiner Aufforderung nach.

Seufzend lasse ich mich gegen ihn fallen. Er hebt mich hoch und legt mich in die Mitte seines Bettes.

Das Grün seiner Augen schimmert erregt, seine Mimik ist angespannt. An dem zuckenden Muskel an seinem Kiefer erkenne ich, wie schwer es Xander fällt, sich zurückzuhalten. Das Wissen, dass er seine Bedürfnisse zurückstellt, damit es mir gut geht, berauscht mich.

Mit einem Ruck drückt er meine Knie auseinander, positioniert sich zwischen meine nun gespreizten Beine und lässt seine Augen über mich gleiten. Das Spiel seiner Muskeln fasziniert mich, ich streiche mit den Fingern über seine angespannten Oberschenkel – so viele Muskeln – so viel Kraft.

Sein dicker Schwanz reckt sich mir entgegen, bereit mich zu ficken. Seine Beine zucken ungeduldig, so als könnten sie es kaum erwarten, in einen harten, schnellen Rhythmus zu verfallen und mich zum Schreien zu bringen. Und ich werde schreien, denn so einen extrem großen Penis habe ich in meinem Leben noch nie gesehen.

„Oh Mädchen, deine Pussy ist so nass und geschwollen, du kannst es kaum erwarten, mich in dir zu spüren."

Der raue Klang seiner Stimme hallt in meinem Unterleib nach. Xander beugt sich über mich und presst mich mit seinem Gewicht tief in die weiche Matratze.

Instinktiv schlinge ich ihm meine Arme um den Nacken. Unsere Blicke treffen sich – endlich bin ich da, wo ich schon immer sein wollte. Seine Finger legen sich auf meine Taille, graben sich in meine Haut und heben mich leicht an, sodass er mich gegen sich pressen kann. Hart auf weich – wir passen perfekt zusammen!

Fieberhaft lasse ich meine Hände über seinen Rücken gleiten, sein Atem kommt laut und stoßweise, klingt fast wie das Fauchen eines wilden Drachen.

Zwischen meinen Beinen pocht es ungeduldig. Meine Klit ist geschwollen und meine Nippel sind hart und empfindlich. Ich begehre diesen Outlaw mehr als den nächsten Atemzug und es fühlt sich irgendwie surreal an, dass mein Silvester-Wunsch tatsächlich in Erfüllung geht.

Xander umfasst meine Brüste, seine Nasenflügel blähen sich.

„So schnell werde ich dich nicht wieder freigeben, Baby. Vielleicht werde ich das sogar niemals." Zupfend verwöhnt er meine Brustwarzen, lässt erst von ihnen ab, als sie dunkelrot und empfindlich sind.

Langsam streicht er mit seinen Fingern durch meinen Spalt, wühlt sich durch meine Muschi, ehe er mit seinem langen Mittelfinger tief in mich eindringt.

Wimmernd und den Rücken durchbiegend vergrabe ich meine linke Hand in seinem vollen Haar. Die rechte hingegen schicke ich auf Entdeckungsreise. Gierig streiche ich über die empfindliche Haut an der wulstigen Spitze, umfasse seinen harten Schaft und pumpe über die beeindruckende Länge.

Ich kann nur hoffen, dass ich in der Lage bin, ihn komplett in mir aufzunehmen. Mein Rocker gibt ein raues Stöhnen von sich, fängt meine Handgelenke ein und presst sie über meinem Kopf in das Kissen.

„Mach langsam, Süße! Du solltest nichts herausfordern, was du nicht ertragen kannst."

Ihm so schutzlos ausgeliefert zu sein, lässt mich noch feuchter werden. Wobei er meine Hände nicht festhalten muss, warum auch, ich habe sowieso keine Chance gegen ihn. Stöhnend knabbert er an meinem Hals, saugt meinen Nippel in seinen heißen Mund und lässt mich seine Zähne spüren.

Keuchend schnappe ich nach Luft, der bittersüße Schmerz entlockt mir ein lautes Stöhnen. „Ich muss in dir sein. Jetzt!"

Winzige Schweißperlen bilden sich in meinem Nacken, das Herz trommelt mir gegen die Brust. Träge streicht er mit seinen Fingern durch meine Pussy, dringt in mich ein, treibt mich immer weiter Richtung Höhepunkt.

Nur am Rande realisiere ich, dass er meine Handgelenke wieder freigegeben hat.

Das sehnsüchtige Prickeln in meinem Unterleib verwandelt sich in ein kraftvolles Brodeln. Auf der verzweifelten Suche nach noch mehr Nähe, küsse ich ihn erneut. Xanders Zunge wühlt sich durch meinen Mund, duelliert sich mit der meinen.

Die Augen meines Rockers verweilen auf meinen Brüsten, seine Wangenmuskulatur zuckt angespannt.

Es ist leicht zu erkennen, dass er kurz davorsteht, die Kontrolle zu verlieren. Die Maske, unter der Xander sein wahres Ich zu verstecken pflegt, rutscht ihm vom Gesicht und offenbart sein wahres, unkontrollierbares und gefährliches Wesen. Und obwohl mich das, was ich nun in ihm sehen kann, verängstigt, bin ich froh, dass er mir diesen Einblick in sein Inneres erlaubt. Das dunkle Grollen, das aus seiner

Kehle aufsteigt, lässt mich erschaudern. „Sag es, sag mir, dass ich der Mann bin, den du in dir willst!"

Mein vor Lust lahmgelegter Verstand überlegt nicht lange.

„Ich will nur dich, Rider."

Mir ist klar, warum er darauf besteht, dass ich es laut ausspreche. Er gibt mir so zu verstehen, dass er mich respektiert und dass er mein Wohlergehen über das seine stellt. Er weiß, wie schlecht es mir in der Nacht ging, in der Tom versucht hat, mich zu vergewaltigen, und nimmt Rücksicht auf mich.

Ein weiterer Beweis, dass dieser Biker der absolut perfekte Mann für mich ist.

Sein Schwanz presst sich hart gegen die Innenseite meines Schenkels, ich bewege mich ihm entgegen, doch Xander lässt mich zappeln. Seine Lippen verziehen sich zu einem breiten Grinsen. Er legt sich auf mich, zieht die Schublade des Nachtkästchens auf und holt ein Kondom raus. Bei dem Anblick der viereckigen Verpackung muss ich an das Zauberkondom von Lara denken und mir fällt ein, dass ich all meine Sachen bei dem Barmann auf der Party vergessen habe.

„Mist ich habe meine Jacke und meine Tasche in der Halle vergessen." Xander rollt mit zusammengebissenen Zähnen den Gummi über seine Erektion und sieht mich nachsichtig an.

„Keine Sorge. Skorpion wird deine Sachen bestimmt in den Club bringen."

Ich nicke nur, weil ich von dem Anblick seines eingepackten Schwanzes fasziniert bin.

„Jetzt fehlt nur noch eine Schleife."

Ungläubig sieht er mich an, dann beginnt er laut zu lachen.

„Baby, wenn es dich glücklich macht, bekommst du deine Schleife. Aber nur wenn du mir versprichst, dass du mir deine Pussy schenkst und ich das Recht habe, dich so oft zu bumsen wie ich will."

Oh das klingt verführerisch ...

„Im vergangenen Jahr ist kein Tag vergangen, an dem ich nicht an dich denken musste. Nachts habe ich davon geträumt, in deinen starken Armen zu liegen, und wann immer ich das kraftvolle Brummen eines Motorrads gehört habe, ist mein Herz stillgestanden, weil ich gehofft hatte, dass ich einen Blick auf dich erhaschen kann. Du bist der Einzige, den ich will, also ja, der Deal ist geritzt."

Als Reaktion auf mein Eingeständnis rutscht ihm das Lachen von den Lippen, schlagartig ist er wieder ernst.

„Jetzt gibt es kein Zurück mehr, Süße! Jetzt gehörst du mir!"

Na, das will ich hoffen ... Wir haben schon genug Zeit verschwendet!

Erregt und pulsierend zieht sich mein Schoß zusammen.

Xander bewegt seine Hüfte rhythmisch vor und zurück, lässt seinen harten Penis wieder und wieder durch meine feuchte Muschi gleiten.

Sein Daumen legt sich auf meinen Kitzler, er reibt ihn kreisend und schickt mich alleine damit beinahe über die Grenze des Erträglichen.

Zitternd presse ich mich seinen Fingern entgegen und verliere mich in dem berauschenden Gefühl, das er in mir auslöst.

Seine Hände legen sich auf meine Knie, ziehen sie bestimmend weiter auseinander, sodass meine Mitte seinem dunklen Blick schutzlos ausgeliefert ist.

Erkundend streicht er über meine Öffnung, spurt die Wölbungen meiner Schamlippen nach und dringt mit zwei seiner Finger tief in mich ein. Geschickt winkelt er seine Finger in mir an, penetriert meinen G-Punkt und entlockt mir einen lauten, verzweifelten Schrei. Meine Zehenspitzen krümmen sich und mein Inneres zieht sich krampfend zusammen. Nur noch eine Berührung ... ein Kuss ... und ich verliere mich im intensivsten Orgasmus aller Zeiten.

All meine Gedanken zerplatzen wie Seifenblasen und ich ertrinke in meiner Lust. Keuchend winde ich mich unter ihm, presse mich ihm entgegen.

Bebend vor Leidenschaft spüre ich, wie sich meine Mitte krampfend zusammenzieht.

Der intensive Druck, der sich in mir ausbreitet, ist fast schon schmerzlich.

Hilflos kralle ich mich in seinen Haaren fest.

Das Blut in meinen Venen beginnt zu kochen.

Der Orgasmus, der wie ein Wirbelsturm über mich hinwegrollt, ist so intensiv, dass ich nichts gegen den lauten Schrei tun kann, der sich von meinen Lippen löst.

Oh verdammmmt jaaaaa! Animalisch knurrend baut Xander sich über mir auf.

Und während ich noch immer von heißen Wellen umspült werde, spüre ich, wie er sich langsam in mich schiebt, mich dehnt und in Besitz nimmt.

„Mein!“ Nur ein Wort, mehr sagt er nicht, ehe er sich mit einem harten Stoß bis zum Anschlag in mich stößt.

Das intensive Gefühl der Dehnung, der leichte Schmerz und die Hitze, die er ausstrahlt, sind beinahe zu viel für mich. Mein Höhepunkt zieht sich durch sein Eindringen in die Länge, gewinnt erneut an Intensität. Es dauert einen Augenblick, bis ich mich an seine enorme Größe gewöhnt habe, doch dann lässt die Pein langsam nach.

„Schau mich an, Peggy."
Ich tue, was er sagt, und suche seinen Blick.
„Das hier war längst überfällig!" Meinen geflüsterten Worten stimmt er mit einem Nicken zu.
Xanders erst sanfte Stöße werden immer gnadenloser und sein Schwanz dringt so unfassbar tief in mich ein, dass es sich anfühlt, als würde er mich aufspießen.
Er stöhnt laut, verändert den Winkel, mit dem er in mich eindringt und hakt meine Füße über seinen Schultern ein. In dieser Position fühlt sich sein Eindringen gleich noch viel intensiver an. Sein Rhythmus ist absolut göttlich, es dauert nicht lange, bis ich erneut laut schreiend komme. Keuchend spüre ich, wie sich mein Unterleib zuckend und krampfend um seinen Schwanz herum zusammenzieht.
Ich hatte während meiner Zeit bei den Riders oft genug bedeutungslosen Sex, um zu erkennen, wann er nicht bedeutungslos ist. Das hier ist nicht einfach nur irgendein schneller Fick, sondern wir verschmelzen miteinander, verbinden uns, verlieren uns und finden uns ... So war es zuvor mit noch keinem Mann!
Xanders Atem kommt laut und seine Stöße werden noch etwas härter, während sich jeder Muskel in seinem Körper anspannt. Endlich benutzt er all seine Kraft, verliert die Kontrolle und besorgt es mir, als würde sein Leben davon abhängen. Brüllend wirft er den Kopf in den Nacken, schließt die Augen und stößt wieder und wieder zu! Nach wenigen Augenblicken ist auch er soweit und wird von einem heftigen Orgasmus hinfort gerissen.
Ich spüre das Pulsieren seiner Eichel, die unendliche Kraft, die in ihm wohnt und das bittersüße Brennen in meinem Inneren. Xander versteift sich, verharrt noch kurz in dieser Position, ehe er seine Augen öffnet und auf mich herabsieht. Draußen vor den geschlossenen Fenstern beginnt es zu knallen. Bunte Raketen zerplatzen am Himmel und läuten das neue Jahr ein.
„Das war der Hammer, Mädchen."
Da kann ich ihm nur zustimmen.
Vorsichtig zieht er sich aus mir heraus, ich zucke leicht zusammen.
Schwer atmend legt er sich neben mich und zieht mich besitzergreifend an seine verschwitzte Brust.
Völlig erschöpft kuschle ich mich an ihn, streiche mit den Fingern über die Sehnen an seinem Hals und inhaliere seinen männlich-herben Geruch. Es gefällt mir, dass er nach dem Sex meine Nähe sucht, es zeigt mir, dass er mich wirklich will.

Eine angenehme Mattigkeit breitet sich in mir aus, meine Glieder werden schwer und in meinem Schoß pulsiert es noch immer.

Erschöpft stemme ich mich auf den Ellenbogen, gerade als ich aufstehen will, hält er mich mit eisernem Griff davon ab. Seine Augen glitzern gefährlich.

„Wohin willst du?“

„Mich sauber machen.“

Sofort hellt sich seine Mimik wieder auf, während er mich zurück zu sich nach unten zieht.

„Das stört mich nicht. Außerdem rentiert es sich nicht. Ich bin noch lange nicht mit dir fertig, Süße.“

Ich lasse zu, dass er meine Beine spreizt und meine Schamlippen teilt.

„Oh verdammt! Das fühlt sich so gut an. Du bist so eng, nass und glitschig.“

Mit zwei Fingern in mich eindringend, sorgt er dafür, dass sich meine Lust von Neuem aufbaut.

„Was soll das werden? Bist du etwa schon wieder bereit für mich?“

Ungläubigkeit spiegelt sich in seinen Iriden.

„Ich habe so lange auf dich warten müssen, dass ich nicht glaube, jemals wieder nicht bereit zu sein.“

Mit diesen Worten rollt er sich auf mich und ich spüre sofort, dass sein Schwanz schon wieder dabei ist, dick und hart zu werden.

Er braucht keine Minute, ehe er mich erneut zum Schreien bringt.

Jetzt, in diesem Moment zählen nur er und ich. Morgen werden wir uns mit der Realität auseinandersetzen, und einige wichtige Dinge besprechen müssen. Doch bis dahin bleiben uns noch Stunden, in denen wir uns einfach nur genießen können.

Ich habe keine Ahnung, ob das zwischen diesem Rocker und mir funktionieren kann, oder ob wir eine Chance auf eine gemeinsame Zukunft haben. Das alles wird die Zeit zeigen. Doch jetzt werde ich mir bestimmt keine Sorgen darüber machen, denn alles was im Augenblick zählt, ist, dass mein Wunsch erhört wurde.

Wie kann das neue Jahr besser beginnen als mit einem Rocker zu Silvester ...

Epilog

Es schneit, wie sollte es auch sonst sein ...

Ich liebe ja dieses Winterwetter, aber Xander und seine Brüder hassen es.

Sie meckern und schimpfen, polieren ihre Harleys tagtäglich auf Hochglanz und reden von nichts anderem als vom Motorradfahren. Das Gute an der Sache ist jedoch, und da sind sich Hope und ich einig, dass unsere Männer ihre überschüssige Energie im Schlafzimmer ablassen. Hope ist die Old Lady von Zane, dem Vizepräsidenten des *Night Riders Motorcycle Clubs*. Sie ist toll, strahlt vor Glück und hat immer einen frechen Spruch auf den Lippen. In den letzten Wochen haben wir uns angefreundet und erst vor ein paar Tagen haben Sie und Zane bekannt gegeben, dass sie schwanger ist. Seit der Verkündung wird der VP von allen nur noch der ‚zahme Zane' genannt, eine Anspielung darauf, dass er seine Lady geradezu anbetet.

Das erste Rocker-Baby ... Ich gebe zu, ich bin ein ganz kleines bisschen neidisch. Aber wenn ich an die letzten vier Wochen denke, bin ich mir sicher, dass Xander und ich ebenfalls eines Tages Arm in Arm vor allen Ridern stehen, und ihnen verkünden werden, dass wir ein Kind erwarten. Ich bin verliebt, so richtig heftig verliebt und zum ersten Mal in meinem Leben halte ich einfach alles für möglich.

Xander hat einiges an Überzeugungsarbeit leisten müssen, dass ich nach all der Zeit wieder einen Fuß auf das Clubgelände gesetzt habe. Aber das lag nicht daran, dass ich Angst davor hatte Tom zu begegnen, sondern daran, dass Mason mir vor einem Jahr klar und deutlich zu verstehen gegeben hat, dass ich dort nicht mehr willkommen bin. Erst als Xander mir zögerlich verraten hat, wie es damals dazu gekommen ist, habe ich nachgegeben. Aber erst nachdem er sich lange und extrem befriedigend bei mir entschuldigt hat.

Das Clubleben ist wie eine Droge, wenn man es einmal gekostet hat, ist man abhängig und will mehr und mehr. Obwohl man spürt, dass es gefährlich und im schlimmsten Fall tödlich sein kann, kommt man nicht mehr so leicht davon los.

Auch wenn es viel zu früh ist, um an ein Ladyleder zu denken, werde ich so behandelt, als würde ich längst eines tragen ...

Für Xanes Brüder ist klar, dass ich das Eigentum des Sergeant at Arms bin, was durchaus daran liegen könnte, dass Xander alles in seiner Macht Stehende tut, um das allen Männern in unseren Bekanntenkreis klarzumachen.

So mancher mag das übertrieben finden, ich genieße sein besitzergreifendes Verhalten jedoch sehr und hoffe, dass es niemals endet.

Bis Silvester habe ich nicht daran geglaubt, dass Träume wahr werden können, mittlerweile weiß ich es besser ...

Ein Rocker für das Mädchen

Prolog

Sophia

Als ich das erste Mal vom *Night Riders Motorcycle Club* gehört habe, war ich verängstigt. Ich konnte nicht glauben, dass eine wilde Horde Gesetzloser in Chicago ihr Unwesen treibt und die Polizei nichts unternimmt, um diese Outlaws zu stoppen.

Ich meine, in welchem Jahr leben wir denn eigentlich?

Die Zeit der Revolverhelden ist längst vorbei – vielleicht gibt es noch ein paar übrig gebliebene, aber ich dachte eher, dass man die im Wilden Westen und nicht in einer Weltmetropole wie Chicago findet.

Diese Harleycowboys haben es auch nicht nötig, sich zu verstecken. Sie cruisen am helllichten Tag durch die Straßen der Stadt und führen sich auf, als würde ihnen diese gehören. Und wenn man den Gerüchten, die über diesen Rockerclub im Umlauf sind, Glauben schenkt, dann tut sie das auch.

Angeblich verdienen sie ihr Geld mit legalem und illegalem Glücksspiel, Prostitution und Waffenhandel. Hin und wieder traut sich auch ein wagemutiger Staatsanwalt, Anklage gegen die Riders zu erheben, doch einen Erfolg konnte noch keiner verbuchen. Im Gegenteil – der letzte Staatsanwalt ist von einem Tag auf den anderen spurlos verschwunden. Nur sein Wagen und seine Aktentasche wurden bisher gefunden, von ihm fehlt jedoch jede Spur. Alle wissen, dass diese Biker dahinterstecken, doch beweisen kann es niemand.

Diese Rocker haben einfach ein verdammtes Glück!

Anders kann ich mir nicht erklären, dass sie nicht längst in den Gefängnissen dieses Landes sitzen und für ihre Straftaten büßen müssen.

Erst neulich sind mir zwei dieser kuttentragenden Typen entgegengekommen. Beide hatten eine hübsche Frau hinter sich auf der Maschine sitzen und sorgten allein durch ihre Anwesenheit für allerhand Aufsehen.

Die Chicagoer sind, was diesen Motorradclub angeht, in zwei Lager geteilt.

Die eine Hälfte bewundert diese Kriminellen und wünscht sich tief in ihrem Inneren, nur ein winziges bisschen so mutig und cool zu sein wie diese bewaffneten Schläger.

Die andere Hälfte hingegen empfindet es als eine Farce, dass die Member des Clubs tun und lassen können, was sie wollen, ohne Konsequenzen fürchten zu müssen, während der normale Bürger nach nur fünf Minuten Parken im Halteverbot die volle Wucht des Gesetzes zu spüren bekommt. Okay, das mit der vollen Wucht ist vielleicht etwas übertrieben, aber dennoch ... Ich verwette mein geliebtes Auto, dass es sich keine Politesse trauen würde, einem dieser Riders ein Knöllchen auszustellen oder gar sein Motorrad abzuschleppen.

Diese zum Himmel stinkende Ungerechtigkeit ist das, was mich am meisten stört.

Aber, auch wenn es mir schwerfällt, es zuzugeben, beneide ich diese Rocker bis zu einem gewissen Grad. Sie stehen ganz oben in der Hierarchie. Niemand würde auf die Idee kommen, sie zu schlagen oder anzugreifen. Es muss toll sein, mit dem Wissen durch die Welt zu spazieren, dass man sich vor nichts fürchten muss.

Ich erinnere mich noch ganz genau an das erste und einzige Mal, an dem ich Mason, dem Präsidenten des *Night Riders Motorcycle Clubs*, begegnet bin. Es war vor ungefähr einem halben Jahr an einer Tankstelle. Während ich die Anzeige auf der Zapfsäule nicht aus den Augen gelassen habe, um sicherzugehen, dass ich ja nicht einen Dollar mehr tanke, als ich es mir leisten kann, ist er ganz entspannt an seiner großen schwarzen Harley gelehnt und hat weder der Abgabemenge noch der sich schnell drehenden Preisanzeige Beachtung geschenkt.

Die Aura von Gefahr und Macht, die er verströmt hat und diese nonchalante Leckt-mich-doch-alle-am-Arsch-Ausstrahlung, die ihm aus jeder Pore gedrungen ist, waren der beste Beweis dafür, dass dieser Biker ganz genau weiß, dass er unantastbar ist. Diese Kerle denken, dass sie die Löwen in einer Stadt voller Schafe sind.

Und so sehr ich diese Kriminellen auch verachte, wird mir wohl nichts anderes übrig bleiben, als sie um Hilfe zu bitten.

In den vergangenen drei Monaten habe ich öfters mit dem Gedanken gespielt, zu dem Clubhaus, das sich im Hafenviertel befindet, zu fahren und Mason einen Deal vorzuschlagen. Bis jetzt habe ich diese Idee immer wieder verworfen, doch nach letzter Nacht weiß ich, dass ich keine andere Alternative habe, als den Chefrocker um seine Hilfe zu bitten. Mir ist durchaus klar, dass die Wahrscheinlichkeit, dass er auf meinen Vorschlag eingeht, gegen null tendiert, doch ich muss es versuchen.

Ich habe nichts zu verlieren – ich kann nur gewinnen!

Mein Spiegelbild anstarrend, betrachte ich das violett-bläuliche Hämatom, das sich an meinem rechten Auge gebildet hat. Auch wenn der dumpfe Schmerz echt unangenehm ist, weiß ich, dass ich noch gut davongekommen bin.

Es hätte wesentlich schlimmer kommen können ...

Vor zwei Jahren, als meine Mum Ray kennengelernt hat, war er schon ein unangenehmer Typ, der zu viel Alkohol getrunken und sie ununterbrochen schikaniert hat. Sie konnte ihm nie etwas recht machen, was ihn dazu veranlasst hat, sie zu beleidigen und zu schlagen. Als er dann vor neun Monaten wegen Körperverletzung verhaftet und zu sechs Monaten Knast verurteilt wurde, kam mir das vor wie ein Wunder. Irgendwie bin ich fest davon ausgegangen, dass meine Mum intelligent genug ist und verstanden hat, dass dieser Mann nicht der richtige für sie ist, aber damit lag ich falsch. Vor zwölf Wochen wurde er entlassen und stand prompt vor unserer Wohnungstür. Mit einem verwelkten Blumenstrauß in der Hand und nicht wirklich ernst gemeinten Entschuldigungen auf den Lippen ist es ihm gelungen, sie davon zu überzeugen, ihn wieder zurückzunehmen. Zu meinem großen Erschrecken war sie so naiv und ist erneut auf Ray reingefallen.

Jetzt sitzt er im weißen Baumwollunterhemd auf der Couch, trinkt zu viel Alkohol und lässt sich von dem wenigen Geld, das meine Mutter verdient, durchfüttern. Am Anfang hat er echt noch versucht, sich zurückzunehmen, doch ganz der Choleriker, der er nun mal ist, hat das nicht lange funktioniert. Zuerst hat er wieder damit begonnen, meine Mum zu schlagen, letzte Nacht aber hat ihm das nicht genügt und ich habe ebenfalls ein paar Mal seine Faust zu spüren bekommen. Als er dann noch versucht hat, mir an die Brust zu fassen, sind mir die Sicherungen durchgeknallt und ich habe ihm eine Bratpfanne über den Kopf gezogen. Das hat ausgereicht, um ihn von mir fernzuhalten. Aber allein die Tatsache, dass ich so weit gehen musste, nur um ihn abzuwehren, zeigt mir, dass die Lage eskaliert.

Keine Ahnung warum, aber auf meine Mutter kann ich mich nicht verlassen. Sie ist entweder blind vor Liebe oder gelähmt vor Angst. Was genau zutrifft, kann ich nicht sagen, was ich aber definitiv weiß, ist, dass es so nicht weitergehen kann. Ich habe mit dem Gedanken gespielt, die Cops zu rufen, aber was würde mir das bringen?

Was nützt es mir, wenn er wieder für ein paar Monate eingesperrt wird und danach erneut vor unsere Türe steht?

Das Verhältnis zwischen meiner Mum und mir war nie das beste, dass wir noch zusammenwohnen, ist eine rein finanzielle Angelegenheit. Wir teilen uns die Miete und die Kosten für den Strom und das Wasser, ansonsten gehen wir jedoch meist getrennte Wege.

Trotzdem kann ich nicht länger dabei zusehen, wie sie sich von diesem Tyrannen misshandeln lässt. Ray muss weg – endgültig weg!

Ich will, dass er genauso spurlos verschwindet wie der Staatsanwalt, der es auf die Riders abgesehen hatte ...

Wenn es diesen Rockern gelingt, einen Vertreter des Gesetzes zu eliminieren, dann sollte es für sie auch kein Problem sein, ein Arschloch wie Ray zu beseitigen.

Die Frage ist nur, wie ich Mason und seine Männer dazu bringen kann, mir zu helfen?

Ich habe etwas Geld auf die Seite gelegt, um irgendwann aus diesem Leben flüchten zu können. Noch reicht es nicht aus, um Chicago hinter mir zu lassen und mir irgendwo eine neue Existenz aufzubauen. Für mich sind diese 2000 Dollar ein kleines Vermögen. Doch für die Riders werden das nur Peanuts sein. Dennoch werde ich all meinen Mut zusammennehmen, meine Abscheu, die ich diesen Outlaws gegenüber empfinde, unterdrücken und ihnen ein Geschäft vorschlagen. Vielleicht ist einer dieser ledertragenden Typen ja bereit, Ray für meine Ersparnisse verschwinden zu lassen.

Wenn die Gerüchte, die im Umlauf sind, stimmen, dann gehört Mord und Totschlag für sie sowieso zum ganz normalen Tagesgeschäft. Es dürfte für diese Riders also kein bedeutender Mehraufwand sein, Ray das Genick zu brechen und seine Überreste irgendwo zu verscharren. Von mir aus können sie seine Leiche auch einfach ins Hafenbecken werfen, mir ist das völlig einerlei.

Auf das Ergebnis kommt es an! So wie Ray mich letzte Nacht angesehen hat, wird es nur noch eine Frage der Zeit sein, bis er einen erneuten Übergriff auf mich wagt.

Verdammt!

Es ist unglaublich, aber ich fürchte mich in meinem eigenen Zuhause davor, von dem Freund meiner Mutter vergewaltigt und misshandelt zu werden.

So etwas darf einfach nicht sein, so kann ich nicht leben ...

Die Make-up-Tube von der Ablage nehmend, beginne ich damit, meine Verletzungen zu kaschieren, trage etwas von dem dezentesten Lidschatten auf, den ich besitze, und tusche mir die Wimpern.

Erst als mein Äußeres einigermaßen vorzeigbar ist und ich nicht mehr so aussehe, als wäre ich direkt aus der Notaufnahme gestolpert, nicke ich zufrieden. Meine schulterlangen braunen Haare sind leicht gewellt. Ich verpasse ihnen eine Ladung Haarspray und trage etwas Lipgloss auf.

Länger kann ich die Umsetzung meines Plans nicht mehr hinauszögern.

Jetzt oder nie!

Das ungute Gefühl in meinem Magen ignorierend, schnappe ich mir meinen Schlüsselbund, stopfe alles, was ich brauche, in meine Handtasche und ziehe den Stuhl weg, den ich sicherheitshalber unter die

Türklinke geklemmt habe, damit Ray sich auf gar keinen Fall unbemerkt in mein Schlafzimmer schleichen und mich in meinem eigenen Bett überfallen kann.

Einen vorsichtigen Blick in den Flur riskierend, stelle ich fest, dass er wie üblich auf der Couch sitzt und sich irgendwelche Sportsendungen ansieht.

Mit in die Höhe schnellendem Puls eile ich zur Wohnungstüre und stolpere regelrecht über meine eigenen Füße, weil ich es so eilig habe, von hier zu verschwinden. Ein handgeschriebener Zettel, auf dem darauf hingewiesen wird, dass der Aufzug kaputt ist, klebt seit Wochen an den verbeulten Schiebetüren des Lifts. Das Ding hat auf mich noch nie besonders vertrauenswürdig gewirkt, meistens habe ich meine schweren Einkäufe hineingestellt und bin selbst zu Fuß hoch in den fünften Stock gegangen. Das Risiko, mit dem Teil steckenzubleiben oder gar abzustürzen, war mir einfach zu groß.

Für gewöhnlich stören mich die vielen Stufen nicht. Doch heute, wo ich vorhabe, eine Bande Mörder auf den gewalttätigen Freund meiner Mutter zu hetzen, wäre ich dankbar dafür, im Erdgeschoss zu wohnen. Meine Knie fühlen sich an wie aus Pudding und meine Handflächen werden schwitzig.

Einen Rückzieher zu machen, kommt für mich nicht in Frage. Ich steige in meinen alten Chevrolet, starte den Motor und werfe einen letzten prüfenden Blick an der Häuserfront rauf zu unserem Wohnzimmerfenster.

Es fühlt sich seltsam an, den Tod eines Mannes in Auftrag geben zu wollen. Mir ist klar, dass mich dieses Vorhaben auf dasselbe Niveau wie das der Outlaws hinunterzieht. Nur weil meine Finger nicht blutverschmiert sein werden, werde ich dennoch genauso schuldig sein wie der Rocker, der Ray schlussendlich töten wird.

Aber damit kann ich umgehen. Dieses Monster muss aus meinem Leben verschwinden. Es hat es verdient zu sterben ... mit jeder Beleidigung, jedem Schlag und jeder Verletzung, die Ray meiner Mutter und mir beigebracht hat, hat er sich sein Grab Stück für Stück ausgehoben.

Karma ist kein Menü, jeder bekommt, was er verdient. Ich gebe dem Schicksal nur einen kleinen Schubser in die richtige Richtung.

1. Kapitel

Mason

Warme Lippen umschließen meinen Schwanz, geschickte Finger kraulen mir den Sack, ich schließe die Augen und lehne mich entspannt in meinem Stuhl zurück. Auf dem Schreibtisch vor mir stapelt sich die Arbeit, ich ignoriere die zu beantwortenden Mails und all den anderen Bullshit und vergrabe meine Finger in den weichen Haaren der Bitch, deren Zunge wie im Schleudergang um meine Eichel rotiert.

Die Geschäftigkeit des Frühlings hat sich über das Clubhaus gelegt. Es wird gehämmert, gebohrt und geschraubt.

In der clubeigenen Werkstatt ist die Hölle los, ich habe das Gefühl, halb Chicago will die Sommerreifen zur gleichen Zeit gewechselt bekommen.

Ein Unfallwagen wird auseinandergenommen und mehrere Motorräder brauchen einen Check-up, ehe die neue Saison starten kann. Peggy und Xander streiten sich lauthals über irgendeinen nichtigen Mist, während Hope versucht, Samantha, ihre drei Monate alte, lauthals schreiende Tochter, zu beruhigen, indem sie mit dem Kinderwagen eine Runde nach der anderen über das Gelände des Clubs dreht.

Alles ist bestens – alles ist so, wie es sein sollte ...

Seit sich Zane, der Vizepräsident unseres MCs, dazu entschlossen hat, sich eine Old Lady zu nehmen und die beiden ein Kind bekommen haben, hat sich so einiges verändert.

Es wirkt fast so, als hätten wir Riders endlich begriffen, dass es im Leben um mehr als Waffen, feuchte Muschis und Macht geht. Hope ist eine tolle Frau und Zane kann sich glücklich schätzen, dass er sie hat.

Selbst Xander, unser Sergeant at Arms, hat sich ein Mädchen genommen. Im Gegensatz zu Hope kannte Peggy unsere Welt lange bevor Xander sie für sich beansprucht hat. Trotzdem ist sie diejenige, der es schwerer fällt, sich an unsere Regeln zu halten. Für gewöhnlich streiten sich die beiden mindestens einmal täglich so heftig, dass man meinen könnte, es ginge um Leben und Tod. Schlussendlich wird es unserem Sergeant irgendwann zu blöd, sodass er sich Peggy über die Schulter wirft und in eines der Gästezimmer verschleppt. Dort vögelt er sie so lange, bis sie vergessen hat, dass sie eigentlich wütend auf ihn ist, und alles ist wieder in Ordnung – zumindest bis zum nächsten Tag, wenn das Chaos von vorne anfängt.

Begehrlich stöhnend saugt die vor mir kniende Bitch meinen Schwanz so tief in ihren Rachen, dass es mir den Atem verschlägt und all meine

Gedanken explodieren. Die Weichheit, die meine Härte umschließt, ist das absolute Paradies. Mein Becken anhebend, stoße ich mich bis auf den letzten Zentimeter in ihre Kehle und genieße das krampfende Zucken ihres Würgereflexes.

Sally ist einer von den Clubhasen, der es gerne etwas härter mag. Mit beiden Händen ihren Kopf umfassend, beginne ich damit, gnadenlos ihren Mund zu ficken.

Wieder und wieder stoße ich zu, erst als ich kurz davor bin abzuspritzen und ein heißer Blitz an meinem Rückgrat hinab bis in meine Eier zuckt, verlangsame ich das Tempo wieder etwas und zögere den Höhepunkt noch einen Augenblick hinaus.

Ihre raue Zunge reibt über die empfindliche Unterseite meines Gliedes, bespielt das Frenulum und entlockt mir ein lautes „Fuck!".

Saugend und schmatzend sorgt sie dafür, dass meinem Verstand die Sicherungen durchbrennen. Sie zieht, etwas fester, als ich es bevorzuge, an meinen Hoden, der leichte Schmerz gibt mir den Rest.

Mit zusammengebissenen Zähnen ramme ich mich bis zur Wurzel in ihren Hals und pumpe meinen Samen tief in ihren Schlund. Mit jedem Schub fällt mehr von der Anspannung, die mich seit Wochen im Griff hat, von mir ab.

Erst als die Zuckungen in meinen Beinen nachlassen, löse ich meine Finger aus Sallys Haaren und erlaube ihr so, meinen Schwanz aus dem Mund gleiten zu lassen.

Sich mit dem Handrücken über die Lippen wischend, grinst sie mich zufrieden an.

„Und, hatte ich recht? Hat es gegen die Kopfschmerzen geholfen?"

Sich mit den Händen durch die verwuschelten Haare fahrend, steht sie auf und zupft ihren kurzen Jeansmini zurecht. Ihr dabei zusehend, wie sie sich wieder aufhübscht, reibe ich mir mit den Fingern über die Schläfen und stelle fest, dass Sally nicht gelogen hat. Der Blowjob hat tatsächlich bewirkt, dass sich das schmerzhafte Pochen aufgelöst hat. „Aye, hat es, besser als jedes Aspirin. Deine Lippen sollte man auf Rezept verschrieben bekommen. Wenn die großen Pharmakonzerne herausbekommen, dass ihr Clubbitches ihnen Konkurrenz macht, werden sie euch jagen."

In gespieltem Entsetzen reißt sie die Augen auf und bringt mich so zum Lachen.

Sally ist schon eine Nummer für sich. Nicht zum ersten Mal denke ich mir, dass sie viel zu schade ist für ein Leben als Bikernutte.

„Na, wenn das so ist und du mein Talent zu schätzen weißt, dann beschütz mich und zieh mir schnell dein Leder an. Irgendwann wird ein anderer Mann meine Qualitäten für sich entdecken und dann wirst du bereuen, dass du mich nicht geschnappt und zu deinem Eigentum gemacht hast. Warte also lieber nicht zu lange, Präsident."

Obwohl sie ihre Stimme locker klingen lässt, höre ich die Hoffnung, die in ihren Worten mitschwingt. Es ist nicht das erste Mal, dass Sally mir zu verstehen gibt, dass sie ernsthaftes Interesse an mir hat und hofft, dass ich sie zu meiner Old Lady ernenne.

Die Hose hochziehend, packe ich meinen Schwanz weg und schließe den Gürtel. Mit einem Seufzen stehe ich auf, verpasse ihr einen kurzen, emotionslosen Kuss und ernte dafür ein freudloses Lächeln. Sally ist klug genug, um meine erneute Abfuhr zu erkennen.

„Du wirst wohl immer der einsame Leitwolf bleiben. Was, Mason?"

So wie es im Moment aussieht, könnte das durchaus passieren.

„Du weißt ja, der Rudelführer muss immer achtsam und angriffsbereit sein."

„Ich wäre dir eine gute Frau."

Daran besteht kein Zweifel. Dennoch verspüre ich nicht den Drang, meinen Schwanz an die goldene Leine legen zu lassen und mich fest an eine Pussy zu binden.

Ganz davon abgesehen werde ich mich nie für eine Bitch entscheiden, in der schon all meine Brüder abgespritzt haben. Wenn ich mich für ein Mädchen entscheide, dann will ich von Anfang an die Exklusivrechte an ihr. Nicht dass ich auf der Suche nach einer Jungfrau bin, aber verdammt, die Vorstellung, auf eine Frau zu treffen, die mich so fasziniert, dass ich ihr mein Leder anziehen will, und herauszufinden, dass ich ihr Erster bin, macht mich schon irgendwie geil. Das muss an meinen Urinstinkten liegen. Ich war schon immer ein Eroberer, ein In-Besitz-Nehmer und ein Alpha. Und daran wird sich wohl nie etwas ändern.

„Du wirst einen Mann finden, der dich glücklich machen wird, wirst sehen." Ich zwinkere Sally zu. „Und bis dahin bist du mein Wundermittel gegen Kopfschmerzen."

Ihr Grinsen wirkt aufgesetzt, ich sehe ihr an, wie sehr diese erneute Zurückweisung an ihr zerrt.

„Irgendwann kommt der Tag, an dem ich diesem MC den Rücken kehre und dann wirst du merken, was du verpasst hast. Aber dann ist es zu spät, Mason."

Sie stürmt an mir vorbei, ich sehe, dass ihre Augen verdächtig glänzen.

Fuck! Fuck! Fuck!

Kaum dass sie aus dem Raum gestürmt ist, kommen die Kopfschmerzen mit voller Wucht zurück.

Für eine Sekunde spiele ich mit dem Gedanken, Sally für einen weiteren Kehlenfick zurückzurufen, verwerfe diesen Gedanken jedoch gleich wieder.

Bei ihrer derzeitigen Stimmung könnte es durchaus sein, dass sie mir den Schwanz abbeißt.

Mir eine Zigarette anzündend, stelle ich mich vor das Fenster und betrachte die rege Betriebsamkeit, die auf dem Hof herrscht. Mein Blick fällt auf einen silbernen Wagen, der sich auf Höhe der Clubzufahrt auf der anderen Straßenseite befindet. Da der alte Chevrolet nicht wie ein typisches Bullenfahrzeug wirkt, schenke ich ihm keine große Beachtung, sondern klemme mir die Kippe in den Mundwinkel und wende mich wieder meiner Arbeit zu.

Jetzt, wo das Wetter wieder besser und die Straßen schneefrei sind, steht der erste große Run an. Was bedeutet, dass sich 90 Prozent aller Riders dieses Chapters auf eine Fahrt quer durchs Land machen, um sich mit den Bikern der anderen Chapter zu treffen, Party zu machen und Neuigkeiten auszutauschen. Zane wird dieses Jahr aussetzen, er will Hope und seine Tochter nicht alleine lassen, was ich gut verstehen kann. Außerdem passt das ganz gut, so kann ich mir sicher sein, dass während meiner Abwesenheit alles reibungslos weiterläuft.

Dennoch muss ich mich um all den liegen gebliebenen Scheiß kümmern, ehe ich mich in gut vier Wochen auf mein Bike schwinge und für vierzehn Tage auf den Highways unterwegs sein werde.

Die nächsten Stunden verbringe ich damit, Mails zu beantworten, Briefe abzuheften und mich um die Ersatzteilbestellungen der Werkstatt kümmern. Zusätzlich liegen noch die Jahresabschlüsse und die ersten Quartalszahlungen an. Die Mehrheit der Menschheit denkt, dass das Leben eines Rockers nur daraus besteht, enge Muschis zu ficken, zu viel Alkohol zu trinken, Harley zu fahren, Leute zu verprügeln und Gesetze zu brechen. Aber das entspricht *leider* nur fast der Realität. Wenn wir wollen, dass uns die Cops und das Finanzamt weitestgehend in Ruhe lassen, müssen wir unser Geld zum Teil auf legalem Weg verdienen. Wir müssen nach außen hin wie eine gut funktionierende, völlig rechtschaffene Firma wirken. Nur wenn uns das gelingt, können wir uns auf die weniger legalen Geschäftszweige unseres MCs konzentrieren.

Wie immer, wenn ich mich um all den Bürokram kümmern muss, verschlechtert sich meine Stimmung rapide. Das Pochen hinter meinen Schläfen verstärkt sich von Sekunde zu Sekunde mehr und ich fühle mich wie ein in einen Käfig gesperrtes Raubtier, das die Freiheit zwar wittern, jedoch nicht genießen kann. Wütend schlage ich mit der Faust auf die vor mir liegenden Formulare und raufe mir die Haare. Ich brauche eine Pause! Jetzt!

Ich stehe so abrupt auf, dass mein Sessel gegen die Wand hinter mir kippt, etwas Putz rieselt auf den Boden. Während ich ihn wieder aufstelle, sehe ich, dass der Chevrolet noch immer an genau derselben Stelle steht.

Zum Teufel, was soll das?

Versuchen sich die Bullen an einer neuen Tarnung?

Haben sie eine neue Spur und beschatten uns?

Das fehlt mir ja gerade noch. Nächste Woche bekommen wir eine Lieferung zerlegte Kalaschnikows aus Osteuropa.

Zwar erhalten wir die 400 Sturmgewehre über den Seeweg, dennoch bin ich nicht bereit, ein Risiko einzugehen. Das Hafenviertel wird von uns kontrolliert, niemand wagt es, uns hier Schwierigkeiten zu bereiten. Weder die Hafenbehörde, noch der Zoll. Solange ich alle in unsere Richtung ausgestreckten Hände in regelmäßigen Abständen mit ausreichend Dollars fülle, sind alle zufrieden.

Doch seit Xander den etwas übereifrigen Staatsanwalt verschwinden lassen hat, hat uns die Staatsanwaltschaft im Visier. Sie können es kaum erwarten, mich und meine Brüder bluten zu lassen. Aber das werde ich zu verhindern wissen.

Das Problem ist nur, dass die Staatsanwaltschaft ein nicht zu unterschätzender Gegner ist.

Caden, unser Sprengstoffexperte, hatte die glorreiche Idee, ihr komplettes Bürogebäude in die Luft zu jagen. Es ist mir gerade so, in letzter Sekunde, gelungen, ihn davon abzuhalten, ein Dutzend TNT-Päckchen in deren Keller zu platzieren und die Lunte zu zünden.

Diese ziemlich extreme Aktion werden wir nur durchführen, wenn wir mit dem Rücken zur Wand stehen und keine andere Wahl mehr haben. Im Moment bin ich jedoch noch dabei zu verhindern, dass es so weit kommt.

Nicht bereit ein Risiko einzugehen, ziehe ich die rechte Schublade meines Schreibtischs auf, hole die Glock raus und stecke sie mir hinten in den Hosenbund.

Wollen wir doch mal sehen, wer so lebensmüde ist und glaubt, sich mit uns anlegen zu müssen!

Zane mit einem Zeichen zu verstehen gebend, dass er achtsam sein soll, marschiere ich über den Hof, durch das bewachte Zufahrtstor und überquere die Straße bis hin zu dem ziemlich abgefuckt aussehenden Chevrolet.

Meine Augen über die nähere Umgebung schweifen lassend, stelle ich zu meiner Erleichterung fest, dass sich keine weiteren verdächtigen Fahrzeuge in der Nähe befinden. Immerhin etwas. Auf den ersten Blick kann ich nur eine Person in dem Auto entdecken, eine Frau. Ich umrunde den Wagen, stelle mich neben die Fahrertüre und lasse die Fingerknöchel gegen die Scheibe knallen.

Die Frau, die zusammengesunken und mit der Stirn an das Lenkrad gelehnt dagesessen hat, zuckt erschrocken zusammen, ihr Kopf schnellt in die Höhe. Unsere Blicke treffen sich, sie wirkt entsetzt.

Tja, so ein Pech aber auch. Wenn sie nicht will, dass ein Night Rider bei ihr auftaucht, sollte sie es zukünftig unterlassen, stundenlang direkt vor unserem Clubhaus zu parken.

Mit einer Handbewegung gebe ich ihr zu verstehen, dass sie das Fenster öffnen soll. Als sie jedoch nicht reagiert, sondern mich einfach nur weiterhin ängstlich ansieht, stoße ich einen Fluch aus und öffne kurzerhand die Fahrertüre.

So eine Amateurin. Wenn ich mich schon fürchte, dann verriegle ich doch das blöde Auto, um zumindest einigermaßen in Sicherheit zu sein. Nicht dass mich eine versperrte Türe aufhalten würde, aber sie würde zumindest ein Ärgernis darstellen.

Ihr erstickter Aufschrei amüsiert mich.

Das Erste, was ich feststelle, ist, dass dieses Mädchen echt süß ist. Auf den zweiten Blick bemerke ich erst ihre vom Heulen verquollenen Augen. Tränen haben das Make-up weggespült, unter den verschmierten Spuren kann ich die lila gefärbten Hämatome sehen, die sich hinab zu ihrer Kehle ziehen und ihr hübsches Gesicht verunstalten.

Irgendjemand hat sie geschlagen und offensichtlich auch gewürgt.

Wut kocht in mir hoch. Wenn sie schon verprügelt wurde, warum verdammt noch mal sperrt sie nicht ihr verficktes Auto ab?

Der Selbsterhaltungstrieb dieser Kleinen scheint nicht besonders stark ausgeprägt zu sein.

„Hey, was soll das?"

Sie wirkt so entrüstet, dass ich lachen muss.

„Was soll was?"

„Du kannst nicht einfach meine Türe aufmachen. Das gehört sich nicht."

Echt jetzt?

„Du stehst seit Stunden vor meinem Club. Es war klar, dass du mit dieser Aktion meine Aufmerksamkeit auf dich ziehst. Wenn du nicht auf meinem Radar auftauchen wolltest, dann hast du dir einen echt blöden Platz zum Heulen ausgesucht, Püppchen."

Sichtlich aufgebracht runzelt sie ihre Stirn, holt tief Luft und macht den Mund auf, doch schon nach wenigen Sekunden klappt sie ihn wieder zu.

Schweigend sieht sie mir kurz in die Augen, ehe sie mich einer strengen Musterung unterzieht.

Neugierig betrachtet sie die vielen Patches, die meine Kutte zieren, mustert meine ausgelatschten Stiefel und nickt schlussendlich zufrieden.

Was wird hier gespielt?

„Bis du bewaffnet, Rockerpräsident?"

Ihre Frage trifft mich unvorbereitet, sodass ich eine Sekunde brauche, um zu reagieren.

„Bitte was?"

Ein Schnauben ausstoßend reckt sie das Kinn in die Höhe.

„Ich will wissen, ob du eine Waffe bei dir trägst?

Ich war ja echt auf alles vorbereitet, aber nicht auf ein verheultes, verletztes Mädchen, das mich fragt, ob ich eine Knarre habe.

„Warum fragst du das?"

Sie zuckt kurz mit den Schultern.

„Weil ich wissen muss, ob all die Gerüchte stimmen, die über euch Night Riders in Umlauf sind. Es ist wichtig, dass du immer und zu allem bereit bist."

Ach du heilige Scheiße! Auf was für einem Trip ist die denn unterwegs?

„Hast du Drogen genommen?"

„Nein, natürlich nicht. Das habe ich noch nie."

Ihre Pupillenreaktion beobachtend kann ich nichts Verdächtiges erkennen. Weder sind sie unnatürlich geweitet noch verkleinert.

Ihre Formulierung wirft weitere Fragen auf. Was bedeutet, dass sie es wissen *muss*?

Was wird hier gespielt?

Aufgrund der Eindringlichkeit, mit der sie gesprochen hat, und der unverkennbaren Angst, die sich in ihren tiefgrünen Augen spiegelt, drehe ich mich auf die Seite, hebe meine Kutte hinten ein Stück an und erlaube ihr so einen Blick auf die in meiner Hose steckende Knarre.

Die meisten Menschen wirken verunsichert, wenn sie es mit einem bewaffneten, gewaltbereiten Outlaw zu tun haben, der bereit ist, bis zum Äußersten zu gehen. Diese junge Frau hingegen wirkt jetzt, wo sie meine Glock gesehen hat, irgendwie erleichtert und beruhigt. So etwas ist mir ja auch noch nie passiert.

„Zufrieden?"

Sie nickt.

„Gut, dann kannst du jetzt mir ein paar Antworten geben."

Sofort wirkt sie wieder so, als ob sie vor Angst gleich davonrennen würde.

„Was für Antworten?“

„Warum zum Teufel sitzt du seit Stunden weinend in deinem Auto. Und warum hast du dir genau diese Stelle für deine Selbstmitleidsorgie ausgesucht? Zufall? Wohl eher nicht!“

Täusche ich mich oder wirkt sie ertappt? Das Mädchen zögert und sieht sich hektisch um, so als ob sie befürchten würde, beobachtet zu werden.

„Ich war eigentlich auf dem Weg zu dir. Hab dann aber kalte Füße gekriegt.“

Zu mir? Interessant!

Eine ungute Vorahnung beschleicht mich, mir wird schlagartig kotzübel.

„Haben wir schon mal gefickt? Sag jetzt nicht, dass du von mir schwanger bist.“

Entsetzt reißt sie die Augen auf.

„Nein ... oh Gott, nein, das haben wir nicht. Wir haben uns noch nie zuvor gesehen.“

Eine Welle der Erleichterung bricht über mir zusammen. Das nenne ich mal gute Neuigkeiten. Aus welchem Grund auch immer sie hier ist, solange sie nicht mein Baby im Bauch hat, ist alles halb so schlimm.

„Okay. Was willst du dann von mir?“

Nervös beginnt sie auf ihrer Unterlippe herumzukauen. Was auch immer es ist, es fällt ihr sichtlich schwer, es auszusprechen.

„Können wir woanders reden? Das Thema ist ziemlich heikel.“

So langsam bin ich echt gespannt.

„Rutsch rüber.“

Irritiert runzelt sie die Stirn.

„Was?“

„Mach Platz, ich fahr dich auf das Clubgelände.“

Mit einem Kopfschütteln gibt sie zu verstehen, dass sie nicht gedenkt zu tun, was ich von ihr will.

Da es nicht schaden kann, wenn sie gleich am Anfang kapiert, wer hier das Sagen hat, gebe ich nicht nach.

„Wenn du nicht willst, dass ich mich umdrehe und dich hier alleine sitzen lasse, tust du, was ich dir befehle.“

Wut blitzt in den Tiefen ihrer faszinierend grünen Augen auf.

Bloody Hell! Sie ist eine echte Schönheit ...

Mit deutlichem Widerwillen schnallt sie sich ab und klettert über die Mittelkonsole, um mir Platz zu machen.

„Na also, geht doch. Warum nicht gleich so?“

Ein „Hmpf!“ von sich gebend, verschränkt sie die Arme vor der Brust und wirft mir einen wütenden Blick zu. Ich steige ein, schiebe den Sitz nach hinten, sodass meine Beine Platz haben, und starte den Motor. Ich bringe den Wagen samt Mädchen auf das Gelände meines Clubs und ignoriere die neugierigen Blicke von Butcher und Stan, die heute für die Wache eingeteilt sind. Den Chevrolet neben den Autos meiner Brüder parkend, sehe ich zu dem Mädchen neben mir.

Obwohl sie hierher wollte, wirkt sie nun, wo sie sich auf dem Gelände der Riders befindet, fast schon panisch. Unsicher knetet sie ihre Finger, ihre Brust hebt und senkt sich viel zu schnell unter ihren Atemzügen. Aus irgendeinem Grund verspüre ich den Drang, sie zu beruhigen.

„Hey, Mädchen ...“ Ich lege ihr meine Hand aufs Knie, was sie prompt zusammenzucken lässt. „Entspann dich. Dir wird nichts passieren.“

Sie nickt zögerlich, ich ziehe meine Hand zurück und steige aus.

Es dauert einige Sekunden, bis sie es mir nachtut und sich unsicher umsieht.

Als ihr Blick auf Hope fällt, die mit Samantha im Arm auf einer Bank sitzt und ihr Gesicht in die nachmittäglichen Sonnenstrahlen reckt, scheint sich die Fremde etwas zu beruhigen. Offensichtlich hat sie nicht damit gerechnet, dass es bei den Night Riders Frauen und Kinder gibt. Interessant!

Den Schlüssel im Zündschloss stecken lassend, werfe ich die Türe zu.

„Komm, wir können uns in meinem Büro unterhalten.“

Wieder zögert sie. Es wirkt fast so, als ob sie an der Richtigkeit ihrer Entscheidung, zu den Night Riders zu kommen, zweifelt.

Geduldig warte ich ab, was sie nun tun wird. Obwohl es ihr deutlich anzusehen ist, dass sie am liebsten in ihren Wagen springen und davonrasen würde, nickt sie tapfer und lässt sich von mir in das Clubhaus führen.

So langsam bin ich echt gespannt, was ein Mädchen wie sie von mir will.

Die Umgebung betrachtend, wäre sie fast über ihre eigenen Füße gestolpert. Blitzschnell lege ich ihr meinen Arm um die Schultern und fange sie auf, sodass sie nicht auf den Boden knallt.

Ich kann nicht umhin zu bemerken, wie zerbrechlich sie sich anfühlt und dass sie perfekt in meine Armbeuge passt. Mich ein Stückchen zu ihr hinabbeugend beobachte ich, wie sie rot anläuft und mir ein leises „Danke“ zumurmelt. Der Geruch von Vanille steigt mir in die Nase, mir wird klar, dass es der Duft des Mädchens ist, das gerade versucht, sich aus meinem Griff zu befreien.

Aus einem mir unerfindlichen Grund bin ich noch nicht bereit, sie so schnell wieder loszulassen, grabe meine Finger tiefer in ihren Arm und brumme zufrieden, als sie ihre Gegenwehr aufgibt und meine Nähe über sich ergehen lässt.

Bullshit! Es ist erst wenige Stunden her, dass ich abgespritzt habe, und dennoch bewirkt dieses Mädchen, dass sich mein Schwanz mit Blut füllt und hart wird.

Diese Fremde ist das absolute Gegenteil von Sally: schüchtern, unbeholfen und doch irgendwie sexy. Und sie weckt meinen Beschützerinstinkt wie noch keine Frau zuvor.

Mit jedem Atemzug steigert sich meine Ungeduld. Ich bin echt gespannt, was sie so Dringendes mit mir besprechen will.

In meinem Büro angekommen bedeute ich ihr mit einer Geste, dass sie Platz nehmen soll. Ich lasse mich in meinen Sessel fallen und gebe ihr ein paar Sekunden, um sich genauer umzusehen und sich zu sammeln. Falls überhaupt möglich, hat sich ihre Nervosität noch gesteigert. Die Beine ausstreckend, überkreuze ich die Knöchel und zünde mir eine Kippe an. Erst als ich den ersten Zug inhaliert und tief in meine Lunge gezogen habe, räuspert sie sich leise.

„Was willst du von mir, Mädchen?“

Mit zittrigen Händen streicht sie sich eine braune Locke aus der Stirn. Mit den schulterlangen Haaren, den feinen Gesichtszügen und der geradezu winzigen Körpergröße wirkt sie wie eine Elfe. Eine sexy Elfe mit einer schmalen Taille, einem runden Hintern und Handflächen füllenden Brüsten. Diese Frau geht mir nicht mal bis zur Schulter, ich tippe, dass sie so um die 1,50 Meter groß ist, was bedeutet, dass sie echt winzig ist. Wenn ich wollte, könnte ich sie packen und in zwei Teile brechen. Ein Glück für sie, dass meine Gedanken in eine ganz andere Richtung gehen ...

Sie hat genau die richtige Größe, um an die Wand gepresst und im Stehen gefickt zu werden. Allein bei der Vorstellung, wie ich mich tief in ihre enge Pussy ramme und dabei an einem ihrer Nippel sauge, erregt mich über die Maßen. Es kostet mich einiges an Selbstbeherrschung, dass ich ruhig sitzen bleibe und nicht einfach aufstehe, um meine Fantasie wahr werden zu lassen.

Und während ich sie gedanklich wieder und wieder ficke, sieht sie mich verlegen an und leckt sich die Lippen, ehe sie tief Luft holt und sich ein winziges bisschen zu mir vorbeugt.

2. Kapitel

Sophia

Wie soll ich nur beginnen?

Wie fängt man einen Satz an, in dem es darum geht, einen wildfremden, gewaltbereiten und gefährlichen Rocker darum zu bitten, für die lächerliche Summe von 2000 Dollar einen Menschen zu töten?

Was tue ich hier? Ich sollte gehen, jetzt!

Von plötzlicher Panik ergriffen, springe ich von dem Stuhl auf und will zur Türe eilen, als ich von einem „Stopp!" aufgehalten werde. Die befehlsgewohnte Stimme dröhnt mir in den Ohren und das, obwohl der Präsident der Night Riders nicht besonders laut gesprochen hat. Wie eine ferngesteuerte Puppe, der man den Strom gekappt hat, verharre ich mitten in der Bewegung und kneife die Augen zu.

Leider funktioniert die Ich-seh-dich-nicht-du-siehst-mich-nicht-Methode genauso wenig wie beim Verstecken spielen in meiner Kindheit – nämlich gar nicht.

„Was soll das werden, Mädchen?"

Ohne mich zu ihm umzudrehen, zwinge ich mich dazu, ihm zu antworten.

„Ich habe es mir anders überlegt. Ich will gehen. Tut mir leid, dass ich deine Zeit beansprucht habe. Es wird nicht wieder vorkommen."

Erneut will ich die Türe öffnen, dieses Mal werde ich davon abgehalten, indem ich plötzlich von den Füßen gerissen und an eine breite Männerbrust gedrückt werde.

„Nein, nein, nein ... so schnell entkommst du mir nicht. Das ist mein Club, ich entscheide, wer kommt und wer geht. Und wir beide sind noch nicht miteinander fertig!"

Oh ... Oh ...

Anstatt mich einfach hinzustellen, setzt er mich auf seinem Schreibtisch ab, verschränkt seine muskelbepackten Arme vor der Brust und sieht mich mit zusammengezogenen Augenbrauen an.

Wie er so dasteht, ist schon äußerst beeindruckend.

Der Stoff des schwarzen Shirts schafft es gerade so, den kraftvollen Wölbungen standzuhalten. Die ausgeblichene Jeans, die schwarze Kutte und die schweren Stiefel runden das Bild eines gefährlichen Rockerpräsidenten perfekt ab. Die tintenverzierte Haut ist warm und straff. Der Geruch von Leder, Mann und noch etwas, das ich nicht bestimmen kann, verwirrt mich.

Aus der Presse weiß ich, dass er Mason heißt, vierzig Jahre alt ist und polizeibekannt.

Seine kurzen braunen Haare haben fast denselben Farbton wie seine allwissend wirkenden Augen. Er hat markante, sehr ausgeprägte Gesichtszüge, gerade Augenbrauen und eine leicht schiefe Nase, die so aussieht, als wäre sie schon ein paar Mal gebrochen gewesen. Mason hätte einen sinnlichen Mund, wenn da nicht die schräge Narbe wäre, die seine Oberlippe durchtrennt. Doch dieser Makel tut seiner Attraktivität keinen Abbruch, im Gegenteil, sie lässt den Biker nur noch verwegener und düsterer aussehen. Alles in allem ist dieser Outlaw der faszinierendste Mann, der mir jemals begegnet ist. Und die Tatsache, dass er mich so mühelos durch die Gegend tragen kann, als wäre ich leicht wie eine Feder, lässt meine Hormone völlig durchdrehen.

Dumm! Dumm! Dumm!

Dass ich auf diese Weise auf diesen Biker reagiere, ärgert mich maßlos.

Es wird Zeit, mir in Erinnerung zu rufen, was für eine Art Mann er ist: Ein Krimineller der schlimmsten Sorte!

Der Blick, mit dem er mich beobachtet, beschert mir eine Gänsehaut. Der Schauer, der über meine Schultern rieselt, ist ein Signal meines Körpers. Eine Warnung, die ich nicht ignorieren sollte.

„Also kommen wir zur Sache. Aus welchem Grund bist du hierhergekommen?“

In meinem Kopf herrscht das totale Chaos – gleich einem Teller voller Buchstabensuppe. Zwar wirbelt das komplette ABC durch mein Großhirn, es gelingt mir jedoch nicht, einen logischen Satz zu formulieren.

Langsam, so als wolle er sich einem verängstigten Tier nähern, streckt er seine rechte Hand nach mir aus und streicht mir der rauen Spitze seines Daumens über die empfindlichen violetten Male, die dank Ray mein Gesicht zieren. Diese eigentlich unschuldige Berührung bringt mein Herz aus dem Takt.

„Hat es etwas mit deinen Verletzungen zu tun?“

Ich nicke, was nützt es mir auch, meine Motive zu leugnen.

„Ja. Ich bin hier, weil ich Hilfe brauche.“

Ein spöttisches Lächeln umspielt seine Mundwinkel.

„Ach und was hat dich in den Night Riders Motorcycle Club getrieben? Wir sind wohl kaum dafür bekannt, kleinen Mädchen in Not zu Hilfe zu eilen!“

Purer Hohn schlägt mir entgegen, Mason macht sich über mich lustig. Nicht bereit, mich von ihm auslachen zu lassen, zwinge ich mich dazu, ihm direkt in die Augen zu sehen und meine Angst zu überwinden. Ich habe es nicht nötig, mich verarschen zu lassen!

„Nein, wohl kaum. Ihr seid dafür bekannt, gnadenlose, gewaltbereite, aggressive kriminelle Monster zu sein, die jede Gelegenheit nutzen, um zu töten und rumzuhuren."

Kaum dass ich sie ausgesprochen habe, würde ich die Wörter am liebsten zurücknehmen. Doch das geht nicht, also warte ich gebannt auf Masons Reaktion. Obwohl seine Iriden einen eiskalten Ausdruck annehmen, rutscht ihm das Lächeln nicht von den Lippen. Es erinnert nur nunmehr an ein Zähnefletschen.

„Knallhart auf den Punkt gebracht. Respekt, Mädchen. Aber jetzt, wo ich weiß, was du über uns denkst, frage ich mich erst recht, was dich dazu bewogen hat, hierherzukommen?"

Jetzt, wo wir so schön ehrlich zueinander sind, ist wohl der Augenblick gekommen, an dem ich Klartext reden muss.

„Eure Brutalität ist genau das, was euch dazu qualifiziert, mir helfen zu können. Ich bin auf der Suche nach jemandem, der den Lebensgefährten meiner Mutter verschwinden lassen kann. Dieses Arschloch muss weg, endgültig und unauffindbar!"

So sehr ich es auch versucht habe, aber die Worte *töten* oder *ermorden* wollten mir einfach nicht über die Lippen gehen. Meine Zunge hat sich geweigert, diese zu formulieren. Aber ich glaube, ich habe trotzdem keinen Zweifel an dem gelassen, was ich will. Falls es mir gelungen ist, den Rockerpräsidenten zu schockieren, lässt er es sich nicht anmerken. Mason wirkt ruhig, gefasst, sogar ein bisschen überrascht. Sich mit der Hand durch die Haare fahrend, tritt er einen Schritt zurück und mustert mich mit unleserlicher Miene.

„Ihr Frauen seid unglaubliche Geschöpfe. Du zum Beispiel wirkst wie eine kleine, harmlose Elfe, die beim nächsten Windhauch einfach davongeweht wird. Schutzlos und unschuldig wie am Tag deiner Geburt. Doch dann lässt du eine Bombe platzen, die mir zeigt, dass du kein süßes Wesen aus einem Märchenbuch bist, sondern ein blutrünstiges, berechnendes Biest, das ganz genau weiß, was es will und nicht davor zurückschreckt, einen Mord in Auftrag zu geben."

Dass er mich als durchtriebenes Luder hinstellt, ärgert mich.

Wütend springe ich von seinem Schreibtisch, gehe auf ihn zu und stoße ihm aufgebracht meinen Zeigefinger gegen die Brust.

„Ich bin kein Biest und ich bin alles, aber gewiss nicht blutrünstig. Ich habe nur einfach keine Lust mehr, Angst zu haben. Ich bin nicht bereit, auch nur einen Tag länger dabei zuzusehen, wie dieses Arschloch meine Mutter schlägt und emotional zerstört. Letzte Nacht konnte ich vor lauter

Furcht und Schmerz kaum schlafen. Die ganze Zeit über habe ich damit gerechnet, dass Ray in mein Zimmer kommt und mich überfällt. Scheiße! Er hätte mich längst vergewaltigt, wenn es mir nicht gelungen wäre, ihn mit einer verdammten Pfanne abzuwehren! Und ja, ich bin klein. Aber weißt du was, das ist nicht schön. Du mit deinen zwei Meter Körpergröße und all deinen Muskeln musst dich vor nichts und niemandem fürchten. Du bist *on the top of the world*, ich hingegen muss schauen, wo ich bleibe. Und aus ganz genau dem Grund bin ich hier. Ich erwarte ja wohl kaum, dass ihr wegen mir gegen eure Prinzipien verstoßt oder eure Seelen an den Teufel verkauft, denn das habt ihr längst getan. Alles, was ich will, ist, in Frieden leben. Und dafür brauche ich einen Mörder – und in eurem Club gibt es dutzende davon!"

Ich mache eine kurze Atempause und stelle fest, dass ich vor Aufregung zu zittern begonnen habe. „Wenn du ein Problem damit hast, das ich beim Namen nenne, was ihr seid und wofür euer MC steht, dann ist das dein Problem und gewiss nicht meins!"

Kaum dass ich verstummt bin, legt sich eine bleierne Stille über uns.

Oh Gott, was habe ich getan?

Eigentlich war es mein Plan, meine Bitte nett und höflich zu stellen. Doch stattdessen habe ich niemand Geringerem als dem Präsidenten der Riders meine Meinung gesagt. Das habe ich wirklich ganz toll hinbekommen. Wahrscheinlich wird er mich jetzt packen und auf die Straße werfen. Das war es dann mit meinem genialen Plan ...

Bereit, mich im Notfall zu verteidigen, balle ich meine Hände zu Fäusten, erwidere seinen eindringlichen Blick und warte gespannt, was jetzt passiert.

Das Herz schlägt mir bis zum Hals, mir bricht der Schweiß aus.

Keine Ahnung, womit ich gerechnet habe, aber gewiss nicht mit dem, was jetzt kommt.

Blitzschnell, so schnell, dass ich es nicht habe kommen sehen, packt Mason mich an den Schultern, hebt mich hoch und pinnt mich an seinen muskulösen Oberkörper. Seine Finger graben sich schmerzhaft in meine Haut und sein Mund presst sich warm und fest auf den meinen.

Erschrocken schnappe ich nach Luft, was sich als Fehler herausstellt, denn er nutzt die Gelegenheit, um mit seiner Zunge in mich einzudringen.

Wild, erbarmungslos und grob bahnt sie sich ihren Weg. Stößt gegen die meine und fordert sie auf, ihn zurückzuküssen.

Doch ich denke nicht daran! Entschlossen, ihn abzuwehren, stemme ich meine Hände gegen seine Brust und versuche, ihn von mir zu stoßen.

Ein lachhafter Versuch, genauso gut könnte ich gegen einen T-Rex ankämpfen.

In meiner Verzweiflung besinne ich mich auf die Waffen einer Frau und beiße zu. Meine Zähne graben sich in seine Unterlippe, was bewirkt, dass er sich fluchend von mir löst und mich entgeistert ansieht.

„Fuck, Mädchen. Was soll das?"

Echt jetzt? Er besitzt die Frechheit, mich das zu fragen?

„Du hast mich geküsst."

„Aye, das machen Monster wie ich hin und wieder. Wir packen uns irgendeine Frau und schieben ihr die Zunge in den Hals."

Das Funkeln in seinem Blick verrät mir, dass er mich ärgern will. Was ihm durchaus gelingt.

„Ich habe eine Info für dich, Rider. Man sollte nur Frauen küssen, die auch geküsst werden wollen!"

Schnaubend verdreht er die Augen. Ich rechne damit, dass er mich jetzt wieder auf meine eigenen Füße stellen wird, aber in dieser Hinsicht macht er keine Anstalten. Im Gegenteil. Er setzt sich auf den Sessel hinter seinem Schreibtisch und platziert mich auf seinem Schoß.

„Was soll das werden, Mason?"

Seine prankenartige Hand auf meinen Oberschenkel legend, lehnt er sich zurück.

„Fahr die Krallen ein, Kätzchen. Wenn du willst, dass ich für dich einen Mann umlege, müssen wir uns unterhalten. Ich brauche mehr Informationen von dir, damit ich entscheiden kann, ob ich dir deine Bitte erfülle. Außerdem müssen wir über die Bezahlung reden. Du bist eine Außenstehende, du gehörst nicht zum Club, was bedeutet, dass es dich etwas kosten wird, meine Dienste in Anspruch zu nehmen."

Etwas, das sich nach Hoffnung anfühlt, wallt in mir auf.

„Ach, und dafür muss ich wie ein kleines Kind auf deinem Schoß sitzen?"

„Nein! Dafür musst du verdammt noch mal tun, was ich will!"

Oha ... Ich glaube, das gefällt mir nicht.

„Ich habe 2000 Dollar gespart, mehr habe ich leider nicht."

Ein dunkles Lachen rumpelt in seinem Brustkorb.

„Baby, für diese Summe stehe ich morgens nicht mal auf."

Das habe ich befürchtet.

„Was verlangst du dann? Wenn du mehr willst, muss ich den Restbetrag in Raten bei dir abzahlen."

Er stößt ein Zischen aus, zündet sich eine Kippe an und bläst mir den Rauch direkt ins Gesicht. *So ein Arschloch!*

„Sehe ich aus wie eine Bank?"

„Nein."

Sich die Kippe zwischen die Lippen klemmend lässt er seine Augen über jeden Zentimeter meines Körpers gleiten.

„Was willst du dann? Mehr Geld habe ich nicht."

„Geld ist nicht alles! Was kannst du mir noch anbieten?"

Keine Ahnung, worauf er hinaus will.

„Mein Auto? Es ist nicht das schönste, aber es fährt und ist zuverlässig."

Mit geblähten Nasenlöchern lässt er die raue Spitze seines Zeigefingers über meinen Hals hinab zu meinem Schlüsselbein gleiten.

„Das Ding ein Auto zu nennen, ist mutig."

Er hat leicht reden.

„Ein besseres kann ich mir nicht leisten."

Wir drehen uns im Kreis. So kommen wir nie zu einer Einigung.

„Wenn dir mein Geld zu wenig ist und mein Chevrolet zu alt, was zur Hölle willst du dann?"

Seine Augen bohren sich in die meinen. Ich ahne instinktiv, dass mir Masons Antwort nicht gefallen wird.

„Dich!"

Trotz meines Entsetzens komme ich nicht umhin festzustellen, dass er von seiner eigenen Aussage ebenfalls überrascht wirkt.

Obwohl ich ahne, was er meint, beschließe ich nachzufragen.

„Du meinst, dass ich für den Club arbeiten soll?"

Masons Hand gleitet langsam an meinem Bein nach oben.

„Du weißt ganz genau, was ich verlange!"

In seiner Nähe kann ich nicht klar denken.

Entschlossen, etwas mehr Abstand zwischen uns zu bringen, rutsche ich von ihm runter. Er versucht zwar, mich festzuhalten, hat dann aber doch Erbarmen und lässt mich los.

„Du redest von Sex."

Meine Stimme ist nicht lauter als ein Flüstern.

„Jetzt hast du es begriffen."

Der Präsident der Riders sieht mich entspannt an. Er weiß genauso gut wie ich, dass er hier das Sagen hat und so gut wie alles von mir verlangen kann.

Entweder gehe ich auf seine Forderungen ein, oder ich lasse es bleiben und muss mich weiterhin vor Ray fürchten.

Nervös beginne ich auf und ab zu laufen.

„Was, wenn ich zustimme. Wirst du Ray dann für mich töten?"

Wieder zieht er an der Zigarette.

„Das bringt uns zum nächsten Punkt unserer Unterhaltung. Was hat dieser Ray so Schlimmes getan, dass du seinen Tod willst?“

Echt jetzt?

„Das habe ich dir schon gesagt.“

„Aye, aber ich für meinen Teil finde, dass es reichen würde, ihn aus der Stadt zu jagen. So wären du und deine Mum ebenfalls in Sicherheit.“

Die Idee gefällt mir nicht.

„Dann müsste ich immer damit rechnen, dass er eines Tages zurückkommt. Und das will ich nicht. Ich habe keine Lust mehr, Angst zu haben!“

In einer geschmeidigen Bewegung steht er auf, drückt die Kippe im Aschenbecher, der auf dem Tisch steht, aus und kommt auf mich zu.

„Chicago ist meine Stadt! Glaube mir, wenn ich ihm klargemacht habe, dass er verschwinden soll, wirst du ihn nie wiedersehen. Ich kann sehr überzeugend sein.“

Daran zweifle ich keine Sekunde. Vielleicht hat dieser Rocker recht, und ich muss mir nicht die Bürde, für den Tod eines Menschen verantwortlich zu sein, aufhalsen.

„Okay. Dann machen wir es auf deine Art. Aber dafür werden die 2000 Dollar reichen. Und wenn er doch eines Tages wieder vor meiner Türe steht, wirst du deinen Fehler berichtigen und ihn töten!“

Erstaunlich. Dieses Mal ist es mir ganz leicht gefallen das T-Wort auszusprechen.

Leise lachend stellt Mason sich so dicht vor mich hin, dass mir erneut sein unverkennbarer Geruch in die Nase steigt.

„Ach Kleines. Du glaubst allen Ernstes, dass du hier die Regeln aufstellst? Süß! Ich sage dir, wie wir es machen werden. Entweder bist du einverstanden oder du verschwindest und hörst auf, meine Zeit zu verschwenden.“

Unsicher nicke ich.

„Das Geld gehört mir. Doch das reicht nicht. Ich will dich für einen Monat in meinem Bett. Wenn dieses Arschloch so dumm ist und in diesem Zeitraum zurück nach Chicago kommt, werde ich ihm mit Freuden das Genick brechen. Sollte er das aber nicht tun, hat meine Drohung ihre Wirkung nicht verfehlt und du bist frei.“

Ein Monat? Ein ganzer Monat? Ach du heilige Scheiße!

Ich versuche ein letztes Aufbegehren.

„Willst du nicht doch lieber das Auto?“

„Nein! Entweder so wie ich gerade gesagt habe, oder gar nicht.“

Irgendwie kommt es mir so vor, als würde ich gerade über den Tisch gezogen werden.

Aber da ich mit dem Rücken zur Wand stehe, bleibt mir fast nichts anderes übrig als auf diesen Deal einzugehen. Außer ...

„Und was, wenn ich einen anderen Rider frage? Vielleicht hat der bessere Konditionen."

Dass ihm meine Idee nicht gefällt, ist Mason deutlich anzusehen.

„Entweder mit mir oder gar nicht!"

Irgendwie habe ich mit so einer Aussage gerechnet.

„Aber warum?"

Mit zusammengekniffenen Augen sieht er mich finster an.

„Weil ich es sage!"

Na, das nenne ich mal eine tolle Erklärung.

„Du bist ein Despot, Mason."

An seinem Kiefer beginnt ein Muskel zu zucken.

„Falsch, Süße, ich bin der Präsident."

Unsicher, wie ich mich entscheiden soll, bleibe ich stehen und sehe aus dem Fenster.

„Ich brauche Bedenkzeit."

Ein Grollen steigt in seiner Kehle auf, ich zucke erschrocken zusammen.

„Ich bin hier, wenn du dich entschieden hast."

Wie beruhigend ...

Das Problem ist nur, dass ich ganz genau weiß, dass ich so viel nachdenken kann, wie ich will, es wird an den Fakten nichts ändern.

Ray muss weg! Ich habe nur 2000 Dollar und dieser Rockerpräsident hat sich - aus welchem Grund auch immer – in den Kopf gesetzt, dass er mich in seinem Bett will.

Was für eine verfluchte Katastrophe!

Falls er fälschlicherweise denkt, dass ich eine Sexbombe bin, muss ich ihn enttäuschen. In meinem Leben hatte ich genau drei Mal Geschlechtsverkehr, auf ein viertes Mal konnte ich durchaus verzichten. Dieses Ficken, von dem die ganze Welt so begeistert ist, ist irgendwie nichts für mich. Dieses Schwitzen, die Nähe und all die anderen Körperflüssigkeiten fand ich einfach nur ekelhaft. Ich meine, jetzt mal ehrlich. Das Duschen danach hat länger gedauert als der ganze Akt an sich und dieser berühmte Höhepunkt, von dem alle so schwärmen, ist bei mir irgendwie ausgeblieben. Zumindest denke ich das, denn als meine Sexualpartner endlich fertig waren, war ich einfach nur erleichtert und konnte es kaum erwarten, sie von mir runterzuschubsen, um mich zu reinigen. Vielleicht ist Sex ja eher eine Männersache, so wie der Super Bowl oder Biertrinken. Keine Ahnung.

Jedenfalls wird es mich einiges an Überwindung kosten, mit diesem Rockerpräsidenten intim zu werden. Küssen und Kuscheln mag ich, aber ich glaube nicht, dass sich Mason damit zufriedengeben wird. Vielleicht sollte ich einfach ehrlich zu ihm sein?

Wenn ich ihm sage, dass ich Sex ekelhaft finde und ich nicht besonders gut im Umgang mit Schwänzen bin, wird er sich vielleicht mit dem Geld begnügen.

Zufrieden, eine Lösung gefunden zu haben, sehe ich ihn wieder an.

„Hör zu ... Du als Präsident dieses Rockerclubs hast viel Macht und Einfluss. Zwei Dinge, die die meisten Frauen unwiderstehlich finden. Ich bin mir sicher, dass du immer eine willige Gespielin findest, wenn du das Bedürfnis nach Sex verspürst. Und wahrscheinlich bist du auch wirklich talentiert in diesen Dingen, aber ich kann damit nichts anfangen. Ich bin kein Fan von all dem, was im Schlafzimmer stattfindet. Um ehrlich zu sein, habe ich nicht viel Erfahrung und auch kein Interesse daran, etwas daran zu ändern. Vielleicht war ich in meinem vorherigen Leben eine Nonne oder so etwas. Aber ich versichere dir, dass du keinen Spaß mit mir haben würdest. Also erspar dir diese Enttäuschung, nimm die 2000 Dollar und mein Auto und gut ist es.“

Wenn ich es nicht besser wüsste, würde ich meinen, dass es mir gelungen ist, den hartgesottenen Rocker mit diesem Eingeständnis geschockt zu haben.

Mason sieht mich an, als wäre ich ein Alien oder so etwas.

„Fuck! Du willst mich verarschen. Oder?“

Seinem zweifelnden Blick standhaltend, schüttle ich verneinend den Kopf und versichere ihm so, dass ich nichts als die Wahrheit gesagt habe.

Sich mit beiden Händen die Haare raufend, stößt er geräuschvoll den Atem aus.

„Holy Shit! Dass ich so was noch erleben darf, ist ja der Knaller!“

Wie schön, dass ich einen gewissen Unterhaltungswert habe.

„Also bist du einverstanden?“

Anstatt etwas zu sagen, durchquert er den Raum, nimmt sich eine Whiskyflasche, verzichtet auf ein Glas und gönnt sich mehrere große Schlucke. Kaum dass er sie zurückgestellt hat, reibt er sich mit den Fingern über den Mund und sieht wieder zu mir.

„Wenn du gehofft hast, dass mich dein Eingeständnis abschreckt, muss ich dir sagen, dass es nicht so ist. Im Gegenteil, ich konnte einer Herausforderung noch nie widerstehen. Das liegt in meinem Naturell. Und du, meine Liebe, bist die personifizierte Herausforderung.“

Dieser Kerl ist wirklich unbelehrbar.

„Hast du mir nicht zugehört? Es wird dir keinen Spaß machen, mit mir zu schlafen."

So laut lachend, dass mir die Ohren klingeln, verpasst er meinem Hintern einen harten Klaps.

„Hast du dich mal im Spiegel betrachtet, Mädchen? Dein Körper ist der Hammer, mit dem würde jeder echte Mann seinen Spaß haben. Ganz davon abgesehen will ich nicht mit dir schlafen – ich will dich ficken. Hart und tief ficken! Und ich versichere dir, dass du es genießen wirst. Keine Ahnung, mit was für Losern du bis jetzt Sex hattest, aber anscheinend hatten sie es einfach nicht drauf!"

... Hart und tief ficken ... du es genießen wirst ...

Dieser Night Rider muss völlig irre sein.

Zumindest kann er sich im Nachhinein nicht darüber beschweren, dass ich ihn nicht gewarnt habe. Mit der unerwarteten Entwicklung unseres Gesprächs etwas überfordert, gehe ich zu dem Whisky und kippe mir etwas der goldenen Flüssigkeit in den Mund. Das Zeug ist stark und brennt sich wie flüssige Lava seinen Weg meine Speiseröhre hinunter in meinen Magen. Es fühlt sich an, als würde ich innerlich in Flammen aufgehen. Hustend und prustend klopfe ich mir gegen die Brust.

Mason beobachtet mich amüsiert und zündet sich erneut eine Zigarette an. Das ist wohl etwas, was er häufig tut. „Wenn du dir das nicht bald abgewöhnst, wirst du noch an Lungenkrebs sterben!"

Er zwinkert mir frech zu und inhaliert demonstrativ den ersten Zug.

„Machst du dir jetzt schon Sorgen um mich? Nett, aber unnötig. Wir Riders sterben nicht an Krankheiten, sondern an dem Lebensstil, für den wir uns entschieden haben."

Wie beruhigend ...

Für die Dauer von ein paar Herzschlägen sehen wir uns tief in die Augen. Sein Lachen verstummt, Mason wird schlagartig ernst.

„Die Verletzungen, die dein wunderschönes Gesicht zieren, machen mich wütend. Ich werde dafür sorgen, dass dir der Freund deiner Mutter nie wieder zu nahe kommt. Alles, was du tun musst, ist, dich auf meinen Vorschlag einzulassen. Sag ja, Mädchen. Und ich zeige dir, wie schön es sein kann, gebumst zu werden. Für die Dauer unserer Vereinbarung wirst du unter meinem Schutz stehen. Es wird nichts geben, was du fürchten musst. Denn du wirst mit dem gefährlichsten Mann im Umkreis von 1000 Meilen im Bett liegen. Lass dich auf dieses Abenteuer ein und ich verspreche dir, dass alles gut werden wird."

Er spricht mit so einer Eindringlichkeit, dass es mir den Atem verschlägt.

Ach du heilige ...

Nach den letzten Höllenwochen klingt es einfach zu verführerisch, keine Angst mehr haben zu müssen. Noch bevor ich überhaupt weiß, was ich da eigentlich tue, nicke ich und besiegle so unseren Pakt.

Lieber Gott, steh mir bei ...

Ein wildes Fauchen ausstoßend, packt er mich an der Taille, hebt mich hoch und presst mich an seinen muskelbepackten Körper.

Was habe ich nur getan?

Bestimmend und ungeduldig sucht sich seine Zunge ihren Weg, teilt meine Lippen und entlockt mir ein leises Keuchen.

Mason erobert meinen Mund und raubt mir die Fähigkeit zu denken. Keine Ahnung, ob diese Inbesitznahme noch als Kuss bezeichnet werden darf, sie fühlt sich nach so viel mehr an. Nach Luft schnappend kralle ich mich an seinen Schultern fest und versuche so, gegen das Schwindelgefühl, das sich in mir ausbreitet, anzukämpfen.

Knabbernd, saugend und leckend sorgt er dafür, dass sich all meine Zweifel in Luft auflösen und sich in meinem Bauch ein mir völlig fremdes Gefühl ausbreitet. Zuerst war da nur ein sanftes Prickeln, doch das hat sich in rasender Geschwindigkeit in ein heftiges Pochen verwandelt. Jetzt sehne ich mich nach etwas, das ich nicht benennen kann ...

Langsam und mit deutlichem Widerwillen löst er sich nach einer kleinen Ewigkeit wieder von mir.

„Wenn du mich jetzt abstellst, werde ich einfach umkippen.“

Ein wölfisches Lächeln umspielt seine Mundwinkel. Ich betrachte die Narbe an seiner Oberlippe und frage mich, was da wohl passiert ist?

„Scheiße, Mädchen. Nach diesem Kuss weiß ich, dass du ein verdammt leidenschaftliches Wesen bist, du weißt es nur noch nicht.“

Kann er damit recht haben? Vielleicht! So langsam beschleicht mich das Gefühl, dass mit diesem Rocker alles anders werden wird ...

Ist es möglich, dass ich durch ihn eine Seite von mir selbst kennenlernen werde, von der ich bis jetzt nicht einmal wusste, dass sie existiert?

Geduldig wartet er, bis mich meine Beine wieder tragen, dann lässt er mich los und setzt sich an seinen Schreibtisch, zieht einen Zettel hervor und nimmt sich einen Stift. Im Gegensatz zu mir wirkt er völlig ruhig und gefasst. So als ob es für ihn nichts Besonderes wäre, eine Frau zu küssen, deren Namen er nicht mal kennt und die ihn gebeten hat, einen Mann für sie zu töten.

„Setz dich, Mädchen.“

„Warum?“

Irgendwie verstehe ich gerade gar nichts mehr.

„Damit wir uns um die Formalitäten kümmern können. Je eher ich mir diesen Ray vorgenommen habe, umso schneller kann ich dich ficken."

Wie ferngesteuert setze ich mich auf einen der freien Stühle ihm gegenüber, betrachte die langen Finger, die den Kugelschreiber halten.

Wenn alles so läuft wie geplant, werden mich genau diese Hände berühren ...

Ich schlucke schwer und kämpfe gegen die Panikattacke an, die sich in mir aufbaut.

„Bleib cool! Ich brauche nur ein paar Informationen!"

Meine Herzschläge zählend, zwinge ich mich zur Ruhe.

„Womit sollen wir anfangen?"

„Wie wäre es mit deinem Namen?"

Aha ... sind wir jetzt endlich so weit.

„Sophia."

Er nickt.

„Der passt gut."

Da ich keine Ahnung habe, was ich mit diesem Kommentar anfangen soll, warte ich einfach ab, was er als Nächstes wissen will. Und das ist eine ganze Menge!

Es dauert über eine Stunde, bis er seine Notizen zusammenfaltet und in der Innentasche seiner Kutte verschwinden lässt. Ich fühle mich ausgelaugt und mit der Situation überfordert.

Ich stelle fest, dass es eine Sache ist, sich den Tod eines Menschen zu wünschen und eine ganz andere, wenn es dann auf einmal ernst wird. Ja, Mason hat gesagt, dass er Ray fürs Erste nur aus der Stadt jagen will, doch ich weiß, dass er sich nicht einfach so vertreiben lassen wird. Es mag sein, dass er im ersten Moment den Schwanz einzieht und abhaut. Aber ich bin mir sicher, dass er zurückkommen und sich an mir für diese Aktion rächen wird. Und dann wird der Outlaw hoffentlich sein Wort halten und den Arsch kaltmachen. Bleibt mir nur, zu hoffen, dass Ray innerhalb der vier Wochen zurück nach Chicago kommt, in denen ich unter dem Schutz des Präsidenten des Night Riders Motorcycle Clubs stehe – sonst bin ich geliefert.

„Gehen wir!"

Masons Aufforderung reißt mich aus meinen Überlegungen.

„Wohin?"

Er sieht mich geduldig an.

„Zu deiner Wohnung."

Jetzt? Warum?

„Was machen wir da?"

Er zieht seine Waffe hinten aus dem Hosenbund, lässt das Magazin rausgleiten, checkt die Munition und schiebt es wieder zurück in den Griff der Pistole.

Das alles passiert so schnell, dass ich fast meine, es nur geträumt zu haben.

„Na, was wohl? Ich verjage das Arschloch, das dich geschlagen hat und du packst dein Zeug zusammen. Schon vergessen? Die nächste Zeit wirst du nicht oft nach Hause kommen!"

Ach du Scheiße! Jetzt wird es ernst!

Mason bemerkt meine Unsicherheit und zieht die Augenbrauen nach oben.

„Falls du kalte Füße bekommst, sag es. Dann bläst du mir einen als Aufwandsentschädigung dafür, dass du meine Zeit in Anspruch genommen hast und verschwindest. Ansonsten komm in die Gänge, Mädchen. Ich habe heute noch andere Dinge zu erledigen."

Erschrocken über seine auf einmal raue Art, springe ich regelrecht aus dem Stuhl.

Es scheint endlich der Zeitpunkt gekommen zu sein, an dem Ray feststellen wird, dass er nicht der große Anführer ist, für den er sich hält, sondern nur eine kleine Made. Ängstlich und zugleich von Vorfreude erfüllt, folge ich Mason aus seinem Büro. Laute Musik dröhnt aus den Boxen. Dutzende Biker haben sich an der Bar, den Billardtischen und den Flipperautomaten versammelt, trinken Bier, rauchen Zigaretten und unterhalten sich lautstark. Als sie mich in der Nähe ihres Präsidenten entdecken, sehen sie mich neugierig an. Als dieser mir dann auch noch in einer besitzergreifenden Geste den Arm um die Schultern legt, ziehen einige von ihnen verwundert die Brauen in die Höhe. Eine Frau lehnt nicht weit von mir entfernt neben einer Dartscheibe an der Wand. Sie ist hübsch, trägt einen kurzen Jeans-Minirock und Pumps. Obwohl ich sie eben gerade das erste Mal sehe, wirft sie mir so bitterböse Blicke zu, dass ich instinktiv weiß, dass sie mich hasst. Aber warum? Ich habe ihr nie etwas getan ... Einer der Riders nennt sie Sally und drückt ihr eine Flasche Wein in die Hand, sie dankt ihm, indem sie ihm in den Schritt fasst und ihm die Eier krault.

Oha ... Wenn das hier gang und gäbe ist, kaufe ich mir meinen Wein lieber selbst!

Ein schrilles weibliches Lachen erfüllt den gigantisch großen Hauptraum. Über die Köpfe hinweg sehe ich, wie sich jemand eine Frau über die Schulter wirft und sie auf einem der Billardtische ablegt. Noch ehe ich begreife, was los ist, hat er auch schon seine Hose geöffnet, sich ein Kondom übergerollt und stößt sich zwischen ihre gespreizten Beine.

Mein entsetztes „Ach, du heilige Scheiße!“ bringt Mason zum Lachen. Entschlossen hier rauszukommen, reiße ich mich von ihm los und stolpere raus auf den Hof. Die Abendluft, die mir ins Gesicht schlägt, ist kühl. Wie eine Erstickende sauge ich sie tief in mich hinein und eile weiter zu meinem Auto.

Vielleicht war es doch keine so gute Idee hierherzukommen. Auch wenn Mason sich mir gegenüber, na ja, nennen wir es mal *„höflich“* verhalten hat, darf ich nicht vergessen, mit wem ich es hier zu tun habe. Diese Night Riders sind Teufel, ich darf auf gar keinen Fall den Fehler machen und etwas anderes in ihnen sehen als gewaltbereite kriminelle Outlaws.

Noch bevor ich in meinen Chevrolet einsteigen kann, taucht auch schon Mason neben mir auf und befiehlt mir, auf dem Beifahrersitz Platz zu nehmen. Am liebsten würde ich mit ihm diskutieren und ihm klarmachen, dass das mein Auto ist und ich definitiv in der Lage bin selber zu fahren. Doch ein Blick in seine streng dreinblickenden Augen hält mich davon ab. Mein Unterbewusstsein flüstert mir zu, dass es sich nicht rentiert, wegen so etwas Lächerlichem zu streiten und dass ich meine Kräfte für die bevorstehende Aktion sparen sollte. Ich beschließe, dass es recht hat, und tue einfach, was er von mir verlangt.

Daran werde ich mich wohl die nächsten vier Wochen gewöhnen müssen.

Geschickt wendet er den Wagen und fährt schneller, als ich es tun würde, durch den Stadtverkehr. Mason hat eine aggressive, selbstsichere Fahrweise, Geschwindigkeitsbegrenzungen oder Verkehrsregeln scheinen für ihn nicht zu gelten.

Ein weiterer Beweis dafür, dass die Gesetze der normalen Welt für die Member des *Night Riders Motorcycle Clubs* nicht zu gelten scheinen ...

3. Kapitel

Mason

Der verheerende Geruch von Vanille und Frau steigt mir in die Nase, lenkt meine Gedanken in eine unpassende Richtung.

Hätte mir heute Morgen jemand gesagt, dass ich ein wildfremdes Mädchen, das Sex abstoßend findet, als Bezahlung dafür, dass ich ihren gewaltbereiten Stiefvater aus der Stadt jage, für vier Wochen an mich binde, hätte ich mich schlappgelacht.

Jetzt aber ... *Fuck!* Immer mal was Neues ...

Mit jeder Meile, die wir uns der von ihr genannten Adresse nähern, wird Sophia sichtlich nervöser. Sie scheint sich vor diesem Ray tatsächlich zu fürchten. Eine rote Ampel zwingt mich zu stoppen. Ich spüre ihren unsicheren Blick auf meinem Gesicht und wende mich ihr zu.

„Er wird dich nicht erneut schlagen, das werde ich verhindern. Die Zeiten, wo er dich verletzten konnte, sind vorbei!"

Ein unsicheres Lächeln zupft an ihren Lippen. Sofort erinnere ich mich daran, wie es sich angefühlt hat, diesen Mund zu küssen.

„Vielleicht hättest du dir lieber Verstärkung mitnehmen sollen. Ray ist groß und stark."

Bullshit! Soll das ein Witz sein?

„Keine Sorge. Mit diesem Typen werde ich alleine fertig."

„Und woher willst das wissen, Rider?"

Wenn ich nicht die Angst in ihren Augen erkennen würde, könnte ich meinen, dass sie mich verarschen will. In Wirklichkeit hat sie einfach nur Panik.

„Aus Erfahrung. Bis heute ist mir kein Mann begegnet, der es mit mir aufnehmen konnte. Die Bereitschaft, bis zum Äußersten zu gehen, ist in einem Kampf ein enormer Vorteil!"

Ein Zittern durchläuft sie, es ist Sophia deutlich anzusehen, dass sie am liebsten aus dem fahrenden Wagen springen und die Flucht antreten würde.

Dieses Mädchen sieht so klein, zerbrechlich und unschuldig aus. Man würde nie auf die Idee kommen, dass sie genug Mut hat, alleine in einen MC zu gehen und dort für lächerliche 2000 Dollar einen Mordauftrag auszusprechen.

Auch wenn ich es mir nur ungern eingestehe, hätte ich ihr auch ohne das verdammte Geld geholfen. Sophia fasziniert mich. Das liegt nicht nur an ihrem elfenhaften Körper, sondern auch an dem Mut und dem kämpferischen Glanz, der in ihren wunderschönen Iriden funkelt.

Es ist eine völlig neue Erfahrung für mich, mal der Gute zu sein. Ich muss sagen, das hat auch etwas für sich.

Ich parke den Wagen direkt vor der Eingangstüre des Wohnhauses, ziehe den Schlüssel ab und steige aus. Mehr oder weniger geduldig warte ich auf das Mädchen, das wie erstarrt in dem Auto sitzt.

Bloody Hell!

Nicht bereit, mehr Zeit als nötig zu verschwenden, gehe ich zur Beifahrertüre und zerre sie regelrecht aus dem Wagen.

Sophias Schultern umfassend, sehe ich ihr tief in die Augen.

„Reiß dich gefälligst zusammen, Süße! Du wolltest das hier – falsch, du wolltest sogar, dass ich noch viel weiter gehe und dieses Arschloch kaltmache. Also heb den Kopf, stell dich deinem Feind und triumphiere!"

Für einen Moment rechne ich damit, dass sie sich doch noch umentscheidet und mich wegschickt. Doch dann nickt sie entschlossen und reckt das Kinn in die Höhe.

„Okay. Sorry, es geht wieder."

Na also ...

„Gut. Jetzt bring uns ins Haus und zu der Wohnung. Sobald wir drinnen sind, packst du dir deine Mutter und gehst in Deckung. Es könnte heftig werden."

Ich lasse Sophia los und folge ihr die Treppen nach oben. Vor einer zerstörten, leicht schief hängenden Wohnungstüre bleiben wir stehen.

Ein Loch klafft in der Wand, etwas, das nach getrocknetem Blut aussieht, färbt den Putz braun. „Was ist da passiert?"

Sie wirft mir einen kurzen Blick über die Schulter zu.

„Ray war betrunken und hat statt dem Gesicht meiner Mum die Wand getroffen."

Sophia sagt das so ruhig, als wäre es nichts Außergewöhnliches, dass ihre Mutter aufs Übelste verprügelt wurde. So langsam verstehe ich, was sie dazu gebracht hat, die Night Riders um Hilfe zu bitten. Dieses Mädchen hat bis jetzt in der Hölle gelebt. Wut, intensiv und rein, pulsiert durch meine Venen. Keine Ahnung, woher das starke Bedürfnis kommt, Sophia zu verteidigen, zu rächen und zu beschützen, aber es ist da und ich werde es nicht hinterfragen. Kaum dass sie den Schlüssel herumgedreht hat und das Schloss knackend aufspringt, wird die Türe von innen aufgerissen und ein mittelgroßer, dickbäuchiger Mann taucht vor uns auf. Noch ehe ich reagieren kann, hat er Sophia an den Haaren gepackt und zu sich gerissen. Sie schreit vor Schmerz auf, was das Arschloch zum Lachen bringt.

„Du blöde Schlampe, wo hast du gesteckt? Du hast dich einfach so davongeschlichen, obwohl wir zwei noch nicht miteinander fertig waren." Er stößt Sophia auf den Boden. „Na warte, du Miststück, das werde ich dich büßen lassen."

Mich scheint er entweder noch gar nicht bemerkt zu haben, oder aber er denkt, dass von mir keine Gefahr ausgeht. *Grober Fehler!*

Es ist ein unausgesprochenes Gesetz, dass es für die Bewohner einer Wohnung nie – absolut nie – gut ist, wenn ein Night Rider unangemeldet vor der Tür steht.

Wir Biker sind nicht gerade für Hausbesuche bekannt, aber wenn wir welche machen, dann kommt zu 90 Prozent direkt nach uns der Leichenwagen.

Nicht bereit, auch nur eine Sekunde länger dabei zuzusehen wie dieser Ray mit Sophia umgeht, stürme ich auf ihn zu und befördere ihn mit einem kraftvollen Tritt einmal quer durch das winzige Wohnzimmer. Er fällt rücklings auf den gläsernen Couchtisch, dieser zerbricht und dutzende von Scherben, leeren Glasflaschen und anderem Müll verteilt sich in dem kleinen Raum.

Es stinkt nach Bier, kaltem Rauch, Schweiß und Urin.

Ein panischer Schrei bringt mich dazu, in die angrenzende Küche zu sehen. Darin steht eine ziemlich fertig aussehende Frau, deren linkes Auge blau und zugeschwollen ist.

Das muss dann wohl Sophias Mutter sein. Anstatt sich darüber zu freuen, dass ich gekommen bin, um sie von dem gewalttätigen Bastard zu erlösen, stürmt sie auf mich zu und boxt mir mit erstaunlicher Kraft gegen den Arm. Sie beschimpft mich, ehe sie zu dem am Boden liegenden Ray eilt und diesem hochhilft.

Fuck, was läuft hier? Bin ich im falschen Film?

Irritiert werfe ich der heftig weinenden Sophia einen fragenden Blick zu. Sie muss nichts sagen, die Resignation in ihren Augen ist mir Antwort genug.

Was hier passiert, ist nichts Außergewöhnliches. Meistens sind die Opfer von häuslicher Gewalt emotional so von ihren Peinigern abhängig, dass sie die Schuld bei sich suchen, anstatt zu erkennen, dass sie sich auf einen Psychopathen eingelassen haben.

Ich bin froh, dass zumindest Sophia stark genug war, sich aus dieser Hölle zu befreien.

Das, was jetzt kommt, wird unschön.

„Geh deine Sachen packen, Mädchen. Wir fahren in fünf Minuten zurück zum Club."

Zwar murmelt sie mir ein „okay“ zu, doch sie bleibt wie erstarrt stehen. Eine Träne nach der anderen rinnt ihr über die Wangen. Das Make-up, mit dem sie versucht hat, die Hämatome in ihrem Gesicht zu verdecken, verschmiert immer mehr, gibt so das ganze Ausmaß ihrer Verletzungen preis. Meine Wut erreicht ein neues Level. Vielleicht wäre es doch das Beste, die Welt von diesem Stück Scheiße zu erlösen!?

Ich werfe Sophia einen letzten warnenden Blick zu, sie setzt sich noch immer nicht in Bewegung. Gut, von mir aus soll sie zuschauen. Vielleicht kann es nicht schaden, wenn sie mit eigenen Augen sieht, zu was ich fähig bin.

Der misshandelten Frau, die gerade eine Scherbe aus Rays Schulter zieht, keine Aufmerksamkeit schenkend, packe ich das Arschloch an seinem verdreckten Unterhemd und ziehe es wieder auf die Füße.

Nur was steht, kann niedergeschlagen werden!

Das vertraute Prickeln in meinem Rücken genießend, lasse ich meine Nackenmuskulatur laut knacken.

Es wird Zeit, an die Arbeit zu gehen ...

Wieder und wieder lasse ich meine Fäuste gegen Rays Rippen, seine Nase und in seinem Bauch landen. Ich presse ihm die Luft aus den Lungen, lasse ihn bluten und breche ihm ein paar Knochen. Nach nur wenigen Minuten ist aus dem einst so brutalen Frauenschläger ein wehrloser, vor Angst winselnder Penner geworden.

Wie meistens sind Männer, die sich am schwachen Geschlecht vergreifen, in einem echten Kampf Mann gegen Mann keine wirkliche Herausforderung.

Es kostet mich all meine Beherrschung, nicht einfach seinen Kopf zu umfassen und ihm mit einem Ruck das Genick zu brechen. Einzig die Tatsache, dass Sophias Mutter mich aus weit aufgerissenen Augen anstarrt, so als ob ich der Höllenfürst höchstpersönlich wäre, hält mich davon ab.

So wie ich diese Tussi einschätze, wird sie nicht erkennen, welchen Gefallen ich ihr gerade erwiesen habe, sondern zu den Bullen rennen und dort wie ein Vogel singen.

In Anbetracht der Tatsache, wie scharf die Staatsanwaltschaft momentan darauf ist, unseren Club fertigzumachen, kann ich dieses Risiko nicht eingehen.

Aus Erfahrung weiß ich, dass Ray nur noch einen Schlag von einem Knock-out entfernt ist, also halte ich mich zurück und zwinge mich dazu, tief durchzuatmen. So gerne ich ihm auch die Lichter ausblasen würde, es ist wichtig, dass er noch genug bei Verstand ist, um die Warnung, die ich ihm jetzt zukommen lasse, verstehen zu können. Er muss wissen, was ihm droht, sollte er jemals wieder einen Schritt in meine Stadt setzen!

Mit einem Schubs verfrachte ich ihn auf das versiffte Sofa, platziere den Absatz meines Stiefels auf seinen Eiern und belaste das Bein mit etwas Gewicht.

Der Schmerz lässt Ray aufheulen, frisches Adrenalin wird durch seine Adern gepumpt und sorgt dafür, dass sein Hirn aufnahmefähig bleibt.

„Du hörst mir jetzt gut zu, Arschloch!" Bevor ich auf den Punkt kommen kann, geht Sophias Mutter wie eine Furie auf mich los und schlägt mir die Fernbedienung des TVs über den Schädel. *Fuck, tut das weh.* Sie mit einem wütenden Blick bedenkend, bringe ich sie dazu, einen Schritt zurückzustolpern.

„Warum tun Sie das? Wer sind Sie? Warum kommen Sie in unser Heim und tun dem armen Ray so etwas an?"

Mit der Geduld am Ende deute ich mit einem Kopfnicken auf ihr geschwollenes Gesicht.

„Ich bin hier, weil mich Ihre Tochter um Hilfe gebeten hat. Ich bin hier, um zu verhindern, dass dieser Pisser sie eines Tages zu Tode prügelt oder vergewaltigt."

Sofort wendet sie sich Sophia zu.

„Du undankbares Luder. Ray ist ein guter Mann. Er versucht nur, uns zu guten Frauen zu erziehen, und du hetzt ihm einen bösen Prügeltypen auf den Hals. Ich hasse dich."

Bämm ... Ihr hysterisches Gekreische lässt mir die Sicherungen durchbrennen.

Was war das denn bitte gerade? Mir wird sofort klar, dass Sophia hier ein für alle Mal wegmuss. Diese Tussi hat es nicht verdient, Mum genannt zu werden. Keine Ahnung, ob sie schon immer so durchgeknallt war oder ob der übermäßige Alkoholkonsum, den man ihr deutlich ansehen kann, in Kombination mit den vielen Schlägen dafür gesorgt hat, dass sie nicht mehr richtig tickt. Es spielt auch keine Rolle. Die nächsten Wochen wird Sophia bei mir sein und danach sehen wir weiter. Der MC besitzt einige Immobilien, vielleicht ist da ja eine Bleibe dabei, die Sophia sich leisten kann.

Die Rolle des guten Samariters passt nicht zu mir – das ist mir klar. Ich bin ein Rider, ein Zuhälter und ein Killer und dennoch bin auch ich nicht völlig gefühllos.

Mich wieder Ray zuwendend, reibe ich mir mit der Hand über die Stelle, an der mich das harte Plastik getroffen hat und mache da weiter, wo ich unterbrochen wurde. Mit dem Zeigefinger auf mein Leder tippend, frage ich Ray, ob er weiß, was diese Kutte bedeutet.

Er nickt ängstlich – sehr schön – das ist eine gute Basis für das bevorstehende Gespräch.

„Ich gebe dir eine Stunde, um dein Hab und Gut zusammenzupacken und die Stadtgrenze zu passieren. Solltest du dich jemals wieder in Chicago blicken lassen, werde ich dich töten. Solltest du Sophia jemals wieder zu nahe kommen, sie anrühren oder sie gar verletzen, werde ich dich ebenfalls töten. Kurzum: Die einzige Möglichkeit, wie du am Leben bleibst, ist, dich möglichst weit von dem Revier meines Motorcycle Clubs fernzuhalten. Denn wenn ich dich jemals wiedersehe, bringe ich dich um und ich werde mir viel, sehr viel Zeit dabei lassen und dir jeden verdammten Knochen brechen. Kapiert?“

Das Arschloch nickt so schnell, dass das Blut, was ihm aus der Nase läuft, durch die Luft spritzt und ein Tropfen auf meiner Kutte landet.

Blitzschnell packe ich ihn an der Gurgel, drücke zu und genieße das Röcheln.

Die Versuchung, sein jämmerliches Leben auf der Stelle zu beenden, ist so groß, dass es körperlich schmerzt, dem Drang nicht nachzugeben. Mit letzter Willenskraft deute ich auf die Uhr an meinem Handgelenk und mache Ray somit ein letztes Mal klar, dass seine Zeit läuft. In einer Stunde werde ich Stan und Butcher herschicken, um zu prüfen, ob er weg ist. Sollten sie ihn hier antreffen, wird er das bereuen ...

Mich zu der Stelle umdrehend, an der bis eben noch Sophia gestanden hat, stelle ich fest, dass sie endlich damit angefangen hat, ihr Zeug zu packen.

Es tut mir fast schon leid, dass ich dafür gesorgt habe, dass die Bitch, die sich Sophias Mum nennt, nun vor Ray sicher ist. Im Grunde genommen haben sich die zwei absolut verdient. Über die Scherben steigend, lasse ich die Alkoholikerin und das gewalttätige Arschloch hinter mir und kassiere das Mädchen ein.

Es wird höchste Zeit von hier zu verschwinden!

4. Kapitel

Sophia

Auf die vor meinen Füßen stehende Reisetasche starrend, versuche ich zu verstehen, was gerade geschieht. Mason hat Wort gehalten und Ray mehr als deutlich klargemacht, was mit ihm passiert, wenn er sich mir jemals wieder nähert.

Ich bin in Sicherheit ...

Zumindest so weit, wie man in der Nähe des gefürchteten Präsidenten der Night Riders sicher sein kann. Was, wenn ich gerade den einen Teufel gegen den nächsten eingetauscht habe?

Es steht zweifellos fest, dass Mason um ein Tausendfaches gefährlicher ist, als Ray es jemals sein kann. Jetzt, wo der Rocker sein Wort gehalten und seinen Teil der Vereinbarung erledigt hat, bin ich dran.

Verflixt! Verflixt! Verflixt!

Irgendwie beschleicht mich das Gefühl, dass ich schlecht verhandelt habe. Masons Zeitaufwand ist wesentlich geringer als der meine. Während er nicht mal eine Stunde gebraucht hat, um das Monster, das mich seit Monaten tyrannisiert und verletzt hat, unschädlich zu machen, werde ich vier lange Wochen brauchen, bis dieser Albtraum für mich endet. Tief in meinem Inneren weiß ich, dass es das wert war. Auch wenn meine Mum im Augenblick nicht zu schätzen weiß, was ich für sie getan habe, eines Tages wird sie hoffentlich kapieren, dass dieser Typ ihr Untergang gewesen wäre.

Keine Ahnung, wie lange ich so reglos dagesessen bin, erst als Mason auftaucht und vor mir in die Hocke geht, um mir in die Augen sehen zu können, gelingt es mir, die Starre, die mich fest im Griff hatte, abzuschütteln.

„Hey, Mädchen. Geht es dir gut?“

Wenn ich das mal wüsste.

„Ich denke schon ... Keine Ahnung ... Ist irgendwie ein verrückter Tag.“

Wir sind uns so nah, dass ich jeden einzelnen Bartstoppel sehen kann, und mir sein unverkennbarer Geruch in die Nase steigt. Instinktiv lehne ich mich etwas weiter zu ihm vor und atme tief ein.

Auch wenn ich es gerne abstreiten würde, kann ich nicht leugnen, dass dieser Biker etwas an sich hat, das mir unter die Haut geht.

„Bist du fertig mit packen?“

Ich deute auf die leere Tasche, er brummt etwas Unverständliches.

„Komm schon, Kleines, mach fertig, lass uns von hier verschwinden."
Dass er zurück in den Club will, kann ich verstehen, diese Wohnung ist nicht gerade gemütlich. Dennoch ist sie das einzige Zuhause, das ich habe und es fühlt sich komisch an, es für eine so lange Zeit zu verlassen.
Tief einatmend beiße ich mir auf die Unterlippe und kämpfe gegen die aufsteigenden Tränen an. Herrgott, so oft wie heute habe ich seit Wochen nicht mehr geheult ...
Mit seiner rauen Fingerkuppe über meine Schläfe streichend, steht Mason auf und lehnt sich mit dem Rücken an die Zimmerwand.
„Komm schon, Sophia. Stopf alles, was du brauchst in die Tasche." Er zieht eine Zigarettenschachtel aus seiner Hose, steckt sich eine Lucky in den Mund und lässt ein silbernes Zippo aufklappen. Die Spitze der Kippe in die bläuliche Flamme haltend, inhaliert er den ersten Zug. Auf wackeligen Beinen stehe ich auf, packe ein paar Jeans, Tops und Socken ein. Kaum dass ich meine Unterwäscheschublade aufgezogen habe, taucht Mason hinter mir auf.
Ohne meine Privatsphäre zu berücksichtigen, wühlt er sich durch meine BHs und Slips.
„Nimm nur mit, was du für morgen brauchst. Ich kaufe dir neue Sachen. Ein bisschen Spitze und deutlich weniger Stoff stehen dir viel besser!"
Wie bitte, was??
Wütend drehe ich mich zu ihm um.
„Meine Schlüpfer gehen dich nichts an, Mason! Außerdem habe ich kein Geld zum Shoppen. Die 2000 Dollar sind alles, was ich habe."
Er lacht rau auf.
„Also erstens gehen mich deine Höschen sehr wohl etwas an. Immerhin werde ich sie dir die nächsten Wochen mehrmals täglich vom Leib reißen! Außerdem hast du mir nicht zugehört. Ich habe gesagt, dass *ich* dir neue Dessous kaufen werde."
Perplex starre ich ihn an.
„Aber warum solltest du das tun?"
„Weil ich Baumwollschlüpfer eher abturnend finde. Und ich der Meinung bin, dass dein Arsch was Sexyeres verdient hat."
Aha ... Warum?
„Aber du kennst meinen Hintern doch gar nicht."
Mason zwinkert mir frech zu. Er wirkt so unbeschwert, dass ich nicht glauben würde, dass er erst vor wenigen Minuten einen Mann krankenhausreif geschlagen hat, wenn ich es nicht mit eigenen Augen gesehen hätte.
„Noch kenne ich deinen Arsch nicht. Noch ..."

Seine Worte lassen mich erschaudern, was ihm natürlich nicht entgeht. Was für eine skurrile Situation. Ich stehe hier mit dem Outlaw, den ich eigentlich darum gebeten habe, den Freund meiner Mutter zu töten und diskutiere mit ihm über meine Unterhosen. Manchmal ist das Leben schon ganz schön verrückt!

Kaum dass ich alles eingepackt habe, nimmt er mir die Tasche ab und führt mich aus meinem Zimmer.

„Willst du dich noch von deiner Mutter verabschieden?"

Ich denke kurz darüber nach, schüttle dann verneinend den Kopf.

Im Augenblick hasst sie mich viel zu sehr.

„Gut, dann lass uns gehen."

Ohne einen Blick zurück, verlasse ich die Wohnung, in der ich so viel Angst und Schrecken erlebt habe und lasse zu, dass der Rocker aller Rocker mich mit sich nimmt.

Ich habe keine Ahnung, was in den nächsten vier Wochen alles auf mich zukommt, aber ich hoffe, dass ich stark genug sein werde, um in der Welt der Night Riders zu überleben.

Bis jetzt hat sich Mason mir gegenüber mehr als anständig verhalten. Vielleicht hatte ich ein falsches Bild von diesem Rockerclub im Kopf – vielleicht sind nicht alle Vorurteile, die ich diesen Bikern gegenüber gehegt habe, richtig gewesen. Um mir die Situation zu erleichtern, beschließe ich, möglichst offen für die Welt der Harleys und Biker zu sein. Und wer weiß? Vielleicht liegt ja ein spannendes und tolles Abenteuer vor mir, das ich für den Rest meines Lebens nie wieder vergessen werde?

Nachdem wir die unzähligen Stufen hinter uns gebracht haben, gehe ich dieses Mal automatisch zur Beifahrerseite. So wackelig sich meine Beine gerade anfühlen, würde ich nur einen Unfall bauen. Noch bevor ich einsteigen kann, packt Mason mich an der Hüfte und schlingt mir seinen muskulösen Arm um den Leib.

Mein Blick fällt auf seine blutigen Fingerknöchel, mein Puls schnellt in die Höhe.

„Wegen dem, was du gerade für mich getan hast, danke ich dir."

Seine schokobraunen Iriden blitzen auf.

„Ich wurde noch nie mit einer Fernbedienung geschlagen, das war mal was ganz Neues."

Während er es mit Humor nimmt, schäme ich mich für meine Mutter.

„Es tut mir leid. Meine Mum hat das unglaubliche Talent, sich immer in die falschen Typen zu verlieben."

Mit seinem Knie schiebt er meine Beine auseinander, kommt mir so noch ein Stückchen näher.

„Und wie ist es mit dir? Hast du dieses fragwürdige Talent vererbt bekommen?“

Keine Ahnung.

„Um ehrlich zu sein, weiß ich das nicht. Bis jetzt hat es kein Mann geschafft, mich wirklich zu beeindrucken.“

Ein dunkles Lachen rumpelt in seinem Brustkorb.

„Und wieder eine Herausforderung, die ich nur zu gerne annehme.“

Noch bevor ich verstehe, dass er gerade auf unsere Unterhaltung in seinem Büro anspielt, pinnt er seine warmen Lippen auf die meinen.

Ich bin schlagartig verloren ...

Dieser Kuss ist völlig anders als erwartet. Anstatt wild und grob zu sein, verführt er mich mit trägen Zungenschlägen. Keuchend kralle ich mich an ihm fest, lasse zu, dass er mich gegen das Auto drückt und ertrinke in der Intensität dieses Moments.

Erneut breitet sich dieses intensive Prickeln in meinem Bauch aus, dieses Mal erkenne ich es als das, was es ist – pures Verlangen.

Und während ich mich auf das verführerische Spiel einlasse, wird mir klar, dass ich in der Nähe dieses Outlaws nicht nur auf meine Seele, sondern auch auf mein Herz aufpassen muss. Knabbernd, leckend, züngelnd und erstaunlich schamlos winde ich meine Zunge um die seine und entlocke Mason so ein animalisches Knurren.

In seinen starken Armen zu liegen, fühlt sich erschreckend gut an!

Erst als sich in meinem Kopf alles dreht und vor meinen geschlossenen Lidern goldene Punkte explodieren, löst er seine Lippen von den meinen und sieht mich verwundert an.

„Fuck, Mädchen! Holy Fuck! Was machst du nur mit mir?“

Wirklich? Das fragt er mich?

Wer pinnt denn hier wen gegen den Wagen?

Er hat mich geküsst, nicht anders herum!

Mein Hirn ist wie leer gefegt, ich schaffe es nicht, mit einem schlagfertigen Spruch zu kontern, also schweige ich und genieße das süße Brennen zwischen meinen Schenkeln.

Vielleicht wird es doch nicht so schlimm wie erwartet, mich in das Bett dieses Riders zu legen ...

Noch immer in seinen Armen liegend, spüre ich jeden seiner angespannten Muskeln. Etwas Hartes presst sich gegen meinen Bauch, ich traue mich kaum, darüber nachzudenken, was das ist. Dieser Kuss hat nicht nur mich völlig aus der Bahn geworfen, sondern auch Mason erregt.

Aus einem mir völlig unerfindlichen Grund hat sich dieser Biker in den Kopf gesetzt, mich vögeln zu wollen – seltsamerweise kann ich es mittlerweile kaum erwarten.

„Du bist jetzt in Sicherheit, Mädchen."

„Ist es überhaupt möglich, in deiner Nähe sicher zu sein, Rockerpräsident?"

Ein geheimnisvolles Lächeln erhellt seine Gesichtszüge, seine Iriden weiten sich, sorgen dafür, dass seine Augen schwarz und dämonisch wirken.

„Gute Frage, Süße. Du hast vier Wochen Zeit, um darauf eine Antwort zu finden."

Seine Lippen kurz auf die meinen tackernd, gibt er mich frei, wirft meine Tasche auf den Rücksitz und umrundet das Auto.

Als ich keine Anstalten mache, einzusteigen, sondern einfach reglos dastehe, wirft er mir einen besorgten Blick zu.

„Alles okay bei dir, Sophia?"

Ich beschließe, ehrlich zu ihm zu sein. Nach dem, was er für mich getan hat, schulde ich ihm Aufrichtigkeit.

„Keine Ahnung. Ich fühle mich seltsam. Irgendwie beschwingt und zugleich kurz vor einer Panikattacke."

Der Ausdruck seiner Augen wird etwas sanfter.

„In Anbetracht der Situation, in der du dich befindest, ist das wohl kaum ein Wunder. Denk einfach immer daran, dass Ray dir nichts mehr antun kann und dass du deine Mum vor diesem Teufel gerettet hast. Der Rest wird sich finden."

Mason hat leicht reden, immerhin hat er sich nicht dazu bereit erklärt, sich als Bezahlung für brutale Dienste einen Monat lang an einen Killer auszuliefern.

Der Gedanke lässt mir das Blut in den Adern gefrieren. Um gegen den Drang, so schnell es geht davonzulaufen, anzukämpfen, setze ich mich in meinen Chevrolet und schnalle mich an.

Ich kann nur hoffen, dass sich der Rocker, der ebenfalls eingestiegen ist, nicht als gewalttätiges Arschloch herausstellt, sonst bin ich erledigt.

Noch mal geht die Taktik, sich einfach ein größeres Monster zu suchen, um das Monster, das einen quält, zu verscheuchen, gewiss nicht auf. Warum? Ganz einfach! Weil das größte Monster dieses Landes bereits neben mir sitzt und ganz entspannt den Rückwärtsgang einlegt!

5. Kapitel

Mason

Zufrieden betrachte ich die aufgeplatzte Haut an meinen Fingerknöcheln. Getrocknetes Blut bedeckt meine Hand – es ist erledigt.

Die Tatsache, dass Sophia eine Fremde für mich ist, spielt im Augenblick keine Rolle.

Jetzt, wo ich mit eigenen Augen gesehen habe, wie sie gelebt hat und welchen Bedingungen sie ausgesetzt war, verstehe ich, dass sie genug Mut aufgebracht hat, um in den MC zu kommen und mir das verrückte 2000-Dollar-Angebot zu machen. Sie hatte ganz einfach keine andere Wahl.

Wenn ich nicht der herzlose Rider wäre, der ich nun mal bin, würde ich nicht darauf bestehen, dass sie für einen Monat bei mir bleibt. Ich würde einfach das Geld einstecken und sie laufen lassen.

Aber ich bin nun mal ein egoistischer Bastard und darum kann ich es kaum erwarten, ihr die Klamotten vom Leib zu reißen und sie zu ficken.

Ich will wissen, welche Farbe ihre Nippel haben, wie sie schmeckt und wie es sich anfühlt, ihre seidig weiche Haut an der meinen zu spüren.

Der Club ist Tag und Nacht voller Nutten, die nur allzu bereit sind, für mich die Beine zu spreizen. Und genau das macht die Sache langweilig.

Ich bin ein Jäger, ich sehne mich nach einer Herausforderung und erfreue mich an der Angst meiner Beute. Und dass sich Sophia vor dem Kommenden fürchtet, ist ihr deutlich anzusehen. Es kostet mich einiges meiner Beherrschung, dass ich nicht einfach rechts ranfahre, sie packe, auf meinen Schoß setze und direkt am Straßenrand ficke.

Warum ich es nicht tue? Keine Ahnung. Wahrscheinlich, weil ich weiß, dass dieses Mädchen etwas Besseres verdient hat.

Nachdem sich mein Vizepräsident eine Old Lady genommen und eine Familie gegründet hat, habe ich für einen kurzen Moment mit dem Gedanken gespielt, es Zane nachzumachen. Dann hat sich unser Sergeant at Arms Peggy gekrallt und ist nun verdammt glücklich mit ihr. Einen prüfenden Blick zu Sophia werfend, frage ich mich, ob sie genug Kraft besitzt, um in der Welt des *Night Riders Motorcycle Clubs* bestehen zu können.

So zerbrechlich sie auch aussehen mag, ich sollte nicht den Fehler begehen und sie unterschätzen. Das hat dieser Ray bereits getan und was es ihm gebracht hat, weiß keiner besser als ich.

Wenn er sich nicht an meinen Befehl, Chicago zu verlassen, hält, werde ich ihm, ohne zu zögern, das Genick brechen!

„Wie geht es jetzt weiter?“
Sophias Frage reißt mich aus meinen Überlegungen.
„Ich bringe dich zum MC.“
„Warum?“
Ich gebe Gas und überhole den Rollerfahrer vor uns.
„Ganz einfach, weil ich noch etwas arbeiten muss und sich in der oberen Etage des Clubhauses meine Wohnung befindet.“
Sophia sieht mich überrascht an.
„Du wohnst da?“
„Hast du ein Problem damit?“
Für eine Weile schweigt sie, dann schüttelt sie den Kopf.
„Nein, natürlich nicht.“
Gut. Aber selbst wenn, hätte ihr das auch nichts geholfen. Wir passieren das Zufahrtstor, Sophia räuspert sich.
„Hör zu, Mason. Das hier war nicht geplant. Ich hatte nicht vor, mich auf so einen verrückten Deal einzulassen. Darum weiß ich auch nicht, wie das funktionieren soll. Heute und morgen habe ich frei. Dann muss ich sechs Mal die Woche arbeiten.“
What a fuck!
Versucht sie gerade ein Schlupfloch zu finden?
„Du solltest nicht versuchen, mich zu verarschen, Mädchen. Denn das würde äußerst unschön für dich enden!“
Nervös hin und her rutschend, faltet sie die Hände im Schoß und holt zittrig Luft.
„Das tue ich nicht, ehrlich. Aber ich brauche meine Arbeit.“ Nach einer kurzen Pause fügt sie noch hinzu: „All meine Ersparnisse gehören jetzt dir. Ich habe nichts mehr.“
Bämm! Dieses Mal schafft sie es wirklich, dass ich mich wie ein Arschloch fühle.
Am liebsten würde ich ihr sagen, dass ich auf das Geld verzichte, doch das kann ich nicht. Denn dann würde sie mich fragen, warum ich das tue, und das weiß ich selbst nicht.
Seit ich sie völlig aufgelöst in ihrem Auto sitzend am Straßenrand gefunden habe, verspüre ich den seltsamen Drang, sie zu beschützen.
Warum das so ist, verstehe ich ja selber nicht. Wie soll ich es dann ihr erklären, ohne wie ein Idiot dazustehen?
Fuck off!
Wahrscheinlich lacht sich das Schicksal gerade über mich schlapp. Ausgerechnet ich, der Rocker, dem der Ruf anhängt, besonders gnadenlos und brutal zu sein, verspüre nun so etwas wie Mitgefühl.
„Wo arbeitest du?“

„Als Servicekraft in einem Restaurant in der Innenstadt.“

Zumindest klingt das vernünftig. Wenn sie mir jetzt eröffnet hätte, dass sie als Striptease-Tänzerin in einem heruntergekommenen Schuppen ihr Geld verdient, hätte ich dafür gesorgt, dass sie ihren Job verliert.

Xander geht am Auto vorbei, schlägt gegen die Scheibe und gibt mir so zu verstehen, dass er etwas mit mir besprechen muss. Sophia wirkt froh über die Unterbrechung, damit ist unser Gespräch wohl fürs Erste beendet.

„Lass deine Sachen im Wagen. Ich zeige dir später, wohin damit.“ Mit diesen Worten steige ich aus und lasse sie alleine sitzen.

Nur weil mein Schwanz so hart ist, dass er gleich platzt, bedeutet das noch lange nicht, dass ich meine Aufgaben vernachlässigen kann. Ich werde mir dieses Mädchen packen – noch heute. Aber jetzt muss ich mich erst mal um meine Pflichten kümmern.

Kaum dass ich die Autotür zugeschlagen habe, grinst Xander mich blöd an.

„Wer ist die Kleine?“

Um gleich von Anfang an dafür zu sorgen, dass keiner meiner Brüder sich an sie ranmacht oder sie belästigt, beschließe ich, Klartext zu reden.

„Das ist Sophia und sie gehört mir! Jeder, der sie anmacht oder gar anfasst, riskiert seine Gesundheit!“ Meinem Sergeant fallen vor Überraschung fast die Augen aus dem Kopf.

„Dir? Krass! Wie ist das denn passiert?“

„Das spielt keine Rolle. Sorg einfach dafür, dass ihr nichts passiert. Verstanden?“

Xander nickt. Damit ist das Thema für mich erledigt. Wenn Sophia will, dass alle über den Umstand, wie sie in mein Bett gekommen ist, Bescheid wissen, dann liegt es an ihr, mehr ins Detail zu gehen. Ich für meinen Teil werde sie nicht bloßstellen. Das hat sie nicht verdient!

Als Xander meine aufgeplatzten Knöchel sieht, stößt er einen lauten Pfiff aus.

„Wie ich sehe, hattest du einen interessanten Nachmittag.“

Ich zünde mir eine Kippe an. „So kann man es nennen.“

Sophia steigt aus, Xander betrachtet sie eingehend.

„Denk dran, Bro. Zu viel Interesse an diesem Mädchen ist gesundheitsschädigend.“ Sein lautes Lachen hallt über den Hof.

„Holy Shit! Dass ich das mal erleben darf, Präs.“

„Ich weiß nicht, wovon zum Teufel du sprichst!“

Die Augenbrauen hochziehend, sieht er mich an.

„Davon, dass du eifersüchtig bist, und das nur, weil ich es gewagt habe, einen Blick auf dein Mädchen zu werfen."

Ich mache einen drohenden Schritt auf ihn zu, er weicht noch immer lachend zurück. Die Hände in einer abwehrenden Geste in die Luft haltend, legt er den Kopf schief.

„Keine Sorge, Alter. Sie gehört ganz dir. Peggy schneidet mir die Eier ab, wenn ich sie betrüge."

Eine kluge Frau ...

„Also, was gibt's? Was willst du von mir, Sergeant?"

Seine Mundwinkel nach unten ziehend, wird er ernst.

„Es geht um das Bordell in der Division Street. Zwei unserer Huren sind spurlos verschwunden."

Wie bitte, was?

„Wiederhole das. Ich muss dich falsch verstanden haben."

Xanders Lippen bilden einen dünnen Strich.

„Nein, Präs, du hast genau richtig gehört."

Fuck! Für so einen Mist habe ich heute echt keinen Nerv mehr.

„Und warum kommst du damit zu mir? Die Nutten sind dein Aufgabengebiet."

Ich schnippe gegen das Red-Light-Crew-Patch, das seine Kutte ziert und fülle meine Lunge erneut mit frischem Nikotin.

„Bis jetzt wolltest du über so was immer informiert werden."

Yes, das stimmt! Es ist meine Pflicht als Präsident des Clubs, mich um diese Scheiße zu kümmern. Der Versuchung, die Sophia für mich darstellt, widerstehend, beschließe ich, dass es das Beste sein wird, in den Puff zu fahren und uns umzuhören. Vielleicht wissen die anderen Nutten ja, was los ist.

„Okay. Lass uns der Sache nachgehen."

Einzig der Umstand, dass das Wetter so gut ist, dass wir die Harleys nehmen können, sorgt dafür, dass meine Stimmung nicht ins Bodenlose sinkt.

Sophia gehört für einen Monat mir, sie kann nicht entkommen und ich werde sie haben! Ob jetzt oder erst in ein paar Stunden, macht keinen wirklichen Unterschied. Zumindest rede ich mir das ein, während ich zu den zwei Wachen gehe, die heute dazu eingeteilt worden sind, die Zufahrt zu bewachen. Ich teile ihnen mit, dass Sophia, das neue Mädchen, unter gar keinen Umständen das Gelände verlassen darf.

Wie heißt es so schön? Vertrauen ist gut – Kontrolle ist besser! Ich für meinen Teil bevorzuge die Kontrolle, nur so kann ich sicherstellen, dass Sophia nicht abhauen kann, falls sie doch noch kalte Füße bekommt!

Xander, der mich mit einem dümmlichen Grinsen beobachtet hat, holt sein Handy raus und sagt, dass er Peggy damit beauftragen wird, sich bis zu unserer Rückkehr um Sophia zu kümmern. Vielleicht gar keine schlechte Idee. Ich werde mich besser auf die vor uns liegende Scheiße konzentrieren können, wenn ich weiß, dass es dem Mädchen gut geht.

Oh verdammt! Die Situation, in der ich mich befinde, ist völlig neu für mich. Es wird ungewohnt sein, mich einen Monat lang um eine Frau kümmern zu müssen. Ungewohnt, aber garantiert äußerst befriedigend!

6. Kapitel

Sophia

„Ich verstehe das nicht. Warum hat er mich hierhergebracht, wenn er mich dann alleine stehen lässt? Hmmm? Warum?“

Die Frau, die sich mir als Peggy vorgestellt hat, sieht mich amüsiert an.

Wahrscheinlich ist ihr ebenfalls aufgefallen, dass ich mittlerweile leicht lalle.

„So läuft das hier nun mal, Sophia. Gewöhn dich am besten schnell daran. Unsere Männer haben viele Bereiche, um die sie sich kümmern müssen. Und diese zwei verschwundenen Nutten sind ein echtes Ärgernis für den MC.“

Verschwundene Nutten? Ärgernis? Echt jetzt? Ach du heilige Scheiße!

„Ich würde zwei vermisste Frauen nicht als *Ärgernis* bezeichnen, sondern als Katastrophe! Und ich würde schnellstens zur Polizei gehen, damit die Damen gefunden und gerettet werden können. Außerdem ist Mason nicht mein Mann. Das zwischen uns ist ... na ja ... nennen wir es mal *„kompliziert“*. Es ist eher eine Geschäftsbeziehung als alles andere.“

Irgendetwas, das ich gesagt habe, bringt Peggy nun endgültig zum Lachen.

„Du hast nicht wirklich gerade zwei Nutten als Damen betitelt, oder?“

Doch, das habe ich.

„Ich finde es nicht nett, über Frauen zu urteilen, die ihren Körper verkaufen müssen, um überleben zu können.“

Erst als ich die Worte ausspreche, wird mir klar, dass ich gerade so etwas Ähnliches tue. Mir läuft es kalt den Rücken runter. Schnell schnappe ich mein Glas und kippe mir den eiskalten Wodka mit Schwung in die Kehle.

Mittlerweile (das ist mein drittes Glas) brennt das Zeug nicht mal mehr. Nachdem Peggy mich draußen im Hof aufgesammelt und bemerkt hat, dass ich nervlich am Ende war, hat sie mich an die Bar gesetzt und kümmert sich seitdem darum, dass mein Glas immer schön voll ist. Wofür ich ihr im Übrigen sehr dankbar bin.

Verstörenderweise habe ich keine Ahnung, wie ich es finden soll, dass Mason mich einfach stehen lassen hat. Soll ich froh sein, dass ich einen kleinen Aufschub bekommen habe, oder mich darüber ärgern, dass er mich so wenig will, dass er sich erst noch um alles Mögliche kümmert, ehe es zwischen uns ernst wird?!

Ich wanke. Um nicht vom Barhocker zu fallen, kralle ich mich am Tresen fest.

Peggy lehnt sich zu mir rüber.

„Du bist neu bei uns, also werde ich dir erklären, wie das hier läuft: Erstens hat Mason es nicht nötig, eine Frau in sein Bett zu zwingen. Er ist der Präsident der Night Riders, er kann aus unzähligen Bitches und Clubgroupies wählen. Es muss einen Grund geben, aus dem er dich behalten hat. Einen, den nur er kennt und auf den ich ehrlicherweise höllisch gespannt bin. Und zweitens, und das ist wichtig, also hör mir jetzt genau zu, rufen wir niemals, absolut niemals und unter keinen Umständen die Bullen! Kapiert? Wenn du das machst, bist du geliefert und hast den gesamten Club zum Feind. Dieser Rockerclub ist eine verschworene Gemeinschaft. Wir leben nach unseren Regeln, haben unsere eigenen Gesetze und unsere eigene Art, uns um solche Angelegenheiten wie verloren gegangene Huren zu kümmern."

Um ihr zu zeigen, dass ich es verstanden habe, nicke ich. So langsam kapiere ich, dass ich in einer Art Paralleluniversum gelandet bin. Dass Peggy immer *uns* sagt, verrät mir, dass sie ein festes Mitglied dieser gefährlichen Rockerwelt ist und dass sie sich als Teil davon sieht.

Halleluja, das alles ist echt krass!

„Darf ich dich was fragen, Peggy?" Ihr „na klar" kommt prompt. „Aber ich will eine ehrliche Antwort!" Sie nippt an ihrem Weißwein. „Die bekommst du. Also schieß los."

Tief durchatmend, sehe ich ihr direkt in die Augen.

„Kann man in so einer Umgebung und mit so einem Lebensstil wirklich glücklich werden? Ich meine als Frau. Bereust du es manchmal, dass du dich auf Xander eingelassen hast?"

Mir ist klar, dass meine Frage sehr persönlich ist. Aber ich muss das einfach wissen.

Für eine Weile schweigt sie, gerade als ich befürchte, zu neugierig gewesen zu sein, ergreift sie das Wort.

„Die meisten Menschen haben von Rockern ein festes Bild im Kopf. Die Gesellschaft liebt ihre Vorurteile und ist nicht bereit, sich mit der Realität auseinanderzusetzen. Sind Mason, Zane, Xander und all die anderen Night Riders harte Kerle? Ja! Sind sie Killer? Ja! Alle Riders sind gewaltbereit, brutal und so gut wie immer bewaffnet. Aber weißt du was? Das ist gut so. Die Scheinheiligkeit des normalen Durchschnittsbürgers macht mich wütend. Wie viele Frauen werden tagtäglich geschlagen, vergewaltigt, entführt oder ermordet? Dutzende. Und wie viele dieser Übergriffe gehen auf das Konto eines Rockers? Genau, keiner! Die Welt ist grausam, kalt und empathielos und aus genau diesem Grund bin ich froh, die Frau eines Riders zu sein. Denn als Teil dieses Motorcycle Clubs bin ich sicher.“

Sie macht eine kurze Pause und zündet sich eine Mentholzigarette an. Erst als mir der minzige Rauch in die Nase steigt, spricht sie weiter.

„Ich habe das Glück, einen Mann an meiner Seite zu haben, der mich, ohne zu zögern mit seinem Leben beschützen wird und der bereit ist, zu töten und meine Sicherheit zu garantieren. Wie viele Frauen können das schon von sich behaupten?“

Peggy hat völlig ruhig gesprochen, ihre Worte sickern in meinen Verstand. Instinktiv weiß ich, dass sie recht hat. Schließlich hat mich heute ein Rocker vor dem gewalttätigen Freund meiner Mutter gerettet. Nur Mason verdanke ich, dass Ray mir nichts mehr antun kann.

„Sieh dich um, Sophia. All diese Biker hier würden sich im Fall einer Gefahr schützend vor mich stellen. Und weißt du, warum sie das tun würden? Weil ich ein Teil ihrer Welt bin und sich die Night Riders gegenseitig beschützen und unterstützen! Genau das macht sie so stark und unbesiegbar. Das Zauberwort ist einfach: Zusammenhalt!“

Etwas, das sich nach Neid anfühlt, steigt in mir hoch. Im Gegensatz zu Peggy stehe ich völlig alleine da. Weder habe ich eine Familie noch einen Mann.

Ich denke über das eben Gehörte nach und nehme mir, ohne zu fragen, eine Zigarette von ihr. Grinsend reicht sie mir Feuer.

„Ich hoffe, das war dir Antwort genug.“

„Oh ja, danke. Ich habe jetzt erst mal einiges zum Nachdenken.“

Das würzige Aroma der Kippe genießend, habe ich nichts dagegen, als Peggy unsere Unterhaltung auf ein anderes Thema lenkt. Die nächsten zwei Stunden sitzen wir ratschend an der Bar und ich stelle fest, dass ich diese Frau wirklich mag. Peggy erklärt mir einige Dinge, verrät mir, wie dieser Club aufgebaut ist und dass jeder Member ein eigenes Aufgabengebiet hat, für das er verantwortlich ist. Ihr Kerl ist der Sergeant at Arms der Riders, was bedeutet, dass er für die Sicherheit und die Bewaffnung des MCs zuständig ist. Nach und nach merke ich, dass meine Vorurteile diesen Rockern gegenüber nichts weiter als genau das waren – *Vorurteile* und dass sie nicht viel mit der Realität zu tun haben.

Plötzlich kann ich es kaum erwarten, dass Mason zurückkommt!

Verrückt, ich weiß ...

7. Kapitel

Mason

Mit schmerzendem Rücken setze ich mich auf mein Bike und lasse die Schultern kreisen.

Was für ein Bullshit!

Zwar sind die Nutten nicht mehr verschwunden – wir haben ihre übel zugerichteten Überreste eine Meile vom Bordell entfernt im Straßengraben gefunden – doch das verbessert die Scheiße auch nicht wirklich. Irgendjemand hat es gewagt, sich an den Frauen zu vergreifen, die unter unserem Schutz stehen. So etwas können wir nicht durchgehen lassen. Das gibt Ärger – jede Menge blutigen, mit Leichen gespickten Ärger! Die *First Nine* der Riders werden sich versammeln und beratschlagen müssen, wie wir in dieser Angelegenheit weiter vorgehen sollen.

Wer auch immer für die Tat verantwortlich ist – er wird sterben. Nur leider nicht mehr heute, denn dafür fehlen uns die nötigen Hinweise. Als Erstes werden wir uns die Kameraaufzeichnungen ansehen und so herausfinden, wer die letzten Freier dieser Prostituierten waren. Auch wenn es viel Arbeit bedeutet, ist das Ausschlussverfahren erfahrungsgemäß am zielführendsten.

„Ich habe Caden informiert. Er wird sich mit Stan und Butcher um die Leichen kümmern."

Zumindest etwas. Fehlt mir gerade noch, dass sich die Bullen in diese Angelegenheit einmischen.

„Alles klar. Dann sind wir hier fertig. Lass uns zurück zum Club fahren, mir reicht es für heute!"

Sich einen Kaugummi in den Mund steckend, stellt er sich neben mich.

„Kannst es wohl kaum erwarten, zu deinem grünäugigen Mädchen zurückzukommen, was, Präs?"

Die Tatsache, dass er sich Sophia so genau angesehen hat, dass ihm ihre Augenfarbe aufgefallen ist, reicht für mich aus, um ihm einen Schlag in den Magen zu verpassen. Mit einem gepressten *ughhhhh* kippt er nach vorne und hält sich den Bauch.

„Fuck, Bro. Bist du bescheuert?"

Ich denke kurz über die Frage nach.

„Nope, eher genervt."

Ohne auf Xander zu warten, starte ich mit einem kraftvollen Tritt den Motor und gebe Gas. Auch wenn ich es ihm gegenüber niemals zugeben würde, kann ich es wirklich kaum erwarten, zu Sophia zu kommen.

Dieses Mädchen hat etwas an sich, das mich fasziniert. Es wird Zeit, eine Lösung für das Rätsel, das diese Frau für mich darstellt, zu finden. Vielleicht ist die Anziehung dahin, wenn ich sie das erste Mal gefickt habe.

Wenn es stimmt, was sie gesagt hat, und Sex für sie eine unangenehme Sache ist, an der sie keinen Spaß hat und die sie schnell hinter sich bringen will, dann wird die Faszination, die sie auf mich ausübt, schnell verpuffen. Für mich ist Sex etwas Essentielles. Ich bevorzuge ihn wild, hemmungslos, dreckig, tabulos und vor allem oft.

Eine Frau, die sich im Bett anstellt wie eine verklemmte Nonne, ist das Letzte, was ich gebrauchen kann. Allerdings verrät mir mein Instinkt, dass Sophia ein leidenschaftliches Geschöpf ist, das in Sachen Liebhaber bis jetzt einfach nur Pech hatte.

Wenn ihre Küsse ein Indikator für den Sex sind, den ich mit ihr haben werde, wird sie schreien, kratzen, beißen und sich so oft auf meinem Schwanz in ihrer Lust verlieren, bis sie ihren eigenen Namen nicht mehr buchstabieren kann.

Schneller als erlaubt rase ich die Straße lang, überquere bei Rot die Kreuzung und genieße den Fahrtwind. *Fuck Winter!* Ich habe fast vergessen, was es für ein erhebendes Gefühl ist, auf meinem Bike zu sitzen.

Im Club angekommen, marschiere ich in den großen Hauptraum und bleibe bei dem Anblick, der sich mir bietet, überrascht stehen.

Meine Sorge, ob es Sophia während meiner Abwesenheit gut geht, war offensichtlich überflüssig. Sie und Peggy scheinen sich angefreundet zu haben. Die beiden Frauen sitzen kichernd und lallend an der Bar und wanken so stark, dass ich schon befürchte, dass sie einfach rückwärts von ihren Stühlen fallen.

Na klasse ...

Im ersten Moment bin ich sauer auf Peggy, weil sie mein Mädchen abgefüllt hat, doch dann denke ich mir, dass es wahrscheinlich besser ist, wenn ein paar Umdrehungen durch Sophias Kreislauf rauschen. Das wird ihr dabei helfen, entspannt und locker zu bleiben. Die meisten Tussis gehen beim Sex erst so richtig ab, wenn sie ein paar Cocktails intus haben. Mal sehen, ob das bei Sophia genauso ist!

Mit großen Schritten überwinde ich die Distanz zwischen uns, hebe sie vom Barhocker und werfe sie mir über die Schulter.

Ohne auf die neugierigen Blicke meiner Brüder zu achten, trage ich meine strampelnde, laut kreischende Beute in den ersten Stock, rauf in mein Schlafzimmer. Dort angekommen, presse ich sie gegen die Wand und erobere ihren Mund.

Hungrig duellieren sich unsere Zungen, mit jeder Sekunde, die vergeht, verwandelt sich unser Kuss in ein vielversprechendes Vorspiel.

Meine Hände wandern über ihren Körper, schieben sich unter ihren Pullover und ertasten jedes Fleckchen ihrer seidigen Haut.

Besitzergreifend umfasse ich ihre vollen Titten. Hart und gierig pressen sich ihre Nippel gegen meine Handflächen und ich spüre, wie mein Schwanz anschwillt und vor Erregung zu zucken beginnt.

Fuck, kann dieses Mädchen küssen!

Anstatt scheu oder zurückhaltend zu sein, erwidert sie mein Zungenspiel mit derselben Gier, die auch ich in mir spüre. Keuchend presst sie sich meinen Händen entgegen, ehe sie ihre Beine um mich schlingt und wir zusammen auf den Boden sinken.

Unruhig streifen ihre Finger über meinen Rücken, umfassen meinen Po und treiben mich in den Wahnsinn. Diese Frau muss lebensmüde sein, anders kann ich mir nicht erklären, warum sie meine eh schon außer Kontrolle geratene Erregung noch mehr entfacht. *Der Alkohol scheint ihr definitiv gutgetan zu haben. Bei Gelegenheit werde ich mich bei Peggy dafür bedanken müssen, dass sie Sophia abgefüllt hat.*

Wie soll ich mich so nur zurückhalten?

Verflucht, das Letzte, was ich will, ist, ihr wehzutun, aber wenn sie so weitermacht, werde ich wie eine Bestie über sie herfallen und sie besinnungslos ficken!

Knurrend beende ich unseren Kuss, fange ihre Hände ein und presse sie über ihren Kopf auf das Laminat.

„Mach langsam, Weib!“

Ihre Lippen sind geschwollen, ihre perfekten Titten kommen mir mit jedem keuchenden Atemzug entgegen und ihre Beine hat sie immer noch fest um meine Taille gewickelt.

Die Chance ausnutzend, reibe ich meinen harten Schwanz durch den Stoff unserer Hosen an ihrer Pussy.

Mit zusammengebissenen Zähnen beobachte ich, wie sie stöhnend die Augen schließt und sich mir entgegenpresst.

So viel zum Thema, dass sie keinen Sex mag ...

8. Kapitel

Sophia

Welle für Welle rast ein heißes Prickeln durch meinen Körper. Masons große Hand hält meine Gelenke mühelos über meinem Kopf gefangen, während er mich mit seinem Gewicht auf den Boden presst.

So hat es sich noch nie angefühlt, nicht mal annähernd ...

Sein harter Schwanz gleitet rhythmisch über meine Mitte und ich weiß, dass ich verloren bin. Wenn sich diese Sache hier mit Klamotten schon so unglaublich anfühlt – wie geil muss es dann erst sein, wenn wir beide nackt sind?

Mein letztes Mal Sex ist schon so furchtbar lange her, dass ich keine Ahnung habe, was ich tun soll oder wie es funktioniert. Stöhnend schließe ich die Augen.

Masons Zähne graben sich in meinen Hals, er beißt zu, entlockt mir einen hilflosen Schrei. Zitternd liege ich unter ihm, das Blut rauscht mir durch die Adern, der viele Wodka macht mich schwindelig.

Die Frage, ob das hier richtig oder falsch ist, stelle ich mir erst gar nicht. Denn die Antwort würde *falsch* lauten! Aber das ist okay, denn solange es sich gut anfühlt, bin ich zufrieden.

Abrupt lässt er mich los, steht auf und hebt mich mühelos in seine Arme.

„Letzte Chance Nein zu sagen!"

Verwirrt sehe ich ihn an.

„Du lässt mir die Wahl?"

„Ich werde dich nicht vergewaltigen."

Verrückterweise will ich gar nicht, dass er aufhört – ich will nicht, dass es endet – ich will diesen Rocker tief in mir spüren.

„Ich will nicht Nein sagen!"

Es muss ganz klar der Alkohol sein, der da aus mir spricht.

Ein selbstgefälliges Lächeln umspielt seine Mundwinkel.

Schwungvoll schmeißt er mich mitten auf sein Bett, ehe er sich auf mich legt und fordernd küsst. Seine Finger wandern zu meiner Hose und ziehen sie mir samt Slip aus. Meinem Pullover und dem BH, den ich darunter getragen habe, wird dasselbe Schicksal zuteil.

Mason positioniert sich zwischen meinen gespreizten Knien und lässt seine dunklen Augen über meinen nackten Körper gleiten.

„Du bist wunderschön, Mädchen!"

Viel zu sanft lässt er seine Finger über meine Beine tanzen, bis sie die Innenseiten meiner Oberschenkel erreicht haben. Bebend schließe ich die Augen, während ich verzweifelt versuche, etwas Sauerstoff in meine Lunge zu bekommen.

In dem Moment, in dem seine Finger durch meine feuchten Falten streichen, bin ich verloren. Meine Synapsen fangen Feuer, kleine Schweißtropfen bilden sich in meinem Nacken, während er einen seiner langen Finger in mich gleiten lässt.

Wimmernd genieße ich das Gefühl, das er in mir auslöst. Mason beugt sich über mich, seine raue Zunge umkreist träge meine Brustwarzen, ehe er die linke sachte in seinen Mund saugt. Heiße Wellen rauschen durch meine Nervenbahnen.

Mit zitternden Händen versuche ich, seine Jeans zu öffnen. Ich will diesen Rocker endlich nackt auf mir spüren, ich will seinen Körper sehen, seine Härte spüren und seinen Schwanz in mich einführen.

Zum ersten Mal in meinem Leben kann ich es kaum erwarten, mit einem Mann zu schlafen. All die anderen Male waren eine reine Pflichterfüllung, dieses Mal hingegen ist einfach alles anders.

„Bitte Mason, ich ..." Meine Worte verlieren ihre Bedeutung, als er einen zweiten Finger in mich schiebt.

Wimmernd krallen sich meine Hände an seinem Hosenbund fest.

„Öffne deine Augen, ich will, dass du mich ansiehst, während du auf meiner Hand kommst!"

Blinzelnd komme ich seinem Befehl nach, rhythmisch dringt er immer wieder in mich ein, was dafür sorgt, dass sich mein Unterleib bebend zusammenzieht. Der Druck, der sich in mir aufbaut, wird immer stärker. Flehend suche ich seinen Blick. Was passiert nur mit mir? Es fühlt sich so an, als würde ich gleich explodieren.

In der einen Sekunde will ich, dass er es mir fester besorgt, in der nächsten würde ich ihn am liebsten von mir stoßen, weil die Empfindungen, die er in mir auslöst, einfach zu stark sind. Meine Zehenspitzen krümmen sich, meine Atmung stockt und mein ganzer Körper beginnt zu zittern. Heiser und atemlos erfüllt mein lautes Stöhnen die Stille seiner Wohnung. Zum ersten Mal in meinem Leben spüre ich, wie es ist, wenn man von einem Höhepunkt erfasst wird. Glühende Lava pulsiert in meiner Muschi, grelle Blitze zucken durch mein Inneres und in meinen Adern beginnt das Blut zu kochen.

Oh wow! Jetzt verstehe ich, warum alle Welt so begeistert davon ist! Anscheinend musste ich erst auf einen Rocker treffen, um wahre Leidenschaft zu erfahren ...

Als auch die letzten Kontraktionen abebben, bin ich völlig erschöpft. Kraftlos spüre ich, wie er seine Finger aus mir herauszieht und beobachte gebannt, wie er sich endlich auszieht. Als Erstes legt er seine

Kutte ab, dann die Waffe und schlussendlich folgt der Rest seiner Kleidung. Dieser Outlaw scheint nur aus Kraft und Tätowierungen zu bestehen. Seine tintenverzierte Haut wölbt sich über beeindruckenden Muskeln.

Über die linke Schulter bis hin zur Mitte seines Oberkörpers windet sich ein feuerspuckender Drache. Das Auge dieses Fabelwesens leuchtet rot, und es wirkt fast so, als ob es mich anstarren würde. Unzählige Narben, manche kreisrund, manche eher länglich und gezackt, verwandeln seine Haut in eine Landkarte der Erinnerungen.

Das gefährliche Leben, für das sich dieser Rockerpräsident entschieden hat, hat Spuren auf ihm hinterlassen.

Doch es ist nicht so, dass diese Makel ihm etwas von seiner Attraktivität nehmen, eher das Gegenteil ist der Fall! Alles an diesem Outlaw ist beeindruckend, kraftvoll und durch und durch männlich. Die Wölbungen seines Sixpacks spannen sich bei seinen Bewegungen an. Nicht fähig, der Versuchung zu widerstehen, strecke ich meine Hand nach ihm aus und lasse meine Fingerspitzen darüber gleiten.

Sein Schwanz ist einfach perfekt. Dick, lang und steinhart wartet er nur darauf, kraftvoll und tief in mich einzudringen.

Dieser Biker wirkt wie eine Kombination aus einem Dämon und einer Gottheit. Unglaublich schön, aber auch extrem beängstigend ...
Wenn Mason wollte, könnte er mich schwer verletzen. Ich hätte ihm absolut nichts entgegenzusetzen. Doch anstatt mich grob zu packen und mich ganz nach seinem Belieben zu benutzen, sorgt er dafür, dass ich mich in seiner Nähe entspanne und dass ich so viel Lust empfinde, wie noch nie zuvor.

Es kommt mir fast so vor, als hätte das Schicksal endlich Mitleid mit mir. Vielleicht hat es eingesehen, dass ich nicht alleine zurechtkomme und dass ich Hilfe brauche, dass ich einen Rocker brauche. Also quasi einen Rocker für das Mädchen ...

9. Kapitel

Mason

Sophias leicht abwesender Blick und der süße Geruch ihrer Pussy lassen mich beinahe durchdrehen. Wie zum Teufel soll ich nicht wie ein Monster über sie herfallen, wenn so ansieht?

Weich und nachgiebig liegt ihr kleiner Körper unter dem meinen und mir wird schlagartig bewusst, dass ich mich kontrollieren muss, wenn ich ihr nicht wehtun will.

Langsam lege ich mich auf sie, lasse sie mein Gewicht spüren und presse sie tief in die Matratze. Nicht zum ersten Mal stelle ich fest, wie verdammt gut sie sich anfühlt – so als ob sie nur für mich geschaffen worden wäre ...

Mein Glied liegt pochend auf ihrer geschwollenen Mitte, ich kann es kaum erwarten, mich endlich bis zum Anschlag in sie zu stoßen.

Mit dem Daumen über ihren Kitzler reibend, beobachte ich zufrieden, wie sie leise wimmernd ihre Schenkel noch ein Stückchen weiter für mich spreizt.

Und sie meinte, dass sie Sex nichts abgewinnen kann! Dass ich nicht lache!

„Nimm mich, Rider."

Mehr Aufforderung brauche ich nicht. Ich hole ein Kondom aus der Schublade des Nachttischs, rolle es mir über den Schwanz und betrachte ihre rosa Muschi.

Das absolute Paradies ...

Allein das Wissen, dass ich sie in den nächsten Wochen wieder und wieder ficken werde, hilft mir dabei, ruhig zu bleiben.

Dieses Mädchen hat sich in eine willige und leidenschaftliche Frau verwandelt, die es gar nicht erwarten kann, endlich von mir gebumst zu werden.

Entschlossen, sie endlich so richtig zum Schreien zu bringen, spanne ich die Muskeln in meinen Oberschenkeln an und reibe mit meiner Eichel über ihre zuckende Öffnung.

Die Zähne aufeinanderbeißend, schiebe ich mich Stück für Stück in ihren engen Kanal. Keuchend bäumt sie sich auf, presst die Lippen zusammen und versucht, tapfer zu sein. Sophia ist klein und zart gebaut. Es wird einige Zeit dauern, bis sie mich schmerzfrei in sich aufnehmen kann.

„Oh, das tut weh."

„Schhh ... der Schmerz vergeht gleich."

Sie nickt, doch in ihren glänzenden Augen kann ich erkennen, dass sie am liebsten flüchten würde. Aber daraus wird nichts!

Noch bevor sie sich wehren kann, ramme mich bis zum Anschlag in ihre Pussy. Sophia kreischt, bockt und zittert. Mich zur Ruhe zwingend, verharre ich in der Position und gebe ihr so einen Moment Zeit, sich an mich zu gewöhnen.

Eine einzelne Träne rinnt ihr über die Wange, ich beuge mich hinab und küsse sie weg.

Es vergehen mehrere Herzschläge bis ich spüre, wie sie sich endlich wieder etwas entspannt. In einen langsamen Rhythmus verfallend, entlocke ich ihr leise Seufzer.

Knurrend spüre ich, wie sich ihre inneren Scheidenwände für mich dehnen, wie sie sich anspannen, und meine Härte regelrecht massieren.

„Fuck, Baby!"

Mein Kopf ist wie leer gefegt, ich fühle mich wie berauscht. Routiniert verändere ich den Winkel, in dem ich in sie eindringe und werde mit einem wilden Schrei belohnt.

Immer fester zustoßend, nehme ich jeden Millimeter ihres Körpers in Besitz. Dieser Fick ist so intensiv und so unfassbar geil, dass ich jetzt schon süchtig nach diesem Mädchen bin. Meine Eier klatschen gegen ihren süßen Po und ich weiß, dass es nicht mehr lange dauern wird, bis ich abspritze.

Sophias Wimmern wird leiser, ich fühle, wie sich ihre enge Muschi für den nächsten Orgasmus bereit macht.

Knurrend treibe ich mich erneut bis zum letzten Zentimeter in sie, stütze mich mit den Händen neben ihrem Gesicht auf der Matratze ab und lasse sie spüren, wie schutzlos sie in genau diesem Moment ist.

Vertrauensvoll sieht sie mir in die Augen. Ich beobachte, wie sich ihre Pupillen weiten und wie sie zitternd unter mir kommt.

Mit zuckenden Muskeln pumpe ich mich immer schneller in ihre glitschige Öffnung, einzelne Schweißtropfen rinnen mir über den Rücken, während Sophia ihre Fingernägel in meinen Armen vergräbt. Der leichte Schmerz gibt mir den Rest. Hitze rieselt an meiner Wirbelsäule hinab, ich sehe schwarz.

Fauchend pumpe ich mein Sperma in die dünne Latexmembran, die unsere Körper trennt. Schwer atmend lasse ich den Kopf in den Nacken fallen und genieße die Befriedigung, die sich nach diesem geilen Fick in mir ausbreitet.

Bloody Hell!

Also eines steht schon mal fest, Sophia ist alles, aber gewiss keine verklemmte Nonne.

Instinktiv spüre ich, dass diese Frau das Beste ist, was mir seit Langem passiert ist. Den nächsten Monat gehört sie schon mal mir und wenn sich das zwischen uns beiden so entwickelt, wie ich mir das vorstelle, werde ich sie auch nach Ablauf dieser Frist nicht wieder gehen lassen.

Das Mädchen für den Rocker oder, was noch viel besser passt, ein Rocker für das Mädchen! So oder so – es spielt keine Rolle.

Das Einzige, was zählt, ist, dass ich dieses faszinierende Geschöpf die nächsten vier Wochen mein Eigen nennen kann. Wie es danach weitergeht, werden wir sehen ...

Epilog

Das Schicksal, die Götter oder der Zufall – was auch immer über das Hier und Jetzt und die Zukunft entscheidet, war gut zu Mason und Sophia.

Natürlich hat es das Mädchen dem Rocker nicht leicht gemacht, oh nein ... ganz gewiss nicht. Dennoch haben die beiden in den vergangenen vier Wochen zusammengefunden. Ray hat sich nicht mehr in Chicago blicken lassen, der Grund dafür ist einfach – er wurde in Texas von einem Truck überfahren. Auf gewisse Weise sorgt das Universum durchaus für Gerechtigkeit.

Und während sich der Rocker und sein Mädchen über ihr ganz persönliches Happy End freuen, hat das Schicksal längst Pläne für einen weiteren Night Rider geschmiedet. Noch ahnt Caden nicht, dass seine Tage als Junggeselle gezählt sind, doch es wird nicht mehr lange dauern, bis seine friedliche Outlaw-Existenz von einem rothaarigen Wirbelwind auf den Kopf gestellt wird ...

Ein Rocker für die Clubmaus

Prolog

Bella

Ich bin überall und doch nirgends. Jeder weiß, wer ich bin, doch keiner kennt mich wirklich. Ich höre alles, weiß zu viel und dennoch spricht kaum einer richtig mit mir. Ich kenne die Vorlieben fast aller Night Rider, weiß, was sie besonders anturnt, und kenne die Geschichten zu all den Narben, die ihre muskulösen Körper zieren, trotzdem schlafe ich meistens alleine. Es sind so gut wie immer Menschen um mich herum und dennoch bin ich einsam. Das Leben, für das ich mich entschieden habe, spielt in einem Wunderland und das, obwohl ich nicht mal Alice heiße. Jeder Tag ist ein neues Abenteuer mit einem ungewissen Ausgang ...

Seit knapp drei Jahren warte ich nun schon auf mein persönliches Happy End, so langsam habe ich das Gefühl, dass ich keins bekommen werde.

Und obwohl ich die Unabhängigkeit und die Freiheit, die meine Existenz definieren, genieße, hoffe ich, dass mein sehnlichster Wunsch erhört wird, einer dieser landesweit gefürchteten Rocker endlich mein Potenzial erkennt und mich zu seiner Old Lady ernennt. Die Welt der Harleys und Biker ist gefährlich und dennoch kann und will ich ihr nicht den Rücken zuwenden. Das hat einerseits damit zu tun, dass ich nun mal auf richtig böse Männer stehe *(jedes Mädchen träumt doch von einem Bad Boy, der durch sie entdeckt, dass sein schwarzes Herz fähig ist zu lieben),* und zum anderen damit, dass der *Night Riders Motorcycle Club* zum Mittelpunkt meines Lebens geworden ist.

Das war weiß Gott nicht so geplant und ist schleichend passiert, doch jetzt, wo es so ist, kann ich nichts mehr daran ändern. Wer einmal die von Leder, Waffenöl und Benzin geschwängerte Luft des Rockerclubs inhaliert hat, ergreift entweder sofort die Flucht oder aber er wird abhängig.

Die Tatsache, dass ich mit einem Glas Wein in der Hand an der Bar sitze und das wilde Treiben um mich herum beobachte, ist der beste Beweis dafür, dass mich die Dunkelheit, die in den Seelen dieser Biker lebt, wie magisch anzieht.

Für Frauen wie mich gibt es Dutzende Bezeichnungen – nicht jede davon wird mit Wohlwollen ausgesprochen. Bikergroupie, Bitch, Schlampe, Wichsstück, Nutte und, was ich persönlich bevorzuge, Clubmaus, sind nur ein paar wenige Beispiele.

Völlig egal, wie abschätzig so mancher auch über uns reden mag, jeder in diesem Club weiß, dass es ohne uns nicht gehen würde. Wir, die leichten Mädchen dieser Rocker, sind ein wichtiger Teil dieser eingeschworenen Gemeinschaft.

Nicht selten kommt es vor, dass mich Mason, der Präsident der Night Riders, darum bittet, einem seiner Brüder ein falsches Alibi zu geben oder Botengänge zu übernehmen. Es kam sogar schon so weit, dass ich damit beschäftigt war, die zerlegten Maschinengewehre, mit denen der Club handelt, aus der Hintertüre zu tragen und wegzuschaffen, während zur Vordertüre die Bullen reingestürmt sind und einen Rider nach dem anderen mit Kabelbinder zusammengeschnürt und auf den Boden verfrachtet haben.

Erst letzte Woche bin ich mit einer Tasche voller Geld in meinem Auto gesessen und habe darauf gewartet, dass Zane, der Vize des Clubs, mir in einer Nachricht mitteilt, wo und an wen ich die mit Gummis zusammengebundenen Dollars übergeben soll.

Dass sie mich in ihre Geschäfte integrieren, ist etwas Besonderes und beweist, dass mir diese Männer vertrauen.

Ich stehe genauso mit einem Fuß im Knast, wie es die Biker tun, mit einer Ausnahme, ich tue das alles unentgeltlich.

Schön blöd ... ich weiß ...

Doch so ist es nun mal in dieser Welt.

Wer zum Präsidenten ‚Nein' sagt, braucht sich gar nicht mehr im Clubhaus blicken lassen.

Es ist ein Geben und Nehmen, das sich die meiste Zeit im Gleichgewicht befindet.

Aber die meiste Zeit bedeutet nun mal nicht immer ...

1. Kapitel

Bella

Es ist Samstagnacht, der Club ist voll und die Stimmung ausgelassen. In den vergangenen zwei Jahren hat sich so einiges bei den Night Riders geändert.

Nicht nur, dass Xander, der Sergeant at Arms, Zane und Mason vergeben sind, es hat auch den ersten Nachwuchs gegeben. Zane's Tochter Samantha ist ein echter Sonnenschein und die Prinzessin des MCs. Bei dem kleinen einjährigen Mädchen werden all die harten Kerle schwach.

Im Augenblick genießt sie noch all die Aufmerksamkeit von ihren vielen Onkeln, aber wenn sie erst mal in dem Alter angekommen ist, in dem sie sich mit Jungs treffen will, wird sie all die überbeschützenden Biker verfluchen. Es wird sicherlich interessant werden, das zu beobachten. Doch bis dahin ist es noch eine Ewigkeit hin und wer weiß, ob ich dann noch ein Teil dieses Motoradclubs bin.

Tief in meinem Inneren ahne ich, dass meine Zeit abläuft. Wenn sich nicht bald etwas ändert, ist meine Chance vertan.

Auch wenn ich in der Vergangenheit mit einigen Riders gebumst habe, gibt es nur zwei, die mein Herz schneller schlagen lassen. Caden und Butcher. Caden ist nicht nur der Tätowierer, sondern auch der Sprengstoffexperte des Clubs. Wann auch immer es irgendwo in Chicago *Boom* macht, Caden hatte mit großer Sicherheit seine Finger im Spiel. Tief in seiner Seele ist er ein echter Pyromane. Feuer, Explosionen und TNT sind seine Schwachstellen.

In den vergangenen Monaten habe ich alles in meiner Macht Stehende getan, um ihm nahe sein zu können und um seine Aufmerksamkeit auf mich zu ziehen. Verflucht, ich habe mir sogar ein Tattoo von ihm stechen lassen. Jetzt ziert ein rosa-schwarzes Einhorn meinen Schamhügel und um ehrlich zu sein, ich habe keine Ahnung, was ich davon halten soll?!

Immerhin hat mir diese verrückte und ziemlich schmerzhafte Aktion einen Kuss eingebracht. Selbst jetzt, wenn ich die Augen schließe, kann ich immer noch seine kratzigen Bartstoppeln auf meiner Haut spüren.

Die anderen Bikergroupies behaupten, dass ich in Caden verliebt bin, ich weiß es besser.

Das Verliebtsein ist nichts für mich, dafür bin ich einfach schon viel zu abgestumpft. Dieser Rider fasziniert mich. Doch es ist nicht nur sein Äußeres, das meinen Puls in die Höhe schnellen lässt, sondern viel mehr diese gnadenlose Entschlossenheit, mit der er an seine Aufgaben herangeht.

Er diskutiert nicht, zögert nicht, sondern macht einfach, was getan werden muss.

Caden ist loyal, ehrlich, knallhart und zuverlässig. Auf sein Wort ist Verlass – immer. Und was noch viel wichtiger ist, er begegnet seinen Mitmenschen mit Respekt.

Erst letzte Woche hat er seinen neununddreißigsten Geburtstag gefeiert. Uns trennt ein Altersunterschied von vierzehn Jahren. Für manche Frau wäre das ein Problem, für mich ist das perfekt. Ich finde, Männer werden in diesem Alter gerade erst so richtig interessant. Und dann gibt es da noch Butcher ... Er ist jung, ich tippe mal genauso alt wie ich, wild und völlig unberechenbar. Und auch wenn Caden der Rocker ist, den ich mehr begehre als den nächsten Atemzug, verbringe ich mehr Zeit mit Butcher. Ihr fragt euch, woran das liegt? Ganz einfach, Butcher hat Zeit für mich. In den letzten Monaten hat sich zwischen uns echt was entwickelt. Ich weiß nur nicht, wohin das führen soll.

Verfluchter Mist! Ich stecke in einer Zwickmühle ...

An meinem Bier nippend, beobachte ich, wie Lexy, ein junges Ding, das erst seit Kurzem bei den Riders abhängt, auf die Bar steigt und sich im Rhythmus der lauten Musik die Klamotten vom Leib reißt.

Obwohl diesem Striptease jegliche Raffinesse fehlt, springen die Typen darauf an, wie eine Horde ausgehungerter Wölfe auf einen Knochen. Sie jubeln und grölen; dass ihnen nicht der Sabber aus den Mundwinkeln läuft, ist auch schon alles. An der Seite des Präsidenten betritt Caden den großen Hauptraum des Clubs. Keiner der beiden würdigt das, mittlerweile nur noch mit Schuhen bekleidete, Mädchen auch nur eines Blickes. Ihre Gesichter wirken ernst, auf Cadens Stirn haben sich zwei tiefe Falten gebildet.

Da steht wohl Ärger an ...

Noch während ich den zweien nachsehe und mich frage, was wohl los ist, kommt Butcher auf mich zu, hebt mich aus dem Sessel, lässt sich darein plumpsen und platziert mich auf seinem Schoß. Seine große warme Hand legt sich auf mein Knie, schiebt sich stetig nach oben und verschwindet unter meinem Rock.

„Na Süße? Ganz allein?“

Er riecht, wie gewohnt, nach Rauch, Bier und Minzkaugummi.

Butcher und sein bester Freund Stan haben erst vor etwas über einem Jahr ihr Back Patch, das sie zu vollwertigen Clubmitgliedern macht, erhalten. Dennoch hat Butcher sich in der kurzen Zeit bereits einen eindrucksvollen Ruf geschaffen.

Jeder kennt ihn – jeder fürchtet ihn – jeder weiß, dass mit ihm nicht zu spaßen ist.

Seltsamerweise ist er zu mir immer nett gewesen. Falls ein Mann wie er überhaupt *nett* sein kann. In den letzten Wochen hatten wir so viel Sex, dass ich sogar angefangen habe, nachts von ihm zu träumen. Butcher hat kein Geheimnis daraus gemacht, dass er ernsthaftes Interesse an mir hat. Ich müsste ihm nur ein Signal geben und er würde mich mit ziemlicher Sicherheit zu seinem Eigentum ernennen. Dann wäre mein heiß ersehntes Ladyleder in greifbarer Nähe. Dumm nur, dass ich will, dass ein *Property of Caden* meinen Rücken ziert und kein *Property of Butcher*.

Es ist nicht so, dass Butcher mir egal ist, das ist er nicht, ehrlich! Dennoch sehnt sich mein Herz nach Caden. Butcher weiß, wie es um mich steht, es stört ihn nicht, ganz im Gegenteil, er sieht es eher als Herausforderung. Überhaupt scheint das ganze Leben für ihn nichts weiter als ein Wettkampf zu sein und er ist fest entschlossen, aus diesem als Sieger hervorzugehen. Butcher ist ein Killer, ein Mann, der seine Opfer gerne quält, bevor er ihnen die Kehle aufschlitzt. Er hält nichts von Waffen, dennoch trägt er immer eine bei sich. Seine Kleidung ist so gut wie immer blutverschmiert – es ist nicht sein Blut. Ich mache mir keine Illusion darüber, was er ist – ein Mörder, ein Vollstrecker – ein Night Rider eben.

„Wie sieht es aus, Bella? Lust auf einen wilden Ritt?"

Seine langen Finger schieben meinen String beiseite, dringen langsam, jedoch tief in mich ein. Keuchend biege ich mich ihm entgegen, lasse zu, dass er mich küsst, und lege meinen Kopf an seine Schulter. Der Geruch von Leder steigt mir in die Nase, verwirrt meine Sinne. *Teufel noch eins!* Das Leben wäre so einfach, wenn man seine Emotionen steuern könnte. Aber da das nicht möglich ist, schließe ich die Augen, unterdrücke meine Sehnsucht nach Caden und genieße, wie mein Körper auf Butcher reagiert. Mit ihm wäre alles so leicht und unkompliziert ...

Vielleicht sollte ich mein Herz einfach auf lautlos stellen, meine Gefühle ignorieren und mich für Butcher entscheiden.

Mit seinen schulterlangen blonden Haaren, den tiefblauen, alterslos wirkenden Augen und den schmalen Lippen ist er der Inbegriff eines Bad Boys. Unzählige Tattoos bedecken seinen vom Kämpfen gestählten Leib. Unter seinem linken Ohr ziert ein Galgen, an dem ein Strichmännchen baumelt, seinen Hals.

Ziemlich makaber, dennoch passt gerade dieses Motiv so gut zu ihm.

Als ich ihn eines Nachts nach der Bedeutung dieser Tätowierung gefragt habe, hat er nur mit den Schultern gezuckt, mir einen Kuss auf die Stirn gedrückt und mir erklärt, dass ihn das Hängemännchen daran erinnern soll, dass irgendwann der Tag der Abrechnung kommt, an dem er für all seine Taten zur Rechenschaft gezogen wird.

Mir war sofort klar, dass er damit kein normales Gericht gemeint, sondern von etwas anderem gesprochen hat. Ich hätte nicht gedacht, dass Butcher besonders gläubig ist. Dennoch scheint er davon auszugehen, dass er, nachdem ihn der Sensenmann geholt hat, für seine Sünden bestraft werden und in der Hölle schmoren wird.

Eine ziemlich düstere Prognose, die ihm jedoch keine Kopfschmerzen zu bereiten scheint. Sein rauer Daumen reibt über meinen Kitzler, entlockt mir einen lauten Schrei. Unter halb geschlossenen Lidern sehe ich eine schemenhafte Gestalt auf mich zukommen, ich erkenne die markanten Gesichtszüge von Caden und versuche, mich gerader aufzurichten. Sein Blick legt sich auf meine entblößte Mitte, aus zusammengekniffenen Augen beobachtet er, wie Butchers Finger wieder und wieder in mich stoßen.

Bilde ich es mir nur ein oder blitzt da Eifersucht in seinen dunklen Iriden auf?

Bis jetzt hat es mich nie gestört, beim Sex beobachtet zu werden, mein Schamgefühl ist nicht besonders stark ausgeprägt. Jetzt, im Augenblick hingegen, würde ich mich am liebsten in Luft auflösen. Was wahrscheinlich daran liegt, dass ich mit jeder Faser spüre, dass ich in den Armen des falschen Mannes liege ...

Es ist wie es ist, daran kann ich jetzt auch nichts mehr ändern.

Außerdem ist das alles, verfluchte Scheiße noch mal, Cadens Schuld. Wenn er endlich mal Klartext reden würde, dann müsste er jetzt nicht dabei zusehen, wie mich einer seiner Brüder fingert, sondern könnte derjenige sein, der sich an mir austobt. *Pech gehabt!*

Entschlossen, für ihn eine besonders eindrucksvolle Show abzuziehen, unterdrücke ich den Drang, davonlaufen zu wollen, spreize meine Beine noch etwas weiter und raune Butcher zu, dass ich ihn noch etwas tiefer in mir brauche. Der kommt meiner Aufforderung natürlich nur zu gerne nach und es dauert keine Minute, bis ich vor den Augen des Mannes, den ich mehr will als den nächsten Atemzug, dank eines anderen Kerls laut schreiend komme. *Heilige Scheiße!*

An meinem Sichtfeld breiten sich rot flimmernde Punkte aus, mein Puls gerät aus dem Takt und ein heftiger Schauer lässt mich erzittern. Als mein Verstand wenige Atemzüge später endlich wieder zu funktionieren beginnt, beobachte ich, wie Caden mit geballten Fäusten aus dem Club stürmt. Am liebsten würde ich ihm folgen, ihm sagen, dass er der Rider ist, den ich wirklich will, vor ihm auf die Knie sinken und ihm den Blow Job seines Lebens verpassen, doch ich tue nichts dergleichen, sondern lasse zu, dass Butcher aufsteht, mich über die Lehne des Sessels beugt und meinen Rock hochklappt, sodass ihm meine Rückseite schutzlos ausgeliefert ist. Butcher gehört nicht gerade zu der Sorte von Mann, die man einfach so aufheizen und dann stehen lassen kann. Zumindest nicht, ohne sich ernsthafte Schwierigkeiten einzuhandeln.

Mich an dem abgewetzten Leder festhaltend, beiße ich mir auf die Unterlippe, als Butcher sich mit einem heftigen Stoß in mich rammt. Die dicke Wulst seiner Eichel reibt über die empfindlichen Innenwände meiner Scheide, lässt mich immer feuchter werden und vertreibt sämtliche Gedanken aus meinem Kopf.

Sein Schwanz ist groß, dick und leicht gebogen, sodass er bei jedem Vorstoß gegen meinen G-Punkt stößt und mich damit beinahe in den Wahnsinn treibt. Einzig sein bestimmender Griff sorgt dafür, dass ich stehen bleibe und nicht kraftlos zusammensinke. Er hält mich wie eine Puppe, benutzt mich nach seinem Belieben und lässt meinem Verstand die Lichter ausgehen. So ist es immer zwischen uns, und ja, auch wenn ich mich nach Caden verzehre, kann ich nicht leugnen, dass ich das Ficken mit Butcher genieße.

Dieser Rocker weiß einfach genau, wie hart er mich anpacken muss, um mir größtmögliche Lust zu verschaffen. Eine raue Männerstimme ruft Butcher zu, dass er es mir so richtig besorgen soll. Was ihn natürlich sofort dazu veranlasst, noch mehr Kraft in seine Stöße zu legen. Die exquisite Mischung aus Schmerz und Lust lässt mich laut kreischen, jemand lacht.

Um es mir erträglicher zu machen, greift er mir zwischen die Beine, reibt kreisend über meinen Kitzler und beißt mir zeitgleich in die Schulter.

Yes! Mehr brauche ich nicht ...

Ich komme mit einem lang gezogenen Stöhnen. Mein Unterleib zieht sich krampfend zusammen, meine Knie geben nach.

Völlig erschöpft hänge ich in Butchers Armen. Wieder und wieder gleitet er in mich, verharrt kurz in mir und bewegt seine Hüfte kreisend. Ich spüre die Muskeln in seinen Beinen, die rohe Kraft, die er ausstrahlt und das Zucken seines Sixpacks. Es dauert nur wenige Minuten, ehe er ein lautes Knurren ausstößt und sich mit einem Fluch auf den Lippen in mir ergießt. Trotz der dünnen Latexhülle, die er sich über das Glied gezogen hat, kann ich die Hitze seines Spermas in mir fühlen.

Für einen Moment bleibt er reglos stehen, dann gleitet er aus mir, verpasst meinem Hintern einen harten Klaps und pinnt mir einen feuchten Kuss in den Nacken.

„Holy Shit, Baby. Holy Shit! Deine Pussy ist einfach unbeschreiblich.“

Über sein Kompliment kichernd, zupfe ich meinen Rock nach unten. Er wartet, bis ich fertig bin, dann hebt er mich hoch, wirft mich über seine Schulter und trägt mich aus dem Club hinaus auf den Hof.

In einem alten, verrosteten Ölfass lodern orange Flammen, das Holz knackst und knistert. Obwohl wir erst Ende Mai haben, ist die Luft warm, sodass ich dank der Wärme des Feuers nicht friere. Wir sind so gut wie alleine hier draußen. Bis auf zwei Typen, die sich bei den Harleys aufhalten, ist niemand da, der uns stören könnte. Von Caden fehlt merkwürdigerweise jede Spur.

Mir ist klar, dass ich kein Recht habe, mich schlecht zu fühlen, dennoch tue ich es.

Ich hätte mir gewünscht, dass Caden mich packt, von Butcher wegzieht und vor all seinen Brüdern für sich beansprucht. Doch so wie es aussieht, wird das wohl nie passieren ... Mit mir in seinen Armen setzt Butcher sich auf die vom Wetter gezeichnete Holzbank und starrt gedankenverloren in die Flammen.

Eine mir unerklärliche Wut breitet sich in meinem Inneren aus. Ich bin wütend auf Butcher, weil er viel zu lieb zu mir ist, auf Caden, weil er es nicht ist, und auf mich, weil ich mich nicht einfach in Butcher verlieben und Caden vergessen kann. Eine Träne rinnt mir aus dem Augenwinkel, bevor ich sie abwischen kann, bemerkt Butcher sie und sieht mich besorgt an.

„Hey Süße, was ist los? Hab ich dir wehgetan? War ich zu grob?“

Seine Sorge löst eine Welle Selbsthass aus.

Herr Gott muss er ausgerechnet jetzt so fürsorglich sein?

Um ihn zu beruhigen, zwinge ich mich zu einem schiefen Lächeln, das sich eher nach einer Fratze anfühlt, hoffentlich sieht es nicht auch wie eine aus.

„Nein alles gut. Ich hab nur irgendetwas ins Auge bekommen. Geht gleich wieder.“

Mein Gewicht verlagernd, brummt er etwas Unverständliches, zieht eine Marlboro Schachtel aus der Hosentasche und klemmt sich zwei Kippen in den Mund. Nachdem er sie angezündet hat, reicht er mir eine.

Geduldig wartet er ab, bis ich den ersten Zug inhaliert habe, ehe er mich mit einem eindringlichen Blick mustert.

„Wie lange willst du dieses Theater noch durchziehen?“

Na klasse! Anstatt ihm zu antworten, will ich aufstehen, Butcher spannt einfach nur seinen Arm an und hindert mich so mühelos daran.
„Ach verdammt!“ Über meinen Fluch lachend, streicht er mit seiner Nase durch meine Haare und inhaliert meinen Duft.
„Irgendwie süß, dass du versucht hast, dich gegen mich zu wehren. Du fühlst dich an wie ein kleines Babykätzchen. Ich mag das.“
Genau das wollte ich nicht hören.
Seufzend drehe ich mich zu ihm um und suche seinen Blick.
„Mir ist klar, dass dieses Gespräch längst überfällig ist, aber muss es wirklich jetzt sein?“
Er nickt, seine Augen bohren sich so tief in die meinen, dass es sich so anfühlt, als würde er mir direkt in die Seele sehen. Ich fühle mich entblößt und schutzlos, also schließe ich sie und versuche, mich so vor ihm zu schützen. Es bringt nichts, was vermutlich daran liegt, dass ich auf ihm sitze, während mein Geschlecht noch immer von unserem Fick pulsiert.
„Du bist unglücklich, Bella. Aber das musst du nicht sein. Ich habe es noch nie ausgesprochen, weil ich mir sicher war, dass du es längst weißt, aber was weiß ich schon über euch Frauen? Vielleicht muss ich es doch laut sagen. Vielleicht muss ich dir all deine Optionen erklären, damit du erkennst, welche Möglichkeiten sich dir bieten ...“
Ich ahne, worauf er hinauswill, mein Magen verknotet sich.
Butcher ist kein Mann, der sich leicht abfertigen oder vertrösten lässt. Dieses Unkomplizierte, Unverbindliche zwischen uns hat mir gut gefallen, doch das wird jetzt vorbei sein. Ich versuche, ihn am Weiterreden zu hindern, indem ich meine Hand auf seinen Mund lege, es bringt nichts. Er packt mich, streift mit seinen festen Lippen über die empfindliche Haut an meinem Handgelenk und verwirrt mich mit dieser ungewohnt zärtlichen Geste noch mehr, als ich es eh schon bin.
„Ich will dich Bella. Ich will dich ficken! Ich will dich für mich! Ich will die Exklusivrechte an deinem Körper. Aber was ich vor allem will, ist, dich in meinem Bett, auf meinem Bike und mit meinem Leder bekleidet.“
Bämm ... Jetzt ist es raus! Jetzt gibt es kein Zurück mehr!
Wenn ich könnte, würde ich die Zeit zurückdrehen und seine Worte ungeschehen machen. Denn ich habe nicht die geringste Ahnung, wie ich jetzt reagieren soll.
Butcher ist toll und ich mag ihn, sehr sogar. Wenn es Caden nicht gäbe, wäre ich bei seinem Eingeständnis vor Freude in die Luft gesprungen, aber es gibt ihn nun mal.

Tief Luft holend, beginne ich meine Finger zu kneten; wenn ich meine Worte nicht mit Bedacht wähle, könnte diese Unterhaltung hier ein äußerst unschönes Ende nehmen. Butcher ist für seine Wutausbrüche bekannt. Wenn ihm was nicht passt, bringt er recht schnell seine Fäuste ins Spiel. Zwar glaube ich kaum, dass er mich schlagen würde, dennoch ist Vorsicht geboten!

Erfahrungsgemäß kann es nie schaden, bei der Wahrheit zu bleiben. Oder?

„Ich ... Butcher ... Ich weiß nicht, was ich sagen soll."

An seinen Mundwinkeln zupft ein Lächeln.

„Sag nichts, bleib einfach bei mir."

Es klingt so einfach.

„Du hast eine Frau verdient, die dich von ganzem Herzen liebt." Ich mache eine kurze Pause. „Du weißt das von Caden. Nun ja, es ist kompliziert."

An seiner Kippe ziehend, wendet er den Blick von mir ab und starrt in die Flammen.

Nach einer kleinen Ewigkeit füllt er seine Lunge mit frischem Sauerstoff und brummt laut, sodass sein Brustkorb zu vibrieren beginnt.

„Ich brauche keine Liebe. Ich gebe mich mit deinem Körper zufrieden. Alles andere wird die Zeit schon regeln. Alles was ich von dir verlange, ist Treue und Loyalität. Wenn ich dich mit einem meiner Brüder erwische, ist das sein Todesurteil und deines auch!"

Diese Aussage überrascht mich nicht im Geringsten.

„Du vergisst, dass ich nicht zugestimmt habe, Butcher."

Seine blauen Iriden blitzen gefährlich auf.

„Du hast aber auch nicht abgelehnt."

Damit hat er recht.

Wenn ich ihn jetzt abweise, hat sich das mit uns endgültig erledigt. Butcher vergibt keine zweiten Chancen, er ist eher der Zwei-Kugeln-Typ, der sicherheitshalber einmal öfters den Abzug tätigt, oder einmal zusätzlich zusticht, um sicher zu gehen, dass sein Opfer auch garantiert stirbt.

Für mich bedeutet das, dass ich gerade in der Scheiße stecke. Wenn ich Butchers Vorschlag ablehne, weil ich eigentlich Caden will, dann besteht die Möglichkeit, dass ich zum Schluss ganz alleine dastehe und sich mein Traum vom Ladyleder nie erfüllt.

Dass Caden Interesse an mir hat, steht fest. Dennoch hat er nie auch nur den Hauch von einer Andeutung gemacht, dass ihm wirklich etwas an mir liegt oder er in ferner Zukunft in Betracht zieht, sich eine Old Lady zu nehmen.

Frauen, die sich mit Motorcycle Clubs nicht auskennen, können nicht verstehen, warum ich so versessen darauf bin, die Frau eines Bikers zu werden.

Dabei gibt es in meinen Augen nichts Besseres ...

Als Clubmaus stehe ich schon bis zu einem gewissen Grad unter dem Schutz der Night Riders. Mason kann mich gut leiden, er weiß, dass ich dem MC immer helfen werde und darum sorgt er dafür, dass ich hier sicher bin und dass es mir gut geht. Ich bin sozusagen seiner Gnade ausgeliefert. Aber wenn ich erst mal die Lady einer der Member bin und sein Leder trage, dann bin ich unantastbar und stehe unter dem Schutz des gesamten Rockerclubs.

Die Frauen der Biker sind unantastbar. Jeder Rider würde für die Lady seiner Brüder, ohne zu zögern, in den Krieg ziehen und sie mit seinem Leben beschützen. Als Old Lady werde ich von allen mit größtem Respekt behandelt. Ich habe dann sozusagen einen Status, um den mich all die Bitches beneiden werden, so wie ich im Augenblick die Frauen von Zane, Mason und Xander beneide.

Wenn es dumm läuft, geht es gerade um alles oder nichts!

„Meine Geduld ist nicht besonders stark ausgeprägt, Baby."

Ach, was er nicht sagt.

„Bevor ich mich entscheide, muss ich noch eine Sache wissen."

In einer lässigen Geste zuckt er mit den Schultern.

„Und was, Bella?"

Erneut versuche ich aufzustehen, dieses Mal erlaubt er es mir.

Kaum, dass ich nicht mehr von seinem starken Körper umgeben bin, fröstelt es mich.

Ihm direkt in die Augen sehend, schlinge ich mir die Arme um die Brust.

„Warum ich? Warum willst du mich? Es gibt unzählige Bitches hier. Aus welchem Grund machst du mir dieses Angebot? Willst du Caden eins auswischen? Ich habe kein Interesse daran, der Ping-Pong-Ball von euch beiden zu sein."

Obwohl er äußerlich völlig ruhig bleibt, spüre ich seine aufsteigende Wut.

„Der Einzige, der hier seit Wochen benutzt wird, bin ich. Glaubst du, es ist schön, zu wissen, dass du an meinen Bruder denkst, während mein Schwanz in dir steckt?"

Oh Mist!

Ich hatte gehofft, dass er das nicht bemerkt hat, aber natürlich hat er das. Butcher ist ein sehr aufmerksamer Mann. Langsam, mit der Anmut eines tödlichen Raubtiers, steht er nun ebenfalls auf.

„Warum ich dich will, ist einfach, weil du *Du* bist, Bella."

Verflucht, was für eine perfekte Antwort.

„Wie wäre es mit einer Probezeit? Nur um zu testen, ob wir zusammenpassen?"

Was er von meinem Vorschlag hält, ist leicht zu erkennen, er tritt so kraftvoll gegen das Ölfass, dass es umkippt und sich die brennenden Holzscheite zusammen mit der Glut auf dem Pflaster des Vorplatzes verteilen. Erschrocken springe ich zur Seite, werde eingefangen und befinde mich keine Sekunde später in einem warmen Käfig, bestehend aus Muskeln und Armen wieder.

„Keine Ausflüchte mehr Kleines. Ja oder nein! Eine ganz einfache Entscheidung."

Seine Lippen auf die meinen tackernd, dringt er grob mit seiner Zunge in mich ein, wühlt sich durch die Höhle meines Mundes und fordert mich fast schon aggressiv auf, ihn zurück zu küssen. Seufzend komme ich der Aufforderung nach, lasse mich gegen ihn sinken und genieße das sündige Spiel unserer Zungen.

Butcher ist ein guter Mann, ein ehrlicher Mann – mit ihm könnte ich glücklich werden. Allein die Tatsache, dass er um mich kämpft, bringt ihm unzählige Pluspunkte ein.

Wie hat meine Oma immer so schön gesagt? Lieber den Spatz in der Hand als die Taube auf dem Dach. Zum ersten Mal verstehe ich, was sie damit gemeint hat.

Wobei man Butcher nicht wirklich mit einem süßen kleinen Spatzen vergleichen kann.

Er ist eher ein gewaltiger, ausgehungerter, sich auf der Jagd befindender Adler.

Vielleicht wäre es wirklich das Beste, mich einfach ihm anzuvertrauen.

Lieber habe ich einen Mann, der mich wirklich will und der bereit ist, um mich zu kämpfen, als einen, der nicht genug Eier in der Hose hat, endlich mal Klartext zu reden und für mich einzustehen.

Ja, mein Herz gehört Caden. Doch Butcher ist gerade dabei, sich ebenfalls ein Stückchen davon zu sichern.

Ich bin nun mal ein Mädchen, und wir Mädchen mögen es, wenn man um uns kämpft!

Ehe ich weiß, wie mir geschieht, werde ich hochgehoben, über den Hof getragen und mit dem Rücken gegen die Hauswand gedrückt.

Warme Hände schieben sich unter mein Top, umfassen meine Brüste und liebkosen meine Nippel. *Verflucht …*

Unseren Kuss beendend, japse ich nach Luft.

„Du kämpfst nicht fair, Rider."

Sein typisches Killerlächeln lässt seine Augen aufblitzen.

„Warum sollte ich auch? Ich gewinne nun mal gerne!“

Oh ja, das habe ich festgestellt. Mit seinen Daumen und Zeigefingern umfasst er meine Nippel, rollt sie leicht und zwirbelt sie sanft. Lust, rein und intensiv, flutet meine Adern.

„Bitte, Butcher. Ich kann so nicht klar denken.“

Er lacht rau auf.

„Das sollst du doch auch gar nicht, Mädchen. Du sollst einfach nur ‚Ja‘ sagen. Der Rest ergibt sich ganz von allein.“

Er hat leicht reden ...

„Und woher willst du wissen, dass wir zusammen glücklich werden?“

Ein Schnauben ausstoßend, kneift er mir so fest in die Brustwarzen, dass ich gepeinigt keuche.

„Scheiß auf das Glück. Was für mich zählt, ist, dass du mein bist. Ich habe es satt, dich mit den anderen zu teilen.“

Ja, es klingt verlockend, was er mir anbietet, aber er wäre immer nur eine Notlösung. Oder? Gerade als ich etwas sagen will, höre ich ein leises Kichern, ich riskiere einen Blick über Butchers Schulter und beobachte Lexy dabei, wie sie Caden einen Kuss auf die Lippen drückt, ihn zu einem der Stühle dirigiert und sich mit gespreizten Beinen auf ihn setzt. Zwar kann ich nicht genau sehen, was sie da macht, aber ich kann es mir durchaus vorstellen. Sie vögelt ihn.

Eine Welle aus Wut und Eifersucht schwappt in mir hoch, ertränkt mein logisches Denken und setzt den rationalen Teil meines Verstandes schachmatt.

Warum macht er das?

Er hat mich mit Sicherheit hier mit Butcher stehen sehen, doch anstatt mich zu packen und für sich zu beanspruchen, amüsiert er sich erneut mit einer anderen.

So ein Arschloch!

Vielleicht ist Caden doch nicht der Richtige für mich. Ich meine, wie sollte er das auch sein, wenn er sich so scheiße benimmt?

Den Schmerz in meinem Inneren ignorierend, zwinge ich mich dazu, meinen Blick abzuwenden. Butcher hat die beiden natürlich auch gesehen, die Augenbrauen nach oben ziehend, gibt er ein Zischen von sich.

„Für mich wärst du die Nummer eins.“

Mehr Überzeugungsarbeit muss er nicht leisten, ich knicke ein.

„Schwöre es mir!“

Dutzende kleine Küsse auf mein Gesicht regnen lassend, raunt er mir leise zu, dass er mir auf seine geliebte Harley schwört, dass ich die Einzige für ihn sein werde.

Wie um alles in der Welt soll ich da noch Nein sagen können?

Ich meine, jetzt mal ehrlich! Wie?

„Wenn du lügst, warte ich bis du schläfst und schneide dir dann den Schwanz ab! Kapiert?“

„Ist das ein Ja?“

Lieber Gott steh mir bei ...

„Ja, es ist ein Ja.“

Ein lautes Brüllen ausstoßend, küsst er mich so stürmisch, dass unsere Zähne krachend aufeinanderschlagen. Und während er vor Zufriedenheit geradezu vibriert, schrumpelt mein Herz wie eine Rosine zusammen.

Eigentlich dachte ich immer, dass ich an dem Tag, an dem mir ein Rider sein Leder anbietet, vor Glück platzen werde – so kann man sich täuschen.

Zwar habe ich nach all den Jahren endlich erreicht, was ich wollte, doch der Sieg ist nicht halb so süß, wie ich gehofft habe. Er ist fast schon bitter ...

2. Kapitel

Butcher

Bella hat ja gesagt und ist dabei nicht glücklich – ich habe gewonnen und zugleich verloren. Es macht mich wohl zu einem ziemlichen Bastard, dass ich dennoch zufrieden bin. Seit Wochen will ich dieses Mädchen für mich. Seit Wochen ficke und kämpfe ich um sie. Keine Ahnung, aus welchen bescheuerten Gründen sie beschlossen hat, eine Bikerbitch sein zu wollen – das hat jetzt ein Ende. Schon letzten Monat habe ich all meinen Brüdern unmissverständlich klargemacht, dass sie sie gefälligst nicht mehr anrühren sollen. Ein Mädchen wie sie ist nicht dazu bestimmt, eine Clubmaus zu sein, sondern den Status einer Old Lady zu genießen. Obwohl ich erst seit etwas über einem Jahr voll im Geschäft bin, verdiene ich gut.

Meine Anteile an den Laufhäusern werfen jede Menge Dollars ab und auch das Glücksspiel ist mehr als rentabel. Auch dass ich mit Stan, der gerade für zwei Wochen auf einem Roadtrip quer durch das Land unterwegs ist, ein nettes kleines Auftragsmordunternehmen führe, hilft ebenfalls extrem dabei, meinen Safe mit vielen grünen Scheinen zu füllen.

Worauf ich hinauswill, ist, dass ich für Bella sorgen kann – wirklich gut sorgen kann.

Mein Verstand sagt mir, dass es zu früh für mich ist, mir eine Lady zu nehmen, und das Bella eine Fehlentscheidung ist. Doch ich ignoriere ihn. Wie kann es falsch sein, sie für mich zu beanspruchen, wenn ich den ganzen gottverdammten Tag an nichts anderes denken kann, als sie endlich wieder zu ficken? Es zerstört mich, sie mit einem anderen Kerl zu sehen. Wann immer sich ein anderer Rider an ihrem Körper ausgetobt hat, habe ich ihn in meiner Fantasie in Stücke gehackt, ihn regelrecht filetiert.

Doch das ist nun vorbei. Es tut gut, sie zu besitzen, alles andere ist nebensächlich.

Vor fünf Minuten hätte ich mir nichts dabei gedacht, sie hier und jetzt im Stehen zu ficken, das ist nun anders. Bella ist keine Bitch mehr, sie ist meine Frau und ich werde den Teufel tun und zulassen, dass jemals wieder ein Mann mehr von ihr zu sehen bekommt als unbedingt nötig.

Stolz wie ein Wikinger trage ich meine Beute zurück in den Club, durch den Hauptraum und in eines der Gästezimmer.

Kaum dass ich die Türe hinter uns zugeschlagen habe, schiebe ich meine Zunge in ihren Hals und trinke ihr leises Stöhnen.

Sollte sie es erneut wagen, an Caden zu denken, während ich in ihr bin, wird sie das bitter bereuen. Ab heute Nacht werden sich so einige Dinge ändern, je schneller Bella das kapiert, umso besser ist es für sie! Sie auf den Boden absetzend, packe ich sie an den Haaren, ziehe ihren Kopf nach hinten, sodass sie mich ansehen muss, und reibe mit den Fingern der anderen Hand über ihre weichen Lippen.

Ab jetzt gehört alles, was dieses faszinierende Wesen ausmacht, ganz allein mir! Ich werde nicht zulassen, dass sie in letzter Sekunde kalte Füße bekommt und abhaut oder dass sie es sich doch noch mal anders überlegt. Ich habe ihr die Wahl gelassen, ich habe sie nett gefragt und sie hat *Ja* gesagt.

Jetzt ist sie mein! Mein! Mein! Und nur mein!

„Ich will in deinen Mund, Baby."

Selbst mir fällt auf, wie anders meine Stimme klingt, kein Wunder, dass sie unsicher wirkt.

Ihre Angst wirkt wie ein Aphrodisiakum auf mich.

Meine Eier ziehen sich zuckend zusammen, mein Schwanz wird hart und steif.

Bloody Hell!

Ich muss ihr nur in die Augen sehen und schon pumpt mein verräterischer Körper sämtliches Blut meines Hirns in die unteren Regionen.

Bella ist meine Droge und je mehr ich von ihr zu mir nehme, desto stärker muss die nächste Dosis sein. Je mehr sie mir freiwillig von sich gibt, umso mehr will ich mir zusätzlich von ihr nehmen.

Was ist nur los mit mir?

So viel Sauerstoff in meine Lunge zwingend, dass es sich so anfühlt, als würde sie gleich platzen, beginne ich damit, meinen Gürtel zu öffnen, reiße ihn vor Ungeduld regelrecht auf. Die Waffe, die so gut wie immer hinten in meinem Hosenbund steckt, lege ich auf den Stuhl neben mir.

Kaum dass ich meine Hose komplett nach unten geschoben habe, sieht Bella mir kurz in die Augen, ehe ihr Blick auf die Glock fällt.

„Jeder weiß, dass du Messer und Dolche bevorzugst, warum also die Pistole?"

Eine interessante Frage. Noch während ich über die Antwort nachdenke, beginnt sie mit ihren geschickten Fingern über die komplette Länge meiner Erektion zu reiben.

Das Denken fällt mir immer schwerer, es gelingt mir kaum noch, die richtigen Worte zu finden. Gerade als ich was sagen will, erhöht sie den Druck und lässt ihre Daumenkuppe über den kleinen Schlitz an der Spitze gleiten. Zischend atme ich aus, fuck das fühlt sich gut an. Unter halb geschlossenen Lidern beobachte ich mein Mädchen dabei, wie sie mit der Zunge über mein Frenulum leckt. Meine Knie werden weich.

Ihr heißer Atem streift über meine Beine, ehe sie ihn endlich in den Mund nimmt.

Nass, heiß, eng …

Wie wild an mir lutschend, sorgt sie dafür, dass ich ihre Frage vergesse und mich nur auf ihre weichen Lippen konzentriere.

Bella bläst mir nicht einfach nur einen, sie verschlingt mich regelrecht.

Wenn es einen Gott gibt, und das bezweifle ich sehr, muss ich ihm meinen Dank aussprechen. Denn einer seiner Engel ist gerade dabei, mir das Paradies auf Erden zu bescheren. Ihre spitzen Zähne knabbern an mir, ehe sie meinen Schwanz langsam, jedoch stetig, tiefer in ihre Kehle gleiten lässt. Als ich bis zum Anschlag in ihr bin und sie würgen muss, bin ich kurz davor abzuspritzen.

Was gibt es Geileres? Jede ihrer Regungen beobachtend, stelle ich fest, wie dicht ihre langen, dunklen Wimpern sind, wie sich ihre Lippen wölben, als ich noch ein Stückchen in sie gleite, und wie rein und weiß ihre Haut ist.

Aye, Bella ist wahrhaftig ein gefallener Engel und ich bin der Teufel, und darum vergesse ich auch all meine Zurückhaltung, umfasse bestimmend ihren Kopf und beginne, sie ohne Gnade zu ficken. Fluchend stoße ich wieder und wieder zu. Ihre Atmung stockt, sie zittert und weint.

Doch ihre Tränen sind nicht dem geschuldet, dass ich zu wild mit ihr bin, sondern der Tatsache, dass sie nicht ganz glücklich mit der Entscheidung ist, mir zu gehören.

Es muss mir gelingen, sie Caden vergessen zu lassen, ansonsten wird das zwischen uns kein schönes Ende nehmen.

Um sie aus ihren Gedanken zu reißen, schiebe ich mich bis zur Wurzel in ihren Schlund und halte ihr die Nase zu. Sofort habe ich ihre ungeteilte Aufmerksamkeit. Ihr Blick schnellt zu mir nach oben. Ihre Hände stemmen sich in einer wehrhaften Geste gegen meine Oberschenkel. Na also, geht doch!

„Verbanne ihn aus deinem Kopf oder ich töte ihn!“

Sie wirkt entsetzt, versucht, mir zu entkommen, doch ich halte sie in Position. Mittlerweile müsste sich der Atementzug bei ihr bemerkbar machen. Bellas Pupillen weiten sich, ihre scharfen Fingernägel krallen sich in meine Haut. Ich begrüße den Schmerz und genieße ihre Hilflosigkeit.

„Du bist jetzt mein, vergiss das lieber nicht!“

Als sie kapiert, dass sie mir vollständig ausgeliefert ist, hört sie auf, gegen mich anzukämpfen und nickt leicht. Zufrieden lasse ich ihre Nase los und mein Becken kreisen, bohre mich noch tiefer in sie und beobachte, wie sie zuckt. Sie will atmen und nett, wie ich bin, erlaube ich es ihr – zumindest gleich.

Langsam, ganz ohne Hast, umfasse ich ihr Genick, drücke sie noch etwas mehr zu mir, sodass ihre Nase über die unterste Reihe meines Sixpacks reibt.

Erst jetzt, wo ich bemerke, dass sie kurz davor ist umzukippen, ziehe ich mich aus ihr zurück, sodass meine Eichel auf ihrer Unterlippe ruht und gewähre ihr frischen Sauerstoff.

„Verbanne Caden aus deinem hübschen Köpfchen. Du hast dich entschieden, du bist mein!"

Ganz das brave Mädchen, das sie nun mal ist, nickt sie zustimmend.

„Nur dein!"

Ihr Glück, dass sie das gesagt hat, ich bin momentan nicht in der Stimmung, Widerworte verkraften zu können.

Wieder schiebe ich mich in sie, ihr Stöhnen vibriert an meiner Eichel, löst einen heißen Blitz aus, der an meinem Rückgrat hinab bis in meinen Unterleib schießt.

Die heiße Enge ihres Schlundes fühlt sich einfach nur göttlich an.

Bella krault mir die Eier, fährt mit ihren scharfen Fingernägeln über meinen Damm, reibt über meinen Schließmuskel.

Meine Süße lässt sich Zeit, versucht alles, um mich milde zu stimmen.

Den Blick auf ihren Scheitel gepinnt, ramme ich mich wieder und wieder in ihren Mund. Mit rau kommendem Atem beobachte ich, wie mein Schwanz immer wieder tief zwischen ihren Lippen verschwindet.

Ihre weichen Haarspitzen, die über meinen Schenkel streifen, lassen mich erschaudern.

Das Pochen in meinen Hoden wird immer stärker, nicht mehr lange ...

Soll mich doch der Teufel holen!

Anstatt sich gegen meine Grobheit zu wehren, überlässt sie sich meiner Führung und nimmt alles hin, was ich ihr antue – und bei Gott, ich nehme keine Rücksicht auf die Tränen, die ihr erneut über die Wangen rinnen.

Der Moment ist so geil, dass ich mich für einen kurzen Augenblick absolut zufrieden fühle. Knurrend ramme ich mich in ihren Mund, wühle mich durch ihre Haare und ziehe mich ein letztes Mal zurück.

„Sieh mich an, Baby."

Sie öffnet die Augen, ihre Wimperntusche ist verschmiert, sie sieht wunderschön aus.

Langsam ziehe ich mich aus ihrer Kehle heraus, blitzschnell schießt ihre Zunge vor und umspielt die Spitze meines Glieds.
Meine Muskeln sind so angespannt, dass es schmerzt.
Ohne ihren Blick freizugeben, schiebe ich mich wieder tief in ihren Hals. Ihre Kehle krampft, das Grau ihrer Augen beginnt zu glühen.
Knurrend beiße ich die Zähne zusammen und lasse zu, dass mich die Erlösung packt.
Schub für Schub spritze ich auf ihrer Zunge ab. Bellas gierige Schluckbewegungen massieren bis auf den letzten Tropfen alles aus mir heraus.
Normalerweise fühle ich mich nach einem Kehlenfick entspannt und zufrieden – normalerweise – nicht so heute. Jetzt wo Bella endlich unter meiner Verantwortung steht, scheint meine Gier nach ihr unstillbar geworden zu sein.
Kaum, dass ich ihre Haare losgelassen habe, weicht sie zurück und wischt sich mit dem Handrücken über die geschwollenen Lippen.
„Und jetzt Rider? Was ist mit mir?"
„Jetzt ficke ich dich. Wieder und wieder, bis du so oft meinen Namen geschrien hast, dass du heiser und völlig erschöpft bist. Und selbst dann werde ich wahrscheinlich nicht von dir ablassen, Baby!"
Um es ihr etwas gemütlicher zu machen, picke ich sie vom Boden, werfe sie auf das Bett und beginne damit, sie komplett auszuziehen. Das ist das erste Mal, dass ich mit einer Frau schlafe, die mir gehört, ein warmes Gefühl breitet sich in meiner Brust aus. Es ist fast wie an Weihnachten.
Nur dass Bella das beste Geschenk ist, das ich jemals bekommen habe ...
Jeden Zentimeter ihres Körpers mit den Augen verschlingend, verschlägt es mir den Atem. Womit zur Hölle habe ich nur dieses absolut perfekte Mädchen verdient?
Mit gar nichts! Ein Mann wie ich sollte nicht so ein Geschöpf wie sie besitzen dürfen, und dennoch tue ich es. Ein weiterer Beweis dafür, dass es gut ist, dass ich böse bin. Ich mag vieles nicht sein, aber ich bin definitiv im Stande, Bella vor all den Gefahren dieser Welt zu beschützen!

3. Kapitel

Bella

Vier Tage sind seit meinem verhängnisvollen ‚Ja' vergangen. Sechsundneunzig Stunden, in denen mein Leben völlig auf den Kopf gestellt wurde.

Die Nachricht, dass Butcher sich eine Old Lady genommen hat, hat sich wie ein Lauffeuer im Club herumgesprochen. Dass er sich auch noch ausgerechnet für mich, eine Bitch, entschieden hat, hat für jede Menge Hohn und Spott gesorgt.

Erst als Butcher die Schnauze voll und lauthals verkündet hat, dass er erwartet, dass ich ab sofort mit dem nötigen Respekt behandelt werde, sind die Lästermäuler verstummt. In dem Moment, in dem ich Butchers Angebot angenommen habe, war mir bewusst, dass das Auswirkungen auf absolut alles haben wird, doch die genaue Tragweite wird mir erst nach und nach klar.

Mein Rocker erwartet, dass ich mich anders kleide, dass ich mein kleines Einzimmerapartment kündige und in seine viel größere Wohnung ziehe. Butcher hat Dutzende Regeln aufgestellt, an die ich mich gefälligst halten soll.

Als er mir diese zum ersten Mal alle aufgezählt hat, bin ich vor Wut geplatzt – ich bin regelrecht explodiert. Nachdem ich ihn ein Machoarschloch genannt und ihm eine schallende Ohrfeige verpasst habe, wollte ich einfach nur noch weg von ihm. Allerdings bin ich nicht sonderlich weit gekommen. Noch bevor ich die Haustüre erreicht hatte, wurde ich von den Füßen gerissen, über eine harte Schulter und anschließend in sein weiches Bett geworfen. Dort hat Butcher mir auf eindrucksvolle Art und Weise demonstriert, wie ernst es ihm mit mir ist, und dass es durchaus möglich ist, so lange gefickt zu werden, bis man nicht mehr laufen kann. Der Sex war wild, animalisch und alles andere als zärtlich und er hat dafür gesorgt, dass ich endlich bis zu einem gewissen Grad verstanden habe, wie sehr mich dieser Biker will.

Es hat eine Weile gedauert, doch dann ist mir aufgefallen, dass all die vielen Regeln, die er aufgestellt hat, nur einem einzigen Zweck dienen – meiner Sicherheit. Er will, dass es mir gut geht, er will für mich sorgen und mir ein komfortables Leben bieten. Wie hätte ich unter diesen Umständen auch nur eine Sekunde länger auf ihn wütend sein sollen?

Der einzige Punkt, an dem wir immer wieder zum Streiten anfangen, sind meine Klamotten. Ich habe mich die letzten Jahre nicht so gekleidet, weil ich die Aufmerksamkeit von möglichst vielen Männern auf mich ziehen wollte, sondern weil es mir gefällt, sexy zu sein. Und ich sehe, zum Teufel noch eins, nicht ein, warum ich all meine schönen Röcke und Tops in die Tonne werfen soll.

Draußen scheint die Sonne, der Himmel ist blau und es ist ungewohnt warm für die Jahreszeit. Mich vor den Spiegel stellend, betrachte ich mein Erscheinungsbild und bin mehr als zufrieden damit. Der kurze Jeansminirock endet ein Stückchen über meinen Knien und er passt mit der weißen Rüschenbluse, für die ich mich entschieden habe, perfekt zu meinen geliebten Cowboystiefeln. Meine langen roten Haare habe ich am Hinterkopf mit einer Spange zusammengebunden. Der grüne Lidschatten passt gut zu meinen Augen und der Gloss auf meinen Lippen betont meinen Mund. Jetzt noch ein bisschen Mascara und ich bin fertig.

Ein lautes *Wumm* lässt mich zusammenzucken. Die Wohnungstüre wird mit so viel Wucht zugeworfen, dass es ein Wunder ist, dass sie nicht aus den Angeln springt.

„Baby? Wo bist du?"

Butcher ist zurück. Im Halbschlaf habe ich mitbekommen, dass er sich aus dem Bett geschlichen hat. Wo er war? Keine Ahnung! Aber was auch immer er um drei Uhr nachts zu erledigen hatte, es war bestimmt blutig. Schritte werden laut, dann taucht seine große Gestalt im Spiegel auf. Noch bevor ich mich zu ihm umdrehen kann, schlingt er mir die Arme um die Taille und birgt sein Gesicht an meinem Hals. Seine über meine empfindliche Haut kratzenden Bartstoppeln lassen mich erschauern. Ich spüre seinen heißen Atem und die unglaubliche Kraft, die er ausstrahlt.

„Wo warst du?"

Anstatt zu antworten, betrachtet er unsere Spiegelbilder.

Er, groß und stark, ich klein und zierlich – zwei absolute Gegensätze.

„Du passt perfekt zu mir. Einfach absolut perfekt!"

Butchers raue Stimme bringt mein Herz aus dem Takt.

Ich lasse meinen Blick ebenfalls über ihn gleiten und bemerke die kleinen, rostbraunen Flecken auf dem Ärmel seines Shirts. Auch ohne zu fragen weiß ich, dass es sich dabei um getrocknetes Blut handelt.

Der Geruch von Schweiß, Mann und Schießpulver steigt mir in die Nase, mein verräterischer Körper springt sofort darauf an.

Mich in seinen Armen zu ihm umdrehend, hauche ich ihm einen Kuss auf die Stirn und versuche, mich aus seiner Umarmung zu befreien.

„Wo willst du hin?"

Wieder etwas, woran ich mich gewöhnen muss. Bisher konnte ich tun und lassen, was ich wollte, ohne irgendwem Bescheid geben zu müssen.

„Ich bin in der Stadt verabredet."
Butchers Mimik verfinstert sich schlagartig.
„Mit wem?"
Himmel, kann dieser Typ anstrengend sein.
„Mit einer Freundin, wir trinken einen Kaffee und ratschen ein bisschen."
Dass ihm das nicht gefällt, ist ihm deutlich anzusehen.
„Wir haben auch hier Kaffee. Dafür musst du nicht in die Stadt. Ruf sie an und sag ihr das sie herkommen soll."
Verflucht! Wenn er erst in fünf Minuten zurückgekommen wäre, wäre ich schon weg gewesen und diese blöde Diskussion hätte nie stattgefunden.
Genervt atme ich tief durch und zwinge mich dazu, ruhig zu bleiben. Ihm noch mal eine zu knallen, ist sicherlich keine gute Option. Seine letzte Drohung hallt mir noch immer in den Ohren:

... Wenn du es jemals wieder wagen solltest, deine Hand mir gegenüber zu erheben, werde ich dich packen und übers Knie legen. Und das Spanking, das ich dir dann verpasse, hat nichts mit Lustschmerz zu tun ...

Da Schläge für mich absolut nichts mit Erotik zu tun haben kann ich darauf gerne verzichten.
„Meinst du nicht, dass du gerade etwas übertreibst, Rider?"
Er tut so, als würde er über meine Frage nachdenken und schüttelt dann entschieden den Kopf. „Nein! Ich bin völlig ruhig."
Aha, so nennt man das also?!
Der Ausdruck in seinen Augen verrät mir, dass er nicht so leicht nachgeben wird.
„Hör zu, ich will nicht mir dir streiten! Aber du musst mich jetzt loslassen, sonst komme ich zu spät. Versteh mich bitte, Butcher. Ich brauche ein Gespräch unter Freundinnen, sonst werde ich noch verrückt."
Jetzt wirkt er überrascht.
„Wie meinst du das?"
Es war ja klar, dass er mich nicht versteht. *Typisch Mann!*
Sein schönes, so gefährlich aussehendes Gesicht mit beiden Händen umfassend, sehe ich ihm tief in die Augen.
„Die letzten Tage waren wie eine wilde Achterbahnfahrt für mich ... So viel hat sich geändert, mein ganzes Leben steht auf dem Kopf. Ich

muss einfach mal mit jemanden darüber reden, der keinen Bezug zum Club hat. Jemand Neutralem."

Ich hatte echt gehofft, dass er ein Einsehen hat, aber damit lag ich ganz offensichtlich falsch.

„Und das kannst du nicht hier? Warum nicht, Bella? Weil ich dann mitbekomme, dass du über Caden redest? Hast du Angst davor, dass ich höre, wie du laut aussprichst, dass ich nur deine verdammte Notlösung bin?"

Seine Iriden sprühen Funken, die Wölbungen seines Bizepses beginnen zu zucken.

„Du bist keine Notlösung, sondern der Mann, dessen Leder ich tragen werde."

Mit geblähten Nasenlöchern, fest zusammengebissenen Zähnen und einem wilden Knurren lässt er mich so abrupt los, dass ich ins Stolpern gerate und ein paar Schritte zurückweiche.

„Muss ich ihn erst töten, um dich für mich zu haben?"

Am Klang, den seine Stimme angenommen hat, höre ich, wie ernst er das meint.

Um zu verhindern, dass er tatsächlich loszieht, um seinen eigenen Clubbruder umzubringen, überwinde ich meine aufsteigende Angst und gehe auf ihn zu.

„Aber du hast mich doch für dich alleine! Ich bin doch hier, oder etwa nicht? Ich bin in deiner Wohnung, habe in deinem Bett geschlafen und hatte deinen Schwanz in mir. Was muss ich noch tun, damit du zufrieden bist?"

Die Stirn runzelnd, starrt er mich an.

„An meiner Seite glücklich sein."

Mit dieser entwaffnenden Ehrlichkeit hätte ich nicht gerechnet.

Da ist sie wieder, diese fürsorgliche Dominanz, diese besitzergreifende und zugleich so aufrichtige Art, die dafür sorgt, dass Caden immer mehr aus meinem Kopf verschwindet.

Keine Ahnung wie er es angestellt hat, aber Butcher hat es geschafft, mich völlig zu vereinnahmen. Wenn Caden jetzt hier auftauchen und mir seine Kutte anbieten würde, würde ich sie wahrscheinlich ablehnen. Und das nicht nur aus dem Grund, weil ich nicht will, dass Butcher ihm das Genick bricht, sondern weil mir der Rocker, dem ich versprochen habe, bei ihm zu bleiben, immer mehr bedeutet. Butcher ist wie ein in der Arktis treibender Eisblock. Auf den ersten Blick sieht man nur die Spitze, doch wenn man sich genug Zeit nimmt, um abzutauchen, erblickt man das, was unter der Oberfläche verborgen ist. Dieser Mann ist wild entschlossen, mich zum Mittelpunkt seiner Welt zu machen – das gefällt mir.

Unbekannte Emotionen steigen in mir auf, lassen mein Herz beinahe explodieren.

„Willst du wissen, was du hören würdest, wenn du unser Mädchengespräch belauschen würdest?“

Er zögert kurz, dann nickt er.

„Ich sage es dir erst, wenn du mir einen Kuss gibst.“

Seine finstere Miene hellt sich etwas auf, seine Mundwinkel zucken kurz.

„Fuck Weib! Du machst mich fertig.“

Kaum dass er ausgesprochen hat, reißt er mich von den Füßen, wühlt sich mit seiner Zunge durch meinen Mund und stiehlt mir den Atem.

Ich ertrinke im Hier und Jetzt, verliere mich an den Rocker, der mich einerseits nach unten zieht und mir zugleich Flügel gibt. Und noch während unsere Lippen miteinander verschmelzen und sich sein herber Geschmack auf meiner Zunge ausbreitet, kapiere ich, dass ich gerade dabei bin, mich in ihn zu verlieben.

Je länger unser Kuss dauert, umso wilder und tabuloser wird er. Es fühlt sich fast so an, als würde er mich verschlingen wollen. Erst als meine Knie weich, mein Hirn offline und mein Herz kurz vor einem Infarkt ist, gibt er mich nach einem letzten, gierigen Zungenschlag frei.

Ich drohe zu Boden zu sinken, Butcher bemerkt es und stützt mich.

„Oh Bella, wie soll ich je wieder ohne dich sein?“

Seine gewisperte Frage ist so leise, dass ich sie fast überhört hätte.

„Gar nicht, Night Rider. Darum geht es doch bei dieser ganzen Old-Lady-Sache, oder nicht?!“

Butcher schweigt, drückt mich so fest an seine Brust, dass das raue Leder seiner Kutte über meine Wange streicht.

Der schönste Platz der Welt ...

„Was, wenn ich dich jetzt nicht gehen lassen kann? Was, wenn ich dich brauche, Bella?“

Unglaublich ... Dieser starke, unerschütterlich wirkende Rocker klingt plötzlich so schutzlos und verloren, dass mir Tränen in die Augen steigen.

Mich an ihn schmiegend, kämpfe ich gegen die Welle von Gefühlen an, die mich zu überschwemmen droht.

„Dann bleibe ich bei dir.“

Auf einmal werde ich hochgehoben, durch den Raum getragen und sanft ins Bett gelegt.

Für eine Weile sehen wir uns einfach nur an, dann beginnen wir damit, uns auszuziehen. Doch unseren Bewegungen fehlt jegliche Hast und Eile. Wir lassen uns Zeit, genießen den Moment und küssen uns immer wieder ...

Butcher berührt mich, verführt mich regelrecht und streicht mit seinen rauen Händen über meine Taille.

Es ist nichts, was er nicht gewiss schon hundert Mal getan hat, und dennoch fühlt es sich ganz anders an als jemals zuvor. Irgendwie intensiver und intimer – besonders. Zwischen diesem Night Rider und mir hat sich etwas verändert, ich weiß nur nicht, wie ich es in Worte fassen soll.

Der Glanz, den seine Iriden bekommen haben, und der entschlossene Zug um seinen Mund sind nur zwei kleine Details von vielen. Doch die größte Veränderung hat in meinem Inneren stattgefunden.

Seit ich ‚Ja' zu ihm gesagt und somit meine Zukunft besiegelt habe, ist Caden in den Hintergrund gerückt. Es fühlt sich fast so an, als hätte ich Butcher die ganze Zeit über durch einen nebelhaften Schleier gesehen, der sich nun langsam verflüchtigt und mir so den wahren Kern seiner Seele offenbart.

Butcher besteht aus eintausend Facetten und jede neue, die ich entdecke, ist interessanter als die vorherige, die ich kennenlernen durfte.

Butcher ahnt nichts von dem Chaos, das in meinem Inneren herrscht.

Zärtlich haucht er sanfte Küsse auf meinen Bauchnabel, fährt mit seinen Händen über meine Beine, spreizt diese weiter und leckt durch meinen Spalt.

Die Berührung löst ein Feuerwerk in meinen Unterleib aus.

Mit seinen langen Fingern teilt er meine Schamlippen, züngelt über meinen Kitzler und saugt ihn in seinen heißen Mund.

Das Blut in meinen Adern beginnt zu kochen. Ich vergesse alle Zweifel, vergesse zu atmen und vergrabe meine Hand in seinen Haaren. Ungeduldig presse ich ihn fester gegen meine Pussy. Mein Rider leckt mich mit einem unbändigen Hunger, beißt sachte in meine Klit und pustet über den gepeinigten Knubbel.

Ahhhh jaaaa! Wenn er so weitermacht, implodiere ich in wenigen Sekunden ...

Er leckt mich quälend langsam, saugt sich immer wieder an meiner Perle fest, bevor er mit seiner Zunge tief in mich eindringt.

„Deine süße kleine Muschi gehört nur mir! Vergiss das besser niemals, Baby."

Fordernd drücke ich mein Becken vor, flehe ihn so stumm an, weiterzumachen. Doch anstatt mich wieder mit seiner Zunge zu verwöhnen, richtet er sich auf.

„Nein, bitte ..."

„Um was bittest du mich?"

Der Blick, mit dem er mich ansieht, lässt meine Synapsen zerplatzen und meine Sinne verrücktspielen.

„Lass mich kommen."

„Ich werde dich jetzt bumsen, Baby. Ich werde mich so tief in dich schieben, dass du zu atmen vergisst und mich anflehst, nie wieder aufzuhören."

Oh ja ... dieser Rocker ist wahrlich gefährlich für mein Herz.

Endlich legt er sich auf mich. Seufzend fahre ich mit meiner Nase an seinem Hals entlang, inhaliere seinen Geruch und knabbere verspielt an seinem Ohrläppchen. Ich will diesen Kerl immer und immer wieder. Was echt crazy ist, denn ich hatte in den letzten Tagen so viel Sex, wie andere Frauen in ihrem ganzen Leben. Aber was soll ich machen?

Ich sehne mich nach diesem trügerischen Gefühl der Geborgenheit, dass ich immer dann verspüre, wenn ich in Butchers starken Armen liege.

Seine Hände streichen über meine Brüste, hinab zu meinem Armen, über meine Taille bis zu meiner Hüfte.

Federleicht lässt er seine Fingerspitzen über meinen Venushügel tanzen. Automatisch spreize ich die Beine etwas weiter, gewähre ihm so einen besseren Zugang zu meiner pulsierenden Mitte.

Viel zu leicht streicht er über meine Klit, dringt mit seinem Mittelfinger tief in mich ein.

Ohhhh mein Goootttt ...

Mein Schrei durchbricht die Stille, ich suche seinen Blick. In den eisblauen Abgründen erkenne ich deutlich, dass sich in den letzten Minuten etwas in ihm verändert hat, und dass seine Besitzgier um einiges stärker geworden ist, als sie es eh schon war.

Immer wieder umzirkelt er geschickt meine Klitoris, heiße Blitze zucken durch meine zitternden Beine. Seufzend schließe ich die Augen und überlasse mich ganz seiner Führung. Butcher richtet sich auf, bedeckt mich mit seinem Gewicht und verführt mich zu einem liebevollen Kuss. Ich schmecke mich selbst auf seinen Lippen, duelliere mich mit seiner Zunge, kralle mich an seinen Schultern nach Halt suchend fest. Erst als wir beide atemlos sind, richtet er sich zwischen meinen Beinen zu seiner vollen Größe auf und sieht gebannt zu mir herab. Was für ein geiler Anblick.

Das faszinierende Spiel seiner Muskeln sorgt dafür, dass es zwischen meinen Schenkeln noch etwas feuchter wird. Butchers breiter Rücken, die unzähligen Tattoos in Kombination mit den vielen Narben, die seine Haut zieren ...

Dieser Biker übt mit seiner düsteren, gefährlichen Art eine gewaltige Anziehung auf mich aus. Ich will spüren, wie mich dieser Körper überwältigt, auf die Matratze drückt und bis zur Bewusstlosigkeit vögelt.

Meine Hände nach ihm ausstreckend, streiche ich über sein Sixpack. Ein paar Atemzüge lang lässt er mich gewähren, ehe er sie einfängt und über mir in das Kissen presst.

„Nicht! Wenn du so weitermachst, ficke ich dich sofort. Doch dieses Mal will ich dich nicht überfallen. Ich will mir Zeit lassen, ich will es nicht hart und schnell, sondern langsam und zärtlich und ich will dich beobachten, während du kommst."

Das Gefühlschaos, das in meinem Inneren tobt, hat mich um meine kognitiven Fähigkeiten gebracht. Um ihm zu zeigen, dass ich dasselbe will wie er, biege ich den Rücken durch und biete mich ihm an. Ein leises Brummen von sich gebend, saugt er an meinem Nippel, verwöhnt ihn mit seiner Zunge und beißt sachte zu.

Der leichte Schmerz rast wie ein Tornado durch meinen Kreislauf.

Butchers harter Schwanz drückt sich gegen meine Scham.

Wieder küssen wir uns. Feucht und gierig treffen sich unsere Zungen, saugen und fordern immer mehr des anderen.

Kaum dass er meine Hände wieder freigegeben hat, umfasse ich seine Erektion und massiere pumpend über die beeindruckende Länge.

Sein Atem kommt schwer und rau. Er presst sein Glied gegen meine geschwollene Mitte, lässt es durch meine weichen Falten gleiten.

Seine angespannten Oberarme und das deutliche Zucken seiner Wangenmuskulatur verraten mir, dass sich seine Beherrschung gerade in Luft auflöst.

Verspielt lasse ich meine Zungen über seine Brustwarze gleiten, knabbere daran und entlocke ihm so ein zutiefst männliches Stöhnen.

„Fuck Baby."

Butchers Hand wandert quälend langsam über meinen Bauch hinab zu meiner Pussy. Er verpasst meiner empfindlichen Mitte einen harten Klaps, umkreist meinen Kitzler, zupft leicht an ihm und entlockt mir einen lustvollen Schrei.

Erregt presse ich mich seinen Fingern entgegen.

Mich unter ihm windend, kralle ich mich an seinen Schultern fest, hinterlasse rote Striemen auf seinen Armen. Erneut widmet er sich meinen Brustwarzen, erst als sie rot und geschwollen sind, lässt er wieder von ihnen ab.

Mit jedem Atemzug, mit jedem Herzschlag und jedem geteilten Kuss verfalle ich ihm mehr und immer mehr.

Zutiefst erregt und atemlos warte ich darauf, dass er endlich in mich eindringt.

Wie in Trance beobachte ich meinen Night Rider dabei, wie er sich vor mir in Position bringt. Bestimmend öffnet er meine Knie etwas weiter, sodass ihm nicht das kleinste intime Detail von mir verborgen bleibt.

Wie jedes Mal, wenn ich unter ihm liege, genieße ich es, ihm völlig ausgeliefert zu sein.

Mit zwei Fingern in mich gleitend, bereitet er mich auf seinen Schwanz vor.

Eine dünne Schweißschicht überzieht meinen Nacken, während er immer tiefer in mich eindringt. Keuchend winde ich mich unter ihm, nehme alles und fordere noch mehr.

Einen leisen Fluch murmelnd, beugt er sich über mich, leckt über mein Schlüsselbein und lässt mich seine Zähne spüren.

Zuckend zieht sich mein Unterleib zusammen, meine Zehenspitzen krümmen sich. Der Orgasmus, von dem ich urplötzlich hinfort gerissen werde, stellt alles, was ich bisher erlebt habe, in den Schatten. *Holly Shit!*

Es fühlt sich so an, als würden Feuerperlen über meine Haut rollen.

„Sieh mich an, Bella!“

Ich komme seiner Aufforderung nach, meine Scheidenwände ziehen sich krampfend um seine Finger zusammen. Die Welt hört auf zu existieren, glühende Funken zerplatzen in meinem Inneren.

Mit ruckartigen Bewegungen spreizt er meine zitternden Knie, seine Hände graben sich schmerzhaft tief in mein Fleisch.

„Und jetzt, my Lady, jetzt werde ich dich ficken wie noch nie zuvor.“

Erschöpft versuche ich, meine Arme zu bewegen, ich will Butcher anfassen, doch mein Körper gehorcht mir nicht mehr. Endlich legt er sich auf mich, das Gefühl seiner Haut, die über die meine streicht, ist unbeschreiblich intensiv.

Seine breite Eichel reibt über meine Mitte, legt sich auf meine feuchten Falten und schiebt sich ein paar göttliche Zentimeter in mich hinein. Vor Lust getrieben, presse ich meinen Unterleib dem seinen entgegen.

Wenn er mich nicht bald ausfüllt und die Leere in mir vertreibt, schreie ich.

Sein dicker Schwanz dringt endlich tiefer in mich ein, dehnt mich und nimmt mich vollständig in Besitz. Noch bevor ich weiß, wie mir geschieht, rammt er sich mit einem kraftvollen Stoß bis zum Anschlag in mich.

Unsere Körper verschmelzen miteinander, es fühlt sich so an, als wäre ich nur für diesen Rocker geschaffen worden. Das bis jetzt nur leicht ausgeprägte Gefühl der Zusammengehörigkeit wird immer stärker und erreicht ein neues Niveau.

Butcher verharrt kurz in der Bewegung, die Muskeln in seinen Beinen zucken unkontrolliert, so als könnten sie es kaum erwarten, in einen tiefen, harten Rhythmus zu fallen. Er gibt ein raues Knurren von sich und nutzt seine Kraft für genau eine Sache – mich zu ficken. Seine Stöße werden immer härter, er vergräbt sich so tief in mir, dass ein leichter, jedoch angenehmer Schmerz entsteht.

Ich stöhne zustimmend. „Ja, das ist es ...“ Was ihn dazu bringt, mich noch etwas härter ranzunehmen. Unter halb geschlossenen Lidern beobachte ich sein Mienenspiel. Mit geblähten Nasenlöchern und offen stehendem Mund verändert er den Winkel, mit dem er in mich eindringt und trifft so bei jedem harten Vorstoß meinen G-Punkt.

Stöhnend drücke ich den Kopf in das Laken und versuche im ersten Moment, seinen Stößen etwas auszuweichen, nur um mich ihnen ein paar Herzschläge später doch wieder entgegenzupressen.

Er muss gespürt haben, dass ich ihn beobachte, denn er öffnet seine Augen und unsere Blicke begegnen sich. Die Sehnen an seinem virilen Hals treten deutlich hervor, es ist ihm anzusehen, dass er noch immer versucht, sich zu beherrschen.

Schweißperlen bilden sich auf seiner Stirn. Bebend spannt sich sein Oberkörper an, die Wölbungen seiner Bauchmuskulatur werden hart wie Stein.

Er zieht sich langsam aus mir zurück, nur um sich erneut in mich gleiten zu lassen – mehr brauche ich nicht.

Zuckend, schreiend und wimmernd verliere ich mich erneut in einem allumfassenden Höhepunkt. Die Kontraktionen in meinem Inneren sind so heftig, dass ich Butcher mit mir reiße und spüre, wie er sich pumpend in mir ergießt. Sein wildes Brüllen, das mich an einen Löwen erinnert, hallt von den Wänden wieder.

Eine angenehme Mattigkeit breitet sich in mir aus, alles was ich höre, ist unser beider viel zu schnell kommender Atem und mein Puls, der mir in den Ohren dröhnt.

Unendliches Glück strömt durch meine Venen. Am liebsten würde ich es abpacken und konservieren, sodass ich es mir für die Zukunft aufheben kann. Quasi Postkoitale–Butcher-Sex–Orgasmus-Hormone-To-Go.

Er zerdrückt mich fast mit seinem Gewicht. Als er endlich bemerkt, dass er mich beinahe zerquetscht, stützt er sich auf den Ellenbogen ab und sieht zufrieden auf mich herab. Ich japse nach etwas Luft, berge mein Gesicht an seinem Hals und hauche ihm federleichte Küsse auf seinen mit Bartstoppeln überzogenen Kiefer.

Ich muss total verrückt geworden sein, aber nach dem eben Erlebten kann ich mir nicht mehr vorstellen, Butcher für Caden zu verlassen.

Der Sex gerade war nicht nur gut, er war grandios. Dieses Mal haben wir nicht gefickt – wir haben Liebe gemacht.

Butcher rollt sich nun endgültig von mir herunter, in dem Moment, in dem er sich aus mir rauszieht, spüre ich, wie sein Sperma an meinem Schenkel hinabtropft.

Holy Shit! Wir haben kein Kondom benutzt.

Natürlich nehme ich die Pille, aber was ist mit Krankheiten?

Verdammt – Verdammt – Verdammt!

Aufmerksam wie er ist, bemerkt er sofort meinen Stimmungsumschwung.

„Alles okay bei dir?"

Blöde Frage.

„Nein! Wir haben keinen Gummi benutzt. Ich nehme zwar die Pille aber ..."

Er lässt mich nicht aussprechen, sondern versiegelt meine Lippen mit einem Kuss.

„Keine Sorge, Baby. Ich bin sauber. Außerdem, jetzt wo du meine Lady bist, können wir auf diese Dinger eh verzichten. Ich will dich spüren, ganz und ohne diesem Latex zwischen uns."

An sich ja nett gemeint, aber ...

Da ich nicht weiß, was ich von dieser neuen Entwicklung halten soll, belasse ich es dabei und beschließe, diese Diskussion auf einen späteren Zeitpunkt zu verschieben. Rom ist schließlich auch nicht an einem Tag erbaut worden.

Träge wie eine Katze drehe ich mich auf den Bauch und riskiere einen Blick auf die Uhr.

„Oh verdammt, ich bin viel zu spät. Sally wird sich bestimmt schon fragen, wo ich bleibe."

Mit den Fingern durch meine verwuschelten Haare streichend, sieht Butcher mich an.

„Mit diesem Rock hätte ich dich eh nie aus dem Haus gelassen. Außerdem schuldest du mir noch eine Antwort."

Interessant zu wissen. Mein Kampfgeist schüttelt die postkoitale Erschöpfung ab und erwacht zum Leben.

„Und wie hättest du mich bitte daran hindern wollen?“
Selbst ich bemerke, wie schnippisch ich klinge, es ist also kein Wunder, dass mein Rider warnend den Kopf schief legt.
„Na ja, du bist hier, oder?“
Dieses Arsch... Dieser Punkt geht wohl an ihn. Ich werde mir merken, dass er grandiosen Sex dazu einsetzt, um mich zu manipulieren. So leicht wird ihm das zukünftig nicht mehr gelingen.
„Was für eine Antwort schulde ich dir noch?“
Das Schmunzeln, zu dem sich seine Lippen verziehen, löst einen Schwarm Schmetterlinge in meinem Bauch aus.
„Was hätte ich gehört, wenn ich das Gespräch zwischen dir und deiner Freundin belauscht hätte?“
Oh, oh. Mich gerader hinsetzend, schnappe ich mir die Kippenschachtel, die auf dem Nachtkästchen liegt, und zünde mir eine Zigarette an.
Eigentlich rauche ich nicht im Bett, aber diese Gauloises habe ich jetzt echt nötig. Wobei ein Schnaps auch nicht schaden würde ... Erfahrungsgemäß sind ernste Gespräche mit ein paar Umdrehungen im Blut viel leichter zu ertragen.
Butcher weiß, dass ich es eigentlich verabscheue, im Schlafzimmer zu rauchen, darum bringt mir mein Verhalten auch einen prüfenden Blick ein.
„Du hast nicht rein zufällig ein winzig kleines Fläschchen Alkohol neben deinem Bett stehen oder unter deinem Kopfkissen versteckt?“
Bingo! Mit dieser Frage habe ich es geschafft, ihn nun endgültig neugierig zu machen.
„Was ist los, Bella?“
Mein Rocker klingt plötzlich gar nicht mehr entspannt, sondern eher alarmiert.
„Ich bereite mich seelisch und moralisch darauf vor, dir zu antworten.“
Ein undefinierbares Geräusch ausstoßend, steigt Butcher aus dem Bett, zieht seine Jeans an und lehnt sich mit vor der Brust verschränkten Armen gegen die Wand mir gegenüber.
„Was auch immer du auf dem Herzen hast, spuck es einfach aus, Baby. Ob du es glaubst oder nicht, ich denke, ich weiß genau, wie es in deinem Inneren aussieht. Es wird dir also nicht gelingen, mich zu schocken!“
Da scheint er mir im Vorteil zu sein, denn ich selber habe keine Ahnung, was ich fühle.
„Bist du dir da sicher?“
Er nickt, ich ziehe an meiner Zigarette und beschließe, dass ich nun genug Zeit vertrödelt habe. Den Rauch in seine Richtung blasend, setze ich mich etwas aufrechter hin und sehe ihm direkt in die Augen.

„Wenn du mein Gespräch mit Sally belauscht hättest, dann hättest du erfahren, dass mein Herz längst ...“ Weiter komme ich nicht, denn wir werden von dem lauten Klingeln seines Mobiltelefons unterbrochen. Einen derben Fluch ausstoßend, holt er das Handy aus der Tasche seiner Kutte, riskiert einen Blick auf das Display und flucht erneut.

Mit einem wütenden Wischen über das Display nimmt er den Anruf entgegen.

„Hey Präs, ich kann gerade nicht. Ich rufe dich zurück!“ Nach dieser eher schroffen Begrüßung drückt er Mason weg, stellt sich wieder an den Platz, an dem er vorher schon war, und wendet sich wieder mir zu.

Wow! Jeder der Butcher kennt, weiß, dass ihm der Club über alles geht und dass er, wann immer Mason ihn braucht, alles stehen und liegen lässt, um sich darum zu kümmern. Dass er ihn für mich gerade so abgefertigt hat, ist unglaublich und zeigt mir, was für einen hohen Stellenwert ich für Butcher habe.

Das eben Geschehene ist für mich ein weiterer Beweis dafür, dass es die richtige Entscheidung war, seine Old Lady zu werden.

„Fuck, Bella! Sprich endlich weiter, oder muss ich die Wörter erst aus dir rausschütteln?“

An seiner Schläfe pocht eine Ader, sein Sixpack zuckt vor Anspannung, Butcher vibriert regelrecht vor Ungeduld. Sein Anblick reicht aus, um mich erneut zu erregen. Wie er so dasteht, die tief sitzende, offen stehende Hose, all seine Muskeln, die Tattoos und der finstere Gesichtsausdruck. *Hot as Hell!*

„Wenn du mein Gespräch mit Sally belauscht hättest, dann hättest du erfahren, dass mein Herz längst dir gehört. Die letzten Tage waren unglaublich – du bist unglaublich! Ich kann es kaum erwarten, endlich dein Leder zu tragen.“ Ich mache eine kurze Pause, fülle meine Lunge erneut mit warmen Rauch und rede weiter. „Mir ist klar, dass es nicht leicht wird, unsere beiden Leben miteinander zu verbinden und dass noch viele Hürden vor uns liegen, aber ich bin mir sicher, dass wir es zusammen schaffen werden. Ich will dich Butcher, ich will dich wirklich.“

Gespannt, wie er auf mein Eingeständnis reagieren wird, sehe ich ihn an und hauche den inhalierten Rauch aus. Eigentlich dachte ich, dass Butcher sich jetzt, wo er sich meiner sicher sein kann, etwas entspannen wird. Eher das Gegenteil ist der Fall.

Ich weiß nicht, wie ich seine derzeitige Gemütsverfassung beschreiben soll, teuflisch würde wohl am besten passen.

Reglos wie eine Statue lehnt er an der Wand und sieht mich so eindringlich an, dass sich seine Blicke wie kleine Funken anfühlen, die auf meiner Haut landen und mich in Brand setzen. Etwas verunsichert steige ich aus dem Bett, ignoriere meine Nacktheit und gehe auf ihn zu.

„Was ist los?"

Eine bittere Unsicherheit breitet sich in mir aus.

Will er mich gar nicht mehr oder warum sagt er nichts?

„Habe ich was Falsches gesagt?"

Butcher schweigt noch immer. Seine Augen gleiten an meinem Gesicht hinab, über meine Brüste bis zu meinen Füßen. Als sie wieder nach oben wandern, verharren sie kurz an meiner Mitte, dann endlich lässt er seinen angehaltenen Atem entweichen und brummt so leise, dass ich ihn kaum verstehen kann.

„Du hast gerade dein Schicksal besiegelt! Für dich wird es nie wieder ein Entkommen geben. Deine Zeiten als Clubmaus sind ein für alle Mal vorbei. Sollte dich jemals wieder einer meiner Brüder anfassen, hacke ich ihm die Hände ab. Das gilt besonders für Caden! Wie kannst du auch nur eine Sekunde an dir selber zweifeln, Bella? Sieh dich an. Du bist so wunderschön, dass es mir den Atem verschlägt. In deiner Nähe muss ich immer aufpassen, dass ich mich zusammenreiße und dass ich zärtlich zu dir bin, du bist so klein und zerbrechlich. Nur eine falsche Bewegung und du bist kaputt ..."

Sein letzter Satz bringt mich zum Lachen. Butcher tut ja gerade so, als wäre ich eine zerbrechliche Glasvase.

„Keine Sorge, ich bin ziemlich robust und neige nicht dazu, zu zerbrechen."

„Sicher?"

Langsam streckt er seine Hand aus, legt meine auf die seine und demonstriert mir so, was er gemeint hat. Meine Hand sieht in seiner aus wie die eines Kindes. Was aber auch kein Wunder ist, Butcher hat ziemlich große Pranken, wie die eines Grizzlybären.

Nervös lecke ich mir über die Unterlippe und suche seinen Blick.

„Ja ganz sicher. Ich vertraue dir, ich weiß, dass du mir niemals etwas tun würdest."

Und das stimmt. Butcher mag ein gewalttätiger Killer sein, der ein Problem damit hat, sein Temperament und seine Aggressionen zu zügeln, dennoch würde ich ihm jederzeit mein Leben anvertrauen. Ich spüre instinktiv, dass er seine Kraft niemals gegen mich einsetzen, sondern immer nur für mich verwenden wird.

Ich fürchte mich nicht vor ihm, obwohl ich das vielleicht tun sollte.

„Hast du Hunger, Süße? Wie wäre es, wenn ich dich jetzt zum Essen einlade, wir danach noch mal im Bett landen und heute Abend zusammen ins Kino gehen?"

Oh, das klingt toll, aber ...
„Und was ist mit Mason? Was, wenn dich der Club braucht?"
Zu meinem Erstaunen zuckt Butcher nur lässig mit den Schultern.
„Soll er doch Caden fragen, im Gegensatz zu mir hat der keine wunderschöne, nackte Frau vor sich stehen. Er ist sicherlich konzentrierter als ich, denn ich kann an nichts anderes denken, als daran, dich zu füttern und zu ficken!"
Höre ich da etwa ein kleines bisschen Schadenfreude?
„Also gegen füttern und ficken hätte ich nichts einzuwenden. Gegen das Kino übrigens auch nicht."
Er nickt zufrieden, hebt mich hoch und platziert ein Dutzend ziemlich feuchter Küsse auf meinem Mund, meinem Hals und meinen Brüsten.
Ich fühle mich, als würde ich auf Wolken schweben, irgendwie leicht und beschwingt. Beinahe so, als wäre ich auf Drogen? Ist das der Zustand, den alle Welt als Verliebtsein beschreibt? Durchaus möglich ...

4. Kapitel

Butcher

Die Tage mit Bella vergehen viel zu schnell, am liebsten würde ich die Zeit für ihre Geschwindigkeit verfluchen. Seit ich dieses Mädchen für mich beansprucht habe, entdecke ich jeden Tag neue Dinge, die alleine nichts Besonderes waren, zusammen mit ihr hingegen werden sie zu meinem Tageshighlight. Ich hätte nie gedacht, dass so etwas Triviales wie das Zähneputzen so befriedigend sein kann. Erst heute Morgen hat mich dieses kleine Luder so lange gereizt, bis ich sie die komplette Dauer ihrer winzigen pinken Sanduhr, die ihr die drei Minuten anzeigt, die sie ihre Zähne putzen will, auf mein Gesicht gesetzt und geleckt habe. Noch bevor die Zeit abgelaufen war, ist sie zuckend auf meiner Zunge gekommen.

Bei allen Ridern, wie kann ein Tag besser beginnen als mit meiner Zunge in ihrer Pussy?

Selbst dieser blöde neue Actionfilm mit Tom Cruise war gar nicht so übel. Warum? Ganz einfach, wegen Bella. Es ist unglaublich, wie leichtgläubig meine Süße ist, wenn es um Schießereien und Kampfszenen geht. Es hat mir Spaß gemacht, ihr zu erklären, warum bestimmte Dinge unrealistisch sind und wie es im wahren Leben abläuft.

Eine Nase oder ein Genick zu brechen ist nichts besonders Ausgefallenes. Bei den verschiedenen Kampftechniken ist es da schon komplizierter, ihr die Fehler aufzuzeigen.

Seit ich weiß, dass Bella zu Hause auf mich wartet, erledige ich meine Arbeit noch effizienter wie bisher. Mason hat mir schon immer vorgeworfen, dass ich zu brutal und zu schnell töte. Im Augenblick könnte er damit fast recht haben. Je schneller ich die Wichser, die dem *Night Riders Motorcycle Club* schaden wollen, eliminiert habe, je mehr Zeit kann ich mit meiner Lady verbringen. Eine ganz einfache Gleichung, die meinen Opfern eine Sache erspart – langes Leiden.

Zum Teufel! Ich würde auch hundert Männer in einer Nacht töten, wenn mich das nur schneller zu ihr zurückbringen würde.

Zanes Hinweis neulich wäre nicht nötig gewesen, ich weiß auch so, dass mein Verhalten längst nicht mehr normal ist. Ich bin besessen von Bella. Und die Intensität, mit der ich mich nach ihr sehne, wird mit jedem Tag stärker. Der Club hat sich längst daran gewöhnt, dass Bella keine Bitch mehr, sondern meine Lady ist, und das ist auch gut so. Ich war nur noch einen dummen Kommentar davon entfernt, meine eigenen Brüder hinzurichten.

Allein Cadens Blicke werden immer mörderischer und sein Verhalten immer gereizter. Dieser Idiot scheint erst jetzt kapiert zu haben, was er verloren hat. Ich bin nicht naiv, ich weiß, dass mein Mädchen ursprünglich gehofft hat, seine Old Lady zu werden. Caden, der Bastard, hätte haben können, was ich nun genieße. Alleine die Vorstellung, dass er derjenige ist, der beinahe die Pussy meiner Süßen sein Eigen nennen konnte, sorgt dafür, dass ich ihn tot sehen will.

Würden die Dinge anders stehen, wäre er kein Mitglied unserer Gemeinschaft, hätte ich ihm längst meinen Dolch zwischen die Rippen gerammt.

So aber behalte ich ihn erst mal nur im Auge ...

Wer, wenn nicht ich, kann besser nachvollziehen, wie beschissen er sich jetzt fühlen muss? Ich an seiner Stelle würde Bella nicht kampflos aufgeben, sondern alles versuchen, um sie für mich zu gewinnen. Und da ich Caden kenne, bin ich wachsam und habe nicht nur sprichwörtlich immer einen Finger am Abzug.

Den Blinker setzend, biege ich in die nächste Seitenstraße ab und halte vor der stillgelegten Tankstelle am Stadtrand.

Dank des dichten Verkehrs habe ich fast eine Stunde bis hier raus gebraucht. Hoffentlich war die Fahrt nicht umsonst.

Wir haben einen anonymen Tipp bekommen, dass die Vietnamesen, die wir vor einiger Zeit plattgemacht haben, dabei sind, sich neu aufzustellen und hier eine ihrer Drogenküchen eingerichtet haben. Das würde auch durchaus Sinn machen. Die Location ist abgelegen, hat große Tanks und ist einigermaßen gut in Schuss. Die alten Fabrikhallen, in denen die Schlitzaugen früher ihr Gift gekocht haben, hat Caden längst in die Luft gejagt. Eigentlich dachte ich wirklich, dass wir Rider diesen Arschlöchern nachdrücklich genug klargemacht haben, was mit Wichsern passiert, die in unserem Gebiet Drogen herstellen und verkaufen. Anscheinend haben wir uns da getäuscht.

Aufgrund der langen Strecke und der Tatsache, dass es sich dabei, wie gesagt, um einen unbestätigten Verdacht handelt, bin ich erst mal alleine hier rausgefahren. Sollte sich herausstellen, dass der Hinweis stimmt, werde ich hier aufräumen.

Diese unterbelichteten Stäbchenfresser sind keine wirkliche Herausforderung für mich. Selbst wenn ich gleich einem Dutzend dieser Trottel gegenüberstehe, mache ich mir keine Sorgen darüber, nicht mit ihnen fertigzuwerden. Das ist der Vorteil daran, dass die meisten Drogendealer ihren Mist auch selbst konsumieren. Die

Reaktionsfähigkeit dieser Junkies ist schlechter als die meiner achtzigjährigen Grandma.

Die Tankstelle einmal umrundend, checke ich die Lage – alles ist dunkel, niemand ist zu sehen. *What a Fuck!* Wie es aussieht, war der Weg umsonst.

Welcher Depp sich auch immer einen Spaß mit uns gemacht hat, er sollte sich lieber nicht erwischen lassen. Anstatt sinnlos durch die Gegend zu cruisen, hätte ich auch mein Mädchen ficken können. Laut Mason ist endlich die Kutte fertig, die Bella als meine Old Lady ausweisen wird, ich kann es kaum erwarten, sie ihr anzuziehen.

In meiner Fantasie sehe ich sie längst vor mir, nackt und auf den Knien mit nichts weiter an als meinem Leder. Ich will sie an den Haaren packen, sie am Genick nach unten drücken und mich so tief in ihren geilen Arsch rammen, dass sie mich um Gnade anfleht.

Bloody Hell! Ein weiteres Problem, um das ich mich kümmern muss, ist die Tatsache, dass meine Gier nach Bella eine gefährliche Intensität erreicht hat. Wann immer ich sie ficke, brauche ich all meine Kraft, um mich zu beherrschen. Ich muss mich regelrecht dazu zwingen, zärtlich zu sein. Der Drang, sie zu beißen, zu markieren und mich so tief in sie zu stoßen, dass sie mich für den Rest ihres Lebens in sich spüren kann, wird immer stärker.

Sollte ich auch nur ein einziges Mal die Kontrolle verlieren, wird das kein schönes Ende nehmen. Erst heute Morgen sind mir die violetten Abdrücke meiner Finger auf ihrer schmalen Taille aufgefallen. An den fast schwarzen Bissabdruck an ihrem Hals will ich gar nicht erst denken. Ich bin ein Monster und wenn ich nicht aufpasse, wird mein Engel an mir zerbrechen.

An einer der außer Betrieb genommenen Zapfsäulen haltend, ziehe ich mir den Helm aus und fahre mir mit der Hand durch die Haare. Die Umgebung im Auge behaltend, schalte ich den Motor ab und klappe den Ständer aus. Gerade als ich absteigen will, um mich genauer umzusehen, höre ich ein nur allzu vertrautes Zischen, etwas streift meine Schulter und schlägt nur wenige Zentimeter neben meinem Kopf in der Betonsäule ein. Den stechenden Schmerz ignorierend, springe ich von meinem Bike und renne mit gesenktem Kopf und großen Schritten hinter das Gebäude.

Was zum Teufel läuft hier?

Auch wenn ich Messer und jegliche Art von Klingen bevorzuge, erkenne ich ein an mir vorbei sausendes Projektil. Wer auch immer so lebensmüde ist und auf mich schießt, muss einen Schalldämpfer benutzen, was es mir erschwert, ihn zu lokalisieren.

Die Erkenntnis, dass es hier tatsächlich keine Drogenküche gibt, sondern dass ich in eine Falle gelockt wurde, lässt mich vor Wut erzittern.

Fuck! Fuck! Fuck!

Ich bezweifle stark, dass es hier im Umkreis von zehn Blocks auch nur einen Vietnampisser gibt. Wer auch immer hinter dieser Scheiße steckt, er wusste, welchen Köder er dem MC hinwerfen musste, damit wir darauf anspringen.

Wir Night Rider sind keine Heiligen, aber wenn es um Drogen geht, ist bei uns Schluss.

Dieser Dreck tötet Frauen und Kinder und wir erlauben nicht, dass er in unserem Revier hergestellt und verkauft wird. Dass Zane und Mason zusätzlich einen Hass auf diese Schlitzaugen haben, hat dem Wichser, der mich hierherlocken wollte, natürlich in die Hände gespielt. Es ist kein Geheimnis, dass es zu meinem Aufgabengebiet gehört, solchen Hinweisen nachzugehen und für Ordnung zu sorgen. Was meinen Verdacht, dass es ein gezielter Anschlag auf mich ist, nur erhärtet. Erneut höre ich ein Zischen, dieses Mal trifft mich die Kugel nicht, sondern schlägt ein paar Zentimeter neben meinem Fuß im Boden ein. *Zur Hölle! Wo sitzt dieses Arschloch?*

Genau diese Anonymität ist der Grund, aus dem ich Waffen verabscheue.

Wenn ich jemanden angreife, dann will ich, dass er mich kommen sieht. Ich will, dass er ganz genau weiß, wer es auf ihn abgesehen hat und warum. Ich bevorzuge einen einigermaßen fairen Kampf. Außerdem will ich die Angst in den Augen meiner Opfer sehen und hören, wie sie ihren letzten Atem aushauchen, wenn ich mit ihnen fertig bin. Ziemlich krass, ich weiß. Aber so ist es nun mal! Außerdem habe ich nie ein Geheimnis daraus gemacht, dass ich ein kranker und mit großer Sicherheit leicht schizophrener Bastard bin.

Früher hätte ich mich auf die Jagd nach dem Schützen gemacht, heute hingegen zögere ich. Über das Hängemännchen an meinem Hals reibend, beschließe ich, vorsichtig zu sein. Zum ersten Mal in meinem Leben bin ich nicht mehr nur für mich alleine verantwortlich.

Bella ... Ich habe die Verantwortung für sie übernommen und dazu gehört es auch, dass ich für sie da bin und sie beschütze. Und das kann ich nicht, wenn mir jetzt irgend so ein Arschloch ein paar Kugeln verpasst.

Der Tod ist nichts, was ich fürchte, früher oder später erwischt es jeden. Seit Neuestem bevorzuge ich jedoch das später. Es hat einen Grund, aus dem kein Rider eine Altersvorsorge abschließt – wir werden nicht alt und wir sterben blutig.

Man könnte es ein Berufsrisiko nennen.

‚LIVE FAST, DIE BLOODY' – dieser Schriftzug ziert die Kutte jedes Members unseres Motorradclubs.

Aufgrund des Einschlagwinkels gehe ich davon aus, dass sich der Schütze in einer höheren Position befindet. Prüfend sehe ich mich um, doch ich kann nichts entdecken. Wieder wird ein Schuss abgefeuert, dieses Mal streift er mein Leder.

Der brenzlige Geruch steigt mir in die Nase, lässt mich rotsehen.

Jetzt reicht's! Scheiß auf die Schulter, die Schmerzen und das Blut.

Aber meine Kutte? No way! Die ist mir heilig! In dem leer stehenden Haus gegenüber blitzt etwas auf. In dem dritten Fenster von links in der ersten Etage nehme ich eine Bewegung wahr.

„Hab ich dich, Arschloch!"

Bella aus meinem Kopf verbannend, konzentriere ich mich auf eine einzige Sache: Rache! Innerlich von Drei rückwärts zählend, stürme ich bei Null los, verlasse die Tankstelle, eile über die Straße und in das Gebäude, in dem ich den Schützen vermute. Die Waffe aus meinem Hosenbund ziehend, löse ich die Sicherung und lege den Finger auf den Abzug. Die linke Hand schließt sich gewohnheitsmäßig um den Griff meines Dolches.

Zuerst werde ich dem Wichser ins Bein schießen und so dafür sorgen, dass er nicht länger vor mir davonlaufen kann, und ihn dann mit meiner Klinge bearbeiten. Zu dem Adrenalin, das durch meine Adern pumpt, mischt sich Vorfreude.

Yeah! Wer hätte gedacht, dass sich der Vormittag in diese Richtung entwickelt?

Eine gute Jagd ist viel interessanter, als ein paar unterbelichtete Schlitzaugen abzuschlachten. Das Haus scheint schon des Längeren leer zu stehen. Die versiffte Matratze, die mitten im Dreck auf dem Boden liegt, verrät mir, dass sich hier des Nachts ein paar Obdachlose einfinden.

Es stinkt nach Urin, Schimmel und vermodernden Mauern.

Neben mir ertönt ein scharrendes Geräusch. Ich wirble herum und ziele auf eine fette Ratte, die mich gelangweilt anstarrt.

Einen Fluch ausstoßend, arbeite ich mich weiter vor, die Treppe nach oben bis zu dem Zimmer, in dem sich der Angreifer noch vor wenigen Minuten aufgehalten hat.

Wie zu erwarten ist es, bis auf ein paar zertrümmerte Möbel und ein paar verblichene Bilder an der Wand, leer. Gerade als ich mich abwenden will, entdecke ich etwas Silbernes auf der Fensterbank, vor der eingeschlagenen Scheibe.

Wer auch immer es auf mein Leben abgesehen hat, muss hier auf mich gewartet haben, gut ein Dutzend Zigarettenstummel liegen auf dem Boden. Doch das, was meine Aufmerksamkeit erregt, sind nicht die angerauchten Filter, sondern das silberne Zippo, das vergessen wurde. Prüfend nehme ich es in die Hand und weiß instinktiv, wem dieses Feuerzeug gehört: Caden.

Dieses Zippo ist sein Glücksbringer, mit diesem zündet er so gut wie jede Lunte an.

Was dieser Fund bedeutet ist heftig! Verrat!

Ich verwette mein Bike darauf, dass der Grund für diesen Hinterhalt eisgraue Augen, lange rote Haare und einen Erdbeermund hat. Offensichtlich hat Caden endlich erkannt, was für einen verfickten Fehler er gemacht hat, als er sich Bella von mir hat wegschnappen lassen.

Wenn Mason erfährt, was hier gerade abgegangen ist, wird er Cadens Tod wollen. Noch während ich hier stehe und versuche, die Tragweite des eben Geschehenen zu begreifen, höre ich das Getrampel von Schritten, eine Türe wird zugeschlagen, dann ertönt das vertraute Geboller einer Harley. Ich mache mir nicht die Mühe, ihn zu verfolgen, spätestens heute Nachmittag werde ich ihm gegenüberstehen und bis dahin muss ich mir überlegt haben, wie ich in dieser Angelegenheit verfahren will.

Eines steht schon mal fest, von mir werden weder Zane noch Mason erfahren, was hier gerade abgegangen ist. Caden ist (trotz allem) mein Clubbruder. Wir sind erwachsene Männer, wir werden das untereinander regeln. Vielleicht lasse ich ihn leben, vielleicht auch nicht. Sollte er es jedoch wagen, sich Bella zu nähern, töte ich ihn. Ich kann vieles verzeihen, doch bei meinem Mädchen hört der Spaß auf!

Jetzt, wo die Gefahr vorbei ist, spüre ich den Schmerz in meiner Schulter mit voller Wucht. Fluchend ziehe ich die Kutte aus und betrachte den Streifschuss.

Bullshit! Das war Glück im Unglück. Eine Handbreit weiter unten und er hätte mich mitten ins Herz getroffen.

Genervt reibe ich mir mit der Hand über die Stirn, zünde mir mit Cadens Zippo eine Kippe an und ziehe mein piependes Handy aus der Hosentasche. Die eingegangene Nachricht ist von Bella. Ich öffne den

WhatsApp-Chat, tippe auf das Bild, das sie mir geschickt hat, und werde trotz der Wut, die in mir kocht, und den Schmerzen sofort hart.

Meine Old Lady steht mit verwuschelten Haaren, barfuß und nur in einem ausgewaschenen T-Shirt von mir, auf dem der Death Skull der Night Riders abgebildet ist, vor dem Spiegel in meinem Schlafzimmer und zieht einen Schmollmund, während sie auf den Knutschfleck deutet, der ihre linke Arschbacke ziert.

Holy Fuck! Diese Frau ist die perfekte Mischung aus süß und sexy und sie zwingt mich mühelos in die Knie. Bella braucht weder viel Schminke noch teure Kleider – sie ist, so wie sie ist, das erotischste Geschöpf dieses Planeten.

Unter dem Foto stehen nur fünf Worte *'Komm heim und fick mich!'* doch sie machen mich zum glücklichsten Mann auf diesem Planeten.

Bevor ich ihr antworte, nehme ich mir die Zeit, in Ruhe die Zigarette fertig zu rauchen und meine Möglichkeiten zu analysieren. Caden weiß aller Wahrscheinlichkeit gar nicht, dass er sein Feuerzeug vergessen hat, was bedeutet, dass er keine Ahnung hat, dass ich herausgefunden habe, dass er mich töten will. Das verschafft mir einen Vorteil, den ich zu meinen Gunsten nutzen werde. So beschissen ich seine Aktion auch finde, ich kann nachvollziehen, warum er so gehandelt hat. An seiner Stelle hätte ich ebenfalls versucht, meinen Konkurrenten auszuschalten. Doch im Gegensatz zu ihm hätte ich genug Eier gehabt, ihm gegenüberzutreten, anstatt mich wie ein Schwanzlutscher in einem abbruchreifen Haus zu verstecken und ihn in einen Hinterhalt zu locken.

Mann gegen Mann – fair und unkompliziert.

Sein Feuerzeug einsteckend, schreibe ich meiner Süßen, dass ich erst noch zum Club muss und in circa zwei Stunden bei ihr bin. Bevor ich nach Hause fahre und ihr gebe, was sie braucht, muss ich die Schusswunde desinfizieren und nähen lassen. Eine Infektion ist das Letzte, was ich gebrauchen kann.

Noch immer fassungslos trete ich den Rückweg an, steige auf mein Bike und mache mich auf den Weg zurück zum Club.

5. Kapitel

Caden

Die Woche hat beschissen begonnen, ist noch beschissener geworden und endet nun in einem gigantischen Haufen Scheiße!

Fuck! Fuck! Fuck!

Es ist okay, dass nicht immer alles im Leben so läuft, wie man das will, so ist es nun mal.

Aber in diesem Fall ist niemand Geringerer an dem Ärger, der mich innerlich zerfrisst, schuld als ich selbst. Ich war zu arrogant, um mir einzugestehen, dass ich ausgerechnet eine der Bitches ganz für mich alleine will.

Bullshit! Eigentlich nicht besonders verwunderlich ...

Jetzt mal ehrlich! Einem Night Rider ist nichts wichtiger als seine Freiheit. Aus genau diesem Grund haben wir uns ja auch für den Lebensstil entschieden, den wir führen.

Sich eine Old Lady zu nehmen, passt also nicht wirklich zu unserem Bedürfnis nach Unabhängigkeit.

Und die Tatsache, dass die einzige Frau, die mich wirklich interessiert, eine Clubmaus ist oder war, ist eine verdammte Katastrophe. Wer will schon ein Mädchen für sich beanspruchen, das schon der halbe Club gefickt hat?

Also ich nicht, zumindest dachte ich das. So langsam wird mir aber klar, dass ich oberflächlich war. Es geht nicht darum, wie viele Kerle schon ihre Schwänze in Bella geschoben haben, sondern um die Frau an sich. Und die ist, so lange Butcher am Leben ist, außerhalb meiner Reichweite. Eine Wut, so wild und stark, dass sie sich einfach nicht abschütteln lässt, pulsiert durch meine Venen.

Ich gehöre zu der Kategorie Mann, die sich, ohne zu fragen, nimmt, was sie will. Die sich einen Dreck um die Gesetze schert und ohne zu zögern über Leichen geht.

Wenn mir heute da draußen auf der Straße ein Mädchen über den Weg läuft, das mir gefällt und das ich will, nehme ich es mir, ohne lang zu fragen.

Weder glaube ich an Gott noch an den Teufel. Der Himmel ist mir egal und vor der Hölle fürchte ich mich nicht. Das Einzige, was mir auf dieser Welt heilig ist, sind die Gesetze des *Night Riders Motorcycle Clubs* und meine Kutte. Und genau eines dieser Clubgesetze besagt, dass die Lady eines Bruders absolut tabu ist und dass sie vor allem Unheil beschützt werden muss. Ich stecke also ganz offensichtlich in der Scheiße! Denn ein weiteres verbietet, dass wir uns gegenseitig töten, und genau das habe ich vor wenigen Stunden versucht und bin dabei kläglich gescheitert. Butcher, dieser Wichser, scheint mehr Leben zu haben als eine verdammte Katze. Wenn herauskommt, dass ich hinter dem Anschlag auf ihn stecke, ist das mein Todesurteil. Im Grunde ist mir bewusst, dass ich die Wut, die ich für ihn empfinde, gegen mich selbst richten muss.

Denn noch während ich mit meinem Stolz gekämpft und mir ums Verrecken nicht eingestehen konnte, dass ich Bella die Bitch für mich will, hat Butcher sie mir vor der Nase weggeschnappt. Ich hätte sie haben können, doch ich habe gezögert und sie somit verloren. Es ist nicht die Schuld meines Bruders, dass ich zu stolz war, sondern ganz allein meine. Demnach sollte ich meine Waffe auf mich selbst richten und nicht auf ihn.

Er hat nichts falsch gemacht. Dennoch hasse ich ihn!

Seit Butcher Bella sein Leder angeboten hat, bin ich mies drauf.

Ich habe mir so viele Bitches gegönnt wie nie zuvor. Mein Schwanz ist wund und meine Lust auf Sex verpufft. Gebracht hat das alles nichts – absolut *nichts*.

Ein allerletztes Schlupfloch gibt es noch, eine letzte Möglichkeit, Bella für mich zu gewinnen. Solange sie Butchers Leder noch nicht trägt, so lange noch kein *Property of Butcher* ihren schmalen Rücken ziert, ist sie noch nicht sein Eigentum. Nicht offiziell zumindest. Stellt sich mir also die Frage, was passieren würde, wenn ich jetzt zu ihr gehen und ihr meine Kutte anbieten würde. Wie würde sie reagieren?

Entweder sie würde mir so einen harten Tritt in die Eier verpassen, dass ich auf die Knie gehen und nie wieder aufstehen würde, oder aber ...

Ich traue mich kaum, diesen Gedanken zu Ende zu bringen.

Was für ein Arschloch bin ich eigentlich?

Es ist falsch, Butcher sein Mädchen wegnehmen zu wollen, und es ist noch falscher, ihn zu ermorden, dennoch kann ich an nichts anderes mehr denken.

Die letzten Monate habe ich einen Fehler nach dem anderen gemacht. Nicht nur, dass ich mir Bella durch die Finger rinnen lassen habe, oh nein, ich bin auch bei der Arbeit unkonzentriert gewesen. Erst letzte Woche habe ich es so richtig versaut. Ich war so wütend auf mich, Bella und die ganze verschissene Welt, dass ich die benötigte Menge Sprengstoff falsch berechnet und doppelt so viel wie notwendig verwendet habe. Es ist ein verdammtes Wunder, dass Mason und ich nicht in Stücke gerissen worden sind. Die Explosion war so gewaltig, dass es mir die verdammten Augenbrauen weggebrutzelt hat. Die

Druckwelle hat nicht nur die Fensterscheiben im Umkreis von zwei Blocks bersten lassen, sondern auch die Alarmanlagen aller Autos ausgelöst. Es muss ein grässlicher Lärm gewesen sein, zumindest denke ich das, gehört habe ich fast nichts davon. Aufgrund des lauten Knalls war mein Trommelfell so geschädigt, dass ich tagelang fast taub war.

Mason war stocksauer. Zu Recht! Ich habe Scheiße gebaut, mal wieder ...

Nachdem er mir einen heftigen Schlag in den Magen verpasst hat, hat er mir befohlen, endlich mein Hirn einzuschalten und Bella zu vergessen.

Wenn das nur so leicht gehen würde.

Jetzt stehe ich hier, betrachte meine vernarbten Hände und lausche Bellas Lachen.

Sie steht keine zehn Meter von mir entfernt mit der First Lady unseres Clubs neben dem Wachhäuschen, das sich an der Zufahrt auf das Rider Gelände befindet, und unterhält sich mit meinem Präsidenten. Sie scheint zu spüren, dass ich sie beobachte, und dreht sich zu mir um. Wir sehen uns an, die Zeit steht still.

Nun richtet auch Mason seinen Blick auf mich, mit einem angedeuteten Kopfschütteln gibt er mir zu verstehen, wie sehr er mein Verhalten missbilligt.

Einen Fluch ausstoßend, kämpfe ich gegen den Drang an, Bella zu packen, sie auf mein Bike zu verfrachten und zu entführen.

Es wäre alles so verdammt leicht gewesen, wenn ich in der schicksalhaften Nacht vor ein paar Wochen einfach das getan hätte, was ich tun wollte.

Als ich damals Bella auf Butchers Schoß sitzen gesehen und dabei zugeschaut habe, wie er seine Finger in ihre Pussy geschoben hat, wollte ich meine Waffe ziehen und ihm mein komplettes Magazin in den Kopf ballern. Doch ich konnte mich beherrschen, ich habe meine Knarre nicht gezogen und Butcher am Leben gelassen.

Anstatt dazwischen zu gehen und meinen Besitzanspruch auf Bella geltend zu machen, habe ich mir eine andere Bitch gepackt, sie dann aber unverrichteter Dinge weggeschickt. Es hat mich all meine Kraft gekostet, mich zu beherrschen. Im Nachhinein weiß ich, dass es besser gewesen wäre, ein klein wenig zu eskalieren.

Da Butchers Harley neben den Werkstatttoren steht, weiß ich, dass er ebenfalls zurück ist. Wenn mich nicht alles täuscht, habe ich ihn zwar getroffen, zu meinem Leidwesen jedoch nicht lebensgefährlich verletzt.

Wie zuvor schon erwähnt, ich bin in letzter Zeit viel zu unkonzentriert!

Fluchend wende ich mich ab und stehe prompt einem fröhlich vor sich hin pfeifenden Butcher gegenüber.

Der hat mir gerade noch gefehlt!

Sofort ballen sich meine Hände zu Fäusten, beginnen zu jucken und wollen unbedingt in sein Gesicht. Und weil eh schon alles scheiße ist, halte ich mich dieses Mal nicht zurück, sondern hole aus und schlage zu. Wieder und wieder landen meine Knöchel auf seinem Fleisch, treffen auf Knochen, triefen vor Blut.

Butcher braucht einen Moment, doch dann reagiert er und lässt sich auf die Prügelei ein.

Er verpasst mir einen Tritt gegen das Schienbein, ich platziere meine Faust auf seinen Rippen. Wir schenken uns nichts, halten uns nicht zurück und ignorieren die immer lauter werdenden Schreie von Bella, die verzweifelt versucht, uns zur Vernunft zu bringen. Nur am Rand sehe ich die Menschenmenge, die sich um uns herum versammelt hat. Zane, der dafür sorgt, dass Bella nicht zwischen die Fronten gerät, ruft Xander zu, dass er 500 Dollar auf Butcher setzt – dieser Bastard! Immer mehr Wetten werden abgeschlossen, Adrenalin pumpt durch meinen Kreislauf. Butcher landet einen Treffer auf mein rechtes Auge, ich spüre etwas Warmes, das über meine Schläfe tropft. Das Blut vermischt sich mit dem, was aus meiner Nase läuft, ich will mir gar nicht vorstellen, was für einen Anblick ich Bella gerade biete. Ich bin so aufgeputscht, dass ich keinen Schmerz mehr spüre, alles, was in diesem Moment für mich zählt, ist, dem Wichser, der es gewagt hat, sich die Frau zu nehmen, die ich will, so oft wie möglich in die Fresse zu hauen.

Seine Kutte verrutscht, ich entdecke den Verband unter seiner Kleidung und nutze die Verletzung zu meinen Gunsten. Den Daumen so fest wie möglich auf die Schusswunde pressend, entlocke ich ihm so einen lauten Schmerzensschrei.

Niemand wagt es, dazwischenzugehen und die Rauferei zu stoppen. Alle wissen, dass das zwischen ihm und mir längst überfällig ist.

„Hört auf! Scheiße, ihr Idioten! Hört sofort auf!“

Bellas Schreie werden immer hysterischer, es tut mir leid, dass sie dabei zusehen muss.

Irgendjemand murmelt, dass eine Bitch dieses Theater gar nicht wert ist, was Butcher und mich schlagartig dazu veranlasst, unseren Kampf zu unterbrechen, um dem Wichser, der das gesagt hat, gemeinsam an den Kragen zu gehen. Erst als der Hangaround, der sich abfällig über mein Mädchen geäußert hat, bewusstlos am Boden liegt, machen wir da weiter, wo wir aufgehört haben.

Sein nächster Schlag landet auf meinem Kiefer, ich spucke Blut, mein Zahn wackelt.

„Na, hast du endlich genug, Arschloch?"

„Niemals! Erst wenn du freiwillig auf Bella verzichtest."

Ein freudloses Lachen ausstoßend, schüttelt Butcher den Kopf.

„Eher sterbe ich!"

Das muss er nicht zweimal sagen. Wenn es nach mir ging, wäre er längst tot.

Mittlerweile sind Bellas Schreie in ein Schluchzen übergegangen. Ich sehe, wie sie sich an Zane klammert und ihn anfleht, etwas zu unternehmen.

„Das geht nicht, Mädel. Die Idioten müssen das endlich klären. Ein interner Streit schwächt den Club, das können wir uns nicht leisten!"

Vor Wut schäumend reißt Bella sich von ihm los, stürmt auf uns zu und rennt mitten in meine Faust. Obwohl ich es kommen sehe, kann ich die Bewegung nicht mehr abbremsen ... Mein Schlag, der eigentlich für Butcher gedacht war, schickt Bella zu Boden und knockt sie aus.

Vor Schreck wie erstarrt sehe ich dabei zu, wie sie fällt.

Einen wilden Schrei ausstoßend, verpasst Butcher mir einen finalen Hieb, ich weiche ihm nicht aus – den habe ich verdient. Seine Knöchel graben sich in meine Schläfe, ich kann regelrecht spüren, wie mein Hirn durch die Wucht des Schlags gegen meinen Schädel geschleudert wird. Der letzte Gedanke, zu dem ich fähig bin, ist, dass das ein echt seltsames Gefühl ist, dann gehen mir die Lichter aus und ich sinke neben dem Mädchen, für das ich heute Vormittag alles verraten habe, woran ich glaube, auf den Asphalt.

Was für eine verfluchte Scheiße! So war das nicht geplant!

6. Kapitel

Bella

Das Erste, was ich wahrnehme, ist die seltsame Stille, die um mich herum herrscht. Weder höre ich Schreie noch das eklige Klatschen von Schlägen. Ein gutes Zeichen, das mich trotz des dumpfen Pochens, das durch meinen Kopf hallt, erleichtert seufzen lässt.

Meine Augenlider fühlen sich schwer wie Blei an. Ich versuche sie zu öffnen, doch es gelingt mir nur kurz, ehe sie zufallen. Das Letzte, woran ich mich erinnere, ist Cadens Faust, die auf mich zugekommen ist, dann ist es dunkel um mich herum geworden.

„Bella Baby, mach deine Augen auf."

In Butchers eindringlicher Stimme schwingt Sorge mit.

Erneut zwinge ich mich dazu, meine Lider zu öffnen, dieses Mal gelingt es mir für länger. Beim dritten Anlauf schaffe ich es sogar, den Kopf zu heben. Butcher kniet neben mir, seine Hände fliegen regelrecht über meinen Körper, er wirkt besorgt.

„Butcher?"

„Fuck Baby! Endlich. Ich war kurz davor, einen Arzt zu rufen."

Sofort bin ich alarmiert.

„Warum? Was ist passiert? Geht es dir nicht gut?"

Jetzt wirkt er verwirrt.

„Ich rede von dir, Bella. Du warst knapp fünf Minuten bewusstlos."

Echt? Scheiße! Dennoch sieht Butcher viel eher danach aus, als würde er einen Arzt brauchen. Cadens Faust scheint ihn viel öfters getroffen zu haben als mich.

Seine Lippen sind aufgeplatzt, seine Nase steht schief und sein rechtes Auge ist zugeschwollen. Davon abgesehen ist sein Shirt auf der rechten Seite komplett mit Blut vollgesogen. Ich entdecke den Verband unter seinen Klamotten und will mich aufrichten, was Butcher allerdings verhindert.

„Lass mich los, du bist verletzt."

Ein Schnauben ausstoßend, runzelt er die Stirn.

„Ich habe schon Schlimmeres weggesteckt. Meine Sorge gilt ganz dir. Wie geht es dir, Süße?"

Gute Frage ...

„Ich fühle mich, als hätte ich drei Flaschen Wein intus."

Seine Lippen verziehen sich zu einem freudlosen Lächeln.

„Das muss nicht unbedingt was Schlimmes sein."

Auf seine Schulter deutend, stütze ich mich auf die Ellenbogen auf.

„Ist das von der Schlägerei eben?“

Sofort verdunkelt sich seine Mimik. Aus dem eben noch besorgt wirkenden Rocker wird ein eiskalter Killer.

„Nein, das ist von heute Vormittag.“

Ich bin noch nicht dazu gekommen, ihn zu fragen, wo er überhaupt war. Bevor wir reden konnten, sind er und Caden aneinandergeraten.

„Was ist passiert?“

An dem strengen Zug um seinen Mund erkenne ich, dass er nicht darüber sprechen will.

„Clubangelegenheiten, nichts was dich zu interessieren hat.“

Argh ... Wenn ich noch ein Mal dieses blöde Wort höre, drehe ich durch.

Zornig schlage ich seine Hand weg, mit der er mich unten hält und setze mich auf.

„Du bist mein Mann, ich bin deine Lady und wenn du verletzt bist, geht mich das sehr wohl etwas an. Also spar dir diesen Clubangelegenheiten-Scheiß und sag, was los ist.“

Als er beharrlich schweigt, rede ich weiter.

„Wenn das so ist ... Und mich dein Körper nichts angeht, dann geht dich meiner wohl zukünftig auch nichts mehr an. Willst du das?“

Kaum dass ich das ausgesprochen habe, springt er fluchend und mit geballten Fäusten auf die Füße, sodass ich alleine in dem Bett liege, in dem wir unsere erste gemeinsame Nacht verbracht haben. Mit diesem Clubgästezimmer verbinde ich so einige schöne Erinnerungen.

„Wage es nicht, Bella. Du bist mein! Nur mein! Alles an dir ist mein! Dein Körper gehört mir – für immer! Ich lasse nicht zu, dass du mich von dir stößt! Eher sterbe ich!“

Etwas, das nach Wahnsinn aussieht, blitzt in seinen Iriden auf. Der Klang seiner Stimme kann nur mit Mühe als menschlich beschrieben werden. Butcher wirkt wie ein Dämon, der direkt aus der Hölle emporgestiegen ist. Furcht kriecht durch meine Adern, so habe ich ihn noch nie erlebt. Wenn ich es nicht besser wüsste, würde ich meinen, dass er gerade gut fünfzig Zentimeter größer ist als sonst. Seine Muskeln zucken, seine Nasenflügel sind gebläht und auf seiner Stirn haben sich zwei tiefe Furchen gebildet. Das alles zusammen mit dem Blut, das überall an ihm klebt, ergibt eine furchteinflößende Kombination.

„Okay, ich gehöre dir.“

Er nickt. Stille legt sich über uns.

An der Tür klopft es, Mason kommt zu uns herein.

Als er sieht, dass ich wieder wach bin, wirkt er erleichtert.

„Wie geht es dir, Kleines?“

Am liebsten würde ich ihn anflehen, dass er mich vor dem wütenden, knapp zwei Meter großen Outlaw, der vor mir steht und mich ansieht, als wäre ich seine nächste Mahlzeit, retten soll. Doch ich weiß instinktiv, dass mich vor Butcher niemand retten kann, schon gar nicht, wenn er in dieser Verfassung ist.

Meinem Rocker einen unsicheren Blick zuwerfend, drehe ich mich wieder zum Präsidenten der Night Riders um.

„Etwas schwummrig aber sonst gut."

Mason nickt zufrieden und zieht sich wieder zurück. Keine Ahnung wie, aber es muss mir irgendwie gelingen, Butcher etwas zu beruhigen. Obwohl ich lieber liegen bleiben und mich unter der Bettdecke vor dem Rest der Welt verstecken würde, stehe ich auf und gehe auf Butcher zu. Wobei ich es eher versuche, denn kaum bin ich zwei Schritte weit gekommen, beginnt sich alles um mich herum zu drehen und meine Knie geben nach. Mit einem überraschten „Oh" kippe ich um. Zu meinem Glück reagiert Butcher blitzschnell, fängt mich auf und hebt mich in seine Arme.

„Fuck Baby, was machst du?"

Ich sage nichts, sondern schmiege mich einfach nur an ihn.

Sein Geruch und seine Wärme lullen mich ein, schaffen in dieser Welt aus Gewalt und Brutalität eine Blase des Glücks und der Geborgenheit.

Nach einer kleinen Ewigkeit habe ich genug Mut gesammelt, um die Frage auszusprechen, die mir ein Loch in die Zunge brennt.

„Was ist mit Caden passiert?"

Die Arme, die mich so beschützend halten, beginnen zu zucken.

„Falls du wissen willst, ob er noch lebt, das tut er. Die Frage ist nur wie lange. Dieser kranke Bastard hat sich so einiges zuschulden kommen lassen, doch das hätte ich alles noch irgendwie tolerieren können. Dass er dich geschlagen hat hingegen, ist etwas, das ich ihm nie verzeihen werde!"

Trotz der Tatsache, dass ich beinahe umkomme vor Neugierde, frage ich ihn nicht, wovon genau er redet. Ich ahne, dass es mir nicht gefallen würde, und für heute habe ich echt genug Scheiße erlebt.

Ihm einen Kuss auf sein stoppeliges Kinn hauchend, bitte ich Butcher, mich anzusehen. Er senkt seinen Kopf, unsere Blicke treffen sich.

„Bitte werd jetzt nicht wütend. Ich habe dir gesagt, dass mein Herz ganz dir gehört, es gibt also keinen Grund für dich, eifersüchtig zu sein."

Der Anflug eines Lächelns lockert seine angespannten Gesichtszüge etwas, sodass er nicht mehr ganz so furchteinflößend aussieht.

„Spuck's schon aus, Baby."

„Ich habe keine Ahnung, was da noch für eine Sache zwischen dir und Caden läuft. Aber ich will nicht, dass du ihn wegen dem, was vorhin passiert ist, das Genick brichst oder so ... Es war nicht seine Schuld, dass er mich getroffen hat."

Schlagartig wird er wieder ernst. Ich kann regelrecht spüren, wie er sich vor mir verschließt.

„Es war dumm von dir, dass du dich in unsere Schlägerei eingemischt hast. So etwas will ich nie wieder erleben. Verstanden?"

Ich nicke.

„Keine Sorge, ich bin nicht scharf darauf, noch mal k. o. geschlagen zu werden. *Bämmmm!* Es hat sich angefühlt, als wäre ich gegen einen verdammten Schnellzug gelaufen."

Butcher wirkt erleichtert.

„Caden hat gegen unsere Clubgesetze verstoßen. Wie ich damit umgehe, weiß ich noch nicht. Ich hatte noch keine Zeit, darüber nachzudenken. Aber sollte er dich jemals wieder anrühren, egal aus welchem Grund, hat er sein Leben verwirkt."

Die Endgültigkeit in seiner Stimme lässt mich erschaudern.

Ach du heilige Scheiße!

Erschöpft berge ich mein Gesicht wieder an seinem Hals.

„Würde es dich stören mich heimzubringen. Ich habe von dem heutigen Tag die Schnauze voll!"

Ein Knurren rumpelt in seinem Brustkorb.

„Was immer du willst, Baby. Ich würde dich auch ans Ende der Welt bringen, wenn es dich nur glücklich machen würde."

Da ist sie wieder, diese süchtig machende Rockerromantik, von der ich nie genug kriegen werde.

„Eine heiße Dusche, eine Pizza und ein Bett reichen völlig aus, um mich zufriedenzustellen. Das mit dem Ende der Welt können wir ruhig auf ein anderes Mal verschieben. Okay?"

Lachend steht er auf, streift mit seinen Lippen über meine Stirn und trägt mich mühelos durch den Club hinaus zu seinem Motorrad.

Ich werde einfach nie genug davon bekommen, in seinen Armen zu liegen ...

„Fühlst du dich fit genug für mein Bike oder sollen wir den Van nehmen?"

„Deine Harley, ich muss mich ja nur an dir festhalten."

Er nickt, mustert mich besorgt und setzt mich anschließend auf das weiche Leder des Sozius. Kaum dass er vor mir Platz genommen hat, schlinge ich meine Arme um seine Taille und vergrabe meine Hände unter seinem Hemd, sodass meine Fingerspitzen über seine warme Haut streichen.

In dem Moment, in dem wir das Gelände der Night Riders hinter uns lassen, gelingt es mir endlich, mich etwas zu entspannen.

Ich muss zugeben, an manchen Tagen ist dieses Clubleben echt verdammt anstrengend und ziemlich verrückt ...

7. Kapitel

Butcher

Es hat eine Ewigkeit gedauert, bis meine Süße endlich eingeschlafen ist.

Das heute Erlebte hat sie ziemlich mitgenommen und damit meine ich nicht nur das blaue Hämatom an ihrem Kiefer. Es war gut, dass ich ihr nicht gesagt habe, wie ich zu der Verletzung an meiner Schulter gekommen bin, das hätte sie zu viel aufgeregt.

An meiner Seite wird das Leben nicht immer leicht für sie sein, es ist also meine Pflicht, sie vor dem Schlimmsten abzuschirmen und zu versuchen, die größte Scheiße von ihr fernzuhalten. Bella einen sanften Kuss auf die leicht geöffneten Lippen drückend, steige ich aus dem Bett, öffne das Fenster und zünde mir mit Cadens Feuerzeug eine Zigarette an. Was ich vorhin zu Bella gesagt habe, war mein Ernst. Dass Caden mich heute in einen Hinterhalt gelockt und auf mich geschossen hat, ist heftig und absolut nicht in Ordnung, doch deswegen werde ich ihn nicht abknallen. Seltsamerweise macht mich die Tatsache, dass er sie geschlagen hat, viel wütender.

Das zwischen ihm und mir nimmt Ausmaße an, die dem *Night Riders Motorcycle Club* ernsthaft schaden können, und das kann und will ich nicht zulassen.

Loyalität und Zusammenhalt sind der Grundstein unserer Bruderschaft.

Ich muss mir also klar werden, wie ich nun vorgehen will.

Den silbernen Deckel wieder und wieder aufschnappen lassend, fülle ich meine Lunge mit dem warmen Rauch und beobachte den Verkehr auf den Straßen.

Es ist gerade mal 17:00 Uhr, dennoch glaube ich nicht, dass Bella heute noch mal aufwachen wird. Noch ehe ich mir bewusst bin, was ich tue, ziehe ich mich an, schnappe mir die Schlüssel und verlasse die Wohnung. Es wird Zeit, ein paar Dinge klarzustellen.

Fünfzehn Minuten später stehe ich vor dem Club, Cadens Bike steht neben der Türe – sehr schön, das bedeutet, dass er da ist.

Ich betrete den großen Hauptraum. Kaum dass Lexy merkt, dass ich ohne Bella unterwegs bin, kommt sie mit wiegenden Hüften auf mich zu. Ihr kurzer Rock hängt schief, ihr Lippenstift ist verschmiert und der Fetzen, der wohl ihr Oberteil darstellen soll, ist eingerissen und voller Flecken. Ihr Anblick verdeutlicht mir, wie groß der Unterschied zwischen Bella und all den anderen Bitches schon immer gewesen ist.

„Yeah Rider, soll ich dir den Schwanz lutschen?“
Angewidert schupse ich sie beiseite.
„Verpiss dich, Bitch.“
Sie zieht einen Schmollmund, missachtet meine Anweisung und lehnt sich an mich.
„Komm schon Butcher, immer nur dieselbe Muschi ist doch langweilig.“
Was für einen Bullshit redet die Tussi da?
Bellas Pussy ist mein Walhalla. Selbst wenn eintausend Jahre ins Land ziehen würden, ihre süße kleine Möse würde mich niemals langweilen. Im Gegenteil! Ich muss nur an sie denken und schon wird mein Schwanz so hart, dass es schmerzt.
„Lieber ficke ich ein Loch in der Wand, als dass ich meinen Schwanz in deine Fotze stecke. Verschwinde Lexy, ich habe gerade keine Nerven für deinen Scheiß!“
Endlich kapiert sie, dass sie bei mir keine Chancen hat, und zieht ab.
Da die Bar heute nicht besetzt ist, hole ich mir mein Bier selbst aus dem Kühlschrank und öffne den Verschluss, indem ich den Rand des Kronkorkens gegen den Tresen knallen lasse. Mit einem Zischen fliegt er durch die Luft und landet, wie passend, direkt vor Cadens Füßen. Nach kurzem Zögern hole ich ein weiteres Bier und drücke es dem Verräter in die Hand.
„Wir müssen reden, Bro.“
Da ich mir absolut nicht sicher war, wie er reagieren wird, bin ich erleichtert, als er zustimmend nickt.
Wir steuern die hinterste Sitzecke an. Ich lasse mich in einen der drei Sessel sinken und trinke einen großen Schluck der kalten Flüssigkeit.
Seltsamerweise kostet es mich nicht halb so viel Kraft, wie ich gedacht habe, ihm nicht vor dem ersten Satz das Genick zu brechen. Woran das liegt, ist einfach zu erklären. Caden mag ein Bastard sein, doch er ist ein wichtiges Mitglied dieses Clubs. Die Night Riders sind auf seine explosiven Dienste angewiesen, es wäre eine Verschwendung einen Mann wie ihn einfach so zu töten. Mehr oder weniger geduldig warte ich, bis er sein Bier ebenfalls geöffnet hat. Noch bevor ich das Wort ergreifen kann, zieht er eine noch originalverpackte Zigarettenschachtel aus seiner Hosentasche und tastet anschließend seine Kutte nach seinem Feuerzeug ab. Ich lasse ihn einen Augenblick gewähren, ehe ich mit ausdrucksloser Miene in die Innentasche meiner Kutte greife und sein silbernes Zippo hervorhole.
Ohne ein Wort der Erklärung lege ich es auf den Glastisch und sehe ihm dabei direkt in die Augen. Seine Gesichtsfarbe verliert innerhalb

von Sekunden jegliche Farbe. Ein klares Zeichen dafür, dass ihm wohl in genau diesem Augenblick wieder eingefallen ist, wo er es zuletzt benutzt hat.

Innerlich kochend, nach außen hin völlig ruhig lehne ich mich in den Sessel zurück und nippe erneut an meinem Bier. Cadens Blick huscht zur Türe, ich stoße ein leises Zischen aus, was ihm Warnung genug ist.

„Was willst du, Butcher?"

Deinen Tod ... „Reden." Caden nickt unsicher. „Worüber?" Der Killer in mir kann seine Angst mit Leichtigkeit wittern. Es ist verständlich, dass ihm der Arsch auf Grundeis geht, für ihn steht alles auf dem Spiel. „Darüber, wie du dich zukünftig *meiner* Old Lady gegenüber zu verhalten hast." Seine Augen blitzen kampfeslustig auf, für einen Moment denke ich, dass er so irre ist und eine weitere Prügelei anzetteln will. In diesem Fall würde ich dieses Mal kurzen Prozess machen und ihm einfach das Genick brechen. Es hat das letzte Mal schon nicht viel gefehlt, wie man gut an seiner verschobenen Nase, den zugeschwollenen Augen und der lila Wange erkennen kann. Wenn ich mich nicht täusche, habe ich ihm auch mindestens eine Rippe gebrochen, zumindest deutet seine schiefe Körperhaltung auf enorme Schmerzen hin.

Mir ebenfalls eine Kippe anzündend, rufe ich mir ins Gedächtnis, warum ich hier sitze und mit ihm rede, anstatt mich mit meinem Messer an ihm auszutoben.

„Du bedeutest Bella viel. Es würde sie hart treffen, dich sterben zu sehen. Außerdem braucht der Club dich ... Aus diesen zwei Gründen lasse ich dich am Leben – vorerst zumindest. Solltest du aber jemals wieder versuchen, mich zu töten oder in die Nähe meiner Frau kommen, werde ich dir vor allen unseren Brüdern die Eier abschneiden und dir anschließend das Genick brechen."

Meine Stimme ist ruhig. Sodass er nicht erahnen kann, wie schwer es mir fällt, ihm diese zweite Chance zu geben.

Caden wirkt verwirrt.

„Warum machst du das, Butcher. Wenn du Mason sagst, was ich heute Morgen getan habe, bin ich ein toter Mann."

Er ist auch *so* ein toter Mann. Das scheint ihm nur noch nicht so ganz bewusst zu sein.

„Ganz einfach, weil ich Mitleid mit dir habe. Ich könnte mir nicht vorstellen, auch nur einen einzigen Tag ohne Bella sein zu müssen, vor dir liegt ein ganzes Leben ohne sie. Du hast verloren, Caden, das ist Strafe genug."

Nach diesem Schlusssatz ist für mich diese Unterhaltung beendet. Den Rest des Bieres in meine Kehle kippend, stehe ich auf, und mache mich, ohne einen Blick zurück, auf den Weg zum Mittelpunkt meiner Welt.

Es wird Zeit, zu meinem Mädchen zu kommen, es wird Zeit, sie in den Arm zu nehmen und mit ihr über unsere Zukunft zu reden. Vor uns liegt die ganze Welt, wir müssen sie uns nur nehmen ...

8. Kapitel

Bella

Sanfte Küsse regnen auf mich nieder, lösen eine Welle des Wohlbehagens in meinem Inneren aus. Seufzend strecke ich mich, drücke mich an Butchers muskulösen Körper und schnurre leise, als er anfängt, meinen Rücken zu kraulen. Immer wieder erstaunlich, wie zärtlich dieser Killer doch sein kann ...

Manchmal fällt es mir schwer zu glauben, dass durch die Hände, die mich so liebevoll halten, schon unzählige Menschen gestorben sind.

„Bist du wach, Baby?"

„Wenn das bedeutet, dass du aufhörst, mich zu verwöhnen, dann nein."

Butcher lacht, ich liebe dieses Geräusch. Überhaupt erwische ich mich dabei, wie ich immer häufiger das L-Wort mit diesem Rocker in Verbindung bringe.

„Ich werde erst damit aufhören, wenn mein Herz aufhört zu schlagen."

Und zack, wieder hat er mich mit einem einfachen Satz völlig aus der Bahn geworfen.

Gähnend sehe ich ihn an und stelle fest, dass der Sturm, der vorhin noch in ihm getobt hat, wie weggeblasen ist. Butcher wirkt ruhig und zufrieden, fast schon glücklich.

„Geht es dir gut, Süße."

„Ja, du kannst wirklich aufhören, dir Sorgen zu machen."

„Damit werde ich ebenfalls auch erst bei meinem letzten Atemzug aufhören. Mich um dich zu kümmern, ist zu meiner Lebensaufgabe geworden. Und glaube mir Schätzchen, die nehme ich sehr ernst."

Das höre ich gerne ...

Seinen Mund auf den meinen legend, dringt er mit seiner Zunge tief in mich ein und stiehlt mir gekonnt den Atem. Unser Kuss ist wild, gierig und zugleich liebevoll. Genau wie die Beziehung, die zwischen uns entsteht. Als er sich Minuten später von mir löst, flattern unzählige Schmetterlinge in meinem Bauch hin und her.

Plötzlich wird sein Blick ernst, das Azurblau seiner Augen verdunkelt sich.

„Bist du bereit?"

Verwundert sehe ich ihn an.

„Wofür?"

Seine Mundwinkel zucken amüsiert, während er mit dem Zeigefinger federleicht über meine Schläfe streift.

„Um unsere Zukunft zu planen.“
Ich denke kurz nach, dann nicke ich.
„Ja Rider, ich kann mir nichts Schöneres vorstellen.“
Wieder küssen wir uns, vor den Fenstern wird es bereits dunkel – der Tag neigt sich dem Ende zu, während Butchers und meine Zukunft gerade erst beginnt ...

Ein Rocker für das Püppchen

Prolog

Caden

In der Glotze läuft nur Schrott. Irgendeine Tussi – die wirkt, als wäre sie auf Koks – versucht mich seit knapp einer Stunde davon zu überzeugen, dass ich mir diese seltsam aussehende Keramikpfanne für 96 Dollar kaufen soll.

What a Fuck soll ich mit einer Pfanne?

Meine Wohnung hat zwar sehr wohl eine Küche, aber die nutze ich nur dazu, um Alkohol kalt zu stellen, Kaffee zu kochen und meine Waffen zu reinigen. Ich glaube, mein Kühlschrank hat noch nie etwas Essbares gesehen, von den Schimmelkulturen, die sich im leeren Gemüsefach gebildet haben, mal ganz abgesehen. Wobei ich echt nicht glaube, dass man die als etwas Essbares bezeichnen sollte.

Natürlich weiß ich wie jeder normale Mann gutes Essen zu schätzen, das ist genauso wichtig wie ein befriedigender Fick – aber den mache ich mir ja auch nicht selber.

Für beides braucht man eine Frau ...

Früher war ich immer der Meinung, dass es nicht allzu schwer sein kann, eine zu finden, die meinen Ansprüchen gerecht wird, und die ich irgendwann mal zu meiner Old Lady ernennen will. *Bullshit!* Mittlerweile weiß ich es besser!

Der Umgang mit all den Tussis ist nur so lange unkompliziert, so lange es ums Kochen und Ficken geht. Sobald aber Gefühle und diese ganze andere Scheiße hinzukommen, wird es ganz schnell unschön und dreckig.

Fuck! Fuck! Fuck!

Irgendwie muss da was in der Evolution schiefgelaufen sein. In meinen Augen passen Männer und Frauen nicht zusammen. Ich finde, die Tierwelt macht es richtig. Eisbären zum Beispiel, die sind absolute Einzelgänger und dulden weibliche Bären nur zur Paarung in ihrer Nähe, gleich danach verscheuchen sie die Mädchen wieder und kümmern sich ums Töten und Jagen.

Es muss ein einfaches, aber fantastisch unkompliziertes Leben sein.

Warum zum Teufel bin ich kein Eisbär?

Fluchend greife ich nach der Schnapsflasche, die vor mir auf dem Wohnzimmertisch steht, gerade als ich einen Schluck trinken will, stelle ich genervt fest, dass sie bereits leer ist. Frustriert lasse ich sie einfach neben der Couch auf den Boden fallen und höre der, mit einer Tonne Schminke zugespachtelten, Blondine dabei zu, wie sie zum tausendsten

Mal betont, dass in dieser blöden Pfanne garantiert nichts anbrennen wird.

Der ihre Sorgen will ich haben ...

Um zu beweisen, wie recht sie mit all ihren Behauptungen hat, wirft sie einen Fetzen Fleisch in die Pfanne und beginnt, es anzubraten, mein Magen knurrt.

Klasse, nicht nur, dass die Pulle leer ist, jetzt bekomme ich auch noch Hunger.

Den Fernseher ausschaltend, stehe ich auf. Wenn ich mir diesen Mist noch eine Minute länger anschaue, bestelle ich dieses blöde Ding wahrscheinlich doch noch. Kaum dass die Glotze stumm ist, breitet sich eine unangenehme Stille aus, die dafür sorgt, dass ich den Lärm in meinem Kopf wieder überlaut wahrnehme. Genau das wollte ich eigentlich verhindern. Entschlossen stehe ich auf, stolpere über die am Boden liegende Flasche und verpasse ihr einen wütenden Kick, was zur Folge hat, dass sie quer durch den Raum schießt, gegen die Wand prallt und in Dutzende Scherben zerplatzt.

Ganz klasse ...

Mir eine Kippe anzündend, stelle ich mich vor das Fenster und starre raus in die Nacht. Eine schwarze Katze huscht über die Straße, verschwindet aus meinem Sichtfeld.

Obwohl ich es mit allen Mitteln verhindern wollte, beginne ich mich mit dem Gedankenchaos, das mich seit Tagen quält, auseinanderzusetzen.

Mit den Fingern meine gebrochene Nase abtastend, atme ich tief durch und versuche, ruhig zu bleiben. Das Wissen, dass Bella, die Frau, die ich eigentlich für mich will, in genau diesem Moment in dem Bett meines Bruders liegt, lässt mich vor Wut erzittern.

Ich könnte kotzen – Amok laufen und völlig durchdrehen!
Doch ich tue nichts davon, sondern bleibe einfach nur reglos stehen und zwinge mich dazu, zu akzeptieren, dass ich verloren habe.

Diese Niederlage ist mein Verschulden. Ich habe mir zu spät eingestanden, dass es ausgerechnet einer Clubbitch gelungen ist, mich zu faszinieren. In diesem Fall stand mir mein Stolz im Weg. Falls mir jemals wieder ein Mädchen über den Weg läuft, dass mein Interesse weckt, werde ich nicht zögern, es packen und für mich beanspruchen.

Bis dahin jedoch ...

Den Stummel aus dem Fenster schnipsend, betrachte ich meine mit Narben überzogenen Hände. Als Sprengstoffexperte des *Night Riders Motorcycle Clubs*, dem ich vor über zehn Jahren beigetreten bin, muss ich solche Verletzungen in Kauf nehmen. Verbrennungen gehören zu diesem Job, so ist es nun mal.

Wenn es irgendwo in Chicago *Boom* macht, dann geht das zu 99 Prozent auf mein Konto. Feuer hat mich schon immer fasziniert. Diese zerstörerische, tödliche Kraft, die in den anmutigen orangen Flammen ruht, zieht mich wie magisch an.

Als Kind wollte ich immer Feuerwehrmann werden, irgendwann jedoch habe ich kapiert, dass es dann mein Job wäre, Flammen zu löschen. Ich will sie aber erschaffen und nicht bekämpfen. Der Motorradclub ist mein Leben, umso schwerer fällt es mir, mit dem Wissen klarzukommen, dass ich wegen einer verdammten Pussy gegen die wenigen Regeln, an die wir Rider uns halten, verstoßen habe. Um Bella doch noch für mich beanspruchen zu können, habe ich Butcher in einen Hinterhalt gelockt und versucht, ihn zu erschießen. Leider oder zum Glück – ich bin mir noch nicht sicher, was zutrifft – ist es mir nicht gelungen.

Wenn Mason, der Präsident unseres MCs, wüsste, was ich getan habe, würde er meinen Kopf fordern, und das zu Recht. Die Welt, in der wir leben, ist nicht nur gefährlich, sondern tödlich. Mord und Totschlag gehören zu unserem Alltag. Umso wichtiger ist es, dass wir Rider uns zu 100 Prozent aufeinander verlassen können. Durch meinen Verrat ist das nicht mehr der Fall.

Mein Egoismus macht den Club angreifbar und schwach, und dafür hasse ich mich.

In den vergangenen Jahren ist es uns gelungen, den *Night Riders Motorcycle Club* an die Spitze zu bringen. Bis auf die Reapers gibt es keinen MC, der uns das Wasser reichen kann. Wir haben es geschafft und das bedeutet, dass wir auf beiden Seiten des Gesetzes so viele Feinde haben wie noch nie zuvor. Die Konkurrenz schläft nicht, die Staatsanwaltschaft und das FBI ebenso wenig. Die Macht zu behalten, kommt einem Drahtseilakt gleich. Nur ein falscher Schritt reicht aus, um uns ins Verderben zu stürzen.

Ich habe nicht nur den Club, sondern auch meine Prinzipien verraten, eine Tatsache, mit der ich jetzt klarkommen muss.

Butcher scheint mit der Situation besser umgehen zu können als ich. Trotz der Tatsache, dass er mir die Scheiße aus dem Leib geprügelt hat, ist er erstaunlich ruhig geblieben und hat nicht mal meinen Tod gefordert.

Seine Erklärung dafür ist einfach, seine Worte hallen noch immer in meinen Ohren nach.

„... ganz einfach, weil ich Mitleid mit dir habe. Ich könnte mir nicht vorstellen, auch nur einen einzigen Tag ohne Bella sein zu müssen, vor dir liegt ein ganzes Leben ohne sie. Du hast verloren Caden, das ist Strafe genug ...“

Wie hat es Zane, unser Vizepräsident, so beschissen formuliert?

„Andere Mütter haben auch schöne Töchter, und wenn du auf Schlampen stehst – der Club ist voll davon, nimm dir eine, fick sie und sei glücklich.“

Er hat gut reden, immerhin hat er nicht nur Hope, sondern auch eine süße Tochter. Im Gegensatz zu mir steht er auf der Glücksskala ganz oben. Zane hatte als erster Rider den Mut, seinen Schwanz an die goldene Leine zu legen. Erst durch ihn habe ich verstanden, dass es nicht unbedingt etwas Schlechtes sein muss, sich zu binden.

Nächstes Jahr werde ich vierzig – so mancher würde sagen, diese Einsicht kam etwas spät. Aber so ist es nicht. Bisher stand meine Unabhängigkeit für mich an erster Stelle.

Das Fenster wieder schließend, gehe ich ins Schlafzimmer, lasse mich samt Klamotten ins Bett fallen und schließe die Augen. Der Schnaps zeigt endlich seine Wirkung, selige Gleichgültigkeit bringt die Stimmen in meinem Kopf zum Verstummen.

So sehr es auch schmerzt, Bella verloren zu haben, es ist nicht das Schlimmste.

Meine Integrität ist ein viel schlimmerer Verlust.

Wie soll ich meinem Spiegelbild jemals wieder in die Augen sehen können, ohne Abscheu zu empfinden? Ich habe nicht nur Butcher, meinen Präsidenten und den Club verraten, sondern auch mich selbst.

Und das alles wegen einer Clubmaus?! *Fuck,* unglaublich aber wahr!

1. Kapitel

Madeleine

Fassungslos starre ich meinen Dad an und versuche zu verstehen, was er da sagt.

Eine arrangierte Ehe? Niemals! Eher springe ich kopfüber von einem Hochhaus.

Na gut ... Wenn er mich dazu zwingen wollte, Jason Statham oder Jason Momoa zu heiraten, würde die Sache ganz anders aussehen. Dann würde ich den Pastor mit einer Peitsche antreiben, die Zeremonie möglichst schnell hinter sich zu bringen, damit ich dann einen meiner Jasons ins Bett zerren und von oben bis unten ablecken könnte.

Mein Hirn spielt einen ziemlich heißen Kurzfilm, in dem Sahne und Schokosoße eine Rolle spielen, ab und sorgt so dafür, dass ich kurz nicht bei der Sache bin und mein Dad ungestört damit weitermachen kann, mir die Vorteile dieser Ehe aufzuzählen: Macht, Geld, Macht und, was war es noch, ach ja, noch mehr Geld, um noch mehr Macht aufzubauen. Meine kalorienhaltige Sexfantasy abschüttelnd, zwinge ich mich dazu, ruhig zu bleiben.

Im Gegensatz zu den meisten Frauen stand eine Hochzeit für mich nie zur Debatte. Ich will kein elfenbeinfarbenes mit Perlen besetztes Kleid, keine weißen Tauben und keinen goldenen mit einem dicken Diamanten besetzten Ring am Finger.

Alles was ich will, ist meine Ruhe. Es wäre gelogen, wenn ich behaupten würde, dass ich als verwöhnte Tochter eines reichen Immobilienmoguls kein angenehmes Leben führe, und darum will ich an diesem Status auch nichts ändern ...

Ein Ehemann ist wirklich das absolut Letzte, worauf ich Lust habe.

Es muss schrecklich sein, immer mit demselben Kerl zu poppen. Ich bevorzuge etwas Abwechslung. Außerdem frühstücke ich gerne alleine. Sex und Abenteuer ja – Kaffee und Croissants nein. Am liebsten habe ich es, wenn der Typ, dem ich die Ehre zuteilwerden lasse, mich befriedigen zu dürfen, sich aus dem Staub macht, bevor die ersten Sonnenstrahlen die Wolken lila färben.

In dieser Hinsicht bin ich ziemlich unromantisch, aber das macht nichts. Wenn ich es kitschig und mit Liebe vollgestopft will, mache ich mir einen Liebesfilm an und setze mich mit jeder Menge Schokolade und Rotwein auf die Couch.

Mein Vater hat sich schon oft darüber beklagt, dass ich einen zu lockeren Lebensstil pflege, aber das habe ich bisher immer ignoriert.

Verflixt noch mal, ich wäre nie auf die Idee gekommen, dass er mich an einen seiner in die Jahre gekommenen Geschäftspartner verkaufen will. Wenn ich nur an diesen Kenneth denke, dreht sich mir schon der Magen um. Er hat graue Haare, ein Doppelkinn und ist genauso breit wie hoch. Dass er Mitte fünfzig ist, stört mich gar nicht mal so, viele Männer sehen in diesem Alter attraktiver aus als in ihren jungen Jahren. Bei Kenneth ist das jedoch nicht der Fall. Ich bezweifle, dass er überhaupt jemals gut ausgesehen hat, wahrscheinlich war er eines dieser hässlichen Babys, die keiner wirklich haben will.

„Vergiss es Dad, ich werde Kenneth niemals zum Mann nehmen. Lieber gehe ich in ein italienisches Kloster und werde Nonne."

Zwischen den geraden Augenbrauen meines Vaters bilden sich zwei tiefe Falten, an seinen Schläfen treten zwei bläulich schimmernde Adern hervor, ein untrügliches Zeichen dafür, dass er gleich so richtig wütend wird.

„Vielleicht gar keine so blöde Idee. Dort würdest du vielleicht endlich lernen, was es heißt, ein bescheidenes Leben zu führen. Außerdem würde dir ein Schweigegelübde nicht schaden."

Das kann er doch unmöglich ernst meinen. Oder?

„Ich habe wirklich alles versucht, um dich anständig zu erziehen, doch es ist mir offensichtlich nicht gelungen, dir die Bedeutung des Wortes ‚Dankbarkeit' näherzubringen. Die letzten zehn Jahre hast du damit verschwendet, Partys zu feiern, zu viel Alkohol zu trinken und unzählige Dollars zu verprassen. Verflucht, Madeleine, du hast so viele Klamotten, du könntest die komplette Dritte Welt ausstatten und es würde immer noch etwas übrig bleiben. In deinem Alter hatte ich längst meine ersten Millionen verdient und war im Begriff, mir einen Namen aufzubauen. Und du? Was hast du geleistet, außer irgendwelche Idioten in dein Bett zu lassen und auf Ibiza in der Sonne zu liegen?"

Er macht eine kurze Pause und sieht mich zornig an.

„Es wird endlich Zeit, dass du deinen Beitrag leistest. Es ist ja nicht so, dass ich von dir verlange, arbeiten zu gehen. Du sollst lediglich heiraten. Das ist doch nun wirklich nicht zu viel verlangt. Kenneth ist ein seriöser Mann. Er wird dein Opfer zu schätzen wissen."

Oh das wird er bestimmt ... Ich bin mir sicher, dass er seinen aufgedunsenen Körper Nacht für Nacht in mein Schlafzimmer bewegen wird. Bei der Vorstellung, mit diesem Mann Sex zu haben, muss ich mich beinahe übergeben.

Alleine schon, dass die Wörter *Opfer* und *seriös* gefallen sind, ist doch Beweis genug, dass das, was mein Vater von mir verlangt, absolut unzumutbar ist.

„Das heißt, du zwingst mich zu dieser Ehe?“

„Von zwingen kann nicht die Rede sein. Ich erwarte es eher! Es ist nur zu unserem Besten, Tochter.“

Unserem? Interessant. Es ist mir neu, dass der Vater aus der Ehe seiner Tochter einen Nutzen ziehen sollte.

„Und ich dachte immer, dass Zwangsehen seit dem Mittelalter unangebracht sind.“

Ein Schnauben ausstoßend, durchquert er sein gut sechzig Quadratmeter großes Büro, das sich im 43. Stock des O’Conner-Towers befindet und schenkt sich zwei Fingerbreit des 1984er Single Malt’s ein. Gedankenverloren starrt er aus der überdimensionalen Glasfront, zu seinen Füßen liegt ein Tigerfell. Die arme Raubkatze hat er erst letztes Jahr selbst erschossen. Mir ist völlig unverständlich, wie man darauf stolz sein kann, so ein majestätisches Tier getötet zu haben, wo es doch ein blöder Teppich auch getan hätte.

Für eine kleine Ewigkeit sagt keiner von uns ein Wort. Wie groß meine Hoffnung war, dass er sich diese verrückte Idee doch noch mal anders überlegt, bemerke ich erst, als er sie mit seinem nächsten Satz zerstört.

„Es wird Zeit, dass du erwachsen wirst, Madeleine. Du bist jetzt sechsundzwanzig. Alt genug, um ein Opfer zu bringen und zu tun, was ich von dir erwarte!“

Er hat sich nicht zu mir umgedreht, sondern steht weiter mit dem Rücken zu mir, sodass er zu meiner Erleichterung nicht sehen kann, wie sehr mich diese Äußerung trifft. Ich hasse es, mich verletzlich zu zeigen, und darum kämpfe ich auch gegen die aufsteigenden Tränen an. Eine bittere Verzweiflung breitet sich in mir aus. Ich wage einen letzten Versuch, wenn ich diesen Joker ausgespielt habe, habe ich alle Karten auf den Tisch gelegt und bin blank.

„Warum zwingst du mich zu einer arrangierten Ehe? Du und meine Mutter habt auch aus Liebe geheiratet!“

Ein Ruck geht durch den Körper meines Vaters, dann erstarrt er. Schlagartig scheint die Raumtemperatur um zwanzig Grad zu sinken, mir wird eiskalt.

„Und was hat es mir gebracht?“

Nun dreht er sich doch zu mir um.

Vielleicht hätte ich dieses Beispiel lieber nicht bringen sollen.

Meine Mum war nicht gerade eine Vorzeigeehefrau. Kurz nach meiner Geburt hat sie sich in ihren Bodyguard verliebt und ist eines Nachts, ich war gerade mal vier Wochen alt, mit ihm und einer Million Dollar, die sie sich aus dem Safe genommen hatte, durchgebrannt.

Ich weiß, dass mein Dad Privatdetektive engagiert hatte, um sie zu finden, was ihnen sicherlich auch gelungen ist, doch ich habe nie wieder etwas von ihr oder über sie gehört. Über sie zu sprechen ist verboten, ihren Namen zu erwähnen ist das Schlimmste, was man tun kann. All die Liebe, die mein Dad einst für sie empfunden hat, ist längst in Hass umgeschlagen. *Zum Teufel!* Es würde mich nicht wundern, wenn er ihr einen Killer hinterhergeschickt hat.

Ich, seine einzige Tochter, war bisher sein Lebensinhalt. Darum erstaunt es mich umso mehr, dass er mich zwingen will, Kenneth zu heiraten. Das ergibt alles keinen Sinn! Außer natürlich ...

„Stecken wir in der Klemme? Haben wir ein Problem, bei dem uns nur Kenneth helfen kann? Ist das der Grund, aus dem du mich an ihn verschachern willst?“

Die Art, wie mein Vater zusammenzuckt, verrät mir, dass ich mit diesem Verdacht gar nicht so falsch liege.

„Herr Gott rede doch einfach mit mir? Ich bin kein Kind mehr, ich bin erwachsen. Vielleicht kann ich dir ja helfen.“

Unbeherrscht wie er ist, schleudert er den Tumbler durch das Büro, sodass sich der verflucht kostspielige Inhalt auf dem weißen, auf Hochglanz polierten Marmorboden verteilt. Eine Flasche dieses Whiskys kostet knapp 3000 Dollar, etwas teuer, um schlussendlich nicht getrunken zu werden.

„Jetzt, wo dir endlich eingefallen ist, dass du eine Frau und kein Mädchen mehr bist, kannst du mir tatsächlich helfen, und zwar, indem du Kenneth heiratest!“

Hoffnungslosigkeit und Wut vermischen sich in meinem Inneren zu einem explosiven Gemisch. Am ganzen Leib zitternd, springe ich von dem Stuhl, in dem ich bis eben gesessen habe, auf, und eile zur Türe.

„Madeleine ... Stopp!“

Zwar höre ich die Rufe meines Vaters, doch ich bleibe nicht stehen, sondern renne aus dem Büro, den Flur entlang bis zum Lift. Schnell steige ich ein und fahre hinab Richtung Erdgeschoss. Ich muss hier raus, ich brauche Luft – es fühlt sich so an, als würde ich gleich ersticken.

Erst als ich den Stahl-Glas-Komplex hinter mir gelassen habe und in den blauen sommerlichen Himmel schaue, löst sich der Druck in meinem Brustkorb wieder etwas auf. Hätte mein Dad genug Respekt, um mit mir über seine Probleme zu reden, würde ich absolut alles tun, um ihm zu helfen.

So aber? Ich bin doch kein Kamel, das man einfach so an den Höchstbietenden verkaufen kann. Vielleicht macht es mich zu einer Egoistin, aber ich ziehe keine Sekunde lang in Betracht, Kenneths Frau zu werden. Gott ist für mich nichts weiter als eine Erfindung der Kirche. Ich glaube an den Urknall, die Evolution und die Wissenschaft. Daher weiß ich auch, dass ich nur dieses eine Leben habe, und das werde ich so gestalten, wie ich will, und nicht wie mein Vater es mir befiehlt.

Das Problem ist nur, dass mein Dad ein verdammt mächtiger Mann ist und ich keine Ahnung habe, wie ich es schaffen soll, mich seinem Willen zu widersetzen. Ein einfaches „Nein!" wird da nicht ausreichen.

Ich traue ihm durchaus zu, dass er mich betäubt, einen Priester besticht und mich, während ich bewusstlos bin, in eine Kirche schleift. Das mag heftig sein, aber ich mache ihm deswegen keinen Vorwurf. Man schafft es nicht, so erfolgreich und mächtig zu werden, wie er es ist, wenn man sich von seinem Gewissen leiten lässt. Ich brauche also einen Plan, ich brauche Bargeld und ich brauche jemanden, der mich vor meinem Dad beschützt, solange er die bescheuerte Idee hat, mich zu einer Ehe zu zwingen. Kurzum, ich brauche jemanden, der keine Angst vor Michael O'Conner hat. Und so jemanden zu finden, ist beinahe unmöglich.

Gedankenverloren lege ich den Kopf in den Nacken und sehe hoch in das oberste Stockwerk, in dem sich mein Vater befindet. Ein dunkles Grollen hallt durch die Straßenschluchten, ein lauter Knall ertönt, ich zucke erschrocken zusammen.

Was war das? Es klang wie ein Schuss.

Unsicher sehe ich mich um, erneut macht es *peng – peng*, dieses Mal jedoch in einer schnellen Reihenfolge. Panische Schreie werden laut, die Menschen um mich herum lassen sich in der Hoffnung, nicht von einem Querschläger getroffen zu werden, verängstigt auf den Boden fallen. Ich hingegen bleibe stehen, entdecke das Motorrad, das quer auf der Fahrbahn steht, und beobachte den kuttentragenden Rocker dabei, wie er seelenruhig von seiner Harley steigt, auf eine Limousine mit getönten Scheiben zugeht, den Arm ausstreckt und wieder und wieder abdrückt. Die Autoscheibe zerplatzt, der Night Rider betätig weiterhin ungerührt den Abzug. Zwar kann ich aus der Entfernung nicht den Fahrer des Wagens sehen, aber bei der Menge an Kugeln, die der Biker abfeuert, muss er durchlöchert und tot sein. Angst kriecht an meiner Wirbelsäule nach oben. Und obwohl ich von der brutalen Gewaltzurschaustellung entsetzt bin, flüstert mein Unterbewusstsein leise *Bingo*.

Jeder, der in Chicago lebt, weiß, dass nicht die Polizei, sondern der *Night Riders Motorcycle Club* auf den Straßen das Sagen hat. Diese landesweit gefürchteten Rocker werden entweder verehrt oder gefürchtet ... Es ist allgemein bekannt, dass sie keinem Unschuldigen etwas tun, dass sie aber bei ihren Feinden keine Gnade kennen. Ich habe mal eine Geschichte über diesen Motorradclub gehört, in der es darum ging, dass sich diese Rocker auf die Suche nach einem Serien-Vergewaltiger gemacht haben, nachdem es den Bullen über Monate nicht gelungen ist, diesen zu finden.

Ich erinnere mich noch gut an diese Zeit. Selbst ich, und ich bin nicht leicht einzuschüchtern, hatte damals Angst, alleine rauszugehen. Dieser Vergewaltiger hatte tagsüber und nachts zugeschlagen. Egal ob im Park, in einer Tiefgarage oder auf der Toilette einer Bar. Insgesamt sechzehn Frauen wurden von ihm geschändet. Erst als sich die Rider auf die Jagd nach diesem Typen gemacht haben, sind keine weiteren Überfälle auf Frauen mehr bekannt geworden.

Angeblich haben ihm die Rocker sämtliche Knochen gebrochen, ihn kastriert und ihn anschließend sein Glied in den Rachen gestopft.

Offiziell wurde natürlich nie bestätigt, dass es die Night Riders waren, die dafür gesorgt haben, dass Chicagos Straßen wieder sicher geworden sind. Doch wie meistens in solchen Fällen, verbreitet sich so etwas rasend schnell. Auch der Umstand, dass tatsächlich ein übel zugerichteter Mann mit abgetrenntem Penis unter einer Brücke gefunden wurde, bestätigt die Gerüchte, die im Umlauf sind, nur noch.

Seit dieser Sache hat der Club viele Sympathisanten in der Stadt. Viele sind der Meinung, dass Gewalt nur mit Gewalt bekämpft werden kann, ich sehe das ähnlich.

Die Rider räumen da auf, wo die Polizei versagt ...

Aber natürlich sind diese Outlaws keine Unschuldigen, wie die Schießerei, die ich gerade beobachte, beweist. Diese Rocker scheuen sich nicht davor, zu tun, was getan werden muss, sie verstecken sich nicht bei der Ausübung ihrer fragwürdigen Methoden und dennoch gelingt es der Staatsanwaltschaft nicht, auch nur einen von ihnen hinter Gitter zu bringen. Der Polizei-Chef hat es sich zur Lebensaufgabe gemacht, den Motorcycle Club zu zerstören, so wie ich das sehe, wird ihm das niemals gelingen ...

Einen letzten Schuss abgebend, wendet sich der Rocker von seinem Opfer ab, lässt seine Augen gelangweilt über die Umgebung schweifen und bleibt schlussendlich an mir hängen. Unsere Blicke treffen sich. In einer herausfordernden Geste zieht er die rechte Augenbraue nach oben, so als würde er mich wortlos fragen wollen, warum ich nicht bei den anderen auf dem Boden liege.

Selbstsicher lege ich den Kopf schief, verschränke die Arme vor der Brust und halte seinem Blick stand.

Die Verwunderung in seiner Mimik weicht einer offensichtlichen Belustigung. Die Waffe in das Holster unter seiner Kutte steckend, nickt er mir kurz zu, steigt auf seine Harley und startet mit einem kraftvollen Tritt den Motor.

Fasziniert bleibe ich so lange reglos stehen, bis er abbiegt und aus meinem Sichtfeld verschwindet.

Das unverkennbare Geheule von Polizeisirenen ertönt und wird immer lauter. Nach und nach stehen die Menschen um mich herum auf, klopfen sich die Hosenbeine ab und gehen weiter ihres Weges.

Niemand wirkt sonderlich verstört oder besonders verängstigt. Die Akzeptanz diesen Rockern und ihrer Lebensweise gegenüber, ist den Bewohnern dieser Stadt ins Blut übergegangen.

So etwas gibt es auch nur in Chicago ...

Der Verkehr setzt langsam wieder ein, genervtes Gehupe wird laut. Die Autos schlängeln sich um die mitten auf der Straße stehende Limousine herum – alles nimmt wieder seinen Lauf. Mehrere Streifenwagen treffen ein. Die Cops beginnen hektisch damit, den Tatort zu sichern und potenzielle Zeugen zu befragen. Ein sinnloses Unterfangen. Ich bin mir sicher, dass niemand etwas sagen wird, was den Night Riders MC in Schwierigkeiten bringen könnte. Die meisten werden schweigen, weil sie den Rockern wohlgesinnt sind, der Rest verheimlicht aus Angst, was er weiß. Nicht bereit, die nächsten Stunden auf dem Polizeirevier zu sitzen, wende ich mich ab, weiche dem auf mich zukommenden Cop aus und verlasse den Schauplatz des Verbrechens.

Das gerade eben Erlebte hat mich auf eine Idee gebracht.

Dieser Biker, ich glaube in den Medien gehört zu haben, dass er Caden heißt, könnte meine Rettung sein. Ein Mann, der genug Eier hat, am helllichten Tag, auf offener Straße und vor unzähligen Zeugen jemanden abzuknallen, wird auch nicht davor zurückschrecken, sich mit meinem Vater anzulegen.

Die Frage ist nur, wie ich diesen Outlaw dazu bringen kann, mir zu helfen?

Mit einem einfachen *Bitte, Bitte* wird es wohl kaum getan sein.

Erfahrungsgemäß gibt es zwei Dinge auf der Welt, die einem zu fast allem verhelfen: Geld und Sex. Wollen wir doch mal sehen, ob ich mit einer Tasche voller Dollars und einem sexy Outfit den Rocker dazu bringen kann, mich vor Kenneth zu beschützen.

Mein Gefühl sagt mir, dass er mich entweder auslachen und fortschicken wird, oder aber, dass ich schon bald einen mächtigen Beschützer haben werde. Wollen wir doch mal sehen, was passiert, wenn ich vor den bewachten Toren des Motorcycle Clubs stehe und Caden mein Angebot vorschlage.

Schutz gegen Geld – klingt doch eigentlich gar nicht so ungewöhnlich. Oder?

2. Kapitel

Caden

Mit dem Geschehenen der vergangenen Stunden mehr als zufrieden, passiere ich die Zufahrt auf das Clubgelände und atme erleichtert aus, als ich Butchers Bike nirgends entdecken kann. Es ist eine Sache, zu wissen, dass er Bella nun für sich hat, aber eine ganz andere, zusehen zu müssen, wie er sie berührt und küsst.

Die letzten Wochen waren hart, aber so langsam läuft alles wieder rund.

Ich arbeite härter als je zuvor, gebe alles und versuche so, meine Fehler wieder geradezubiegen. Der MC ist alles, was ich habe, da knie ich mich voll rein.

Mich in die Reihe der abgestellten Harleys einreihend, wende ich und parke mit dem Hinterreifen zur Hauswand. Aus den offen stehenden Toren der Werkstatt dringt lautes Gehämmer. Noch bevor ich absteigen konnte, kommt auch schon Mason auf mich zu.

„Hast du einen guten Tag gehabt, Bro?"

Der Klang seiner Stimme verheißt nichts Gutes.

„Was soll die Frage, du weißt doch, dass ich bei dem Treffen mit den Chinesen war."

Er nickt, und deutet auf die Stelle meiner Kutte, unter der sich meine Knarre befindet.

„Willst du mir sagen, wie aus einem einfachen Treffen eine öffentliche Schießerei werden konnte?"

War ja klar, dass er längst davon erfahren hat.

„Ist so passiert – das ließ sich nicht verhindern. Zumindest können wir uns jetzt sicher sein, dass uns von Ming keine Gefahr mehr droht!"

Mason fährt sich mit den Fingern durch die Haare und schüttelt den Kopf.

„Fuck, Alter! Was zur Hölle ist nur los mit dir?"

„Nichts. Ich hatte einen guten Tag und jetzt hole ich mir einen Kaffee."

Mason wirkt fassungslos.

„Und ein einfacher Warnschuss hätte nicht gereicht? Du musstest ihm gleich dein komplettes Magazin verpassen?"

Da ich ahne, dass sich dieses Gespräch in die Länge ziehen wird und das mit dem Kaffee noch warten muss, zünde ich mir eine Kippe an.

„Du kennst mich, Präs. Ganz oder gar nicht. Was nützt ein Schuss vor die Füße, wenn eine Kugel im Kopf viel effektiver ist. Diese scheiß

Schlitzaugen sind doch alle gleich. Denk an die Vietnamesen, die haben es auch nicht kapiert, die Chinesen sind da nicht viel besser."

Er nickt widerwillig.

„Hast ja recht. Aber musstest du dieses ‚*Ganz oder gar nicht*' ausgerechnet vor Zeugen durchziehen? Ein wenig unauffälliger wäre sinnvoller gewesen."

Den warmen Rauch ausatmend, lehne ich mich an mein Motorrad und stecke das Zippo wieder weg.

„Das waren keine Zeugen, sondern lediglich Zuschauer. Niemand wird uns verpfeifen. Das ist unsere Stadt. Die Menschen hier reden nicht mit den Bullen, das weißt du!"

Nickend lehnt er sich an die Hauswand, verschränkt die Knöchel und schnorrt sich eine Zigarette von mir.

„Vergiss die Chinesen ... Sag mir einfach, was mit dir los ist, Caden."

Mit den Schultern zuckend, weiche ich seinem eindringlichen Blick aus.

„Sag mir nur, dass dein zuckender Zeigefinger nichts mit Bella zu tun hat."

Obwohl ich mich bemühe, meine Mimik ausdruckslos zu lassen, durchschaut er mich mühelos.

„Ach verdammt, Bro. Echt jetzt? Der Club ist voller Muschis. Vergiss die Clubmaus und such dir 'ne andere Pussy."

Leichter gesagt als getan.

„Wenn Butcher hört, dass du seine Old Lady noch immer Clubmaus nennst, lebst du gefährlich Präs. Wenn es um sein Mädel geht, brennen dem Burschen alle Sicherungen durch."

Mason lacht und nickt.

„Damit könntest du recht haben. Macht der Gewohnheit! Ich muss mich noch daran gewöhnen, dass Bella nun nicht mehr zu den Bitches gehört."

Darauf erwidere ich nichts, sondern starre auf einen Punkt rechts über seiner Schulter.

Keiner von uns sagt ein Wort, jeder von uns hängt seinen Gedanken nach.

Erst nach einer gefühlten Ewigkeit gibt Mason ein undefinierbares Grunzen von sich, ehe er beschließt, das Gespräch wieder aufzunehmen.

„Sei's wie es ist. Versuch zukünftig nur bitte, deinen zuckenden Zeigefinger etwas besser unter Kontrolle zu halten. Wenn das so weitergeht, kommen unsere Prospects aus dem Gräberschaufeln gar nicht mehr raus."

Seine Bitte bringt mich zum Lachen.

„Du übersiehst da eine Kleinigkeit, Boss. Die letzten drei Leichen haben wir in die Luft gesprengt, da waren nur noch nicht identifizierbare Fetzen übrig, außerdem hattest du die auf dem Gewissen. Und der Chinese? Der wird wohl gerade in die Pathologie gebracht, ihn unter die Erde zu bringen fällt somit nicht in unseren Aufgabenbereich. Also bleib locker, im Moment verspüre ich nicht das Bedürfnis, heute noch jemanden ums Eck zu bringen."

Sich von der Wand abstoßend, schüttelt er lachend den Kopf.

„Ich geh mir jetzt von meiner Lady den Schwanz lutschen lassen, dasselbe empfehle ich dir übrigens auch. Nichts macht das Leben lebenswerter als die warmen Lippen einer Frau."

Mir brüderlich gegen die Schulter boxend, verschwindet er im Clubhaus und ruft lautstark nach Sophia. Wenige Sekunden später höre ich seine Lady laut quietschen. Ich beschließe, seinen Ratschlag zu befolgen.

Was kann es schon schaden, mir eine Bitch zu schnappen?

Den restlichen Tag steht nichts Wichtiges mehr an.

Bleibt mir nur zu hoffen, dass ich mit dem, was ich zu Mason gesagt habe, recht behalte, und tatsächlich niemand über die Schießerei geredet hat.

Ansonsten wird in weniger als eine Stunde ein Sondereinsatzkommando vor der Tür stehen und meine Herausgabe fordern. Den Nasenrücken umfassend, verfluche ich das unangenehme Pochen, das sich hinter meiner Stirn ausbreitet.

Ein Bier, eine Aspirin und ein Blowjob – genau das werde ich mir jetzt genehmigen und dann sehen wir weiter. Eines habe ich in der Vergangenheit gelernt. Die Probleme werden weder besser noch schlechter, wenn man sich wegen irgendwelchen *Wenns* und *Abers* den Kopf zerbricht.

In Ruhe die Kippe fertig rauchend, schnippe ich den Filter zwischen die verrosteten Gitterstäbe des Gullys, der sich vor meinen Füßen befindet, und lasse den Blick über den Hof gleiten. Alles ist so wie immer, dennoch fühlt es sich seit dem Tag, an dem ich versucht habe, Caden zu töten, anders an.

Die Gefühle, die ich für Bella empfunden habe, haben mich schwach gemacht. So etwas darf nie wieder passieren! Völlig egal, wie viele Tussis mir in den nächsten Jahren über den Weg laufen, ich werde sie ficken und weiterschicken. Dieses ganze Lady-Zeug ist nichts für mich. Emotionen haben eine verrückte Wirkung auf mich, auf diese Wirkung kann ich gut verzichten.

Butcher hat recht, Bella gehört ihm. Das mag Vorteile haben, bringt aber auch Nachteile. Denn während er sich zukünftig mit einer Muschi zufriedengeben muss, habe ich freie Wahl ... Mich am Hinterkopf kratzend, überquere ich den Hof. Sally, eine der Bitches, wird auf mich aufmerksam und kommt auf mich zu. Na bitte! Die Lippen dieser Nutte sind der Wahnsinn, ihr wird es garantiert gelingen, mir die Kopfschmerzen aus dem Schwanz zu saugen. Zehn Minuten in ihrer Kehle werden den beschissenen Vormittag wettmachen.

„Hey Rider, was schaust du denn so grimmig? Keinen guten Tag gehabt?"

Der unangenehm süße Duft ihres Parfüms steigt mir in die Nase.

Sally kann wahrscheinlich als Einzige nachvollziehen, wie ich mich momentan fühle. Sie war schon immer scharf auf Mason, doch der hat sie nur gefickt und sich dann Sophia geschnappt.

„Gut ist Definitionssache, Bitch."

Mit ihrem knallroten Fingernagel über mein Kinn streifend, lehnt sie sich an mich und presst ihre Titten gegen meinen Arm.

„Das siehst du falsch, Caden. Gut ist gut und schlecht ist schlecht – eigentlich ganz einfach."

An meinem Hals nuckelnd, schiebt sie ihre Hand in meine Jeans und packt mich am Schwanz. Gekonnt reibt sie ihn, massiert mir die Eier und haucht mir ins Ohr, wie geil sie ist. *Da wären wir schon mal zwei ...*

„Du bist hart. Das gefällt mir."

Sally grinst mich an. Mit weniger Schminke, nüchtern und ohne den verzweifelten Glanz in ihren Augen wäre sie eine schöne Frau.

In den letzten Jahren hatten wir so manche wilde Nacht zusammen, sie weiß, worauf ich stehe und hat kein Problem damit, es mir zu geben. Mit dem Daumen ihre Lippen teilend, schiebe ich ihr meinen Finger in den Mund. Sofort beginnt sie, daran zu saugen, was meinen Schwanz nur noch härter werden lässt.

Erst als sie die Frechheit besitzt und zubeißt, ziehe ich ihn wieder aus ihrem Mund und verpasse ihrem Arsch einen Klaps.

„Miststück."

„Du willst mich doch so. Brav ist viel zu langweilig für dich."

Damit hat sie recht.

Meine Hand in ihren Haaren vergrabend, ziehe ich Sally näher zu mir, fasse ihr an die rechte Brust und zwicke ihr in den Nippel.

„Genug gespielt, kleine Nutte."

Mit diesen Worten ziehe ich sie zu der abseitsstehenden Bank am Rand des Grundstücks, setze mich hin und dirigiere sie zwischen meine Beine.

„Wenn du mir jetzt schön artig den Schwanz leckst, ficke ich dich danach zur Belohnung."
Sie kichert.
„Ach und dann soll ich dir dafür auch noch dankbar sein, oder was?"
Sie klingt spöttisch, sinkt jedoch artig vor mir auf die Knie und macht sich an meinem Gürtel zu schaffen.

Nachdem sie den Knopf durch das Loch geschoben hat, hebe ich die Hüfte an und erleichtere ihr so die Arbeit. Kaum dass sie meine Hose nach unten geschoben hat, packt sie mich an den Eiern und zieht sie in die Länge.

Stöhnend lasse ich den Kopf in den Nacken fallen und schließe die Augen.

„Bloody Hell, ja das ist es ... Genau das habe ich gebraucht!"

„Schön, wenn ich dir helfen kann."

Mit den Fingernägeln sachte Kreise fahrend, lehnt sie sich vor und leckt über die Wulst meiner Eichel. Ihr Stöhnen vibriert in meinem Unterleib – diese Nummer hier wird schnell vorbei sein.

„Du schmeckst gut."

Was für eine Info!

„Dein Glück, du wirst die komplette Ladung schlucken."

Sich zurücklehnend runzelt sie die Stirn.

„Ach, werde ich das?"

„Oh ja, bis auf den letzten Tropfen."

Sie will noch etwas sagen, doch ich hindere sie daran, indem ich sie nach unten drücke und mich mit einem Ruck in ihre Kehle stoße. Sie röchelt leise, was mir ein zufriedenes Knurren entlockt.

Mit jedem Mal, wo ich mich in ihre enge Kehle stoße, wird der schmerzhafte Druck hinter meiner Stirn erträglicher. Entschlossen mir alles zu nehmen, was Sally zu bieten hat, schiebe ich mein Becken vor und ramme mich noch etwas tiefer zwischen ihre prallen Lippen. Am Anfang hat sie noch versucht, sich von mir zu stoßen, doch jetzt saugt sie hingebungsvoll an meinem Schwanz.

Fuck! Diese Bitch hat's voll drauf ...

Ihr Gaumen ist glatt, ihre Zunge rau und ihr Mund eng und heiß.

Vor mir haben schon viele Frauen gekniet, Sally ist weder die erste, die an meinem Schwanz nuckelt, noch wird sie die letzte sein. Diese Clubmaus ist eine Art Zwischenstopp, der mir dabei hilft, alles wieder im richtigen Licht zu sehen. Und das ist okay. Dieses *für immer und ewig* ist einfach nicht mein Ding.

Wieder und wieder stoße ich zu, lasse sie jeden harten Zentimeter schlucken. Als sie geschickt über meine Eichel züngelt, breiten sich rötliche Flecken in meinem Sichtfeld aus. Mit einer Hand umfasst sie den Schaft, drückt zu, beginnt mit einer göttlichen Mixtur aus Hand-und-Mund-Arbeit und sorgt so dafür, dass auch das letzte bisschen Blut von meinem Hirn hinab in meinen Schwanz rauscht.

Mit zusammengebissenen Zähnen sehe ich auf sie herab, beobachte, wie mein Glied in ihrem Mund verschwindet und stöhne anerkennend, als sie zu saugen beginnt.

Das leichte Kitzeln ihrer über meine Beine streichenden Haarspitzen verstärkt das alles noch. Bei meinem nächsten Vorstoß kommt sie mir willig entgegen, ihr heißer Atem streift über meine Haut.

Wieder gleite ich bis zum Anschlag in ihren Rachen, ihre Kehle krampft sich zusammen, eine Träne rinnt ihr aus dem Augenwinkel.

Fluchend ringe ich um das letzte bisschen Kontrolle, das mir noch geblieben ist.

Meine Hoden ziehen sich puckernd zusammen und ich weiß, dass ich dieses Spiel unterbrechen muss, wenn ich mich noch in ihrer Pussy austoben will.

Anstatt Sally, wie angekündigt, alles schlucken zu lassen, löse ich meine Finger aus ihren Haaren, ziehe mich bis auf ein paar Zentimeter aus ihrem Mund heraus und erlaube ihr ein letztes Mal, an meinem Schwanz zu lutschen, ehe ich sie packe, hochziehe, ihren Rock nach unten reiße und sie grob auf meinen Schoß setze. Um nicht umzukippen, vergräbt sie ihre Fingernägel in meinen Schultern. Ein Schnurren von sich gebend, wartet sie, bis ich ein Kondom aus der Innentasche meiner Kutte ziehe und es über meine Erektion rolle.

Ungeduldig reiße ich ihre Knie auseinander und stoße mich mit einem kraftvollen Ruck bis zu den Eiern in ihren zitternden Körper.

„Holly Fuuuuuuck!“

Mein Ruf hallt über den Hof, einer meiner Brüder lacht amüsiert auf. Es ist mir egal, dass wir Zuschauer haben. Alles was mich interessiert, ist, die Anspannung der letzten Tage und Wochen in Sallys Fotze abzuarbeiten.

Die Bitch bäumt sich schreiend auf, bockt und versucht mir auszuweichen, doch das lasse ich nicht zu.

„Das tut weh, Caden. Mach langsamer.“

Ich gehe nicht auf ihr Gejammer ein, sondern ficke sie weiter tief und hart.

Sally versucht mich zu kratzen, ich fange ihre Hände ein und biege sie ihr auf den Rücken. Sie schreit gepeinigt auf, ich fluche leise. Mit letzter Kraft gelingt es mir, ein paar Sekunden lang stillzuhalten, damit sie sich an das Gefühl, mich in sich zu haben, gewöhnen kann, ehe ich sie gnadenlos rannehme.

Stoß für Stoß ramme ich mich in ihre zuckende Pussy, beobachte ihr wechselndes Mienenspiel und erkenne, dass sie langsam aber sicher in Fahrt kommt.

Mit gefletschten Zähnen packe ich sie an der Taille und hämmere mich mit aller Kraft in ihre nasse Mitte. Im Rhythmus meiner Stöße pinne ich sie auf meinen Schwanz, was ihr Stöhnen immer lauter werden lässt.

Im Augenwinkel erkenne ich, dass sich irgendetwas am Zufahrtstor abspielt. Ich ignoriere die immer lauter werdenden Stimmen und konzentriere mich ganz auf die Nutte, die mich wie wild reitet.

„Tiefer, fick mich härter."

Ich komme ihrer Aufforderung nur zu gerne nach und lasse sie all meine Kraft spüren.

Ein lustvolles Stöhnen entweicht ihren geschwollenen Lippen, die Tränen auf ihren Wangen sind längst getrocknet.

Zufrieden beobachte ich, wie sie die Augen zusammenkneift, nach Luft schnappt und meinen Namen stöhnt. Ihr gehauchtes „Jaaaaa, Caden.", feuert mich noch mehr an.

Unkontrolliert stoße ich mich in einem schnellen Takt in ihr pochendes Loch.

Es fällt mir immer schwerer, einigermaßen zärtlich zu bleiben. Ich will Sally packen, brechen, und für den Umstand bestrafen, dass sie die falsche Clubmaus ist – dass sie nicht Bella ist. Einzig die Tatsache, dass es nicht Sallys, sondern mein Verschulden ist, dass mir Bella gestohlen wurde, hält mich davon ab, die Bitch so richtig fertigzumachen. Sally spürt die plötzliche Veränderung, die in mir vorgeht und sieht mich verängstigt an.

Von Zorn und Hass getrieben, ficke ich sie so brutal, dass es durchaus möglich ist, dass ich sie gerade verletze. Ich vergesse Rücksicht zu nehmen und tobe mich an ihr aus.

Sally zuckt schmerzerfüllt zusammen, ein gequältes Schluchzen von sich gebend, versucht sie, mich von sich zu stoßen. Ihre Gegenwehr lässt mich, so krank es auch sein mag, nur noch härter werden.

Erst als ich sehe, dass sie weint, gelingt es mir, mich wieder zu beherrschen.

Zum Teufel, ich bin ein widerlicher Bastard!

Eine Welle Selbsthass schlägt über mir zusammen, sofort lockere ich meinen Griff und lasse zu, dass Sally panisch von mir runterspringt und hektisch ihre Klamotten richtet.

„Du krankes Arschloch!"

Das habe ich mehr als verdient.
Meinen Schwanz wegpackend, stehe ich auf und schließe den Gürtel.
Noch bevor ich mich bei ihr entschuldigen kann, ergreift sie die Flucht und verschwindet im Clubhaus.
Klasse! Wirklich große Klasse! Das habe ich ja toll hinbekommen!
Genervt fahre ich mir mit den Händen durch die Haare und ziehe so fest an ihnen, bis ein heftiger Schmerz durch meine Kopfhaut zuckt.
„Was bei allen Göttern ist nur los mit dir?"
Butchers Stimme dröhnt über den Hof. Ich drehe mich zu ihm um und sehe eine entsetzt wirkende Bella neben ihm stehen.
Offensichtlich sind die beiden Zeugen von meinem Kontrollverlust geworden.
Der Tag wird mit jeder Minute beschissener. Und als ob das alles noch nicht schlimm genug wäre, löst sich Bella von ihrem Mann, kommt auf mich zu und sieht mich aus traurigen Augen an.
„Du hast dich verändert, Caden. Wenn du nicht aufpasst, wirst du zu genauso einem Typen, wie die, die du bisher immer verabscheut hast."
Sie ist mir so nah, dass mir ihr vertrauter Duft in die Nase steigt, ein fieser Stich zuckt durch meinen Brustkorb.
Gerade als ich meine Hände nach ihr ausstrecken und sie berühren will, stellt sich Butcher zwischen uns und sieht mich herausfordernd an.
„Wenn du sie anrührst, töte ich dich, Bro!"
Zane taucht neben uns auf, reißt Butcher von mir weg und entschärft so die Lage.
Eine Sekunde später und ich hätte ihm die Fresse poliert.
Genervt stelle ich fest, dass das Pochen hinter meinen Schläfen mit voller Wucht zurückkommt. *Wunderbar!* Vielleicht sollte ich meine Knarre ziehen, die Mündung zwischen meinen Augen ausrichten und abdrücken. Dann hätte diese Scheiße hier endlich ein Ende! Stattdessen nehme ich die Kippe, die Zane mir reicht, und lasse mich wieder auf die Bank sinken. Mein Vize setzt sich schweigend zu mir und zusammen beobachten wir die zwei Wachen am Tor dabei, wie sie lautstark mit irgendeiner Tussi diskutieren, die fest entschlossen ist, in den Club zu marschieren. Das Mädchen gestikuliert so wild mit den Händen, dass ihre goldenen Locken durch die Luft wirbeln. Sie wird immer lauter – was für eine Drama-Queen.
„Bilde ich es mir nur ein oder ist der heutige Tag völlig irre?"
Zane lacht freudlos auf und schüttelt den Kopf.
„Du bildest es dir nicht ein, meine Lady ist heute auch völlig außer Kontrolle. Stell dir mal vor, sie hat mich aus der Wohnung gescheucht, weil ich mich geweigert habe, die Windel zu wechseln. Verdammt! Ich

habe es echt versucht, aber es ging einfach nicht ... Ich hab fast auf den Boden gekotzt. Unglaublich, dass meine süße kleine Samantha so stinken kann."

Seine Sorgen will ich haben ...

Die Zigarette rauchend, beobachte ich weiterhin den Tumult am Tor.

„Du blöder, hohlköpfiger Idiot. Nimm sofort deine Pranken von mir und lass mich jetzt sofort durch. Ich muss dringend mit Caden reden. Ist er da?"

Als mein Name fällt, sieht Zane mich verwundert an.

„Kennst du die Zicke etwa?"

Dummerweise ist der Abstand so groß, dass ich ihr Gesicht kaum erkennen kann.

„Keine Ahnung. Schon möglich, dass ich sie irgendwann mal gefickt habe. Hübsch ist sie ja."

Zane nickt, dann reißt er die Augen auf und sieht mich schadenfroh an.

„Wollen wir hoffen, dass du immer ein Kondom benutzt hast. Sonst bist du der Nächste, der sich mit stinkenden Babyärschen befassen muss."

Alleine die Vorstellung reicht aus, um mich vor Entsetzen erstarren zu lassen.

„Vergiss es, Bro. Mein Ding ist immer eingetütet. Ich bin ja nicht bescheuert."

Zweifelnd zieht er die Mundwinkel nach unten.

„Wenn es nicht um Alimente geht, warum ist die Frau dann so erpicht darauf, dich zu sehen?"

Gute Frage.

„Vielleicht, weil sie es unbedingt noch mal von Big Caden besorgt kriegen will. Die Weiber kriegen nie genug von mir ..."

Grunzend legt er mir die Hand auf die Schulter.

„Oh ja, das habe ich gerade gesehen. Sally hat wirklich völlig begeistert gewirkt."

Die Ironie in seiner Stimme bringt ihm einen Faustschlag ein.

„Nicht meine Schuld, wenn die Bitch wie eine gottverdammte Prinzessin behandelt werden will."

Von der Bank aufstehend, sieht er auf mich herab.

„Na ja, mit den Clubhuren scheinst du dich ja auszukennen."

Diesen blöden Kommentar werde ich nicht kommentieren.

„Fick dich, Alter. Fick dich einfach."

Nachdenklich sehe ich zu dem Mädchen, das noch immer versucht, auf unser Gelände zu kommen. Habe ich sie wirklich gevögelt? Scheiße! Ich kann es echt nicht sagen.

„Letzte Warnung, Anwärter. Lass mich durch oder ich zermatsche dir die Hoden."

Überrascht stehe ich nun ebenfalls auf. Zane stößt einen Pfiff aus.

„Die Frau muss irre sein, so mit einem Rider zu reden."

Marc, der Prospect, dem die Drohung gegolten hat, wirft einen hilfesuchenden Blick in unsere Richtung.

„Wenn du nicht mal mit einem wehrlosen Mädchen fertig wirst, vergiss dein Full Patch lieber gleich, Kleiner. Dann hast du nicht das Zeug, um zu uns zu gehören."

Noch während Zane ihm das zuruft, macht das angeblich so wehrlose Mädchen Ernst, holt aus und tritt ihm mit aller Kraft in die Weichteile.

Der Laut, den Marc nun von sich gibt, erinnert an ein gequältes Tier und lässt mir die Haare zu Berge stehen. Jeder Mann, der selbst schon mal die Eier pochiert bekommen hat, weiß, was für unsagbare Schmerzen das sind.

Ungläubig sehe ich zu, wie Marc auf die Knie sinkt, und die Fremde mit hoch erhobenem Haupt an ihm vorbeimarschiert und direkt auf mich zukommt.

Zane scheint dieses Theater einfach nur unterhaltsam zu finden. Denn anstatt etwas zu unternehmen, setzt er sich wieder auf die Bank, schlägt die Beine übereinander und zündet sich eine neue Zigarette an.

„Soll ich dir vielleicht noch Popcorn bringen?"

Er tut so, als würde er über mein Angebot nachdenken, ehe er nickt.

„Ja, das wäre klasse. Ich war schon viel zu lange nicht mehr im Kino. Hab ganz vergessen, wie gut das Zeug schmeckt."

Ihm meinen Mittelfinger entgegenstreckend, drehe ich mich zu dem außer Kontrolle geratenen Miststück um, das es tatsächlich an den Wachen vorbeigeschafft hat.

Bullshit! Das sollte uns echt zu denken geben. Wenn sogar ein Mädchen in High Hells so leicht an unseren Sicherheitsmaßnahmen vorbeikommt, müssen wir dringend aufrüsten.

„Caden?"

Oh Fuck! Sie weiß tatsächlich, wer ich bin. Ich hatte ja gehofft, dass das nur ein Bluff war, der ihr dabei helfen sollte, aufs Clubgelände zu kommen.

Zane, der die Katastrophe äußerst amüsant zu finden scheint, deutet mit einer Bewegung einen Schwangerschaftsbauch an. Mir dreht sich der Magen um ...

Da Höflichkeitsfloskeln noch nie mein Ding waren und in diesem Fall auch nicht angebracht sind, gehe ich auf die Fremde zu und packe sie fest am Arm.

Obwohl mein Griff fest ist und ihr definitiv wehtun muss, bleibt sie ungerührt stehen und erwidert zornig, und ohne mit der Wimper zu zucken, meinen Blick.

„Bist du völlig irre, Weib?“

Das Kinn noch ein wenig in die Höhe reckend, kneift die sie Augen zusammen.

„Nicht irre, sondern entschlossen. Diese Hampelmänner da vorne standen mir im Weg, ich habe sie gewarnt, aber sie wollten nicht hören!“ Sie zuckt nonchalant mit den Schultern. „Selber Schuld würde ich sagen!“

Das Pochen hinter meinen Schläfen wird immer stärker. Genervt kneife ich mir mit zwei Fingern in den Nasenrücken und atme tief durch.

„Hör mal. Dreh dich einfach um und verpiss dich! Falls du ’nen Braten in der Röhre hast, komm wieder, wenn er fertig ist, dann machen wir einen Vaterschaftstest. Aber ich warne dich, solltest du versuchen, mich über den Tisch zu ziehen, wirst du das bitter bereuen. Bis dahin will ich dich nicht mehr sehen. Kapiert?“

Unverständnis blitzt in ihren braunen Iriden auf. Dann reißt sie sich von mir los und verdreht die Augen.

„Du denkst, dass ich von dir schwanger bin? Blöder Biker ... Wir hatten ja nicht mal Sex.“

Hat die grad echt *blöder Biker* zu mir gesagt?

Zanes breitem Grinsen nach zu urteilen, ja.

„Was willst du dann von mir?“

„Ich bin gekommen, um dir einen Deal vorzuschlagen!“

Mein bisheriger Tag war schon mehr als schräg, aber das setzt nun der ganzen Sache die Krone auf.

„Einen Deal? Willst du mich verarschen? Verpiss dich, Mädchen. Lauf so schnell du kannst, ehe Marc wieder auf die Beine kommt und dich kaltmacht.“

Sie muss geistig leicht eingeschränkt sein, denn anstatt die Flucht anzutreten, stemmt sie die Hände in die Hüften und zieht eine Augenbraue nach oben.

Genauso hat mich meine Mum früher auch immer angesehen, wenn ich etwas angestellt hatte. Dumm nur, dass ich keine neun mehr bin, sondern neununddreißig, und dass dieser Blick seit einigen Jahrzehnten keine Wirkung mehr auf mich hat.

„Dieser Bubi da vorne macht mir keine Angst. Also wenn du jetzt aufhören könntest, den harten Outlaw zu markieren, und mir zuhören würdest, wäre ich dir dankbar.“

In Anbetracht der Tatsache, dass dieser Tag eigentlich nicht mehr seltsamer werden kann, nicke ich zustimmend. Je schneller sie gesagt hat, was sie will, umso schneller verschwindet sie hoffentlich wieder.

„Dann sprich. Aber halt dich kurz, meine Nerven sind so gut wie aufgebraucht."

Und das ist nicht gelogen. Die Schießerei heute Vormittag, der tote Chinese und dann noch Sally und ihr Gezicke. Die Tatsache, dass ich vorhin nicht zum Schuss gekommen bin, hilft dem Druck in meinem Kopf nicht gerade dabei, sich aufzulösen.

Die Tussi sieht sich unsicher um.

„Können wir unser Gespräch vielleicht an einem ungestörten Ort fortführen? Das Thema ist etwas delikat."

Zane lacht wieder, es fehlt nicht viel und dann lasse ich ihm dasselbe Schicksal zuteilwerden wie Ming heute Morgen.

Wie witzig! Sally, die ich gerade gefickt habe (oder soll ich lieber angefickt sagen, fertig sind wir ja nicht geworden), hat mich nicht um mehr Privatsphäre gebeten, aber dieses Püppchen braucht zum Reden vier Wände um sich.

„Sei versichert, es interessiert keine Sau, was du zu sagen hast!"

Ein Zischen ausstoßend, lässt sie ihren Blick über den Hof gleiten, schaut zu Marc rüber und grinst frech, als sie sieht, dass er noch immer nicht schmerzfrei stehen kann.

So ein Miststück!

Als sie sich wieder mir zuwendet, ist jegliche Belustigung aus ihren feinen Gesichtszügen gewichen. So tough sich diese Frau auch geben mag, sie sieht zerbrechlich und verängstigt aus und ich ahne, dass unser anstehendes Gespräch mit der Ursache für ihre Furcht zu tun hat. Ich kapiere nur noch nicht ganz, was das alles mit mir zu tun hat!?

So genervt ich auch von ihrem Auftauchen hier sein mag, muss ich zugeben, dass sie eine echte Sahneschnitte ist.

Ihre langen blonden Locken reichen ihr bis über den Ellenbogen, sie ist nicht so dürr wie Sally, was ich gut finde. Diese Fremde hier hat runde Hüften, volle Titten, einen prallen Arsch und einen langen, elegant wirkenden Hals.

Sie ist nicht einfach nur hübsch, sondern schön und wirkt wie eine zerbrechliche Puppe.

Ihre Iriden sind aus einem warmen Braunton, der perfekt zu ihren geschwungenen schwarzen Wimpern und dem Rosa ihrer Lippen passt. Es hätte mich nicht gewundert, wenn ich sie in der Vergangenheit gepoppt hätte, ihrem Äußeren nach ist sie absolut mein Geschmack.

Wie sie wohl reagieren würde, wenn ich ihr die Bluse vom Leib reißen und mein Gesicht zwischen ihren Titten verstecken würde?

Ich glaube, ich weiß wie. Auf einen Tritt in die Eier kann ich gut verzichten.

Zögerlich setzt sie zum Reden an.

„Ich will dir ein Angebot unterbreiten."

„So weit waren wir schon, Püppchen. Komm zum Punkt."

Mich mit einem wütenden Blick bedenkend, schließt sie kurz die Augen.

„In meinem Auto draußen liegt eine Tasche, in der sich 50 000 Dollar befinden. Die gehören dir, wenn du mich vor meinem Vater beschützt."

Bei jedem ihrer Worte ist ihre Körpersprache defensiver und ihre Stimme leiser geworden. Plötzlich wirkt sie nicht mehr angriffslustig und mutig, sondern schwach und klein.

„Wie bitte? Habe ich das gerade richtig verstanden? Du bietest mir eine Tasche voller Geld für Schutz? Was will dein Dad dir Schlimmes antun, dass du dich genötigt siehst, hier aufzutauchen, dir mit Gewalt Zutritt zu verschaffen und mir so einen Deal vorzuschlagen?"

Jetzt bin ich echt gespannt. Nervös leckt sie sich die Lippen, was meinen Schwanz daran erinnert, dass er noch immer nicht abgespritzt hat.

„Er will mich an seinen Geschäftspartner verkaufen, indem er mich zu einer Heirat mit ihm zwingt."

Bloody Hell! Der Tag wird echt immer verrückter!

„Okay, noch mal langsam. Ich verstehe das Problem nicht. Sag doch einfach nein. Du lebst in den USA, hier gibt es keine Zwangsehen."

Sie schüttelt den Kopf, ihre Augen werden verdächtig feucht.

Wehe, sie fängt an zu heulen! *Wehe!* Ich hasse weinende Mädchen, da werde ich immer weich. Eine Schwäche, die ich seit Jahren ablegen will – gelungen ist es mir bisher noch nicht. Leider ...

„Du kennst meinen Vater nicht, Rider. Er ist kein Mann, der ein einfaches ‚Nein' akzeptiert."

Zane ist sein blödes Grinsen mittlerweile vom Gesicht gerutscht. Er wirkt ernst.

„Du weißt, wer wir sind und zu was wir fähig sind? Wie kommst du auf die Idee, dass wir dir helfen? Du bist eine Außenstehende!"

Nun sieht sie mir wieder direkt in die Augen.

„Genau da kommen die 50 000 Dollar ins Spiel. Ich bezahle dich natürlich für deine Dienste."

Nett! Als ob ich auf das Geld angewiesen wäre. Klar ist das eine hübsche Summe, aber es ist nicht so viel, dass ich mir dafür einen Haufen Ärger aufhalse.

Ihrem gesamten Auftreten nach kommt sie aus gutem Hause. Ihre Klamotten wirken teuer, ihre Zähne sind makellos und ihre Finger sind frisch manikürt. Diese Frau wirkt nicht so, als würde sie aus einer normalen Arbeiterfamilie stammen.

„Kommen wir zu der wohl wichtigsten Frage, wer zur Hölle bist du? Und wer ist dein Vater?"

Genau wie vermutet, weicht ihr nun sämtliche Farbe aus dem Gesicht. Das ist kein gutes Zeichen.

„Mein Dad ist Michael O'Conner."

Fuck! Ich bin niemand, der sich mit den oberen Zehntausend dieses Landes befasst, aber dieser Name ist mir natürlich ein Begriff. Diesem Typen gehört halb Chicago. Erst neulich habe ich einen Zeitungsbericht über diesen O'Conner gelesen, in dem auch etwas über seine Tochter geschrieben stand.

„Dann bist du Madeleine."

Sie nickt.

„Wie ich sehe, kennst du meinen Vater."

„Kennen ist zu viel gesagt. Ich weiß, wer er ist."

Und das tue ich wirklich. Es kann nie schaden, die Menschen, die einem echte Probleme bereiten können, im Blick zu behalten. Chicago ist unser Revier, das scheint ihr Vater jedoch nicht einsehen zu wollen. Ich glaube mich daran erinnern zu können, dass ich in den vergangenen Jahren so einige Häuser in die Luft gejagt habe, die ihrem Dad gehört haben.

„Na dann verstehst du auch, warum ich dir dieses Geschäft vorschlage. Ihr Night Rider seid dafür bekannt, vor nichts zurückzuschrecken. Ein Rocker wie du hat genug Macht und Muskeln, um mich so lange vor meinem Dad zu bewahren, bis mir eine andere Lösung eingefallen ist."

Ein Rocker wie ich, so so ...

„Warum behältst du dein Geld nicht einfach, steigst in das nächste Flugzeug und lässt Chicago hinter dir? Such dir eine karibische Insel, trink Cocktails aus Kokosnüssen und vergiss dein altes Leben."

Madeleine verdreht die Augen.

„Echt jetzt? Du denkst, dass Flucht eine Lösung ist? Egal wohin ich gehe, mein Dad wird mich finden. Die Welt ist für ihn nichts weiter als ein großer Spielplatz. Es gibt keinen Ort, an dem ich vor ihm sicher bin."

Aye, das passt zu dem, was ich bisher über O'Conner in Erfahrung gebracht habe.

„Wenn er wirklich so entschlossen ist, dich zu einer Ehe zu zwingen, wie soll ich dich dann beschützen?"

Sie zuckt mit den Schultern.

„Keine Ahnung. Als Erstes brauche ich Zeit, um mir einen Plan ausdenken zu können. Dann sehen wir weiter."
Das kann sie voll vergessen!

„Es gibt kein *wir*, Püppchen. Dass deine Familie scheiße ist, tut mir leid für dich. Aber ich kann dir echt nicht helfen."

Wut blitzt in den Tiefen ihrer Schokoaugen auf.

„Ich habe gesehen, was du heute in der Stadt getan hast, Caden. Die Polizei sucht verzweifelt nach jemandem, der den Schützen beobachtet hat und der ihn identifizieren kann. Und wie es der Zufall so will, habe ich dich tatsächlich erkannt. Du bist von deinem Bike gestiegen, auf die Limousine zu gegangen und hast dein Opfer durch die Scheibe hindurch mit unzähligen Kugeln durchsiebt."

Bei allen Höllen! Sie muss völlig bescheuert sein, wenn sie es für eine gute Idee hält, mich auf dem Gelände meines Clubs zu erpressen.

„Du willst mir drohen?"

Zumindest hat sie Anstand genug, beschämt zu wirken.

„Von wollen kann nicht die Rede sein. Aber du lässt mir keine andere Wahl, Rider."

Einen Schritt auf sie zugehend, überwinde ich jegliche Distanz zwischen uns. Nun sind wir uns so nah, dass ihre Nase über das Leder meiner Kutte streift. Genau wie erwartet ist sie zu stolz, um zurückzuweichen, was mir in die Hände spielt. Ohne unseren Blickkontakt zu unterbrechen, streiche ich ihre Haare beiseite, entblöße so ihren fragilen Nacken und umspanne ihn mit meinen Fingern.

„So klein, so zerbrechlich! Jeden Tag verschwinden auf dieser Welt unzählige Frauen. Versuch also gar nicht erst, dich mit mir anzulegen, ansonsten bist du nur ein weiteres Mädchen, dessen Spuren sich im Nichts auflösen!"

Madeleine schluckt schwer, ein Zittern durchläuft ihren Körper.

„Lieber sterbe ich, als dass ich diesen Kenneth heirate. Wenn Erpressung die einzige Möglichkeit ist, dich dazu zu bringen, mir zu helfen, dann werde ich nicht davor haltmachen."

Obwohl sie mir nicht mal bis zur Schulter reicht, wahrscheinlich nur die Hälfte von mir wiegt und mir gleich einer Puppe absolut nichts entgegenzusetzen hat, steht sie mit entschlossen funkelnden Augen und geballten Händen vor mir und kämpft gegen ihre deutlich sichtbare Angst an.

Ich muss zugeben, das imponiert mir. Mit zitternden, weinenden und verängstigten Opfern kann ich nicht viel anfangen. Aber mit mutigen Frauen, die bereit sind, alles zu tun und alles zu geben, um schlussendlich zu siegen, sieht es anders aus.

Nachdem sie die Frechheit hatte, mich erpressen zu wollen, sollte ich ihr eigentlich eine verpassen, sie packen und rauswerfen, damit ihr Vater sie, an wen auch immer, verschachern kann, doch ich tue es nicht. Stattdessen stehe ich hier, betrachte fasziniert die Ebenmäßigkeit ihrer Gesichtszüge und frage mich, wie ihre Lippen wohl schmecken.

Madeleine riecht nach Kirschen und Vanille, was mir das Wasser im Mund zusammenlaufen lässt. In meiner Hose wird es eng, meine Eier beginnen zu pochen, es kostet mich einiges an Beherrschung, dass ich sie nicht einfach packe, gegen die Wand des Clubhauses pinne und ficke. *Wobei das wäre vielleicht die Idee ...*

„Nehmen wir mal an, ich erkläre mich bereit, dir zu helfen. 50 000 Dollar sind nicht gerade ein Vermögen ... Vor allem, da du meinen Schutz für einen längeren Zeitraum benötigst."

Ihre Pupillen weiten sich. Sie kapiert sofort, dass es mir nicht um mehr Geld geht.

„Keine Ahnung worauf du hinauswillst."

Denkt sie wirklich, dass sie mir mit der Unschuldsnummer kommen kann? Lustig!

„Sagen wir, ich passe drei Monate auf dich auf. In diesem Zeitraum wirst du bestimmt einen Weg finden, diese Ehe zu verhindern. 50 000 geteilt durch drei sind gerade mal 16 666 Dollar. Das ist ein Witz ... Für diese Summe werde ich keinen Finger rühren. Also erhöhe das Gebot, biete mir etwas an, zu dem ich nicht Nein sagen kann, und wir haben einen Deal."

Mit gerunzelter Stirn kaut sie auf ihrer Unterlippe herum und wägt ihre Möglichkeiten ab. Sie hat keine! Entweder läuft das hier nach meinen Regeln oder aber sie dreht sich um und geht. So einfach ist das.

Zane, der uns noch immer beobachtet hat, spuckt auf den Boden und geht an uns vorbei.

„Du bist ein echtes Arschloch, Bro. Aber scheiße! Ich würde es ganz genauso machen."

Er verschwindet im Club und lässt uns allein.

„Du willst Sex."

Madeleine klingt nicht im Mindesten überrascht.

„Für den Zeitraum, in dem ich auf dich aufpasse, gehörst du mir. Das bedeutet, ich ficke dich wann und wo ich will. Wenn du damit einverstanden bist, kommen wir ins Geschäft."

Ihr Genick loslassend, streife ich mit den Fingern durch ihre seidigen Haare.

Obwohl sie zögert, weiß ich, dass sie schlussendlich zustimmen wird. Sie hat gar keine andere Wahl!

Ein Seufzen ausstoßend, nickt sie ergeben.

„Okay, du hast gewonnen, du bekommst die 50 000 und meinen Körper. Dafür stehe ich drei Monate unter deinem Schutz. Aber solltest du mich verarschen, Rider, dann werde ich dich mit deiner eigenen Waffe abknallen."

Ihre Taille umfassend, hebe ich sie an, sodass wir uns auf Augenhöhe befinden. „Damit kann ich leben!" Noch bevor sie etwas erwidern kann, drücke ich meine Lippen auf die ihren und schiebe ihr meine Zunge in den Mund.

Dass sie damit nicht gerechnet hat, erkenne ich an ihrem überraschten Quicken. Die ersten paar Sekunden verharrt sie reglos, lässt meinen Überfall einfach nur über sich ergehen. Doch dann küsst sie mich endlich zurück, und fuck, das lässt mich so was von hart werden. Madeleines Zunge ist heiß, rau und äußerst flink. Ihre Finger vergraben sich in meinem Haar, während sie sich fester gegen mich presst.

Ein Bein zwischen ihre Knie schiebend, umfasse ich ihren Po und knete das weiche Fleisch. Sie beginnt damit, ihre Pussy an meinem Oberschenkel zu reiben. Die Hitze ihrer Muschi glüht durch den Stoff ihres Slips und verbrennt mich regelrecht.

Eines steht schon mal fest, diese Kirschtorte zu ficken, wird der Wahnsinn!

Michael O'Conner ist ein ernst zu nehmender Gegner, der es sich nicht einfach gefallen lassen wird, dass ich seine Tochter von ihm fernhalte. Aber verdammt, wenn dieser Kuss nur der Anfang ist – wenn er ein erstes Anzeichen dafür ist, wie der Sex zwischen uns sein wird – dann ist mir das den Ärger wert.

Wobei die 50 000 Dollar nicht ausschlaggebend sind, dass ich mich auf diesen Deal einlasse. Sondern die Tatsache, dass ich eine Aufgabe gebraucht habe, die mich von der Scheiße mit Bella und Butcher ablenkt. Und was eignet sich dafür besser als ein Mädchen, das nach Vanille duftet, nach Kirschen schmeckt und einen Haufen Ärger mit sich bringt?

3. Kapitel

Madeleine

Der Geruch von kaltem Rauch, Schießpulver und Leder, der diesem Biker anhaftet, bringt mein Herz aus dem Takt. Vor wenigen Stunden habe ich diesen Rocker dabei beobachtet, wie er kaltblütig jemanden ermordet hat, und jetzt liege ich in seinen Armen, küsse ihn stürmisch und habe zugestimmt, als Bezahlung für seine Dienste seine Mätresse zu werden ... *Wie soll das gut gehen?*

Es fühlt sich ein bisschen so an, als hätte ich meine Seele an den Teufel verkauft. Wobei es hier weniger um meine Seele, als um meinen Körper geht.

Vielleicht macht es mich zur Hure, aber es wird mir nicht schwerfallen, für diesen Rider die Beine zu spreizen. Caden ist heiß, mehr als heiß! Sein harter Körper zeichnet sich durch seine Kutte hindurch ab, er scheint nur aus Muskeln zu bestehen.

Doch es ist nicht seine Kraft, die ihn als perfekten Kandidaten für meine Zwecke nominiert, sondern seine Gnadenlosigkeit und seine Bereitschaft zu töten. Natürlich will ich nicht, dass er meinen Vater ermordet, das wäre zu heftig. Doch ich bin mir sicher, dass dieser seine Männer losschickt, um mich aufzuspüren und zurückzubringen. Und wenn Caden diesen Söldnern ein paar Kugeln verpasst, würde mich das nicht stören.

Auf der Gehaltsliste meines Dads stehen Ex-Armys, Killer und jede Menge weiterer zwielichtiger Gestalten. Sie werden vor nichts und niemanden zurückschrecken, um mich zu fangen. Dafür wird die Prämie, die mein Vater, sobald er bemerkt, dass ich untergetaucht bin, auf mich aussetzt, einfach zu hoch sein. Ganz davon abgesehen bin ich mir sicher, dass Kenneth über meine Weigerung, ihn zu heiraten, ebenfalls alles andere als begeistert sein wird. Es würde mich nicht wundern, wenn er ebenfalls seine Bluthunde auf mich ansetzen würde.

Dieser Night Rider und sein Motorradclub sind meine einzige Hoffnung.

Wie es nach den veranschlagten drei Monaten weitergehen soll, weiß ich noch nicht. Aber ich bin mir sicher, dass mir in den kommenden 90 Tagen eine Lösung für diese Katastrophe einfallen wird. Tief in meinem Inneren hege ich ja immer noch die Hoffnung, dass mein Vater zur Vernunft kommt und einsieht, wie bescheuert seine Idee ist. Doch die Realistin in mir weiß es besser. Wenn sich mein Dad einmal etwas in den Kopf gesetzt hat, dann ist er davon nicht mehr abzubringen ...

Erneut wühlt Caden sich durch meinen Mund. In der Sekunde, in der er meinen Rock hoch und seine Hand in meinen Slip schiebt, verpuffen all meine Gedanken und ich stöhne leise gegen seine Lippen. Seine Fingerspitzen sind rau und schwielig und fühlen sich auf meiner Haut verdammt gut an. Nach einem weiteren Zungenschlag beendet er unseren Kuss und sieht aus dunklen Augen auf mich herab.

„Die nächsten Monate könnten tatsächlich äußerst interessant werden." Bilde ich es mir nur ein oder klingt seine Stimme noch etwas gefährlicher als sonst?

Ich nicke atemlos. *Oh ja, das könnten sie ...*

Obwohl mein Leben gerade die reinste Katastrophe ist, muss ich zugeben, dass sich das alles nach einem verdammt spannenden Abenteuer anfühlt.

Drei Monate an der Seite dieses Rockers – drei Monate in seinem Bett und drei Monate unter seinem Schutz – Halleluja!

„Wie geht es jetzt weiter?"

Caden sieht Richtung Zufahrtstor, neben dem auch der Prospect steht, dem ich in die Eier getreten habe. Jetzt, wo feststeht, dass ich zukünftig mehr Zeit in diesem Club verbringen werde, ist wohl eine Entschuldigung fällig.

„Bist du mit dem Auto gekommen?"

„Ja, ich hab draußen auf der Straße geparkt. Im Kofferraum liegt auch die Tasche mit dem Geld."

Er nickt, reibt sich mit der Hand über die Stirn und packt mich an der Hand.

„Ich muss noch einiges erledigen, bevor ich dich in meine Wohnung bringen kann. Bis dahin sollten wir deinen Wagen in die Werkstatt stellen. Sonst machen wir es deinen Verfolgern viel zu leicht, dich aufzuspüren. Je länger dein Vater, was deinen Aufenthaltsort betrifft, ahnungslos ist, umso besser."

Ich nicke zustimmend. Mir wird erst jetzt klar, was das alles für Folgen nach sich zieht. Das Leben, das ich bisher geführt habe, ist erst mal vorbei. Hoffentlich hält es nur einen kurzen Winterschlaf, ehe ich irgendwann mal wieder zurück in meine geliebte Realität kann.

„Gib mir den Schlüssel."

Ihn aus meiner Handtasche holend, reiche ich ihn Caden.

„Hast du auch ein Handy?"

Ohne lang darüber nachzudenken, gebe ich ihm auch das. Doch anstatt es, wie erwartet auszuschalten, wirft er es mit Wucht auf den Boden und zertritt mit seinen schweren Stiefeln das Display. Das Glas zerbricht, das iPhone löst sich bei jedem weiteren Tritt mehr in seine Einzelteile auf.

Das knirschende Geräusch geht mir durch Mark und Bein. „Verdammt, was tust du da?“

Ohne mein nun völlig zerstörtes Telefon auch nur eines Blickes zu würdigen, zieht er mich weiter.

„Na, was denkst du denn? Dein Vater hat garantiert eine Tracking-App auf deinem Handy installiert. Das Letzte, was wir brauchen, ist, dass er jederzeit deinen Aufenthaltsort ermitteln kann. Wie soll ich dich vor seinen Männern beschützen, wenn du als roter Punkt auf seinem Computer angezeigt wirst?“

Ein gutes Argument. Trotzdem, auf dem Handy waren über tausend Fotos, die ich behalten wollte. Mal ganz abgesehen von all den Kontakten, die darauf gespeichert waren.

„Hätte es nicht gereicht, einfach nur die Simkarte gegen eine neue auszutauschen?“

Caden zuckt gelangweilt mit den Schultern.

„Schon möglich. So war es aber gründlicher!“

„Falsch! So war es scheiße!“

Er bleibt so abrupt stehen, dass ich ins Stolpern gerate. Kaum dass ich mein Gleichgewicht wiedergefunden habe, packt er mich mit einem eisernen Griff am Kinn und drückt zu. Ein bitterer Schmerz zuckt durch meinen Kiefer.

Ich würde ihm gerne sagen, dass er mich auf der Stelle loslassen soll, doch das geht leider nicht, weil sich seine Finger so tief in mein Gesicht graben, dass ich den Mund nicht bewegen kann.

„Hör mir jetzt lieber gut zu, Püppchen. Denn ich wiederhole mich nur äußerst ungern und ich denke, dass wir ein paar Dinge klarstellen müssen. Bevor wir uns die Mühe machen, deinen Karren umzuparken, solltest du wissen, worauf du dich einlässt. Klar?“

Da er mich noch immer nicht losgelassen hat, nicke ich, um Caden zu zeigen, dass ich verstanden habe.

„Sehr schön!“

Endlich lässt er mein Kinn los, der Schmerz hingegen hallt noch für einen Moment in mir nach, ehe er sich Gott sei Dank auflöst.

„Du bist zu mir gekommen, Madeleine. Du brauchst meine Hilfe. Ich hingegen brauche nichts von dir. Also wenn du es dir nicht anders überlegst und dir einen neuen Beschützer suchen willst, dann machst du, was ich sage, wann ich es sage und wie ich es sage. Und wenn ich der Meinung bin, dass dein verschissenes Handy zerstört werden muss, dann ist das so! Punkt! Solltest du ein Problem mit meinen Entscheidungen haben, steht es dir frei, zu gehen. Ich bin weder auf dein Geld, noch auf deine Muschi angewiesen. Das Letzte, was ich brauche, ist ein verwöhntes Püppchen, dass mir das Leben schwer macht!“

Auweia! Da scheint jemand leicht reizbar zu sein. Wäre er eine Frau, würde ich tippen, dass er seine Periode hat. So aber? Ich meine, was ist die Ausrede für Männer, wenn sie unleidlich und zickig sind? Testosteronmangel, oder was?

Mit der Message einverstanden, aber wütend wegen der Art und Weise, wie er sie rübergebracht hat, stoße ich ihm mit meinem Zeigefinger gegen den Brustkorb und sehe ihn aus zusammengekniffenen Augen an.

„Nur weil du hier die Waffe trägst und offensichtlich mehr Muskeln als Verstand hast, bedeutet das noch lange nicht, dass du dich wie ein Arschloch aufspielen kannst. Respekt ist das Zauberwort. Das gilt, soweit ich weiß, auch für euch megagefährliche Outlaws.“ Kurz Luft holend, stoße ich ihm erneut meinen pink lackierten Nagel gegen den Oberkörper. „Und noch was, ich mag es nicht, wenn du mich Püppchen nennst. Weder bin ich aus Plastik, noch made in China. Ich bin eine Frau, und so hast du mich zukünftig auch zu behandeln. Denn falls du es noch nicht begriffen hast, Mädchen mögen keine arroganten, gewalttätigen Gorillas. Wenn wir das täten, würden wir schließlich im Urwald leben und an Bambusstangen knabbern. Bevor du also das nächste Mal mein Eigentum zerstörst, frag mich gefälligst, ob ich damit einverstanden bin!“

Ich hab mich so in Rage geredet, dass ich weder dem lachenden Typen am Tor, noch der Applaus klatschenden Blondine, die bei den Motorrädern steht, Beachtung schenke, sondern einfach weiter zu meinem Auto gehe.

Soll diesen blöden Rockerarsch doch der Blitz treffen.

Nur weil ich gerade ein paar Probleme habe, falls man eine Zwangsehe, die von dem eigenen Vater arrangiert wurde, so nennen kann, bedeutet das noch lange nicht, dass ich mich von diesem Macho herumkommandieren lasse.

Keine Ahnung, warum ich gerade wütender auf meinen Dad bin. Weil er mich an Kenneth verkaufen will oder weil ich es ihm zu verdanken habe, dass ich mich mit diesem Night Rider herumschlagen muss? Unglaublich, dass ich diesen Idioten vor wenigen Augenblicken freiwillig geküsst habe ... wirklich schön blöd ...

Die Wachen hinter mir lassend, überquere ich die Straße und bleibe schlussendlich vor meinem silbernen Porsche SUV stehen. In der Sekunde, in der mir einfällt, dass ich Caden ja den Schlüssel gegeben habe, sehe ich, wie ein schwarzer Van auf mich zugerast kommt. Schnell springe ich auf den Gehsteig und prüfe, wo Caden bleibt. Mit grantig verzogenem Mund und finsterem Gesichtsausdruck kommt er auf mich zu.

Bevor er jedoch bei mir angekommen ist, kommt der Van direkt neben mir zum Stehen. Die hintere Schiebetüre wird aufgerissen und zwei in schwarzen Anzügen gekleidete Männer, die mit Sturmgewehren bewaffnet sind, stürmen auf mich zu.

Im ersten Moment bin ich so erschrocken, dass ich keinen Mucks zustande bringe, dann schreie ich jedoch aus Leibeskräften. Einer der Kerle packt mich am Arm und will mich in den Wagen ziehen, doch meine Instinkte sind noch aktiv und so gelingt es mir, ihm mit voller Wucht zwischen die Augen zu schlagen. Er lässt mich los und ich falle rückwärts auf den Boden.

Im Gegensatz zu mir weiß Caden ganz genau, was zu tun ist. Er zieht seine Waffe, verpasst dem einen Angreifer einen Schuss in die Schulter und kümmert sich dann um den Fahrer, der ebenfalls ausgestiegen ist, indem er ihm ein Messer ins Bein rammt. Anschließend widmet Caden dem Arsch, der mich angegriffen hat, seine Aufmerksamkeit. Das alles geht so blitzschnell, dass Cadens Bewegungen zum Teil vor meinen Augen verschwimmen.

Lieber Gott steh mir bei!

Endlich tauchen auch die Wachen des Clubs auf. Doch viel zu tun haben sie nicht mehr. Caden ist mit diesen Kerlen völlig alleine fertiggeworden, und das beinahe schon mühelos.

Der Prospect, dem ich noch eine Entschuldigung schuldig bin, steht mit gezogener Waffe neben mir und zielt auf den Typen, der noch immer das Messer im Oberschenkel stecken hat.

„Verpisst euch ihr Wichser. Wenn ihr euch das nächste Mal hier blicken lasst, machen wir euch kalt!“

Die Möchtegern-Entführer ziehen den Schwanz ein, akzeptieren ihre Niederlage, sparen sich jeglichen Kommentar und steigen wieder in ihren Van.

Wenn das alles nicht so heftig wäre, könnte man beinahe darüber lachen. Diese drei Men in Black hatten nicht die geringste Chance gegen Caden.

Trotz der bitteren Angst, die mich regelrecht gelähmt hat, überkommt mich die Überzeugung, dass Caden der perfekte Bodyguard für mich ist.

Allein das eben Geschehene ist der beste Beweis dafür, dass ihn so leicht nichts ins Schwitzen bringt. Erst als der Van losfährt, atmen die Biker um mich herum erleichtert aus. Marc steckt seine Waffe weg und reicht mir hilfsbereit die Hand. Das Wissen, dass ich seine Freundlichkeit eigentlich gar nicht verdient habe, lässt mich schlucken.

Nachdem er mir aufgeholfen hat, lege ich meinen Stolz beiseite und tue was nötig ist.

„Vielen Dank. Du hast mir geholfen, obwohl ich mich dir gegenüber wie ein Miststück verhalten habe. Das mit vorhin und deinen Eiern tut mir echt leid."

Keine Ahnung womit ich gerechnet habe, vielleicht, dass er mich beschimpft und beleidigt, aber es passiert nicht. Marc zwinkert mir nur cool zu, grinst mich an und zuckt mit den Schultern.

„Kein Thema. Echt peinlich, dass es einer Puppe wie dir gelungen ist, mich auf die Knie zu befördern. Vergiss den Vorfall am besten, ich werde das definitiv tun. Falls man mich lässt, zumindest."

Caden lacht.

„No way, Kleiner. Darüber werde ich noch in zwanzig Jahren meine Witze reißen."

Der Anwärter seufzt übertrieben leidgeplagt auf, sieht die Straße entlang in die Richtung, in welcher der Van verschwunden ist.

„Das war knapp."

Oh ja, allerdings ...

Wenn Caden mir nicht bereits gefolgt wäre, hätten mich diese Typen einkassiert, und entweder zu Kenneth oder meinem Vater gebracht. Keine Ahnung was schlimmer gewesen wäre, beide kochen wahrscheinlich vor Wut und beide gehören zu der Kategorie Mann, die Frau sich lieber nicht zum Feind machen sollte.

Noch mehr Rider tauchen auf, alle haben eine Knarre in der Hand.

„Wir haben Schüsse gehört. Was ist passiert?"

Mason, der Präsident des Clubs, ich erkenne ihn, weil sein Gesicht des Öfteren in den Nachrichten gezeigt wird, meistens im Zusammenhang mit dem seit über einem Jahr verschollenen Staatsanwalt, sieht Caden besorgt an.

„Halb so schlimm. Ein paar Wichser haben versucht, Madeleine zu entführen."

„Oh ja, wirklich halb so schlimm ..."

Mein aufgebrachtes Flüstern bringt mir einen ungläubigen Blick des Präsidenten ein.

„Wer zur Hölle ist diese Frau?"

Caden stellt sich neben mich, legt mir seine große Hand auf die Schulter und macht so allen Anwesenden klar, dass ich zu ihm gehöre.

„Mein neues Aufgabengebiet."

Auch wenn mir die Formulierung nicht gefällt, trifft sie die Beziehung zwischen Caden und mir ziemlich gut.

Mason zieht irritiert die Augenbrauen nach oben.

„Mir war nicht klar, dass du dich langweilst, Bro.“
Oha, steht da Ärger an? Hätte Caden das erst mit dem Oberrocker klären müssen?

Mit seinen kurzen braunen Haaren, die perfekt zu seinen ebenfalls braunen Augen passen, den markanten Gesichtszügen und den leicht ergrauten Schläfen ist er ein äußerst attraktiver Mann. Selbst die kleine Narbe, die seine Oberlippe durchtrennt, passt perfekt zu dem gefährlichen, geradezu wilden Erscheinungsbild des Präsidenten.

„Wir reden später darüber. Jetzt muss ich das Mädchen erst mal in Sicherheit bringen, ehe diese Wichser mit Verstärkung zurückkommen.“ Mason nickt. Von den Rockern flankiert, werde ich zurück auf das Night Riders Gelände geführt. Caden befiehlt Marc, mein Auto in die Werkstatt zu fahren und wirft ihm den Schlüssel zu.

Das alles geht so schnell, dass mir der Schädel brummt.

Diese Beinahe-Entführung gerade war heftig und verrät mir, dass mein Dad keine Zeit verlieren will. Was mich allerdings interessieren würde, ist, wie er so schnell meinen Aufenthaltsort herausgefunden hat. Caden scheint dafür längst eine Antwort zu haben. Denn kaum, dass mein Porsche in der großen Halle steht, macht er sich an ihm zu schaffen.

„Hey, was soll das werden?“
Meine Frage belustigt ihn.

„Ganz einfach, ich deaktiviere das GPS und suche nach weiteren Sendern.“
Fluchend schlage ich mir mit der Handfläche gegen die Stirn. Warum bin ich da nicht selber draufgekommen. Das mit dem Flüchten und Verstecken muss ich echt noch lernen.

„Dann muss ich dir wohl dankbar sein, dass du mit meinem Auto fürsorglicher umgehst wie mit meinem Handy.“

Ein Lächeln zupft an seinen Mundwinkeln.

„Na ja, zertreten geht bei diesem SUV wohl eher schlecht.“

Ja und da bin ich echt froh drum. So wie ich meinen Vater kenne, wird er mir den Geldhahn abdrehen. Was bedeutet, dass ich ab jetzt pleite bin.

Die 50 000 Dollar in meinem Kofferraum, die ich Caden versprochen habe, und das Geld, was sich auf dem Konto befindet, das ich heimlich für Notfälle eröffnet habe, ist alles, was ich noch besitze. Zum ersten Mal in meinem Leben habe ich nicht mehr Geld zur Verfügung, als ich eigentlich ausgeben kann. Ein wirklich merkwürdiges Gefühl.

Das Adrenalin, das dank des Überfalls durch meinen Kreislauf gepumpt ist, baut sich langsam ab und ein starkes Zittern setzt ein.

Meine Zähne schlagen aufeinander, kalter Schweiß bildet sich in meinem Nacken und Tränen steigen mir in die Augen.

Was passiert nur mit mir?
Was passiert mit meinem Leben?
Eine Wut, so stark wie ich sie noch nie empfunden habe, breitet sich in mir aus.
Ich habe Angst vor der Zukunft und trauere zugleich allem hinterher, was ich verloren habe.
„Warum tut er mir das nur an?"
Caden hört meine Frage, steigt aus dem Auto und kommt auf mich zu. Um mir besser in die Augen sehen zu können, geht er vor mir in die Hocke.
„Dein Vater ist es gewohnt, dass alle seinen Befehlen folgen, warum sollte er da bei dir eine Ausnahme machen?"
Gute Frage.
„Vielleicht, weil ich seine Tochter bin? Ich dachte, ich bedeute ihm etwas."
„Das tust du mit Sicherheit. Doch die Gründe, die ihn zu seinem Verhalten bewegen, scheinen für ihn wichtiger zu sein als die Liebe, die er für dich empfindet."
Das zu hören ist hart.
„Er muss irgendein Problem haben, für das er Kenneths Hilfe braucht. Ich bin quasi die Bezahlung. Unglaublich, oder?"
Cadens Blick wird dunkel.
„Noch bin ich alleine. Aber sollte ich jemals eine Lady und eine Tochter haben, würde ich eher sterben, als meine Familie zu benutzen oder in Gefahr zu bringen."
Die Entschlossenheit, die in seinen Worten mitschwingt, lässt mich erschaudern.
Welche Frau auch immer es schafft, das Herz dieses Rockers für sich zu gewinnen, wird sich glücklich schätzen können.
Einem Impuls folgend, fahre ich mit meinen Fingern über die Aufnäher an seiner Kutte, lehne mich zu ihm vor und streiche mit meinen Lippen über die seinen. Cadens Geruch einatmend, schiebe ich meine Zunge in seinen Mund und zucke erschrocken zusammen, als er plötzlich ein dunkles Knurren ausstößt. Unsicher will ich zurückweichen, doch das lässt Caden nicht zu. Im Gegenteil. Er packt mich bestimmend, drückt seine Lippen fest auf die meinen und küsst mich so wild, dass es mir den Atem verschlängt und unsere Zähne krachend aufeinanderschlagen.
Gierig komme ich ihm entgegen, wühle mich durch seine Haare und kralle mich schlussendlich an dem Revers seiner Kutte fest, damit ich nicht umkippe.

In den vergangenen Jahren habe ich auf unzähligen Partys getanzt und dabei viele Männer kennengelernt. Einige habe ich geküsst, mit vielen habe ich geschlafen, aber noch nie war es so wie mit diesem Biker. Mein Herz gerät aus dem Takt und meine Sinne spielen verrückt. Ich sehne mich danach, in seinen Armen zu liegen und mich dort vor den Problemen dieser Welt zu verstecken. Doch stattdessen spüre ich, wie er sich zurückzieht, mich loslässt und aufsteht.

Wir sehen uns an. Und in den Tiefen seiner Augen kann ich erkennen, dass ihn dieser Kuss genauso erschüttert hat wie mich.

„Hör zu, Püppchen. Ich muss noch einiges erledigen, ehe ich dich von hier wegbringen kann. Wie wäre es, wenn du solange einen Kaffee trinkst?"

„Nenn mich nicht so. Ich habe einen Namen!"

Er nickt.

„Wunderbar, Kaffee gibt es drinnen!"

Meinen Einwand einfach so überhörend, greift er sich meine Hand und führt mich ins Innere des *Night Riders Motorcycle Clubs.*

Ich habe mich schon oft gefragt, wie es hier wohl aussieht, aber meine Vorstellungskraft kam nicht annähernd an die Realität ran. Zumindest weiß ich jetzt, dass alle Klischees, die über diese Rocker im Umlauf sind, der Wahrheit entsprechen.

Billardtische, Flipperautomaten und Poster mit nackten Tussis, die sich an schweren Maschinen reiben. Eine amerikanische Flagge hängt von der Decke, während sich unzählige Sessel und Sofas in dem riesigen Raum zu kleinen Sitzecken gruppieren. Die Bar, an der zwei Rider sitzen, ist lang und abgewetzt. In den verspiegelten Regalen hinter dem Tresen stehen gut fünfzig unterschiedliche Flaschen mit Schnaps, Whisky und anderen Spirituosen. Alles ist irgendwie schmuddelig und düster. Die wenigen Fenster sind so dreckig, dass es kaum ein Sonnenstrahl ins Innere schafft.

Rechts im Eck hängt ein Boxsack, ein weiterer Rocker bearbeitet ihn mit Händen und Füßen.

Sein Oberkörper ist bis auf seine Lederkutte nackt, die ausgewaschene Jeans hängt tief auf seinen schmalen Hüften, die einen starken Kontrast zu dem muskulösen Rücken darstellen. Ich erkenne auf den ersten Blick, dass dieser Biker ein Kämpfer ist. Einer von seinen Schlägen würde wahrscheinlich ausreichen, um mich ins Jenseits zu befördern!

„Hey Xander, ich muss zum Boss. Kannst du Madeleine im Auge behalten. Sorg dafür, dass sie nicht angemacht wird. Sie steht unter meinem Schutz."

Der Boxer dreht sich zu Caden um, nickt kurz und sieht dann zu mir.

Auf der linken Seite seiner Brust befindet sich ein quadratisches Patch auf dem *SGT-AT-ARMS* geschrieben steht. Was das wohl bedeutet?

Dieser Xander hat einen Ticken zu lange blonde Haare, sodass sie ihm lässig in die Stirn hängen, und er sie immer wieder mit den Händen auf die Seite streicht, grüne Augen und ist mit der größte Mann, der mir je begegnet ist.

Ich tippe, dass er ein paar Jahre jünger als Caden ist. Wahrscheinlich so Mitte dreißig. Außerdem ist er genau wie die anderen Rider, die mir bis jetzt begegnet sind, auf eine düstere, gefährliche Art sexy.

Diese Biker sind wirklich außergewöhnliche Männer ...

„Unter deinem Schutz? Fuck, Bro! Hab ich was verpasst?"

Cadens Handy vibriert, er tippt eine kurze Antwort.

„Was ist jetzt, passt du auf?"

Der Typ mit dem SGT-Patch nickt, unterbricht sein Training und nähert sich mir.

„Logo. Wollt eh grad 'ne Pause machen."

Ist es verrückt, wenn ich finde, dass er *nett* wirkt?

Auf meine Menschenkenntnis war noch nie viel Verlass, wahrscheinlich ist er ein Serienkiller und ich finde ihn sympathisch ...

„Komm schon Mädchen, setz dich, ich mach uns einen Cappuccino."

Da dieses Angebot verlockend klingt und ich eh keine andere Wahl habe, setze ich mich auf einen der freien Barhocker und sehe zu, wie Caden in einem langen, dunklen Gang verschwindet.

„Erzähl mir, was bei dir läuft. Die Schießerei, von der ich gehört habe, geht auf dein Konto?"

Das klingt fast so, als ob ich eine Waffe in der Hand gehabt und mit ihr wild durch die Gegend geballert hätte.

„Na ja, mehr oder weniger. Ich denke, die Typen vorhin waren die Männer meines Vaters. Oder die meines angeblichen Verlobten." Ich seufze leidgeplagt. „So genau kann ich das leider nicht sagen." Xander sieht mich neugierig an, seine Augen blitzen vor Belustigung.

„Warte mal, was sagst du? Dein Vater, beziehungsweise dein Verlobter wollen dich entführen lassen?"

Die Hände verschränkend, versuche ich, möglichst cool zu bleiben.

„Ja. Irgendwie schon. Eigentlich wollen beide nur, dass ich heirate. Aber das kommt nicht infrage."

Die zwei Tassen, die er gerade aus dem Schrank geholt hat, wieder zurückstellend, macht er sich stattdessen am Kühlschrank zu schaffen.

„Ich würde sagen, das verlangt nach Alkohol." Natürlich will ich ihm widersprechen, es ist gerade mal Nachmittag, doch sein strenger Blick hindert mich daran.

Er stellt ein Glas mit Eiswürfeln vor sich und füllt es mit einer ordentlichen Portion Wodka, vor mir landen ein kleines Schnapsglas, ein Salzstreuer und mehrere Zitronenspalten.

„Woher weißt du, dass ich eine Schwäche für Tequila habe?"

Xander grinst.

„Das sieht man dir an der Nasenspitze an. Außerdem leiden die Ladys dieses Clubs alle an derselben Schwäche."

Instinktiv reibe ich mir über die Nase, greife nach der Flasche und fülle mein Glas.

Im Grunde hat dieser Biker vollkommen recht. Ein paar Umdrehungen könnten meinen angespannten Nerven wirklich guttun. Xander wartet, bis ich mir etwas Salz auf den Handrücken gestreut habe, dann nickt er mir zu und wir stoßen an.

„Auf zukünftige Ehemänner und krasse Väter."

Seinen Trinkspruch finde ich alles andere als witzig, was ihm klar ist, denn er lacht sich über meinen entsetzten Gesichtsausdruck schlapp.

„Keine Sorge, Süße. Caden passt schon auf dich auf. Wenn du unter seinem Schutz stehst, kann dir nichts passieren."

Ein „Amen!", murmelnd, lecke ich die Salzkörner ab, kippe mir die eiskalte Flüssigkeit in den Rachen und beiße in die Zitrone. Die Säure lässt mich das Gesicht verziehen – was tue ich hier eigentlich?

Ich hätte es nie für möglich gehalten, dass ich mal im Clubhaus des gefürchtetsten Motorradclubs des Landes sitze und mich mit einem völlig verschwitzten Killer betrinke, während ich mit ihm über meine erzwungene Verlobung diskutiere.

„Das Leben nimmt manchmal schon seltsame Wege."

Xander stimmt mir zu.

„Das kannst du laut sagen, Mädchen."

Die nächste halbe Stunde kümmere ich mich darum, dass die Tequilaflasche immer leerer und ich immer voller werde. Als Caden endlich wieder auftaucht, halte ich mich mit einer Hand am Tresen fest, damit ich nicht wie ein abgeschossener Frosch rückwärts umfalle. Er braucht nur einen Blick, um zu wissen, was mit mir los ist.

„Scheiße Bro, du solltest auf Madeleine aufpassen und sie nicht abfüllen!"

Meine neue Bekanntschaft lässt sich von Cadens wütender Stimme nicht einschüchtern.

„Wir haben nur Freundschaft geschlossen."

„Ja, das sehe ich!"

Als ich mir den nächsten Shot genehmigen will, eilt Caden auf mich zu, nimmt mir das Glas ab und schleudert es auf den Boden.

„Hey, ich wollte das trinken."

Er runzelt die Stirn.

„Du hast genug, Püppchen. Ich bring dich ins Bett."

Da mir der Gedanke, von diesem sexy Biker ins Bett gebracht zu werden, gut gefällt, widerspreche ich ihm nicht.

Ich versuche, möglichst anmutig aufzustehen, was mir nicht unbedingt gelingt. Erst stolpere ich über meine Füße, dann verliere ich das Gleichgewicht und schlussendlich bekomme ich einen heftigen Lachflash, der von einem Schluckauf begleitet wird.

Caden stößt ein zornig klingendes „Ach, Scheiße!" aus, was mich zum Kichern bringt.

Xander hatte recht. Tequila ist definitiv besser als Cappuccino ...

4. Kapitel

Caden

Betrunkene Mädchen sind nichts Neues für mich. Wenn sie zu viel intus haben, gehe ich ihnen aus dem Weg und wenn sie genauso viel angeheitert sind, dass sie all ihre Hemmungen verloren haben, ficke ich sie.

Allerdings ist es eine völlig neue Erfahrung für mich, ein betrunkenes Püppchen mit langen Beinen, blonden Locken und seidener Haut in ein Auto zu verfrachten und mit zu mir nach Hause zu nehmen.

Die mehr als eindeutigen Blicke, die Madeleine mir zuwirft, erschweren es mir zusätzlich, mich auf den Verkehr zu konzentrieren.

Es war ein Fehler, Madeleine in Xanders Obhut zu übergeben. Aber es war wichtig, Mason auf den neuesten Stand zu bringen und ihn über die Abmachung, die ich mit ihr getroffen habe, zu informieren. Vor allem da dieser Deal aller Wahrscheinlichkeit nach auch Auswirkungen auf den Club haben wird, wie die Schießerei vorhin bewiesen hat.

Im Grunde genommen hat mein Präsident kein Problem mit dem Deal. Es ist ihm nur wichtig, dass ich dafür sorge, dass Madeleine nichts von unseren Geschäften mitbekommt. Was ja wohl logisch ist.

Es wird für alle Beteiligten das Beste sein, wenn ich Madeleines Vater einen Besuch abstatte und ihm nachdrücklich klarmache, dass seine Tochter kein Interesse an dieser Hochzeit hat, und dass ich ihn an der Spitze seines verfickten Wolkenkratzers aufhängen werde, sollte er ihr auch nur ein Haar krümmen.

Je schneller Madeleine in ihr altes Leben zurückkann, umso schneller habe ich mir die 50 000 Dollar verdient und wieder meine Ruhe.

Eigentlich ganz einfach – eigentlich!

Michael O'Conner ist kein Mann, der sich so schnell einschüchtern lässt. Wobei meiner Erfahrung nach eine geladene und entsicherte Waffe in den meisten Fällen ein unschlagbares Argument ist.

Eine warme, kleine Hand legt sich auf mein Knie, fährt an meinem Schenkel nach oben und reibt über meinen Schwanz.

„Nach der Lone Ranger Nummer vorhin bin ich dir echt was schuldig."

Ein lautes Hicksen hallt durch den Wagen.

„Fuck Püppchen, wie viel hast du getrunken?"

Das Grinsen, zu dem sich ihre Kirschlippen verziehen, ist mir Antwort genug.

„Ein bisschen."

„Ein bisschen zu viel meinst du wohl."

Wieder hickst sie.

„Nein, eher ein bisschen zu wenig. Du Spaßverderber hast mir ja das Glas weggenommen!"

Der Vorwurf amüsiert mich.

„Es war nie Teil unserer Vereinbarung, dass ich den Babysitter für dich spielen muss."

Sie packt fest zu, knetet meine härter werdende Erektion und schnurrt dabei leise.

„Babysitter klingt schrecklich. Ich will nicht, dass du mich sittest, sondern dass du mich vögelst."

Holy Shit! Ob das nur der Alkohol ist, der da aus ihr spricht?

Einen Blick auf ihre verrutschten Sachen werfend, betrachte ich das Tal zwischen ihren Titten und die weichen Rundungen ihrer Schenkel.

„Bevor du weiterredest, solltest du eine Sache wissen. Wenn ich ficke, dann ficke ich hart und tief."

Einen Pfiff ausstoßend, öffnet sie den Reißverschluss meiner Hose und schiebt ihre Hand hinein.

„Das klingt gut. Ich mag es hart. Bienchen und Blümchen sind was für kleine Mädchen."

„Dann sind wir uns einig!"

Die restliche Fahrt verbringen wir schweigend, ihre Finger um meinen Schwanz und ihre Lippen an meinem Ohr.

Es ist wohl unnötig zu erwähnen, dass ich, bis wir endlich bei meiner Wohnung ankommen, kurz davor stehe zu platzen.

Nach der beschissenen Nummer mit Sally, können es meine Eier kaum erwarten abzuspritzen.

Den SUV in die Tiefgarage fahrend, helfe ich Madeleine beim Aussteigen und trage sie mehr, als sie selbst geht, Richtung Lift. Ihr Lippenstift ist verwischt und ihre Locken sind zerzaust. Das Mädchen sieht so aus, als ob ich mich längst an ihr ausgetobt hätte – sie war noch nie schöner wie in diesem Moment.

Im dritten Stock angekommen, werfe ich sie mir kurzerhand über die Schulter und trage sie in meine Wohnung. Ich mache mir nicht die Mühe, das Licht einzuschalten, sondern bringe meine Beute direkt ins Schlafzimmer.

Als ich sie ins Bett werfe, entlockt ihr das ein lautes Kreischen.

Ohne Zeit zu verlieren, reiße ich ihr den Rock runter, zerfetze den spitzenbesetzten String und lasse dem Rest ihrer Klamotten dasselbe Schicksal zuteilwerden. Ihre geschickten kleinen Finger haben mich beinahe in den Wahnsinn getrieben, langsam ist nicht mehr möglich.

Erst als sie nackt vor mir liegt, lässt der Druck in meinem Inneren etwas nach.

Fuck! Sie ist wunderschön ...

Das Wissen, dass ich mich die nächsten Monate an diesem Körper austoben kann, lässt mir das Wasser im Mund zusammenlaufen.

„Dreh dich um. Geh auf die Knie und zeig mir deinen Arsch."

Madeleine zögert erst, doch dann tut sie, was ich will.

Rund und prall zeichnen sich ihre hellen Pobacken vor der Dunkelheit ab.

In meiner Vorstellung liege ich längst auf ihr, packe sie an den Haaren und stoße mich so tief in ihre enge Grotte, dass es ihr den Atem verschlägt. Ohne die Augen von ihr loszureißen, ziehe ich mich aus, lege die Waffe beiseite und steige aus den Stiefeln.

Den Kopf auf die Seite drehend, wirft sie mir über die Schulter hinweg einen unsicheren Blick zu. Sie mustert mich mindestens so gründlich, wie ich es wenige Augenblicke zuvor bei ihr getan habe. Dann leckt sie sich die Lippen und grinst versaut.

„Ich will, dass du deine Kutte wieder anziehst!"

„Du willst das echte Bikerfeeling?"

Madeleine nickt.

„Ja. Lass mich spüren, wie es ist, von einem Night Rider gefickt zu werden!"

Ihre Worte lassen meine Sicherungen durchbrennen. Mit letzter Kraft rufe ich mir in Erinnerung, dass dieses Mädchen keine gut eingerittene Clubbitch ist, dann steige ich zu ihr ins Bett, umfasse ihr Genick und presse sie noch tiefer in die Matratze.

Um ihr zu zeigen, wie es laufen wird, verpasse ich ihrem Arsch drei harte Schläge. Madeleines Schreie hallen durch den stillen Raum. Meine Hand zwischen ihre Beine schiebend, fahre ich durch ihre heiße Spalte und stelle zufrieden fest, dass ihre Möse bereits nass und glitschig ist.

Trotz ihrer offensichtlichen Angst kann sie es kaum erwarten, vom bösen Outlaw hart rangenommen zu werden.

Welch eine Überraschung. Auf den ersten Blick wirkt dieses Mädchen wie ein unschuldiger Engel, doch hinter dieser Püppchenfassade steckt ein echtes Luder. Wollen wir doch mal sehen, ob mir dieses Mädchen gewachsen ist.

Vielleicht schafft sie es ja tatsächlich, mich von Bella abzulenken.

Ihren Körper erkundend, übe ich etwas Druck auf ihre enge Rosette aus und bemerke, wie sie sich ruckartig verspannt. Das gefällt mir! Anscheinend bin ich der Erste, der sich in diesem Loch austoben wird.

Meine Finger wühlen sich durch ihre feuchte Pussy und kreisen über ihren Kitzler, ehe ich mit zweien bis zum Anschlag in ihr enges Loch gleite.

Madeleine keucht, versucht mir auszuweichen, doch indem ich ihr meinen Arm um die Mitte schlinge und ihre rechte Titte umfasse, verhindere ich das.

Die Muskeln in ihren Beinen zittern während sich die feinen Härchen auf ihren Armen aufstellen. Immer schneller über ihre Klit reibend, entlocke ich ihr lautes Stöhnen. Meine Eier sind mittlerweile so dick, dass es schmerzt, während sich mein Schwanz ungeduldig in ihre Richtung reckt. Wenn ich sie nicht bald ficke, ihr heißes Fleisch um meine Eichel spüre, drehe ich durch. Und mit dem, was dann passiert, wird dieses Mädchen garantiert nicht klarkommen.

Wieder und wieder ramme ich meine Finger tief in ihre Muschi, krümme sie und treffe so auf den schwammigen Punkt in ihrem Inneren.

Das Zittern in ihren Beinen wird stärker. Madeleine wirft den Kopf zurück und ihre langen goldenen Locken breiten sich auf ihrem Rücken aus.

Festentschlossen sie zum Schreien zu bringen, kneife ich in das empfindliche Fleisch ihres Nippels, zwirble ihn und stoße meine Finger zeitgleich bis zum Anschlag in sie hinein. Ihre Scheidenwände zurren sich zusammen, ihre Atmung stockt, während sie den Rücken durchbiegt und mit einem lang gezogenen Schrei kommt. Der Orgasmus, der über sie hinwegrollt, sorgt dafür, dass ihre Knie nachgeben und sie zur Seite kippt.

5. Kapitel

Madeleine

Oh wow! Was war das denn?

Ich komme zwar so gut wie immer beim Sex zum Höhepunkt, zumindest wenn der Mann, der es mir besorgt, einigermaßen weiß, was er zu tun hat.

Aber das gerade war unglaublich. *Verflucht!* Ich bin abgegangen wie eine Rakete und das, obwohl ich noch nicht mal seinen Schwanz in mir hatte.

Dieser Rocker scheint zu wissen, wie's läuft. Sehr gut! Das kann ja nur zu meinem Vorteil sein ... Noch immer atemlos versuche ich, den Dunstschleier, bestehend aus orgastischen Hormonen und Alkohol, der meinen Verstand lahmlegt, abzuschütteln. Es gelingt mir nur teilweise. Zumindest sind meine kognitiven Fähigkeiten wieder soweit aktiv, dass ich ein ernst gemeintes „Heilige Scheiße, das war gut!“, über die Lippen bringe.

Caden kniet neben mir und sieht mich amüsiert an.

„Warum war? Wir haben doch noch nicht mal richtig angefangen.“

Dieser Satz ist mit der beste Grund, aus dem ich niemals zu dieser arrangierten Ehe mit dem alten, fetten Kenneth zustimmen kann. Wenn ich diesen Arsch heirate, dann verliere ich alle Rechte auf wilden, hemmungslosen Sex mit muskulösen Outlawbikern. Und das wäre doch nun wirklich superschlimm.

Meine Verschnaufpause ist in dem Moment vorbei, in dem Caden wie ein Wilder über mich herfällt.

Geschickte Hände – geknurrte Worte – harte Muskeln und scharfe Zähne.

Dieser Rocker will nicht einfach nur seine Lust an mir befriedigen, er fordert mich heraus, mich ihm zu ergeben, nimmt sich alles und achtet trotzdem darauf, dass ich nicht zu kurz komme.

„Auf den Rücken mit dir, Püppchen.“

Seufzend komme ich seiner Aufforderung nach, froh darüber, dass er wohl vorhat, den anstrengenden Teil zu übernehmen. Sehr gut. Nach all dem Tequila ist mein Gleichgewichtssinn immer noch nicht ganz wiederhergestellt. Wenn ich ihn hätte reiten sollen, wäre ich wahrscheinlich umgekippt und aus dem Bett gefallen.

Kaum das ich richtig liege, ist Caden auch schon auf mir und bedeckt mich mit seinem harten Körper.

Seine große Hand streicht federleicht über meinen Hüftknochen, umkreist meinen Bauchnabel und wandert langsam zwischen meine gespreizten Schenkel.

Erregt presse ich mich seinen suchenden Fingern entgegen und fordere ihn so auf, endlich in mich einzudringen.

Doch er ignoriert mein Flehen und lässt sich Zeit.

Mit der Daumenkuppe meine Klit massierend, verpasst er meinen empfindlichen Schamlippen einen harten Klaps und führt seinen Mittelfinger mit einem Ruck in mich ein. *Oh jaaaaaa ...*

Ich stöhne, winde mich und sauge frischen Sauerstoff in meine Lunge, während ich meine Beine automatisch immer weiter für ihn spreize.

Seine Zähne graben sich in meine Kehle, vor meinen Augen tanzen Sterne.

„Ich werde dich so hart ficken, dass du jeden Mann, der vor mir in deinem Körper war, vergisst."

Cadens Finger dringen immer tiefer in meine Mitte ein und dehnen mich.

Wimmernd presse ich meine Stirn gegen seinen Brustkorb und überlasse ihm die Führung. Jeder Zentimeter meiner Haut glüht vor Lust.

Das hier ist nicht einfach nur ein schneller Fick, sondern richtig guter Sex.

Mit jedem weiteren Atemzug, mit jeder weiteren Berührung verliere ich mich mehr im Strudel unserer Lust. Ich verliere nicht nur den Halt, sondern auch den Bezug zur Realität und alles, was ich noch wahrnehme, ist der Night Rider mit den eisblauen Augen.

Caden ist ein sehr gefährlicher Mann, er hat die Macht, meine Sinne zu manipulieren.

Er lässt mich beinahe vergessen, dass das hier zwischen uns nur ein Geschäft ist.

50 000 Dollar und mein Körper im Austausch für seinen Schutz.

Das alles sollte eigentlich nicht so romantisch klingen – und es sollte sich schon gar nicht so phänomenal anfühlen.

Seine raue Zunge leckt über meine Brustwarze, dann beißt er fest zu.

Laut stöhnend winde ich mich unter ihm, genieße die bittersüße Pein, die durch meine Venen rauscht. „Drei Monate lang gehörst du nur mir!"

Seine Worte klingen rau und beschwörend. Diese Tatsache scheint ihm äußerst gut zu gefallen. Begierde spiegelt sich in den dunklen Tiefen seiner faszinierenden Iriden.

Mit einer besitzergreifenden Geste bedeckt er mit seiner Hand meinen Venushügel.

Cadens Wangenmuskulatur spannt sich an, an seinem Kiefer zuckt ein Muskel. Sein muskulöser Brustkorb weitet sich unter seinem nächsten Atemzug.

Ich habe keine Ahnung, wann ich das letzte Mal unter so einem unglaublich scharfen Kerl gelegen bin. Vielleicht bin ich das sogar noch nie.

Diese Biker sind echt noch mal ein ganz anderes Kaliber.

„Zur Hölle, Püppchen! Du hast keine Ahnung, was ich alles mit dir anstellen will."

Seine Worte sollten mich eigentlich ängstigen, doch stattdessen erregen sie mich.

Ich will, dass Caden mich hart fickt, ich will, dass er mich so hart rannimmt, dass ich die Scheiße, die gerade in meinem Leben passiert, vergesse.

Fasziniert beobachte ich, wie er seine Erektion mit der Faust umschließt und beginnt, sie hart zu pumpen. Sein Kopf fällt in den Nacken, die Sehnen an seinem Hals treten deutlich hervor, während er ein lautes Knurren ausstößt.

Seine Eichel schwillt an, wird immer dunkler, nach wenigen Sekunden ist sie beinahe violett. Unterschiedlich dicke Adern winden sich wie Schlangen um seinen dicken Schwanz.

„Wenn ich nicht sofort in dir bin, drehe ich durch."

Langsam lasse ich meine Hände über seine Schultern gleiten. Kratze leichte Spuren in seine tintenverzierte Haut und genieße das Gefühl der Muskeln und Narben unter meinen Fingern.

Auf einmal schnappt er sich meine Handgelenke, umschließt sie mit seiner linken Hand und presst sie über meinem Kopf in das Kissen.

Die Erkenntnis, dass ich ihm hilflos ausgeliefert bin, zuckt durch mein vor Lust benebeltes Hirn.

Caden scheint zu wissen, wie es mir gerade geht, denn er sieht zufrieden auf mich herab.

Seine Augen legen sich auf meine Lippen, er lässt seinen Kopf sinken, sein heißer Atem liebkost meinen Mund. „Wusstest du, dass du nach Kirschen schmeckst?"

Der raue Klang seiner Stimme lässt mich erschaudern. Wir küssen uns, unsere Zungen verschmelzen regelrecht miteinander, während die Muskeln in seinen Beinen vor Ungeduld zu zucken beginnen.

Plötzlich richtet er sich auf, gibt meine Hände wieder frei und holt ein Kondom aus der Schublade seines Nachtkästchens. Mit geübten Bewegungen rollt er das schwarze Latex über seine Erektion, ehe er sich

an meinen angewinkelten Knien festhält und sich mit all seiner Kraft bis zum Anschlag in mich rammt.
Ich schreie, ein brennender Schmerz schießt direkt von meiner Mitte bis hinauf in meinen Bauch.
Caden hat sich so tief und schnell in mich gestoßen, dass mir keine Zeit blieb, mich an seinen Umfang zu gewöhnen.
Der unnatürliche Glanz in seinen Augen und der unnachgiebige Griff seiner Finger verdeutlichen mir nur zu sehr, dass er hier das Kommando hat.
Und das ist gut so. Ich mag es, wenn Männer dominant und bestimmend sind.
Keuchend versuche ich, meinen Unterleib zu entspannen, kaum dass mir das gelingt, lässt auch der Dehnungsschmerz etwas nach.
Sein eindringlicher Blick ruht auf meinem Gesicht, er genießt meine Hilflosigkeit.
„Sieh mich an, Püppchen." Ich tue es.
Der letzte Rest Schmerz versiegt und ein glühendes Pulsieren breitet sich in meinem Schoß aus. Pure Lust jagt wie ein Tornado durch meine Nervenbahnen.
„In dir zu sein macht mich high. Du berauschst mich, Madeleine."
Ich sage nichts, sondern komme seinen gnadenlosen Stößen willig entgegen.
Erneut dringt er mit einem unfassbar kraftvollen Stoß in mich ein, nagelt mich auf seinem Bett fest. Den Anblick, den er mir bietet, genießend, spüre ich, wie sich bereits der nächste Orgasmus in mir aufbaut. All die Muskeln, die Tattoos und die Kutte mit den vielen Patches – Testosteron pur.
Das animalische Knurren, das sich aus seiner Kehle löst, verrät mir, dass ich nicht die Einzige bin, die kurz davor ist, zu kommen. Gekonnt verändert Caden den Winkel, mit dem er in mich eindringt, und bearbeitet so mit gnadenloser Effizienz meinen G-Punkt.
Vor meinen Augen verschwimmt alles und meine Zehenspitzen krümmen sich.
Verzweifelt bemüht, etwas leiser zu sein, beiße ich mir auf die Unterlippe. Zwischen meine Beine fassend, beginnt er damit, meinen Kitzler zu bearbeiten.
Währenddessen schiebt er sich immer wieder so kraftvoll in mich ein, dass es mir den Atem verschlägt.
Seine Nasenflügel blähen sich und seine Augen werden noch dunkler. Unsere Blicke verfangen sich, die Zeit steht still.

Für ein paar Sekunden habe ich das Gefühl, diesem Rocker direkt in die Seele schauen zu können. Was ich darin entdecke, macht mir Angst.

Tief in seinem Inneren besteht dieser Night Rider nur aus Entschlossenheit, Gewalt und Kälte. Mit einem Seufzen legt er sich auf mich und umfasst erstaunlich zärtlich mein Gesicht. Seine Stirn berührt die meine, in diesem Augenblick sind wir uns so nah, wie sich Mann und Frau nur sein können. Er fällt in einen langsamen, jedoch sehr tiefen Rhythmus, der meinen Herzschlag beinahe zum Stillstand bringt.

Das Letzte was ich wahrnehme, ehe ich laut stöhnend und heftig zuckend in meiner Lust versinke, sind meeresblaue Iriden, der Geruch von Mann, das Gefühl des Leders auf meiner Haut und Cadens Kraft, die mich in einen beschützenden Kokon hüllt.

Bis auf meinen Puls, der mir in den Ohren dröhnt, höre ich nur unser beider schwer kommender Atem.

„Fuck, Püppchen."

Zufrieden grinsend drehe ich mich auf die Seite und sehe Caden an. Er liegt auf dem Rücken, einen Arm angewinkelt und die Hand auf seiner Stirn. Er sieht aus wie ein fleischgewordener Dämon. Sein beeindruckender Bizeps wölbt sich unter seiner straffen Haut, sein Sixpack zuckt.

Die Finger spreizend sieht er mich an.

„Gefällt dir die Aussicht?"

Oh und wie ...

„Ja, nicht schlecht."

Ein raues Lachen rumpelt in seinem Brustkorb, dann zieht er mich an sich, birgt sein Gesicht in meinen Haaren und atmet geräuschvoll ein.

„Du riechst nach mir und Sex."

Was eine Überraschung.

„Keine Ahnung wie das passieren konnte."

Seine große Hand legt sich auf meinen Bauch, ich schließe die Augen und seufze zufrieden. Müdigkeit übermannt mich – es war ein echt langer und extrem heftiger Tag!

In genau dieser Position muss ich auch eingeschlafen sein, denn als ich das nächste Mal die Augen öffne, wird es vor den Fenstern bereits wieder hell und das köstliche Aroma von frischem Kaffee steigt mir in die Nase.

„Morgen, Püppchen."

Blinzelnd kämpfe ich gegen die Helligkeit an und entdecke Caden, barfuß und nur in einer tief sitzenden Jogginghose im Türrahmen stehen.

In seiner Hand hält er eine dampfende Tasse, in seinem Mund klemmt eine noch nicht angezündete Kippe.

„Seit wann bist du schon wach?“

„Sechs glaub ich. Konnte nicht mehr schlafen. Deine Haare haben mich an der Nase gekitzelt. Ich bin es nicht gewöhnt, nicht alleine zu schlafen.“

Das bin ich auch nicht. Trotzdem muss ich mir eingestehen, dass ich mich in den Armen dieses Bikers echt wohl gefühlt habe.

„Kein Thema, du kannst ja ab heute auf der Couch schlafen!“

Ich sage das im Scherz, was er durchaus auch kapiert, trotzdem zieht er die Stirn kraus und schnalzt mit der Zunge.

„Dann kannst du dir zukünftig deinen Kaffee selber kochen.“

Er wendet sich ab und präsentiert mir seinen von Muskeln definierten und mit Tattoos verzierten Rücken. Ein großer Totenkopf, der von zwei Waffen eingerahmt ist und einen geschwungenen Dolch zwischen den Zähnen stecken hat, reicht von seinen Schultern, an seiner Wirbelsäule hinab bis zu seinem Steißbein. Die Läufe der Revolver, die den Death Skull flankieren, sind abwärts gerichtet, seine Augenhöhlen sind schwarz. Diese Tätowierung wurde so detailgetreu in die Haut gestochen, dass sie unheimlich real wirkt. Fast so, als würde Caden tatsächlich einen Geist mit sich herumtragen, der ihm den Rücken sichert.

„Okay. Stopp, warte! Du *darfst* weiterhin in deinem Bett schlafen, aber nur, wenn du mir sofort den Kaffee gibst.“

Nun kommt er wieder zu mir zurück, und schüttelt dabei amüsiert den Kopf.

„Wirklich zu nett von dir, dass du mich weiterhin in *meinem* Bett schlafen lässt. Aber keine Sorge, so lange ich dich täglich ficken kann, wärst du mich eh nicht losgeworden.“

Na, wie beruhigend ...

Mir die Tasse reichend, pinnt er mir einen Kuss auf die Stirn und lässt mich dann wieder alleine. Mit einem dümmlichen Grinsen im Gesicht, einem verräterischen Prickeln im Bauch und dem süßen Nachbrennen des Ficks zwischen den Schenkeln, nippe ich an der göttlich duftenden Flüssigkeit und starre Caden hinterher.

Der Tag scheint interessant zu werden ...

Keine vier Stunden später sitze ich hinter Caden auf seiner dicken, schwarzen Harley und kralle mich an ihm fest. Der Fahrtwind schlägt mir ins Gesicht, ich glaube, ich mag Motorradfahren. Es gibt einem das Gefühl von Freiheit.

Wir sind auf dem Weg zum Club. Er hat mir die Wahl gelassen, ob ich mit ihm mitkommen oder auf ihn warten will, aber da mir in seiner nicht wirklich gemütlich eingerichteten Junggesellenbude wahrscheinlich die Decke auf den Kopf gefallen wäre, habe ich mich dazu entschieden, ihn zu begleiten.

Als er mir gesagt hat, dass er zur Church muss, konnte ich es erst nicht glauben. Was hat ein Outlaw wie er in einer Kirche zu suchen? Beten wohl kaum!

Doch dann hat er mir erklärt, dass die Besprechungen seines MCs Church genannt werden. Eine seltsame Bezeichnung für Treffen, bei denen wahrscheinlich der eine oder andere Mord geplant wird.

Als ich ihn gefragt habe, warum die Sitzungen, in denen alles Mögliche besprochen wird, ausgerechnet Church genannt werden, hat er nur gelacht. Caden hat gesagt, dass sie die Treffen Church nennen, weil ihnen der Club genauso heilig ist wie manchen die Kirche, und dass sie ihre eigenen Gesetze befolgen, genau wie die Christen die Zehn Gebote als ihre Lebensrichtlinien betrachten.

Für mich klingt das zu gleichen Teilen einleuchtend und verrückt, aber das habe ich Caden nicht auf die Nase gebunden.

Das ist nun mal seine Welt – seine Art zu leben – ich habe kein Recht, mir ein Urteil zu erlauben. Schon gar nicht, weil ich diejenige bin, die nun unter dem Schutz dieses Rockers steht. Beim MC angekommen, steige ich ab und stehe plötzlich alleine in dem Hof, der vor Geschäftigkeit regelrecht vibriert. In der Werkstatt wird gearbeitet, an den Türen stehen die Wachen und aus dem Clubhaus dröhnt laute Rockmusik.

Caden konnte mir nicht sagen, wie lange diese Church dauern wird. Was bedeutet, dass ich erst mal hier festsitze. Vielleicht ist das ja der richtige Zeitpunkt, um mich mit dieser völlig neuen Welt anzufreunden?

Auf der anderen Seite des Geländes entdecke ich mehrere Frauen, die schwarze Kutten tragen. Eine von ihnen hat ihre ewig langen Haare zu einem Pferdeschwanz geflochten, die Spitze reicht ihr bis an den Hintern. Sie trägt ebenfalls eine Kutte, der große Schriftzug, der fast ihren kompletten Rücken einnimmt, lässt mich stutzen.

Property of Xander – Eigentum von Xander.

Was das wohl zu bedeuten hat?

Xander war der Rocker, der mich gestern mit Tequila abgefüllt hat.

Vielleicht ist sie seine Frau, wobei ich weiß, dass die Mädchen der Biker Old Ladys genannt werden. Etwas unsicher gehe ich auf die Ladys zu, mal sehen, wie die Frauen dieser Rider so drauf sind.

6. Kapitel

Caden

„Ich unterstütze deine Idee, Bro. Je schneller du diese Scheiße mit O'Conner klären kannst, umso besser ist es. Ich verstehe durchaus, dass du nach dem Mist der vergangenen Wochen eine Ablenkung gebraucht hast. Aber fuck! Stell die Sache klar, tu was du tun musst und dann konzentrier dich wieder auf die wichtigen Dinge. Der Arsch dieses Mädchens ist nicht unser Problem."
Mason hat recht, Madeleine ist eine Außenstehende, ihre Probleme sind für den Club nicht von Belang, für mich hingegen sind sie das sehr wohl.

Gestern hat die Sache noch anders ausgesehen, da ging es mir nur um die Herausforderung, das Geld und den Sex. *Heute hingegen ...*

Letzte Nacht hat etwas verändert. Was genau lässt sich nicht so leicht definieren! Aber ich will, dass mein Püppchen in Sicherheit ist und dass es ihr gut geht.

Allein die Tatsache, dass sich irgendein Schwanzlutscher einbildet, dass er auf das Mädchen, das für die nächsten drei Monate mir gehört, einen Anspruch hat, macht mich wütend. Keine Ahnung was das zwischen mir und Madeleine ist, aber diese Frau ist etwas Besonderes. Die nächsten Monate werden alles andere als langweilig. Schon der Gedanke an ihre süße Muschi reicht aus, um mich erneut hart werden zu lassen.

Keine Ahnung wie ich es erklären soll, aber seit Madeleine wie eine Amazone auf unser Gelände gestürmt ist und darauf beharrt hat, mit mir zu sprechen, ist Bella fast gänzlich aus meinem Kopf verschwunden.

Madeleine hat es durch ihre aufbrausende und äußerst süße Art geschafft, meine Gedanken in eine andere Richtung zu lenken. Alleine dafür bin es ich ihr schuldig, die Scheiße mit ihrem Vater zu klären.

Die Church ist seit dreißig Minuten vorbei, das Büro ist bis auf Mason und mich leer.

„Ich werde Xander und Zane mitnehmen. Es sollte kein Problem sein, O'Conner klarzumachen, dass er seine Tochter in Ruhe lassen soll. Und falls doch, werde ich einfach diesen Kenneth kaltmachen. Wo kein Verlobter, da kein Problem."

Ein Schnauben ausstoßend, lehnt Mason sich in seinem Sessel zurück. „Du tötest für sie?"

Ich nicke, ohne zu zögern. Wo der unglaublich starke Drang, mein Püppchen beschützen zu wollen, so plötzlich herkommt, kann ich nicht erklären, doch das macht nichts. Glücklicherweise befinde ich mich in der Position, niemandem Rechenschaft schuldig zu sein.

„Gut, dann erledige das. Nächste Woche erwarten wir eine Lieferung AK'S. Bis dahin will ich das Thema abgehakt haben. Wir können keine unnötigen Komplikationen gebrauchen."

Meine Kippe im Aschenbecher ausdrückend, stehe ich auf und mache mich auf den Weg, das zu klären.

Xander und Zane finde ich im Lagerraum. Nachdem ich den beiden erklärt habe, bei was ich ihre Unterstützung brauche, gehen wir raus zu unseren Bikes.

„Was läuft da zwischen dir und dieser Madeleine?"

Eine berechtigte Frage.

„Wir ficken!"

Xander spuckt auf den Boden und setzt sich den Helm auf.

„Klingt gut. Das ist eh das Beste, was man mit Weibern machen kann."

Zane wirft einen Blick in die Richtung, in der sich unsere Frauen befinden. Madeleine scheint bei den Old Ladys Anschluss gefunden zu haben.

„Wenn Peggy dich so reden hört, solltest du in Deckung gehen, sonst schießt sie dir die Eier weg."

Es ist kein Geheimnis, dass Xanders Lady eine Vorliebe für Schusswaffen entwickelt hat. Und da sie von ihm unterrichtet wird, ist sie mittlerweile richtig treffsicher geworden.

„Aye, das könnte passieren, meine Süße ist wirklich gut darin."

Unüberhörbarer Stolz schwingt in seiner Stimme mit.

Bevor wir losfahren, sehe ich meinen Brüdern noch mal kurz in die Augen.

„Denkt dran, wir haben keine Ahnung, was uns erwartet. Geht kein Risiko ein. Und wenn es hart auf hart kommt, zögert nicht, sondern drückt ab."

Nach dieser Warnung starten wir die Motoren, geben Gas und machen uns auf dem Weg zum Tower, in dem sich Madeleines Vater wahrscheinlich gerade aufhält.

Eigentlich gehört diese Aktion nicht zu unserer Vereinbarung. Ich habe ihr nur meinen Schutz und nicht meine Waffengewalt zugesagt.

Aber Fuck!

Heute Morgen war ich gut zwei Stunden vor Madeleine wach, eine davon habe ich damit verbracht, ihr beim Schlafen zuzusehen.

Dieses Mädchen in meinen Armen zu halten, hat sich gut und richtig angefühlt. Von dem warmen Gefühl, das sich dabei in meinem Brustkorb ausgebreitet hat, mal ganz abgesehen. Mein Püppchen ist klein und schwach. Ich bin groß und stark. Für mich macht es keinen Unterschied, ob ich mich um die Scheiße, die ihr das Leben schwer macht, kümmere. Für sie hingegen könnte es bedeuten, dass sie keine Angst mehr davor haben muss, gegen ihren Willen verheiratet zu werden.

An dem vereinbarten Zeitraum von zwölf Wochen wird sich nichts ändern, auf den bestehe ich.

Genau in der Sekunde, in der wir am Tower vorfahren, verlässt O'Conner zusammen mit einem Mann den Wolkenkratzer. Die beiden steigen in eine am Straßenrand wartende Limousine ein. Nicht bereit, die Aktion abzubrechen, gebe ich meinen Brüdern mit einem Zeichen zu verstehen, dass wir das Zielobjekt verfolgen werden.

Als wir dann zehn Minuten später in eine Seitenstraße abbiegen und beobachten, wie Madeleines Vater und sein Begleiter in einem clubeigenen Striplokal verschwinden, kann ich mein Glück kaum fassen.

„Das spielt uns in die Hände, Alter."

Zane spricht aus, was ich mir denke.

„Nach der Schießerei bin ich davon ausgegangen, dass ihr Vater weiß, dass sich sein Töchterlein bei uns versteckt. Warum zum Teufel taucht er dann hier auf. Es ist allgemein bekannt, dass dieser Laden uns gehört."

Xander bringt es auf den Punkt.

„Bullshit! Ich habe keine Ahnung, was die Scheiße hier soll."

Einen Fluch ausstoßend, lenkt er seine Maschine an den Rand, steigt ab und zieht sich den Helm aus.

„Dann lass es uns herausfinden, Bro."

„Gute Idee, Sergeant."

Zane und ich steigen ebenfalls ab, ziehen unsere Waffen und checken das Magazin.

Erst als wir alle bereit sind, betreten wir durch den Hintereingang das ‚Cat's'.

„Dann lasst uns mal herausfinden, was hier abgeht."

Bis auf zwei junge Typen ist der Showbereich leer, eine süße Rothaarige rekelt sich an der Polestange, die künstlichen Katzenohren, die alle Girls hier tragen, werden von ihren Locken eingerahmt. „Heiß das Kätzchen, ist das Mädel neu hier?"

Zane grinst wissend.

„Jepp. Hab sie erst vor einer Woche eingestellt."

Xander, der im Gegensatz zu Zane und mir auf O'Conner konzentriert ist, wirft uns einen fassungslosen Blick zu.

„Hört auf, mit dem Schwanz zu denken, und konzentriert euch. Mir gefällt das hier nicht."

Als Sergeant at Arms des *Night Riders Motorcycle Clubs* ist es seine Aufgabe, immer mit einem Hinterhalt zu rechnen, wobei ich nicht denke, dass Madeleines Vater uns in eine Falle gelockt hat. Immerhin konnte er nicht wissen, dass wir ihm heute einen Besuch abstatten wollten.

„Ich schicke die zwei Typen raus, wir können keine Zuschauer gebrauchen. Dann kümmern wir uns um O'Conner und den anderen. Wird wohl nicht so schwer sein, den alten Säcken klarzumachen, was Sache ist."

Gesagt getan, keine Minute später sind wir unter uns, die Tür versperrt und das Kätzchen davongehuscht.

An dem Tisch, an dem es sich Madeleines Vater gemütlich gemacht hat, angekommen, stelle ich zufrieden fest, dass er längst erkannt hat, dass die Sache hier ernst ist.

„Während Zane und Xander hinter den beiden stehen bleiben und mit ihren Pistolen auf deren Köpfe zielen, setze ich mich zu ihnen an den Tisch und zünde mir eine Zigarette an.

Wollen wir doch mal sehen, aus welchem Holz dieser Drecksack geschnitzt ist.

„Was wollt ihr?"

Seine Frage irritiert mich.

„Das ist unser Laden, es ist also unsere Pflicht zu checken, wer hier ein und aus geht."

Während in den Augen von Madeleines Vater Unsicherheit aufflackert, wirkt der andere Kerl einfach nur wütend.

„Wir sind hier, um uns mit dir über deine Tochter zu unterhalten."

Das Gesicht des Kerls nimmt eine ungesunde Rötung an. Was mich auf einen Gedanken bringt.

Mit meiner Kippe auf ihn deutend, stelle ich O'Conners Begleitung die alles entscheidende Frage.

„Du bist Kenneth, stimmt's? Das Arschloch, das Madeleine besitzen will."

Er nickt.

„So sieht es aus. Die Kleine gehört mir. Ich weiß, dass sie sich bei euch versteckt, gebt sie besser zurück, ehe ich mich gezwungen sehe, euren lächerlichen Motorradclub auszulöschen."

Dafür, dass er die Mündung einer Waffe am Hinterkopf hat, spuckt er große Töne.

Xander brummt wütend.

„Hat der Wichser gerade lächerlich gesagt?“

Zane nickt. Was Xander dazu veranlasst, Kenneth den Lauf seiner Glock ins Genick krachen zu lassen. Dieser zuckt zusammen, gibt jedoch keinen Laut von sich.

„Noch ein falsches Wort, noch eine Drohung und ich mache dich kalt.“

Auf O’Conners Stirn haben sich erste Schweißperlen gebildet. Kluger Mann, er ahnt, dass diese Unterredung kein gutes Ende nehmen wird.

„Sollte einer von euch sich mit seinen dreckigen Fingern an meiner Verlobten zu schaffen machen, werdet ihr das alle bereuen.“

Zane lacht.

„Da ist sie auch schon, die nächste Drohung ...“

Xander, der das alles überhaupt nicht witzig findet, zielt auf Kenneths Bein und drückt ab. Der Knall hallt durch den leeren Club, in meinem linken Ohr beginnt es zu pfeifen.

Dieses Mal schreit das Arschloch vor Schmerzen auf, was meine Stimmung erheblich verbessert. Sich zu Kenneth vorbeugend, flüstert Xander ihm ins Ohr, dass er sich beim nächsten Mal nicht mit der Kniescheibe zufriedengeben wird. Blut und Knochensplitter haben sich auf dem Boden verteilt – was für eine Sauerei.

Jetzt, wo sichergestellt ist, dass Kenneth erst mal die Fresse halten wird, wende ich mich Madeleines Vater zu.

„Dieser Wichser ist so gut wie tot. Sie hingegen haben das Glück, dass sie Madeleine viel bedeuten. Sollten sie aber weiterhin auf dieser Ehe bestehen, sehen wir uns wieder, und dann werde ich ihr Blut vergießen.“

Er schnappt nach Luft, will etwas sagen, doch das lasse ich nicht zu.

Sein zerschossenes Knie mit beiden Händen umfassend, hebt Kenneth den Kopf und sieht mich direkt an.

„Madeleine gehört mir. Sie wird mich heiraten! Ich werde nie zulassen, dass sie mit einem von euch Bikern fickt. Eher töte ich sie!“

Bloody Hell! Das ist dann wohl mein Stichwort. Ohne dieses Schwein auch nur eines Wortes zu würdigen, ziehe ich meine Waffe, ziele auf seinen Kopf und drücke ab. Wieder hallt ein Knall durch den Club, dieses Mal hingegen wird er von der Stille des Todes abgelöst. Nicht sicher, wie O’Conner reagieren wird, sehe ich zu ihm.

Anstatt, wie erwartet, entsetzt zu wirken, scheint er eher erleichtert zu sein.

Holy Fuck! Was läuft hier?

Wie erstarrt betrachtet er seinen toten Freund, dessen linke Gesichtshälfte sich auf das Interieur des ‚Cat’s‘ verteilt hat.

„Bitte Rider, sag mir, dass es meiner Tochter gut geht.“

Falls seine Sorge nur vorgetäuscht ist, um seine eigene Haut zu retten, ist er ein verteufelt guter Schauspieler.

„Es geht ihr gut! Sie steht unter meinem Schutz. Jeder, und ich betone, jeder, der ihr wehtun oder der sie zu irgendetwas zwingen will, wie eine Hochzeit zum Beispiel, der bekommt es mit mir und meinen Brüdern zu tun. Kapiert?“

Zane und Xander geben ein zustimmendes „Yes!“ von sich.

Der angeblich so starke und mächtige Michael O'Conner wirkt jetzt, wo er hier vor mir sitzt, nicht wie ein einflussreicher Immobilienmogul, sondern einfach nur wie ein alter Mann, der sich um sein Kind sorgt.

„Ich hatte keine Wahl. Kenneth hat mich erpresst. Er hatte einen USB-Stick in seinem Besitz, auf dem sich äußerst heikle Informationen befinden.“

Interessant ...

„Was für Infos?“

Sein Gesicht nimmt eine grünliche Färbung an. Es mag sein, dass es ihm nicht gefällt, mich über die Schattenseiten seines Business aufzuklären, aber es bleibt ihm nichts anderes übrig. Zumindest, wenn er seine Tochter in absehbarer Zeit wiedersehen will. Es mag sein, dass Madeleine nicht meine Lady und somit auch nicht mein Problem ist. Aber wir haben eine Vereinbarung und die nehme ich sehr ernst. Außerdem ist mir dieses Mädchen nach letzter Nacht alles andere als gleichgültig.

Dieses Püppchen stellt merkwürdige Dinge mit mir an. Sie lässt mich verrückte Sachen fühlen – das gefällt mir.

Ich habe keine Ahnung, wie sich die nächsten Wochen und Monate entwickeln werden, aber fuck, ich bin für alles offen.

Es wird Zeit, die Scheiße mit Bella endlich hinter mir zu lassen und nach vorne zu sehen.

Dieses Püppchen verkörpert alles, was sich ein Mann nur wünschen kann, ich wäre ein Trottel, wenn ich sie einfach so davonkommen lassen würde, nachdem sie so sehr gekämpft hat, um mit mir sprechen zu können.

O'Conner räuspert sich. Sein Blick huscht Richtung Ausgang.

„Es geht um Steuerhinterziehung im siebenstelligen Bereich. Wenn das aufgekommen wäre, wäre das mein Untergang gewesen. Bei so einer Summe ist es mit einer Strafzahlung nicht getan, da geht es in den Knast.“

Ja, das stimmt. Aber verdammt! Das ist noch lange kein Grund, sein eigenes Fleisch und Blut zu verschachern und zu einer Ehe zu zwingen.

„Ich würde lieber sterben, als meine Familie so zu benutzen."
Madeleines Vater nickt.
„Im Nachhinein habe ich meinen Fehler auch erkannt."
Der alte Mann wirkt gebrochen und schwach. Er wird sich nicht mehr lange an der Spitze der Wirtschaftsbosse dieses Landes halten können.
Es ist nicht das erste Mal, dass das Alter seinen Tribut fordert – so läuft das Leben.
„Wo ist der USB-Stick jetzt?" O'Conner reibt sich über die Stirn und wirft einen zögerlichen Blick auf die Brust des Toten.
Typisch Anzugträger. Ich wette, dass dieses Arschloch genau so viel Blut an seinen Händen kleben hat wie ich, doch er gehört eher zu den Feiglingen, die ihre Feinde nicht selbst eliminieren, sondern Männer wie mich damit beauftragen. Lieber das Scheckbuch zücken wie den Abzug drücken ...
„Kenneth hat ihn meist bei sich getragen. Er war ein paranoides Schwein, das niemandem getraut hat. Ich denke, er befindet sich in der Innentasche seines Jacketts."
Die Sauerei ignorierend, klappe ich das Revers auf und taste das Innenfutter nach dem Stick ab. Bingo! Keine Sekunde später halte ich den Gegenstand, der beinahe Madeleines Untergang besiegelt hätte, in den Fingern. O'Conner will die Hand danach ausstrecken, doch ich bin schneller und stecke den USB-Stick ein.
„Na, na, na ... Das Ding ist Madeleines Lebensversicherung. Sollten Sie in naher Zukunft auf die Idee kommen, sie an irgendeinen anderen ihrer Geschäftspartner zu verkaufen, werde ich die Informationen höchstpersönlich weiterleiten."
Er nickt ergeben. Auf eine Diskussion hätte ich mich auch nicht eingelassen.
„Kann ich sie sehen?"
„Nein, erst mal nicht."
Zane lässt ungeduldig die Fingerknöchel knacken.
„Ich würde sagen, wir sind hier fertig, Bro. Ich werde den Prospects anschaffen, dass sie hier sauber machen sollen, ehe das Abendgeschäft losgeht und hier die Hölle los sein wird."
Ja, das wäre nicht schlecht.
Xander grinst blöd.
„Das ‚Cat's' ist zurzeit mit unsere einträglichste Location. Kein Wunder, unsere Miezen sind aber auch verteufelt sexy. Vor allem die rothaarige von vorhin. Leck mich doch am Arsch, was für ein Gerät!"
Lachend stehe ich auf und stecke meine Knarre weg.
„Wenn du willst, besorg ich dir für Peggy auch so kleine schwarze

Öhrchen. Dann musst du ihr nur noch so ein samtenes Halsband mit Glöckchen kaufen."

Er leckt sich die Lippen.

„So geil ich diese Vorstellung auch finde, meine Lady wird mir eher ein Loch in den Kopf ballern, als dass sie da mitspielt."

Damit könnte er durchaus recht haben. Seine Frau hat mehr Temperament, als gut für sie ist. Zane führt O'Conner raus, während Xander darüber jammert, dass es vielleicht doch keine so schlaue Idee war, seinem Mädchen eine Waffe zu kaufen und sie den Umgang damit zu lehren.

Erleichtert, dass diese Aktion so reibungslos über die Bühne gegangen ist, ziehe ich meinen Sergeant damit auf, dass seine Lady vielleicht lieber seinen Posten übernehmen sollte, und befördere O'Conner in die wartende Limousine. Ohne seinen Fahrer eines Blickes zu würdigen, mache ich Madeleines Vater unmissverständlich klar, was mit ihm geschieht, wenn er auch nur ein Wort über das eben Geschehene von sich gibt, indem ich meinen Dolch ziehe und nur einen Fingerbreit neben seinem Kopf in die Nackenstütze ramme.

„Bereite mir Probleme und das nächste Mal stoße ich nicht daneben!"

Er nickt panisch – was ein Loser.

Die Türe zuknallend, folge ich meinen Brüdern zu den Bikes.

Bevor wir uns auf den Heimweg machen, gönnen wir uns eine Raucherpause.

„Danke fürs Mitkommen, Leute."

Xander murmelt ein ‚selbstverständlich' und Zane boxt mir brüderlich gegen die Schulter.

„Kein Thema, Bro."

Genau dieser Zusammenhalt ist das, was unseren Club ausmacht.

„Ich werd warten, bis die Prospects hier sind."

Wieder ganz der Sergeant, geht er kein Risiko ein.

„Danke. Du hast was gut bei mir."

Er grinst schief.

„Halt nur einfach dein Maul und sag meiner Lady nicht, dass ich bei den Kätzchen bin. Sonst verwandelt sie sich in eine Löwin und reißt mich in Stücke. Wenn es um diesen Schuppen geht, dreht sie immer völlig durch."

Ich kann mir gut vorstellen, dass die Frauen meiner Brüder es nicht so gern sehen, wenn sich ihre Männer im ‚Cat's'aufhalten.

„Von mir erfährt sie kein Wort. Pass nur auf, dass keines der Kätzchen Kratzspuren auf deinem Rücken hinterlässt ..."

Mir seinen Mittelfinger entgegenstreckend, verschwindet er wieder im Stripclub.

„Lass uns zurückfahren, Hope fragt sich sicherlich schon, wo ich bin. Und dein Püppchen kann es sicherlich kaum erwarten, zu erfahren, was du für sie getan hast."

Auf unsere Harleys steigend, geben wir Gas und schlängeln uns durch den dichten Verkehr. Keine fünfzehn Minuten später kommen wir endlich im Hafenviertel, in dem sich unser Clubhaus befindet, an. Die salzige Luft inhalierend, stelle ich fest, dass ich es tatsächlich kaum erwarten kann, Madeleine wiederzusehen.

Seltsam – die letzten Stunden habe ich kein einziges Mal an Bella gedacht ...

7. Kapitel

Madeleine

„Und du meinst wirklich, dass ich das so anziehen soll?"
Skeptisch mustere ich mein Spiegelbild, zupfe den Lederrock zurecht und betrachte die kniehohen Stiefel, die zu der Netzstrumpfhose echt krass aussehen. Das bauchfreie Top gefällt mir eigentlich ganz gut. Aber die Kombination von all dem? *Puuuhhhh* ...

Caden taucht hinter mir auf, packt mich an der Taille und leckt an meinem Hals entlang, ehe er damit beginnt, an meinem Ohrläppchen zu knabbern. Ich erschaudere, wie jedes Mal, wenn er das macht, was ihm ein zufriedenes Lächeln entlockt.

In den vergangenen fünf Monaten hat mein Night Rider alle meine empfindlichen Gänsehautstellen entdeckt und nutzt diese nun schamlos aus.

Unglaublich, dass es nun schon fast ein halbes Jahr her ist, dass ich dem Anwärter in die Eier getreten habe, um Caden das verrückte Angebot zu unterbreiten: Schutz gegen Geld und Sex. Damals wäre ich nie auf die Idee gekommen, dass ich mich in diesen harten Biker verlieben würde. Doch genauso ist es gekommen, und auch wenn die harte, wilde Realität der Outlaws nicht immer zu meinen Weltvorstellungen passt, bin ich so glücklich wie noch nie zuvor in meinem Leben.

Selbst die Beziehung zu meinem Dad verbessert sich langsam wieder.

Zwar glaube ich nicht, dass es jemals so weit kommen wird, dass er und Caden sich verstehen werden, aber das ist auch nicht nötig. Ich denke, es ist besser, wenn sich mein Vater auch weiterhin vor Caden fürchtet. Das erhöht die Chancen auf ein friedliches Miteinander extrem und sorgt dafür, dass er nie wieder auf die bescheuerte Idee kommt, mich zu einer Heirat zwingen zu wollen.

Das Vertrauen, das ich einst in meinen Dad hatte, ist futsch, ich glaube nicht, dass es jemals wieder zurückkommen wird. Dennoch muss ich ihm fast dankbar für die Scheiße, die er gemacht hat, sein, denn nur auf diesem Weg bin ich zu Caden gekommen. Unter normalen Umständen wären wir uns nie begegnet. Zwar haben wir in derselben Stadt gelebt, aber es gab keinerlei Berührungspunkte.

Es heißt, Gegensätze ziehen sich an, und das leichte, postkoitale Brennen zwischen meinen Schenkeln ist der beste Beweis dafür, dass es wirklich so ist.

Ich kann es immer noch nicht fassen, dass mein Rider Kenneth erschossen hat.

Ein Kapitalverbrechen, das mit der Todesstrafe geahndet werden kann, ist wohl der beste Beweis dafür, dass es ihm ernst mit mir ist.

„Kuck nicht so skeptisch! Du bist die heißeste Frau dieses Planeten. Fuck, ich werd jetzt schon wieder hart und das, obwohl ich erst vor zehn Minuten noch in dir gesteckt habe."

Mich an seinen Körper ziehend, reibt er seine Erektion an meinem Po.

„Das sieht nuttig aus."

Seine Stirn legt sich in Falten.

„Nein. Du siehst aus wie eine echte Bikerbraut."

In der Hoffnung, dass ich ihn vielleicht doch noch umstimmen kann, ziehe ich einen Schmollmund.

„Die Nummer zieht bei mir nicht, Püppchen. Ich weiß, dass du nicht traurig bist. Also vertrau mir und hör auf zu zicken."

Arghhh ... Dieses Püppchen konnte ich ihm bis heute nicht abgewöhnen.

„Ich bin nicht traurig, nur skeptisch. Außerdem bin ich eh der Meinung, dass man euch Biker bei Depressionen auf Rezept verschrieben bekommen sollte. Es gibt nichts Lebensbejahenderes, wie von einem Rider durchgevögelt zu werden. Wie sollte ich also traurig sein, wenn ich dich hab?"

Lachend wirbelt er mich zu sich herum, hebt mich hoch und presst mich rücklings gegen den Spiegel.

„Lebensbejahend also? Interessant!

Seinen Mund auf den meinen pinnend, küsst er mich so stürmisch, dass ich unsere Klamottendiskussion völlig vergesse und zulasse, dass er mich aus seiner Wohnung trägt. Dieser Rocker hat so unheimlich viel für mich getan, dass es mir im Grunde genommen nichts ausmachen sollte, diese nuttigen Sachen zu tragen, wenn es ihn glücklich macht.

Außerdem sind wir auf dem Weg zur Clubparty. Ich kenne Caden. Es wird keine Stunde dauern, bis er mich in eines der Gästezimmer verschleppen und ficken wird.

Es ist also alles halb so schlimm, so lange ich nur in den Armen dieses Mannes liegen, seine Kraft spüren und mich dank seines Schutzes entspannen kann.

Hier bei ihm ist der sicherste Platz auf diesem Planeten ...

Als er mich wieder freigibt, stehen wir bereits vor dem Lift.

Meine Beine hinter seinem Rücken überkreuzend, schmiege ich mich an ihn und raune ihm leise ins Ohr, wie sehr ich ihn liebe. Die Konturen seiner Waffe, die in einem Holster unter seiner Kutte hängt, drücken sich gegen meinen Schenkel, seine rauen Bartstoppeln kratzen über meine Schläfe.

„Und ich liebe dich, Püppchen."

Mehr als zufrieden mit meinem Leben, danke ich dem Schicksal dafür, dass es mir diesen Night Rider geschenkt hat.

Ein Rocker für das Püppchen ...

Was will ich mehr?

Ein Rocker für das Kätzchen

1. Kapitel

Katharina

Künstliche Nebelschwaden wabern über den Boden und tauchen das ‚Cats', also den Stripclub, in dem ich seit einigen Wochen arbeite, in eine geheimnisvolle Atmosphäre. Die dunkelroten Lichtkegel zaubern bunte Reflexe an die Wand. Die dumpfen Bässe der Musik füllen den großen Hauptraum, in dem sich nicht nur die Bühne, sondern auch die Bar befindet. Das kraftvolle *Wumm-Wumm-Wumm* hallt durch meinen Bauch, bringt meinen Puls aus dem Takt. Obwohl ich schon unzählige Auftritte hatte, war ich, glaube ich, noch nie so nervös wie heute Nacht. Doch das liegt nicht daran, dass das ‚Cats' voller notgeiler Kerle ist, die es kaum erwarten können, meine Kolleginnen und mich dabei zu beobachten, wie wir uns Stück für Stück ausziehen, sondern an dem einen Rocker, der ganz hinten neben der Türe an der Wand lehnt und aus zusammengekniffenen Augen Richtung Poledance Stange sieht. Trotz seiner scheinbar entspannten Körperhaltung weiß ich, dass er alles und jeden genau im Blick hat. Dieser Biker ist immer zu absolut allem fähig. Seine langen Beine sind an den Knöcheln überkreuzt, die muskulösen Arme hat er vor der Brust verschränkt, sodass die beeindruckenden Wölbungen seiner Muskeln einen Schwarm Schmetterlinge in meinem Bauch Loopings schlagen lassen. Seine langen rabenschwarzen Haare hat er im Nacken zu einem Knoten zusammengebunden, die silberne Gliederkette, mit der er sein Portemonnaie am Gürtel befestigt hat, hängt an seinem Oberschenkel, direkt neben der Dolchscheide, in der eine gefährlich aussehende Klinge steckt. Alles an ihm wirkt bedrohlich und düster und genau das stellt merkwürdigerweise verrückte Dinge mit mir an und lässt meine Hormone regelrecht durchdrehen.

Ich hatte schon einige Männer, doch keiner konnte diesem Night Rider auch nur annähernd das Wasser reichen. Im Vergleich zu Stan wirken sie unscheinbar, langweilig und winzig. Genau wie all die Typen, die sich heute Nacht hier eingefunden haben, um die berühmten Chicagoer Kätzchen sehen zu können.

Das ‚Cats' ist im ganzen Land für seine Bühnenshows bekannt. Hier trifft die Arbeiterklasse auf die Reichen dieser Stadt. Egal ob Gangster, Politiker oder Familienvater – in dieser Bar sind alle gesellschaftlichen Schichten vertreten. Trotzdem hat es noch nie Ärger gegeben. Was definitiv dem Umstand zu verdanken ist, dass wir Katzen Eigentum des landesweit bekannten *Night Riders Motorcycle Clubs* sind.

Diese Location ist neutraler Boden, hier gibt es kein Gut und Böse – kein Falsch oder Richtig. Sondern einfach nur jede Menge nackter Haut und Alkohol. Männer, die uns belästigen, nach der Arbeit auflauern oder uns zu nahe kommen, haben es unweigerlich mit den Membern dieses Rockerclubs zu tun. Diese Biker stehen nicht umsonst in dem Ruf, mit ihren Feinden kurzen Prozess zu machen. Gnade ist für sie ein Fremdwort. Und dabei spielt es keine Rolle, ob sie es mit einem einfachen Drogendealer, einem Staatsanwalt oder sogar dem Polizeichef zu tun haben.

Chicago gehört den Night Riders, so ist es und so wird es auch immer bleiben.

„Hey Kitty-Cat, schon gesehen? Er ist wieder da."

Samira, eine meiner Lieblingskolleginnen, taucht neben mir auf.

„Er ist ja wohl kaum zu übersehen."

Sie kichert, zupft die goldenen Pasties, die ihre Nippel verdecken, zurecht und stupst mich an.

„Begrüß ihn. Scheiße, Süße ... Wenn dieser Outlaw wegen mir hier wäre, würde ich nicht zögern und ihn von oben bis unten ablecken. Er ist so verflucht sexy."

Oh ja, das ist er! Aber er ist eben auch verflucht gefährlich! Und ich habe mir geschworen, Letzteres lieber nie zu vergessen ...

„Stan ist nicht wegen mir hier. Er arbeitet. Sorgt für die Sicherheit und so weiter. Da würde ich ihn sicherlich nur stören."

Der Blick, den Samira mir zuwirft, verrät mir deutlich, dass sie genau weiß, dass ich gerade Quatsch rede.

„Seit sieben Tagen steht dieser Mann nun da, starrt dich an, als wärst du ein verdammtes Steak, und würde am liebsten jedem Kerl, der dir einen Dollar in den String steckt, die Knochen brechen. Hör also auf, uns beide zu verarschen, und pack dir den Rocker, ehe ich es tue. An deiner Stelle würde ich mir seinen Schwanz und sein Herz sichern. Mit einem wie ihn an deiner Seite hättest du ausgesorgt: geld-, orgasmus- und abenteuertechnisch ..."

Da kann ich ihr kaum widersprechen. Dennoch zögere ich. Stan hat sich in diesen Wochen wirklich ins Zeug gelegt. Hat auf mich aufgepasst, hängt dauernd hier ab und hat keine Zweifel daran gelassen, dass er mich will. Trotzdem habe ich ihn bisher auf Abstand gehalten. Wenn wir erst mal Sex hatten, dann gibt es kein Zurück mehr.

Ich spüre instinktiv, dass Stans Besitzanspruch in ungeahnte Höhen schnellen wird, sobald ich in seinem Bett gelandet bin. Und wie soll ich dann arbeiten?

Hier im ‚Cats' kann jede Frau selbst entscheiden, wie weit sie gehen will.

Samira und einige andere Kolleginnen gehen, wenn der Preis stimmt, mit unseren Gästen mit nach Hause oder in ein Hotel.

So etwas habe ich bis jetzt noch nie getan. Strippen ja – Prostitution nein.

Auch ich habe meine Grenzen. Körperkontakt ist in unserem Beruf unvermeidlich, aber der hält sich, Gott sei Dank, in Grenzen.

So wie es ist, ist alles perfekt. Manche werden es nur schwer verstehen können, aber ich arbeite wirklich gerne hier.

Wir Mädchen kommen gut untereinander aus, die Rocker passen auf, dass uns nichts passiert und die Einnahmen, tja, die sind wirklich gut.

Als Kätzchen habe ich maximalen Umsatz mit minimalem Einsatz.

Lieber ziehe ich mich Nacht für Nacht vor Dutzenden von Kerlen aus, ehe ich für die Hälfte des Geldes vierzig bis sechzig Stunden die Woche in einem Supermarkt stehe und Regale auffülle.

Natürlich ist mir klar, dass ich diesen Job maximal noch zehn bis fünfzehn Jahre machen kann. Aber hey, es macht keinen Sinn, mir jetzt wegen etwas den Kopf zu zerbrechen, was noch eine halbe Ewigkeit entfernt ist. Ich gehöre zu der Sorte Mensch, die im Hier und Jetzt lebt, alles andere wird sich schon zeigen.

Selbst in der kurzen Zeit, die ich erst in Chicago bin, habe ich eine Sache sehr schnell kapiert. In dieser City läuft alles etwas anders als in anderen Städten.

Stan ist durch und durch ein Night Rider. Ich weiß, dass er unter seiner Kutte eine Waffe trägt und dass er diese nicht nur bei sich hat, um sich stark zu fühlen, sondern um sie zu benutzen. Es wäre naiv zu glauben, dass er den Dolch an seinem Bein nur dazu benutzt, um Obst in mundgerechte Stücke zu zerteilen. Dieser Rocker ist ein Killer und ich weiß nicht, ob ich damit zurechtkommen kann.

Wenn ich schwach werde und mich auf ihn einlasse, dann wird er mich unweigerlich in seine dunkle, blutdurchtränkte Welt ziehen, und ich weiß nicht, ob ich dafür bereit bin.

Plötzlich wedelt eine Hand vor meinem Gesicht auf und ab.

„Hey, Bitch. Hörst du mir überhaupt zu?"

Oh Mist! Ich war so in meine Gedanken versunken, dass ich vergessen habe, Samira zu antworten.

„Weißt du was? Wenn du ihn so unbedingt haben willst, bitte schön. Nimm ihn dir."

Verwundert reißt sie ihre stark geschminkten Augen auf und riskiert einen Blick in Stans Richtung.

„Sicher? Du teilst ihn mit mir?“

„Von teilen kann nicht die Rede sein. Ich schenke ihn dir.“

Ihre Lippen verziehen sich zu einem dreckigen Grinsen.

„Okay. Und wo ist der Haken?“

„Es gibt keinen. Er ist sexy, ohne Frage. Aber ich habe keine Lust, mir an ihm die Finger zu verbrennen oder mir gar das Herz brechen zu lassen. Kerle wie er bedeuten Ärger, eimerweise fiesen, richtig schlimmen Ärger. Und dafür habe ich im Augenblick echt keinen Nerv.“ Lachend schüttelt sie den Kopf.

„Oh Katharina! Keine Ahnung, ob deine Entscheidung megablöd oder superschlau ist. Aber ich bin nicht so vernünftig wie du, und darum werde ich nicht zögern, und diesen Biker am Schwanz packen.“

Das Wort *vernünftig* spricht sie aus, als würde es sich dabei um irgendetwas Giftiges handeln.

„Na dann wünsche ich dir viel Spaß dabei. Aber sei vorsichtig. Stan gehört zu der Sorte Mann, an der Mädchen wie wir zerbrechen. Eines Tages wirst du völlig fertig sein, und er wird auf seine Harley steigen und ohne einen Blick zurück zum nächsten Abenteuer fahren.“

Meine Warnung mit einer lässigen Handbewegung abwinkend, lässt sie mich stehen, zupft ihren String zurecht und stöckelt auf den Rider, der noch immer reglos an der Wand lehnt, zu.

Obwohl ich alles, was ich gesagt habe, absolut ernst meine, kann ich nicht verhindern, dass sich ein fieser Stich in meiner Brust ausbreitet, als ich beobachte, wie Samira bei Stan ankommt, sich an ihm reibt und ihre Titten gegen seinen Arm drückt. Gebannt und mit einem bitteren Geschmack auf der Zunge sehe ich zu, wie Stan kurz zu ihr hinabsieht, Samira, trotz ihres sexy Outfits, nicht mal zwei Sekunden Aufmerksamkeit schenkt und dann über die Menschenmenge hinweg zu mir rüberschaut und herausfordernd eine Augenbraue hochzieht.

Fuck! Erwischt!

An dem Ausdruck in seinen Augen erkenne ich, dass er ganz genau weiß, was hier läuft.

Er wirkt amüsiert und zugleich irgendwie genervt.

Kann sein, dass er denkt, dass ich ihn testen wollte ... Vielleicht wollte ich das ja wirklich?

Arghhhh! Wenn es um diesen Rocker geht, habe ich keine Ahnung, was ich denken, fühlen oder tun soll.

Dass er Samira hat abblitzen lassen – wobei man das eigentlich nicht mal abblitzen lassen, sondern eher ignorieren nennen sollte, gefällt mir.

Was wenn Stan tatsächlich nur wegen mir hier ist? *Ohhhh* ... Diese Möglichkeit in Betracht zu ziehen, lässt mir die Knie weich werden.

Für die Dauer von ein paar Herzschlägen gelingt es mir, seinem eindringlichen Blick standzuhalten, dann drehe ich mich um und gehe zurück in die Umkleide, um mich für meinen Auftritt fertig zu machen.

Die nächste halbe Stunde erinnere ich mich immer wieder nur zu gern an das Desinteresse, mit dem Stan Samira behandelt hat.

Meine Laune steigt mit jeder Sekunde ...

Gegen das zufriedene Grinsen, zu dem sich mein Mund verzieht, ankämpfend, bürste ich mir die Haare und ziehe zum ersten Mal tatsächlich in Betracht, Stan vielleicht, eventuell ein kleines Stückchen näher an mich heran zu lassen.

Natürlich nur mal so zum Spaß. Um herauszufinden, wie es wohl wäre, in den muskulösen Armen dieses Riders zu liegen und seinen starken Körper an dem meinen zu spüren. So gefährlich wird das ja wohl kaum sein? Oder?

Tief in meinem Inneren kenne ich die Antwort auf diese Frage längst, dumm nur, dass ich sie gar nicht hören will ... Unvernünftig zu sein, fühlt sich manchmal echt verteufelt gut an!

Ein Klopfen ertönt, ich öffne die Türe und stehe prompt Stan gegenüber.

Mit den halterlosen Strümpfen, den Strapsen und der eng anliegenden Korsage, die an den Film *Moulin Rouge* erinnert, bin ich fertig für meinen Auftritt. Meine feuerroten Locken bedecken den Haarreif, sodass nur die zwei schwarzen Katzenohren, die an ihm befestigt sind, herausschauen und mein Outfit komplettieren.

Seinen Blick über meine Rundungen gleiten lassend, gibt er ein wildes Knurren von sich.

„Fuck Kitty! Du machst mich hart."

Seine Stimme klingt dunkel, noch eine Nuance rauer als sonst.

„Soll das ein Kompliment sein?"

Den Ellenbogen gegen den Türrahmen stemmend, sieht er auf mich herab. Mit meinen 162 Zentimetern reiche ich diesem Biker nicht mal bis zu den Schultern.

„Nein. Das ist eine Tatsache. Selbst wenn ich dich noch tausend Nächte beobachte, werde ich mich nie an dir sattsehen."

Mit den schwieligen Spitzen seiner Finger streicht er an meinem Arm nach oben, über meine Schulter bis zu meinem Schlüsselbein. Er folgt dem mit Rüschen eingefassten Saum der Korsage, lässt seine Hand an meiner Kehle wieder nach oben gleiten und umfasst bestimmend mein Kinn. Mit einem Ruck reiße ich mich von ihm los. Was Stan dazu bringt, die Zähne fest aufeinanderzubeißen.

„Wie lange soll das zwischen uns beiden noch so laufen?"

Eine gute Frage. Da ich nicht weiß, was ich ihm antworten soll, tue ich einfach so, als ob ich nicht wüsste, wovon er spricht.

„Was meinst du?"

Seine Augen blitzen auf.

„Verarsch mich nicht, Mädchen!"

Das ist dann wohl mein Stichwort. Einen Schritt zurückweichend, umfasse ich die Türe.

„Ich muss los. Mein Auftritt ist gleich dran."

Gerade als ich sie ihm vor der Nase zuknallen will, streckt er blitzschnell eine Hand aus und hindert mich so daran.

„Oh nein, so leicht entkommst du mir nicht, nicht heute!"

Was meint er damit? Aus dem eben noch entspannten Mann ist innerhalb von einer Sekunde ein gereizt wirkender Outlaw geworden.

Das Herz schlägt mir bis zum Hals.

Ich hätte auf meinen Instinkt hören und diesen Rocker nicht reizen dürfen. Stan gehört nicht zu der Sorte von Mann, die Frau gefahrlos herausfordern kann.

Vielleicht ist jetzt der passende Moment gekommen, um auf die eine Frage, die mir seit Tagen nicht mehr aus dem Kopf geht, eine Antwort zu bekommen.

„Was willst du von mir?"

An seinem Kiefer zuckt ein Muskel, eine Ader zeichnet sich immer deutlicher auf seiner Stirn ab.

Ein Schnauben von sich gebend, drängt er mich rückwärts in die Umkleide und wirft die Türe mit einem lauten Knall ins Schloss.

Oh, oh ...

Jetzt sind wir alleine, stehen uns so nah gegenüber, dass mir sein herber Geruch von Mann, Leder und Rauch in die Nase steigt und meine Sinne verwirrt.

Überhaupt hat seine plötzliche Nähe eine fatale Wirkung auf mich.

„Wenn du mich das immer noch fragen musst, habe ich die vergangenen Tage etwas falsch gemacht. Wird wohl Zeit, etwas deutlicher zu werden!"

Mich immer weiter nach hinten drängend, stehe ich irgendwann mit dem Rücken an der Wand. *Jetzt gibt es kein Entkommen mehr.*

Mit seinen großen Händen mein Gesicht umfassend, reibt er mit den Daumen über meine Mundwinkel, ehe er einen leisen Fluch ausstößt und seine Lippen auf die meinen pinnt. Wahrscheinlich wäre es klüger gewesen, den Kuss nicht zu erwidern, mich zu wehren, zu beißen und zu kratzen ... Aber verdammt, ich tue nichts davon, sondern lasse mich mit einem sehnsüchtigen Seufzen auf das wilde Spiel seiner Zunge ein und genieße seinen herben Geschmack.

Dieser Night Rider schmeckt nach Abenteuer, Sex und Herzschmerz. Eine absolut süchtig machende Kombination, die meinem Verstand die Lichter ausgehen lässt.

Keuchend wühle ich mit meiner Zunge durch seine Mundhöhle, sinke gegen ihn und kralle meine Finger in seinen Schultern fest. Ein heftiges Zittern rieselt zwischen meinen Schulterblättern hinab, mir schwirrt der Kopf, es fühlt sich so an, als würde die Welt ins Wanken geraten.

Stan packt mich an der Taille, hebt mich hoch und drückt mich noch fester an die Wand. Ohne lang darüber nachzudenken, schlinge ich meine Beine um seine Mitte und stöhne erregt auf, als er eine seiner Hände in meinen Haaren vergräbt und meinen Kopf mit einem Ruck zur Seite zieht. Der leichte Schmerz, seine Nähe und das Wissen, dass ich diesem Rocker schutzlos ausgeliefert bin, turnen mich unheimlich an. Ein letztes Mal treffen unsere Zungen aufeinander, dann beendet er unseren Kuss, streicht mit seiner Nase an meinem Hals entlang und saugt sich an mir fest.

Ein dumpfes Pochen breitet sich in meinem Unterleib aus, seine Zähne graben sich tief in meine Haut. Ich keuche gepeinigt auf, spüre, wie ich immer feuchter werde, und drücke meine Fingernägel fester in das Leder seiner Kutte. Mein Hirn ist so benebelt, dass es ziemlich lange dauert, bis ich kapiere, was er da macht – mich als sein Eigentum markieren. Die Erkenntnis trifft mich wie der Blitz. Mit letzter Willenskraft versuche ich, ihn von mir zu stoßen, vergebens. Dass Stan überhaupt nicht auf meine Gegenwehr reagiert, ist der beste Beweis dafür, dass dieser Kerl nur aus Muskeln und Entschlossenheit zu bestehen scheint.

„Verdammt, lass mich los!"

Anstatt entschlossen und wütend zu klingen, höre ich mich heiser und erregt an.

Zu meiner Erleichterung hört Stan trotzdem auf mich und löst seine Zähne von mir. Aufgebracht boxe ich ihm gegen den Brustkorb, was ihm nur ein zufriedenes Grinsen entlockt. Über die pulsierende Stelle an meinem Hals reibend, beschimpfe ich ihn als ein blödes Arschloch. Was ihn noch mehr zu amüsieren scheint.

„Stell mich sofort wieder hin."

„Baby, das würde ich ja gerne tun. Aber dafür musst du erst mal deine Beine von mir lösen. Du hängst an mir wie ein kleines Äffchen."

Oh Mist! Wie peinlich!

Schnell ändere ich das, was Stan dazu bringt, mich runterzulassen.

Als ob das alles nicht schon peinlich genug ist, geben meine zittrigen Knie nach und ich wäre beinahe auf den Boden gesunken, wenn er nicht so schnell reagiert und mir einen Arm um die Hüfte geschlungen hätte.

„Ach Kätzchen. Scheint so, als ob du dich erst daran gewöhnen musst, von mir geküsst zu werden."

So ein arroganter Trottel.

„Bilde dir bloß nichts ein, ich habe heute einfach nur zu wenig gegessen. Mein Kreislauf ist völlig unterzuckert."

Als ich mir sicher bin, dass der Schwindel vorbei ist, löse ich mich von ihm und gehe zu dem Schminktisch, auf dem ein großer Spiegel steht, und betrachte das ultraviolette Mal, das Stan mir verpasst hat, und in dem sich deutlich die Vertiefungen abzeichnen, die seine Zähne verursacht haben.

„Schöne Scheiße! Bist du völlig irre?"

Während ich ihm am liebsten eine knallen würde, bleibt er völlig ruhig. Was mich nur noch wütender macht.

Die Hände in die Hosentaschen steckend, kommt er lässig auf mich zu.

Erst als er direkt hinter mir steht und sich nach unten beugt, sodass sich unsere Blicke im Spiegel begegnen und sein heißer Atem über meinen Nacken streicht, bekomme ich meine Antwort.

„Du wolltest wissen, was ich von dir will. Oder?"

Seine erneute plötzliche Nähe verschlägt mir die Sprache. Also nicke ich nur. So eine heftige Wirkung hatte noch nie ein Mann auf mich. Um ehrlich zu sein, weiß ich nicht, ob ich es gut finden soll, dass Stan mich so dermaßen aus der Bahn wirft.

„Gut. Jetzt weißt du es. Also verhalte dich auch dementsprechend. Das Mal an deinem Hals sollte allen deutlich machen, dass du ab jetzt tabu bist. Sollte es trotzdem jemand wagen, dir zu nahe zu kommen, werde ich ein Exempel an ihm statuieren." Seine Augen blitzen vor Zufriedenheit auf. „Bis wir wissen, was das zwischen uns ist, gehörst du mir. Hör also besser mit deinen Spielchen auf, süßes Kätzchen. Ich werde keine Gnade walten lassen, nur weil du dem armen Kerl den Kopf verdreht hast!"

Ach du heilige Scheiße! Echt jetzt?

Noch immer durch den Spiegel in seinem Blick gefangen, schüttle ich ungläubig den Kopf.

„Vergiss es! Ich gehöre weder dir noch sonst irgendjemandem. Wir haben uns ein Mal geküsst. Das bedeutet gar nichts. Du hast keinerlei Ansprüche auf mich!"

Wieder beginnt der Muskel an seinem Kiefer zu zucken. So langsam kapiere ich, dass das kein gutes Zeichen ist.

„Ach nein? Probiere es aus und du wirst sehen, was passiert.“

Oh, eine Herausforderung? Mist! Der konnte ich noch nie besonders gut widerstehen.

Erneut klopft es an der Türe, das ist mein Zeichen. In wenigen Minuten gehört die Bühne mir.

Ohne den eindrucksvollen Rocker, der verrückterweise glaubt, dass er Ansprüche auf mich hat, auch nur eines weiteren Blickes zu würdigen, setze ich mich auf den Stuhl, schnappe mir mein Make-up und beginne damit, den Knutschfleck an meinem Hals unter einer dicken Schicht zu verstecken.

Stans Reaktion darauf kann schlecht falsch interpretiert werden. Die Muskelberge in seinen Armen zucken, seine Lippen bilden einen dünnen Strich und zwischen seinen Augenbrauen entstehen zwei tiefe Falten. Dennoch sagt er kein Wort, sondern beobachtet mich einfach nur. Die Angst, die an meinem Rückgrat nach oben schleicht, ignorierend, lasse ich mich nicht von meinem Tun abhalten. Wenn dieser Rocker denkt, dass er mich einschüchtern, herumkommandieren oder sonst was kann, täuscht er sich.

Erst als der dunkle Fleck kaum noch zu erkennen ist, atme ich mehrmals tief durch, male meinen Mund mit dem roten Lippenstift an, lege meine Haare zurecht, binde mir das samtene Halsband, an dem sich ein kleines goldenes Glöckchen befindet, um den Hals und stecke mir die künstlichen Krallen auf die Finger.

Oh Gott ... Ich hätte gerade große Lust, Stan damit die Augen auszukratzen. Er scheint es zu spüren, denn er sieht mich herausfordernd an und legt den Kopf leicht schief. Es fällt mir schwer, aber es gelingt mir zum Glück, mich zu beherrschen. So anmutig wie möglich stehe ich auf, ignoriere den knapp zwei Meter großen, vor Zorn regelrecht vibrierenden Biker, der mich aus zusammengekniffenen Augen beobachtet, und schlüpfe in meine mattschwarzen High Heels. Fertig! Die Umkleide verlassend, mache ich mich auf den Weg zu dem goldenen Käfig, knie mich auf das schwarze Satinkissen und warte, dass es losgeht. Dank einer Hydraulik werde ich als gefangenes Kätzchen durch eine Luke im Boden direkt auf die Bühne befördert.

Meine Show ist der Höhepunkt der Nacht und ich bin nicht bereit, mich von diesem Macho, der meint, mich mit einem Bissabdruck zeichnen zu müssen, ablenken zu lassen.

Zum Teufel! Ich werde diesem Rider zeigen, was er verpasst. Ich werde so sexy sein wie noch nie zuvor, ich werde allen Männern den Kopf verdrehen und wenn ich mutig genug bin, werde ich mir sogar einen auf die Bühne holen und ihm einen Lapdance verpassen. Wollen wir doch mal sehen, wie Stan reagiert, wenn ich einem der Zuschauer erlaube, mir näher zu kommen.

Dieser Rocker denkt, dass er mich einfach so haben kann? Damit irrt er sich! Ich bin nicht irgendeine Clubnutte, ich bin eine von Chicagos berühmten Katzen, wer mich will, der muss sich schon etwas mehr anstrengen! Ein lächerlicher Kuss reicht da bei Weitem nicht aus, nicht mal dann, wenn er mir die Knie hat weich werden lassen ...

2. Kapitel

Stan

Sie hat mich einfach stehen lassen!
Es fällt mir schwer, zu verstehen, was da gerade passiert ist?
Bullshit! Bis jetzt habe ich noch nie das Bedürfnis verspürt, einer Frau mein Zeichen zu verpassen – bis jetzt. *Fuck!* Wenn es möglich gewesen wäre, hätte ich Katharina mit den Zähnen meinen Namen in den Hals geritzt. Diese Frau hat etwas an sich, das mich schier in den Wahnsinn treibt.

Klar ist es meine Aufgabe, im ‚Cats' für Sicherheit zu sorgen, aber verdammt! Wenn ich wollte, könnte ich die Schichten verteilen. Es ist weiß Gott nicht meine Pflicht, Nacht für Nacht hier zu stehen und alles im Auge zu behalten.

Jetzt zum Beispiel, in genau diesem Moment, könnte ich im Club sein, bis zu den Eiern im Rachen einer willigen Bitch stecken und mich amüsieren. Doch stattdessen stehe ich hier, starre Löcher in die Luft und frage mich, was dieses Mädchen verflucht noch mal an sich hat, was mir so unter die Haut geht.

Allein das Wissen, dass sie den Bissabdruck auf ihrem Hals unter einer Schicht Make-up versteckt hat, macht mich rasend.

Die Katze glaubt allen Ernstes, dass sie mit mir spielen kann. Aber da irrt sie sich. Es mag sein, dass all die anderen Typen hier vor lauter Geilheit nach ihrer Pfeife tanzen. Ich werde das nicht! Warum sollte ich auch? Ich bin ein Night Rider! Wir Biker nehmen uns, was wir wollen. Wir fragen niemals um Erlaubnis und bereuen nichts! Und aus genau diesem Grund werde ich dem Biest auch zeigen, was passiert, wenn man sich mit einem von uns anlegt. Man zieht den Kürzeren. Bevor sie wie eine Königin aus dem Zimmer stolziert ist, hat sie ernsthaft mit dem Gedanken gespielt, mich anzugreifen. Ihr Mut imponiert mir. Ich meine, diese Katze ist winzig. Zwar ist sie nicht so dürr wie die meisten Frauen hier, was ich persönlich gut finde. Ich finde es abstoßend, wenn ich jeden Knochen sehen kann, dennoch wiegt sie, im Vergleich zu mir, nichts. Es würde mich kaum Anstrengung kosten, sie zu packen, über meine Schulter zu werfen und zu behalten.

Warum ich das nicht längst getan habe, hat einen Grund. Die meisten Tussis auf diesem Planeten würden es wohl Bindungsangst nennen, aber das ist totaler Quatsch. Ich weiß einfach nur meine Freiheit zu schätzen.

Und die Tatsache, dass Katharina mir jetzt schon, wo ich noch nicht mal meinen Schwanz in sie reingesteckt habe, so viel Kopfzerbrechen bereitet, verrät mir, dass es, nachdem ich sie gefickt habe, nur noch schlimmer werden wird.

Wenn ich dieses Mädchen also erst mal gebumst habe, bin ich entweder von der Anziehungskraft, die sie auf mich ausübt, kuriert, oder aber ... Genau! Ich bin so was von am Arsch! Dieses verdammte Glöckchen an ihrem Hals hat auf mich dieselbe Wirkung wie eine Packung Viagra. Wann immer es bimmelt, werde ich so hart, dass es schmerzt. Ob es so was wie einen Glöckchenfetisch gibt? Wenn ja, dann habe ich ein echtes Problem. Vielleicht sollte ich eine Selbsthilfegruppe aufsuchen.

„Hallo mein Name ist Stan und ich bin katzenglöckchensüchtig."

Fuck! Fuck! Fuck!

Mittlerweile gibt es so einige Old Ladys (wie die Frauen der Biker genannt werden) im *Night Riders Motorcycle Club*. Keine Ahnung, ob es noch eine mehr werden sollte.

Der Erste, der sich eine Lady gekrallt hat, war Zane, der Vizepräsident unseres MCs. Das hat irgendwie eine Kettenreaktion ausgelöst. Man kann es am besten mit dem Beispiel von einer zu eng aufgereihten Dominostein-Reihe erklären. Zane war der erste Stein, er ist als Erstes umgekippt und dann hat die Sache seinen Lauf genommen. Als Zweiter ist Xander, unser Sergeant at Arms umgekippt, dann kam Mason, unser Präsident, und so ging es weiter. Mittlerweile rennen fünf Frauen mit einem Ladyleder durch die Gegend und wenn ich nicht verdammt gut aufpasse, wird es bald noch eine sechste geben, die für Trubel im Club sorgt.

Fluchend fahre ich mir mit beiden Händen durch die Haare und reiße so fest an ihnen, dass ein heftiger Schmerz in meiner Kopfhaut aufflammt.

Alleine, dass ich hier stehe und mir über irgendwelchen Schwachsinn Gedanken mache, zeigt doch, wie ernst die Lage ist, in der ich mich befinde.

Auf mich selbst wütend, beschließe ich, dass es keine Muschi dieser Welt wert ist, dass ich mir wegen ihr irgendeinen Stress mache. Ich zünde mir eine Kippe an und verlasse die Umkleide.

Soll Katharina doch der Teufel holen!

Mich an die Bar setzend, bestelle ich mir ein Bier und leere es mit einem Zug.

Der Alkohol und das Nikotin helfen mir dabei, runterzukommen. Ab morgen werde ich die Schichten im ‚Cats' wieder auf meine Brüder verteilen. Sollen sie sich doch mit einem Haufen zickender, strippender Tussis herumärgern. Mir reicht's!

Auf der Bühne windet sich eine nackte Katze unter einem blauen Lichtkegel, biegt den Rücken durch und präsentiert den Zuschauern ihre nackte Möse.

Zu meinem Verdruss lässt mich der Anblick völlig kalt.

Es gibt nur eine Pussycat, die mich interessiert, und die hat rote Haare, weiche Lippen und ein verficktes Glöckchen um den Hals. Kaum dass die Mieze mit ihrer Show fertig ist, steht einer der Zuschauer auf, zieht eine Rolle Dollars aus der Tasche und legt sie dem nackten Mädchen auf den Bauch. Diese zögert kurz, nimmt sich das Geld und geht somit auf den Deal ein. Der Typ wirft sie sich über die Schulter und trägt sie in eines der Separees, die sich im hinteren Bereich des ‚Cats' befinden. Zumindest wird er heute zum Schuss kommen. Die Musik wechselt, für eine Sekunde wird es komplett dunkel. Eine erwartungsvolle Stille breitet sich aus, dann ertönt die Melodie, die Katharinas Auftritt ankündigt.

Der künstliche Nebel verdichtet sich, das blaue Licht wechselt in einen intensiven Pinkton.

Ich weiß, was kommt, jeder hier weiß es und dennoch starren alle wie gebannt auf genau die Stelle, an der gleich der Käfig auftauchen wird.

Erneut gönne ich mir eine Zigarette und bestelle mir ein frisches Bier.

Mit aller Willenskraft zwinge ich mich dazu, der Bühne den Rücken zuzudrehen, und konzentriere mich auf die unzähligen Spirituosen, die die verspiegelten Regale der Bar füllen. Sollen sich doch alle anderen wegen ihr zum Affen machen – mir reicht's!

Die Minuten vergehen. Auch ohne hinzusehen weiß ich dank des Songs genau, an welchem Punkt die Show bereits ist. Mittlerweile müsste Katharina aus dem Käfig gestiegen sein und damit begonnen haben, ihre Korsage zu öffnen.

Ich war noch nie besonders eifersüchtig. Im Club habe ich unzählige Bitches vor den Augen meiner Brüder gefickt, manche von ihnen habe ich, als ich mit ihnen fertig war, auch einfach weitergereicht.

Doch das Wissen, dass in diesem Augenblick Dutzende Augenpaare auf das Mädchen gerichtet sind, das ich so dringend ficken will, dass ich kurz davor bin, den Verstand zu verlieren, stört mich. Die Möglichkeit, dass es all die Wichser in ihrer Fantasie längst mit ihr treiben, macht mich unfassbar aggressiv. Gedanklich ziehe ich meine Waffe und knalle sie alle ab. Kugel für Kugel – Kopfschuss für Kopfschuss. So lange, bis keiner mehr übrig ist. Dann steige ich über die Leichen, packe mir das verfluchte Weib und ficke es vor den leblosen Augen der Hurensöhne, die ich einen nach dem anderen hingerichtet habe. Nennt mich einen abartigen Bastard. Aber verdammt! Die Vorstellung macht mir fast schon gute Laune. In den verspiegelten Rückwänden der Barregale kann ich bruchstückhaft erkennen, was sich auf der Bühne abspielt.

Was ich sehe, gefällt mir gar nicht! Dieses verfluchte Miststück hat den Ablauf ihres Auftritts geändert und einen der Typen aus der ersten Reihe zu sich geholt. Mit rasendem Puls beobachte ich Katharina dabei, wie sie die Verschnürung ihrer Korsage öffnet, sie auf den Boden fallen lässt und sich mit weit gespreizten Beinen auf den Schoß des Mannes setzt. Der Fetzen Stoff, den sie einen String nennt, überlässt nicht viel der Fantasie, während sie ihre Brüste umfasst und mit den Fingern über ihre Nippel streicht, sodass diese sich zusammenziehen und wie Knospen abstehen.

Ich bilde mir trotz des Abstands und der Musik ein, das blöde Glöckchen bimmeln zu hören, und kann mich gerade noch so davon abhalten, nach meiner Knarre zu greifen und meine Fantasie wahr werden zu lassen.

In all den Wochen, die ich sie nun schon beobachte, hat sie so etwas noch nie gemacht. Im Gegenteil, für gewöhnlich meidet sie den Kontakt zu den Gästen. Katharina ist auch eine der wenigen, die sich nicht prostituieren. Und sie bekommt weiß Gott genug Angebote. Doch völlig egal, wie hoch die Summen auch waren, sie ist nie darauf eingegangen.

Also warum heute?

Verhält sie sich so, um mich zu reizen? Will sie mir mit dieser Aktion beweisen, dass unser Kuss nichts wert ist und dass sie meine Warnung einen Scheißdreck interessiert? Scheint so! Was für ein Luder!

Jedes andere Mädchen wäre mir diesen ganzen Ärger nicht wert ...

Katharina hingegen? *Fuck!* Keine Ahnung!

Es wäre das Intelligenteste, ihre Show zu ignorieren, sie mir endgültig aus dem Kopf zu schlagen und meiner Wege zu gehen.

Dumm nur, dass ich nicht dazu neige, kluge Dinge zu tun, sondern eher impulsiv handle.

So kann es echt nicht weitergehen ... Es wäre doch gelacht, wenn ich einer Tussi erlaube, mir den letzten Nerv zu rauben, wenn ich sie nicht mal ficke. Nur Arbeit und Stress ohne Vergnügen ist definitiv kein gutes Arrangement. Es wird Zeit, diese Sache zwischen uns ein für alle Mal zu klären. Entweder läuft da endlich was oder es ist vorbei. Dieses Kätzchen hat mich jetzt lang genug hingehalten.

In meiner Hosentasche vibriert es. Mir die Kippe zwischen die Lippen klemmend, ziehe ich mein Handy hervor und sehe, dass Butcher mir irgendein blödes Bild von einem Pit Bull und einer Babykatze geschickt hat. Die Katze liegt entspannt auf dem Platz des Hundes und reckt diesem in einer unmissverständlichen Geste die Mittelkralle entgegen. Dieser fletscht zwar die Zähne, lässt sich die Frechheit jedoch gefallen und legt sich auf den Boden neben das weiche Polster.

Natürlich hat Butcher es sich nicht nehmen lassen, zwei Namen auf das blöde Bild zu setzen. Über der Babykatze steht Katharina und über dem Pit Bull meiner.

Butcher ist mein engster Vertrauter. Er ist wie ein Bruder für mich. Sein Glück. Denn allein diesem Umstand verdankt er es, dass ich ihm für die nette Nachricht keine Knochen breche. So bescheuert dieses Bild auch ist, ich muss mir eingestehen, dass es die Situation zwischen mir und Katharina ziemlich gut trifft.

Es war nur eine Frage der Zeit, bis die ersten blöden Sprüche kommen. *Bullshit!*

Wenn das so weitergeht, werde ich noch zur Lachnummer des Clubs. Wieder geht eine Nachricht ein.

Hey Bro, wie schaut's aus an der Pussycat Front? Sabberst du noch oder fickst du schon?

Im ersten Moment spiele ich mit dem Gedanken, ihm zu antworten. Doch dann verwerfe ich ihn wieder, packe das Handy weg und drehe mich in genau dem Moment zur Bühne um, in dem Katharina die Hände des Wichsers nimmt, den sie sich aus dem Publikum geholt hat, sie sich auf die Titten legt und damit beginnt, ihn wie wild zu reiten. Und als ob das alles noch nicht beschissen genug wäre, dreht sie dabei den Kopf in meine Richtung und sieht mich direkt an.

Ihr Verhalten ist genau wie das der Babykatze auf dem Bild von Butcher. Dieses Mädchen glaubt allen Ernstes, dass es mir auf der Nase herumtanzen kann.

Falsch gedacht! Für eine Weile starren wir uns einfach nur an. Als ich dann aber dabei zusehen muss, wie der Typ sein Gesicht zwischen ihren Brüsten vergräbt, brennen mir die Sicherungen durch. *Es reicht! Schluss mit lustig!*

Ohne lang darüber nachzudenken, ertränke ich meine Kippe in der Bierflasche, stehe auf und bahne mir einen Weg zur Bühne. Damit hat mein süßes Miststück nicht gerechnet, denn ihre Augen weiten sich erschrocken. Auf das erhöhte Podest steigend, schlinge ich ihr meinen Arm um die Hüfte, hebe sie von dem Arschloch und verpasse diesem anschließend einen Tritt in die Rippen.

Mit vor Schmerz geweiteten Pupillen und einem gurgelnden Geräusch kippt dieser um, hält sich den Bauch und sieht panisch zu mir nach oben. Was für ein Loser!

Genervt den Kopf schüttelnd, sehe ich zu dem an meiner Brust hängenden Mädchen.

„Willst du wirklich so einen Typen? Einen Trottel, der in ein Striplokal gehen muss, damit er nachts genug Fantasien hat, auf die er sich einen wichsen kann? Oder bist du jetzt endlich bereit, mit deinen dämlichen Spielchen aufzuhören und der Tatsache in die Augen sehen, dass du mich genauso sehr willst wie ich dich? Die Scheiße hier nervt mich nur noch. Deine Zeit ist abgelaufen. Entweder gehörst du jetzt mir oder aber du verpisst dich!"

Die unzähligen Zuschauer, die uns beobachten, ignorierend, warte ich nicht lange auf ihre Antwort, sondern trage meine Beute von der Bühne und beende damit endgültig ihren Auftritt.

Dieser Zwischenfall wird meinem Präsidenten nicht gefallen. Aber damit befasse ich mich später, jetzt werde ich diese kleine Zicke ficken! Ich werde mich so tief in ihre Pussy rammen, dass sie keine Luft mehr bekommen und mich für den Rest ihres Lebens in sich spüren wird.

Soll mich doch der Teufel holen ...

In der Kabine angekommen, werfe ich die Türe hinter uns ins Schloss, drehe den Schlüssel herum und stecke ihn mir in die Hosentasche.

Katharinas entsetzter Blick entgeht mir nicht.

„Es gibt kein Entkommen mehr, Kätzchen!"

Bis jetzt hat sie noch nicht damit begonnen, sich gegen mich zu wehren. Gut für sie. In meiner derzeitigen Gemütsverfassung würde mich das wahrscheinlich nur noch mehr anturnen. Das Letzte was ich will, ist, sie zu vergewaltigen. Aber verflucht! Ich habe keine Ahnung, ob ich nach all den Wochen, in denen sie in diesen knappen Dessous vor mir herumstolziert ist, noch genug Kraft hätte, um aufzuhören, wenn sie jetzt Nein sagt.

Wahrscheinlich eher nicht!

Umso erleichterter bin ich, als sie keine Anstalten macht, mich von sich zu stoßen.

Mit letzter Willenskraft zwinge ich mich dazu, sie abzustellen, und trete einen Schritt zurück. Mit schwer kommendem Atem, geballten Fäusten und einem Schwanz, der so hart ist, dass es sich anfühlt, als würde er gleich platzen, stehe ich nun vor der Frau, die mich in den Wahnsinn treibt.

Alles was sie noch anhat, sind ihre Heels, der Strapsgürtel, der String und die durchsichtigen Strümpfe. Und verdammt ... Diese Sachen helfen nicht gerade dabei, mich wieder in den Griff zu bekommen. Ihre roten Locken schimmern im Licht, sie bewegt sich leicht, was das Glöckchen an ihrer Kehle leise bimmeln lässt und mich so endgültig ins Verderben stürzt.

„Was hast du vor, Rider?"

Unsicherheit schwingt in ihrer Frage mit. Kein Wunder. Bis jetzt habe ich mich zurückgenommen und es ihr überlassen die Geschwindigkeit, mit der die Sache zwischen uns vorangeht, zu bestimmen. Heute Nacht hat sie es allerdings zu weit getrieben, und nun entscheide ich, wo es langgeht.

„Sag Ja!"

Sie runzelt die Stirn.

„Zu was soll ich Ja sagen?"

Mit einer Handbewegung deute ich von mir zu ihr und wieder zurück.

„Zu uns. Zu dem hier. Sag es einfach!"

Ein Schauer lässt sie erbeben. Ihr Blick huscht kurz zur verschlossenen Türe und wieder zu mir zurück.

Der Killer in mir kann ihre Angst regelrecht wittern. Ich knurre leise. Was sie etwas zurückweichen lässt. Oh ja, und wie sie sich fürchtet ...

„Sag Ja!"

„Und was passiert, wenn ich mich für ein Nein entscheide?"

Es war so klar, dass Katharina nicht einfach tun kann, was ich will. Sie ist tatsächlich wie eine Katze. Störrisch, unberechenbar und freiheitsliebend.

„Dann hat sich das mit uns erledigt!"

Bilde ich es mir nur ein oder überrascht sie diese Ansage? Was hat sie denn gedacht, wie lange ich diese Scheiße hier noch mitmache?

Aye, Katharina ist was Besonderes, aber verarschen lasse ich mich von keiner Muschi.

„Du gehst dann?"

Ungläubigkeit schwingt in ihrer Stimme mit.

„Was hast du denn gedacht? Dass ich dir Nacht für Nacht dabei zusehe, wie du in dem verfickten Käfig hockst?"

Sie wirkt ertappt. *Ach verdammt!*

Wie kann sie, trotz des Gewerbes, in dem sie arbeitet, so naiv sein?

Verunsichert steht sie vor mir, der süße Duft ihres Parfüms steigt mir in die Nase, meine Eier ziehen sich erregt zusammen.

Die Sekunden verstreichen, von ihr kommt keine Reaktion.

Zumindest weiß ich jetzt, woran ich bin.

Mit einem lauten „Fuck!", wende ich mich von ihr ab, hole den Schlüssel aus der Tasche und sperre die Türe auf.

„Mach's gut, Kätzchen!"
Ohne einen Blick zurück lasse ich sie stehen, marschiere den Flur entlang und benutze die Hintertür. So habe ich mir den Abend nicht vorgestellt.

Zur Hölle! Wenn Butcher erfährt, dass ich mich von einer Tussi so lange hab verarschen lassen, wird er sich totlachen. Im Gegensatz zu mir hat er sich längst für ein Mädchen entschieden. Bella war für ein paar Jahre eine Clubmaus, ehe er sie für sich beansprucht und zu seiner Old Lady ernannt hat. Das alles hat jede Menge Ärger mit sich gebracht. Caden, der Sprengstoffexperte unseres Clubs, hatte ebenfalls ein Auge auf sie geworfen.

Zwei Rider, die sich um eine Bitch streiten, so etwas hat es zuvor auch noch nie gegeben.

Schlussendlich hat jedoch alles ein gutes Ende genommen. Caden hat sich ein süßes Püppchen zur Lady genommen und Butcher und Bella sind glücklich.

Für manche von uns läuft es gerade ganz gut ...

Ich hingegen bin gerade bei einer Stripperin abgeblitzt. Wenn es nicht so blöd wäre, würde ich wahrscheinlich die Komik an der ganzen Sache erkennen. So aber bin ich einfach nur wütend. Ich hätte es besser wissen müssen. Katharina verdient ihr Geld damit, Männer anzuheizen und zu manipulieren. Und Shit! Sie ist gut darin – sehr gut sogar. Immerhin ist es ihr gelungen, sogar mir den Kopf zu verdrehen.

An meinem Bike angekommen, lehne ich mich an den Sitz, zünde mir eine Zigarette an und betrachte den wolkenlosen Himmel.

Die Bässe der Musik hallen über den Hof, die Hintertüre öffnet sich quietschend, zu meiner Überraschung taucht Katharina im Lichtkegel der einzigen Lampe auf. Ihre Haare leuchten wie Flammen. Sie ist nervös, zum ersten Mal wirkt sie nicht wie die Königin der Nacht, sondern wie eine ganz normale Frau, die nicht weiß, wie sie sich verhalten soll. Sie trägt eine Jeans, ein schwarzes Top und einen Blazer.

Gespannt was sie will, bleibe ich einfach stehen und beobachte, wie sie sich mir langsam nähert. *Das könnte interessant werden ...*

„Stan?"

Die Hände ineinander verschränkt, knabbert sie auf ihrer Unterlippe herum. Was bei mir unwillkürlich den Drang auslöst, ebenfalls in dieses weiche, rosane Fleisch beißen zu wollen.

„Hmmm?"

Den Kopf in den Nacken legend, sucht sie meinen Blick.

„Ich ... na ja, es tut mir leid."

„Was tut dir leid?"

Unruhig verlagert sie ihr Gewicht von einem Bein aufs andere.
„Das vorhin?“
Noch immer nicht bereit, es ihr etwas leichter zu machen, schnippe ich die erst halb gerauchte Zigarette neben meinem Stiefel auf den Boden, trete sie aus und verschränke die Arme vor der Brust.
„Du musst schon etwas präziser werden.“
Ein Schnauben von sich gebend, kneift sie die Augen zusammen.
„Musst du es mir so verdammt schwer machen?
„Ich mache dir nichts schwer. Du hast dir dieses Loch gegraben, jetzt musst du selber schauen, wie du da wieder rauskommst.“
Der Schmollmund, den sie nun zieht, löst eine erneute Erektion aus.
Zum Teufel!
„Kannst du mich nicht einfach küssen und dann ist alles wieder gut?“
Ah, so stellt sich das Prinzesschen das vor?
Mein Versuch, ernst zu bleiben, scheitert, was sie nur noch wütender werden lässt.
„Du willst geküsst werden, Baby?“
„Wenn du weiter so ein Arsch bist, dann nicht mehr.“
Laut lachend packe ich sie an den Schultern und ziehe sie zu mir her.
„Zieh die Krallen ein, kleines Kätzchen. Und sag schon, was los ist? Warum stehst du hier draußen, anstatt irgendeinen armen Trottel um sein Erspartes zu bringen?“
Wütend boxt sie mir gegen den Solarplexus, quietscht erschrocken auf und schüttelt die Hand aus. „Autsch! Das hat wehgetan!“
„Du schlägst wie ein Mädchen.“
„Das liegt daran, dass ich eines bin.“
Fuck ja! Daran besteht kein Zweifel.
„Wenn du jemanden mit einer Faust schlagen willst, darfst du den Daumen nicht nach innen nehmen, sonst brichst du ihn dir vielleicht das nächste Mal.“
„Erklärst du mir etwa gerade, wie ich dir besser wehtun kann?“
Gott sie ist echt süß.
„Nein Kätzchen, selbst wenn du all deine Kraft in den Punch legst, wird das nicht reichen, um mir Schmerz zuzufügen. Ich will nur, dass du dich im Ernstfall verteidigen kannst.“
Sie wirkt überrascht.
„Aber dafür bist doch du da.“
„Nein. Nicht mehr. Du hast nicht Ja gesagt, schon vergessen.“
Enttäuschung blitzt in ihren Iriden auf.
Den Kopf leicht schief legend, streicht sie sich eine Locke aus der Stirn.

„Was, wenn ich es jetzt tue? Ist es nun zu spät?"

Katharina hat wirklich keine Ahnung, welche fatale Wirkung sie auf mich hat. Zum Glück! Wenn sie es wüsste, wäre ich geliefert.

„Probier es aus?"

Ihr leise gemurmeltes „also schön", wird beinahe von dem Geräusch eines aufheulenden Motors übertönt.

„Das zwischen uns verunsichert mich – es macht mir Angst. Du bist ein Night Rider. Ich bin nicht dumm, ich weiß, was das bedeutet. Trotzdem will ich dich. Allein die Vorstellung, dich nicht mehr Nacht für Nacht in meiner Nähe wissen zu können, und die Möglichkeit, dass du dich nach einer anderen Frau umsiehst, lässt mich beinahe in Panik geraten. Ich will dich, Stan." Sie macht eine kurze Pause. „Wenn du also willst, dass ich Ja zu dir sage, dann tue ich das."

Kaum dass Katharina fertig gesprochen hat, packe ich sie, pinne meinen Mund auf den ihren, und vergrabe meine Zähne tief in ihrer Unterlippe.

Diese Frau schmeckt nach mehr, und verdammt, heute Nacht werde ich mir dieses mehr endlich nehmen! Ich muss gestehen, mit ihrer Kapitulation habe ich nicht mehr gerechnet. Was diesen Sieg nur noch besser macht.

3. Kapitel

Katharina

Ach du lieber Himmel!

Was habe ich getan? Mein Plan, diesen Rocker möglichst lange auf Abstand zu halten, ist hiermit grandios gescheitert. Ich habe einfach nicht damit gerechnet, dass er mich vor ein Ultimatum stellen wird. Naiv, ich weiß! Mir hätte klar sein müssen, dass sich ein Kerl wie er nicht ewig hinhalten lässt. Alleine die Tatsache, dass er mich aus Eifersucht von der Bühne getragen hat, ist der beste Beweis dafür, dass Stan zu der Sorte Mann gehört, die kein Problem damit hat, sich durchzusetzen und grob zu werden.

Was ihn in meinen Augen nur noch heißer macht.

Ich glaube, ich bin einfach nicht mehr zu retten!

Als er mich vorhin in der Umkleide einfach so hat stehen lassen, ist mir schlagartig klar geworden, wie sehr ich mich an seine Anwesenheit und an seinen stetig auf mir ruhenden Blick gewöhnt habe. In den letzten Wochen habe ich verzweifelt versucht, mir einzureden, dass mir dieser Outlaw nichts bedeutet und dass es mir egal ist, ob er sich nur wegen mir im ‚Cats' herumtreibt. Das war gelogen ...

Vorhin, als ich mir sicher war, Stan verloren zu haben, ist mir erst bewusst geworden, dass ich mehr für ihn empfinde, als ich es mir eingestehen wollte.

Jetzt stehe ich hier unterm Sternenhimmel, mit wundgeküssten Lippen, rasendem Puls und dem dringenden Bedürfnis, in seinen Armen zu liegen. Keine Ahnung, ob das hier der Anfang einer riesigen Katastrophe oder der Beginn von etwas Guten ist. Alles was ich weiß, ist, dass ich jetzt keinen Rückzieher machen, sondern zu diesem Night Rider auf seine Harley steigen und mit ihm mitfahren werde. Bei Sonnenaufgang werde ich hoffentlich wissen, in welche Richtung sich das mit uns beiden entwickelt. Aber bis dahin werden noch viele Stunden vergehen – Stunden, in denen ich garantiert nicht über Richtig oder Falsch nachdenken werde. Im besten Fall werde ich gar nicht denken, sondern nur fühlen.

Das auf Hochglanz polierte Motorrad betrachtend, zucke ich überrascht zusammen, als Stan mir plötzlich seinen Helm auf den Kopf setzt.

„Dreh dich zu mir um, dann kann ich die Riemen auf deine Länge einstellen."

„Ich bin noch nie auf einem Bike gesessen. Was wenn ich herunterfalle?“

Ein breites Grinsen breitet sich auf seinem Gesicht aus. Er wirkt höchst zufrieden.

„Du bist noch Jungfrau?“

Ähm.

„Wie bitte?“ Falls überhaupt möglich wird sein Grinsen noch etwas breiter.

„Du bist wirklich noch nie auf einer Maschine gesessen? Ist ein bisschen wie reiten.“

Bei dem letzten Satz zwinkert er mir frech zu. Die Zweideutigkeit ist kaum zu überhören.

„Reden wir hier wirklich gerade über das Motorradfahren?“

„Natürlich. Über was denn sonst, Baby?“

Während er den Helm so einstellt, dass er mir passt, bleibe ich reglos stehen und inhaliere den unverkennbaren Geruch, der Stan immer umgibt. Leder, Rauch, Whisky und noch etwas, das mich irgendwie an Silvester erinnert. Könnte sein, dass es sich dabei um Schießpulver handelt, aber das kann ich nicht genau sagen, weil ich einfach noch nie mit so etwas in Berührung gekommen bin. Erst als er mir mit einer Handbewegung zu verstehen gibt, dass ich auf den breiten Sitz klettern soll, wird mir klar, dass er jetzt gar keinen Helm mehr hat.

„Warum gibst du mir deinen Helm?“

Ungeduldig hebt er mich hoch, setzt mich auf seine Harley und beugt sich zu mir herab, sodass sich unsere Gesichter auf der gleichen Höhe befinden.

„Glaube mir Kätzchen, mich bringt so leicht nichts um. Außerdem solltest du in den letzten Wochen eine Sache verstanden haben. Deine Sicherheit geht mir über alles. Egal ob beim Motorradfahren, im ‚Cats‘ oder sonst wo. Wenn dich jemand angreift, stelle ich mich vor dich. Ich fange alle fliegenden Kugeln und Gefahren ab, bevor sie auf dich treffen. Dir meinen Helm zu überlassen ist absolut nichts im Vergleich zu dem, was ich zu tun bereit bin.“

Oh wow ... Was soll ich darauf erwidern? Nichts anscheinend. Denn bevor ich die Tragweite des eben Gehörten richtig verstanden habe, hat Stan mir einen Kuss auf die Lippen gedrückt und ist vor mir auf seine Maschine gestiegen.

„Schling deine Arme um mich. Halt dich an mir fest und lass deine Hüften locker. Spür die Bewegungen des Bikes und pass dich ihnen an. Wenn was ist, klopf mir auf den Bauch, dann halte ich an.“

Ein nicht so sicheres „Ja“ von mir gebend, kralle ich mich mit aller Kraft an seinem, vor Muskeln harten, Bauch fest und schicke ein Stoßgebet zum Himmel.

Ich war noch nie besonders gläubig, die paar Mal, die ich eine Kirche von innen gesehen habe, kann ich an einer Hand abzählen. Und deshalb denke ich auch, dass genau jetzt der richtige Moment ist, um meinen Glauben etwas aufzufrischen. Schließlich kann es dafür ja nie zu spät sein. Oder? Na ja, in meinem Fall vielleicht doch. Die Zehn Gebote sind mir nicht sonderlich vertraut. Aber ich bin mir sicher, dass da irgendetwas Böses über Unzucht, Stripperinnen und nackte Haut steht. Mit „Liebe deinen Nächsten“ war garantiert nicht das gemeint, was meine Kolleginnen und ich in unserem Gewerbe ausleben.

Kaum das ich meine überirdische Unterhaltung mit einem schnellen *Amen* beendet habe, startet Stan auch schon mit einem kraftvollen Tritt den Motor der Harley und gibt Gas.

Das kraftvolle Vibrieren zwischen meinen Beinen entlockt mir ein überraschtes Keuchen. *Ach du heilige ...*

Es fühlt sich so an, als würde ich auf einem gigantischen Sextoy sitzen. Ich versuche zu tun, was er mir geraten hat, und lasse meine Hüfte locker, sodass ich spüren kann, wie sich das Motorrad in die Kurven legt. Es hat etwas überraschend Intimes, mich mit weit gespreizten Beinen an Stan zu drücken.

Wir sind noch nicht weit gekommen, als uns eine auf Rot schaltende Ampel zum Anhalten zwingt.

„Jetzt weiß ich, warum ihr Rider so auf eure Harleys schwört.“

Über die Schulter hinweg wirft er mir einen neugierigen Blick zu.

„Ach ja und warum?“

Er klingt amüsiert.

„Na, weil es sich so anfühlt, als hätte man einen gigantischen Vibrator zwischen den Beinen.“

Ein lautes Lachen löst sich aus seiner Kehle.

„Sorry Kätzchen, aber damit liegst du falsch. Der einzige Grund, aus dem ich die Erfindung der Vibratoren gut finde, ist, weil ich es liebe, dabei zuzusehen, wie ihr Ladys euch damit selbst befriedigt.“

Das Licht springt zurück auf Grün und die Fahrt geht weiter.

Keine fünfzehn Minuten später halten wir am östlichen Stadtrand vor einem Mehrparteienhaus an.

Schade ... Wenn man seine Todesangst erst mal überwunden hat, ist das Motorradfahren gar nicht so übel. Was durchaus mit den Vibrationen und dem Körperkontakt zu Stan zu tun hat. Ich steige nicht sofort ab, sondern bleibe einfach sitzen, ziehe mir den Helm aus und kuschle mich an Stans breites Kreuz.

„Also das können wir gerne öfters machen.“

„Freut mich, wenn dir der Ritt gefallen hat.“

Kann es sein, dass er einen Ponykomplex hat? Das ist eine Harley und kein Pferd. Die fährt man und reitet sie nicht.

„Ich verstehe nicht, was das mit Reiten zu tun haben soll? Es geht ja nicht auf und ab oder so was. Von *Hopp-Hopp-Hopp* hab ich nichts gemerkt.“

In Stans Brustkorb rumpelt ein Lachen. Seine schwieligen Finger spuren unterschiedlich große Kreise auf meinen Handrücken.

„Du siehst das falsch. Widersprich mir, wenn ich mich irre. Aber du hast gerade etwas Hartes, extrem Kraftvolles und Wildes zwischen den Beinen. Ich wette mit dir, dass deine Nippel hart sind und das dein Slip feucht ist.“

Erwischt ...

„Das ist nur die Reaktion auf den Fahrtwind. Bilde dir also bloß nichts ein, Rider.“

Mir auf den Oberschenkel klopfend, gibt er mir zu verstehen, dass ich absteigen soll.

„Du kapierst es nicht, Mädchen. Vielleicht liegt es daran, dass du das Bike nicht selber gefahren hast. Ein Motorrad ist wie ein wilder Hengst, der gezähmt, geführt und kontrolliert werden will. Wenn du auch nur einen kleinen Fehler machst oder unkonzentriert bist, bricht es aus und du fällst auf die Schnauze.

Jetzt bin ich diejenige, die lachen muss.

Oh ja, definitiv Ponykomplex!

Nachdem ich abgestiegen bin, sehe ich mich genauer um. Stan scheint in einer ruhigen Gegend zu leben, das habe ich ehrlich gesagt nicht erwartet. Irgendwie dachte ich, dass er sich ein Zimmer in einem Bordell gemietet oder es sich im Keller eines illegalen Waffenlagers gemütlich gemacht hat. Na ja, mittlerweile hätte ich sogar Verständnis dafür, wenn er auf einem Ponyhof wohnen würde. Über meine Gedankengänge schmunzelnd, beobachte ich meinen Rocker dabei, wie er sein Bein über das Motorrad schwingt, den Gummi aus den Haaren zieht und sich mit den Fingern durch die langen Strähnen fährt. Das aschfahle Licht des Mondes lässt seine markanten Gesichtszüge dämonisch und geheimnisvoll wirken.

Oh verdammt, dieser Mann ist heißer als die Hölle.

Er verzichtet darauf, seine Haare erneut zusammenzubinden, sondern lässt sie offen über die Schultern fallen. Mir den Helm abnehmend, ergreift er meine Hand und schlingt seine Finger um die meinen.

Schweigend führt er mich zur Türe, mein Herz gerät aus dem Takt und beginnt, wie wild gegen meine Rippen zu schlagen.

Stan ignoriert den Lift, wir nehmen die Treppen und kommen wenige Minuten später im zweiten Stock an. Ohne meine Hand loszulassen, sperrt er seine Wohnung auf und schaltet das Licht an.

Das Erste was mir ins Auge fällt, sind die zwei dicken schwarzen Reifen, die im Flur an der Wand hängen.

„Echt jetzt?"

Er grinst nur, sagt aber nichts dazu. Ein Harleylenker hängt wie eine Jagdtrophäe an der Wand, auf dem Boden liegt ein schwarzer Teppich. Überhaupt scheint das hier die dominierende Farbe zu sein.

Nach einem Farbtupfer sucht man hier vergebens. Alles ist düster – fast schon wie in einer Geisterbahn.

Stan steht bereits in seiner Küche.

„Willst du ein Bier?"

Da ich nicht davon ausgehe, dass er Orangensaft oder einen Prosecco hat, bejahe ich diese Frage einfach.

Mich genauer umsehend, folge ich ihm, nehme die eiskalte Flasche an und nippe an der herben Flüssigkeit. Stan steht mir gegenüber. Während ich immer nervöser werde, scheint er die Ruhe selbst zu sein. Groß, stark und beeindruckend lehnt er an der Arbeitsplatte und sieht mich so eindringlich an, dass sich die Härchen auf meinen Armen aufrichten.

„Das Kätzchen wirkt nervös."

Arschloch!

„Der Rocker wirkt zurückhaltend."

Seine Mundwinkel zucken. So schnell, dass ich es nicht kommen sehe, stellt er das Bier ab, kommt zu mir und vergräbt eine Hand in meinen Locken. Grob, sodass ein leichter Schmerz an meinem Nacken hinabrieselt, reißt er meinen Kopf zur Seite und sieht mich ein letztes Mal prüfend an, ehe er mich so stürmisch küsst, dass unsere Zähne aufeinanderschlagen und ich vergesse zu atmen. In dem Moment, in dem sich seine Zunge durch meinen Mund wühlt, verflüchtigt sich mein Gleichgewichtssinn und meine Knie werden weich. Halleluja!

„Dir gebe ich zurückhaltend." Er knurrt mehr, als dass er spricht, nimmt mir mein Bier ab, hebt mich hoch und setzt mich auf die Arbeitsplatte. Meine Knie auseinanderdrückend, stellt er sich zwischen meine Beine, schiebt mir den Blazer von den Schultern, zieht mein Top nach unten und befreit meine Brüste. Durch den dünnen Stoff des BHs einen Nippel in seinen heißen Mund saugend, lässt er mich seine Zunge und seine Zähne spüren. Stöhnend biege ich den Rücken durch, presse mich der Liebkosung entgegen und sehne mich nach mehr.

Das zwischen ihm und mir wird alles, aber garantiert nicht unverfänglich.

Dieser Biker hat mich kaum berührt und trotzdem fühlt es sich so an, als würde ich in Flammen stehen.

„Fick mich, Rider!"

Sich von meiner Brust lösend, packt er mich am Po, hebt mich hoch und trägt mich aus der Küche. Das Bier kippt um und ergießt sich auf den Boden, es ist uns beiden völlig einerlei. Wahrscheinlich könnte jetzt sogar eine Bombe einschlagen ... Wir sind so auf uns konzentriert, dass uns alles egal ist. Alles was zählt, sind er und ich und die Tatsache, dass es jetzt, nach all den Wochen, ernst wird. Ich erkenne erst jetzt, dass es so zwischen uns kommen musste. Wir sind wie zwei Magnete, die voneinander angezogen werden. Wir landen in seinem Schlafzimmer, ich mit dem Rücken auf dem Bett, er über mir. Stans silberne Augen wirken wie flüssiges Quecksilber – unglaublich schön und zugleich absolut tödlich!

„Du hast keine Ahnung, wie sehr ich dich will. Wenn du wüsstest, was gerade in meinem Kopf vorgeht, würdest du entweder panisch davonlaufen oder um Gnade flehen. Wahrscheinlich sogar beides, und fuck, es würde mich nur noch geiler machen!

Tag für Tag – Nacht für Nacht habe ich es ertragen, wie dich Dutzende Typen angestarrt und sich an dir aufgegeilt haben. Es hat mich fast in den Wahnsinn getrieben. Einzig die Tatsache, dass sie dich nicht berührt haben, hat mir dabei geholfen, einigermaßen ruhig zu bleiben. Aber heute, wo du diesen Wichser zu dir auf die Bühne geholt hast, sind mir die Sicherungen durchgebrannt. Wenn du das noch einmal tust, flippe ich aus und dann wird es mir nicht reichen, deinem Opfer einen Tritt zu verpassen und die Show zu beenden."

Er macht eine kurze Pause, atmet tief durch und kneift die Augen zusammen. Die Muskeln in seinen Armen spannen sich an, auf seiner Stirn tritt eine Ader hervor.

„Ich werde dich jetzt ficken und dann gehörst du mir. Was bedeutet, dass sich einiges ändern wird. Wenn nötig lasse ich dir ein ‚*don't touch*' auf den Arsch tätowieren. Dein Körper ist jetzt mein Eigentum! Vergiss das nicht, Kätzchen."

Am liebsten würde ich ihm widersprechen und ihm sagen, dass er spinnt. Doch ich halte den Mund. Warum? Ganz einfach. Weil ich tief in meinem Inneren spüre, dass er recht hat. Das was wir gerade im

Begriff sind zu tun, wird alles ändern. Es wird mich verändern, und ich habe keine Ahnung, inwieweit sich das auf mein Leben auswirken wird.

Wieder küsst er mich, dieses Mal verwandelt sich sein hartes, gnadenloses Zungenspiel nach wenigen Atemzügen in eine süße Verführung, der ich nicht widerstehen kann.

Meine Hände auf Reisen schickend, öffne ich seinen Gürtel, mache mich an seiner Hose zu schaffen und ertaste eine beeindruckende Erektion. Dick, lang und hart drückt sich sein Glied gegen meine Finger. Ein wildes Knurren ausstoßend, reibt er sich an meiner Handfläche, beißt die Zähne zusammen und stößt zischend den Atem aus.

„Oh Baby!"

Etwas passiert zwischen uns, fast als hätte jemand den Schalter umgelegt. Sämtliche Geduld verpufft und wir beginnen damit, uns die Klamotten regelrecht vom Leib zu reißen. An Stans Mundwinkel zuckt ein Muskel, es ist offensichtlich, dass er sich kaum noch zurückhalten kann.

Sein gieriger Blick wandert über meinen Bauch bis hinab zu meiner bereits feuchten Muschi. Langsam, um ihn zu provozieren, spreize ich die Beine und reibe über meinen geschwollenen Kitzler, biete ihm eine kleine Showeinlage und genieße das ungeduldige Fauchen, das er von sich gibt. Zwischen meinen weit geöffneten Schenkeln kniend, richtet er sich auf und spurt mit seinen kratzigen Fingern meinen Bauchnabel nach, ehe sich seine Hand auf die meine legt.

Die Ansicht der Wölbungen seiner Bauchmuskulatur lässt mir das Wasser im Mund zusammenlaufen. Dieser Biker strotzt nur so vor Kraft und Vitalität. Jeder Zentimeter an ihm ist perfekt definiert, hart und mehr als bereit, endlich in mich einzudringen. Alleine das Wissen, dass er in wenigen Augenblicken all diese Muskeln dazu einsetzen wird, um mich zum Schreien zu bringen, lässt mich noch etwas feuchter werden.

Die schwarzen Konturen seiner vielen Tattoos wirken magisch und komplettieren das Gesamtbild des unbezwingbaren, gefährlichen Outlaws. Erkundend streiche ich mit der linken Hand über seinen Brustkorb, während meine rechte, von der seinen geleitet, durch meine Pussy reibt. Ich spüre die wulstigen Erhebungen der unzähligen Narben, die ihre ganz eigene Geschichte über das Leben dieses Riders erzählen.

Sein harter Schwanz reckt sich mir in seiner ganzen Pracht entgegen.

Mit einer geschickten Bewegung schiebt er meine Hand beiseite und dringt mit zwei seiner Finger tief in mich ein.

Stöhnend winde ich mich unter ihm, genieße das Gefühl von seiner Haut auf der meinen.

„Oh Kätzchen, deine Möse ist so nass, ich kann es kaum erwarten, dich zu bumsen."

Stans dunkle Stimme hallt gleich einem Echo in meinem Unterleib wider, löst Wellen der Lust aus.

„Ich will dich, Biker." Mich unter sich begrabend, pinnt er mich mit seinem Gewicht tief in die weiche Matratze. Instinktiv schlinge ich ihm meine Arme um den Nacken. Für ein paar Sekunden sehen wir uns an, ehe unsere Münder zu einem sinnlichen Kuss verschmelzen.

Stan beißt mich, der leichte Schmerz lässt mich keuchen. Gekonnt züngelt er über die gepeinigte Stelle und beginnt damit, erneut über meinen Kitzler zu reiben.

Jaaaaa das ist es ...

Lange halte ich diese süße Folter nicht mehr aus – wenn er nicht sofort in mich stößt, drehe ich durch. Trügerisch sanft beendet er unseren wilden Kuss. Heftig zitternd und verschwitzt liege ich unter ihm, vor meinen Augen verschwimmt alles.

„Sieh mich an."

Unsere Blicke treffen sich, Stan verpasst meiner Mitte einen leichten Klaps. Er verreibt ein wenig Feuchtigkeit über meinem Anus und übt mit seinem Daumen anschließend etwas Druck aus. Das ungewohnte Gefühl, dort berührt zu werden, lässt mich zusammenzucken. Mich mit den Fingernägeln in seinen Schultern festkrallend, kneife ich die Augen zusammen und zwinge mich dazu, weiter zu atmen.

„Schh ... entspann dich Süße. Ich werde dir nicht wehtun."

Da bin ich mir nicht so sicher, trotzdem vertraue ich ihm – schon verrückt.

Nicht bereit, einfach nur passiv unter ihm zu liegen, streiche ich zärtlich über die seidige Haut seiner Eichel, umfasse seinen harten Schaft und pumpe über die komplette Länge seines Schwanzes.

Stan stöhnt, fängt meine Hände ein und sieht mich warnend an.

Ich lege den Kopf zur Seite, dass Glöckchen an meiner Kehle bimmelt leise. Seine Nasenflügel blähen sich, mein Rider wirkt so, als würde er gerade die Kontrolle verlieren und wie eine Bestie über mich herfallen.

„Dieses Geräusch, macht mich wahnsinnig!"

Er saugt an meinen Nippeln, seine kratzigen Bartstoppeln reiben über mein Dekolleté. Abwechselnd saugt er sie tief in seinen Mund, lässt mich seine Zähne spüren, beißt zu. Wimmernd schnappe ich nach Luft, der bittersüße Schmerz entlockt mir einen Schrei.

„Fick mich endlich!" Über meine Ungeduld lachend, gibt er meine Hände wieder frei.

Quälend langsam streicht er mit seinen Fingern durch meine geschwollenen Falten, dringt mit dem Daumen in mich ein und treibt mich so immer weiter Richtung Höhepunkt. Auf der verzweifelten Suche nach noch mehr Nähe pinne ich meine Lippen wieder auf die seinen. Stans Zunge wühlt sich durch meinen Mund, es fühlt sich einfach zu gut an, von ihm geküsst und gehalten zu werden.

Sein Blick verweilt auf meinen Brüsten. Immer wieder in mich stoßend, gibt er ein animalisches Brummen von sich.

Der dekadente Schmerz, die Dehnung und sein Geschmack, der meine Sinne verwirrt, all das reicht beinahe aus, um mich über die Klippe zu schicken.

Seine Mimik verdunkelt sich immer mehr, mein Liebhaber sieht mehr als nur ein wenig bedrohlich aus.

„Fuck! Kätzchen! Fuck! Jetzt bist du mein! Noch nie habe ich so lange auf eine Frau gewartet."

Ein dunkles Grollen löst sich aus seiner Kehle.

„Dann wurde es aber Zeit."

Seine Erektion presst sich hart gegen die Innenseite meines Schenkels. Mit einem Finger über den kleinen Schlitz an der Spitze kreisend, verteile ich die ersten Tropfen, die sich bereits darauf gebildet haben. „Wenn du weiter so frech bist, versohl ich dir den Arsch."

Hm ... Ein Spanking?

Ein heißer Blitz zuckt durch meinen Unterleib. Endlich beginnt Stan sich zu bewegen. Sein Schwanz gleitet wieder und wieder durch meinen Spalt. Den Daumen auf meine Klit legend, bewegt er ihn kreisend, senkt gleichzeitig den Kopf und beißt mir direkt über dem Samtband, an dem sich das Glöckchen befindet, in den Hals.

Genau wie im ‚Cats' saugt er sich an mir fest und lässt seine Zunge darüber schnellen.

Ob er im vorherigen Leben vielleicht ein Vampir war?

Also wenn, dann wurde er sicherlich Dracula genannt.

Erschaudernd presse ich mich seinen Fingern entgegen und verliere mich in dem berauschenden Gefühl, von ihm berührt zu werden.

Dank seiner besitzergreifenden Art stehe ich kurz davor, zu explodieren.

Oh Gott ... Ich mag es, wenn Männer wissen, was sie wollen und sich nicht scheuen, dafür zu kämpfen. Vielleicht bin ich ein bisschen wahnsinnig oder so, aber was gibt es bitte Heißeres, als einen Mann, der so richtig zupacken kann? Dieses ganze vorsichtige Wischiwaschi, das die meisten Typen an den Tag legen, finde ich einfach nur abstoßend.

Früher, als noch diese Marlboro Werbung im Fernsehen ausgestrahlt wurde, stand ich ja total auf diesen einen Cowboy, der auf dem braunen Hengst gesessen und so herrlich verwegen in die Kamera geschaut hat. Mit seinem Dreitagebart, dem ausdrucksstarken Gesicht und den verwuschelten Haaren war er für mich der Inbegriff meines Traummanns. Ich wollt schon immer was Heroisches und Kraftvolles und keinen von diesen Kerlen, die sich in der Früh mehr Antifaltencreme ins Gesicht schmieren als ich.

Stan passt perfekt in dieses Idealbild, das ich im Kopf habe. Der einzige Unterschied ist nur, dass er nicht auf einem Pferd, sondern auf einer Harley sitzt und dass keine Schrotflinte an seinem Sattel hängt, sondern dass sich seine Halbautomatik in einem Holster unter seiner Kutte verbirgt.

Wieder und wieder streicht Stan mit seinen Fingern über meine zuckende Öffnung, fährt die Konturen meiner Scheide nach und saugt sich noch fester an meinem Hals fest.

Oh ja, dieser Rocker ist definitiv die Reinkarnation Draculas. Witzig, der Blutsauger hat garantiert nicht damit gerechnet, dass er mal als Harley fahrender Cowboy mit einem Ponykomplex wiedergeboren wird.

Meine Zehenspitzen krümmen sich, mein Unterleib fühlt sich an, als würde er gleich in tausend glühende Funken zerspringen. Stöhnend spreize ich die Beine noch etwas weiter, bettle flüsternd nach mehr.

Erneut verpasst er meinen Schamlippen einen Klaps, dieses Mal etwas fester. Wieder genieße den leichten Schmerz. Keuchend winde ich mich auf der weichen Decke und presse mich ihm entgegen.

Hilflos kralle ich mich am Bettlaken fest.

Mit einem leisen *Plopp* lösen sich seine Lippen von mir, während er mit einem seiner langen Finger in meinen Po eindringt. Die ungewohnte Penetrierung, der Dehnungsschmerz und sein eindringlicher Blick – ich zerspringe!

Zuckend und bebend verliere ich mich in meiner Lust und werde von einem so heftigen Orgasmus hinfort gerissen, dass mein Sichtfeld verschwimmt und ich nur rote, flirrende Punkte sehe.

Uuuuhhhh ... Mein heiserer Schrei vermischt sich mit Stans Zähnefletschen.

Während ich gen Himmel fliege, beobachte ich, wie er sich ein Kondom über den Schwanz rollt, sich auf mir positioniert und sich anschließend langsam in mich schiebt, mich dehnt und in Besitz nimmt.

„Jetzt gibt es kein Zurück mehr, Pussycat. Jetzt bist du mein!“

Ein letztes Mal streifen seine Lippen über meine Schläfe, ehe er sich mit einem gnadenlosen, unsagbar tiefen Stoß in mich rammt.

Die absolute Dehnung in Kombination mit der göttlichen Pein und der Hitze, die er ausstrahlt, sind alles, was ich noch wahrnehme.

„Augen auf, Kätzchen. Ich will, dass du siehst, wer es dir besorgt!"

Nach Luft schnappend, tue ich, was er will und versinke zugleich in den geheimnisvollen Tiefen seiner silbernen Iriden. Stans Stöße werden immer gnadenloser. Sein Schwanz fühlt sich so gut an, dass ich nicht will, dass es jemals wieder endet.

Zu Tode gebumst von einem Night Rider. Es könnte sicherlich schlimmere Arten geben, um zu sterben.

Ein wildes Knurren von sich gebend, verändert er den Winkel, mit dem er in mich eindringt, hebt meine Beine an und hakt sie über seinen Schultern ein.

In dieser neuen Stellung fühlt sich alles noch viel intensiver an.

Der Rhythmus, mit dem er mich nimmt, ist intensiv und hart und es dauert nicht lange, bis ein weiterer Höhepunkt dafür sorgt, dass ich laut schreie. Bebend spüre ich, wie sich mein Unterleib zuckend und krampfend zusammenzieht. Stans Atem kommt laut und rau, seine Stöße werden noch etwas härter. Plötzlich versteinert er. Seine Oberschenkel fühlen sich an wie aus Granit, die Muskeln in seinem Bauch arbeiten heftig. Mit zusammengebissenen Zähnen jagt er seine eigene Erlösung. Den Kopf in den Nacken werfend brüllt er ein „Holy shit!" gegen die Zimmerdecke. Ich spüre das Pulsieren seiner Eichel, seine schier unermüdliche Kraft und das angenehme Brennen zwischen meinen Schenkeln.

„Yeah. Fuck Kätzchen ... Fuck! Fuck! Fuck! Yeah!"

Die Sehnen an seinem Hals treten deutlich hervor, sein Bizeps glänzt vor Schweiß, während sein Schwanz tief in mir zuckt.

Ich bewege mich etwas, das goldene Glöckchen erklingt. Mehr braucht mein Rider nicht.

Stan versteift sich, spritzt ab, verharrt noch kurz in dieser Position, öffnet langsam die Augen und sieht auf mich herab.

„Das war verflucht gut."

Ich grinse, lege den Kopf schief und gebe ein leises Maunzen von mir, was seine Mundwinkel amüsiert zucken lässt.

„Hat es dir die Sprache verschlagen, Pussycat?"

Das hätte er wohl gerne ...

„Nein, da braucht es schon mehr. Aber für den Anfang war das schon nicht schlecht."

„Nicht schlecht? Verdammt!"

Langsam zieht er sich aus mir heraus, ich zucke kurz zusammen und beobachte, wie er sich das Kondom abzieht und es neben dem Bett auf den Boden fallen lässt.

Mit einem *ufff* lässt er sich neben mir auf die Matratze fallen, dreht sich zu mir und haucht mir einen sanften Kuss auf die Stirn.

Ohhhhhhhhh!!!

Damit hat er mich. Wie die meisten Mädchen auf dieser Welt halte ich viel aus. Aber Stirnküsse? *Never* ... die setzen mich schachmatt.

Mein Herz lässt seine Schutzmauern fallen und fliegt dem Biker neben mir regelrecht zu.

„Noch bin ich nicht mit dir fertig, süßes kleines Miezekätzchen. Seit Wochen male ich mir nun schon aus, was ich alles mit dir anstellen will ... Ich schwöre dir, ich lasse dich erst wieder aus diesem Bett kommen, wenn mein Schwanz abfällt oder du mich um Gnade anflehst."

An dem wölfischen Gesichtsausdruck, mit dem er mich bedenkt, kann ich ablesen, dass er das absolut ernst meint.

Zufrieden und erschöpft drehe ich mich zu ihm um, streiche mit meinen Fingern über sein stoppeliges Kinn und seufze leise.

„Ich dachte, ihr Night Rider kennt keine Gnade. Oder was bedeutet das *Expect no mercy* Patch auf deinem Leder?"

Wenn er denkt, dass ich mich wehren oder um Gnade winseln werde, muss ich ihn enttäuschen. Ich kann es kaum erwarten, erneut von ihm gevögelt zu werden ...

Stan beugt sich über mich, stemmt die Hände neben meinem Kopf in das Kissen und sieht aus zusammengekniffenen Augen zu mir herab. Um ihn noch etwas zu reizen, schnippe ich gegen das Glöckchen an meinem Hals, was ihm ein leises Stöhnen entlockt.

„Dieses Ding wird mein Untergang sein ..."

Er führt den Satz nicht zu Ende, das ist auch gar nicht nötig. Ich spüre seinen bereits erneut anschwellenden Schwanz an meinem Bein.

„Witzig. Ein winziges, goldenes Glöckchen reicht aus, um einen der gefürchteten Night Rider in die Knie zu zwingen."

Mit zwei Fingern mein Kinn umfassend, reibt er mit der Daumenkuppe über meine Unterlippe. Sofort lasse ich meine Zunge vorschnellen, lecke über die raue Haut und sauge seine Fingerspitze in den Mund.

Sofort geht ein Ruck durch seinen Körper, sein Bizeps spannt sich an. *So viel Kraft* ...

„Es ist nicht nur das Glöckchen, sondern die Frau, die es trägt."

Die Aufrichtigkeit in seinem Blick ist entwaffnend. Unbekannte Emotionen fluten meine Venen, *oh oh*, ich glaube, ich bin gerade dabei, mich bis über beide Ohren zu verlieben.

Stan an den Haaren packend, gebe ich seinen Finger frei, ziehe ihn zu mir hinab und küsse ihn mit all den Gefühlen, die mein Herz gerade zum Stolpern bringen.

Wie es aussieht, hat die Katze ihren Kater gefunden!

4. Kapitel

Stan

Rote Flammen, weich wie Seide. Weiße Haut, so rein wie frische Sahne. Beerenfarbene Lippen, die nach dem Paradies schmecken, und eine Pussy, so eng und heiß wie der Mittelpunkt der Erde ...

„Stan? Verdammt, Bro? Hörst du mir überhaupt zu?"

Holy Fuck!

Vor genau einer Woche habe ich mir das süße Kätzchen ins Bett geholt und seitdem stehe ich völlig neben mir. Egal wo ich bin, egal was ich mache, Katharina tanzt immer durch meinen Kopf. *Diese Besessenheit ist die Hölle!* Ich bin unkonzentriert, was in meiner Welt absolut nicht zu entschuldigen ist. Wer nicht bei der Sache ist, ist nicht lang am Leben. Völlig egal was ich tue, ein Teil meines Hirns ist ständig damit beschäftigt, sich an die vielen Dinge zu erinnern, die ich nachts mit meiner Mieze anstelle.

„Stan?"

Masons Stimme grollt vor unterdrückter Wut – zu Recht.

„Sorry Präs. Kommt nicht wieder vor."

Ein kollektives Lachen ertönt, Butcher stößt mich mit der Schulter an, wackelt anzüglich mit den Augenbrauen.

„Willst du uns verarschen, Alter? Seitdem du dir dein neues Haustier angelacht hast, bist du zu nichts mehr zu gebrauchen. Tob dich endlich an ihr aus, sorg dafür, dass du wieder klar denken kannst und konzentrier dich auf die Arbeit, ehe wir alle wegen dir im Knast landen oder bei der nächsten Übergabe von den Russen abgeschlachtet werden."

Toller Ratschlag, wirklich.

„Was denkst du, was ich seit Tagen mache? Mein Schwanz zeigt schon Abnutzungserscheinungen."

Zane zieht eine Packung Kippen hervor, steckt sich eine in den Mund und wirft mir die Schachtel zu.

„Wenn du jetzt Mitleid von uns willst, vergiss es. Hat ja keiner gesagt, dass du dir eine von Chicagos Kätzchen anlachen sollst. Wie du mit dem rothaarigen Energiebündel fertigwirst, ist deine Sache. Hohl dir doch den goldenen Käfig aus dem ‚Cats', sperr das Mädchen da rein und schlaf mal wieder eine Nacht. Du siehst beschissen aus, Bro!"

Mit der Geduld am Ende schlägt Mason mit der Faust auf den abgewetzten Holztisch, an dem schon seit Jahrzehnten alle wichtigen Clubangelegenheiten besprochen werden.

„So, nachdem wir geklärt haben, dass Stan mit seiner neuen Hausmaus völlig überfordert ist, können wir uns da wieder auf die wichtigen Dinge konzentrieren? Wie die Geschäfte, die unsere Geldbeutel füllen?“

Mir eine Kippe in den Mund klemmend, zünde ich sie an und inhaliere den ersten Zug.

Die Tatsache, dass Katharina sich gerade im ‚Cats‘ aufhält und ihre Show in wenigen Minuten beginnt, gefällt mir nicht.

Als ich ihr das erste Mal begegnet bin, hätte ich nicht gedacht, dass mich ihre Tätigkeit mal stören wird. Was ein Irrtum! Xander, der merkt, dass meine Gedanken mal wieder abschweifen, verpasst mir unter dem Tisch einen Tritt ans Schienbein.

Über mich selbst verärgert, verbanne ich Katharina aus meinem Kopf und fokussiere mich auf die Worte meines Präsidenten.

In zwei Stunden ist die Übergabe der bestellten AK's (Kalaschnikows) anberaumt. Es ist kein Geheimnis, dass die Russen dazu neigen, ihre Geschäftspartner über den Haufen zu schießen. Diese Hurensöhne haben einen lockeren Zeigefinger.

„Xander und ich haben beschlossen, den Übergabeort zu ändern. Wir haben die Russen in den Steinbruch östlich der Stadtgrenze bestellt. Dieses Terrain ist ihnen fremd, was uns einen Vorteil verschafft. Nach Jakows Tod hat seine Tochter Walentina die Führung übernommen. Ich habe keine Ahnung, wie sie tickt, was mir Bauchschmerzen bereitet. Als Frau wird sie es nicht leicht haben. Sie muss sich beweisen. Es ist durchaus möglich, dass sie einen Anschlag auf uns plant. Wenn es ihr gelingen würde, die Night Riders auszuschalten, würde niemand mehr daran zweifeln, dass sie in der Lage ist, in Daddys Fußstapfen zu steigen.“

Das klingt alles total beschissen ...

Caden scheint das ähnlich wie ich zu sehen.

„Die Treffen mit den Russen waren noch nie ungefährlich. Aber mit einer Muschi an der Macht? Verdammt! Weiber sind unberechenbar, vor allem am Ende des Monats. Ich habe keinen Bock, mir wegen irgendwelchen menstrualen Hormonschüben eine Kugel einzufangen.“ Seinen Dolch ein letztes Mal über die Fingerknöchel hüpfen lassend, erwidert er Masons genervten Blick.

Mit einem Schnauben springt unser Präsident aus seinem Sessel, stemmt die Hände auf den Tisch und stößt einen lauten Fluch aus.

„Wollt ihr mich verarschen! Vielleicht sollte ich eure Ladys fragen, ob sie für euch einspringen wollen? Die haben offensichtlich mehr Eier als ihr!“

Betretenes Schweigen breitet sich aus.

Mason nickt zufrieden, rollt einen Plan des Steinbruchs vor sich aus und teilt uns in unsere Posten ein.

Als Sergeant ist es Xanders Aufgabe, Mason und Zane den Rücken zu decken. Butcher wird sich zusammen mit Robert und Ben, den Prospects, auf dem oberen Hügel postieren. Als ehemaliger Sniper liegt es an ihm, alles im Blick zu behalten und uns bei einem Hinterhalt die Ärsche zu retten.

Mein Job ist die Geldübergabe. Ich werde die Kisten, in denen sich die fünf Dutzend Sturmgewehre befinden, in Empfang nehmen und überprüfen. Für gewöhnlich handeln wir mit zerlegter Ware, die wir selbst montieren, ehe wir sie weiterverkaufen. Dieses Mal läuft es anders – ein weiterer Risikofaktor.

„Aufbruch ist in dreißig Minuten. Noch Fragen?"

Er sieht uns der Reihe nach an und nickt, als sich keiner zu Wort meldet, zufrieden.

„Gut. Zieht eure Westen an. Ich habe ein ganz mieses Gefühl bei der Sache."

Mit diesem Schlusssatz ist die Besprechung beendet.

In Ruhe meine Kippe fertig rauchend, drehe ich mich zu Butcher um und stelle fest, dass der mit seinem Mädchen telefoniert. Er verspricht ihr später noch Tampons, Vanilleeis und Zucchini zu besorgen. *Echt jetzt?* Die Zeiten haben sich verändert. Und das nicht nur zum Positiven. Erst als er das Gespräch beendet hat, bemerkt er, dass ich noch immer neben ihm sitze. Grinsend schüttle ich den Kopf, lehne mich in meinem Stuhl zurück, lege die Füße auf den Tisch und überkreuze die Beine.

„Was?"

„Besorgst du die Tampons bevor oder nachdem du eine Ladung Waffen von einer paranoiden Russin gekauft hast?"

Anders als erwartet lässt er sich nicht von mir reizen, sondern bleibt völlig cool.

„Vielleicht sollte ich es vorher tun? Dann kannst du dir damit deine Schusswunden ausstopfen, die du unweigerlich abbekommen wirst, weil du nicht bei der Sache bist, sondern gedanklich schon wieder deine Katze fickst!"

Gut gekontert.

Für eine Weile starren wir uns finster an, dann beginnen wir zeitgleich zu lachen.

„Scheiße, Alter! Was ist nur aus uns geworden?"

Ich zucke die Schultern.

„Der Pussyfluch hat zugeschlagen."

Er nickt.

„Das ist wohl der Lauf der Dinge."

Allerdings. Seit es im *Night Riders Motorcycle Club* Old Ladys gibt, hat sich so einiges getan. Nicht nur, dass wir das erste Mal einen Weihnachtsbaum hatten, oh nein, das ist nur ein Beispiel von vielen. Hope, Peggy, Sophia, Bella und Madeleine hinterlassen ihre Spuren im Club. Sie sind wie eine Ladung Glitzerstaub, der sich über alles und jeden verteilt hat und nun nicht mehr abzuwaschen ist.

Und das ist gut so. All diese Frauen machen uns Outlaws klar, was es bedeutet, zu leben.

Sie sind der Grund, aus dem wir all die Dinge tun, die uns ausmachen. Wir verdienen Geld, schützen was uns gehört und bauen uns ein Leben auf, das aus mehr besteht als Gewalt, Waffen und den Tod.

Sie sind der beste Grund, den vielen vorbeifliegenden Kugeln auszuweichen.

Doch das würde ich natürlich niemals laut zugeben.

Die Füße wieder auf den Boden stellend, drücke ich die Kippe aus und stehe auf.

„Komm schon, Bro. Lass uns die Scheiße hinter uns bringen, damit du deiner Lady ihr Zeug besorgen kannst."

Wir holen uns die Kevlar-Westen aus dem Schrank, checken unsere Magazine und bereiten uns auf das Treffen vor.

Mason hat Nerven aus Stahl. Um ihn nervös zu machen, braucht es einiges.

Walentina war bisher nur als die verwöhnte Mafiaprinzessin bekannt. Sie stand stets im Schatten ihres berühmten Vaters. Jetzt, wo sie seinen Posten übernommen hat, steht sie sicherlich mächtig unter Druck. Wenn es ihr nicht gelingt, ihre Männer davon zu überzeugen, dass sie stark genug ist, sie anzuführen, endet sie schneller mit einem Messer im Rücken, als sie ihren Namen buchstabieren kann.

Es ist kein Geheimnis, dass uns die Wodkasäufer nicht mögen. Sie hassen es, dass wir im Waffenbusiness tonangebend sind. Wenn es Walentina gelingen würde, die Night Riders zu schwächen, würde ihr das einige Punkte einbringen.

Sicherheitshalber noch eine Extraladung Munition einpackend, sehe ich Butcher dabei zu, wie er seine Barett XM500 bereit macht, sein Handy einsteckt und entschlossen zu seinem Bike marschiert.

Im Steinbruch angekommen beziehen alle ihre zugeteilten Posten. Die Stimmung ist angespannt, jeder hat den Finger am Abzug.

Blut liegt in der Luft. Wollen wir hoffen, dass es der Sensenmann nicht auf einen Rider abgesehen hat.

Zu der Stelle sehend, an der sich Butcher auf die Lauer gelegt hat, gebe ich ihm mit einem Handzeichen zu verstehen, dass wir bereit sind. Zwanzig Minuten vor dem eigentlich vereinbarten Termin, fährt Ben, der jüngste Anwärter unseres MCs vor einer Kolonne schwarzer BMWs auf uns zu. Diese verdammten Russen sind zu früh.

Fuck! Ich verwette meine rechte Hand darauf, dass die Limousinen gepanzert sind.

„Eigensicherung steht an erster Stelle. Beim kleinsten Verdacht knallt ihr so viele von diesen Arschlöchern ab, wie ihr könnt."

Genau das hatte ich vor.

Früher war es mir egal, wann oder auf welche Art ich sterbe, das hat sich geändert.

Jetzt habe ich ein süßes, kleines Kätzchen, um das ich mich kümmern kann. Doch damit es so weit kommt, muss ich jetzt voll bei der Sache sein.

Insgesamt sind es sechs Autos, die auf uns zukommen. Sie bleiben im Halbkreis vor uns stehen. Obwohl die Scheiben getönt sind und ich nicht erkennen kann, wer und wie viele in den Wagen sitzen, ahne ich, dass jeder der BMWs voll besetzt ist.

„Shit! Das sind zu viele für eine einfache Übergabe!"

Mein Vize knurrt zustimmend, Mason stößt ein Zischen aus.

„Wir sollten diese Hurensöhne alle plattmachen."

Zane murmelt leise seine Zustimmung. Nur Mason sieht das anders.

„Walentina ist nun unsere Waffen-Pipeline. Wenn wir sie abknallen, verlieren wir das Geschäft mit den Russen. Der Osten ist wichtig für uns. Ohne diese Ware bricht unsere Haupteinnahmequelle weg. Also reißt euch zusammen, bewahrt Ruhe und versucht, am Leben zu bleiben!"

Es ist unserem Präsidenten anzuhören, wie sehr ihm die Tatsache, dass wir bis zu einem gewissen Grad von der verwöhnten Russenprinzessin abhängig sind, gegen den Strich geht. Die Türen des vordersten BMWs öffnen sich. Vier breitschultrige Anzugträger steigen aus, jeder von ihnen richtet die Mündung seiner AK auf uns und postiert sich hinter einer der offen stehenden, gepanzerten Wagentüren.

Kein gutes Zeichen!

Ihre slawischen Gesichtszüge sind ernst und angespannt. Dieser Vorgang wiederholt sich bei vier weiteren der Autos. Nur an einem der BMWs rührt sich nichts. Erst als wir im Visier von zwanzig bewaffneten Killern stehen, steigt der Fahrer des verbleibenden Autos aus, umrundet den Luxusschlitten und öffnet seiner Chefin die Türe.

„Was für eine Show! Fast wie im Zirkus."

Da kann ich Zane nur zustimmen.

„Ich sehe nichts außer einem Haufen dressierter Affen!"

Mason lacht. Walentina steigt aus, sie trägt einen maskulin wirkenden Hosenanzug, ihre langen blonden Haare hat sie am Hinterkopf zu einem Knoten zusammengebunden. Das einzig Weibliche an ihr sind die schmalen Schultern und das viele Make-up, das sie sich ins Gesicht geklatscht hat.

Es ist eine Ewigkeit her, dass ich sie das letzte Mal gesehen habe, ich hatte sie viel hübscher in Erinnerung.

„Zu viele Drogen oder zu wenig Sex?"

Xanders Frage bringt mich zum Lachen.

„Beides schätze ich."

Ihre vierundzwanzig bewaffneten Gorillas ignorierend, geht Mason ein paar Schritte auf sie zu. Die beiden begrüßen sich mit einem Handschlag – so weit, so gut.

Den Blick über die nähere Umgebung schweifen lassend, hoffe ich, dass Butcher gerade auf die Stirn dieser Tussi zielt und den Finger am Abzug hat. Ich drehe mich zu Xander um, er wirkt genauso nervös wie ich.

„Wenn es hart auf hart kommt, haben wir keine Chance. Das gefällt mir nicht, Bro."

Er nickt, spuckt auf den Boden und deutet mit dem Kinn auf die Russin.

„Keine Ahnung, was die Schlampe vorhat. Aber ich traue ihr nicht über den Weg."

„Geht mir genauso, Alter."

Mich wieder meinem Präsidenten zuwendend, ignoriere ich das Vibrieren in meiner Hosentasche. Völlig egal, wer mich gerade anruft, er muss warten.

Ich kann nicht verstehen, über was sich Mason und Walentina unterhalten, jedoch wirken die beiden nicht so, als würden sie gerade Morddrohungen austauschen. Was hoffentlich ein gutes Zeichen ist.

Mit einem Winken gibt sie ihren Gorillas zu verstehen, dass die Ware gebracht werden soll. Mein Puls schnellt in die Höhe. Jetzt kommen wir zum gefährlichen Teil. Die Waffen sind 500 000 Dollar wert. Das Geld befindet sich nicht hier unten bei uns, das würde zu viel Risiko bedeuten.

Die zwei Taschen, in denen sich die abgezählten Dollarbündel befinden, liegen oben bei Butcher. Erst wenn Mason ihm zu verstehen gibt, dass alles passt, wird er den Prospect mit dem Geld nach unten schicken. Die Holzkisten, in denen sich die Kalaschnikows befinden, werden gebracht und neben Mason abgestellt. Jetzt bin ich dran. Das Brecheisen aus dem Van holend, heble ich den Deckel der ersten Kiste auf, hole das Stroh raus und prüfe die Qualität der AKs.

Wie besprochen ist eines der Sturmgewehre bereits geladen, sodass ich ein paar Probeschüsse abfeuern kann. Das tödliche Rattern hallt durch den Steinbruch.

Der Versuchung, die verschissenen Anzugträger einfach abzuknallen, gerade so widerstehend, kann ich es dennoch nicht lassen, den Alphaaffen ein wenig zu ärgern. Bevor ich die Waffe ablege, ziele ich direkt auf sein Herz, beobachte, wie er hektisch zu Walentina sieht und grinse zufrieden, als ihm die ersten Schweißtropfen über die Stirn rinnen. Erst als Mason sich räuspert, nehme ich die Knarre runter, lege sie zurück in die Kiste und bedecke sie wieder mit dem Stroh.

„Sieht alles gut aus. Unsere Käufer werden zufrieden sein, Präs."

Ich drehe mich zu Walentina um, unsere Blicke begegnen sich. Täusche ich mich oder wirkt sie amüsiert. Für einen kurzen Moment bin ich mir sicher, dass sie es locker genommen hätte, wenn ich ihren Lakaien mit Blei vollgepumpt hätte. Interessant! Vielleicht habe ich sie völlig falsch eingeschätzt.

Erst als Mason Butcher das vereinbarte Zeichen gibt, beginne ich zusammen mit Xander die Kisten in den Van zu laden.

So weit, so gut ...

Sieht fast so aus, als würde Bella ihr Eis und ihre Tampons bekommen.

Das unverkennbare Dröhnen zweier Harleys hallt von den Steinhügeln wider. Wenige Augenblicke später tauschen Ben und Robert auf. Wenn jetzt noch die Geldübergabe reibungslos verläuft, war das ein erfolgreicher Abend.

Die zwei Anwärter steuern direkt auf unseren Präsidenten zu. Dieser nimmt ihnen die Taschen ab und lässt diese vor den Füßen der Russin auf den Boden fallen.

„Eine halbe Mille wie besprochen."

Natürlich ist sich die Tussi zu fein, selbst nachzusehen, also schnippt sie sich einen ihrer Männer herbei und befiehlt diesem in ihrer Landessprache, den Inhalt zu überprüfen.

Nach dem Zufallsprinzip nimmt er sich mehrere Bündel heraus, prüft, ob die Menge stimmen kann und ob wir Falschgeld hinzugemischt haben.

Ein paar Minuten vergehen, dann packt er sich das Geld und lädt es in den Kofferraum der an vorderster Stelle stehenden Limousine.

„Es hat den Anschein, als würde diese Geschäftsbeziehung den Tod meines Vaters überdauern."

Sie spricht völlig akzentfrei. Ihre Stimme ist emotionslos. Dieses Volk ist eiskalt. Genau wie der Wodka, den sie schon zum Frühstück trinken.

Mason ergreift ihre dargebotene Hand.

„Es hat mich gefreut, mit Ihnen Geschäfte zu machen."

Kaum das der Handschlag vorbei ist, ertönt ein lauter Knall. Noch bevor ich ausmachen kann, wo der hergekommen ist, dreht sich einer der bisher reglos dagestandenen Affen zu Ben um und drückt ab.

Der Kopf des Prospects zerplatzt, sein zuckender Körper kippt verdreht zur Seite. Ohne zu zögern ziehe ich meine Waffe, stelle mich vor meinen Präsidenten und schirme ihn so vor den Russen ab. Bevor die Hölle losbrechen kann, stößt Walentina einen lauten, knappen Befehl aus, sofort herrscht wieder Ruhe.

Ein wütendes Grollen von sich gebend, geht Mason zu dem Toten und betrachtet die Sauerei.

„Fuck! Was sollte das?"

Die zerbrochene Holzkiste neben der Leiche verrät mir, was den Knall ausgelöst hat. Ben muss eine der Kisten aus dem Van gefallen sein, was den eh schon nervösen Gorilla veranlasst hat, ihn abzuknallen.

Der Mafiaprinzessin direkt in die Augen sehend, hebe ich meinen Arm, ziele auf den Wichser, der es gewagt hat, unseren Anwärter zu töten und drücke ab. Das Projektil durchschlägt seine Stirn, der Typ gibt ein ächzendes Gurgeln von sich, dann kippt er um.

„Ich würde sagen, jetzt sind wir quitt!"

Obwohl ich äußerlich völlig ruhig wirke, rechne ich in Wirklichkeit damit, dass jetzt die Scheiße erst so richtig losbricht. Dennoch musste ich so handeln. Wenn wir Bens Tod einfach so hingenommen hätten, hätte uns das schwach aussehen lassen, und das konnte ich auf keinen Fall zulassen. Walentina versteht das, sie zieht kurz die Augenbrauen nach oben, ihre rot angemalten Lippen deuten ein freudloses Lächeln an.

„Damit ist der Sache Genüge getan."

In die Hand klatschend gibt sie ihren Affen zu verstehen, dass sie hier fertig sind und aufbrechen. Genauso schnell wie sich ihre Killer in Position gebracht haben, packen sie ihren Toten ein und steigen in die Autos. *Wie dressierte Zirkustiere ...*

Fünf Minuten später ist der Spuk vorbei. Nur der ausblutende Körper unseres Anwärters deutet auf das, was hier eben abgelaufen ist, hin.

„Bloody Hell! Das war verflucht knapp."

Zane und Mason tauchen neben mir auf, die kopflosen Überreste betrachtend, stößt unser VP einen Fluch aus.

„Diese verfickten Wichser. Das werden sie büßen!"

Mason schüttelt den Kopf.

„Das werden sie nicht. Stan hat bereits für Gerechtigkeit gesorgt. Damit ist die Sache erledigt. Ben hat Scheiße gebaut, dafür hat er die Quittung kassiert."

Erschossen wegen einer aus dem Van gefallenen Kiste. So kann's gehen.

Die Stimmung bei solchen Übergaben ist immer extrem angespannt. Eine falsche Bewegung kann zu einem Massaker führen. Trotz des Verlustes sind wir noch gut davongekommen – es hätte weitaus schlimmer kommen können.

Ein Würgen ertönt, ich drehe mich zu Robert um und sehe, wie er sich neben seinem Bike übergibt. Mason reibt sich mit der Hand über die Stirn und beobachtet den nun letzten Prospect des Clubs.

„Da war es nur noch einer."

Xanders Kommentar mag herzlos wirken, aber so ist es nun mal. Das Anwärterjahr überlebt nicht jeder. Wie hat Butcher es neulich so treffend genannt? Natürliche Auslese.

Viele junge Männer denken, dass das Clubleben nur aus Nutten, Bier und Bikes besteht. Aber so ist es nicht. Wer nicht aufpasst, nicht mit dem nötigen Respekt an die Sache rangeht oder sich einen Fehler erlaubt, stirbt. Die zwölf Monate des Anwerbens sind für beide Seiten wichtig. Für den Club, um herauszufinden, ob der Anwärter hart genug ist, um in unserer Welt zu bestehen, und für den Anwärter, um zu erkennen, was es bedeutet, ein Member des *Night Riders Motorcycle Clubs* zu sein.

Ben hat im falschen Moment einen Fehler gemacht und dafür den Kopf verloren.

Das Leben ist wie ein großes Roulette – heute hat die Kugel nun mal ihn getroffen.

„Wenn du mit dem Kotzen fertig bist, dann kümmere dich um die Sauerei. Nichts darf auf unsere Anwesenheit hindeuten. Keine Beweise – kein Blut – keine Spuren! Kapiert?"

Robert wischt sich mit den Fingern über den Mund. Obwohl er noch immer völlig fertig aussieht, nickt er. Guter Mann! Wenn er zu weich für diese Scheiße ist, sollte er seine Kutte lieber sofort wieder ablegen und sich verpissen. Butcher, der das alles beobachtet hat, packt seine Barett weg und zündet sich eine Kippe an.

Er und ich sind die letzten Anwärter, die es geschafft haben, ein Full Patch zu bekommen. Und so wie es aussieht, wird es noch etwas länger dauern, bis es der nächste Prospect zum vollwertigen Member schafft. Robert versucht zwar sein Bestes, doch wir alle erkennen, dass es nicht reichen wird. Es ist nur eine Frage der Zeit, bis Mason ihm zu verstehen gibt, dass er gehen muss.

Mir ebenfalls eine Zigarette gönnend, hole ich mein Handy aus der Tasche und fluche laut, als mir insgesamt sechs verpasste Anrufe angezeigt werden. Die ersten fünf waren von Billy, dem Rider, der heute Nacht für die Sicherheit im ‚Cats' verantwortlich ist, der letzte hingegen kam von Katharina. Ein ungutes Gefühl beschleicht mich, wie es aussieht, wartet heute noch mehr Ärger auf mich.

„Was ist los, Bro?"

Butcher mustert mich besorgt.

„Bei den Katzen gab es Ärger."

Mason darüber informierend, dass ich dringend losmuss, schwinge ich mich auf mein Bike und tippe auf Rückruf. Es läutet eine Ewigkeit, doch weder bei Billy noch bei meinem Mädchen geht jemand ran.

Bullshit! Was ist da nur los?

Butcher schnippt seine angerauchte Kippe über den steinigen Boden.

„Ich komme mit dir mit."

„Bella wartet auf dich! Sie wird nicht begeistert sein."

Er zuckt mit den Schultern.

„Sie reitet gerade die rote Welle, was bedeutet, dass sie so oder so wegen irgendetwas wütend auf mich ist. Es spielt also keine Rolle, ob sie mich heute oder morgen zur Sau macht. Im Gegenteil. Je später ich heimkomme, umso höher ist die Wahrscheinlichkeit, dass sie schon schläft."

Xander, der unser Gespräch gehört hat, grinst wissend. Offensichtlich kommt da noch einiges auf mich zu.

„Wenn ihr wisst, was im ‚Cats' los ist, meldet euch."

Er wirkt nicht so, als ob er großen Bock hätte, sich jetzt auch noch mit einem Rudel hysterischer Pussys auseinandersetzen zu müssen. Als Sergeant ist es dennoch seine Pflicht, sich auch um diesen Bereich unserer Geschäfte zu kümmern.

„Wird gemacht."

Er nickt, Butcher und ich geben Gas und lassen den Steinbruch, unsere Brüder, die Waffen und den kopflosen Anwärter hinter uns.

Was für eine Nacht ...

5. Kapitel

Katharina

Meine Knie sind blutig und meine Wange schmerzt. Auf dem Stuhl sitzend, halte ich in der einen Hand ein Glas, das randvoll mit eisgekühltem Weißwein ist, in der anderen hingegen liegt mein zerrissenes Halsband. Das kleine goldene Glöckchen, das Stan so geliebt hat, ist im Trubel der vergangenen Stunden verloren gegangen.

Es ist nichts Ungewöhnliches, dass manche Gäste die Kontrolle über sich verlieren und handgreiflich werden. Allerdings ist es noch nie vorgekommen, dass ich angegriffen und dabei sogar verletzt wurde. Die Show hatte wie immer begonnen, doch schon nach zehn Minuten war die Katastrophe perfekt.

Der Night Rider, der heute Nacht die Aufsicht hatte, war gerade damit beschäftigt, zwei Randalierer zur Hintertüre zu verfrachten. Es ist also nicht seine Schuld, dass es das Arschloch auf die Bühne geschafft hat. Trotzdem bin ich mir sicher, dass der Abend völlig anders verlaufen wäre, wenn Stan wie üblich an der Wand gelehnt und mich bewacht hätte.

Zwei Aspirin aus der Schublade holend, spüle ich die runden Tabletten mit mehreren Schluck Wein hinunter und werfe mein zerstörtes Band in die Tonne. Der materielle Wert beträgt gut vier Dollar, doch auf den kommt es mir gar nicht an. Die zerrissene Korsage zu ersetzen, wird viel kostspieliger.

Dennoch, dieses Glöckchen hat mir etwas bedeutet, weil es Stan in den Wahnsinn getrieben hat. Es amüsiert mich, dass es so einem winzigen Ding gelingt, meinen gefährlichen Outlaw in die Knie zu zwingen. Selbst wenn ich mir ein neues kaufe, und das werde ich garantiert, wird es einfach nicht dasselbe sein.

Seufzend schließe ich die Augen, hoffe, dass die Aspirin möglichst bald wirken, und versuche mich etwas zu entspannen.

Keine Ahnung wie lange ich so dasitze. Irgendwann höre ich das unverkennbare Geräusch von schweren Bikerstiefeln, die auf den Fliesenboden treffen.

Eine vertraute und zugleich sehr wütende Stimme ertönt.

„Wo ist sie?“

Billy räuspert sich. In seiner Haut will ich jetzt nicht stecken.

„In ihrer Kabine.“

„Was ist passiert?“

Der andere Rocker zögert kurz, ehe er antwortet.

„Sie wurde angegriffen."
Ein wildes Knurren ertönt. *Oh ja* ... Stan ist so richtig wütend.
„Du blöder Wichser hattest von mir genau *eine* Anweisung bekommen. Nämlich die, auf *mein* Mädchen aufzupassen. Was war daran so verflucht schwer?"
Die Art und Weise, wie Stan das *mein* betont hat, lässt mich erschaudern.
„Verdammt, Bro. Du weißt, wie es läuft. Es gab Ärger, um den ich mich kümmern musste. Ich kann, verdammt noch mal, nicht überall sein, außer ..."
Ein dumpfer Schlag ertönt, Billy verstummt, ein gequältes Ächzen hallt durch den Gang.
„Fick dich! Es ist mir egal, welche Ausrede du hast. Katharina gehört mir. Sie steht somit an erster Stelle und du hast versagt. Pack dein Zeug und verpiss dich! Am besten gehst du wieder in dein altes Chapter. Hier in Chicago will ich dich nicht mehr haben."
Das ist hart. Dennoch fühlt sich das Wissen, dass Stan über mich wacht, extrem gut an.
Seit ich denken kann, war ich immer auf mich alleine gestellt. Erst durch Stan weiß ich, wie schön es ist, einen Beschützer zu haben.
„Das hast du nicht zu entscheiden. Mason muss ..." Ein weiterer dumpfer Schlag. Dieser Billy sollte lieber schnell die Klappe halten.
„Glaubst du echt, unser Präs will einen Mann um sich haben, der nicht in der Lage ist, auf unsere Ladys aufzupassen? Verpiss dich einfach. Ist besser für dich, wenn du noch heute Nacht abhaust."
Zu seinem Pech scheint Billy nicht der Klügste zu sein. Anstatt endlich den Mund zu halten, redet er einfach immer weiter.
„Diese Bitch ist keine Old Lady. Sie ist nichts weiter als eine billige Stripperin. Also reg dich ab, Alter."
Ein Fluch ertönt, ziemlich eindeutige Geräusche dringen zu mir in die Kabine. Tritte, Schläge, das Klatschen von Fäusten, die auf Fleisch treffen. Die Stille, die sich nach wenigen Minuten ausbreitet, hat etwas Unheimliches. Billy sagt nichts mehr, was garantiert daran liegt, dass es sein Gesundheitszustand nicht mehr zulässt.
„Du blöder Wichser. Katharina ist mein Eigentum, mein Kätzchen und meine Lady. Das mit ihrem Leder ist nur noch eine Formsache."
Ein Gurgeln ertönt, Stan lacht freudlos auf, dann höre ich nichts mehr.
Oh, oh ...
Meine Neugierde wächst mit jeder Sekunde. Trotzdem traue ich mich nicht, aufzustehen und nachzusehen, was genau passiert ist.

Was auch immer Stan mit seinem Clubbruder gemacht hat, ich will es lieber nicht mit eigenen Augen sehen. Für heute ist mein Bedarf an Bullshit mehr als gedeckt.

Den Wein trinkend, beobachte ich im Spiegel, wie sich die Türe öffnet und ein extrem wütend wirkender Stan auf mich zukommt. Seine Hände sind zu Fäusten geballt, die Knöchel sind aufgeplatzt, Blutflecken bedecken seine Finger und zum Teil auch das Leder seiner Kutte. Doch es ist nicht die Aggression, die wellenförmig von ihm ausgeht, die mich verängstigt. Es ist der Ausdruck seiner silbernen Iriden. Jetzt, in diesem Moment, sehe ich nicht meinem Liebhaber in die Augen, sondern einem eiskalten Killer, der zu absolut allem fähig ist.

In der vergangenen Woche bin ich jede Nacht in seinen Armen eingeschlafen. Mit seinem Geruch in der Nase und seinem Geschmack auf den Lippen. Doch jetzt, jetzt fürchte ich mich vor ihm. Zum ersten Mal erhasche ich einen Blick auf den Night Rider, der er tief in seinem Inneren ist. Mit wenigen großen Schritten überwindet er die Distanz zwischen uns, beugt sich zu mir herab und stützt sich auf den Armlehnen meines Stuhls ab, sodass ich zwischen seinen muskulösen Armen gefangen bin. Wir sind uns so nahe, dass ich die schwarzen Sprenkel in seinen Augen erkennen kann. Stan riecht nach Schweiß, Leder und Schießpulver, was meinen Puls noch mehr zum Rasen bringt.

Ich muss gar nicht erst nachfragen, um zu wissen, dass er, genau wie ich, ein paar harte Stunden hinter sich hat.

Er mustert mich eindringlich, lässt seinen prüfenden Blick über mich gleiten und beißt die Zähne zusammen, was ihn noch furchteinflößender wirken lässt.

„Fuck Baby, was ist passiert?"

In Anbetracht seiner derzeitigen Verfassung entscheide ich mich dazu, ihm eine abgeschwächte Version zu erzählen. Es wäre sicherlich nicht besonders ratsam, ihn noch wütender zu machen.

„Einer der Gäste war der Meinung, dass ihm zuschauen nicht mehr reicht."

Ein dunkles Grollen steigt aus seiner Kehle auf.

„Wer war das? Wer hat dich angerührt? Nenn mir einen Namen und ich schwöre dir, dass ich ihn suchen, finden und töten werde!"

Töten? Mord? Lieber nicht. Das ist dann noch eine Nummer zu heftig!

„Er ist weg. Dein Kollege hat ihn rausgeschmissen."

Ein Ruck geht durch seinen beeindruckenden Körper.

„Kollege? Fuck! So ein Loser. Er hätte auf dich aufpassen sollen."

In dem Versuch, Stan zu beruhigen, umfasse ich sein Gesicht, genieße das Gefühl der kratzigen Bartstoppeln, die über meine Haut streichen, und pinne ihm einen sanften Kuss auf die Lippen.

„Es ist nicht so schlimm. Ich habe einen Schreck und ein paar blaue Flecken. Alles andere kann ersetzt werden."

Seine Stirn legt sich in Falten.

„Nicht schlimm? Willst du mich verarschen? Der Typ hat dich angegriffen."

Ich kann die Wut, die er ausstrahlt, regelrecht spüren.

„Aber es ist vorbei. Mir geht es gut."

Seine Augen zucken zu der offen stehenden Schublade, in der sich die Schmerztablettenpackung befindet.

„Nein, geht es dir nicht."

Da mir langsam die Argumente ausgehen, küsse ich ihn erneut, dieses Mal jedoch tiefer und langsamer.

Mein Plan scheint aufzugehen. Stan hebt mich hoch, setzt sich auf den Stuhl und platziert mich auf seinem Schoß. Im Gegensatz zu sonst hält er mich nur leicht fest, fast so, als hätte er Angst, dass er mich zerbrechen könnte.

„Das Wissen, dass dich ein anderer Mann berührt hat, stellt Dinge mit mir an, die ich noch nie zuvor erlebt habe. Du bist meine Frau, Katharina. Ich hätte hier sein und dich beschützen müssen. Stattdessen aber war ich bei der Waffenübergabe und habe einen Russen kaltgemacht, nachdem dieser unseren Prospect erschossen hatte."

Ach du heilige Scheiße!

Es ist völlig untypisch für Stan, dass er mir solche Clubangelegenheiten verrät. Für gewöhnlich ist er in dieser Hinsicht verschlossen wie ein Buch mit sieben Siegeln.

Bis jetzt hat es mich schon irgendwie gestört, dass er mich an dieser Seite seines Lebens nicht teilhaben lässt. Aber jetzt, wo es so weit ist, weiß ich nicht, ob ich die Unwissenheit nicht doch bevorzuge. Bis zu einem gewissen Grad stecken wir in einer Zwickmühle. Ihn stört es, dass ich mich Nacht für Nacht vor anderen Männern ausziehe, und ich höre es nicht gerne, dass er ein Mörder ist. Mich noch etwas fester an ihn krallend, kuschle ich mich an seine Halsbeuge und schließe die Augen. Hier ist der perfekte Platz, um mich vor all den Problemen und Gefahren, die auf mich lauern, zu verstecken. Stan scheint zu bemerken, was mit mir los ist.

„Sorry, Kätzchen. Ich hätte dir das nicht sagen dürfen. Dein Tag war auch so schon hart genug."

Wieder und wieder streicht er mit seiner Hand beruhigend über meinen Rücken.

Ich seufze leise, meine Kopfschmerzen lösen sich in Luft auf. Verrückt. Ich bin mir sicher, dass das nicht an den Aspirin liegt.

„Was ist nur los mit mir? In den Armen eines Mörders fühle ich mich so sicher wie nirgends sonst auf dieser Welt. Mein Männergeschmack wird mich eines Tages ins Grab bringen. Da bin ich mir sicher."

Ein Lachen rumpelt in seinem Brustkorb.

„Keine Sorge, Baby. Ich schwöre dir, dass es für dich nur Vorteile haben wird, dich auf einen gewissenlosen Night Rider einzulassen."

Ein Grinsen zupft an seinen Mundwinkeln, die Anspannung der vergangenen Stunden löst sich nach und nach auf, sodass auch ich lächeln muss.

„Ach und was für Vorteile sollen das bitte sein?"

„Das, mein süßes Kätzchen, zeige ich dir, wenn ich dich nach Hause gebracht habe."

Klingt gut.

Sein Blick legt sich auf meinen Hals, an die Stelle, an der noch immer die Reste seines Bissabdrucks zu sehen sind, und an der sich eigentlich das Glöckchen befindet. Bisher hat er mich noch nie ohne gesehen.

„Wo ist es?"

„Das Band wurde zerrissen und ich habe es verloren."

Erneut blitzt Zorn in seinen stahlgrauen Iriden auf, seine Nasenflügel blähen sich. Er wirkt wie ein wütender Stier.

„Alleine dafür hat es dieser Typ verdient, dass ich ihm das Genick breche."

An seiner Mimik erkenne ich, dass Stan das absolut ernst meint.

Echt unheimlich!

Die Tatsache, dass er über das Töten von Menschen spricht, als wäre es nichts Besonderes, verdeutlicht mir erneut, wie gefährlich der Rider ist, an den ich mein Herz verloren habe.

„Ich werde mir ein neues kaufen."

Er schüttelt den Kopf.

„Nein, das wirst du nicht tun."

Verwundert sehe ich ihn an.

„Warum nicht?"

„Ganz einfach, weil du mein Mädchen bist. Und ich dir garantiert nicht erlauben werde, dass du dir deinen Schmuck selber kaufst."

Wenn er das nicht so rabiat und entschlossen gesagt hätte, wäre das echt romantisch gewesen. *Quasi Rockerromantik ...*

„Du bist süß."

Seine Augenbrauen so weit nach oben ziehend, dass sie beinahe mit dem Haaransatz verschmelzen, flucht er laut.

„Süß? Hast du mich gerade echt ‚süß' genannt? Scheiße, Baby. Das hat sich bisher auch noch niemand getraut."

Stan klingt so entsetzt, dass ich mir den Bauch halten muss vor Lachen.

„Nimm das sofort zurück. Oder ..."

Er will mir drohen? Interessant. „Was, oder? Was willst du mit mir tun, wenn ich es nicht zurücknehme?"

Er überlegt kurz, dann schnalzt er zufrieden mit der Zunge.

„Dann ficke ich dich!"

In meinem Bauch breitet sich ein Schwarm Schmetterlinge aus, zwischen meinen Beinen beginnt es sehnsüchtig zu Kribbeln.

„Okay. Wenn das so ist, finde ich dich sogar mega-duper-super-süß!"

Meine Hand in seine Hose schiebend, beuge ich mich zu ihm vor und küsse ihn.

Mehr muss ich nicht tun.

Ein Brummen von sich gebend, reißt er mir die eh schon zerstörte Korsage vom Leib, wirft sie auf den Boden und öffnet seine Hose. Das alles geht so schnell, dass mir nichts anderes übrig bleibt, wie mich an seinen breiten Schultern festzuhalten, damit ich nicht runterfalle.

„Ich zeig dir gleich, was ich von deinem *süß* halte, du Biest."

Seine Hände legen sich auf meine Hüfte. Er hebt mich an, nur um mich eine Sekunde später auf seinen harten Schwanz zu setzen und sich in mich zu rammen.

Meinem Verstand gehen in dem Moment, in dem er in mich eindringt, die Lichter aus. Dieser Rocker hat mich völlig unter Kontrolle. Der harte Griff, mit dem er mich hält, und die tiefen, kraftvollen Stöße, die mich zum Schreien bringen.

Genau danach habe ich mich gesehnt ...

In dieser Stellung spüre ich jeden noch so harten Millimeter seines muskulösen Körpers. Stan fickt mich so tief und gnadenlos, dass ich mich wie eine Puppe fühle. Er hat mich völlig unter seiner Kontrolle – alles ist genauso, wie wir beide es brauchen.

Erst als ich anfange, ihn wild zu reiten, lässt er meine Taille los und beginnt, sich um meine geschwollenen Nippel zu kümmern. Zwirbelnd, kneifend und beißend, bearbeitet er sie so lange, bis ich kurz davorstehe, zu explodieren.

Dieser Biker ist ein dominanter und bestimmender Mann, der fest zupackt und noch fester zustößt. Und was soll ich sagen, ich liebe es.

„Mehr, bitte! Mehr ...

Dick und groß reibt seine breite Eichel über meine Nervenenden. Ich spüre, wie er mich dehnt und wie sein Penis gegen mein Inneres stupst. Er ist so tief in mir wie nur irgend möglich.

Süchtig nach mehr versuche ich, mich ihm noch etwas fester entgegenzudrängen. Obwohl er mir schon alles gibt, will ich immer und immer mehr. Jetzt, in diesem Augenblick, sind er und ich alles was zählt. Der dekadente Schmerz, der mich immer dann durchzuckt, wenn er besonders fest zustößt, lässt mich aufschreien.

Ich genieße es, diesem Outlaw zu gehören, lasse mich fallen und treibe zwischen einem alles verschlingenden Höhepunkt und einer gefährlichen Gier nach mehr.

Kraftlos sinke ich gegen ihn und schnappe nach Luft.

Ohhhh meiiinnnn Gooooottt ...

Mich an den Haaren ziehend, biegt er mich so hin, wie er es braucht, leckt über mein Schlüsselbein und saugt sich an meinem Hals fest. Seine Zähne graben sich tief in meine Haut, zeichnen mich erneut als sein Eigentum.

Vor Anspannung erzitternd, spüre ich, wie sich meine Beine verkrampfen und wie mein Puls in die Höhe schnellt. Grelle Blitze zucken vor meinen Augen.

„Yeah Kätzchen, spüre es!“

Und während er mich immer heftiger fickt, schieben sich seine Finger unter meinen Venushügel, legen sich auf meine Klitoris und reiben sie kreisend. Als ich zu zucken beginne, erhöht er den Druck und lässt mich so kommen. Flammen lecken an meinen Nervenenden, mein Unterleib zurrt sich fest um seinen Schwanz zusammen, wir verlieren die Kontrolle.

„Du gehörst nur mir. Und ich beschütze, was mir gehört.“

Mit einem weiteren kraftvollen Stoß rammt er sich so tief in mich hinein, dass ich nicht mehr weiß, wo er aufhört und ich anfange. Wild, tabulos und ohne Rücksicht nimmt er meinen Körper in Besitz.

Japsend schnappe ich nach Luft und versuche, mich nicht vollends an ihn zu verlieren, doch dieser Night Rider hat mich in meine Einzelteile zerlegt.

Meine Synapsen sprühen Funken, mein Herz gehört für immer nur ihm.

Ich spüre, wie Stan sich verspannt, all seine Muskeln werden hart wie Stahl.

Das Brüllen, das er von sich gibt, ist laut und animalisch. Ein Ruck geht durch seinen Körper, sein Schwanz beginnt zu zucken, als er Schub für Schub sein Sperma in mich pumpt. Ich bin so erledigt, dass ich mich nicht mal mehr bewegen könnte, wenn das Haus plötzlich in Flammen aufgehen würde. Schwer atmend, verschwitzt und aufs Innigste miteinander verbunden, bleiben wir sitzen und genießen die Nähe und den Geruch des anderen. Dieser Rocker hat mich in den vergangenen Tagen Dinge fühlen lassen, von denen ich nicht einmal wusste, dass es sie gibt. Trügerisch sanft streicht er mit seinen Fingerspitzen über mein Rückgrat, drückt seine dicke Eichel ein letztes Mal gegen den empfindlichen Punkt in meinem Inneren, ehe er mich anhebt und sich mit einem Ruck aus mir zurückzieht.

„Mhhhhh, musste das sein? Ich hab dich gern in mir. Nur dann fühle ich mich vollständig."

Mein Eingeständnis bringt mir einen liebevollen Kuss ein. Sein heißer Atem vermischt sich mit dem meinen. Unsere Blicke begegnen sich – Worte sind nicht nötig.

Sein Sperma tropft aus mir heraus, was ihm ein zufriedenes Grinsen entlockt.

Zwei Finger in mich schiebend, saugt er sich erneut an meinem Hals fest.

„Du bist voll von mir."

„Ich kann dich noch immer in mir spüren."

Seine freie Hand in meinen Haaren vergrabend, sieht er mir tief in die Augen.

„Ich werde dich nie wieder gehen lassen, Katharina. Ich hoffe, das ist dir klar!"

Pure Entschlossenheit spiegelt sich in seinem Blick.

„Das trifft sich gut, denn ich will auch nie wieder von dir weg."

Wieder küssen wir uns, am liebsten würde ich ihm gestehen, dass ich ihn liebe, doch dafür ist es noch zu früh. Eines Tages wird der richtige Moment kommen und bis dahin haben wir alle Zeit der Welt.

Wer hätte gedacht, dass mich das Schicksal nicht nur nach Chicago, sondern ausgerechnet auch in die Arme eines Rockers des gefürchteten *Night Riders Motorcycle Clubs* führt.

Ich denke, die meisten Menschen verstehen unter einem Happy End rosa Blümchen, Feenstaub und Harfenmusik. Ich brauche das alles nicht, für mich ist es perfekt, so lange es echt ist. Und Stans raue Barthaare, seine harten Muskeln und die stürmischen Küsse, mit denen er meinen Herzschlag regelmäßig zum Kollabieren bringt, fühlen sich verdammt echt an. Echter geht gar nicht mehr!

Buchempfehlung

Kennt Ihr die weiteren Rocker Romane von Bärbel Muschiol?

1. Rocker Dämon – Ace und Amy
2. Rocker Devil – Slide und Ellen
3. Rocker Bastard – Razzor und Nicki
4. Rocker Heart – Spider und Abigail
5. Rocker Ghost – Ghost und Angel

Ihr könnt die Rocker Romane als Taschenbücher und eBooks lesen!

„Rocker Dämon – Ace und Amy“

Klappentext:
Es ist ein Deal, um ihren Vater zu retten. Amy liefert sich Ace, dem dämonischen Präsidenten der Dead Riders aus. Doch schon bald genießt sie diese neue und gefährliche Welt des gefürchteten Rockerclubs. Das vollkommene Ausgeliefertsein, Aces Gier und der harte, bedingungslose Sex führen sie in immer neue Höhen. Aber die Schatten der Vergangenheit drohen das neue Glück zu zerstören. Gewalt bricht über die Familie der Riders herein und führt in ein tödliches Blutbad. Prickelnde Erotik, gnadenlose Härte und Dominanz und wahre Freundschaft zeichnen diese spannende Geschichte aus, die mehr als eine Lovestory ist: furchteinflößend, dabei sexy, verdammt heiß und voller Gefühl!

Taschenbuch ISBN: 978-3-95573-549-4
eBook ISBN: 978-3-95573-550-0

Klarant Verlag

Lernen Sie die Titel des Klarant Verlages kennen und besuchen Sie uns im Internet unter:

www.klarant.de

Sie können dort Näheres über unsere Autoren erfahren, viele weitere interessante Bücher und eBooks finden und Leseproben herunterladen.

Mit dem kostenlosen Newsletter unter

www.liebe-lesen.de

erhalten Sie aktuelle Informationen rund um das Verlagsprogramm, wie beispielsweise spannende Neuerscheinungen und Gewinnspiele.